A Inocência
dos Pássaros

SCOTT SIMON

A Inocência dos Pássaros

Tradução
Bruna Hartstein

Copyright © 2005 by Scott Simon

Título original: *Pretty Birds*

Capa: Raul Fernandes
Foto de capa: Tom Stoddart/GETTY Images

Editoração: DFL

2008
Impresso no Brasil
Printed in Brazil

CIP-Brasil. Catalogação na fonte
Sindicato Nacional dos Editores de Livros, RJ

S618i	Simon, Scott
	A inocência dos pássaros/Scott Simon; tradução Bruna Hartstein. – Rio de Janeiro: Bertrand Brasil, 2008.
	490p.
	Tradução de: Pretty birds
	ISBN 978-85-286-1311-7
	1. Sarajevo (Bósnia-Herzegovina) – História – Cerco, 1992 – Ficção. 2. Iugoslávia, Guerra da, 1991-1995 – Ficção. 3. Mulheres soldados – Ficção. 4. Romance americano. I. Hartstein, Bruna. II. Título.
08-0317	CDD – 813
	CDU – 821.111 (73)-3

Todos os direitos reservados pela:
EDITORA BERTRAND BRASIL LTDA.
Rua Argentina, 171 – 1º andar – São Cristóvão
20921-380 – Rio de Janeiro – RJ
Tel.: (0xx21) 2585-2070 – Fax: (0xx21) 2585-2087

Não é permitida a reprodução total ou parcial desta obra, por quaisquer meios, sem a prévia autorização por escrito da Editora.

Atendemos pelo Reembolso Postal.

Para Sarajevo

Àqueles que tombaram em sua defesa, protegendo seus ideais, e para os verdadeiros Irena, Amela e Miro

NOTA DO AUTOR

Durante o cerco a Sarajevo, as forças sérvias e bósnias designaram atiradores de elite para defender suas metades partidas da cidade. Ocasionalmente, esses atiradores de elite eram moças jovens e ágeis. Considerava-se vantajoso recrutar mulheres jovens para este serviço, uma vez que liberava os rapazes para servir na linha de frente do combate. Além disso, as garotas eram boas. Elas tendiam a ser mais esguias, leves e a terem maiores chances de se esconder ao vagarem pelas montanhas e pelos escombros dos prédios bombardeados, em busca de um posto de observação de onde atirar. Eram conscientes, cuidadosas e meticulosas, de um modo como os rapazes da idade delas nem sempre conseguiam ser.

Certa vez, entrevistei uma jovem que era uma atiradora de elite sérvia. Tinha olhos azuis e disse que sempre preferia atirar primeiro em pessoas de olhos castanhos. Embora eu tenha pego emprestado algumas das características da profissão que ela me passou, esta não é a história dela. Também dei o nome de alguns velhos amigos em Sarajevo a certos personagens. Faço isso para homenagear as pessoas que abriram suas vidas para nós. No entanto, esta é uma obra de ficção e os personagens não devem ser confundidos com as pessoas que portam tais nomes na vida real.

Nosso exército cercou Sarajevo. Temos tantos rapazes, moças e tanques que nem mesmo um pássaro consegue passar por eles!

    RADOVAN KARADZIC
    LÍDER SÉRVIO-BÓSNIO
    INDICIADO POR CRIMES DE GUERRA

1.
NOVEMBRO
1992

Irena Zaric enfiou o último chiclete na boca, piscou para o pássaro e imaginou onde plantar a última bala antes de voltar para casa. Às vezes, consultava os pombos empoleirados em seus braços.

— O que você viu, rapaz? O que está acontecendo aí? — Os pássaros eram unidos; empoleiravam-se lado a lado.

O céu soturno estava começando a ganhar um tom azul pálido. Os primeiros ventos do dia sopravam das colinas trazendo uma réstia de sol e o cheiro de neve. Àquela hora da manhã, os sons agudos — o estampido de um tiro, um grito, um ruído surdo e trivial — podiam ser ouvidos com mais facilidade nas ruas abafadas. Após uma longa noite sozinha entre os caibros dos telhados da cidade, Irena encontrava consolo no arrulhar dos pombos. Eles lhe transmitiam confiança; ela não era a única na cidade.

Os pássaros estavam cansados e, imaginou Irena, irritados pela busca de galhos onde pousar. As penas farfalhavam com o bater das asas em meio à quietude do ambiente. Pessoas com machadinhas e facões tinham derrubado a maioria das árvores da cidade para usá-las no aquecimento e na cozinha. O parque do outro lado do estádio olímpico, onde Irena costumava ir com os rapazes, agora abrigava apenas pedras tumulares escritas com letras nítidas e grosseiras: Slavica

JANKOVIC 1956-1992. Ou GAROTA LOURA DO PROLETARIAT BRIGADE BOULEVARD, EM KARLOVACKA 27-5 (aqueles que prepararam os túmulos na primavera anterior jamais imaginaram que teriam de especificar o ano, mas agora um novo ano já se aproximava).

Os galhos nus sequer ofereciam insetos para os pássaros, nenhuma sombra ou abrigo para as pessoas. No alvorecer, os pombos pareciam os cidadãos famintos de Sarajevo. Eles se reuniam nos esqueletos expostos dos prédios bombardeados, empoleirando-se nas vigas de ferro carbonizadas e retorcidas.

ENQUANTO IRENA ARRASTAVA-SE, sem fazer barulho, pelo concreto rachado da plataforma escondida pelos destroços de uma parede, podia ouvir o leve ruído de um alto-falante dando início ao clamor do Cavaleiro no outro lado da linha. Ele era a voz matutina dos sérvios-bósnios, transmitida diretamente de Pale, a velha estação de veraneio nas montanhas, a 20 quilômetros de distância, onde eles tinham estocado peças de artilharia em meio aos esquis e às banheiras de hidromassagem, declarando-a a nova capital. Irena escutou os primeiros acordes da vinheta com a qual o Cavaleiro, em geral, começava o show, após uma noite de bombardeios mortais. *Londres está queimando*, diziam as palavras que chegavam a seus ouvidos, *a cidade inteira, a noite toda*. A voz do Cavaleiro sobressaía-se em meio às últimas notas da música que a banda tocava, sobre o assobio do vento ao atravessar pedras e blocos ocos.

"Foi uma noite e tanto, não foi?", disse ele, numa voz meio sonhadora. "Aqui na Nova Sarajevo, em Hrasno e em Bistrik. Os malditos fogos de artifício são superatraentes!", declarou em inglês. "Mais parecia *O Exterminador do Futuro*! Não quero parecer descortês, mas minha mulher e eu ficamos excitados com a explosão de luzes. A cada estrondo, outra estocada. Eu quase não conseguia manter o ritmo dos canhões! Estrondo, estocada. Estrondo, estocada. Minha senhora me perguntou: 'É você, Cavaleiro, ou são as bombas que estão fazendo a terra tremer? Seja lá o que for, faz de novo! Meu cu é todo seu!" O Cavaleiro pareceu se regozijar junto com os companheiros invisíveis à sua volta.

Quarenta anos de pronunciamentos oficiais grandiloqüentes haviam embrutecido os cidadãos de todas as partes da velha Iugoslávia para o tipo de propaganda enfadonha dos boletins falsificados e sem vida — "Realmente fascinante, camaradas! Um novo recorde na produção de pepinos!" — divulgados entre hinos socialistas desafinados. As bizarrices haviam se tornado a nova linguagem do governo, audíveis nos decretos de Milosevic e Karadzic, no rock nacionalista autopromocional dos sérvios e nos monólogos matutinos do Cavaleiro.

"Vocês já estão preparando o café da manhã?", perguntava o Cavaleiro de modo solícito. "Nós já. Eu vou comer torradas, lingüiças e café. Ovos frescos e leite. E vocês? Ah, é, já vi, aqueles feijões duros em sacos plásticos doados pelas Nações Unidas. Eles parecem cocô de passarinho. Será que também têm gosto de merda? Nós já vimos vocês se digladiando nas filas de comida por sacos dessa bosta. Será que os pássaros fazem a mesma coisa? Além disso, vocês precisam encharcar essas merdas primeiro, e eu não sei como conseguem fazer isso, uma vez que estão sem água. Nós já os vimos em pé nas filas. Vocês precisam encher garrafas plásticas de detergente com água e correr para casa, só para fazer uma xícara de café. Aposto que os franceses não precisam fazer isso! Peçam para dar uma olhada dentro daqueles pequenos e graciosos tanques brancos que eles usam. Aposto que eles têm máquinas de café expresso lá dentro."

O Cavaleiro soava desconcertantemente gentil, quase delicado. Irena e as outras mulheres que ela conhecia, inclusive sua mãe, tinham tentado imaginar a aparência dele.

— Uma voz sensual em geral significa uma raposa velhaca — avisara a sra. Zaric. — Isso é tudo o que eles têm.

No entanto, Irena imaginava um homem de ombros arredondados, com cabelos pretos cacheados e ainda úmidos do banho, um sorriso de lábios retorcidos decorado com um cigarro e olhos semicerrados de um azul-cobalto por trás das nuvens de fumaça – como os olhos azuis de um jovem cafajeste que se gaba da insolência.

"E o que", continuava o Cavaleiro "vocês preparam com aquela carne enlatada do exército americano que os ianques jogaram fora depois do Vietnã? Os ianques mandam pra vocês a comida que eles não dariam nem para os próprios cachorros. Olhem só para as fotos nas revistas americanas, a comida suculenta com a qual eles enchem as vasilhas dos cachorros. Não parece uma delícia? Vocês não morreriam por uma vasilha de comida para cachorro dos americanos?"

O Cavaleiro fez uma pausa para uma risadinha indulgente.

"Os americanos adoram seus cachorros. Gostam mais deles do que dos muçulmanos, dos judeus e dos ciganos. Rezem para Alá pedindo para voltarem na próxima vida como um cachorro americano. Pulem no colo deles! Lambam seus rostos! Essa é a vida!"

Um dos primeiros comandantes das Nações Unidas a chegar à cidade era indiano. Ele ficou horrorizado ao ler a tradução para o inglês das declarações do Cavaleiro. O general tinha adquirido grande parte de sua experiência militar em seu país natal, tentando sufocar o tumulto causado pela ebulição de disputas étnicas.

– Ah, o garoto é só um comediante – justificou-se Radovan Karadzic, o líder sérvio-bósnio, com suas grandes ondas de cabelo prateado. – Eu o conheço um pouco. Você gostaria dele. Talvez a gente possa tomar um drinque algum dia, se isso não for uma ofensa a Krishna. O Cavaleiro, seu verdadeiro nome é Necko, é um baixinho invocado. Ele usa óculos de armação preta e grossa para encobrir um tique nervoso. Os garotos gostam de chocar, entende? Sou psiquiatra. Percebo coisas que outros líderes políticos não percebem.

"Além disso, comandante... – E nesse momento o dr. Karadzic se inclinou para a frente, como se fosse confessar algo pessoal – ... ele não está falando dos *seus* muçulmanos, mas dos nossos. Os *turcos*. Os de vocês possuem uma história antiga e nobre. Os nossos são descendentes de vira-casacas, pessoas que só professam sua fé há poucas centenas de anos e que esperam ser tratadas como os gregos antigos. Eu sou o único que devia se sentir ofendido pelas declarações do Cavaleiro. O tempo gasto pelos pequenos monólogos dele podia ser usado para ler minhas poesias!"

O comandante esperava que o discurso fosse seguido de um sorriso. No entanto, o rosto de Karadzic manteve-se impassível. Após poucas semanas em Sarajevo, o comandante foi substituído. O Cavaleiro continuou com seu recital matutino:

"E o que vocês fazem com aqueles tubos finos de leite condensado do exército francês que sobrou da Argélia?", perguntou ele. "Eles parecem pasta de dentes. Ah, espera aí, pra que vocês precisariam de pasta de dentes se não têm comida nem água? Pessoas civilizadas usam pasta de dentes. Mas todos esses muçulmanos que saem das montanhas para invadir as cidades acocoram-se no chão para ir ao banheiro. Dê a eles um tubo de pasta de dentes, e o provável é que a espremam dentro do rabo."

Em seguida, o Cavaleiro baixou a voz um tom, falando de modo grave e lento:

"Bem, muçulmanos, saboreiem suas migalhas. Nossos rapazes vão se divertir hoje à noite. Enquanto vocês estiverem deitados, incapazes de pegar no sono, eles vão se aproximar furtivamente dos rapazes, das moças e de todos os homens velhos que trabalham como sentinelas. Vocês acham que os franceses vão nos impedir? Os capacetes azuis vão virar o rosto e olhar para o outro lado. As Nações Unidas se unem para sentir medo. Os sérvios são guerreiros, não boiolas. Vamos perseguir todos os cabeças de turbante, amantes de judeus e prostitutas ciganas. Vamos arrancá-los da cama e tomá-los por trás. Ohhh-ahhh! Ohhh-ahhh! Eles gostam disso! Gente que se acocora pra cagar deve gostar de tomar no cu. Nossos rapazes vão torcer seus pescoços como se fossem os de frágeis passarinhos. Vamos despejar o sangue de vocês num cálice judaico e beber fingindo que é vinho de ameixa. Hoje à noite, nós, sérvios, vamos comer pato assado com batatas douradas e beterrabas vermelhinhas e vitaminadas..." – E então, por trás da voz do Cavaleiro, Irena escutou Phil Collins começando a cantar *She calls out to the man in the street...**

"Mas vamos deixar espaço em nossa gula", continuou o Cavaleiro com a música ao fundo, pronunciando cada sílaba de modo quase sonhador. "Vamos deixar espaço para suas casas, jóias, televisões e carros. Para suas mulheres e filhas. Ah, pensem duas vezes." Sua voz se juntou em coro, de modo impreciso, à de Phil Collins: *"It's just another day in paradise..."***

ÀS VEZES, PENSAVA IRENA, a gente precisava ouvir um monte de merda só para chegar à música.

UM POMBO POUSOU na cabeça de Irena, fincando as garras na costura de sua máscara preta de esqui, um-dois, um-dois, como um passo de dança. As unhas cor-de-rosa fininhas, que ela achava tão graciosamente pequenas e charmosas, penetraram seu couro cabeludo, um-dois, um-dois. Irena amaldiçoou a sociabilidade dos pombos quando um segundo veio se juntar ao primeiro.

— Malditos pássaros — murmurou ela. — Malditos pássaros bonitos. Vocês acham que estou escondendo um punhado de migalhas de pão? — Por baixo da máscara de esqui, o suor melado começou a pinicar.

O céu continuava a clarear. Irena começou a pescar pequenos e inadvertidos lampejos em meio à paisagem enevoada do outro lado da rua. Viu um gato cochilando à sombra desenhada sobre o peitoril de

---

* *Ela grita para o homem na rua...* (N. T.)
** *É só mais um dia no paraíso...* (N. T.)

uma janela. Um homem havia acendido uma vela, sem notar que a tábua pressionada contra o vão da porta continha uma rachadura que deixava passar uma nesga de luz.

O rio Miljacka, que costumava envolver a cidade como um laço de fita, agora a dividia como a ponta de uma faca de serra. Os apartamentos de Grbavica voltavam-se para o norte, com vista para o rio de águas esverdeadas, estreito e volumoso, e para os monumentos e minaretes do período otomano naquela que se tornara a fatia bósnia da cidade: as ruínas da Biblioteca Nacional, a velha sinagoga, a principal igreja sérvia e a mesquita central da cidade. Os prédios de apartamentos de Grbavica eram endereços sofisticados até poucos meses antes. Os oficiais do Exército Nacional iugoslavo haviam se apropriado de muitos deles (pois apenas o comunismo, e não o favoritismo, estava em vigência na Iugoslávia).

Agora, porém, o Exército Nacional havia se convertido – armas, tanques e oficiais – no exército sérvio-bósnio, o qual tinha rapidamente capturado dois terços da Bósnia. A maior parte dos oficiais do exército e suas famílias não viam necessidade de viver como as pessoas que serviam de alvo para seus tiros, agachadas atrás de vidraças quebradas em cômodos destruídos. Muitas das famílias de militares sérvios haviam se mudado para fora da zona de conflito, para regiões bucólicas em cidades de veraneio das redondezas. Mas os ladrões, carniceiros e refugiados sérvios tinham se apossado dos blocos de apartamentos de Grbavica, bem como os atiradores de elite deles.

Do outro lado, Irena respeitava certas regras. Algumas lhe haviam sido ensinadas, e a estas ela acrescentara outras próprias. Tedic, seu chefe, lhe dissera para não atirar em crianças. A moral era duvidosa, e a publicidade, devastadora. Por conta própria, Irena decidira que não atiraria em animais de estimação. Tedic lhe instruíra a não atirar em vovós, e quando ela imaginou se os vovôs estariam incluídos na mesma categoria, ele a relembrou que Milosevic e Karadzic poderiam ter netos.

Tedic também a instruíra a não atirar nos invasores. Eles não valiam o desperdício de munição, dissera ele, nem o risco de ela se revelar. Os sérvios insultavam os invasores, considerando-os grosseirões chatos e pestes; suas mortes não causariam nenhuma inconveniência ou remorso.

— Por que *nós* deveríamos limpar os ninhos de ratos *deles*? — perguntou ele.

Irena resolveu que não atiraria em ninguém que se parecesse com Sting, a princesa de Gales ou Katarina Witt. Queria poder apreciar as fotos deles sem que lhe evocassem fantasmas. Tampouco atiraria em alguém que estivesse ferido, embora fosse julgar se alguém estava mancando por estar realmente ferido ou porque tinha machucado o dedão chutando uma privada entupida.

Ela sabia que Tedic faria uma série de objeções pertinentes a cada uma de suas regras. E se os atiradores de elite sérvios começassem a enfiar filhotes debaixo dos braços? E se um grupo de extermínio sérvio estivesse carregando um pequeno gato ruivo como mascote? Ela hesitaria em atirar em um sérvio lançando uma peça de artilharia se ele tivesse sobrancelhas iguais às de Katarina Witt? Irena mantinha suas regras só para si, temendo que Tedic tentasse convencê-la a desistir delas. Tinha consciência de que, ao atirar, as balas cortavam o ar viajando sob comando próprio.

— Tenha sempre em mente duas coisas — Tedic ressaltara para Irena quando ela começara a trabalhar. — *Eles* estão sempre no alto. *Nós* ficamos sempre embaixo. — Os sérvios e sua artilharia pesada habitavam as colinas. Os bósnios de Sarajevo observavam as armas deles a partir do vale onde a cidade estava enfiada, ou presa numa armadilha, ao redor do rio.

Quando Irena olhou para o panorama de janelas e varandas do lugar onde vivia antes, achou que conseguia enxergar tigelas de brilhantes ovos cozidos, bules de latão polido com café forte e travessas reforçadas de lingüiças douradas e gordurosas sendo passadas adiante pelas mãos sujas de brutos.

Algumas vezes ela conseguia focalizar a visão e observar os pequenos arabescos de pétalas rosa e azuis adornando os vasos familiares. Pensou como devia ser para uma família sérvia sentar à mesa escutando o Cavaleiro. Gostava de imaginar a expressão de surpresa quando um estampido alto estilhaçasse a janela e perfurasse o bule de café. Podia até ver o jato marrom explodindo contra a parede e escorrendo como sangue, enquanto a família tentava se enfiar debaixo da mesa. As lingüiças caindo como navios destroçados, a toalha de renda marfim rasgando com o mergulho do filho, ao puxar, desesperado, o tecido delicado para se cobrir. Irena imaginava-se discando devagar o número deles. O telefone da família estremecendo ligeiramente com o reverberar da campainha no vidro da janela (nos territórios sérvios, a maioria dos telefones funcionava) e uma mão titubeante erguendo-se para atendê-lo.

"Bom-dia. Estamos aproveitando nosso café da manhã? Por favor, nos informem se houver alguma coisa que nós, cabeças de turbante, amantes de judeus e prostitutas ciganas, possamos fazer para deixá-los mais confortáveis."

De tantos em tantos dias, Irena via um bule de café na janela e ficava tentada. Mas sabia que não podia desperdiçar uma bala para "matar" utensílios de cozinha.

IRENA RARAMENTE via soldados sérvios. Eles se escondiam nos tanques, em carros blindados e em blocauses espalhadas pelo caminho. Estacionavam os tanques nos becos sem saída entre as garagens. Ela sabia que os atiradores de elite deles ficavam ocultos pela paisagem do lado oposto da cidade e pelas montanhas mais além. Tinham-lhe dito para procurar, naquela última hora do alvorecer, por nuvens de fumaça de cigarro surgindo por trás de paredes semidestruídas ou de vigas oscilantes. Para os atiradores de elite, fumar era um vício contra-indicado. No entanto, dizer aos cidadãos de Sarajevo que fumar poderia transformá-los em alvo era tão convincente quanto dizer a eles que o cigarro provocava câncer.

Irena não viu fumaça alguma. Não conseguia ver casacos pretos, faróis de caminhões ou homens troncudos com a camisa de outra pessoa esticada sobre os ombros para encobrir coletes à prova de balas. O pássaro terminara com sua dança de dois passos.

Irena viu um ponto amarelo brilhando contra a rua acinzentada. A princípio, pensou tratar-se de uma bola de tênis, perdida durante algum jogo das crianças, abandonada no beco. Mas quando focalizou os olhos através da mira, percebeu que era um limão, depois outro e, em seguida, uma caixa inteira com uns 50 deles, aberta como um baú de pirata cheio de dobrões. Limões de Creta, imaginou. Os limões costumavam ser abundantes, displicentemente espremidos para fazer drinques e molhos, fatiados e espalhados para temperar pernis de cordeiro. Imaginou que o vendedor do mercado negro os trouxera de Montenegro, estocando-os para serem vendidos para os soldados sérvios que, sem sair de seus postos, não viam limões havia meses.

Ela não gostaria de atirar em um homem esperando na fila para comprar um limão. Contudo, não se importaria de tentar acertar um que vendia limões pelo preço de um filé. Se atirasse no homem tentando comprar o limão, poderia viver com as conseqüências; ele tinha mais dinheiro do que devia. Os limões podiam ser usados em molhos e como decoração, não como alimento. Se ele estava na fila para comprar um limão, provavelmente era porque não precisava entrar em fila para comprar leite ou carne. Se não precisava entrar em filas por causa de comida, só podia ser pelo fato de ele ser um dos valentões que estavam roubando a comida dos muçulmanos, seus antigos vizinhos.

Portanto, se um ombro ou um par de mãos agitadas entrasse na mira, ela não se preocuparia muito em distinguir o vendedor do comprador. Seguraria a respiração, deixando-a escapar lentamente. Quando os pulmões se esvaziassem, apertaria o gatilho próximo ao queixo e esperaria pelo coice contra o ombro.

Mesmo assim, por longos minutos Irena só conseguiu ver os limões. Com cuidado, levantou o corpo alguns centímetros, espremendo o traseiro contra o chão, tentando enxergar um pouco mais. No entanto, o vendedor de limões tinha aberto a caixa em um beco atrás da rua Dinarska, que ficava protegida do ângulo de visão por uma garagem de dois andares. Ela podia atirar através da tela de arame na lateral da estrutura. Contudo, havia grandes chances de que seu tiro só acertasse um carro queimado e abandonado, ou então explodisse contra uma parede invisível ou contra o piso.

O sol estava começando a ficar mais alto e forte. Os limões pareciam quase sibilar na luz fraca da manhã. Irena focalizou a visão no topo da pilha. Em seguida, contou um, dois, três limões para a direita, pois sentia um vento leve soprando das montanhas a leste. Prendeu a respiração. O Cavaleiro estava tocando *The further on I go, the less I know, friend or foe, there's only us...**

Irena soltou a respiração lentamente, como alguém tentando fazer a chama de uma vela tremelicar. Encostou o dedo no gatilho de modo quase gentil, como se estivesse acariciando o pescoço de um gatinho, e, em seguida, apertou-o com delicadeza, até sentir o tranco contra o queixo se transformar num coice claro contra o ombro. Manteve o olho focado na mira, como se pudesse guiar a bala. Em um segundo, viu os limões saltando e estremecendo na caixa como dentes de alho espremidos numa frigideira com óleo fervente. Eles rolaram quando a lata de lixo na qual tinham sido arrumados guinchou e virou de lado no beco. Gotas de limão respingaram nas pessoas que fugiam desordenadas pela rua, em busca de um lugar para se esconderem.

---

* *Quanto mais longe vou, menos sei; amigo ou inimigo, só existe a gente...* (N. T.)

O pombo de Irena pulou um passo de dança e, de modo involuntário, pavoneou-se alarmado. Contudo, no correr daqueles meses, os pombos, também, tinham aprendido a entrar em alerta rapidamente.

— Passarinho bonito — falou Irena de modo gentil. — Desculpe se o perturbei.

TEDIC ESTAVA ESPERANDO junto à traseira do caminhão na rua Mount Igman. Irena meteu no bolso a última cápsula de latão e fez as anotações finais em seu pequeno bloco laranja antes de escalar de volta o vão destroçado da escada e caminhar um quarteirão até o beco escondido. O caminhão de Tedic era tão grande quanto um bonde, coberto por uma lona branca suja. As laterais mostravam uma antiga inscrição em verde e dourado, dizendo CERVEJA DE SARAJEVO e, logo abaixo, em letras menores, DESDE 1864. Irena passou as unhas curtas pela parte traseira da lona, que começou a se abrir quando o zíper que a mantinha fechada foi erguido, deixando entrever um pequeno homem careca vestido com uma jaqueta de couro preta.

— Quem foi o último? — perguntou ele, enquanto a ajudava a subir no caminhão.

— Vi alguém vendendo limões — respondeu ela. — Atrás da rua Dinarska. Mas não consegui ver o homem. Portanto, antes que o dia ficasse claro demais, mandei ver nos limões.

— Alguma névoa? — quis saber Tedic.

— Só amarelo — informou Irena com um sorriso. — Apenas limões.

— OUVIMOS UMA CERTA comoção — comentou Tedic. Ele puxou um cigarro enrolado na folha de uma antiga lista telefônica (uma fábrica local ainda produzia cigarros; eles tinham tabaco, mas o papel havia terminado) de uma dobra da jaqueta. Pressionou-o contra a mão de Irena e pegou o rifle pendurado no ombro dela. Irena percebeu que os nomes anotados no cigarro começavam com a letra G. Imaginou se estava prestes a fumar algum membro da família Svjetlana Garasanin.

— Os Marlboros acabaram? — indagou.

— Você está desenvolvendo gostos caros — observou Tedic. — Eles disseram que andaram melhorando estes. A fábrica propôs um acordo e nós não tivemos como recusar.

— Mas a gente precisa fumá-los de verdade? — Irena tinha um isqueiro de plástico vermelho enfiado no bolso do peito de seu macacão cinza de mecânico, junto ao emblema em que se lia DRAGAN. Acendeu o cigarro.

— Com certeza isso não é um Marlboro — disse ela, através de uma nuvem de fumaça.

— Ao que parece, os filhos-da-mãe tiveram de usar o tabaco búlgaro que eles costumavam exportar — informou Tedic.

— Exportar. Por acaso eles estão vivendo a mesma situação que a gente? — perguntou Irena.

— No momento, todos na cidade estão vivendo a mesma situação — declarou Tedic.

IRENA JÁ TINHA enrolado a máscara de esqui e a metido no bolso. Tirou o macacão cinza, ficando com a blusa vermelha do time de basquete sobre uma camiseta preta e o velho short de ginástica amarelo da escola. Desamarrou as botas enquanto Tedic continuava a falar, consultando o bloco de anotações que ela carregava entre as dobras de um mapa guardado num livro com capa de vinil preta.

— Você mandou ver num casal no parque Spomen, um pouco depois das duas? Perto do monumento?

— Vi duas pessoas uniformizadas perto de um caminhão. Mas elas estavam descarregando alguma coisa e entravam e saíam do meu ângulo de visão.

— Mas você as atrasou.

— Cerca de cinco minutos depois, fui para o andar de baixo e mandei uma rajada na parte de trás do caminhão. Pude ver um rasgo na lona. Mas nenhuma névoa, nem movimento.

— Um pequeno zunido para tirar os dorminhocos do porre de slivovitz* — observou Tedic. — Cinco e dezoito, o relógio da cafeteria?

— Na rua Lênin. Uma lâmpada explodiu. O sr. Popovic, o homem que costumava pegar a gente fuçando as revistas de sacanagem, devia estar ajeitando a hora. Esperei até o segundo ponteiro vermelho passar pelo outro e tentei mirar o tiro bem no meio do relógio. Mas não consegui acompanhá-lo.

Eles ficaram em silêncio enquanto Irena vestia o jeans que tinha tirado seis horas antes. Sentaram-se nas ripas dos engradados de cerveja. Nove dos engradados próximos à frente do caminhão eram mantidos sempre cheios, para o caso de algum inspetor das Nações Unidas exigir uma prova de que o caminhão realmente entregava cerveja.

Irena desatarraxou o silenciador da frente do rifle, ainda morno do último tiro; gostava de girá-lo entre as mãos. Deixou-o de lado para esfriar. Colocou um pedaço esfarrapado de pano vermelho-escuro (Irena suspeitava que era um pedaço do guardanapo de um velho restaurante chinês da cidade) sobre uma garrafa de óleo de canola. Virou a garrafa de cabeça para baixo até o pano ficar encharcado. Em seguida, envolveu-o numa vareta fina de aço, prendendo-o ali. Levantou a vareta de metal, imaginando um violoncelista erguendo o arco, e, de modo deliberado, enfiou-a de uma só vez até o final do cano, puxando e repetindo o movimento dez vezes.

Quando, por fim, puxou a vareta para fora, Tedic segurava outro pedaço do velho guardanapo entre os dedos. Irena desenrolou o pano vermelho-escuro, agora enegrecido, colocando-o sobre a palma de Tedic. Fixou o pedaço novo e seco na ponta da vareta e enfiou-o também

---

* Slivovitz é uma espécie de licor seco de ameixa produzido nos Bálcãs. (N. T.)

uma, três, cinco vezes, antes de tirá-lo para fora e constatar, com alguma satisfação, um leve resíduo de ferrugem.

Tedic ofereceu a caixa plástica de lenços umedecidos com cheiro de rosas. O povo do Ocidente usava aquilo para limpar o bumbum dos bebês. Irena esfregou um dos lenços nas mãos até ele ficar manchado com o mesmo resíduo ferruginoso e pequeninas partículas de fuligem.

— Desmonte completo e limpeza este sábado — informou Tedic. — Você não vai querer que eu faça tudo sozinho.

— Ó céus, que merda, Tedic. Odeio quando estou toda molhada com lencinhos pra bumbum e você fala como se fôssemos dois velhos casados há séculos.

O PERCURSO ATÉ o quarteirão onde ficava o apartamento dos Zaric foi rápido e fácil. O povo de Sarajevo brincava, dizendo que, enquanto a cidade sangrava e morria de fome, os congestionamentos causados pelo tráfego local tinham melhorado imensamente. Antes de Irena se virar para descer do caminhão, Tedic acenou para ela com duas latas de cerveja.

— Uma pra sua mãe e outra pro seu pai — disse ele. Ela as pegou como se fossem pequenos halteres.

Irena subiu com passos pesados os três lances de escada até o apartamento da avó e sacudiu a fechadura quebrada da porta. Sua mãe não podia se afastar das duas xícaras de água que tinha posto para ferver em uma das chaleiras da sogra. Ela acendera um pequenino fogo num fogareiro de lata usando um dos pés de madeira maciça do sofá da sala de estar de Mando e a beira da moldura do retrato de casamento deles (o sr. Mando tinha quebrado o vidro antes de eles saírem e enrolado a foto em volta da canela, como um curativo). A sra. Zaric gritou para a filha:

— Você chegou.

— Tedic me deixou atrás da barreira, em Irbina.

— Parece que a coisa foi feia ontem à noite em Dobrinja — comentou a sra. Zaric.

Em algum momento durante o verão, Irena tinha ajudado a mãe a cortar o cabelo bem rente ao couro cabeludo, mais curto ainda do que o da filha. Em seguida, ela lavara o restante com alvejante. O efeito surtido foi o de uma descarga elétrica, deixando os cabelos da sra. Zaric claros, espetados e um pouco escandalosos.

Muitos dos cidadãos de Sarajevo sentiam-se desanimados ao verem como a guerra tinha destruído sua aparência: cabelos emaranhados e peles manchadas, gengivas esbranquiçadas e dentes acinzentados. No entanto, nada com relação aos meses anteriores fazia a sra. Zaric desejar manter a aparência que costumava ostentar. Ela se sentiu maravilhada por poder transformar o cabelo numa bandeira de luta e propósito.

— Estou tentando economizar as pilhas — disse a sra. Zaric. — Não ouvi o noticiário.

— Acho que consigo me informar melhor no trabalho — replicou Irena. — Ouvi o Cavaleiro dizendo que foi na Nova Sarajevo e em Bistrik. Tedic consegue sintonizar a BBC no caminhão. Eles disseram que talvez seis pessoas tenham conseguido chegar ao hospital. Uma espécie de julgamento está deixando o povo irritado em Los Angeles. A rádio diz que cento e poucos homens em Prijedor foram trancados numa fábrica de pneus e forçados a cantar músicas sérvias antes de serem fuzilados e jogados num depósito de lixo.

Ela colocou as duas latas de cerveja no chão, ao lado da mãe.

— Tedic mandou pra vocês.

— Estou tentando fazer chá. Podemos usar essa cerveja depois para comprar café — declarou a sra. Zaric. Lembrou-se de sorrir para a filha. — Ah, me perdoe. E você, está tudo bem, querida?

— Está — respondeu Irena. — Trabalhei um pouco no porão.

A voz do pai de Irena ecoou desafinada nos azulejos, vinda do banheiro.

— O jogo entre Bobby Fischer e Boris Spassky já começou?
— Não entendi — replicou Irena.

O sr. Zaric agora passava a maior parte do tempo no apartamento, envolto num roupão verde-claro que havia tirado do armário da mãe na manhã seguinte à morte dela. Ele adquirira o hábito de ficar contemplando o próprio reflexo em uma frigideira de alumínio usada para cobrir o buraco feito por um obus que explodira na cozinha.

— Tudo bem — disse ele, empertigando os ombros e apontando para a própria imagem indistinta. — Ziggy Stardust, certo? As *raves* de Londres.

— Tinha uma revista Q nova no porão — falou Irena. — De maio. A Cher está na capa. Ela agora está ruiva, e com olhos azuis e disse que gosta assim. Annie Lennox vai desistir da música para ajudar os desabrigados. Eles dizem que ela vai levar esperança "para aqueles que dormem à noite em suas casas de papelão". Os Troggs... lembra como você costumava cantar *Wild Thing* pra gente?... fizeram um álbum em parceria com o R. E. M. Bruce Springsteen diz que "é triste o homem que vive em sua própria pele e não agüenta a companhia". Não é uma frase maravilhosa? Alguém cortou a entrevista da k. d. lang, mas a foto ficou. O cabelo dela é igual ao meu. O Michael Jackson é louco pela EuroDisney. Eles têm um teste de 25 perguntas sobre música sulista norte-americana. Eu só sabia uma. Eric Clapton não aprendeu a tocar guitarra com Muddy Waters? Mas se a gente conseguir responder o questionário e descobrir um jeito de enviá-lo, a Q vai dar uma passagem de avião até o Tennessee para o vencedor e a família e mais 600 libras.

— Muddy Waters ou B. B. King — respondeu a sra Zaric, enquanto seu pequeno fogo fazia a água começar a borbulhar. — Nadira Sotra disse que todo mundo está fingindo ser judeu pra conseguir sair da cidade nos ônibus que os sérvios estão deixando partir das sinagogas.

— Já estava mais que na hora de alguém conseguir algo por ser judeu — declarou o sr. Zaric.

— Bom, *sha-lom!* — exclamou Irena, explodindo numa risada. — O trabalho foi — pronunciou a palavra em inglês — *oh-kay*.

2.
PRIMAVERA
1992

A MAIOR PARTE DOS MORADORES DA CIDADE NÃO PODERIA PRECISAR UMA data, 1º de setembro ou 7 de dezembro, para o início da guerra. Sarajevo tinha uma plaquinha no lugar onde, num fatídico 28 de junho, o arquiduque Ferdinando fora assassinado, desencadeando uma guerra mundial. Homens grotescos, empertigados em seus coturnos e uniformes ornamentados, fomentavam guerras. Elas não eram declaradas por pessoas usando jeans franceses macios e tênis de corrida estilosos.

Guerras sangrentas explodiam no interior – em feudos, na verdade, entre pessoas do campo que seguiam a profissão dos pais e herdavam a terra dos avós e o fanatismo primitivo dos ancestrais. No entanto, o povo de Sarajevo considerava-se refinado. Ele não morava no mato, mas ao longo de cruzamentos. As pessoas interagiam, se solidarizavam e se casavam com outras de etnias diferentes. Poucas famílias podiam afirmar serem de linhagem pura. As pessoas podiam ser muçulmanas ou sérvias (ou até mesmo católicas ou judias) por nascimento. No entanto, por costume, tornavam-se cosmopolitas. Encontravam mais fé nos barzinhos e cinemas do que em igrejas e mesquitas. Respeitavam Billie Holiday, Beckett e o basquete, não ministros ou imames. O restante da antiga Iugoslávia podia se desfazer em retaliações sangrentas. Os cidadãos de Sarajevo, porém, acreditavam que podiam encontrar saídas inteligentes para lidar com o tribalismo, assim como tinham feito com o comunismo. Podiam ser idiotas, grosseiros e tacanhos na região entre o rio e o vale. Irracionais, indolentes e auto-indulgentes em seus cafés; eles próprios faziam piada disso. No entanto, a estupidez cega e absoluta da guerra não se encaixava. (A plaquinha marcando o atentado contra o arquiduque enaltecia o assassinato, um estímulo ao nacionalismo sérvio. Ainda assim, o povo de Sarajevo geralmente passava pela tabuleta de latão sem dar maior atenção do que faria caso fosse um anúncio de refrigerante.)

Assim sendo, cada morador de Sarajevo dava uma data diferente para o início da guerra. Ela começou no momento em que eles disseram a si mesmos: "Isso não vai terminar até amanhã de manhã."

PARA IRENA ZARIC, a guerra começou em um final de semana primaveril no começo de abril. Os jovens de Sarajevo que desejavam a Bósnia unida e em paz organizaram uma marcha em direção ao centro da cidade; muitas pessoas da escola dela haviam planejado ir. Eddy Vrdoljak a convidara para ir com ele. Irena sabia, porém, que o interesse de Eddy pela manutenção de uma democracia multiétnica resumia-se à esperança de impressionar garotas de estirpes diferentes com velhos mitos.

— Você sabe o que dizem sobre os homens croatas, não sabe? — perguntava ele, jogando os cabelos escuros e desalinhados para o lado. — Sabe por que todas as mulheres, em qualquer lugar do mundo, são loucas pela gente, não sabe? Posso te ajudar a descobrir.

Em pequenas doses, Eddy era inofensivo e seguramente divertido. Contudo, Irena tinha treino de basquete às 11 da manhã. Ela não podia perder o treino faltando tão pouco para o campeonato regional.

Ela e as colegas eram sempre caçoadas por serem atletas; zoadas por não se preocuparem com história, cultura ou política. Todavia, elas sabiam que por ora o basquete competia com as reuniões políticas nas sextas à noite. A cidade fervilhava com as frentes nacionais, os movimentos liberais e as reuniões pessoais, todos fazendo promessas vociferadas em porões esfumaçados. Seria até arriscado atravessar o rio para ir a um jogo de basquete – ou para comprar uma tripa de lingüiça.

Era sabido que alguns policiais sérvios tinham tirado os uniformes e distintivos e virado o caminhão de entrega de uma loja de jardinagem na ponte Brotherhood and Unity. Os policiais afastados (agora denominados "paramilitares") removeram as tulipas e girassóis e construíram uma barricada. Nenhum outro policial ousaria removê-la. Homens de pulôver preto com rifles na cintura exigiam aos berros que as pessoas lhes mostrassem a identidade antes de deixá-las passar para a Sarajevo sérvia, como a chamavam.

Apenas uma semana antes, a diretora da escola, srta. Ferenc, havia apresentado os times de basquete feminino e masculino durante uma reunião escolar no ginásio. Ela chamou os nomes pelas posições e declarou:

– Pois bem, vocês ouviram nomes sérvios, croatas, muçulmanos. – Virou-se ligeiramente em direção a Miriam Isakovic, sem tirar a boca do microfone, a fim de que seu sussurro fosse ouvido por todos. – Até mesmo um nome judeu – continuou ela, provocando uma onda satisfatória de riso.

Miriam corou ao ser citada – ela era uma garota doce e estudiosa que raramente era escalada para jogos importantes.

A diretora prosseguiu numa voz suave:

– Sérvios, croatas, muçulmanos, judeus... aqui no Number Three High School de Grbavica, todos fazem parte da *nossa* família. Nomes diferentes, histórias diferentes. Hoje... – A srta. Ferenc raramente se exaltava – ... todos nós jogamos pelo mesmo time. *Nosso* time. *Assim como cada cidadão de Sarajevo!*

Os alunos levantaram-se, arrastando as cadeiras dobráveis, e aplaudiram com as mãos no alto. O discurso lhes dera um novo gás. Grbavica não podia perder para um time como o da Number One High

School de Bistrik, reduto dos muçulmanos; seria uma decepção para a cidade inteira.

— Vamos mostrar para o povo da Bósnia! — A srta. Ferenc balançou o braço direito acima da cabeça, como se estivesse tocando um sino. Seus óculos escorregaram do nariz. — Muçulmanos, sérvios, croatas, judeus! Rastas, hindus, budistas! Jainistas, xintoístas, cientologistas! — Ela esgotou seu estoque de religiões a tempo de cair na gargalhada.

HOUVE UM momento constrangedor no treino de sábado; na hora, pareceu ser apenas isso. Emina Sefic, a pivô do time, e Danica Tomic, uma das armadoras, caíram no chão em uma disputa pela bola. As garotas escutaram guinchos, gritos e palavrões, nenhum insulto particular entre atletas: — "Vaca!", "Idiota!", "Vadia!" De repente, elas ouviram Emina rosnar: "Sérvia vagabunda asquerosa!" O rosto de Danica ficou vermelho como um pimentão. Ela mandou de volta: "Cabeça de turbante vadia!" Irena ainda se lembrava da época em que as meninas trocavam insultos como aqueles só de palhaçada. Mas, quando o treinador Dino percebeu que as garotas pareciam mais inclinadas a se estapear do que a agarrar a bola, ele se meteu entre a confusão de mãos e pés, separando-as com seus braços tatuados.

— Vocês são colegas de time, merda — ele gritou para o ginásio inteiro ouvir. — Vocês são *colegas de time*!

A conversa no vestiário foi pouca e delicada. Ninguém sabia o que dizer; ninguém queria falar a coisa errada. Até mesmo brincadeiras normais podiam tomar um rumo perigoso. Todas as garotas tinham ouvido histórias terríveis nos últimos dias. Um homem em Kovacici havia chegado em casa após uma rodada de cerveja e genebra e jogado uma pedra envolta numa toalha em chamas no quarto do vizinho. Uma mulher fora encontrada morta na ponte Ali Pasha com a língua cortada (na verdade, o jornal observara de modo frio, cortada *ao meio*).

Tal carnificina representava claramente o trabalho de amadores e, por isso mesmo, era mais preocupante.

Irena aproximou-se do espelho ao mesmo tempo que Amela Divacs, a outra ala do time. Elas não sabiam o que dizer, mas não se evitaram. Amela abriu um pequeno sorriso enquanto escovava os cabelos louros, longos e úmidos e, por fim, disse:

— Elas são duas vacas estúpidas.

— Não sabia por qual das duas torcer — comentou Irena, cujos cabelos castanho-avermelhados e curtos já estavam secos.

— Danica encesta os lances livres — observou Amela, sorrindo e virando-se para o próprio armário antes de continuar: — Mas, você sabe, eu não a escalaria por nenhuma outra razão.

Irena e Amela eram parceiras na quadra e viviam no mesmo quarteirão residencial em Grbavica. Elas jogavam juntas havia dois anos, após a família de Amela ter se mudado da antiga região de Skenderija. Amela conseguia divisar o topo da cabeça de Irena em meio às outras jogadoras e fazia um passe na altura exata para Irena pegar a bola e driblar as adversárias. De sua parte, Irena conseguia ver os longos cabelos dourados de Amela entre duas outras, e jogava a bola exatamente onde a amiga pudesse alcançá-la com o braço, arrebatando-a para o time. Elas eram parceiras, com certeza, e amigas nas coisas mais importantes: a principal era o basquete. A camaradagem das duas raramente era testada pela inveja.

Irena era melhor lançadora, sem dúvida. Isso não incomodava Amela, que era mais baixa e mais bonita, ao menos segundo os padrões exagerados dos garotos adolescentes. Ainda assim, os rapazes mais velhos da região onde elas moravam, que tinham ido para o exército ou para a universidade, achavam Irena mais sexy.

Quando os rapazes voltavam para casa nos fins de semana, eles jogavam basquete com Irena, Amela e, por vezes, uma outra colega de time, Nermina Suljevic. O papagaio de estimação de Irena, Senhor Pássaro, era o árbitro não oficial; o pássaro cinza dizia "Tóin", numa imitação do barulho que a bola fazia ao bater no aro de metal laranja da tabela. Os rapazes gostavam de jogar bem debaixo do aro, esperando que Amela recuperasse a bola após um rebote e a trouxesse gingando até eles. Gostavam também de observar Irena de costas, enquanto ela driblava a bola pela quadra. Quando ficavam de frente para o cesto, eles tentavam pressionar o corpo contra as costas dela. Irena já quase batera em dois deles pela ousadia. Em vez disso, ela se aproveitava da distração para roubar a bola.

Ambas as garotas tinham sido moldadas desde cedo para serem atletas. Elas já haviam ganho insígnias, faixas e medalhas, que os pais havia muito empilhavam nas gavetas devido à enorme quantidade. Ambas estavam acostumadas a serem observadas por estranhos e a olhar uma para a outra como adversárias e colegas de time.

Amela era inteligente – como aluna, a mais aplicada das duas –, embora não fosse uma intelectual. Fora de sala, sua leitura resumia-se às legendas das fotos nas revistas ocidentais sobre moda e música.

Com relação aos estudos, Irena era blasé. Ela esperava até a manhã do teste para aprender o necessário e nada mais, bem diferente da maneira como treinava para o basquete. Ainda assim, poucos dos professores de Irena ficavam desapontados. A garota tinha profundidade. Ela podia se dedicar de coração a um livro, uma música ou uma revista, absorvendo mensalmente as novidades sobre esportes ou música na seção anterior aos anúncios pessoais das últimas páginas.

Irena e Amela sabiam que eram as melhores jogadoras do time e duas das três mais bonitas (a terceira, Jagoda Marinkovic-Cerovic, era ruiva e fora de comparação – os rapazes eram verdadeiros idiotas no que dizia respeito a ruivas). Amela usava batom. Irena não tinha o hábito. Ambas espremiam jatos de desodorante nas axilas após o banho, enfiando as pequenas garrafas de *spritzers**que ganhavam de presente nas sacolas de ginástica.

ALGUMAS LÉSBICAS PRESSUPUNHAM que Irena, com seu jeito Martina Navratilova, era homossexual, mas tinha medo de assumir. Na verdade, Irena não via problema algum em ser homossexual. Só que não era. Amela, com seus cabelos louros ondulados, fazia mais o tipo garota de anúncio da Coca-Cola e nunca era tomada por homossexual. No entanto, ela já trocara alguns beijinhos e carícias com outras mulheres. Costumava dizer que ainda estava definindo suas preferências sexuais.

Irena podia ferver e explodir. Amela era considerada quase cansativamente doce. Todavia, Irena lembrava-se da vez em que Anica Dordic, a pivô do Veterans, time rival, tinha dado uma cotovelada no nariz de Miriam Isakovic assim que esta entrou na quadra. Os árbitros estavam prestando atenção na bola, não em Miriam; ou, de qualquer forma, eles não se sentiam inclinados a marcar uma falta contra uma jogadora de menor importância. Irena não se queixou com os árbitros. Ela desafiou Anica para um rebote e acertou um murro no queixo dela enquanto, ostensivamente, se esticava para capturar a bola. Anica, que já tinha manha suficiente para saber seu próximo passo, devolveu, parecendo confusa e machucada. Irena foi expulsa. Ela estava no vestiário, tirando a camiseta de jérsei laranja do Number Three, quando Amela recebeu um passe de Nermina Suljevic e mandou um *layup* forte, direto no queixo retraído de Anica Dordic. Anica recebeu a falta quando chamou Amela de barata descascada vadia.

AMELA ERA CONSIDERADA sérvia, e Irena, muçulmana. Seria piegas dizer que a diferença era imperceptível ou insignificante. Insultos e pia-

---
* Bebida feita com vinho branco e água gasosa. (N. T.)

dinhas sujas sobre as diferenças eram trocados. Brigas de bar pipocavam aqui e ali. As pessoas podiam ouvir a diferença nos nomes; algumas estavam convencidas de que podiam detectá-la no nariz, olhos ou linha do maxilar. Alguns bairros da cidade eram considerados sérvios, outros, muçulmanos. No entanto, árvores genealógicas salpicadas de casamentos inter-raciais e conversões vinham se entrelaçando em Sarajevo havia quase um século.

As garotas e suas amigas se importavam mais com basquete do que com a organização da cidade no tocante a religiões. Ninguém no time usava uma medalhinha religiosa. Quase diariamente, Amela Divacs vestia uma camiseta de jérsei amarela n? 32 do Los Angeles Lakers que um rapaz mais velho, sem nome, lhe dera. Amela enfiava a camiseta por cima da blusa quando ia para a escola, e, em geral, também a vestia por cima da camiseta nos treinos. O jérsei era como um amuleto para Amela. Uma declaração de que ela era tanto uma jogadora de basquete formidável quanto indisponível para os rapazes da escola. Eles eram garotos, não como o homem que tinha dado a ela uma camiseta de jérsei do Magic Johnson.

Irena não estava bem certa se conhecia alguém que fosse a igrejas, mesquitas ou sinagogas com freqüência. Quando suas amigas demonstravam um breve fascínio por alguma religião, era sempre bahaísmo ou budismo, do mesmo modo como ficavam atraídas pelo vegetarianismo ou pela ioga.

— AGORA CHEGA, VOCÊ vai ficar em casa hoje à noite. Todos nós vamos — declarou o pai de Irena quando ela chegou em casa após o treino. Antes que Irena pudesse objetar, ele levantou a mão e meneou a cabeça em direção ao televisor. — Você estava na escola. A marcha de hoje. Algumas pessoas abriram fogo de dentro do Holiday Inn. Vários foram feridos.

Nomes de amigos que poderiam ter estado lá vieram à mente de Irena: Azra, Dina, Jelena, Eddy, Hamel, Morana.

— Você sabe quem?

— Os sérvios, é claro. Aquele é o quartel-general deles. Eles tiraram uns dois atiradores de seus escritórios.

— Não. *Não!* – falou Irena. Ela podia ouvir a voz ficando mais dura. — Quem foi *ferido*?

— Não sei – o pai respondeu baixinho. – Só sei que eles não tiveram ambulâncias suficientes. Vinte pessoas estão no hospital.

Irena estava com as chaves na mão e começou a enfiá-las no bolso de maneira bem óbvia.

— Vou checar meus amigos – anunciou.

Antes que o pai pudesse responder, a sra. Zaric surgiu no corredor.

— Está piorando – disse ela. – Escutamos alguns tiros hoje.

— Vieram da TV – replicou Irena.

— Alguns sérvios atearam fogo a barris nas ruas de Ilidza – continuou a sra. Zaric. – Os oficiais sérvios do exército estão ficando em casa. Os sérvios da força policial não têm aparecido para o trabalho. Eles estão ficando em casa... com suas armas.

— Como se estivessem formando o próprio exército – concluiu o pai.

IRENA NÃO CONSEGUIU ligar para ninguém. O pânico na cidade – era assim que a mídia estava começando a se referir ao caso – tinha sobrecarregado o sistema: as pessoas discavam, ouviam os estalos e depois um ruído surdo. Irena não se juntou aos pais para ouvir a lengalenga da televisão. Olhou pela janela da sala de jantar para o pequeno parque lá embaixo e não viu ninguém, nem mesmo os garotos do primário que costumavam se reunir ali nas noites de sábado. Nos sábados, as meninas do segundo grau vestiam jeans apertados e tops justinhos, no estilo ocidental, para passear e desfilar pelos quiosques de salgadinhos e barzinhos nas ruas estreitas da Cidade Velha. Quando saíam, Irena e Amela gostavam de dar uma passada na quadra de basquete do parque.

Tiravam os anéis de festa e davam os brincos de argola para alguma garotinha segurar, enquanto mostravam aos garotos como trocar de mãos num drible, em seguida virar com um gancho e sair caminhando sob o aplauso das mãozinhas pequenas dos meninos.

Irena ficou em seu quarto, escutando Madonna: *Tears on my pillow, what kind of life is this, if God exists...** a letra penetrava em sua mente junto aos outros sons da cidade, das explosões dos carros — ou armas sendo disparadas — e dos berros das sirenes. Tirou Senhor Pássaro da gaiola e colocou-o sobre a barriga, as penas vermelho-ferrugem do rabo esparramadas sobre seus quadris.

— Gosta dessa música, Senhor Pássaro? — perguntou naquela voz fininha e infantil que usava para conversar com o papagaio. — Ela te faz lembrar de casa?

Senhor Pássaro era um cinza africano de Timneh. No entanto, Irena e a família tinham criado um *storyboard* sobre a vida do animal: ele viera voando até Sarajevo da praia de Copacabana, do outro lado do oceano, porque estava cansado de esfregar bronzeador nas penas. Senhor Pássaro não falava muito além do próprio nome. Os papagaios-cinzentos do Congo eram considerados melhores oradores e, por conseqüência, muito mais caros. O preço de barganha do Senhor Pássaro não levara em conta seu fascinante talento como mímico. Às vezes, ele imitava o trinado do telefone, o ressoar da campainha da porta ou os estalos do armário lascado de aço amarelo da cozinha, próximo à sua gaiola. O veterinário tinha aconselhado Irena a mencionar os talentos do papagaio para um jornal especializado. Seu vocabulário de sons tornava-o um companheiro particularmente divertido, fazendo os Zaric saírem correndo para atender a um telefonema fantasma ou acordar imaginando quem estava passando o aspirador no meio da madrugada.

Um pouco depois das nove, Senhor Pássaro começou a emitir trinados como se fosse o novo telefone dinamarquês e a dançar uma

---

* *Lágrimas no meu travesseiro, que espécie de vida é essa, se Deus existe...* (N. T.)

espécie de rumba – um passo para a frente, dois para trás – ao longo do cós dos jeans de Irena. A mãe bateu de leve na porta do quarto.

– É o treinador, querida – avisou ela.

Irena colocou Senhor Pássaro no ombro e sentou-se alarmada ao ouvir a maçaneta girar, virando-se para ver o treinador Dino em pé ao lado da mãe.

– Olá, garota – cumprimentou ele alegremente. – Estava falando com sua mãe, ao que parece, os telefones não estão funcionando, e eu tenho algo importante pra te dizer. Desculpe por interromper sua diversão.

Irena já começara a notar que, mesmo durante os jogos, a sra. Zaric quase sempre ficava tímida e sem graça ao lado do treinador; ela não parecia ser capaz de falar três palavras sem errar uma. O treinador era um homem esguio e rude de trinta e poucos anos, com olhos escuros penetrantes e músculos flexíveis, em geral expostos em camisetas sem manga.

– Chá? Café? – perguntou a mãe. – Ah, desculpe. Talvez uma cerveja? Espera, não, nós temos uma boa vodca dinamarquesa. Bom, na verdade não é vodca, mas algo feito com sementes. Bem, não semente de passarinho, é claro, algo como centeio... – A voz da sra. Zaric foi sumindo, enquanto o treinador sacudia a cabeça.

– Obrigado, mas não. Estou sempre em treinamento.

Depois que a sra. Zaric fechou a porta, o treinador Dino sentou no baú de cedro ao pé da cama. Senhor Pássaro desceu gingando pelo braço de Irena e postou-se na beirada da cama. O treinador abriu um sorriso rápido.

– Oi, garota – disse ele com uma suavidade exagerada. – Olha, estou certo de que isso não é nada. Mas amanhã não vai ter treino. Nem segunda. Se você e sua família estiverem planejando viajar no feriado...

– Segunda era o dia da vitória de Tito Partisans sobre os alemães –

... não há motivo para não ir.

— Isso não vai ajudar em nada o campeonato — replicou Irena. — Por que alguns de nós não podem treinar arremessos no ginásio? — De volta ao ombro dela, Senhor Pássaro vibrava como a batedeira da mãe.

— Eles vão ter de fechar a escola — respondeu o treinador. — Todas as escolas, pra falar a verdade. Nas atuais circunstâncias... — A voz dele sumiu. — Talvez por um tempo.

— O que você quer dizer com "por um tempo"? — Irena pôde ouvir a própria voz falhar pela ansiedade.

— Isso não é decisão nossa — explicou o treinador, de modo gentil. — Muitas pessoas estão agindo como idiotas no momento.

— O campeonato começa em duas semanas.

— Tenho certeza de que tudo vai acabar logo. As pessoas só têm que tirar isso do sistema. Escuta — continuou ele —, tem outra coisa que eu precisava te falar. Fui chamado de volta pro exército.

Irena sentiu uma ferroada no cocuruto. Quando se esticou para pegar Senhor Pássaro, notou que seus dedos não responderam de imediato, como se a ordem que ela estivesse mandando para eles tivesse que contornar uma barricada.

— Não estamos em guerra — falou por fim. — Você mesmo disse: é só um bando de gente estúpida.

— Mas estamos em estado de emergência — replicou o treinador Dino. — Eles estão convocando todo mundo. Estou certo de que só me chamaram para outro campeonato. — Ele tinha sido campeão de biátlon na primeira vez em que servira no Exército Nacional e ainda ganhava, ocasionalmente, campeonatos locais, atirando com rifle enquanto esquiava.

— Vai demorar meses para termos neve — ressaltou Irena.

— Há disputas de tiros o tempo todo.

— Ah, pelo amor de Deus — retrucou ela —, você podia organizar uma dessas no pátio da sua casa nesse fim de semana.

O TREINADOR FALOU que precisava ir embora. Tinha de encontrar Amela e Nermina para dizer a elas, também, que a escola ia fechar e que ele estava partindo. Quando Dino se levantou, Irena esticou os braços e envolveu-o pelo pescoço de modo desajeitado. Pela primeira vez durante as confusões das últimas semanas, ela começou a chorar. Suas lágrimas molharam o bíceps direito do treinador, bem acima da tatuagem de uma sereia.

— Desculpa — disse ela, numa voz baixa e engasgada — por ter encharcado sua sereia.

— Shhh — falou ele, gentil. — Shh-shh-shh. Vai acabar logo.

— Isso é muito pior do que pensei — comentou Irena.

— A sereia é à prova d'água.

Irena acomodou o nariz e o queixo no ombro do treinador. Ficou na ponta dos pés para encostar os lábios na orelha dele.

— Ela é uma loura peituda e ignorante — sussurrou e, em seguida, lambeu gentilmente a parte interna do ouvido dele, como sabia que ele gostava.

— Ah, merda — respondeu o treinador. Ele correu a mão direita lentamente pelas costas de Irena, apertando aqui e ali de modo carinhoso. — Seus pais.

— Eles estão vendo TV — sussurrou ela, bem no fundo da orelha dele. Irena continuou bem devagar, de modo que cada sílaba saísse como um ligeiro bafo aquecido a provocar os cabelinhos da orelha dele. — Não conto se você não contar.

O treinador desceu a mão para o traseiro de Irena e apertou sua bunda. Irena tremeu contra o pescoço dele; ele tinha cheiro de fumaça de cigarro, café e desodorante de lavanda. Sentiu o treinador pressionar o corpo e ficar intumescido. (Adorava a honestidade dos paus. Era um dos poucos aspectos nos quais os rapazes eram intimamente confiáveis.)

A fita da Madonna já tinha terminado e rebobinado. Irena soltou a respiração no ouvido do treinador. *I'm down on my knees, I want to take* *you there*.* Procurou pela cordinha do moletom azul do treinador Dino e desfez o nó. Colocou as duas mãos sobre as coxas dele e puxou as calças para baixo com o auxílio dos polegares. Por ser uma atleta e conhecer a fragilidade dos ligamentos, Irena acocorou-se, em vez de ficar de joelhos. Beijou-o através da cueca de algodão branca. A ponta do pau dele parecia uma serpente arroxeada. Ele segurou Irena de modo delicado pelas orelhas, enquanto ela lambia uma, duas, cinco vezes, até sentir o típico gosto de sal e sabão. Ela fez um barulho engraçado, estalado. Sua brincadeira deixou Dino em pânico. Irena podia sentir o gosto dele. Ele parou de remexer os quadris. Com delicadeza, Dino puxou-a pelo queixo e ergueu as calças. Trouxe o rosto dela para perto e começou a beijar seus olhos castanhos marejados. Correu o polegar pelo gancho do jeans até encontrar o botão e abri-lo, e, em seguida, meteu o polegar entre as pernas dela.

Irena cantou ofegante: – *I close my eyes...***

Senhor Pássaro bateu com as garras cor-de-rosa na moldura da cama e imitou o zumbido do barbeador elétrico do sr. Zaric.

– Zzzzzz, zzzzz, Senhor Pássaro – disse ele. – Senhor Pássaro!

---

* *Caio de joelhos, quero te levar lá...* (N. T.)
** *Fecho meus olhos...* (N. T.)

3.

Ao sair, o treinador Dino tirou uma camiseta de basquete de jérsei vermelha do bolso da frente de seu casaco de ginástica e colocou-a sobre a colcha da cama.

— Guarda pra mim enquanto eu estiver fora — pediu ele. — Você pode usá-la para dormir. Ou deixá-la na cama. Esse é o lugar... — Ele baixou o queixo em direção a ela. — ... onde eu gostaria de estar.

Na verdade, Irena e o treinador nunca tinham usado a cama. Suas transas aconteciam nas escadas, nos quartinhos para guardar os equipamentos e — de modo mais desafiador — no espaço apertado entre as arquibancadas do ginásio e a parede do vestiário feminino. Eles faziam piada sobre a verticalidade de suas transas. Trepar de pé, dizia ele, era bom para os quadríceps dela.

— Você pode dar 50 voltas correndo ao redor do ginásio — dizia ele, erguendo as sobrancelhas até elas parecerem pontos de exclamação. — Ou...

— Qualquer coisa — replicava Irena — para evitar ter de correr essas voltas.

Só depois de Irena ter aberto a camiseta foi que viu Jordan escrito atrás e Chicago na frente. O presente, juntamente com os tiros e o vazio das ruas deixaram-na alarmada. Irena era esperta. Sabia que o treinador Dino gostava de transar com ela, mas imaginava que um dia ele viria com aquela cara de cachorro triste e anunciaria que estava voltando para a esposa (ou pelo menos para o quarto do casal, visto que ele afirmava dormir no sofá), ou que decidira morar com Julija Mitric, a treinadora de olhos cor-de-avelã do time de futebol feminino. Irena gostava dos momentos passados com Dino, mas perdia mais tempo sonhando com Toni Kukoc, o grande jogador croata, ou com Johnny Depp do que com o treinador. Ela escondia a relação deles como um objeto roubado de uma loja.

Irena jamais usaria a camiseta vermelha de jérsei na escola ou nos treinos. No entanto, seus pais a veriam sobre a cama, em seu armário ou sob o travesseiro. Nenhuma mentira seria convincente; eles talvez a aceitassem em prol da paz, mas nunca acreditariam nela. O jérsei vermelho era como uma carta indiscreta deixada numa gaveta. O treinador devia ter imaginado que a camiseta forçaria Irena a proclamar sua maturidade, mencionando seu nome perante pais assombrados. Ele devia saber que não retornaria a Sarajevo num futuro próximo.

O SR. ZARIC LIMPOU a garganta, alisou o cabelo e disse à sua pequena família que precisava externar seus pensamentos. Era domingo, um pouco depois das oito; o café estava terminando de passar na cafeteira elétrica. Senhor Pássaro imitou as borbulhas, o estalar e o chiado do café pingando no bule quente. A sra. Zaric sentou-se ao lado do pássaro, numa das extremidades da mesa da cozinha, os olhos brilhantes cobertos por uma sombra rosa.

— Estive pensando — começou ele. — Pra falar a verdade, a noite inteira. Seu irmão até chegou a falar sobre isso alguns dias atrás. Quando nosso telefone ainda funcionava. — O irmão de Irena, Tomaslav, tinha viajado para Viena com os amigos e ligava a cada dois dias ao ouvir as notícias cada vez mais inquietantes sobre sua terra. — Estive pensando que talvez seja o momento ideal para fazer uma visita à sua avó. — A única avó de Irena ainda viva, a mãe de seu pai, vivia no mesmo apartamento que dividira com o marido, próximo à sinagoga, na Cidade Velha.

— Não acho que seja uma boa idéia deixá-la sozinha. Não nessas circunstâncias. Especialmente à noite.

Irena estava estupefata. Sua avó vivia a cerca de dez quarteirões de distância. As visitas ao apartamento dela eram uma coisa casual, sem cerimônias.

— Não seria melhor a vovó vir pra cá? — perguntou. — Nosso apartamento é maior. Além disso, ela gosta do Senhor Pássaro.

Os olhos da sra. Zaric começaram a ficar marejados novamente.

Com a mão direita, o pai de Irena segurou o braço da filha com firmeza; em seguida, afrouxou um pouco o aperto ao senti-la se encolher.

— A idéia é a gente ficar com a vovó — disse ele. Esperou por um momento que a filha absorvesse a sugestão. — Se a gente ficar aqui... não sei não. O sr. Kemal do andar de baixo... o carro deles foi queimado. Ele contou que o telefone tocou e alguém disse: "Sua mulher, seu filho e seu cachorro estão no porta-malas." Eles não estavam, graças a Deus. De qualquer forma, eles partiram para Vitez. Ah, e andaram pichando alguma coisa com aqueles sprays na sua quadra de basquete...

— São os moleques — observou Irena.

— ... algo como "este é um país sérvio".

— Moleques, moleques, moleques — insistiu Irena. — Os moleques com seus lápis de cera.

— *Não reconheço este planeta* — interveio o sr. Zaric com uma ferocidade pausada. — Não posso atravessar a ponte pra pegar o bonde porque os capangas de pulôver preto pedem pra ver minha identidade. Eles disseram que estou vivendo em "território roubado dos sérvios". Eu devia responder: "Escutem, seus palermas, nós dois vivemos na Bósnia, um país livre onde todos são iguais. Vou pra onde eu quiser." Só que eles estão armados. Isso é uma ameaça clara. Fui até o banco na sexta. O sr. Djordic pediu para eu não dar importância ao aviso que ele tivera de pendurar, segundo ordens de Belgrado. Sabe o que dizia? "Não aceitamos dinheiro de muçulmanos." Dá pra imaginar? Avisos iguais aos da África do Sul. O sr. Djordic ficou todo alvoroçado. "Ah, sr. Zaric", disse ele, "sou obrigado a dar aos babacas um pouco de diversão." Que senso de humor distorcido! Eu devia ter respondido: "Por que o senhor não passa um filme do Woody Allen pra eles?" Só que algumas pessoas estão armadas e nosso dinheiro está no banco. Um dia é um telefonema grosseiro, um bilhete obsceno ou algo sinistro rabiscado no estacionamento. E no outro? O que você acha que temos escutado durante a noite?... o espocar de champanhe?

— Idiotas atirando pro alto — respondeu Irena. — Foi isso o que o treinador falou ontem à noite. Eles não querem machucar ninguém. Só estão com medo de acabar virando a minoria.

— Bom, eles estão virando os números — observou o sr. Zaric de modo sereno. — Mandando os muçulmanos e croatas saírem de Vukovar, Nadin e Skabrinj apenas com o que puderem carregar nos ombros. Bombardeando as lindas pedras antigas de Dubrovnik até elas virarem pó. "Limpeza étnica", dizem eles. Uma leve faxina caseira. Você sabe o que aconteceu, não sabe, quando os moradores de Vukovar tiveram que se entregar após os bombardeios e tiros? Enquanto você escuta Madonna, eu fico ligado na BBC. Só que faço isso tarde, escondido de você e da sua mãe. Mas não posso mais fazer isso. Eles arrancaram todos os não-sérvios de suas casas. Fizeram com que marchassem por ruas geladas e campos abertos. Escolhiam um homem aqui, uma mulher ali. Com que critério, só Deus sabe! Eles os alinhavam e fuzilavam. Os outros entenderam o recado. Foram "deportados para sua própria proteção". Que nem as plaquinhas de "desinfetado para sua proteção" da tampa das privadas.

A sra. Zaric ficou agitada e ergueu o corpo como se fosse protestar.

O sr. Zaric elevou a voz para impedi-la:

— Ela precisa escutar! – gritou. – Em Bijeljina, um líder sérvio chamado Arkan ateou fogo nos muçulmanos que tentavam escapar. Eles o tratam como Napoleão.

— Que merda, pelo amor de Deus, papai! – explodiu Irena, em medo e fúria. – Quem são *eles*? *Nós* somos meio sérvios! Pelo menos eu sou!

— Meio sérvio não é suficiente pra eles – o pai rebateu aos berros. – Sim, *eles*. Ou é demais. Você não entende? Eles querem "pureza". Meu pai era um sérvio que casou com uma judia. Eu casei com uma muçulmana cuja mãe era croata. Sérvio, croata, muçulmano, judeu... o que isso faz de você e de seu irmão? Não temos nome algum. E agora não temos um lugar.

— Esses não são os *nossos* sérvios – insistiu Irena. – São camponeses. O tipo de gente que se apossa das terras, porra.

— Os muçulmanos de Vukovar ou Bijeljina também não são os *nossos* muçulmanos? – perguntou a sra. Zaric de modo gentil. Ela tentara recuar até a parede atrás do marido e da filha, fazendo questão de se manter neutra. – Apenas camponeses de vestidos pretos e cachecóis esfarrapados... não são gente da cidade como nós, certo? Ainda assim, acho que a gente devia ir visitar a vovó hoje. Peça pra ela te contar sobre quando os nazistas chegaram aqui e levaram embora os judeus e ciganos. Será que a sua vida tem sido tão boa – perguntou à filha – que você pensou que os nazistas só existiam nos filmes? Que nem o Godzilla e o Exterminador?

Em algum momento durante o discurso da sra. Zaric eles todos haviam voltado a sentar, numa rendição individual. A cadeira de Irena fez um baque surdo e Senhor Pássaro recomeçou a zumbir como a batedeira da sra. Zaric. Eles todos tentaram esboçar um sorriso, mas logo desistiram.

A sra. Zaric continuou numa voz ainda mais suave:

— Temos visto as fogueiras nas ruas. Alguém lançou uma bomba dentro da sinagoga. Outro jogou um fósforo aceso dentro da biblioteca.

Outro ateou fogo nos correios e os atiradores de elite mandaram bala nos bombeiros. Nem dá pra contar o número de acidentes. Isso é só o começo.

— E como vamos ficar mais seguros a apenas alguns quarteirões de distância? — quis saber Irena. Ela começou a chorar no ombro da mãe, e o pai hesitou, mas prosseguiu de modo gentil:

— É mais seguro do outro lado do rio. Cada um prepara uma mochila. Roupa para passar uma semana. Não, três dias... vovó tem máquina de lavar roupas. Vamos levar um pouco de queijo, café, aquelas coisas que a vovó sempre esquece de comprar. — O sr. Zaric sorriu para a filha. — E, é claro, Senhor Pássaro. Eu carrego a gaiola dele. Vamos ficar aqui por hoje. Tem uma marcha saindo de Dobrinja. As ruas estão uma loucura. Amanhã é feriado. A gente tranca tudo e sai, como se estivéssemos indo para as montanhas.

Irena lançou um olhar esperançoso para o pai.

— E se tudo ficar quieto hoje à noite?

— Eu vou de qualquer jeito, pra ver a vovó, se os telefones ainda estiverem mudos. Se tudo estiver calmo lá fora, volto rápido.

— Talvez a gente não precise ir?

O sr. Zaric hesitou.

— Talvez. *Talvez*. Mas arrume suas coisas. Comece logo. Se algo acontecer durante a marcha, talvez tenhamos de sair antes do previsto.

Irena enxugou as lágrimas e levantou-se.

— Isso é uma porra de uma loucura.

— É mesmo — concordou o pai. Ele falou de modo carinhoso, encostando a palma da mão contra a bochecha da filha. — Com toda a porra da certeza.

Senhor Pássaro imitou o barulho de alguma coisa fervendo, como o ruído da chaleira elétrica da sra. Zaric.

— Arrume suas coisas — o sr. Zaric gritou para Irena do corredor. — Não quero mais saber de cenas. Não quero dar outra lição de história para alguém tão jovem que pensa que Yuri Gagarin foi um dos Beatles, antes do Ringo.

— Foi Pete Best, seu idiota. Você é um idiota, *querido* — a sra. Zaric gritou da cozinha.

— Você já me ensinou — disse Irena. — Quem diabos é Yuri Gagarin?

IRENA ABRIU O ZÍPER da bolsa Adidas de náilon preto e brilhante que ganhara quando o time fora a Zagreb participar de um campeonato. Parecia uma boca escancarada. Pegou três camisas pólo americanas (vermelha, azul e preta, cada uma delas HECHO EN HONDURAS — talvez Senhor Pássaro tivesse sobrevoado a fábrica em sua viagem, antes de encontrar a família deles), dois pares de jeans Esprit (um azul e um preto), três pares de meias brancas, três calcinhas (duas rosa e uma branca), dois sutiãs brancos de algodão e um par de mocassins marrons surrados. Enfiou as coisas na bolsa grupo a grupo, apertando para caber tudo. Em seguida, separou a roupa que decidira usar para ir até a casa da avó: sua blusinha preta de algodão favorita, com a gola de renda, um vestido curto de brim Esprit, a jaqueta cinza do exército alemão ocidental e os Air Jordans vermelhos e pretos que sua tia Senada lhe enviara de Cleveland. Vasculhou a caixa que ficava embaixo da cama, em busca de algumas de suas revistas prediletas. A avó não tinha televisão, e Irena duvidava de que os pais a deixassem passear pela Cidade Velha.

Irena tinha a revista Q de junho de 1991, com a capa da Madonna em um comportado maiô branco, dizendo: "Todos acham que sou ninfomaníaca, mas prefiro ler um livro." (O sr. Zaric a comprara na banca de jornal e chegara falando para a filha: "Se ela pode ler um livro, você também pode.") Escolheu a *The Face* de julho de 91, com Johnny Depp na capa. No artigo, lembrava-se Irena, Johnny insistia em dizer que ele e Winona tinham lavado juntos as louças pelo menos uma vez.

Encontrou outra *The Face* de maio de 91, com uma foto sensacional de Wendy James na capa: ela usava uma fileira de contas brancas ao redor dos seios e sobre os mamilos, fazendo com que eles parecessem árvores de Natal. Selecionou uma *Sky* de agosto de 91. Vanessa Paradis era a capa, mas Irena a guardara por causa da entrevista com a Madonna ("Ela Novamente!", dizia a chamada) e um artigo sobre os símbolos sexuais adolescentes da história do cinema, incluindo fotos antigas de Brooke Shields, Jodie Foster, Milla Jovovich e outras ainda mais antigas de Brigitte Bardot, que Irena queria mostrar para a avó. Folheou o artigo rapidamente antes de empacotar a revista, pensando que preferia se parecer com a foto da Nastassja Kinski vestindo uma camisa masculina. Isso a fez lembrar de empacotar a camiseta de jérsei do Michael Jordan, mas era melhor espremê-la sob as revistas, num cantinho.

Colocou *O Pequeno Príncipe* sobre as revistas (esse pelo menos era um livro que tinha lido e gostado) e uma cópia do *SportNews* de Zagreb, com Toni Kukoc na capa, o cavanhaque de tocador de jazz brilhando. Por fim, voltou-se para a mesinha-de-cabeceira e pegou um pote de maquiagem Honey Almond, o batom Fire & Ice e um vidrinho de esmalte Deeply Purple. Enquanto guardava estes últimos e pequenos itens, lembrou-se de mais uma coisa. Abriu a gaveta da mesinha-de-cabeceira e pegou uma tira de três camisinhas, a qual escondeu com mais cuidado entre as dobras das revistas. Já tinha começado a fechar a bolsa, quando avistou o velho e surrado Pokey, o ursinho de pelúcia marrom com o qual dormia desde os três anos. Abriu o zíper ao máximo antes de agarrar Pokey pela gravata-borboleta vermelha. Ele viajaria como um paxá até a casa da avó. Irena usou o pé para empurrar a bolsa até o corredor, deixando-a sob a cópia do dançarino azul de Degas, pendurada em frente à porta.

— Pronto — declarou e Senhor Pássaro começou a trinar como um telefone.

Os Zaric estavam arrumando as malas quando a marcha do meio-dia partiu de Dobrinja. Legiões de estudantes de cabelos curtos e acadêmicos com longas madeixas, uma delegação de mineradores de carvão com seus capacetes duros e fazendeiros com camisas de flanela deram os braços e desceram marchando o Proletariat Brigade Boulevard, entoando: "Bósnia! Nós somos a Bósnia!"

Cerca de um terço dos manifestantes eram sérvios. Eles não queriam viver numa Grande Sérvia, podada e expurgada de todos os outros povos. Muitos ostentavam símbolos de paz, um emblema propositalmente importado do Ocidente. Eles desejavam a Bósnia de seus ideais, um Estado Lennonista desarmado, irrepreensível e amado.

Pouco antes da uma da tarde, os manifestantes começaram a se dirigir à grande praça ao redor do prédio do Parlamento bósnio. Algumas pessoas pensaram ter escutado trovões ribombando no céu, em seguida vespas zunindo em volta dos ombros e pés, explodindo no concreto e ferroando pernas e testas. Dois ou três segundos depois, de modo quase tímido, o sangue começou a brotar. Homens e mulheres foram caindo como passarinhos que sobrevoam um caçador de tocaia. Os Zaric escutaram algo como sacos de papel estourando ao longe, mas sabiam que não era isso e ligaram a televisão. Alguns dos manifestantes que estavam na praça se abaixavam, como se pudessem se esconder. Alguns ficavam de joelhos e, num impulso, saíam correndo em ziguezague, em busca da proteção das árvores da praça. As balas rasgavam as folhas e lascavam os troncos para, por fim, se alojarem nos ossos de homens e mulheres. Podiam-se ouvir gritos, berros, sirenes e soluços. No entanto, os sons mais audíveis para as pessoas da praça eram os estampidos surdos do aço cortando a carne e o sangue explodindo contra o calçamento. No fantástico silêncio que os sobreviventes lembram mais claramente do que o barulho, os jatos de sangue soavam como água jorrando de uma mangueira.

Alguém teve uma idéia absurda e corajosa: prosseguir com a marcha pela ponte Vrbanja até Grbavica e desafiar os atiradores a baixarem as armas. Um cântico brotou das ruas: "Parem a guerra! Paz para a Bósnia! Abaixem suas armas!" Em suas altas posições, os atiradores fizeram uma pausa, pasmos com a audácia dos manifestantes. Duas jovens mulheres, Suada Dilberovic e Olga Sucic, correram à frente do resto, acenando animadas, e foram recepcionadas por uma saraivada de balas.

4.

Os Zaric permaneceram com os olhos fixos na televisão, mesmo depois que a imagem piscou e a transmissão foi cortada. Senhor Pássaro gorgolejou como o jato de água da pia da cozinha. O sr. Zaric foi até o telefone e Irena esperou para ouvi-lo resumir a alguém o que tinham visto e escutado. No entanto, ele bateu o fone no gancho com raiva.

— Mudo — esbravejou. — A porra do telefone está mudo!

Ele abriu o closet e pegou uma capa de chuva no cabide.

— Preciso sair para encontrá-la — informou. A chave do carro retiniu ao cair no assoalho de madeira.

A sra. Zaric ficou rígida, como se tivesse escutado o barulho de vidro estilhaçando.

— Vamos com você — ela anunciou de modo simples. Enquanto Irena começava a amarrar os cadarços de seus Air Jordans, a mãe gritou:
— Vamos levar as malas. Vou pegar Senhor Pássaro.

Após dez minutos de ranger das portas dos armários, guinchar de gavetas e ecoar de passos pelo corredor, os Zaric passaram a chave em dez anos de história em Grbavica.

— Eu fico com as chaves — declarou a sra. Zaric ao trancar a porta.

— Estou com a do carro — replicou o marido. Por alguns instantes, eles se entreolharam sob a luminosidade cinza e difusa do saguão.

IRENA CRESCERA vendo fotos de pessoas sendo expulsas dos guetos da Europa. Muitas delas pareciam gordas, explicara a avó, porque tinham vestido tantos casacos e camisas quanto fora possível. Já então sabiam que não voltariam, embora a maioria ainda não tivesse percebido — ou se recusasse a aceitar — que ia morrer. Irena lembrava-se das fotos que vislumbrara ao folhear os jornais para chegar à seção de esportes — salvadorenhos, etíopes e coreanos carregando apenas as coisas que conseguiam enfiar num cesto de vime, numa caixa de papelão ou numa trouxa de pano. Agora era ela quem carregava o conteúdo de sua curta existência numa bolsa de ginástica. Seu pai, tão cuidadoso no tocante à aparência, não fizera a barba de manhã e usava uma jaqueta marrom de *tweed* que a mulher vivia tentando esconder. A mãe não se maquiara, o cabelo fora preso com um lenço verde. Ela preferiria morrer, Irena imaginou a mãe dizendo, do que ser vista daquele jeito nas ruas. Uma péssima escolha de palavras para um dia como aquele.

JÁ NO SAGUÃO, os Zaric viram que alguns de seus vizinhos tinham tido a mesma idéia. O sr. Hadrovic estava com as mãos nos bolsos do surrado pulôver vinho que usava, qualquer que fosse o tempo, para assistir à televisão.

— Alguns sérvios em pulôveres pretos estão vindo pra cá — informou ele, ofegante. — Com rifles e aqueles tubos longos.

O sr. Zaric ficou intrigado.

— Arcos e flechas? — perguntou.

— Ah, por Cristo, não — replicou o sr. Hadrovic. — Você sabe, aquelas coisas que a gente costumava ver nos filmes sobre a Segunda Guerra Mundial.

— Vamos ver como está a minha mãe — disse o sr. Zaric enquanto eles se dirigiam ao elevador. — A gente se vê daqui a uns dois dias. — Em seguida, parou. O sr. Hadrovic, lembrou-se, era um viúvo que morava sozinho, pois o filho estudava na Suécia. — Podemos fazer alguma coisa pelo senhor antes de partirmos? — perguntou. Devido ao barulho vindo das ruas, dos alarmes dos carros e dos tiros de pistola, as ofertas pareciam ficar mais sérias a cada frase: — Quer que eu deixe um pouco de comida, para que o senhor não precise sair? O senhor quer vir conosco?

— Ah, pelo bom Deus, não — respondeu o sr. Hadrovic. — Já tem idiotas o suficiente nas ruas. Eles vão ter de vir me buscar aqui.

Irena já apertara o botão para chamar o elevador; foi como apertar o nó do tronco de uma árvore.

— Não consigo escutar o barulho do elevador — falou para o pai. A mãe dava tapinhas numa das lâmpadas do saguão.

— Acho que estamos sem luz — observou ela, de maneira sombria. — Muitas pessoas lavam as roupas no domingo à tarde. — A luz do sol ainda penetrava o saguão através das persianas das janelas, mas, quando os Zaric abriram a porta de aço que dava acesso às escadas, a escuridão os envolveu.

Do lado de fora, o quarteirão residencial parecia calmo e deserto. Os amigos de Irena não se encontravam empoleirados nos canteiros e nos bancos, fumando escondido e fofocando. Ninguém estava jogando na quadra de basquete. Apenas dois carros permaneciam estacionados nas vagas — um belo Volkswagen vermelho novinho, do sr. Rusmir, e um Lada azul, a velha caixa de fósforos dos Aljics —, mas eles pareciam abandonados. O Lada estava caído meio de banda, pois um dos pneus explodira de tal forma que deixara o aro laranja da roda em contato direto com o calçamento. O pára-brisa do Volkswagen estava quebrado e parecia que parte de sua pintura se espalhara sobre o capô do Lada. Irena olhou para ver se o carro estava em condições de uso. Ao se inclinar para abrir a porta, viu os cabelos, miolos e parte do crânio do sr. Aljics esparramados sobre o volante.

— Talvez a gente devesse sair daqui e ir para o porão — declarou o sr. Zaric.

No ALTO DE UMA das paredes do porão, onde ficava a lavanderia, havia uma pequena janela de onde se via o estacionamento, quatro balanços e a quadra de basquete. Os Zaric e vários moradores de outros apartamentos (os Zaric ficaram sem graça ao constatarem quão poucos vizinhos eles conheciam) sentaram ou ajoelharam ao longo do rodapé da parede feita com blocos de concreto de cinzas, procurando se acomodar sobre uma camada de sabão em pó velho e poeira.

Franjo Kasic, que trabalhava como garçom no hotel Bristol, e Branko Filipovic, um instrutor de auto-escola que Irena não conseguia se lembrar de já ter visto antes, ficavam na ponta dos pés por alguns segundos, revezando-se, a fim de relatarem o que conseguiam enxergar: luzes brancas riscando o céu e sombras cobrindo os encardidos painéis amarelos do prédio em frente. A cada minuto, ou assim parecia, eles ouviam o barulho de vidro rachando e se espatifando. O sr. Kasic informou ter visto uma placa inteira de concreto se desprender da lateral do prédio de dez andares no outro lado da rua. Eles esperaram pelo baque, mas, segundo o sr. Kasic, ela se quebrou em pedaços ao cair.

Ele e o sr. Filipovic continuavam a se revezar.

— Aquilo é um morteiro.

— Muito obrigado, Senhor BBC.

— Bem, alguma merda de bomba.

— Muito perspicaz.

Senhor Pássaro começou a captar os sons. O rabo vermelho se abriu, parecendo a labareda de um foguete. *"Shhh-bum! Shh-bum!"*

— Não acredito que você trouxe essa merda de pássaro — reclamou o sr. Filipovic, mas, em seguida, abrandou: — Acho que ele é um membro da família.

Nenad Hadzic, a loura esbelta do segundo andar que mostrara a Irena como passar batom a caminho da escola para que a mãe não visse, manifestou-se de modo encorajador:

— Senhor Pássaro é um vizinho maravilhoso... fico feliz por ele estar aqui — declarou ela, imaginando se devia voltar em casa para pegar seu gato. — Deixei Pedro lá em cima porque achei que só fosse demorar alguns minutos. Agora estou pensando que talvez não devesse tê-lo deixado sozinho.

— Muris e as crianças? — começou a sra. Zaric.

— Em Srebrenica. Foram visitar a mãe dele — informou a sra. Hadzic. — Era para eu ter ido também, só que tenho uma apresentação na escola esta semana.

— O treinador de basquete disse que não vai haver aula — pronunciou-se Irena.

— Jura? — outra voz perguntou.

— Fico imaginando se eles vão ter problemas pra voltar — a sra. Hadzic ponderou com cautela. — Congestionamento por causa do feriado. E agora...

— O sr. Hadrovic ainda está lá em cima — interveio Irena.

— Será que devíamos ir buscá-lo? — perguntou sua mãe.

— Espera — falou o sr. Zaric.

— Os homens estão vindo — anunciou o sr. Filipovic de modo súbito. O sr. Kasic saltou para ver melhor.

— É mesmo. São poucos. — Ele saltou mais uma vez. — Merda, talvez uns 12.

— E tem mais vindo atrás — observou o sr. Filipovic após outro salto em direção à janela estreita.

— Quem são eles? — várias vozes perguntaram ao mesmo tempo.

— Não são o time de futebol feminino — ironizou o sr. Kasic.

O sr. Zaric fez sinal para Branko Filipovic, pedindo que o ajudasse a alcançar a beira da janela. Ele se manteve agarrado ao peitoril por alguns segundos, mas, em seguida, desabou no chão.

— Eles estão passando por aquele primeiro gol, de quem sai das árvores do outro lado da rua — disse ele. — Pulôveres pretos, jaquetas pretas. Armas pretas. Todos estão armados.

— Sérvios?

— Como é que eu posso saber?

— Eles usam barba?

— Muitos muçulmanos usam barba.

— Não estou falando como a do aiatolá Khomeini. Falo de barbas pretas e fechadas. Barbas sérvias.

— Eles andam de modo arrogante, como os policiais — observou o sr. Zaric. — E estão usando o que parece ser botas de policiais.

— Todos os policiais usam botas?

— Você sabe o que o rádio falou.

— Alguém lembrou de trazer um rádio? — perguntou o sr. Kasic. — Merda, esqueci. E tem um jogo importante hoje — acrescentou —, entre o Mostar Central e o Vitez. — A risada que explodiu na lavanderia soou como vidro rachando. As vozes ecoavam nas paredes de blocos de concreto de cinzas, enquanto as pessoas pulavam para dar uma olhada pela janela.

— Eles estão atirando?

— Não que eu possa ver. — O barulho de tiros pôs fim às especulações.

— O rádio estava dizendo que a polícia sérvia...

— Eu ouvi. — Quem falou foi Voja Bobic, gerente do café La Terrasse, às margens do Miljacka. A sra. Zaric estava convencida de que ele dava duro para satisfazer as duas ou mais namoradas que mantinha em lados opostos do rio.

— Sr. Zaric — sugeriu ele —, por que o senhor e eu não saímos para falar com eles?

— Está dizendo isso por sermos meio sérvios?

— Por sermos pessoas sensíveis, diplomáticas e que por acaso possuem um pouco de sangue sérvio, sim.

O sr. Zaric levantou-se, batendo os pés no chão escuro e úmido para fazer a circulação voltar às pernas.

– Acho que pode estar certo, sr. Bobic – concordou ele. – Pelo menos, deveríamos tentar.

A sra. Zaric levantou a cabeça e abriu a boca como um peixe desesperado por ar apenas para dizer:

– Milan!

NÃO ERA FÁCIL PARA Irena imaginar os pais com a sua idade. Tinha visto fotos, é claro. O pai, um homem jovem de cabelos louros como palha, com uma jaqueta vermelha de veludo cotelê com lapelas parecendo as asas de um foguete espacial das histórias em quadrinhos e óculos no estilo John Lennon. A mãe, uma mulher também jovem, de cabelos anelados cor-de-cobre, com um tomara-que-caia tão apertado quanto o invólucro de uma salsicha, e óculos escuros, os quais ela precisava colocar na ponta do nariz para conseguir enxergar.

A sra. Zaric – cujo primeiro nome era Dalila – cantava numa banda de rock na Number Four High School. Eles se autodenominavam Banda 69. Tinham explicado para os coordenadores da escola que o nome era uma homenagem à revolução estudantil de repercussão mundial liderada por Daniel Cohn-Bendit. Quando o cético assistente do diretor observou que 1968 era, em geral, considerado o ano do levante, eles ficaram calados. "Estamos tentando", disseram, "evitar qualquer menção à Praga." O assistente do diretor não acreditou neles, mas concluiu que, de qualquer forma, a artimanha da argumentação merecia algum crédito.

O grupo especializara-se em criar letras proibidas para músicas dos Beatles. "Adorável Tito" era, inevitavelmente, a mais lembrada, embora não fosse uma das mais inspiradas. (*Adorável Tito, pau-mandado de Brezhnev, permita-me perguntar discretamente ao marechal. Seremos livres para mijar em vós?*) Sem dúvida, a sra. Zaric preferia a canção de sua própria autoria, na qual podia mostrar seus dotes vocais: *Então velejamos rumo ao sol, até atingirmos o mar à noite. Pois vivemos detrás do Muro, em nosso satélite russo!* Ver a platéia, fosse ela numerosa ou não, unindo-se a ela em coro no refrão *Nós todos vivemos num satélite russo! Num satélite russo!* a fizera exultar de tal forma que ainda conseguia evocar a sensação. Nem sempre entendia a devoção da filha pelos esportes, mas reconhecia – e lembrava – a sedução de uma audiência.

Milan era fã da Banda 69. Dalila começou a reconhecer seus óculos Lennon em meio à multidão. Quando a banda tocou na festa de formatura, ele foi. "Isso significa que nós não o veremos de novo?", ela perguntou. Dalila incluíra o *nós* de propósito – para dar a ele, se assim o preferisse, uma saída. Ele ficou atônito e gaguejou. Bateu com a mão sobre o bolso no lado direito da jaqueta de veludo cotelê. Escrevia poemas, explicou ele, e várias vezes tentara lhe mandar alguns. Porém, uma vez no envelope, eles pareciam sem profundidade. E, com relação à carta de apresentação – o que ele diria?

– Não exijo um Shakespeare – respondeu ela e, com essa observação, de certa forma, teve início o relacionamento deles.

UM RELÂMPAGO iluminou o aposento quando o sr. Zaric e o sr. Bobic abriram a porta da escadaria que levava ao estacionamento.

– Se esses forem nossos últimos momentos – falou o sr. Bobic –, eles têm cheiro de sabão em pó.

UM GRUPO DE quatro homens em pulôveres pretos interceptou-os, apontando os rifles para seus peitos. O sr. Zaric cumprimentou-os de modo amigável:

– Olá. Como estão? – perguntou. – Somos irmãos sérvios. Sejam bem-vindos a Grbavica.

Os homens pararam e cochicharam. Um deles, com olhos avermelhados e incisivos proeminentes, parecia estar no comando.

— Tem algum muçulmano aqui? — indagou ele, agitado.

— Temos vizinhos muçulmanos — respondeu o sr. Bobic, um pouco tenso — com os quais convivemos em paz.

— Ah, merda — resmungou o líder de modo ríspido. — Mas que bosta, vocês são cabeças de turbante. Agora estou vendo. — Seus homens ergueram os rifles. — Ajoelhem-se perante Alá, seus babacas. — O instante de choque que deixou o sr. Zaric e o sr. Bobic sem reação foi interpretado pelos homens como desafio. Eles começaram a cutucar o queixo deles com os canos dos rifles.

— Deitem-se. Encostem a porra do rosto contra o chão!

As pessoas no porão não conseguiam ver, mas Irena podia ouvir o arrastar nas pedras do calçamento, enquanto seu pai e o sr. Bobic abaixavam-se de modo subserviente. O sr. Zaric colocou as mãos embaixo do queixo, sobre o asfalto esburacado. Um dos homens deu uma coronhada com o rifle em sua nuca. A cabeça dele elevou-se num estalo, como um peixe capturado pelo anzol, antes de bater com um baque surdo contra o piso. O homem chutou sua cabeça. Seus óculos quebraram e alguns cacos penetraram em sua testa. O sr. Zaric podia escutar os pés do sr. Bobic batendo contra o chão, produzindo um som horrível, enquanto outro homem o acertava na nuca com a coronha do rifle e esmagava seu queixo contra o asfalto.

— Abaixe-se, cabeça de turbante. Fique abaixado, seu porra.

O sr. Bobic balbuciou:

— Minha boca. Se foi.

— Você acha que me importo? Fique abaixado.

O sr. Zaric sentiu a ponta espinhosa do cano do rifle sendo introduzida em seu ânus.

— Fique abaixado e responda às minhas perguntas, senão enfio uma bala no seu cu. Onde está sua família?

— Eles se foram!

Irena se erguera, sozinha, para olhar pela janela. O velho peitoril de pedra arranhava suas palmas. Ao olhar para fora, viu os óculos do pai serem esmagados contra seus olhos. O sangue começou a jorrar das órbitas. Irena sentiu o gosto de sangue no fundo de sua garganta e deixou os dedos escorregarem do peitoril, caindo de volta no chão. Ninguém perguntou o que tinha visto.

A sra. Zaric aninhou a cabeça da filha contra o peito quando ela começou a dar sinais de enjôo, mas Irena acabou por despejar o café e o suco de tomate que tomara de manhã sobre o top azul-claro da mãe.

– Não olhe – a sra. Zaric falou de modo carinhoso contra o cabelo da filha. – Fique abaixada e reze. Peça e espere.

Do lado de fora, outros homens de pulôveres pretos aproximaram-se rapidamente e agora se encontravam em volta do sr. Zaric e do sr. Bobic.

– Cadê sua família, Mustafá? Cadê a porra da sua família?

De maneira inacreditável, o sr. Zaric respondeu:

– Todos os nossos familiares estão escondidos. Eles não vão lhe causar problemas, senhor.

Irena ergueu-se mais uma vez para ver o sr. Bobic tentando ficar de joelhos, a fim de não engasgar com o sangue que lhe subia pela garganta. Entre os homens armados, vários caíram na risada.

– Ele se mexe como um pássaro ferido.

– Ele se contorce como uma minhoca em chamas.

Um dos homens deu um chute com seu coturno preto no saco do sr. Bobic. O impacto da pancada fez com que ele virasse como um peixe arpoado.

– Ah, esse aí não consegue nem falar, não com essas merdas de dentes – observou o homem.

– Cabeças de turbante que não conseguem falar – zombou outro –, que não podem venerar Alá. – Ele enfiou o cano do rifle na ferida aberta do rosto do sr. Bobic. O som do tiro saiu abafado: um último e tosco respingar de miolos contra o asfalto.

Irena soltou o peitoril e caiu de joelhos.

— O sr. Bobic está morto. Tenho certeza. — Ela pronunciou as palavras, mas o ar ficou preso entre as costelas.

A sra. Zaric ergueu a mão direita, colocando-a sobre o ombro da filha, e levantou-se devagar.

— Vou avisar a eles que estamos aqui — disse. Irena não escutou nenhum protesto. A sra. Zaric não era tão alta quanto a filha. Dirigindo-se para os fundos da sala, gritou: — *Parem! Parem!* Somos as famílias que vivem aqui, estamos saindo. — Fez uma pausa enquanto os vizinhos vinham, aos poucos, se juntar a ela. — Por favor. Estamos saindo.

5.

Eles saíram vacilantes, piscando devido ao céu absurdamente claro. Irena assumiu os cuidados do Senhor Pássaro, o qual tinha parado de zanzar dentro da gaiola e agora se encontrava encolhido num canto. Cerca de vinte pessoas deixaram o porão vestindo calças velhas e manchadas, sapatos surrados e camisas amarrotadas, a indumentária casual para uma tarde em casa. O homem que parecia estar no comando deixou o sr. Zaric contorcendo-se no chão e acenou com o rifle como um diretor de circo, sinalizando aos moradores do porão para que permanecessem juntos.

— Sou o comandante Raskovic — anunciou. — Estamos assumindo o controle desta área, a fim de que ela se torne um lugar seguro para os sérvios. Não podemos deixá-los partir até termos recuperado as coisas que vocês roubaram de nós. Abram suas malas, por favor. Agora!

Mas, antes que o grupo pudesse abrir as surradas bolsas de ginástica e as malas arranhadas, os homens de pulôver preto abaixaram-se e começaram a vasculhar por conta própria. Eles pegavam os jeans americanos e os metiam debaixo dos braços, segurando-os como diários de bordo. Jogavam as cuecas dos homens no chão, rindo e pisoteando a área da virilha; enfiavam as calcinhas das mulheres na cabeça, lambendo e cheirando os fundilhos como se fossem máscaras de cirurgião cor-de-rosa e vermelhas.

Um dos homens encontrou um álbum de retratos de capa vinho. Ele passou pelas fileiras petrificadas de pessoas atordoadas, perguntando: "É seu? É seu?". Como ninguém respondia, ele tentou rasgá-lo com as mãos, mas o álbum resistiu graças à superior tecnologia de encadernação alemã. Assim sendo, num gesto de desprezo, o homem o jogou no chão, abriu as calças, balançou o pênis em cima do álbum e começou a mijar. Outro homem aproximou-se correndo e abriu o álbum com a ponta da bota; em seguida, baixou as calças até os quadris e começou a mijar também. Irena podia ver as páginas pretas, que pareciam efervescer, ficando amarronzadas. Via, também, as pontas das fotos se enroscando, como insetos que morrem virados de costas.

Os homens viraram-se e viram Irena observando a cena. Ela podia escutar Senhor Pássaro batendo as asas contra as grades da gaiola. Um deles dirigiu-se a ela, acusando:

— Vaca! Você está sorrindo.

— Não estou não.

— Está sim!

— Por que eu iria sorrir? — rebateu Irena, mais irritada do que pretendia demonstrar. — Que porra de motivo eu tenho pra sorrir?

— Vou te dar um motivo.

O homem andou até ela com as calças escorregando pelos quadris, a arma e a cabeça do pênis apontadas para cima. Irena tentou se mover, mas seus pés pareciam feitos de chumbo. Escutou tiros espocando e, assim que levantou a cabeça para ver se algum pombo fora alvejado, o homem tascou-lhe um beliscão na bunda e ergueu sua saia de brim desbotado. Ele puxou sua calcinha até o meio das coxas, colocou o calcanhar entre suas pernas e terminou de abaixá-la até os tornozelos. Em seguida, penetrou-a — com violência — uma, duas, várias vezes, antes de se dar por satisfeito. Irena não caiu. Num acesso de loucura — afinal de contas, o homem tinha uma arma —, deu um passo em direção a ele.

Ergueu os braços como se fosse estrangulá-lo. Ele cambaleou para trás em passinhos infantis, os movimentos tolhidos pelas calças ainda em volta dos joelhos. Irena viu uma brecha. Deu-lhe um chute forte com a ponta do tênis.

O homem caiu de bunda pelada sobre um amontoado de cacos de vidro; a bandoleira do rifle erguendo-se em volta do pescoço. Seus comparsas desataram a rir – ele ganhara um chute nas bolas de uma garota e quase engasgara com a bandoleira de seu próprio rifle. Por um instante, eles pareceram aplaudir Irena. Um deles riu e apontou para os pés dela, dizendo:

– Tênis de basquete, americanos.

O soldado arriado ergueu-se numa rapidez louca, horrorizado com o sangue que escorria por suas pernas. Tentou mirar o rifle na direção de Irena, mas alguns dos colegas colocaram-se na frente; um deles chegou a tirar a arma de suas mãos. A mãe de Irena deu um passo rápido em direção à filha, mas os soldados a detiveram. Eles deixaram o homem ferido correr até a sra. Zaric e tentar se enfiar debaixo de sua saia. Ele gritava "Vaca! Vaca!" na cara dela. Mas, de repente, o rosto dele começou a se contorcer. O queixo caiu, os dentes de cima morderam a língua, os olhos giraram dentro das órbitas e ele cambaleou, antes de desabar no chão. A sra. Zaric tinha pego as chaves de casa no bolso do vestido e as usara para apunhalar os testículos do homem.

– Você não é homem, seu boiola chupador de pau – ela gritou de dentro do círculo de braços que a prendiam. – Precisa agarrar a bunda de garotinhas como a minha filha porque não consegue levantar o pau para uma mulher de verdade. Meu filho já tinha bolas maiores na época em que eu dava banho nele, ainda bebê.

Os facínoras mantiveram-na presa, mas não tentaram fazê-la calar. Ela se tornara a louca da história que eles contariam depois.

– Já vi poodles franceses com bolas maiores do que as suas – continuou ela. – Levanta. Volta aqui. Ainda posso fatiar suas bolas e jogar os pedaços às cabras. Ninguém mais teria estômago pra engolir...

O homem que se autodenominava comandante Raskovic surgiu diante da sra. Zaric, o braço esquerdo erguido em direção a Irena, como se estivesse prestes a pedir permissão à mãe para dançar com a filha.

— Aquela é sua filha?

A sra. Zaric ficou em silêncio.

— É, certo? Seu marido está com você?

A sra. Zaric apontou para o chão, onde o marido ainda se encontrava deitado, os pés tendo espasmos involuntários.

— Tudo bem. Alguém mais da sua família? Um filho? — Ela fez que não. — Nenhum filho pequeno? — Ela fez que não de novo. — Vou aceitar sua palavra.

— Temos um pássaro — falou a sra. Zaric. — Senhor Pássaro.

— Tudo bem. Chame sua filha, ajude seu marido a se levantar e pegue o pássaro. Vocês quatro podem partir, entendeu? Deixem suas malas e continuem para onde quer que estivessem planejando ir.

A sra. Zaric e Irena aproximaram-se sem dizer uma palavra do local onde o sr. Zaric encontrava-se esparramado no chão. Com delicadeza, ajudaram-no a erguer os ombros. O sr. Zaric pressionou as palmas contra o chão e se pôs de joelhos, o sangue pingando dos olhos e da boca. Ele tocou os machucados com cuidado, como se tentando analisar os danos. Enrijeceu-se ligeiramente enquanto a mulher e a filha seguravam-no pelos cotovelos para ajudá-lo a se pôr de pé. Começou a falar — queria falar. Mas somente sangue escorreu de sua boca.

Eles seguiram em direção à margem do rio. A sra. Zaric percebeu que a atitude formidável do comandante Raskovic — não podia dizer gentil, mas com certeza tinha salvado suas vidas, por ora — não lhes daria mais do que alguns poucos minutos de oportunidade.

— Não se preocupem, meus amores — disse ela, falando de modo carinhoso contra o ombro do marido. — Nós nunca, nunca vamos conversar sobre isso.

O sr. Zaric, porém, engolira o sangue em sua boca e parecia determinado a dizer algo:

— Vamos deixar — ele balbuciou para a mulher — para Shakespeare

O COMANDANTE RASKOVIC CAPTOU seus olhares – e acenou. Um homem grande e barbudo, num pulôver negro e portando uma arma, acenou. *Acenou!* Para o inferno com o filho-da-puta. *Onde você estava? Fico feliz por poder se juntar a nós! Volte logo!* A sra. Zaric parou e firmou a perna esquerda do marido antes de se virar e caminhar em direção ao comandante Raskovic. Pior do que acenar – ele estava sorrindo.

– Você acha que isso conserta as coisas? – rosnou ela.

O comandante olhou para ela, incrédulo. Acreditava ter feito amigos em tempos difíceis.

– Por favor, vá – pediu. – Saia daqui. Desculpe ter sido amigável. Só vou lhes dar essa única chance.

– Você vai nos dar? Acha que é a madre Teresa, é?

– Não, não me considero a madre Teresa. Por favor, não grite comigo na frente dos meus homens. Você pode se arrepender.

– Me arrepender de gritar com você? – berrou ela. – Seu *cara de merda!* Que diferença faz mais um arrependimento? Vocês, canalhas, acabaram de estuprar, surrar e mijar na minha família.

– Não use esse vocabulário. Agora vá – pediu o comandante Raskovic, quase suplicando. – Por favor. *Por favor.* Meus homens não vão me obedecer por muito mais tempo. – No entanto, a sra. Zaric continuava a se aproximar, tão perto que ela se imaginou tapando o cano do rifle com o dedo para que as balas explodissem contra aquele rosto barbudo.

– Vamos nos encontrar novamente, seu filho-da-puta – declarou ela. – Todos vocês! – gritou.

– Chame a polícia! – gritou alguém.

– É só ligar pra Bunda-Mole, Bunda-Mole Ghali! – outra pessoa gritou em inglês.

– Não preciso da polícia – respondeu a sra. Zaric num tom de voz gelado e cortante. – Não preciso das Nações Unidas. E com certeza não preciso dos seus favores de merda. Tudo o que preciso é de *raiva...* –

Ela colocou a mão fechada sobre o coração e bramiu a sentença na cara dele: – ... para ficar viva e poder caçá-lo.

Irena descobriu que não conseguia se lembrar do rosto do homem que a estuprara. Lembrava-se de que ele tinha barba. Mas até aí a maioria deles tinha e ela usara toda a sua força para manter os olhos fechados. Lembrava-se com mais facilidade dos rostos bonitos dos rapazes que tinham flertado com ela no bonde.

Podia sentir um ponto dolorido na bochecha direita, onde o homem devia tê-la esfolado com o queixo. Sentia, também, a calcinha molhada. Ao prosseguir, sentiu-se dolorida.

Irena, porém, sabia que se recuperaria rápido. Não era de ficar alimentando dores. Era capaz de jogar com o tornozelo torcido ou o dedão quebrado, com tanto vigor quanto antes. Fosse Deus, Alá ou as estrelas, os talentos nos eram concedidos para serem usados, não para se duvidar deles ou negá-los. O jogo precisava de cada jogador. Irena, que não acreditava em absolutamente nada, acreditava nisso. Acabara de ver gente sendo assassinada e prosseguira mancando. Disse a si mesma – a palavra *consolo* não lhe ocorreu – que podia fazer qualquer lembrança desaparecer junto com o ponto machucado em sua bochecha.

6.

Os Zaric tinham escutado bombas o dia inteiro: estampidos, estouros e estalos. Agora, enquanto seguiam pela rua Lênin em direção à margem do rio, podiam vê-las. Um assobio cruzou os céus acima de suas cabeças, algo parecendo uma vasilha de estanho com uma cauda cor de fogo. Em seguida, a coisa se transformou num estouvado falcão voando de encontro a uma janela do terceiro andar. Uma explosão laranja irrompeu pela janela, numa massa de detritos enegrecidos e nuvens de bolhas cinzentas.

O sentido de localização pessoal dos Zaric havia mudado de forma inesperadamente rápida. Naquela manhã, uma bomba explodindo a um quarteirão de distância teria parecido um perigo iminente. Naquela tarde, uma bomba a um bloco de distância era como se ela estivesse explodindo no outro lado do mar Adriático. Os Zaric continuaram a caminhar.

Eles não diminuíram o passo quando um outro grupo de homens em pulôveres pretos e armados com rifles perguntou para onde estavam indo.

— Para a casa de nossa avó — respondeu a sra. Zaric a contragosto. — O comandante Raskovic disse que podíamos passar.

De forma surpreendente, eles aceitaram o argumento e deixaram a família prosseguir. O sangue continuava a escorrer dos olhos do sr. Zaric. Por fim, ele desabotoou a camisa e pressionou uma das pontas contra os olhos para estancar o sangramento. Dali a alguns quarteirões, seu andar vacilante ficou ainda pior. Outro grupo de homens se aproximou, ordenando ao sr. Zaric:

— Tira o relógio! Dá o relógio pra gente!

Eles pararam por apenas um instante, enquanto o sr. Zaric puxava os braços que se encontravam apoiados nos ombros da mulher e da filha para tirar seu Swiss Army. Olhou de relance para a hora — 6:04 —, antes de atirar o relógio para os homens, de modo tão mecânico quanto alguém que joga uma moeda para um carregador. Um dos homens apontou com o rifle para os tênis de Irena.

— Air Jordans?

— São — respondeu Irena de modo desafiador —, mas preciso deles para caminhar.

Os Zaric prosseguiram e os homens de preto continuaram a vasculhar sua coleção de pulôveres, calças, Adidas, Nikes e colares de contas amareladas. Aparelhos de TV, bules de café de bronze e espremedores de frutas alemães, brancos como gelo, estavam dispostos pela calçada, quase como numa feira.

Luzes riscavam os céus. Os narizes ardiam devido ao cheiro pungente de fogo. Uma mulher ruiva numa saia florida rosa estava deitada de costas, como que tomando sol. Ela não tinha rosto. Ele devia ter sido devorado por um dos objetos saqueados, um ferro de passar roupas ou um rádio, cujos fios pendurados faziam com que parecessem ratos gordos. Ao lado da mulher havia uma menininha loura num belo jeans azul de barras decoradas com gatinhos. Ela estava cochilando, ou, então, morta; os Zaric decidiram deixá-la em paz. Enquanto seguiam, o chão por vezes se abria à sua volta, uma fenda de chamas e vapores provocados pelas rajadas dos morteiros. Os Zaric não trocaram uma única palavra durante o caminho. Por que buscariam confirmar se o outro tinha visto aquilo?

A MÃE DO SR. ZARIC morava na rua Volunteer, num prédio de concreto cinza com pequenas varandas e – um detalhe arquitetônico curioso, dado os rigorosos invernos de Sarajevo – uma escada externa de madeira, a qual tentava, sem sucesso, dar ao prédio de seis andares uma aparência de chalé. Ao se aproximarem, os Zaric viram um homem caído ao lado da lata de lixo do térreo; talvez ele tivesse tentado se esconder. De qualquer forma, uma bala o encontrara – um buraco preciso e arroxeado bem acima de sua orelha direita. Os olhos esbugalhados pareciam duas contas azuis. A sra. Zaric o reconheceu.

– É o sr. Kovac – disse com delicadeza. Em seguida, acrescentou de modo displicente: – Ele era sérvio.

– Na hora é difícil dizer – observou Irena. Ou talvez ela tivesse dito "Isso não lhe serviu de nada", ou "Acho que eles não perceberam". Irena tencionava dizer tudo aquilo, mas não estava prestando atenção ao que falava.

Os Zaric escorregaram na poça formada pelo sangue que escorrera do buraco na cabeça do sr. Kovac. A avó de Irena encontrava-se no patamar entre o segundo e o terceiro andares, onde morava, o corpo indicando que ela vinha descendo as escadas. O sangue em seu guarda-pó azul já estava endurecendo, formando nódoas amarronzadas, como creme de morango e chocolate.

A sra. Zaric inclinou-se por cima dela. Irena e o pai não conseguiam ver o seu rosto.

– Vão subindo – falou, de modo gentil. – Deixa que eu cuido da vovó.

O sr. Zaric abriu a porta do apartamento da mãe e, pela primeira vez em horas, tudo que eles puderam escutar foi o silêncio. Uma cortina balançava suavemente na janela. Ao entrar na cozinha, ele se sentou numa cadeira de encosto reto. Irena o seguiu; pegou um pano de prato, molhou na água quente da pia, espremeu e colocou-o com cuidado sobre os olhos do pai. Ele pressionou a testa contra sua mão. A sra. Zaric entrou em silêncio.

— Já cuidei da vovó — informou. — Usei aquela bela manta irlandesa que a gente deu. Mais tarde podemos cuidar melhor dela. Por ora, acho que precisamos de uma xícara de chá.

Irena encheu a chaleira elétrica da avó com água e ligou-a na tomada enquanto sua mãe fuçava o armário em busca de chá.

— Merda, merda, merda — xingou a sra. Zaric. — Não consigo descobrir onde sua avó guarda o chá.

O sr. Zaric ergueu a cabeça num movimento súbito, novamente preocupado.

— Você cuidou da vovó com aquela manta verde fofinha que trouxemos pra ela da Inglaterra?

— Foi — respondeu a sra. Zaric.

— Cuidou como?

— Eu a enrolei nela. Ela é macia e quentinha.

— A gente pode precisar daquela manta — disse o sr. Zaric. — Vamos ser práticos.

— Macia e quentinha pode significar mais para nós — concordou Irena.

Após terminarem de tomar o chá e lavar as xícaras, eles levaram dois lençóis velhos e rasgados até o lugar onde a sra. Zaric deixara a sogra enrolada. Irena achou que a manta parecia um pouco suntuosa demais para servir de mortalha. Desenrolaram a avó, sem prestar muita atenção ao seu rosto, e a cobriram com um dos lençóis, prendendo-o sob sua cabeça e sob os pés calçados com chinelos de plástico. A sra. Zaric fez sinal para Irena e o marido pararem, descobriu os pés da sogra e pegou os chinelos.

— Calçados ridículos — observou o sr. Zaric. — Isso não é maneira de passar a eternidade.

Irena deixou os pais sozinhos com a avó e levou o outro lençol para cobrir o sr. Kovac, ao lado da lata de lixo. O sangue em volta dele engrossara e agora parecia uma espécie de lama amarronzada. Seus sapatos eram pretos, no velho estilo soviético, comprados antes de os sapatos italianos e espanhóis serem tão abertamente importados. Os sapatos soviéticos eram uma piada de tão frágeis. O couro era tão durável quanto papel e a costura se desfazia como barbante. Muitos iugoslavos haviam perdido a fé no comunismo devido aos sapatos soviéticos. Como alguém podia acreditar no paraíso dos operários, se os operários fabricavam sapatos de quinta categoria? E eram *obrigados* a usá-los? O sr. Zaric contara à filha que sempre soubera que os Estados Unidos chegariam à Lua antes da Rússia, porque qualquer cosmonauta ficaria com medo de pisar na Lua com sapatos soviéticos.

Irena tinha certeza de que o pai jamais usaria os sapatos do sr. Kovac, mas outra pessoa poderia. Ou talvez eles pudessem trocá-los por outra coisa. Até mesmo velhos sapatos soviéticos não deviam ser desperdiçados nos pés de alguém que não iria mais a lugar algum. Desamarrou os cadarços e tirou os sapatos com cuidado; em seguida, cobriu-o com o lençol.

— Obrigada, sr. Kovac — falou em voz alta.

Ao subir as escadas segurando os sapatos na mão direita, Irena foi obrigada a pular por cima da avó.

— Quando a vovó Melic morreu, chamamos uma funerária — o pai estava dizendo. — As casas funerárias cuidam de todos os aspectos.

— Até dos bolinhos para o chá — lembrou a esposa. — Mas isso seria esperar demais num dia como hoje.

Irena incumbiu-se da lista e do telefone. Após várias chamadas sem resposta, atendeu um homem da casa funerária muçulmana, na rua Sandzacka.

— Sinto muito, mas estamos ocupados demais para aceitar mais corpos — ele falou com Irena. — Estão atirando nos nossos carros, e pra quê? Pra pegar gente morta?

O pai de Irena fez sinal para que ela lhe passasse o telefone.

— Podemos pagar — o sr. Zaric assegurou ao agente funerário, falando de homem de negócios para homem de negócios.

— Dinheiro? — O homem riu como se nunca tivesse escutado algo tão absurdo. Irena e a mãe conseguiam ouvir claramente as risadas através do fone, até que a linha ficou muda.

— Não podemos deixar a vovó e o sr. Kovac desse jeito — observou o sr. Zaric. — Não está certo. Eles merecem descansar.

Assim sendo, quando a escuridão baixou sobre a cidade enegrecida, brilhando com os tiros, mas sem eletricidade, e reverberando explosões e gritos, Irena Zaric e seu pai desceram cuidadosamente as escadas, quebraram a janela do quartinho de guardados no pátio dos fundos e pegaram uma pá. Irena deitou-se no chão do pequeno jardim nos fundos do prédio para que o pai marcasse as dimensões ao redor dela. Por cerca de dez minutos o sr. Zaric batalhou com a pá, levantando montes de terra.

— Merda — falou para Irena. — Agora eu lembro por que trabalho numa loja.

O sr. Zaric acabara de entregar a pá para a filha quando uma mulher loura, de meia-idade, chamou a atenção deles ao se debruçar na janela do primeiro andar.

— Com licença... o que vocês estão fazendo aí?

— Somos os Zaric — respondeu o pai de Irena. — Meu nome é Milan. Essa é minha filha, Irena. Minha esposa está lá em cima. Talvez a senhora conheça minha mãe, Gita?

— Claro. Sou Aleksandra Julianovic.

— Ah, sim, já ouvi seu nome. Bom, minha mãe está morta.

— Sinto muito. Muita gente está. Podemos ser os próximos.

— É. Bom, mas mamãe já está morta. E o sr. Kovac também.

— Ele eu não sabia.

— Morava no segundo andar, acho. Bom, estamos cavando os túmulos para podermos enterrá-los logo.

— Ai, meu Deus, vocês são fanáticos religiosos, é? — perguntou Aleksandra Julianovic. — Aqui, nessa vizinhança, somos todos europeus.

— De forma alguma — respondeu o sr. Zaric.

— Eles já estão mortos — ressaltou Aleksandra. — O que mais pode acontecer a eles?

Irena interveio, pois pressentiu que a sra. Julianovic estava pondo em teste a civilidade do pai.

— As coisas podem ficar complicadas. Pense no que acontece a uma fruta.

A sra. Julianovic, porém, continuou a direcionar suas perguntas ao sr. Zaric:

— Você é agente funerário?

— Não. Sou vendedor numa loja de roupas masculinas.

— Que loja?

— A International Playboy, na rua Vase Miskina.

— Não conheço. Nunca precisei comprar roupas para um homem.

— Temos uma pequena seção de artigos femininos — replicou o sr. Zaric. Irena pensou que, embora a conversa pudesse ser irritante, o pai apreciava a trégua no trabalho de cavar. — É obrigatório, agora que homens e mulheres são iguais.

— Se são iguais — rebateu a sra. Julianovic —, por que a seção feminina é menor?

— A senhora é mais esperta do que eu. Não sei — respondeu o sr. Zaric. — Apenas gerencio a loja e vendo camisas.

— E vendedores de camisas cavam túmulos hoje em dia?

— No momento, todo mundo precisa fazer coisas diferentes. As funerárias estão ocupadas.

— Eu estudo na Number Three High School — disse Irena. — Nós aprendemos que os muçulmanos, os judeus e os hindus enterram seus mortos em menos de 24 horas. É um ritual. Mas os sacerdotes o transformaram num ritual porque era necessário.

— Bom, eu vivo aqui — revidou a sra. Julianovic. — Foi um dia difícil. Eu gostava da sua mãe e não tenho nada contra o sr. Kovac. Mas isso não são canteiros de rosas.

A sra. Julianovic tinha um pedido a fazer:

— Cavem um buraco só — pediu.

— Mas são dois corpos — retrucou o sr. Zaric.

— Sei disso — falou ela. — Mas se você for cavar um túmulo separado para cada pessoa que precisamos enterrar aqui, não teremos mais espaço para plantar flores. Ou tomates, ou abóboras. Por que não usar o mesmo buraco?

— Isso soa como algo que a vovó diria — observou Irena. O sr. Zaric abriu um pequeno sorriso.

Juntos, o sr. Zaric e a filha cavaram um espaço com cerca de dois metros de comprimento e um de profundidade, de forma que, quando Irena ficou em pé dentro do buraco, as laterais chegavam quase à altura de seus cotovelos.

O sr. Zaric carregou a mãe, sozinho, nos braços.

— Vovó é mais pesada do que pensei — foi tudo o que ele disse.

— Podemos ajudar — ofereceu a sra. Zaric.

— Mamãe me carregou sozinha — replicou o marido.

Eles depositaram o sr. Kovac primeiro, com cuidado, e esticaram o lençol amarelo sobre seu corpo. Em seguida, ergueram a mãe do sr. Zaric e a colocaram sobre o sr. Kovac. Afastaram-se.

— Vou lá em cima buscar Senhor Pássaro — falou Irena.

O sr. Zaric esperou pelo retorno da filha com a mão fazendo sombra sobre os olhos. Quando Irena chegou, disse:

— Sinto muito, mamãe, pelo que aconteceu e por termos de jogá-la aqui desse jeito. De *enterrá-la* dessa forma — emendou. — De certa forma, estamos mais próximos do que nunca.

— Ela está ainda mais próxima do sr. Kovac — brincou Irena, fazendo o sr. Zaric sorrir novamente.

— Espera — disse Irena. — A mulher loura. Acho que devemos convidá-la.

Irena bateu de leve na janela, um pouco mais alta do que seus ombros. Pelo visto, a sra. Julianovic não se afastara muito.

— Claro, vou sair — respondeu ela, aparecendo instantes depois. — É melhor sermos rápidos e cautelosos — sussurrou. — A merda está estourando por todos os lados.

Elas esperaram que o sr. Zaric se pronunciasse.

— Obrigado, mamãe — disse ele, após alguns instantes. — Por... tanta coisa.

Elas não conseguiam enxergar o rosto do sr. Zaric no escuro, mas podiam escutá-lo respirando com a boca aberta, como se fosse falar.

— A gente podia cantar alguma coisa — sugeriu a sra. Zaric, por fim.

— Não me importaria de escutar "Penny Lane" — comentou o sr. Zaric. — Ela me alegra.

— Não seria melhor cantarmos algo religioso? — perguntou Aleksandra Julianovic. — O momento me parece propício.

— E que tal essa? — indagou a sra. Zaric, colocando a mão direita sobre a garganta e entoando de modo suave: — *Here comes the sun, doo-doo-doo. Here comes the sun, and I say...** Ah, espera aí, não estou bem certa da letra. Vamos cantar só o refrão.

Todos cantaram — o sr. e a sra. Zaric, Irena e Aleksandra Julianovic — numa voz calma e suave. Irena estava perto o suficiente para ver o rosto do pai se crispar. Ficou preocupada com a possibilidade de ele chorar e os cortes se abrirem, fazendo o sangue se misturar às lágrimas. De repente, ele caiu de joelhos de modo tão abrupto que Irena pensou que o pai levara um tiro. A sra. Zaric correu até o marido. Colocou a palma da mão sobre a orelha dele e aninhou sua cabeça contra os quadris.

— Shh, querido, shh, meu amor — disse ela. — Seja forte, meu amor, eu estou aqui.

O sr. Zaric caiu para a frente e, com a cabeça baixa e os punhos apoiados no chão, começou a se balançar para a frente e para trás — não exatamente chorando, mais como rios de sangue entremeados de

---

* *Lá vem o sol, doo-doo-doo. Lá vem o sol, e eu digo...* (N. T.)

lágrimas. A sra. Zaric caiu de joelhos no piso áspero ao lado do marido e, enquanto ele se balançava, encostou o rosto contra a base de suas costas.

— Passa pra mim, amor — falou carinhosa. — Passa tudo pra mim, amor. Eu agüento, querido. Passa tudo, tudo pra mim, meu amor.

Um morteiro cruzou o céu, deixando um rastro de luz. Segundos depois, o estrondo, algo explodindo contra o concreto a vários quarteirões de distância. Senhor Pássaro ficou em silêncio. Os tiros arrefeciam os ânimos.

Irena sabia que não havia espaço para ela naquele abraço dos pais. Sem dúvida eles a acolheriam. Mas sentia que o que tinha visto era mais profundo do que qualquer experiência que pudesse ter tido ou vir a ter. Permitiu-se sentir um ligeiro ciúme — não pela mãe amar mais o pai, ou por amá-lo há mais tempo ou de uma maneira diferente do amor que nutria pela filha. Irena apenas não conseguia imaginar que jamais fosse amar alguém daquela maneira.

CONTRA TODAS AS SUAS expectativas, os Zaric conseguiram comer e dormir. A eletricidade fora cortada e não havia água. Aleksandra Julianovic se juntara a eles para comer, trazendo seis fatias de pão de fôrma branco, o qual serviria para passar o patê de fígado que haviam encontrado na geladeira. Só que o patê já estava duro demais para comer — ou assim parecia, naquela primeira noite da guerra.

Assim sendo, eles se sentaram na sala escura do apartamento da avó, embaixo das janelas, tentando montar uma refeição de pequenos pedaços de picles enrolados em pão. Os Zaric só contaram a Aleksandra Julianovic que tinham sido expulsos de Grbavica. Não partilharam intimidades. Detalhes sobre o dia ou sobre suas preocupações com o futuro eram, de qualquer forma, desnecessários.

A sra. Julianovic (ela aceitou o tratamento, embora não tenha feito nenhuma menção ao marido, fosse ele atual, antigo ou falecido) analisou a calamidade.

— Sinto muito pelos seus problemas — disse ela, batendo com seu isqueiro da Coca-Cola contra o joelho. — Mas, acreditem em mim, hoje foi o pior dia. Vocês vão poder voltar logo pra Grbavica. Não posso prometer que o carro de vocês ainda estará lá. Um Honda de quatro anos de idade? Rezem para que eles confisquem os Volvos primeiro. Trouxeram as jóias? Quando viajei pela França... sou professora de artes aposentada... as pessoas me avisaram sobre os ladrões nas estações de trem. Assim sendo, tirei meus anéis de pedra e guardei meu colar de pérolas dentro do sutiã. De qualquer forma, recomendo cautela, especialmente se estiverem viajando sozinhos. Além disso, o suor e o óleo da pele fazem bem às pérolas, embora deteriorem os tecidos usados em lingerie. Como, sem dúvida, já deve ter observado, sr. Zaric.

— Ah, sim — respondeu ele.

— O Ocidente não vai permitir que uma guerra dure mais do que algumas poucas semanas, não nos dias de hoje — continuou ela, mudando claramente de assunto. — Eles colocam um ponto final à guerra antes que os banqueiros e corretores comecem a se atirar pelas janelas. Os soldados das Nações Unidas já estão aqui. Por causa da Croácia, é claro. Mas eles vão ter de sujar as mãos com Sarajevo também. Vietnã, Afeganistão. Capitalismo, comunismo... os grandes *ismos* aprenderam suas lições nesses pequenos buracos de merda. Eles vão deixar os idiotas deste mundo dizerem o que querem, e depois vão aparecer para limpar a sujeira. É por isso que as guerras no Kuwait, no Panamá e no Haiti foram curtas. A guerra queima dinheiro. Para cada bomba que vocês vêem, imaginem os milhões de dólares carbonizados. Para cada corpo... e, me desculpem, estou incluindo sua mãe também... imaginem uma pessoa que não pode mais comprar outras mil Cocas. Os prejuízos se acumulam. O Ocidente pode deixar que a mortandade corra solta na Etiópia ou na Somália. Nesses lugares, as pessoas não têm sequer dois rublos para pagarem por uma Coca. — A sra. Julianovic bateu com a mão no pulso para dar ênfase ao argumento. — Mas *eles* vivem na Idade das Trevas. *Nós* vivemos na *Europa*. Temos lojas da

Benetton na rua Vase Miskina. Richard Branson vende sua música na loja ao lado. Esqueçam o fato de que a vida humana é preciosa. A vida dos consumidores possui *valor de mercado*. No fim, essa é uma garantia melhor. Meu lema: não se pode vender Volvos para gente morta.

O sr. Zaric demorou um instante para perceber que era a sua vez de falar.

— Ainda assim — replicou —, tem o Milosevic e o Karadzic. Eles parecem bastante explícitos quanto a quererem uma Grande Sérvia. Não me parece que vai sobrar lugar para a velha e boa Bósnia miscigenada.

— Ah, os canalhas — observou a sra. Julianovic. — Por favor, perdoem o meu francês. Slobodan Milosevic está interessado em Kosovo. Acho que ele prometeu a cidade para sua amante adolescente russa. Ela provavelmente preferiria outro relógio Cartier de platina, embora tenham me dito que a garota só possui espaço para exibição no tornozelo direito. O Santo Graal da nação sérvia vive em Kosovo. Ele, que reverteu a desgraça da derrota de tantos séculos atrás, está sendo considerado o líder do império sérvio. Milosevic fica satisfeito em manter a Bósnia no seu quintal. Mas ele não quer o império sérvio-bósnio declarado por Karadzic em sua cola. Karadzic, aquele verme grisalho e obeso, quer fazer de Sarajevo a jóia do seu reinado, para poder rivalizar com Milosevic. Como Slobo pode se sentar em paz no trono, com Karadzic esperando uma chance para roubar seus chinelos de veludo? Portanto, no fim — declarou a sra. Julianovic, como se apresentasse o último prato em um jantar especial — não precisaremos mover um dedo. Sou velha e já vi muitas coisas, assim como a Gita. Os capacetes azuis e os cabeças de ferro vão terminar logo com isso, e nós poderemos seguir com nossas vidas. Estava pensando — continuou ela — se não devia arriscar descer no escuro para ver se encontro algum doce.

O APARTAMENTO DA AVÓ de Irena tinha dois quartos. No entanto, os Zaric decidiram passar a noite no chão da sala de estar. Cada um deles se ajeitou próximo à parede, bem abaixo das janelas da frente. Eles tinham chegado à conclusão, com base em suas recentes experiências, incompletas, porém convincentes, de que os tiros e morteiros atravessariam as janelas, passando por cima de suas cabeças. Irena cobriu-se com sua jaqueta do exército, as costas coladas contra o chão e o pássaro quieto ao lado de sua cabeça. Trocaram boa-noite. O que quer que tenham dito um para o outro, foi mais do que Irena conseguiu se lembrar a respeito do dia.

E ELA DORMIU. Irena era uma atleta. Da mesma forma como sabia que podia confiar em seu treinamento para lhe conferir velocidade e força quando precisasse, estava certa de que agora podia contar com seu corpo para lhe garantir o descanso.

7.

Passaram-se várias semanas antes de o resto da cidade perceber que estava em guerra. Parecia mais seguro acreditar que uma espécie de loucura vinha se espalhando, como uma forte e repentina tempestade de neve. Ninguém podia colocar um ponto final naquilo, ninguém podia ser responsabilizado. No entanto, a guerra terminaria em algum momento. A pessoa poderia sair do porão e descobrir todos os seus artigos de luxo perfeitamente arrumados em sua sala de estar.

 Ainda assim, em poucos dias, Irena e sua família já tinham feito certos ajustes críticos. Alguns deles foram mais ou menos instantâneos e, uma vez providenciados, mais óbvios do que surpreendentes. Irena ficava surpresa ao escutar que Bruce Springsteen deixara Julianne Phillips, ou que Mick Jones havia abandonado o The Clash para formar o BAD II, ou que Magic Johnson ficara doente e não podia mais jogar basquete. No entanto, dormir em meio ao barulho dos morteiros e das rajadas de tiros, tomar cuidado para não sentar em nenhum lugar acima da linha da janela, abrir velhas latas de conserva e dividir as mirradas porções de feijão fora da validade em quatro refeições geladas, manter todas as torneiras abertas para que, quando os sérvios religassem a água por uma hora, apenas como provocação, eles pudessem encher os baldes, xícaras e garrafas – tudo isso se tornou um hábito diário.

— O inferno também deve ter sua rotina — Aleksandra Julianovic falou com Irena.

Os sérvios religavam a água apenas para manter os bósnios acordados a noite inteira, ansiosos e inquietos, esperando para ouvir o jato. Ligar a água num prédio de apartamentos em Sarajevo era como espalhar migalhas de pão em volta das árvores para atrair pombos famintos. Os atiradores sérvios sabiam que, se religassem a água por alguns instantes, podiam atirar em praticamente qualquer janela e acertar ou assustar algum bósnio concentrado em encher um velho latão de leite na torneira da banheira.

Os Zaric precisavam decidir o que fazer com relação às janelas. As dos quartos eram voltadas para as montanhas e, por conseqüência, para os atiradores. Eles eram obrigados a ignorá-las, entrando nos aposentos apenas quando precisavam procurar por objetos para vender ou queimar.

A janela do banheiro também era voltada para as montanhas. Ela era pequena, alta, translúcida e perigosa. Eles podiam apenas esperar que ela não pudesse ser notada do outro lado. A fim de evitar se tornar um alvo para algum atirador, o sr. Zaric decidiu fazer suas necessidades sempre sentado.

O cerne de suas preocupações eram as três janelas grandes da sala de estar, voltadas para a lateral do prédio, fora do ângulo de visão para quem estivesse nas montanhas. O sr. Zaric fez um esboço no verso da capa de um dos velhos livros de sua mãe. Ele desenhou linhas e setas, e concluiu que o traçado ainda era grande o suficiente para tentar um atirador. Podia-se ouvir os moradores dos prédios vizinhos, e dos outros andares, martelando portas, caixotes e tampos de mesas contra as janelas.

— Ah, mas assim vai ficar tão escuro aqui dentro — opinou a sra. Zaric. — Como se morássemos numa caverna.

O sr. Zaric concordou.

— Bem diferente do glamour que nos cerca no momento. — Com isso, arrancou a esperada risada da mulher.

— Os atiradores têm uma cidade inteira cheia de alvos para escolher — observou Irena. — Por que eles tomariam conta da nossa janela em particular?

— Porque eles estão lá — respondeu o sr. Zaric. — Eles ainda estão lá.

— Senhor Pássaro dormiria sem parar — retrucou Irena. — Acho que a escuridão liga algum tipo de botão do sono no cérebro dele.

— Bom, se a gente não cobrir as janelas — rebateu o sr. Zaric —, não sei quanto tempo mais vou conseguir me arrastar pelo piso como um caranguejo. — Ele levantou os ombros e deixou os braços pendurados como exemplo.

— Isso parece um babuíno — falou Irena. — Eles pulam de árvore em árvore. — Senhor Pássaro manifestou-se com um trinado.

— Podemos ficar no saguão quando precisarmos — disse a sra. Zaric. — Em turnos. Você adora essas escalas. — Foi a vez dela de ser agraciada com uma risada. — Podemos cantar ou dançar. Há espaço suficiente nos saguões para caber uma pessoa como Toni Kukoc.

O sr. Zaric começou a se balançar para a frente e para trás, apoiado nos calcanhares, como um juiz prestes a proclamar sua sentença.

— Vocês me convenceram — disse finalmente. — No fim, tudo gira em torno da propaganda. Cobrir as janelas com uma porta é como colocar um outdoor para os canalhas do outro lado. Seria o mesmo que instalar um painel piscando em vermelho com os dizeres: "Olá, amigos! Tem gente morando aqui. Atirem logo!". Acho — continuou ele — que as janelas devem ficar como estão. Pelo menos enquanto durarem.

— Dou a minha palavra — concluiu a sra. Zaric. — Você nunca vai me ver limpando essas joças.

O PRÉDIO DA AVÓ tinha seis andares, e cada andar, seis apartamentos – caixas de fósforos simples e apertadas do final da era Tito, com piso frio de concreto e paredes de concreto de cinzas pintadas de branco. Os Zaric tinham ficado satisfeitos quando a avó se mudara para lá. O prédio era bem localizado para uma senhora ativa que desejava manter sua independência. Os apartamentos ficavam logo abaixo da pitoresca Cidade Velha, com seu emaranhado de ruas, barzinhos e quiosques de salgadinhos, a um quarteirão de distância da principal sinagoga, a qual oferecia uma ampla programação cultural (*na terça à noite, o rabino Zemel irá mostrar os slides coloridos de sua viagem de primavera à histórica Orlando, nos Estados Unidos*) e servia refeições quentes ao meio-dia (embora a mãe do sr. Zaric preferisse almoçar num dos quiosques, onde podia tomar uma cerveja).

A guerra fez com que esses imóveis ficassem desvalorizados. Apartamentos com vista para o rio ou para as montanhas agora significavam exposição aos tiros dos morteiros e dos atiradores de elite. Um pouco antes, um morteiro destruíra um dos painéis amarelos, um dos poucos detalhes charmosos do edifício. A explosão arrasara grande parte do saguão do quarto andar, onde pessoas cochilavam em turnos.

Os Zaric escutaram o estrondo e os gritos acima deles. Despertaram do próprio sono e subiram correndo as escadas. Mas então, com a mesma rapidez, ouviram os atiradores disparando pelo buraco. Os sérvios tinham lançado o morteiro a fim de derramar sangue e de atrair mais pessoas para serem mortas.

– Espera – falou o sr. Zaric, abrindo os braços. – Ainda não. Espera.

– A gente precisa fazer *alguma coisa* – interveio Irena.

– O quê? – atirou a mãe. – Correr para entrar na mira deles? Para lhes dar mais alvos?

Os Zaric entreolharam-se por alguns longos minutos em meio à escuridão do ambiente, trocando palavras irritadas:

– Talvez já tenha parado.

– Talvez. Espera.

— Pelo quê?

— Espera terminar.

— Terminar? Quando?

— Ah, merda, isso é uma guerra — concordou, por fim, a sra. Zaric. — Não vai terminar nunca.

Eles subiram e constataram que três pessoas haviam morrido. Um homem jogou o facho de luz de sua lanterna sobre os olhos de cada um.

— O senhor os reconhece? — perguntou ao sr. Zaric.

— Somos novos aqui — respondeu o pai de Irena, um pouco na defensiva. — Somos de Grbavica. Tivemos de nos mudar para o apartamento da minha mãe.

— Ah, sim, a Gita — falou o homem da lanterna. — Já soube. Aleksandra me contou. Ela é o nosso Colombo dos dias de hoje, navegando entre os mundos. Cada andar é um continente.

— Será que podemos... — O sr. Zaric esqueceu o que pretendia dizer.

— Ah, diacho — falou o homem. — Não conheço essas pessoas. Sei que os Ciganovic estavam morando aqui. Mas talvez eles tenham partido. Não sei se para sempre ou só por pouco tempo, embora eu não consiga ver muitas razões para eles voltarem. Esse pessoal deve ter vindo de outro lugar. — Ele jogou o facho da lanterna sobre os sapatos, brutos e cobertos de lama. — Bijeljina ou Zvornik. Devem ter caminhado até aqui com tudo que possuíam nas costas e experimentado as fechaduras até encontrarem uma aberta. E fizeram do lugar seu novo lar. Até mesmo um lugar como esse deve parecer Paris se comparado a Vukovar. E então os pobres-diabos acabaram encontrando os mesmos canalhas aqui.

O sujeito iluminou os rostos com a lanterna: dois homens e um garoto. O sangue deles esvaíra-se com rapidez, deixando a pele branca e brilhante sob a luz, quase como gelo. Que Deus me perdoe, Irena pensou consigo mesma, por ver beleza num momento como esse. Ela imaginou os dois homens e o garotinho dormindo por séculos em algum desfiladeiro do Ártico, sendo acordados em segurança muito após o homem que os matou ter desaparecido da face da Terra.

IRENA ANDOU ATÉ o buraco na parede e esticou o braço para tocar o fundo áspero, de onde concreto e argamassa tinham se desprendido. Ainda estava um pouco morno e cheio de fragmentos soltos. Pedaços da parede soltavam ao toque. A noite já ia pela metade e os lados do buraco pareciam pedra e areia sob o sol quente.

— Isso é uma coisa estúpida de se fazer — falou o sr. Zaric às suas costas.

— Está escuro — respondeu Irena. — Eles não podem me ver.

— Visores infravermelhos — disse o pai. — Binóculos noturnos. Óculos *Star Trek*. Até mesmo o antigo exército iugoslavo tem essas coisas.

— Eles precisariam estar olhando — replicou Irena, dando um passo para trás. — Dá pra ver todas aquelas luzes lá fora — continuou. — Quero dizer, do outro lado. Aqui é como se tivessem jogado um cobertor em cima de tudo. Lá, nas montanhas, na nossa casa, lugares tão próximos que quase dá pra tocar, dá pra ver as luzes dos pórticos, dos faróis dos carros e dos postes. Dá pra ver as luzinhas nos patamares das escadas, até aquelas amarelinhas efervescentes dos anúncios de cerveja. Consigo ver a luz no alto do telhado laranja da velha igreja sérvia e sobre a plataforma de carga e descarga da escola. É surpreendente. É normal. Aposto que eles têm até sorvete.

— Será que eles não sabem que está acontecendo uma guerra? — O sr. Zaric segurou a filha delicadamente pelos ombros, a fim de afastá-la do buraco.

— Eu poderia matá-los — falou Irena, calmamente.

— Não diga uma coisa dessas — replicou o pai.

— Tudo bem — concordou ela —, não vou mesmo. Ainda assim... — Ela se virou para o buraco de novo e teve outro vislumbre enlouquecedor das belas luzinhas. — ... eu poderia.

Pouco antes do amanhecer, outra dúzia de famílias do prédio da avó de Irena gastou seus próprios dez minutos para encher bolsas de ginástica e sacos de lixo com tantos pertences pessoais quanto conseguiam carregar nas costas. Alguns tinham destinos em mente, e foram bem recebidos nas casas de parentes e amigos. Outros imploraram abrigo a estranhos, e alguns, os Zaric escutaram depois, simplesmente empurraram outras pessoas na frente das miras.

A cidade estava sendo remodelada. As realocações começaram como uma inconveniência temporária que cada lado optou por acatar com ânimo, como um dever patriótico e humano. No entanto, com o passar das semanas, os ânimos e a cortesia começaram a arrefecer. Nos apartamentos, pessoas até então relativamente estranhas eram, de repente, obrigadas a partilhar um pequeno suprimento de comida, água e espaço.

Os Zaric arrombaram a porta do apartamento do sr. Kovac para ver se descobriam alguma coisa que pudesse lhes ajudar na sobrevivência. Encontraram algum dinheiro e jóias. Guardaram o dinheiro e esconderam o anel com uma pedra cinzenta e um prendedor de notas de prata numa das sacolas de compras da avó.

— Para ficarem protegidos dos ladrões — declarou o sr. Zaric. Ele tinha se aventurado no closet do sr. Kovac e descoberto que os casacos, camisas e suéteres do homem lhe serviam. As calças ficavam um pouco apertadas, precisava encolher a barriga para abotoá-las. Contudo, a escassez de comida na cidade já começara a moldar sua cintura para caber na roupa nova. Um colete de feltro verde, duas camisas sociais rosa e quatro pares de meias holandesas vermelhas foram um luxo inesperado e o sr. Zaric superou rapidamente seu desconforto em usar as cuecas de um homem morto que ele mal conhecia.

— Cuecas *slip* brancas normais — comentou com Aleksandra Julianovic. — Não são calcinhas de seda rosa, como você suspeitava.

Irena e a mãe vasculharam as roupas da avó. Elas ficavam largas, mas Irena encontrou dois pares de jeans – um deixado lá por ela e outro, ao que parecia, pelo irmão – que serviam melhor.

A LOJA GERENCIADA pelo sr. Zaric, a Playboy International, estava fechada (um cartaz dizendo "Nenhuma relação, declarada ou implícita, com a Playboy International Inc." fora afixado abaixo do letreiro desde que a queda do Muro de Berlim passara a dar mais respaldo ao trabalho dos advogados de direitos autorais nas cortes regionais).

Um desanimado sr. Zaric trouxera a notícia certa manhã, após caminhar pela Cidade Velha até a rua Vase Miskina. Ele tinha prometido permanecer próximo a pessoas que parecessem experientes e safas. Estivera seguindo um jovem robusto numa jaqueta de motoqueiro de couro quando uma bala passou entre eles, arrebentando os tijolos de uma fonte.

O jovem rolou para a sarjeta. Alguém devia ter lhe ensinado aquela manobra, pensou o sr. Zaric com admiração. Tudo o que ele próprio conseguira fazer fora se jogar atrás de um latão de lixo verde. O latão retiniu com a pancada e o sr. Zaric percebeu que a lixeira lhe garantia tanta proteção quanto uma lata de azeite.

– Eu não seguraria esse troço com os dedos desse jeito – gritou o rapaz.

– Ah, merda. Você está certo – concordou o sr. Zaric. – Os dedos aparecem. – Ele puxou as mãos e espremeu os cotovelos contra os lados do corpo. Joelhos, tornozelos e, agora, os cotovelos... todas as juntas encolhidas de modo a mantê-lo escondido atrás da lata de azeite. – Estou parecendo o próprio Houdini – gritou de volta.

– Agora seria um bom momento para desaparecer! – retrucou o homem.

Eles escutaram as próprias risadas ecoando pelas ruas desertas.

— Você parece saber como agir aqui fora — observou o pai de Irena. — É soldado?

— Ah, merda, não! — falou o homem, ainda na sarjeta. — Sou padre, da St. Francis.

— Você me parece safo — comentou o sr. Zaric.

— Sou irlandês — respondeu o padre.

— De Belfast?

— Desculpe desapontá-lo. De Donegal.

— Onde você aprendeu a mergulhar desse jeito?

— Onde a gente aprende as coisas? Na televisão.

— Gostaria de estar tendo essa conversa num pub — disse o sr. Zaric. Ele podia permanecer naquela posição de maneira confortável por apenas uns três minutos e, com dor, por mais dois. — Preciso me virar — gritou para o padre. — Não agüento mais ficar assim. Vou acabar caindo e parecendo um ganso numa bandeja.

— Vire-se com cuidado — aconselhou o padre.

— Meu nome é Milan Zaric. Morávamos em Grbavica — falou sem se mover. — Minha mulher se chama Dalila. Tenho um filho, Tomaslav, que está em Viena, e uma filha, Irena.

— Ela joga basquete — disse o padre.

— Você a conhece?

— Ela é boa. A Number Three deu uma coça nas nossas meninas da St. Francis durante os jogos juvenis.

— Bom, se as coisas aqui não terminarem bem — disse o sr. Zaric —, estamos morando no terceiro andar de um prédio na rua Volunteer. Com uma escada externa.

— O chalé. Eu as encontro — respondeu o homem. — Sou o padre Chuck. Vou rezar pra que você se torne uma Katarina Witt.

E, realmente, a mera menção ao nome pareceu inspirar o sr. Zaric a girar os ombros e joelhos para ficar com as costas apoiadas contra o latão de lixo. Com isso, ele conseguiu se ajeitar com mais facilidade.

— Bra-vo — gritou o padre Chuck. — Escutei isso. Nove ponto oito, diriam os juízes.

O sr. Zaric podia sentir um dos vincos do latão machucando sua testa e, com o cotovelo direito grudado ao corpo, levantou o braço para tocar o ponto; não sentiu sangue algum. Ainda não era capaz de ler direito, desde que tivera os óculos esmagados em Grbavica. No entanto, conseguia entender a mensagem escrita em letras grandes e pretas no lado da fonte: FUAD ESTÁ BEM. AVISE SUA MÃE. O sr. Zaric não conhecia o nome.

— Quanto tempo a gente deve esperar aqui, padre?

— O ideal seria até escurecer. Mas preciso ir ao banheiro e estou certo de que nenhum de nós estaria aqui se não tivéssemos obrigações a cumprir.

— Talvez nosso amigo nas montanhas imagine que tenha nos forçado a ficar imóveis e agora esteja com a atenção voltada para outro lado — sugeriu o sr. Zaric.

— Ou talvez ele esteja esperando.

— Ou entediado. Eu estou.

Dez minutos depois, eles ouviram o barulho de tiros sendo disparados em outro lugar.

— O barulho vem do centro da cidade — observou o sr. Zaric. — A vários quarteirões daqui.

— Eles têm mais de uma arma, tenho certeza — replicou o padre Chuck. — Vamos levantar ao mesmo tempo — sugeriu. — Para confundir o canalha.

— Conte até três. Um.

— Dois.

— Dois e meio?

— Isso, continue a contar.

— Três!

Os dois homens saíram correndo em direção à marquise de uma velha lanchonete, famosa por seu *cevapcici* — pequeno sanduíche de lingüiça de cordeiro, típico de Sarajevo –, e trocaram um aperto de mãos.

— Vocês deviam aparecer algum dia na nossa igreja para uma refeição – disse o padre Chuck. – Durante uma trégua ou um cessar-fogo. Melhor ainda, quando esta loucura sem sentido estiver terminada. Não queremos ver uma família de três pessoas atravessando a cidade por causa das sopas enlatadas que temos servido na reitoria.

Mais tarde, o sr. Zaric não contou à família sobre os dez minutos passados atrás do latão de lixo na Quay General Stepa Stepanovic. Ele apenas disse:

— Conheci um jovem adorável na Cidade Velha hoje.

Quando o sr. Zaric virou na rua Vase Miskina, viu um cachorro magro e cinzento comendo uma carcaça. Os saqueadores estavam mais gananciosos. Eles saíam correndo com os braços carregados, deixando um rastro de tênis de corrida, cigarros, sabonetes e vidros de colônia. Imaginou que o saqueador de uma lanchonete de *cevapcici* tinha, provavelmente, pego mais carcaças do que conseguia carregar. Em seguida, viu fragmentos de tecido azul agarrados embaixo do gigantesco pedaço de cordeiro. Não havia nada a fazer, a não ser continuar caminhando, e foi exatamente o que fez.

— Já vi coisas mais nojentas – disse para si mesmo. – Estou quase feliz em ver que o homem e o cachorro puderam ser úteis um para o outro.

Da International Playboy, só restava a casca. As janelas haviam sido quebradas e todos os produtos saqueados, até o último par de meias soquete. Alguém chegara até mesmo a arrancar a privada da parede do banheiro, deixando o cano nu e uma inscrição raivosa nos azulejos: MUÇULMANOS COMEM MERDA.

— Igual a "Katarina Witt Bebe Pepsi" — comentou o sr. Zaric com a família. No entanto, não havia como esconder a depressão com piadas jocosas. — Sem trabalho, sem dinheiro — falou para a mulher e a filha. — Nossas economias foram confiscadas pela Grande Sérvia. Não sei como vamos sobreviver. Eu disse isso? — perguntou. — Eu disse que "não sei como vamos sobreviver?".

IRENA FICOU ENLOUQUECIDA quando o pai lhe falou que não a deixaria sair para buscar os suprimentos que as Nações Unidas tinham começado a providenciar. Estava se sentindo enclausurada. A primavera era, em geral, uma época importante para o basquete. Sentia falta do desafio de se sentir útil.

— Consigo carregar mais do que qualquer um de vocês — argumentou. — E, além disso, corro mais rápido.

— Esse é exatamente o problema — retrucou o pai. — Você pode correr mais rápido do que sua mãe ou eu. Pode até ser mais rápida do que uma maldita gazela. Mas não consegue ser mais veloz do que uma bala.

— Você não teve problemas — rebateu Irena.

— Tive sorte — constatou o pai. — É diferente. Nem o Michael Jordan conseguiria fugir de uma bala se o atirador fosse bom de mira. Ele ou ela, acho que hoje em dia pode ser qualquer um.

A sra. Zaric, acreditando que o marido parecia mais relaxado após a saída da tarde, sugeriu:

— Vou com ela. Vamos juntas.

— Para que as duas se metam em encrenca?

— Você não pode esperar que a gente fique trancafiada aqui pelo resto da vida.

— Não. Só enquanto for necessário.

— De que jeito? — indagou a sra. Zaric. — Como os Frank?

— Estava esperando um final melhor — observou o sr. Zaric.

— Olhe só, a gente precisa de comida. — A sra. Zaric usou o mesmo tom de voz que empregava quando não queria que Irena os escutasse (de qualquer forma, a filha escutou). — Se ela não sair, Milan, vai se tornar uma companhia intolerável. E Irena está certa: ela pode nos ajudar. Além disso, Milan — acrescentou, de modo mais incisivo —, Irena tem o direito de ver o que está acontecendo.

O RÁDIO AVISOU que uma torneira tinha sido aberta em uma pequena rua nas proximidades do General Radomir Putnik Boulevard. Eles lavaram uma velha garrafa plástica de refrigerante e uma antiga panela de ensopado.

Irena cantou *"Good, good, good, good vibrations!"*, enquanto batia com os dedos nos fundos da panela que carregava debaixo do braço. A mãe segurava a garrafa vazia de refrigerante num dos braços e um balde amarelo no outro.

O olhar do sr. Zaric abrandou-se ao vê-las na porta.

— Ai, meu Deus — disse ele. — Vocês duas parecem que estão indo passar o dia na praia, em Dubrovnik.

A SRA. ZARIC E IRENA desceram o Proletariat Brigade Boulevard sem maiores incidentes. No entanto, o silêncio da rua principal deixava-as apreensivas. Irena adorava perder-se no burburinho da cidade — o retinir das xícaras de café e a agitação humana, o repicar de saltos pelas calçadas do boulevard. Adorava meter-se em meio a grupos de pessoas para absorver suas conversas. Agora, só conseguia escutar a própria voz ecoando nas pedras. O eco dava-lhe uma sensação de solidão.

— O tempo está melhor do que eu esperava — Foi tudo que conseguiu dizer para a mãe.

Elas se juntaram a uma fila de umas 20 pessoas, postando-se atrás de um ônibus virado na rua para bloquear a visão dos atiradores. Um policial bósnio numa camisa azul tinha aberto uma torneira na lateral de um prédio de tijolos vermelhos e as pessoas se revezavam para encher suas garrafas de refrigerante na bica. A multidão permanecia notoriamente quieta. Ninguém dizia "Como estou feliz em encontrá-lo desse jeito, faminto, sujo, com roupas emprestadas e em pé numa fila para conseguir um pouco de água".

A sra. Zaric e Irena estavam esperando havia uns cinco minutos, quando um homem se aproximou por trás. Ele trazia três crianças a reboque, dois meninos e uma menina, quase jovens demais para agüentarem os jarros que carregavam.

Uma mulher enrolada num cobertor marrom se virou.

– Você não vai conseguir mais água por causa dessas crianças – falou para ele. – Cada um tem direito a duas garrafas, só isso.

– Mas tenho três filhos – explicou ele.

– É a regra. De qualquer forma, não devia arrastar seus filhos até aqui.

– A mãe deles está morta – replicou o homem.

– E isso é o que vai acontecer com eles se não os tirar daqui. – A mulher agora se mostrava irritada. O rosto estava vermelho e ela cuspia enquanto falava.

– E devo deixá-los sozinhos no apartamento, para que engatinhem até a janela e levem um tiro? – indagou o pai.

A sra. Zaric aproximou-se da mulher enrolada no cobertor.

– Acho que os dois foram claros o suficiente – falou.

Quando chegou a vez da sra. Zaric e Irena, o policial confirmou que elas só poderiam encher dois recipientes – somente dois.

– Então podemos encher essa velha panela de ensopado?

– Claro – respondeu o policial.

– E o balde?

– Também – disse ele. – Não tem problema.

– Mas a gente podia optar por encher só a garrafa e o balde. Ou duas panelas de ensopado? Não tenho certeza se entendo o sentido dessa limitação.

As pessoas atrás de Irena e da mãe estavam começando a resmungar e bufar, como se dissessem que não tinham o dia inteiro. No entanto, embora Irena não estivesse disposta a lembrá-los disso, eles provavelmente tinham.

— Encher dois recipientes... ou dez... não é o problema — declarou o policial, fazendo sinal para que elas colocassem o primeiro de seus recipientes embaixo da bica.

A sra. Zaric sentiu o balde ficar mais pesado à medida que enchia e aproveitou os respingos gelados que lhe caíam sobre as articulações. Enquanto abraçava o balde cheio junto aos quadris, Irena posicionou a panela de ensopado sob a torneira.

Ao inclinar-se para levantá-la, descobriu que não conseguia movê-la.

— Bem-feito. Quem mandou ser fominha? — gritou alguém.

Com o balde na mão esquerda, a sra. Zaric usou a direita para segurar o cabo da panela, enquanto Irena a erguia com ambos os braços. Ao darem os primeiros passos, derramaram um pouco de água, tanto do balde quanto da panela. Enquanto prosseguiam, mais água ia ficando pelo caminho. A água ondulava na panela e levantava pelas laterais, caindo sobre o peito de Irena. Elas ainda não tinham dado dez passos, quando foram obrigadas a parar e colocar o balde e a panela no chão. Estavam ficando sem água e sem forças devido às risadas.

— Fico feliz por não termos trazido a banheira — comentou a sra. Zaric. — Vamos ficar com as panelas vazias e os sapatos encharcados.

Elas contornaram o ônibus e continuaram a descer o Proletariat Brigade Boulevard, parecendo duas patas-chocas para quem estivesse assistindo.

O SR. ZARIC TINHA encontrado uma pilha de cartões na loja, os quais costumava enviar para os clientes; guardou-os no bolso da jaqueta. Milan era um homem metódico que acreditava na ordem. Podia imaginar-se usando os cartões para preparar uma lista com as coisas que a família devia ter em mente: as garrafas que tinham disponíveis para levar até as torneiras públicas, o número de latas de feijão e almôndegas na despensa, o número de curativos sobrando. Colocou os cartões de lado quando a mulher se esticou sobre a mesa da cozinha para pegar um, escrevendo bem no centro: "Terça: Ficar Vivo."

O PAI DE IRENA TRABALHARA todos os dias de sua vida desde os 18 anos de idade, inclusive a maioria das tardes de sábado. Às vezes, o trabalho nesse dia coincidia com algum jogo de basquete de Irena e ele pedia à filha que fosse compreensiva: ambos atendiam aos desejos do público. Ela não podia marcar um jogo da liga para, digamos, as dez da manhã de uma quarta-feira, a fim de que não interferisse nos seus planos de diversão, nem nos das colegas. Os jogos eram marcados em prol dos fãs. Jogos deviam ser disputados quando eles não tivessem de trabalhar, o jantar estivesse pronto e as louças recolhidas. Da mesma forma eram as vendas, dissera o pai. Ambos trabalhavam a serviço de outros; isso fazia com que valesse a pena.

Agora ele não tinha mais um trabalho ao qual comparecer. A sra. Zaric pedira à filha que entendesse que isso representava outra perda para a família, tal como o súbito desaparecimento de um grande amigo. O sr. Zaric sentia falta do companheirismo e do senso de propósito que o trabalho lhe proporcionava.

As velas estavam acabando. A luz tinha piscado e depois apagado de vez quando os paramilitares sérvios cortaram os fios de energia. As lojas que vendiam velas só mantinham em estoque o suficiente para suprir aniversários e jantares românticos, e, de qualquer forma, já tinham sido saqueadas. Assim sendo, o sr. Zaric pôs-se a trabalhar. Recolheu os resíduos de cera deixados pelas velas queimadas e colocou-os numa lata de feijão vazia. Certa manhã, enquanto a mulher esquentava água a fim de fazer o chá, ele pôs a lata dentro da panela. Algum tempo depois, a água começou a pular. O sr. Zaric também.

– Está... está... olha! Estou conseguindo alguma coisa!

Irena e a mãe sentaram-se com os olhos turvos, pensando apenas no chá.

– Olha! – gritou ele, brandindo a lata de feijão que segurava com a luva de cozinhar, como se fosse um dos troféus de basquete de Irena. – Vocês estão vendo? Estão vendo?

Elas não viam nada.

– Olha aqui – falou ele, oferecendo a lata para análise como se fosse um acessório numa exibição de mágica. – Observem que a cera começou a derreter. Se tivéssemos esquentado um pouco mais de água – continuou, obviamente entusiasmado –, a cera teria derretido mais.

Irena e a mãe sorriram – de modo condescendente, embora sem entenderem nada.

– Pois bem. A vela se apaga. Mas, como o filósofo John Lennon observou certa vez, continuamos a brilhar. A vela apenas espera... e sob as presentes circunstâncias, não evito a conotação espiritual... pela ressurreição. *Voilà!* – exclamou, sem conseguir resistir. – Quando esquentarmos água pra fazer chá ou café, ou pra lavar alguma coisa, devemos nos lembrar de acrescentar os resíduos da vela do dia anterior na lata de feijão. Vou montar um esquema. Não, deixa que eu mesmo cuido disso. Coloquei um pedaço de barbante no meio. A gente coloca a lata em banho-maria. A cera antiga derrete no fundo. Cada dia, mais alguns resíduos, e vai acumulando. Até... – Ele sinalizou para Irena lhe entregar um fósforo e ela colocou um em sua mão.

– *Até* – falou, quase cantando, enquanto riscava o fósforo e acendia o barbante – que tenhamos uma nova vela. Essa lata de feijão usada vira um *caldeirão* de fabricar luz. – Uma pequena chama brilhou pelas beiradas da lata.

– Em poucos minutos, não conseguiremos mais ver a chama – observou a sra. Zaric. – Ela vai ficar mais baixa do que a lateral da lata quando a sua preciosa vela queimar.

— Pensei nisso — replicou o marido, apagando a chama com os dedos. — A gente corta a lata e solta a vela.

— Cortar com o quê? — perguntou ela. — Não vi cortador de aço algum entre as coisas de cozinha da vovó. Ela não fabricava carros aqui.

— Com meus dentes, se for necessário — respondeu o marido, de modo resoluto e um tanto irritado.

— Não se esqueça — continuou ele — de que esse sistema recicla os recursos. Realmente acredito... e estou falando sério... que devíamos apresentar isso na Cúpula da Terra da ONU. Sarajevo mostra ao mundo! Não acendemos um fogo só para derreter a cera. Não é preciso queimar nossos preciosos gravetos. Utilizamos o calor da água que está fervendo. Todas as velas queimam. As nossas irão queimar e queimar e queimar. Inventamos a vela autoperpetuante! — exclamou.

Irena nunca vira o pai daquele jeito e achou que ele tinha ficado louco. A sra. Zaric, de pé e com as mãos nos quadris, disse:

— Às vezes, as catástrofes revelam os verdadeiros gênios entre nós.

CERTA MANHÃ, OS POLICIAIS do novo governo bósnio entraram no prédio da rua Volunteer, intimando todos os homens acima de 18 anos a se apresentarem para o serviço militar. O pai de Irena recebeu-os com toda a pompa.

— Estava esperando por vocês — disse ele. — Já teria me alistado, só que não sabia aonde eu tinha de ir. Tenho sangue sérvio, vocês sabem, e me sinto orgulhoso em poder defender a Bósnia. Estou pronto.

Os policiais ficaram um tanto pasmos com o fervor demonstrado pelo sr. Zaric, mas não quiseram desencorajá-lo.

— O trabalho fora da linha de combate também é importante — disseram, olhando para a sra. Zaric.

— Quem dentre nós, cidadãos de Sarajevo, leva uma vida sem luta nesse momento? — replicou ele. Os oficiais riram e disseram que, se o sr. Zaric os acompanhasse, eles encontrariam algo para ele fazer; ele poderia voltar para casa dali a alguns dias.

De acordo com a sugestão de um dos oficiais, a sra. Zaric empacotou uma muda das roupas do sr. Kovac para o marido, embrulhando-as num par de calças que ele poderia carregar debaixo do braço.

— O exército está sendo renovado — explicou um policial, com certo embaraço. — Não temos uniformes para todo mundo. Cada um usa o que puder encontrar.

O sr. Zaric despediu-se da filha e da mulher com um beijo. Eles se abraçaram por alguns instantes, tomando cuidado para não estragar o entusiasmo do sr. Zaric com relação ao seu novo propósito de vida. Ele pressionou o rosto contra as grades da gaiola do Senhor Pássaro e soprou um beijo.

— Faça nossa família sorrir, Senhor Pássaro — pediu. — Enquanto isso, vou manter a nação a salvo. Estarei de volta antes que vocês percebam!

O sr. Zaric retornou ao apartamento naquela mesma noite.

— Eles não sabiam o que fazer com um vendedor de roupas míope, de 44 anos — declarou o pai de Irena. — Me ofereci para ser general. Eles disseram que ainda não precisavam chegar a tal extremo.

"Me perguntaram se eu já tinha feito outra coisa além de vender roupas. Bem, respondi, eu costumava escrever poesia na escola. Conheço umas cem palavras em chinês. Sei de cor todas as letras das músicas dos Beatles e do Leonard Cohen. O capitão encarregado... um jovem camponês robusto, se não me engano... revirou os olhos e disse: 'Merda de Sarajevo.' Respondi que, recentemente, estivera cavando túmulos. 'Bem', retrucou ele, 'talvez o senhor não seja completamente imprestável.'"

O EXÉRCITO DESEJAVA abrir alguns túmulos ao longo das linhas de frente, nas colinas de Kosovo. O capitão dissera que alguns sérvios do Exército Nacional iugoslavo tinham roubado armas do arsenal deles e as enterrado em caixões no Cemitério Bare. Segundo os relatos, enquanto reviravam a terra, eles diziam: "A história dos sérvios está sendo desenterrada. Esses túmulos representam o nosso futuro!"

O capitão informara que um time de reconhecimento do exército bósnio (uma frase que ainda soava, aos ouvidos do sr. Zaric, tão estranha – não-natural –, para não dizer hilária) estava planejando uma investida súbita a uma terra de ninguém, uma atitude que atrairia tiros. O sr. Zaric e mais três outros homens chegariam correndo com suas pás, a fim de cavar o túmulo mais recente e recolher as armas para o novo exército bósnio.

— Os capacetes azuis estão aqui para reforçar o embargo das armas — informou o jovem capitão. — O que significa que os sérvios vão ficar com as armas do velho exército nacional. Precisamos que os homens mais velhos desenterrem as que estão escondidas nos túmulos.

— Não me sinto ofendido — replicou o sr. Zaric, embora, na verdade, estivesse um pouco.

— E não estou errado — falou o capitão. — Espero que entenda: não vou colocar os soldados em risco para fazer o trabalho de um coveiro.

ASSIM SENDO, TRÊS HORAS após seu café da manhã, o sr. Zaric encontrou três outros homens com, aproximadamente, a sua idade: um professor secundário, um lavador de pratos e um prisioneiro que acabara de ser solto sob a condição de se unir ao contingente de guerra bósnio.

O prisioneiro informou que tinha sido preso por encontrarem haxixe em seu bolso e jurou não ter tendências violentas. O professor contou ao sr. Zaric que já ouvira falar em Irena. O lavador de pratos disse que costumava trabalhar no restaurante Fontana e, às vezes, via o sr. Zaric atrás do balcão da loja.

— É melhor não ficarem muito amigos — rosnou o capitão. — Vocês podem ser obrigados a presenciar a morte uns dos outros hoje!

O capitão posicionou seus quatro coveiros em uma van azul na rua Jukic, a meio caminho do topo da colina. Eles escutaram alguém gritar; tiros de rifles foram disparados de algum lugar não muito distante de onde se encontravam e, em seguida, ouviram passos na frente, na lateral e, por fim, atrás da van. O capitão pulou no assento do motorista.

— Estamos abrindo caminho a tiros — bufou ele — e os canalhas apareceram com um tanque.

— Talvez a gente devesse abandonar a van e descer a colina correndo — observou o sr. Zaric.

O capitão resmungou:

— Não temos tempo. Estou tentando salvar esta merda de van. — Ele a moveu para uma pequena depressão na rua, abaixo da linha de tiro do tanque... ou, pelo menos, era o que todos esperavam. Ordenou aos outros que saíssem da van em disparada, enquanto as balas dos sérvios riscavam o ar acima de suas cabeças. O sr. Zaric sentiu um bolo laranja se formar em seu pulmões enquanto corria. Quatro pares de tênis de corrida guincharam de leve contra o piso até eles alcançarem uma barricada nos fundos do cemitério. Eles caíram rolando no chão, parando ao baterem um contra o outro, arfando como cachorros cansados atrás da parede de pedras esculpidas.

— Acho — disse o professor, ofegante — nossa pequena incursão... um erro.

— É mesmo — concordou o lavador de pratos. — Inteligência. É o que eles deviam ter. Inteligência. Olha aquele tanque.

— Inteligência? — perguntou o prisioneiro. Eles estavam começando a recuperar o fôlego. — O tanque está do outro lado da rua. Não é preciso um James Bond para nos dizer que tem um tanque do outro lado da rua.

— Esse jovem capitão não é nenhum Rommel — observou o professor.

— É verdade — concordou o sr. Zaric. — Ele não possui a nossa experiência.

A RISADA DOS HOMENS foi interrompida pela falta de ar. O prisioneiro — o qual, pensou o sr. Zaric, parecia ser o mais relaxado atrás de uma parede de pedras cinzentas — começou a se contorcer.

— Ah, merda — xingou ele. — Esquecemos as pás. Dentro da maldita van.

— Agora já era — falou o sr. Zaric. — Pelo barulho, acho que os sérvios já avançaram alguns centímetros.

— Não que eles precisem de outra van e de um bando de pás — comentou o professor. — Não com aquelas armas e tanques.

— Amanhã o jovem Napoleão vai mandar a gente invadir um paiol — continuou o professor. — Para recuperar as pás.

Os homens permaneceram encolhidos atrás da parede por mais de uma hora, mesmo após os sons da batalha terem silenciado. Não sabiam para onde ir. Após certo tempo, o jovem capitão se aproximou numa velha caixa de fósforos, um Lada vermelho, e eles todos se espremeram dentro do carro. O sr. Zaric pensou nos documentários científicos que falavam do transporte de zebras, igual ao de gado.

— Estava pensando, capitão — falou o sr. Zaric —, que fomos jogados no meio disso tudo de forma um tanto repentina. Onde vamos passar a noite? Fomos designados para alguma unidade específica? Também estava pensando se, em algum momento, teremos direito a um pouco de comida.

O capitão Kesic — pela primeira vez seu nome estava visível no cartão de plástico amassado, pregado na camisa — virou-se para fitar o sr. Zaric, soltando faíscas pelos olhos.

— Vocês acham que isso aqui é o exército norte-americano? Tendas com ar-condicionado, filés nas refeições e cerveja gelada no jantar? Querem usar túnicas vermelhas e chapéus de pele de urso como os guardas do palácio de Buckingham? Vocês vão dormir em casa. E comer em casa também. O exército bósnio não vai gastar um mísero rublo com vocês. Até, Deus não permita, que tenhamos de convocá-los novamente. Talvez para cavar algum maldito buraco.

Considerando o dever cumprido, o capitão enviou os homens de volta para suas famílias em menos de uma hora.

O ANTIGO TELEFONE da vovó Zaric estremecia e estalava de modo estridente e ininterrupto quando, de tantas em tantas noites, os sérvios utilizavam as linhas que tinham cortado para conversar. Em geral, as chamadas aconteciam no meio da noite. A luz do dia teria atenuado grande parte do efeito desejado. A sra. Zaric pulava para atender o telefone, na esperança de ser Tomaslav, que podia ter a idéia de ligar para a avó ao ver que o telefone de casa estava mudo.

— Pois não, quem está falando?

— Quem está falando? — uma voz masculina ecoava de volta. — Senhora, somos o seu pior pesadelo.

— Ah, por favor — dizia a sra. Zaric. Ou, por vezes: — Ah, vai se foder. Ligue para alguém que se importe. Deixa a gente dormir um pouco.

— Dormir? Vamos matar todos vocês.

— Então deixa a gente dormir até que isso aconteça — retrucava ela.

— Qual o seu nome? Você deve ser uma gracinha.

— E sou. Qual o seu nome? Você deve ser um homem patético, se precisa ligar para mulheres que não conhece no meio da noite.

Então a linha ficava muda.

— Acho que os rapazes lá estão passando nosso número adiante — sussurrou o sr. Zaric de modo soturno.

— Eles telefonam para nos assustar e eu passo um sermão — falou a sra. Zaric. — Estamos quites.

— Nem tanto — declarou o marido. — Nem de perto.

A SRA. ZARIC OLHOU através da escuridão para ver se Irena, que se agitara ao ouvir a campainha do telefone, tinha voltado a dormir. A respiração dela estava pesada. Suas costas, porém, pareciam tensas.

– Eles são uns cafetões, rapazes cheios de tesão, só isso – continuou o sr. Zaric numa voz rouca. – Ligando para ouvir uma garotinha bonita falar sacanagem.

– Um desses rapazes... – A voz da sra. Zaric sumiu. Ela e o marido olharam para a filha e perceberam que seus dedos dos pés estavam crispados, parecendo as garras do Senhor Pássaro. Era como se Irena também estivesse dormindo sobre um poleiro.

8.

Certa tarde, Irena escutou batidas insistentes na porta e gritou:
— Oi. Quem está aí?
— Alguém que considera de bom tom acatar as convenções sociais — respondeu uma mulher numa voz rouca.
— Aleksandra.
O sr. e a sra. Zaric ergueram os olhos, sorrindo, enquanto Irena abria a porta.
— Obrigada, querida — falou Aleksandra. — As antigas delicadezas estão terrivelmente em baixa hoje em dia. Tipo: não atire nos seus vizinhos. — Ela trazia uma revista enrolada embaixo do braço e parecia estar vestindo a capa de chuva verde do sr. Kovac como um penhoar de ficar em casa.
— Encontrei uma coisa embaixo da pia do banheiro do sr. Kovac — informou ela, entregando a revista a Irena. Era uma *Vogue* inglesa de junho de 1991, a edição comemorativa do septuagésimo quinto aniversário. Três mulheres de ombros à mostra decoravam a capa: uma loura, uma ruiva e uma morena. "Edição Especial para Colecionadores", dizia a manchete.
— A loura é a Linda Evangelista — falou Irena. — Não sabia que ela era tão alta.

— Acho que, à direita, é a Cindy Crawford — observou a sra. Zaric. — O sinal acima da boca... é como um carimbo numa barra de ouro.

— Eu tenho um sinal parecido — replicou Aleksandra. — Mas é preciso procurar para encontrar. — Ela se sentou à mesa da cozinha e abriu a revista, enquanto o sr. Zaric engatinhava até o peitoril da janela da sala de estar para pegar o antigo vidro de picles que tinha posto no sol a fim de esquentar a água para fazer um chá.

Enquanto eles se reuniam em torno da revista, o sr. Zaric despejou a infusão em três copos pequenos, fazendo o vidro retinir ao bater num dos copos. Uma das modelos usava o cabelo curto como o de Irena. Os ombros à mostra, pensou a sra. Zaric, eram mais ossudos e menos atraentes do que os da filha. Externou sua opinião.

— Ah, mas a garota é linda — retrucou Irena.

— Ela não é muito mais velha do que você — disse Aleksandra. — Talvez nem seja.

A sra. Zaric encontrou uma página com fotos de socialites. Mulheres em belos vestidos, e cobertas de jóias, haviam organizado um evento no café Pelican, a fim de levantar 30 mil libras para os desabrigados.

— Tenho certeza de que só um desses colares já deve custar isso — comentou a sra. Zaric de modo desaprovador. Poucas páginas depois, eles viram uma foto de página inteira mostrando uma mulher de cabelos castanhos, numa capa de chuva vermelha, encostada numa coluna grega com um ar sonhador, os lábios de um vermelho cremoso. "Tenha seus lábios permanentemente protegidos", dizia o anúncio.

— A gente devia se cobrir com esse gloss — brincou Aleksandra.

Irena debruçou-se sobre a foto de uma mulher ruiva em uma série de vestidos amarelos de veludo, abraçada a um *wolfhound* na neve. A legenda da foto dizia: "Mantenha-se em forma neste verão evitando o elevador. Use as escadas."

— Vamos ficar *tããããoo* em forma — falou a sra. Zaric. — Somos *tããããoo Vogue*!

Eles ainda não tinham folheado nem metade da revista, quando viram uma foto da princesa de Gales num jeans azul, de mãos dadas com os filhos.

— Ela é tão linda — comentou Irena. — Uma princesa usando jeans azul.

— Ela é notoriamente infeliz — retrucou Aleksandra Julianovic. — A pessoa se casa com um príncipe que na verdade é um sapo. Apesar de tudo que ela possui, sinto pena dela.

Aleksandra deixou Irena ficar com a revista, sob a condição de deixá-la à disposição de todos. Mesmo assim, Irena arrancou a foto da princesa Diana com os filhos e guardou-a num dos cantos da gaiola do Senhor Pássaro, na esperança de que a jovem aristocrata pudesse se divertir com as palhaçadas dele.

IRENA DESEJAVA SAIR para buscar água e comida para Aleksandra e sua família, e, talvez, para outras pessoas no prédio também. Seus pais eram terminantemente contra, mas ela foi persuasiva. Podia sentir que estava ficando mais magra e fraca com o passar das semanas — todos eles se sentiam mais debilitados. Postando-se no saguão, puxou a pele solta da barriga e dos quadris, convencendo os pais de que precisava do exercício e do desafio tanto quanto de comida e água.

Ela também estava impaciente para sair e ver as ruas por si mesma. Culpava apenas os sérvios nas montanhas adjacentes. No entanto, estava começando a ficar ressentida com os pais por manterem-na trancafiada no apartamento como uma criança desobediente de oito anos. Sentia-se ferver por dentro. Queria correr, encontrar os amigos e ver pessoas estranhas. Queria ficar sozinha.

O sr. Zaric inventou uma espécie de arreio para facilitar o trabalho de Irena de carregar garrafas d'água. Ele amarrou quatro cintos retirados do closet do sr. Kovac, lingüeta com fivela, em dois conjuntos que a filha poderia pendurar nos ombros. Cortou quatro tiras da corda do varal da mãe e prendeu-as aos cintos de forma que Irena poderia carregar quatro garrafas d'água e ainda ficar com as mãos livres para segurar outras garrafas ou sacos de arroz, farinha ou feijão.

— Esse equipamento diminui o aparato necessário para carregar, além de permitir que você acrescente mais peso — declarou o sr. Zaric. — É muito simples, se me permitem dizer. Alguns cintos e algumas cordas. Talvez a gente até possa ajudar outras pessoas a fazerem o mesmo. — Ele ajeitou a fivela um buraco acima para que ficasse mais confortável sob o braço de Irena.

— Ou vender a idéia — sugeriu Aleksandra Julianovic.

A sra. Zaric deu um passo para trás, a fim de observar a filha, os cintos cruzados como bandoleiras sobre o peito.

— Nossa Rambo — comentou. — Mas vejo um problema, Milan. Quando as garrafas estiverem penduradas nos ombros, ela não vai poder simplesmente soltá-las e correr.

O sr. Zaric começou a andar em volta da filha; colocou as mãos sobre seus ombros com delicadeza.

— Ela teria que passar o cinto com as garrafas pela cabeça — constatou por fim. — Ou tentar correr com elas. De qualquer forma, isso a atrasaria. Ela poderia até mesmo tropeçar.

— Sou bem rápida, lembre-se disso — replicou Irena, que achava um erro para qualquer jogador até mesmo pensar na possibilidade de cair. — Se eu pudesse carregar mais, talvez não tivesse de sair tantas vezes.

Contudo, o sr. Zaric já estava soltando o cinto de seu ombro esquerdo.

— Porra de idéia estúpida — falou.

A CIDADE JÁ CONTAVA com algumas centenas de capacetes azuis, integrantes de uma pequena missão das Nações Unidas. Havia canadenses, muitos com nomes franceses, soldados e membros da Legião Estrangeira francesa, a maioria oriunda de outros lugares que não a França —

cambojanos, sul-africanos e ucranianos. Bretões, indianos, egípcios e outras tropas montavam seus próprios postos de controle.

A princípio, os cidadãos de Sarajevo sentiram-se lisonjeados pela presença deles. Pelo visto, o mundo dera ouvidos aos seus problemas. No entanto, em pouco tempo, a frustração se espalhou. Os soldados das Nações Unidas tinham armas, mas não as sacavam — segundo eles, não podiam. Eles viajavam em veículos blindados e pequenos tanques, mas, se um grupo de soldados sérvios erguesse os rifles, gritando: "Vão se foder, preparem-se para morrer!", davam meia-volta e retornavam.

Muitos soldados das Nações Unidas sentiam-se constrangidos. Não desejavam morrer numa guerra que não era deles, num lugar sobre o qual não conheciam quase nada. Estavam desenvolvendo um trabalho para o qual os monges beneditinos estariam mais preparados. Quando os soldados franceses e canadenses tentavam escoltar dois comboios de mantimentos até a cidade, as unidades sérvias permitiam sua passagem, mas, em seguida, disparavam mísseis nas laterais dos caminhões e fugiam com o estoque de comida e remédios. Quando um comandante da ONU expressou seu desagrado aos oficiais sérvios-bósnios, eles delicadamente alegaram que o comboio estava transportando armas. Como os sérvios detivessem quase todas as armas, tinham o suficiente para provar qualquer alegação.

Alguns dos soldados das Nações Unidas estacionavam seus veículos blindados, brancos e com o emblema da ONU em azul nas laterais, em determinadas esquinas para garantir uma impressão de proteção. Eles esperavam que os cidadãos de Sarajevo criassem coragem para deixar seus apartamentos em busca de comida e água. No entanto, Aleksandra Julianovic não se sentiu impressionada nem encorajada.

— Eles enviaram um comandante egípcio e tropas francesas para proteger Sarajevo — resmungou ela. — Quando foi a última vez que os franceses ou os egípcios venceram uma batalha? Faz séculos. Quando a ONU decidir mandar tropas israelenses — continuou —, aí vou ver que eles estão falando sério.

A MAIOR PARTE DOS soldados era pouco mais velha do que Irena. Os que permaneciam sentados em sacos de areia ou em caixotes de armas pareciam mais entediados ou mal-humorados do que apreensivos, com os pêlos finos da nuca eriçados e a pele rachada devido ao barbear com água gelada. Se o comandante não estivesse de olho, eles atrasavam a volta de Irena, provocando-a numa espécie de dialeto do Atlântico Norte:

— Tom Cruise e Nicole Kidman?

— Sei. *Dias de Trovão. Vroom! Vroom!*

— Tom Cruise, Maverick! Kelly McGillis. *Vroom?*

— *Top Gun!*

— *Where the eagles fly!* — Irena e os soldados cantaram juntos.

— Kelly McGillis. Uma mulher *amish. A testemunha.*

— Harrison Ford?

— Ah, sim. Indiana Jones!

— Indiana Jones. Michael Jordan!

— Toni Kukoc? — perguntou Irena. Isso geralmente arrefecia o entusiasmo.

Enquanto ela se esforçava para voltar carregando garrafas de água nas mãos e arroz, feijão e pequenas caixas de ovos em pó na sacola da avó, os soldados, por vezes, a ajudavam a ajeitar a carga, enfiando uns dois cigarros ou uma barra de chocolate na sacola.

Certa tarde, um soldado canadense sentado num veículo blindado e com uma carteira de cigarros Players na mão apontou para sua virilha, abriu a boca e começou a balançar a cabeça para cima e para baixo. Era impossível não entender o sentido do gesto, associando-o a alguma diferença cultural. Irena, porém, não ficou tentada, assustada ou chocada. O rapaz era grosso, não perigoso. Se tivesse apontado para maçãs ou pêras frescas, poderia até ter conseguido entabular uma conversa. Ele até que tinha um sorriso bonito. Mas Irena apenas riu e seguiu em frente.

— Não estamos tão desesperadas — gritou. — Garotas gostam de flores e de doces! — O soldado pareceu pasmo.

— Volte amanhã! — ele gritou em resposta. — Eu trago alguma coisa! Pelo menos algum doce!

— Não! Flores também! — Irena continuou caminhando.

— Onde você aprendeu inglês? — perguntou ele, na esperança de que ela se virasse. — Na escola?

— Nas músicas. Nos filmes.

— Espera! Por favor, espera! — O soldado agora estava de pé. — Sou um cara legal. Em geral não faço isso com as garotas. Só estou ficando um pouco maluco aqui. Meu nome é Yves, sou de Lachine! Quem é você?

Irena continuou a se afastar do pequeno tanque, ciente de que os soldados lá dentro estariam analisando seu traseiro. No dia seguinte, não usou o mesmo caminho. Os atiradores tinham se espalhado pela rota. Imaginou que, enquanto os cidadãos de Sarajevo arrastavam-se pelas ruas, fugindo das chuvas de balas, Yves e seus companheiros continuavam a engordar, protegidos pelo aço do tanque. Mantendo-se seguros — e evitando atirar. Além disso, Irena já descobrira que não era difícil conhecer soldados.

O SR. ZARIC LEMBROU-SE do nome e endereço de três de seus antigos clientes (eles moravam no outro lado do estacionamento de seu prédio, em Grbavica) e decidiu enviar-lhes bilhetes. No lado bósnio de Sarajevo, o correio não funcionava. Os carteiros não se arriscariam a enfrentar o fogo dos atiradores, especialmente quando tantos cidadãos, como os Zaric, estavam morando em lugares inesperados e impossíveis de rastrear.

No entanto, alguns soldados das Nações Unidas podiam ser persuadidos a guardar uma carta no bolso e enviá-la. Aleksandra Julianovic tinha entregue seis cartas a um soldado, inclusive uma dos Zaric para um primo em Londres que talvez fosse capaz de encontrar Tomaslav.

— Ele pegou as cartas e me deu um cigarro para cada uma. Talvez — acrescentou ela — eu escreva outras para completos estranhos, só para receber a mesma consideração.

Assim sendo, o sr. Zaric escreveu três cartões-postais:

Caro amigo,

Sinto muito que os recentes eventos em nossa cidade tenham me impedido de oferecer-lhe o tradicional serviço de qualidade que o fez confiar em nosso estabelecimento. Saiba que tão logo esta crise seja solucionada, terei prazer em servi-lo novamente. Por favor, apresente este cartão para um desconto de 25% num terno novo. Será um imenso prazer fazer pessoalmente os ajustes para o senhor e enfiar alfinetes direto em suas bolas.

Sinceramente,
Milan Zaric
Gerente Geral

— NÃO QUERO QUE se meta em encrenca — Irena falou para o jovem soldado africano-francês que tomava conta da fila de água. — São apenas mensagens do meu pai para amigos no outro lado. É a única maneira de eles saberem que estamos vivos.

O soldado pareceu ficar comovido.

— Bem, são simples cartões-postais — observou ele, num inglês vagaroso e ponderado. Irena percebeu a chance de agarrar a oportunidade.

— Olha só — disse ela, apontando para algumas palavras. — Vou traduzir. Aqui diz: "Seria um prazer vê-lo novamente." E aqui: "Precisamos nos unir para enfrentar essa loucura." Cartões como esse podem promover a paz e a reconciliação em Sarajevo — continuou, séria.

O jovem enfiou os três cartões no bolso do peito e sorriu.

– Posso enviá-los amanhã. Então, como uma jovem esperta como você consegue viver aqui? – perguntou ele.

– Alguns dias são melhores do que outros – respondeu Irena. – Então me diga: você já viu Eric Cantona tocar? Quero dizer, ao vivo?

OS ZARIC JÁ NEM estremeciam mais com o barulho das bombas e tiros, nem o Senhor Pássaro. Certa manhã, Irena estremeceu ao acordar – porque tudo estava quieto. Tal qual o estalo do bonde passando pelo General Radomir Putnik Boulevard, os disparos e explosões agora representavam as pulsações e os batimentos cardíacos de Sarajevo.

Ainda estavam assustados, mas tinham descoberto ser impossível manter o medo em ebulição dentro de si. Uma pessoa não tem forças para sentir medo o tempo todo, da mesma forma como não consegue perpetuar indefinidamente os primeiros anseios do amor. Senhor Pássaro imitava as rajadas de morteiro segundos antes de elas despencarem, e o som já nem conseguia fazer os Zaric rir, quanto mais estremecer.

No entanto, certo dia os Zaric escutaram um estrondo horrível. Aconteceu um pouco depois das dez da manhã, a hora em que Irena costumava sair, uma vez que eles acreditavam, sem nenhuma razão em particular, que, nessa hora, os atiradores sérvios do turno da noite tinham ido dormir e os que vinham rendê-los ainda estavam se preparando. Sentiram a pancada nos ouvidos, na garganta e nos ossos; em seguida, um baque surdo reverberou na rua. O sr. Zaric começou a sacudir a cabeça como se um inseto tivesse entrado em seu ouvido. Irena segurava a garrafa plástica de refrigerante na qual eles guardavam água; a água balançou e espirrou.

A sra. Zaric respirou fundo e falou com suavidade:

– Bem perto.

Os Zaric jogaram-se no chão. Escutaram uma segunda explosão e, em seguida, o burburinho de vozes. Podiam ouvir os estampidos dos rifles, como fogo crepitando, seguidos de sirenes e gritos.

— Eles mandam a segunda rajada — o sr. Zaric lembrou sua família — para acertar as pessoas que correm pra socorrer os feridos.

Houve uma terceira explosão e, então, o som de soluços ecoando nos montes de entulho. Mais uma vez, os Zaric, de ombros caídos e olhos esbugalhados, como se tentando escutar um intruso no telhado, trocaram sorrisos amarelos.

O sr. Zaric esfregou as mãos nas pernas, a cabeça curvada.

— Pareceu perto — disse ele. — A gente pode ir até lá.

— Outros já estarão lá — falou a mulher.

— Ninguém vai estar lá — replicou o sr. Zaric — se alguém não se aventurar primeiro.

Irena ergueu-se num pulo para amarrar os cadarços de seus tênis de basquete. De repente, sentia-se mais leve — seus dedos tremiam ao dar os laços. Estava assustada, ansiosa, ávida e já se encontrava na porta antes mesmo de os pais terem conseguido se pôr de joelhos.

Atravessou correndo a rua Tomas Masaryk, completamente deserta. Cachorros perdidos e famintos acordavam e deixavam as sarjetas e vestíbulos ao ouvirem seus passos, como se quisessem acompanhá-la na corrida, mas em seguida paravam, fracos demais para manter seu ritmo. Irena não corria, corria mesmo, havia meses. Era bom sentir o sangue pulsando atrás das orelhas. Olhou para o chão, a fim de ver os pés voarem e escutar o barulho dos tênis batendo no calçamento. Partículas de poeira, medo e ar estagnado pareciam se desprender de seus calcanhares. Estava certa de que nenhum atirador poderia disparar um tiro que a alcançasse. Podia ver as nuvens de fumaça pairando sobre a rua Vase Miskina; podia escutar o grito intermitente das sirenes sob a fumaça. Irena correu para encestar.

HOMENS E MULHERES de jaleco branco com o emblema da Cruz Vermelha puxavam os corpos pelo único braço ou perna que lhes restava e os colocavam sobre os bancos traseiros dos carros. Quando Irena alcançou a rua Vase Miskina, viu que as listras escorregadias e cor-de-ferrugem no chão eram faixas de sangue. Um homem numa camisa azul e com um distintivo de papel interceptou-a de maneira abrupta, segurando-a pelos ombros.

— Quem diabos... — começou ele.
— Vim correndo pra ajudar — rebateu Irena.
— Deixa a gente cuidar primeiro — disse ele.

Havia um pé na rua a uns três metros deles, os cinco dedos intactos, as unhas pintadas de rosa, o esmalte novo e brilhante. O sangue no cotoco coagulara rápido, embora não totalmente, dando a ele a aparência de uma improvável rosa vermelha.

— O que aconteceu? — perguntou Irena, ofegante. Uma das pessoas de jaleco branco vinha se aproximando.

— As pessoas estavam na fila do pão — disse ele. — Três bombas, se não me engano... você ouviu. Não sei o número de mortos. Dezesseis, segundo alguém. Feridos... mais de cem. Os carros estão chegando e partindo.

Os pais de Irena aproximaram-se por trás, bufando e com os olhos esbugalhados.

— Não temos carro pra emprestar — falou o sr. Zaric. — Não no momento.

— Eles estão empilhando duas, três pessoas nos bancos traseiros — informou o homem de jaleco —, as outras são colocadas no porta-malas. As crianças — acrescentou, com alguma dificuldade — cabem nos porta-malas. Está procurando por alguém em particular? — perguntou, engolindo em seco.

— Não, ninguém em particular — respondeu o sr. Zaric. — Apenas estamos aqui.

— Bem, talvez assim seja a melhor maneira de o senhor nos ajudar — observou o homem.

Os corpos estavam estendidos sobre velhos cobertores cinza. O primeiro era um homem deitado de bruços, em uma camisa xadrez azul de mangas curtas, meias brancas e sapatos pretos que lhe pendiam dos calcanhares – deviam ser emprestados ou roubados. Os Zaric debruçaram-se lentamente sobre o homem, analisando-o do pescoço aos pés.

– Não consigo identificar nenhuma parte do corpo – falou o sr. Zaric. O homem possuía idade e aparência semelhantes à sua própria; o pai de Irena sentiu-se no dever de reconhecer alguma coisa. – Será que eu poderia dar uma olhada no rosto dele?

– Não até que a gente consiga encontrá-lo – respondeu o homem de jaleco, de modo sucinto.

Próximo a esse homem havia outro, num jeans branco encardido e com uma camiseta branca suja. Ele tinha o nariz arredondado e protuberante e orelhas de abano parecendo raquetes.

– Quase consigo reconhecê-lo – observou a sra. Zaric. – Talvez eu tenha passado por ele na rua. Talvez no bonde. Talvez a gente tenha freqüentado a mesma escola.

– Acho que não – ponderou o sr. Zaric. – Mas tem algo familiar nele. – O homem com o distintivo de papel inclinou-se para abrir as pálpebras do morto. Seus olhos eram de um azul aguado, mas não pareceram familiares para os Zaric.

– Talvez a gente tenha visto o nariz de outra pessoa. De um primo ou alguém mais – sugeriu a sra. Zaric.

– Não dá pra ver muito do nariz – falou o homem com o distintivo. – Acho que ele caiu de cara. Só Deus sabe como ele parecia meia hora atrás.

O próximo corpo era o de uma jovem vestida numa blusa de alças azul-clara, aparentando ter apenas uma série de ferimentos leves, pequenos como morangos, no lado direito do peito. Os cabelos pintados de louro estavam enroscados em volta do pescoço e suas sobrancelhas eram escuras e delicadas. Os Zaric apenas balançaram a cabeça. O atendente colocou um cobertor azul dobrado sobre os ombros e peito da moça, como se estivesse envolvendo um bebê a espernear. Só que, enquanto ela era coberta, suas pernas permaneceram imóveis.

— Espera — pediu o homem de jaleco. — Temos outra garota ali.

O homem levantou um lençol para revelar o rosto da garota, emoldurado por um cabelo curto e escuro que começava a ficar com pontas, como penas eriçadas, e uma fita azul em volta do pescoço, ainda bem amarrada, embora a camisa e o suéter estivessem um pouco rasgados. Ela usava óculos de armação de metal com lentes retangulares. Os óculos estavam intactos e faziam com que seus olhos parecessem imensos. Ninguém os fechara; eles eram impressionantes, castanhos e com riscos verdes. Irena encostou a palma da mão com delicadeza no rosto da garota. Era como tocar uma pedra.

— Você a conhece? — perguntou o homem de jaleco branco, de forma um pouco mais gentil. As sirenes haviam parado. Os mortos já tinham sido levados; não era mais preciso ter pressa.

— Ela era minha colega de time — respondeu Irena.

— Você lembra o nome dela? — indagou ele, num tom mais alto. — Querida — acrescentou, enquanto se virava para escrever o nome num caderninho laranja.

— Nermina Suljevic. — A sra. Zaric passou o braço de maneira protetora sobre os ombros da filha.

— Onde sua amiga mora?

— Todos nós morávamos em Grbavica — interveio a sra. Zaric. — As garotas jogavam basquete juntas na Number Three. Mas ninguém que morava lá sabe onde estão os outros agora.

O homem continuava com o lençol enrolado na mão, próximo ao topo da garganta de Nermina, já quase branca como cera.

— Por que ela morreu? — perguntou Irena de repente. — Não vejo sangue algum. Também não vejo nenhum ferimento. Você tem certeza? — Ela ficou rígida nos braços da mãe.

O homem respirou fundo antes de responder:

— Eu podia te mostrar — disse ele. — As costas dela estão cravadas de estilhaços de bomba. Eu podia te mostrar. Por favor, querida. Confie em mim. Eu também gostaria que ela estivesse viva. — O homem baixou os olhos. Irena ajoelhou-se e levantou as dobras do lençol, a fim de tomar a mão direita de Nermina entre as suas.

— Vocês conhecem os pais dela? — o homem perguntou aos Zaric.

— Dos jogos, das reuniões escolares. De cruzar na rua — informou a sra. Zaric.

— Seria possível encontrá-los? — ele quis saber.

— Eu não saberia onde procurar — replicou a sra. Zaric. — E eles também não saberiam onde nos achar.

— Por favor. Tente — pediu o homem. — Vá até a sinagoga central e deixe uma mensagem para os pais dela. Conte a eles o que aconteceu. É lá que as pessoas vão procurar as mensagens.

— Contar a eles sobre Nermina?

— É melhor do que saber por um estranho — opinou o homem.

— Tipo uma mensagem telefônica? — A sra. Zaric permitiu-se sentir o horror pela primeira vez naquela manhã. — "Enquanto vocês estavam fora, sua filha morreu?"

O homem de jaleco olhou duro para o sr. e a sra. Zaric e baixou a voz, como se isso fosse impedir Irena de escutar.

— Duvido que eles estejam vivos — falou ele. — Vocês não? A essa hora, eles já estariam aqui.

Irena manteve a mão de Nermina entre as suas. Quando o homem de jaleco cobriu o rosto da garota morta com delicadeza, Irena inclinou-se para puxar novamente o cobertor.

— Por favor — pediu. Ele não tentou tirar a mão dela e cobrir a menina de novo. — *Por favor* — repetiu Irena. — Deixa ela respirar. Deixa parecer que ela ainda pode respirar.

A sra. Zaric foi para casa e procurou folhas de papel em branco para escrever. Como não encontrava nenhuma, pegou três folhas de seda – rosa, verde e amarelo – que tinham vindo junto com a lavadora de roupas alemã dada à vovó Zaric pelo filho, três anos antes, e virou-os, a fim de poder escrever um bilhete para os pais de Nermina. Pegou uma das canetas que o marido trouxera da International Playboy e começou pela folha verde; esperava que a cor fosse mais reconfortante.

27 de maio.
Caros Merima e Faris,

Esperamos que, ao lerem esta carta, vocês já tenham tomado conhecimento do que aconteceu a Nermina hoje. Caso contrário, sinto ter de lhes contar algo tão terrível.
Nermina foi morta, hoje, na rua Vase Miskina. Ela e muitos outros estavam esperando na fila do pão quando os sérvios lançaram três bombas sobre eles. Milan, Irena e eu vimos Nermina entre os outros. Quando a encontramos, ela já estava morta. Não há dúvidas de que era ela. Nermina possuía um rosto doce e lindos olhos castanhos entremeados de riscos verdes sob os óculos. Não conseguimos ver os ferimentos. Um médico nos disse que ela foi alvejada por trás, de modo súbito. Seu rosto parecia em paz. Ela deve ter morrido rápido e sem sofrimento. Isso é tudo o que me permito esperar.

A sra. Zaric pegou o papel rosa, esticando-o para poder escrever.

Página dois

Disseram-nos que Nermina seria levada para uma unidade do hospital de Kosovo e que lá ficaria até o fim do mês. Disse a eles –

não havia ninguém mais a quem pedir – não acreditar que vocês fossem desejar um enterro rápido devido a alguma crença religiosa. Imaginei que seria mais importante verem Nermina.

    No entanto, se até junho vocês não tiverem recebido este bilhete, eles irão enterrar Nermina no cemitério da colina, em frente ao hospital. Ela não tinha dinheiro, identificação ou jóias que pudéssemos entregar-lhes. Talvez, como nós, vocês tenham sido roubados em Grbavica. Talvez alguns de nossos companheiros bósnios tenham resolvido que necessitavam das coisas de Nermina mais do que ela. Eu própria fiz determinadas coisas nas últimas semanas – talvez vocês também tenham feito – que me surpreenderam. O pessoal prometeu colocar uma placa com o nome de Nermina sobre o túmulo, para que vocês e os amigos dela possam encontrá-la.

    Também fomos expulsos de Grbavica. Nenhum de nós teve tempo de se despedir, teve? Estamos vivendo no apartamento da mãe de Milan. Ela também está morta. Nosso filho, Tomaslav, está fora do país, mas não tivemos notícias dele.

Por fim, a sra. Zaric passou para o papel amarelo.

Página três

Sempre fiquei feliz em ver Nermina com Irena. Nas noites de verão, ela e Amela Divacs entravam no quarto de Irena e fechavam a porta após as garotas terem disputado aqueles longos jogos no playground. Elas se reuniam com a mesma freqüência em sua casa. Acho que dependia de quem tinha cerveja (e elas pensavam que não sabíamos!). Eu as escutava tocar Madonna e Sting bem alto, bebericando cerveja e fumando um cigarro, rindo aberta ou tolamente ao conversarem sobre jogos, rapazes, música e, suponho, maquiagem. Deus do céu, sinto saudades desses sons.

Se vocês ainda estiverem vivos, Milan, Irena e eu estamos no apartamento 302 do prédio com painéis amarelos e escada externa de madeira na rua Volunteer. Seria um prazer encontrá-los.

Sinto-me envergonhada em ver as últimas palavras rabiscadas por minha caneta. Incluir a palavra "prazer" numa carta como esta parece fora de propósito — e insensível. Ainda assim, o papel é escasso. Anotei meus pensamentos conforme eles iam surgindo. Acredito que, se esta carta chegar às suas mãos, vocês irão entender que podemos encontrar conforto no apoio mútuo e nas lembranças de nossas meninas rindo atrás da porta.

Com amor,
Dalila Zaric

A mãe de Irena dobrou as folhas em três e escreveu em grandes letras de fôrma na frente:

MERIMA E FARIS SULJEVIC
DE GRBAVICA

— Espero que eles estejam vivos para poderem ler isso — falou com o marido.

— Talvez seja melhor eles não estarem — replicou o sr. Zaric. — Vários de nossos amigos devem supor que estejamos mortos. Às vezes até eu penso isso. Não tenho outra explicação para os acontecimentos. — Ele lacrou o topo da carta, a qual tinha lido enquanto a mulher escrevia, e se virou.

OS PAIS DE IRENA deixaram-na ficar sozinha no quarto da avó. Isso significava que ela estava num aposento com três janelas, podendo ser vista com facilidade, especialmente se insistisse em deitar atravessada na cama para ler a velha revista que Aleksandra Julianovic encontrara numa das caixas de correio da portaria. O sr. Zaric bateu de leve na porta e esperou pela resposta da filha.

— Oi?

Ele girou a maçaneta. Permaneceu em frente às janelas também. Irena girou na cama e abriu um pequeno sorriso de lábios franzidos.

— O Jon Bon Jovi diz: "Eu me sinto uma merda, pareço uma merda e não dou a mínima."

— Bem colocado.

— Está numa Q do ano passado — comentou Irena.

O sr. Zaric sentou-se ao lado da filha. A velha cama de sua mãe soltou um leve rangido.

— Aposto que podemos arrancar a madeira desse estrado se precisarmos. Você nunca tinha visto essa revista?

— Acho que vamos precisar — falou Irena. — Logo, logo. Não, não me lembro dessa Q. A capa está faltando. — Ela a folheou até encontrar uma fotografia de duas páginas de uma caixa retangular embrulhada num papel prateado e com um laço de fita roxo. *"Atenção"*, vinha escrito embaixo. "Mais de 30 mil pessoas morrem a cada ano no Reino Unido devido ao câncer de pulmão."

— A gente devia ficar horrorizado, certo? — perguntou ao pai. — No entanto, gostaria de escrever pra eles, dizendo: "Para alguns de nós, no momento o câncer não parece assim tão ruim."

— Não acho que sejamos o público-alvo — retrucou o sr. Zaric, de modo gentil. — Ainda assim, fumar faz mal à saúde.

— Não poder fumar é pior. Olha só — continuou Irena. — Eles têm fotos das capas de álbuns que nunca chegaram a ser produzidas. Uma delas é dos Beatles, 1966. *Yesterday and Today*.

O sr. Zaric aproximou o nariz da imagem de dez centímetros quadrados para ver melhor a foto de John, Paul, George e Ringo, de jaleco branco, segurando pedaços de carne crua e com cabeças desmembradas de bonecas no colo.

— Ah, a Butcher Cover — lembrou. — Ela é famosa. Nunca vi.

— "Sádica demais para o consumo geral" — Irena leu na legenda. — Eles colaram alguma coisa sobre essa capa, até imprimirem uma nova cinco dias depois?

— Está vendo? — falou o sr. Zaric com certa satisfação. — Os rapazes de Liverpool nem sempre eram santos. Esse é o álbum de "Yesterday" e "We Can Work It Out". A gente tem. — Em seguida, acrescentou baixinho: — A gente tinha.

— Olha essa aqui — disse Irena. — David Bowie de vestido. *The Man Who Sold the World*. Ele fica bem de vestido, não acha?

— Pra quem gosta — respondeu o sr. Zaric.

— Mas olha o que eles acabaram usando — continuou Irena. — Um homem segurando um daqueles rifles de atirador de elite. Os ocidentais são malucos. Ficam indignados em verem um homem de vestido, mas não um carregando um rifle.

— Você devia ter visto como era na época de Tito — comentou o pai. — Eles colocavam tarjas pretas sobre todos os peitos e bundas da *Playboy* e da *Penthouse*. Impediam a gente de ver peitinhos pelados mostrando amarras. A gente costumava brincar: "O marechal Tito deve ser um gatinho pervertido."

— Quem atirou no John Lennon? — Irena perguntou de repente. — A CIA? O MI-5 ou o MI-6? Eu sempre confundo. Aleksandra diz que o Ocidente ficou com medo de que o rock dominasse o mundo.

— Aleksandra esquece — falou o sr. Zaric — que o rock é uma armação da CIA e do MI-5 pra dominar o mundo. Ou é o MI-6? Eu também os confundo.

— E do Mossad — lembrou Irena.

— E da Coca ou da Pepsi. Sempre confundo as duas também. Os roqueiros não querem dominar o mundo — acrescentou ele. — Só querem todo o dinheiro. — Foi passando com cuidado as páginas da revista, a qual Irena segurava como se fosse um buquê. — Preciso arrumar revistas novas pra você. — O sr. Zaric traiu sua intenção de mudar de assunto ao pigarrear para limpar a garganta. Irena adiantou-se:

— Estou bem, juro.

— Nermina... — começou ele.

— Juro, estou *bem*. Só não quero falar sobre isso. Por favor, nunca. Agora não. *Por favor*. Estou triste, está bem? Mas sei em que tipo de mundo a gente está vivendo.

— Não é o mundo — lembrou o sr. Zaric. — É aqui.

— Isso é só aqui? — rebateu a filha, de modo subitamente desafiador. — Este lugar me deixa deprimida. O mundo me deixa *enjoada*. Toda essa conversa me dá vontade de vomitar. Todos os dias eles falam, e falam da gente em Nova York, em todas as línguas oficiais da ONU. Todos os dias escutamos os soldados conversando sobre a gente na rua, em francês e árabe. Todas as noites viramos notícia em Londres e Washington. Eles fazem conferências para discutir nossos problemas em Lisboa e Bruxelas. Toda a porra de conversa do mundo... — Irena tapou as orelhas com as mãos. — ... não consegue pôr fim aos tiros e gritos. Mamãe ainda está na sala ao lado, escrevendo mensagens para afixar numa parede. "Sinto ter de informar que sua filha está morta. Conversamos sobre isso." Conversar não quer dizer nada pra pessoas espertas. Pra eles, é como peidar.

O sr. Zaric fez um pequena pausa enquanto a filha enfiava a cabeça no travesseiro. Percebeu — àquela altura, isso já virara um cálculo sutil que eles eram obrigados a fazer centenas de vezes por dia — que a cabeça dela estava na mesma altura da janela, mas, devido ao pôr-do-sol, a visão do outro lado ficava obscurecida.

— Conversar pode ajudar você a lidar com seus sentimentos — explicou o pai. — Isso é tudo o que eu quero.

— Posso lidar com meus sentimentos — retrucou Irena. Ela se sentou para encarar o pai. — Gostaria de transformar meus sentimentos num porrete. Quero quebrar... mal acredito que vou dizer isso... alguma garota do outro lado. Alguém como o cara que a gente viu, com os sapatos pretos pendendo dos calcanhares. Alguém como a garota com o cabelo louro pintado enroscado no pescoço. Alguém como a vovó e o sr. Bobic. Uma vida por outra.

— Você conhece algumas garotas do outro lado — o pai falou calmamente. — Já jogou com elas. A garota do outro lado seria tão inocente quanto você. Tão inocente — a voz do sr. Zaric falhou — quanto Nermina.

— Mas com certeza faria com que eles pensassem duas vezes antes de atirar na próxima garota, não? Se eles pensassem que uma de suas lindas e inocentes garotinhas poderia ser a próxima. Além disso — anunciou Irena, virando-se de volta para o travesseiro —, não quero mais ser inocente.

9.

BEM CEDO NA MANHÃ SEGUINTE, IRENA LEVOU A CARTA ESCRITA PELA MÃE até a sinagoga central. Havia pouca luz no interior, mas Irena conseguiu ver três grandes painéis de cortiça pendurados na parede, cada um deles repleto de folhas e envelopes. Estava procurando um espaço para pregar a carta para os pais de Nermina quando um envelope lhe chamou a atenção.

À FAMÍLIA DE DALILA, MILAN E IRENA ZARIC.
E SENHOR PÁSSARO TAMBÉM!
ÚLTIMO ENDEREÇO CONHECIDO: RUA LÊNIN, EM GRBAVICA.

A caligrafia era de Tomaslav, e Irena abriu o envelope em meio à penumbra da sala, as mãos trêmulas. A carta tinha sido escrita em papel branco.

20 de maio
Querida mamãe, papai e Irena,
E caro, caro Senhor Pássaro!

Mandei-lhes tantas cartas. Não tenho idéia se vocês receberam alguma. Não sei onde estão. Rezo para que estejam vivos. Segundo as notícias, a sinagoga central, perto da casa da vovó, está recebendo a correspondência da cidade inteira. Assim sendo, fui até a sinagoga central aqui. O rabino disse que ia descobrir como enviar a carta para aí. Espero que a recebam.

Estou bem!!! Azra também está bem. Por favor, digam isso aos pais dela, se vocês souberem onde eles estão. Estamos em Londres, mas não mais juntos. Sem problema – vocês sabem como é, não vale a pena falar sobre isso agora. Deixamos Viena há um mês, quando nossos vistos expiraram, e o albergue nos pediu que saíssemos. Soubemos que a embaixada da Bósnia em Londres estava oferecendo vistos de emergência durante a guerra. Assim sendo, viemos para cá ao final do nosso visto.

Azra e eu estamos trabalhando como garçons em um restaurante próximo à área dos teatros. A gente se veste como monges. Servimos mexilhões e batatas fritas. Tenho de usar um capuz marrom de monge o dia inteiro e me sinto muito devoto. Azra usa o mesmo capuz com calças curtas e bem apertadas. Muitos clientes dizem que querem se converter à religião dela. O proprietário é um indiano britânico que diz gostar dos iugoslavos porque eles trabalham duro e não roubam. Respondi que ele não conhece os iugoslavos. Ele nos deixa trabalhar em dois turnos, o que me garante duas refeições. Algumas vezes, fico até tarde para tomar uma cerveja – eles têm uns cem tipos diferentes, nem mesmo Irena conheceria todas – e o barman geralmente nos dá um pouco de pão e salada. Portanto, comemos bem. Meu inglês está melhorando. Olha só:

Posso lhes falar sobre nossas especialidades? *Marinière* significa com alho, vinho branco e salsinha. Posso trazer outro Leffe?

Estou bem. Por favor, não fiquem preocupados. Não sei quanto estou ganhando, porque ainda não entendi como funciona a libra. É o suficiente para pagar o aluguel semanal. Durmo no sofá de um apartamento em Blackheath, no ponto final da linha do trem.

Meu visto vale por mais oito meses. Conheci, no restaurante, um homem de Banja Luka que está tentando organizar um grupo de pessoas como nós, a fim de irmos para Chicago, onde poderemos nos juntar ao exército bósnio. Por que criamos um país e esquecemos de montar um exército? Que belo erro de cálculo! De qualquer forma, estou juntando dinheiro para poder fazer essa viagem.

Não me sinto inclinado a virar um soldado. Vocês nos criaram segundo os ideais dos anos 70. No entanto, vemos o noticiário todas as noites – vilas queimadas; homens muçulmanos sendo conduzidos aos campos, magros como um esqueleto; nossa bela Sarajevo sendo destruída tijolo por tijolo, estrutura por estrutura. Não posso ser feliz permanecendo longe.

Se vocês receberem esta carta, por favor me escrevam e enviem aos cuidados do rabino Siegel, na sinagoga central em Great Portland St., Londres, W1. Amo todos vocês e sinto saudades. Estou desesperado para saber se vocês estão bem. Falo para todo mundo sobre minha bela mãe, meu sábio pai, minha talentosa irmã e nosso brilhante e divertido pássaro.

Amor,
Tomaslav

Chirrrrrp! para o Senhor Pássaro!

IRENA SENTOU-SE na ponta de uma mesa. Ao terminar de ler, sentia os joelhos trêmulos, assim como podia ver a caligrafia trêmula nas últimas linhas da carta do irmão. Pensou que ele devia estar exausto de escrever tantas cartas sem saber se elas seriam lidas; podia sentir a exaustão na caligrafia das últimas linhas.

Um homem vinha trazendo cadeiras dobráveis para as pessoas que chegavam. Irena pediu a ele papel e um envelope.

Ele fez uma careta.

— Não somos uma papelaria — disse.

— Fomos expulsos de Grbavica — Irena aprendera a explicar. — Minha mãe teve de escrever para velhos amigos... — Ela brandiu o bilhete sobre Nermina. — ... em papel de seda, a fim de dizer a eles que sua filha está morta. Agora acabei de ler uma carta do meu irmão e nós precisamos responder. Ele está em perigo.

— Perigo? Lá fora? O perigo está aqui — retrucou o homem.

— É isso o que eu quero dizer — replicou Irena. E acrescentou rapidamente: — Por favor. Não tenho certeza se consigo explicar. É muito importante. — O homem entrou no escritório e voltou com duas folhas de papel e um envelope da sinagoga.

— Escreva o endereço em letra de fôrma — instruiu ele. — Lá do outro lado, nem sempre eles conseguem ler direito. Não desperdice espaço. Sem piadinhas ou chamadas engraçadas, apenas o nome e o endereço. Caso contrário, os capacetes azuis vão jogar fora e parar de nos ajudar. Toda a correspondência será recolhida esta semana, mandada para Israel e depois enviada de lá. Você tem dinheiro pra postagem?

Irena foi pega de surpresa.

— Talvez em casa — respondeu. — Talvez mais tarde.

— Está bem — concordou o homem. — A primeira vai ser de graça. Imagino que você esteja sem caneta? — Isso arrancou uma risada de Irena.

— Na verdade, tenho uma sim. — Ela pescou uma caneta da International Playboy no bolso do jeans.

— Conheço esse lugar — comentou o homem. — Na rua Vase Miskina. — Ele abriu um sorriso. — Sempre quis uma dessas canetas.

— Então, espera só um momento. — Ela arrumou as folhas sobre o chão de linóleo verde e, sentando sobre os calcanhares, começou a escrever:

Querido Tomaslav,

Estou certa de que mamãe e papai vão te escrever, mas queria que isso ficasse só entre nós. Estamos bem. Estamos vivos. Tivemos de deixar Grbavica às pressas nos primeiros dias de abril. Foi complicado, mas esta também não é uma história sobre a qual valha a pena falar agora. Partimos tão depressa que nem pudemos pegar nossas coisas. Compre bastante roupa na Savile Row, embora eu fosse gostar de te ver com um capuz de monge. Sinto muito em saber que você e Azra não estão mais juntos. Talvez vocês reatem. Talvez a princesa Diana o veja no meio da multidão e exija que você se torne seu mordomo e escravo sexual!

    Vovó está morta. Ela levou um tiro na primeira noite da guerra, na escada do prédio. O mesmo aconteceu com vários dos vizinhos dela. Nermina Suljevic também está morta. No entanto, na maior parte do tempo não sabemos quem está vivo ou morto. Alguém novo morre a cada dia.

Irena virou a folha para continuar no verso:

Não é preciso que você vá a Chicago para se unir ao exército bósnio. Por favor, não vá. Prometa!!! Alguns homens apareceram no nosso apartamento e recrutaram o papai, depois o trouxeram de volta. Às vezes o chamam para cavar trincheiras. Ele está fazendo a parte dele pelo bem de todos nós. Melhor, se você quiser se juntar a um exército, aliste-se na Legião Estrangeira francesa. Eles sabem o que estão fazendo. Talvez o mandem pra cá, mas você vai treinar em Marselha, um lugar lindo e de temperatura agradável.
Ainda assim, tenho certeza – nós todos esperamos – de que a guerra estará terminada muito antes de você precisar se alistar em qualquer exército.

Como todas as cartas escritas às pressas, esta ficou mais longa do que Irena pretendia. Ela continuou na segunda folha:

2)

De qualquer forma, estou convencida de que a Providência Divina fez com que você estivesse fora de Sarajevo quando esta loucura toda começou. Sua vida é muito mais importante para todos aí fora. Estamos seguros e vamos sobreviver. PROMETA, POR FAVOR. Escreva direto pra mim, sou a responsável por recolher os envelopes aqui.
    Senhor Pássaro manda *"Chirrp! Whirrr! Chugga-chugga! Tomaslav!"*.

Amor,
Irena

Irena desenhou uma seta apontando para o verso da segunda folha e escreveu:

SÓ VÁ PARA CHICAGO PARA VER
TONI KUKOC JOGAR!
DIZ PRA ELE QUE SUA IRMÃ IRENA
É A GAROTA CERTA PARA ELE!

Sua letra de fôrma lembrava-a dos nomes que tinha visto rabiscados em alguns prédios da cidade.

10.
VERÃO
1992

Senhor Pássaro estava começando a dar sinais de fraqueza.

As sementes que ele comia tinham sido apreendidas juntamente com as outras coisas em Grbavica e a avó de Irena não tinha nada estocado. Os mercados haviam sido fechados, destruídos ou saqueados, e, de qualquer forma, ao perambular pelos destroços, Irena não conseguia encontrar semente alguma. Os Zaric bateram na porta dos apartamentos desabitados – e, na verdade, arrombaram portas ou janelas de outros mais, à procura de sementes –, mas não encontraram nada. Tentaram induzir o Senhor Pássaro a comer farelos de bolachas, pedaços de cartilagem de carne enlatada, insetos e farelos de biscoitos. Ele, porém, ciscava a comida com desinteresse, comendo apenas o suficiente para ser sociável. Sem dúvida, algo mais saboroso lhe seria oferecido; sempre fora.

– Vamos continuar tentando – falou o sr. Zaric. – Senhor Pássaro terá de comer alguma coisa quando ficar com fome.

No entanto, em um mês Senhor Pássaro já não imitava mais sirenes, assobios, o barulho do triturador, da chaleira ou da campainha. Ele parara de imitar os tiros de rifles, as explosões de bombas, o arrastar dos tanques e os disparos dos atiradores. Irena aprendera a aceitar a visão e o fedor dos amigos, parentes e estranhos mortos. Contudo,

Senhor Pássaro sempre fora aquele em suas vidas cujos fantásticos e incongruentes berros, chilreados, trinados e assobios os faziam lembrar de que o mundo podia ser, às vezes, visto de uma forma diferente. Irena descobriu que o repentino silêncio de seu irreprimível pássaro cinzento provocava-lhe uma tristeza que ela não esperava.

UMA ESPÉCIE DE MERCADO das pulgas funcionava de manhã em uma praça atrás do velho mercado central. As pessoas reviravam seus apartamentos — ou dos vizinhos — em busca de objetos para vender. Um homem com seis cuecas podia separar duas, na esperança de trocá-las por dez lâminas de barbear. Ou um outro com 20 giletes podia optar por se barbear apenas duas vezes por semana e trocar dez delas por 250 gramas de açúcar.

A guerra redefinira os valores. Torradeiras, televisões e máquinas de lavar não valiam nada num lugar onde não havia fornecimento constante de energia elétrica. Camas com cabeceiras elaboradas só tinham valor se pudessem ser desmembradas para servir como lenha. No entanto, as pilhas para os rádios e lanternas eram mais preciosas do que broches. Os cigarros mascaravam a fome e diminuíam o tédio. Eles valiam mais na troca do que, digamos, os pepinos, que estragavam rápido numa cidade sem geladeiras. Os pepinos não eram mais vistos como produtos normais, mas como luxos perecíveis. Os cigarros não mais um hábito detestável, mas uma moeda forte.

Pequenos criminosos cercavam o mercado. Homens fanfarrões e grosseiros em casacos de couro, tão facilmente reconhecíveis quanto os policiais costumavam ser, perambulavam entre as fileiras de pessoas que expunham sobre cobertores lâminas de barbear, cadarços de sapatos e lenços higiênicos, tal como fileiras de soldadinhos de chumbo.

— Sementes pra passarinho — pediu Irena, ousando dar um puxão numa das mangas de couro preto e macio. — Estou procurando sementes de passarinho. Você tem alguma?

O homem precisou de meio minuto para perceber que o pedido não era uma brincadeira.

— Caviar seria mais fácil — declarou ele. — Eu podia até te dizer onde arrumar cocaína. Um pernil de cordeiro... talvez em um ou dois dias. Mas sementes de passarinho? — Ele se virou, desinteressado.

Certa tarde, Irena furou a ponta do dedo com um alfinete de fraldas e espalhou um pouco do sangue sobre as bochechas para ficar com um aspecto saudável. Encontrou Yves, o soldado canadense, sentado sobre sacos de areia em outro posto de controle; ele levantou rapidamente ao vê-la.

— Sou Irena.
— Eu lembro.
— Você tem...
— Como disse no outro dia, me desculpa.
— Não estou aqui pra arrumar confusão — replicou ela. — Temos um pássaro que é muito importante pra gente. E ele não está comendo. Você tem alguma semente pra passarinho? — Irena podia sentir os olhos ficando marejados e imaginou o que aconteceria se o sangue em suas bochechas molhasse.

Yves fez uma pausa.

— Não. Não tenho visto nenhuma semente de passarinho. Também não escutei nada sobre isso. — Ele gritou em francês para dois outros soldados do posto de controle. Eles riram, surpresos.

— Posso conseguir doces — falou Yves. — Pilhas, absorventes, cadarços. Mas semente de passarinho é difícil. — Yves aproveitou a chance para tocar o braço de Irena. — Que lugar! — disse de modo gentil. — Não há comida e água o suficiente, e as pessoas pedem sementes de passarinho.

NA MANHÃ SEGUINTE, Irena acordou antes dos pais, incomodada, como percebeu alguns minutos depois, pela quietude do Senhor Pássaro, que não estava batendo as asas, mas acocorado num dos cantos da gaiola. As penas vermelhas estavam enroscadas sob os pés, como se tivessem ficado agarradas, e ele estivesse sem forças para desgrudá-las. Seus olhos eram como pequenas contas de um marrom desbotado. O bico parecia meio mole, como um velho brinquedo de borracha.

— Acho que temos mantimentos suficientes para hoje — observou a sra. Zaric. — Vamos tirar o dia para cuidar do Senhor Pássaro.

ANTES DA GUERRA, os Zaric tinham levado o Senhor Pássaro para ver a dra. Kee Pekar, numa casa de pedras escondida por algumas árvores em uma pequena colina de Kosovo. Irena lembrava-se de ter brincado com o bicho enquanto eles subiam os degraus aos pulos, numa contagem regressiva, com o Senhor Pássaro andando de um lado para outro em seu ombro, imitando sons de gargarejo.

Dessa vez os pais de Irena tinham-na persuadido a não levar junto o Senhor Pássaro até a veterinária. Estavam certos de que a presença do paciente não era necessária para que a veterinária chegasse à conclusão de que Senhor Pássaro estava faminto, e eles não queriam ter de se preocupar com a possibilidade de a filha arriscar a própria segurança jogando-se sobre o pássaro moribundo.

De sua parte, Irena insistiu em ir sozinha. Tinha medo do diagnóstico e dos conselhos que a médica poderia dar, e planejava filtrar qualquer recomendação. Se a dra. Pekar dissesse "Não há sementes, seu pássaro deve ser sacrificado", Irena estava preparada para contar aos pais: "Ela disse que precisamos continuar a procurar por sementes."

O Cavaleiro dera início aos seus discursos matutinos. Enquanto Irena se dirigia ao aterro em Gundulica, podia escutar risadinhas e conversas abafadas:

"Os pretensos líderes da Bósnia! Eles não fazem vocês se lembrarem dos loucos nos hospícios que dizem para os médicos: "Ei, seja legal comigo. Sou Napoleão! Sou Aníbal! Sou Júlio César! Vou contar às autoridades sobre você!" Eles correm para as Nações Unidas. Correm para os Estados Unidos. Eles gemem, berram e choramingam como crianças que foram expulsas de um jogo de futebol. 'Ah, ajude-me, mamãe, ajude-me, papai, os sérvios estão sendo maus.'"

Era a primeira vez que Irena escutava a risada cacarejante e pastosa do Cavaleiro, um típico mau-caráter. Ele era um trapaceiro sedutor. Era carismático. Sua lengalenga vinha abarrotada de porcarias e coisas sem sentido, de vez em quando pontuadas com verdades. Eventos incompreensíveis davam coerência às suas diatribes.

"Vocês escutaram o que as Nações Unidas andam dizendo?", ele perguntou após uma pausa. "Afinal de contas, o líder deles é árabe. Pelo menos ele tem desculpa pra ser muçulmano. Embora não seja. Assim que a maioria dos árabes recebe alguma educação, a primeira coisa que fazem, bem espertamente, é deixar de ser muçulmano. Seja um bom cristão... beba e trepe. Então, o que há de errado com os nossos muçulmanos? Mas até o Bunda-suja, Bunda-suja Ghali diz: 'Só consigo pensar em oito ou nove lugares no mundo que estão em pior situação do que a Bósnia nesse momento.' Pelo que vejo nos filmes, ele tem de incluir Nova York. Deus *abençoe* a América. Cala a boca, compre uma Coca... essa é a política deles. O ministro das Relações Exteriores americano diz: 'Não vamos colocar nosso cachorro nessa briga.' Bow-woow!" O grito do Cavaleiro cruzou o rio. "Bow-woow!" Ele arfou e sugou com uma autenticidade impressionante.

"Bem, temos líderes de verdade aqui", continuou o Cavaleiro. "Homens e mulheres que vocês vão querer seguir. Não os filhinhos-da-mamãe chorões que correm aos prantos pra América. Nosso líder, o eminente psicólogo Radovan Karadzic, diz: 'Nosso exército cercou Sarajevo. Temos tantos rapazes, garotas e tanques que nem um pássaro consegue passar por eles!' Portanto, muçulmanos, podem ir buá-uá-uá no ombro dos americanos. Eles vão mostrar vocês na TV. Luzes, câmera, ação! Vocês vão poder tirar fotos com a Madonna, o Robert Redford e o Sting. Mas não esperem ajuda deles! Esperem pela América e cavem seus túmulos próximos aos dos montes de vietnamitas, iraquianos e curdos que morreram esperando."

Irena ficou aliviada quando escutou o Cavaleiro tocar os primeiros acordes do The Clash. *Oh I'm so boooored with the U! S! A!**

A DRA. PEKAR ESTAVA LÁ; bem, pelo menos estava em casa, em seu pequeno apartamento em cima do consultório. Irena gritou e a médica desceu as escadas, vestindo um casaco branco, a fim de protegê-la do ar frio que soprava das sombras de algumas das últimas árvores restantes em Sarajevo. Até mesmo os aproveitadores tinham medo de derrubar árvores numa colina tão aberta ao fogo dos atiradores. As janelas do consultório, estraçalhadas por alguma explosão, deixavam passar a brisa livremente.

Ela sorriu e apertou os ombros de Irena.

– Claro que me lembro de você – disse. – O pássaro charmoso que imita sons como os de uma máquina de lavar. A menos... – Ela deu um passo para trás – ... que eu tenha me enganado.

– Não – respondeu Irena. – Senhor Pássaro é a razão de eu estar aqui.

A dra. Pekar usava argolas gigantescas sob os cachos cor-de-areia. Irena achava seus olhos doces, de um castanho suave, quase âmbar, como os de um gatinho. Contou a ela sobre os problemas com o Senhor Pássaro.

Já na terceira frase, a veterinária anuía com a cabeça vigorosamente.

– Papagaios são um caso particular – falou ela. – Especialmente os cinzentos africanos. Como você sabe, é difícil explicar pra eles a necessidade de alterarem sua dieta.

Irena podia sentir os olhos ficando vermelhos de novo.

– Já passamos tantas coisas juntos.

A dra. Pekar prosseguiu rapidamente:

---

* *Oh Eu estou tão entediado com os Estados Unidos!* (N. T.)

— Já tentou arroz?
— O tempo todo.
— Cozido? Duro? Macio? Com leite?
— De todos os jeitos. Ele dá umas bicadas, mas depois larga de lado.
— Macarrão?
— Tentei espaguete — respondeu Irena. — A mesma coisa. Quebrei os fios em pedacinhos. Não é fácil, sabia, quebrá-los bem pequeninos.
— Você devia envolvê-los num pano e esmagá-los com uma garrafa — explicou a veterinária. — Bolachas?
— Claro.
— Farelos, seja lá do que for?
— Sempre. Todas as vezes que conseguimos fazer uma refeição. Umas bicadinhas, às vezes.

Os cachos da dra. Pekar balançaram e bateram nas argolas.
— Odeio escutar essas coisas — disse. — Alguns pássaros... são espertos demais para serem enganados. Talvez espertos demais para seu próprio bem. Já tentou o mercado negro? — perguntou ela. — Tive sorte com comida de gato lá.
— Nenhuma semente.
— Se eu conhecesse alguma família — desabafou a médica, parecendo mais triste — que tivesse um pássaro e sementes pra partilhar. Mas Senhor Pássaro sempre foi o único por aqui. — As duas mulheres entreolharam-se através da sala gelada.

— Olha só, não mantenho um suprimento de sementes — falou a dra. Pekar. — Mas deixa eu checar uma coisa. — Ela e Irena atravessaram a cortina verde-escura que dividia a sala de exames do consultório, onde o vento espalhara os papéis e levantara as folhas de calendários com fotos de gatos, cachorros e coelhos, a observá-las com olhares fofos. A dra. Pekar enfiou a cabeça de cachos cor-de-areia numa vitrine que parecia conter umas duas coleiras de cachorro e um brinquedo para gatos em forma de rato.

— Aqui — bradou ela, esticando a mão em sinal de triunfo. Era uma caixa velha, pequena e amassada de amostra grátis de sementes para pássaros Geisler, importada da Alemanha.

Os olhos de Irena ficaram rasos d'água.

— A senhora salvou a vida do Senhor Pássaro — declarou.

— Não é tão simples — falou a veterinária, com um suspiro. — Isso só vai dar para uma refeição. Duas, no máximo. Ele vai achar que tem mais a caminho. O que nenhum de nós pode prometer hoje em dia.

Irena achou que podia detectar onde a médica queria chegar.

— Não vou fazer nada para machucá-lo. *Nada!* — bradou com ferocidade.

A dra. Pekar estendeu a mão.

— Também não quero isso. Você precisa ajudá-lo. Os atiradores têm disparado contra o seu prédio? — perguntou.

— Claro.

— Claro. Todos os prédios. O que vou lhe falar é desagradável. Mas você quer fazer o que for melhor pro Senhor Pássaro, não quer?

— Mais do que tudo — respondeu Irena. — Faço qualquer coisa.

— Então você precisa fazer uma coisa, pelo próprio bem dele — declarou a médica, de modo simples.

— Já sei aonde a senhora quer chegar — interrompeu Irena, zangada. — A gente escuta o tempo todo. Esse tipo de morte é uma bênção. Evita que eles sofram. Não existe bênção alguma em morrer. Juro. Milosevic, Arkan e Karadzic... essas são as únicas mortes que seriam uma bênção.

— Entenda o que eu *quero dizer* — a veterinária replicou com praticamente a mesma firmeza. — Quero dizer o seguinte: você precisa dar a ele uma chance melhor do que o que podemos oferecer aqui.

Irena estava atordoada demais para falar.

— Pegue essas sementes. Leve-as pro Senhor Pássaro. Espere até sentir que os atiradores estão dando uma trégua... até mesmo eles param pra descansar... e leve o Senhor Pássaro até o telhado. Espalhe algumas sementes na palma da sua mão. Não muitas... você pode precisar tentar mais vezes. Deixe que ele coma; Senhor Pássaro vai estar faminto. Assim que acabar, ele vai olhar pra você. Mostre sua palma vazia. Limpe-a na frente dele. Aí... essa é a parte difícil... você precisa empurrá-lo pra fora do seu braço ou da sua mão e fazê-lo voar embora. O que for preciso... uma pedrinha, sacudir o braço até ele cair, o que for. *Qualquer coisa*. Você precisa obrigá-lo a deixá-la.

Irena estava chorando. Encolheu a mão direita para dentro da manga da velha camisa marfim da avó, a fim de usá-la para enxugar as lágrimas e limpar o nariz.

— É a única chance — insistiu a veterinária, sentando-se. — De ele ir pousar no outro lado, onde ainda há árvores e grama. Aí, a gente espera que alguém lá o veja e diga "Que pássaro lindo!".

Irena deixou a cabeça cair sobre o colo da médica e abraçou-a pela cintura.

A dra. Pekar afagou sua cabeça com carinho.

— Talvez, quando a guerra estiver terminada, daqui a um mês, um ano, você possa colocar um anúncio no jornal, ou sair perguntando, e acabar encontrando Senhor Pássaro — disse ela. — Todos estamos sendo obrigados a fazer escolhas terríveis, não estamos? Pelo menos a sua pode mantê-lo vivo. — Quando Irena, por fim, se sentou, a veterinária tentou remover algumas de suas lágrimas com a palma da mão. — Estamos passando por um momento tenebroso.

Irena limpou o rosto molhado com os dedos e olhou para a médica, um pouco sem graça.

— Quase esqueci — falou. — Como posso te pagar? A senhora ficaria insultada de receber em cigarros? Meu pai faz velas.

A dra. Pekar sorriu, enquanto prendia um dos cachos dourados atrás da orelha.

— Não é necessário — respondeu. — Mas tenho uma idéia. Você está com tempo livre?

— Quem não está? — replicou Irena. — Saio pra pegar comida e água. Às vezes, alguém me pede pra entregar uma carta.

— Você poderia vir aqui amanhã de manhã? — perguntou a dra. Pekar. — Tento abrir de vez em quando. A notícia está se espalhando. Algumas pessoas estão tentando manter vivos seus animais de estimação. Cachorros, gatos, hamsters... nem sempre posso ajudá-los. Você gosta de bichos?

— Muito — respondeu Irena.

— Tem experiência com eles?

— Tínhamos uma gata quando eu era criança, a Mimi. Ela morreu quando nós duas estávamos com 12 anos. Depois, a gente arrumou Senhor Pássaro.

— Bem, não me incomodaria em receber uma mãozinha — continuou a médica —, para segurar os animais enquanto eles são examinados e tratados. Para limpar depois que tiverem ido embora. Algumas vezes, só para segurá-los. Eu tinha uma enfermeira... Svjetlana... você talvez se lembre. Imagino que ela esteja do outro lado. Espero que sim. Também preciso de água. Um pouco de combustível para o aquecedor. E me disseram que eles vendem até agulhas hipodérmicas no mercado negro.

— Tudo, menos sementes de passarinho — declarou Irena.

— Oito da manhã? Se você não tiver chegado, vou presumir que os tiros a retardaram. — A dra. Pekar apoiou as mãos sobre os ombros de Irena, os cachos balançando. — Sinto muito pelo que você tem de fazer — disse. Em seguida, acrescentou automaticamente: — Tome cuidado com os atiradores no caminho de volta.

Quando Irena chegou em casa, contou à mãe o que a médica tinha dito. Sua mãe sentou na cozinha e chorou. O sr. Zaric estava no porão, informou ela, dando uma limpeza, tirando algumas cadeiras e tentando deixar o lugar confortável para eles se esconderem durante os bombardeios. Aleksandra Julianovic era sua designer de interiores.

— Acho que isso é uma coisa que devemos fazer juntas — observou a sra. Zaric. Mãe e filha pararam para escutar os tiros e ouviram vários disparos a distância. — Shhh — falou. — Escuta mais um pouco. — Em seguida, houve outro disparo, mas depois, nada. Sem dizer uma só palavra, a sra. Zaric pegou Senhor Pássaro, empoleirado contra um dos lados da gaiola, e aninhou-o em suas mãos. — Venha, pequenino — chamou.

Elas andaram em direção à pequena porta que levava ao telhado, prestando atenção ao barulho dos tiros e movendo-se devagar, Irena sabia, a fim de adiar a chegada. Já no topo, levantaram a trave para destrancar a porta de aço. Não observavam as nuvens — ou, de qualquer maneira, não as notavam — havia meses. O céu hoje parecia zangado, cinzento e efervescente.

Irena tirou um pequeno saco plástico do bolso do jeans e polvilhou algumas sementes em sua mão direita. Empoleirado sobre a mão de sua mãe, Senhor Pássaro levantou a cabeça, pôs-se a cheirar de modo exploratório e, em seguida, enfiou o bico nas sementes.

— Bom garoto, Senhor Pássaro — falou a sra. Zaric.

Irena acrescentou:

— Mas coma devagar, porque não tenho mais.

Irena e a mãe não choravam juntas desde que tinham saído de Grbavica — não, desde a noite anterior. Elas haviam gritado e socado as paredes. Mas não tinham derramado lágrimas. Era como se o choro pudesse lavar o ódio que as fazia seguir adiante. Sangue e lágrimas secavam. No entanto, no momento estavam chorando. Elas tremiam; arfavam como se tivessem corrido até o topo de uma colina. Então, enquanto se dobravam ao meio em busca de ar, começaram a rir. As risadas pareceram restituir-lhes o fôlego. Irena empertigou-se, tomando cuidado para não derramar as sementes que Senhor Pássaro ciscava na palma de sua mão. Ele deixava pequenas marcas vermelhas que ela analisaria por dias.

Irena disse:

— Você ama mais esse maldito pássaro do que a mim.

— Quase — concordou a sra. Zaric.

Senhor Pássaro ergueu a cabeça ao terminar de comer e começou a saltitar sobre as palmas da sra. Zaric.

— *Tóin!* — falou ele, imitando a bola de basquete batendo no aro da quadra em Grbavica. — *Tóin!*

— Escuta — Irena pediu com delicadeza —, estamos passando por maus bocados, não é mesmo? Mas podemos te fazer um favor e te tirar daqui. Sabe de uma coisa? Acho que você sempre pôde voar embora. Ficamos gratos por ter preferido ficar conosco por tanto tempo. Os últimos dias teriam sido bem piores sem a sua companhia. — A voz dela falhou. — Agora, isso é o que a gente quer que você faça — continuou, roçando a boca contra as penas cinza e verdes da cabeça do Senhor Pássaro. — Levante vôo e vá para onde a gente morava. Procure pelo lugar mais bonito e pare lá. Faça alguns barulhos. Imite aquele *"Tóin!"*. Alguém vai te ver e dizer "Que pássaro fantástico!". E vai te pedir para acompanhá-lo até em casa. Acomode-se sobre o ombro da pessoa e vá para a casa dela. Coma, descanse e deixe que ela te ame.

A voz da sra. Zaric soou rouca do outro lado da cabeça do Senhor Pássaro:

— E quando esta loucura tiver terminado, vamos procurar por você. Mesmo que seja só pra dizer olá. Vamos perambular pelas ruas, perguntando: "Vocês conhecem um pássaro que imita a campainha do telefone e que veio voando do Brasil até aqui porque não gostava daquela areia toda? Esse é Senhor Pássaro. Viemos dizer oi."

Irena estava aflita por ter de tirar Senhor Pássaro das mãos da mãe e atirá-lo em direção aos céus. Precisava manter-se inflexível. Imagens tristes cruzaram sua mente. Imaginou-se colocando as mãos para trás, como se algemada, a fim de que Senhor Pássaro não pudesse voar de volta para ela. Ele poderia imaginar o que tinha feito para merecer um tratamento tão duro. Poderia sair voando e voltar batendo as asas contra a janela da cozinha da avó, como se dissesse: "Seja lá o que eu tenha feito, me desculpem. Me deixem entrar. Quero ficar com vocês." Mas, em vez disso, Senhor Pássaro inclinou a cabeça ligeiramente para o lado e deu mais dois passos entre as palmas da sra. Zaric. Ela levantou as mãos para o céu cinzento e Senhor Pássaro desprendeu-se de seus dedos esticados, deixou o vento preencher as asas e começou a batê-las rapidamente, uma, duas, três vezes; em seguida, riscou os céus, fazendo um círculo em volta dos fundos do prédio. Irena e a mãe permaneceram imóveis, a cabeça erguida, observando a franja vermelha do rabo do pássaro que parecia brilhar contra o céu cinzento. Ele bateu as asas mais uma vez e atravessou planando o rio, em direção à confusão de edifícios de concreto de cinzas que havia sido o lar deles.

11.

Na manhã seguinte, Irena foi cedo até a veterinária, e no dia posterior também. Gostava de caminhar pelas ruas. Gostava da médica, que, mesmo antes da guerra, já devia ser um pouco carente de companhia. Apreciava a bagunça do consultório, o cheiro de hálito de cachorro e desodorizante de ambientes. Gostava de segurar os cachorros e gatos contra o peito para confortá-los, enquanto a dra. Pekar costurava os cortes e talhos. Adorava se sentir útil.

Certa manhã, uma senhora idosa trouxe uma cachorrinha que parecia estar entrando em estupor, tamanha a falta de energia. A dra. Pekar a conhecia bem. Marilyn era uma pequinês de pêlos longos e alourados, começando a ficar grisalhos, que não estava conseguindo evacuar.

— Isso vai ser feio — murmurou a médica para Irena. Ela e a dona do animal seguraram a cachorrinha com firmeza, enquanto a dra. Pekar inseria uma sonda de borracha em seu ânus. Marilyn recuou ligeiramente e, então, acalmou-se, fatigada. Enquanto a dra. Pekar injetava água em seu pequeno corpo, Irena achou que podia vê-la transbordar pelos olhos de Marilyn. Ela era uma cachorrinha pequena; o resultado foi imediato. Marilyn liberou um pedaço endurecido de fezes e depois começou a evacuar em pequenos pingos.

A mulher chorou de gratidão. Beijou o cocoruto da pequena cabeça oval de Marilyn e colocou a cachorrinha em seu ombro. Em seguida, deu um beijo na dra. Pekar e abaixou-se para dar outro em Irena, que tinha começado a limpar a mesa de exame de aço inoxidável.

— Elas vão voltar? — perguntou Irena.

— Provavelmente em três ou quatro dias — informou a dra. Pekar. — Normalmente, eu diria: "Sua cachorrinha... sua amiga... está com muita dor. Você tem de fazer a única coisa que pode resolver isso." Contudo, nas atuais circunstâncias... — A voz da médica falhou. — Ainda assim, ela não vai durar muito.

— Marilyn ou a dona?

A dra. Pekar deixou o comentário morrer no ar, enquanto se dirigia para o próximo paciente.

UMA OUTRA MULHER TROUXE um velho perdigueiro exausto e rouco de tanto latir. O pobre animal ficara maluco devido às bombas. A manhã estava calma. Cesar, porém, gania, ficava eriçado e encolhia-se ao som das rajadas de morteiros e bombas, inaudíveis aos ouvidos humanos.

A dona de Cesar, a sra. Tankosic, usava uma estola marrom-escura sobre a cabeça e ficava puxando-a sobre os olhos, cujas sobrancelhas haviam caído.

— Nenhum de nós consegue dormir na colina — declarou ela. — Eles têm um homem, o Atirador de Slatina é como o chamam, que dispara o tempo todo. Ele nunca faz uma pausa e a gente não consegue dormir nem um minuto.

— Deve ser mais de um homem — sugeriu Irena. Cesar permanecia encolhido num canto, como um papel de embrulho jogado fora.

A dra. Pekar encostou a cabeça contra o peito de Cesar. Podia ouvir seu coração tremer. Conseguia escutar seu estômago revirando.

— Não tenho nada para dar a Cesar — anunciou, por fim. — Em lugares como Londres e Hollywood, eles têm tranqüilizantes pra cachorros. Eles têm até psiquiatras de animais. A senhora precisa entender – continuou, baixinho – que a vida de Cesar agora se resume a horas de dor. Ele está quase... e nunca vi algo parecido... cuspindo o coração para fora de tanto latir. Talvez essa seja a única forma que ele conhece de tentar se distanciar deste lugar.

A sra. Tankosic tocou o dorso de Cesar com carinho. A coluna dele parecia uma vareta fina prestes a romper um surrado saco cinza.

– A senhora tem alguma coisa pra isso, não tem?

A dra. Pekar deixou a sala por um momento e voltou com a mão direita enfiada no bolso do jaleco branco.

– Vamos abraçar Cesar, todas nós – sugeriu a veterinária. Irena passou um dos braços em volta do peito do animal. A sra. Tankosic pressionou o tórax contra as costas de Cesar e o rosto contra o lado da cabeça dele; ela chorou de encontro a uma de suas orelhas caídas.

– Vamos nos encontrar novamente, logo, logo – disse ela. Irena podia escutar sua própria respiração, a da dra. Pekar e da sra. Tankosic. Percebeu que as lamúrias de Cesar tinham parado.

– Agora nada pode machucá-lo – sussurrou a médica. Nos últimos meses, Irena tinha visto o corpo de amigos, parentes e estranhos. No entanto, ela não tinha visto ninguém passar da vida para a morte em apenas um suspiro, sem nenhum ferimento aparente. O mesmo sangue e ossos, os mesmos dentes e pêlos que davam cor à vida em um instante agora simbolizavam a morte. Irena não mais pensou que os vivos e mortos ocupavam regiões diferentes, mas sim separadas apenas por uma questão de horários.

A DRA. PEKAR OLHOU PARA o corpo rijo de Cesar em um dos cantos da sala. Dilemas médicos haviam se tornado uma aflição descartável.

– Tenho um forno crematório nos fundos – disse para Irena. A médica sacudiu um velho maço de Drina para tirar um cigarro... ela também o estivera escondendo no bolso do jaleco... e colocou dois na mão de Irena. — Espero não estar encorajando maus hábitos — declarou.

— Não sou virgem — replicou Irena —, com relação a cigarros — acrescentou com uma risada.

— Eu quase sou — retrucou a dra. Pekar. — Tenho 30 anos e não cheguei a ter três homens em minha vida.

— Isso é ridículo — opinou Irena. — A senhora é bonita. É fascinante.

— Fico coberta de vômito de gato — explicou a médica. — Meto minhas mãos no rabo dos cachorros. — A dra. Pekar soprou uma nuvem de fumaça e ficou observando-a se desfazer. — Meu pentobarbital está acabando. Não é algo que a gente costume armazenar para momentos de emergência, como feijão ou geléia de ameixa.

— Venha comigo até um dos postos de controle dos soldados ou até a fila de água — falou Irena. — Vamos arranjar pentobarbital e alguém para ser o dr. Oooh-uau Número Três. — Elas riram, de mulher para mulher, e, enquanto Irena ajudava a dra. Pekar a amarrar o corpo de Cesar para puxá-lo até o forno crematório, mencionou a sra. Tankosic: — Ela parece que quer se matar. Precisamos contar para alguém e impedi-la.

— Por quê? — perguntou a dra. Pekar.

12.

DE QUALQUER FORMA, LOGO NA MANHÃ SEGUINTE UM SARGENTO UUUH-LÁ-lá veio subindo a rua de asfalto em frente ao consultório da dra. Pekar em um veículo branco da ONU. Irena e a veterinária escutaram o motor sendo desligado e o som de coturnos. Ouviram uma batida, seguida de uma voz ligeiramente ofegante.

O sargento Colin Lemarchand fazia parte do contingente francês das tropas da ONU. Com a boina azul na mão e o belo bigode louro vibrando em animação, o sargento explicou que tinha estado perambulando pelas ruas de Kosovo, logo abaixo do zoológico de Sarajevo, em busca de um consultório veterinário. O zôo tinha um veterinário, o dr. Djukic, mas ele não era visto desde os primeiros dias da guerra.

— Ele é um bom homem, eu o conheço um pouco — a dra. Pekar contou ao sargento Lemarchand. — O senhor não conseguiu encontrá-lo?

— Ele está em Pale — falou o sargento. — Ele não pode... eles não o deixam atravessar.

— Sou veterinária de animais pequenos: gatos, hamsters e cachorrinhos de colo — informou a dra. Pekar.

— Vai servir — respondeu o sargento. — Até alguns meses atrás, eu era assistente do cozinheiro em uma pastelaria.

O ZOOLÓGICO ESTENDIA-SE por uma colina em Poljine, acima do estádio olímpico e logo atrás de Kosovo. Os mapas de campo da ONU consideravam-na uma zona de conflito. No entanto, não havia nenhum conflito real entre os paramilitares sérvios e os tratadores bósnios do zoológico. Os sérvios tinham levado armas grandes para Poljine, no topo da colina, a fim de lançar bombas sobre o zôo. O parque tornou-se uma zona sem lei, habitado por animais encurralados.

Os leões e ursos levantavam-se ao escutar os estrondos e rugidos estranhos, como se quisessem desafiar os intrusos. Mas eles estavam presos em jaulas. Logo depois, os lobos, as raposas e os macacos começaram a morrer de fome. Os tratadores não podiam atravessar o fogo dos atiradores e dos morteiros para alimentá-los, embora alguns tentassem, morrendo ao lado dos animais que, muitas vezes, tinham criado desde pequenos.

Devido à fome, os pumas e jaguares estavam mais ferozes do que nunca. Os tiros e bombardeios os deixavam loucos de medo. O mesmo acontecia com as pessoas. Gangues atacavam as jaulas e capturavam pavões, avestruzes e cabritos monteses para comer. Os atiradores sérvios disparavam contra as jaulas, dizimando os animais – eles queriam ver seus tiros arrancarem sangue, como crianças esmagando insetos com os sapatos. Algumas pessoas das redondezas juravam ter visto os dois leões do zoológico suspenderem-se nas pernas traseiras e tentarem rebater as balas com as patas. Elas diziam que os leões, ao contrário dos capacetes azuis, não ficavam apenas olhando.

NO PEQUENO PERCURSO ATÉ o zoológico, o sargento Lemarchand contou à dra. Pekar e a Irena que Kolo estava doente. Kolo era um dos três ursos marrons que costumava sentar, afastar as moscas com as patas e sacudir a água do corpo em uma jaula sobre uma plataforma alta de pedra voltada para um pequeno riacho. Quando a comida acabou, os ursos buscaram uns aos outros por proteção – e depois pelo alimento.

Kolo era o mais forte, ou, pelo menos, o mais bravo. Quando um grupo de soldados canadenses chegou ao zoológico, encontrou um monte de ossos espalhados pelo chão da jaula. Kolo havia comido seus parceiros de jaula. Quando percebeu que não tinha mais companhia, passou a brincar com os ossos.

O sargento deixou seu pequeno caminhão branco no estacionamento, onde vários carros de visitantes haviam sido bombardeados logo nos primeiros dias da guerra. O vento, a chuva e as balas dos últimos meses haviam deixado os carros enferrujados e perfurados, e com as janelas estraçalhadas; eles pareciam latas de sopa amassadas.

— Cuidado onde pisa — avisou o sargento Lemarchand. — Isso é o que eles chamam de uma zona de conflito.

— Diferente do resto da cidade — zombou a dra. Pekar.

O SARGENTO LEMARCHAND PAROU de repente.

— A garota — disse, virando-se para Irena. — Você, *mademoiselle*... — Ele falou em francês para dar ênfase ao argumento. — ... não quero levar uma garota para uma zona de conflito.

— Ah, isso é *très* ridículo — replicou Irena. — Não é como se eu fosse, você sabe, uma virgem.

Enquanto eles prosseguiam cautelosamente até a jaula de Kolo, a dra. Pekar virou-se para ela e murmurou:

— Estranha escolha de palavras.

Kolo não parecia um animal que comera recentemente dois ursos. A pelagem marrom estava seca e sem viço, pendendo-lhe da coluna e das costelas como um velho tapete. Seu pênis era uma minhoca pequena e delgada. Estava deitado de lado, ofegante, o focinho comprido machucado. As patas traseiras chutavam de modo lento, como um bebê exausto caindo no sono. Um médico canadense, um capitão com um caduceu sobre o peito de seu colete à prova de balas, ofereceu à dra. Pekar uma saudação silenciosa. Irena devolveu a saudação.

— Não sou veterinário — falou o capitão Pierre Enright. — Mas não acho que algum outro diagnóstico possa ser feito aqui.

A dra. Pekar afastou-se um pouco da jaula de Kolo. Curvou-se para a frente, como se tentasse olhar através do buraco de uma fechadura, a fim de fitar o urso nos olhos. Eles estavam quase fechados. A veterinária observou-o por um longo minuto, até que Kolo finalmente pestanejou, numa careta de dor. O sargento Lemarchand arrombou a porta de ferro para ela, a qual estava, sem nenhuma razão de ser, trancada. O soldado se ajoelhou para firmar o urso contra seu ombro. A dra. Pekar passou a mão em frente aos olhos de Kolo; eles não seguiram o movimento. Ela não sentiu medo algum ao se ajoelhar e encostar o nariz contra o focinho do bicho. Colocou a mão esquerda sobre o peito do urso; os batimentos cardíacos eram bastante sutis contra sua mão.

— Ele está morrendo, sem dúvida — disse a dra. Pekar de dentro da jaula. — Morrendo de fome e enlouquecido devido a ela e à dor.

— De quanta comida estamos falando? — perguntou o capitão Enright.

— Em geral, lido com gatos domésticos. Mas, digamos, de três a quatro quilos por dia.

— De carne? — indagou o capitão. Os dois médicos andaram lentamente em volta da jaula de Kolo.

— Um pouco. Em grande parte, legumes e frutas. E grãos. Só que bastante.

— Existe algum meio de arrumar três quilos de comida por dia pra esse urso? — perguntou o capitão Enright.

O sargento Lemarchand já estava sacudindo a cabeça.

— Capitão, não podemos contar com seis colheres de sopa cheias para alimentar a cidade inteira.

— Talvez um artigo no *Paris Match* ou no *The New York Times* pudesse ajudar — refletiu o capitão. — Estou pensando alto. Ou um vídeo para a TV. As pessoas adoram animais. Talvez a Brigitte Bardot veja.

— Não temos tempo — retrucou a dra. Pekar. — Esse garoto já está se comendo por dentro. Dá pra sentir pelo hálito. Olha pra ele. *Olha pra ele!* — ela gritou com uma urgência súbita. — E tudo o que você pode fazer é esperar que a Brigitte Bardot o veja — bufou.

O escárnio pareceu induzir o capitão Enright a pensar melhor.

— Entendo — disse ele, sem ressentimento algum. — Normalmente, como a senhora poria fim à vida de um paciente sem chances de sobrevivência? Essa não é uma questão com a qual me confronto em minha área — acrescentou.

— Pentobarbital — respondeu a dra. Pekar. — Mas seria preciso uma boa quantidade para um urso marrom. Mesmo desidratado do jeito que ele está. O senhor tem algum? — continuou ela.

— Nem um grama — respondeu o capitão Enright. — Não sei o que vocês escutam, mas tentamos manter nossos soldados vivos.

— A dose certa de morfina poderia funcionar — disse a dra. Pekar, de dentro da jaula, postada atrás de Kolo. O sargento Lemarchand ainda o mantinha firme contra o ombro. Na verdade, ele havia posto uma das mãos atrás da orelha do urso, como que para protegê-lo da conversa.

— Eu nunca conseguiria licença para isso — declarou o capitão. — Precisamos da morfina para as pessoas.

— Existe uma outra possibilidade de tratamento — observou a dra. Pekar. — Na sua cintura.

A mão esquerda do sargento Lemarchand caiu suavemente sobre o cabo de seu revólver, como se lembrasse de tocar um antigo ferimento.

— A prescrição tradicional para criaturas em sofrimento — continuou a doutora. — Uma bala direto no cérebro. É eficiente e até mesmo caridoso. Elas morrem antes de conseguirem ouvir o tiro, quanto mais senti-lo.

O sargento Lemarchand caiu de bunda no piso frio e rachado da jaula. Seus joelhos haviam falhado de repente e ele começou a bater nos tornozelos para fazer a circulação retornar.

— Sinto muito — disse ele. — Não posso usar minha arma. São as ordens.

— Você é um soldado — retrucou a dra. Pekar. — A sua arma é só pra decoração? Como uma pulseira ou brincos?

— Eu sei usá-la, *madame* — respondeu o sargento, enfatizando a cortesia. — Mas não posso. Isso é uma cláusula específica das Nações Unidas. As ordens vêm de Nova York. Estão escritas em inglês, francês e russo.

— Aqueles bundões arrogantes estão completamente por fora — a dra. Pekar retrucou de modo ainda mais veemente.

— Ainda assim, não posso disparar minha arma. Preciso relatar cada tiro. *Por favor*. Eu também amo animais. Foi por isso que trouxe a senhora e o doutor aqui... tinha esperanças de que vocês pudessem fazer alguma coisa por Kolo que eu não poderia.

— Diga que o urso tentou morder a gente — sugeriu a dra. Pekar. Enquanto isso, Kolo parecia estremecer de dor, suas lamúrias ficando mais audíveis. — Ele ficou louco. Estava faminto. Tentou comer a gente. Que mentira não é mais plausível do que a verdade nesse momento? — perguntou.

— Eu confirmo qualquer coisa que você diga — reforçou o capitão Enright.

No entanto, o sargento Lemarchand percebeu imediatamente que a trama precisava começar com ele, e não desejava tomar parte naquilo.

— Minhas ordens são claras — disse ele. — Na verdade, não dá pra ser mais claro. Às vezes, fico imaginando o que esperam que a gente faça aqui. Aliviar o cerco, mas ajudar os sérvios a mantê-lo. Ajudar os civis, mas não atirar de volta em seus agressores. Eles me enviaram aqui para ajudar um urso doente. Na verdade, posso fazer qualquer coisa, exceto ajudá-lo. Uma das ordens se mantém: *não posso* usar minha arma.

A dra. Pekar adiantou-se.

— Então *me* dá a sua arma — disse ela.

— Isso também é contra as ordens — observou o sargento Lemarchand. — Armas não são abridores de lata ou de garrafa que você empresta no dia-a-dia dos afazeres domésticos.

— Qual é o seu problema? — a dra. Pekar gritou com o sargento. — Quero dizer, qual *é* o seu problema? Por acaso a ONU tem medo de que atirar num urso velho possa infringir a soberania dos ursos sérvios? Vocês realmente ficam orgulhosos em permanecerem neutros em meio a um massacre? Que tipo de depravados mentais são vocês, capacetes azuis, que deixam seu lares confortáveis só pra zanzarem por aí e nos verem sangrar? Eu preferiria ter uma mancha na minha consciência a não ter nada, como vocês. — A voz dela saiu fria e cortante.

Os olhos de Kolo pareceram fechar de modo súbito. Um estampido alto arrebentou no céu e reverberou pela jaula; as barras de ferro zumbiram baixinho. Kolo expirou rapidamente. O grande urso marrom emitiu um último suspiro enquanto Irena o via despencar no chão, caindo de maneira inacreditavelmente suave sobre uma poça vermelha escorregadia a esparramar-se.

Os civis de Sarajevo sabiam como se abaixar ao som do disparo de um atirador. Os soldados ficaram surpresos e perplexos, percebeu Irena. O sargento Lemarchand e o capitão Enright hesitaram e mergulharam, mas viraram o rosto para cima, em direção às árvores, procurando pelo atirador.

— Abaixem! — a dra. Pekar gritou para eles. — Fiquem abaixados!

Eles escutaram uma voz berrando, vindo do meio das árvores do outro lado.

— Aquele... animal... — ele gritava palavra por palavra — não... merecia... sofrer. *Vocês*... merecem.

Um outro disparo riscou o ar; Irena escutou folhas e galhos partindo.

— Corram! — gritou a voz. — Saiam daqui! *Corram!* Ou darei a vocês... — Ele disparou mais uma vez. — ... meu autógrafo.

O pequeno grupo dentro da jaula levantou-se devagar. O sargento Lemarchand ergueu os braços acima da cabeça, a fim de mostrar que não tinha nenhuma intenção de sacar o revólver; o atirador talvez não soubesse de sua proibição de atirar. O capitão Enright, que por ser médico não portava arma, fez o mesmo. A dra. Pekar e Irena os seguiram e eles começaram a descer vagarosamente a colina. Após poucos passos, seus braços pareciam pesados e cansados.

– Espera – o sargento Lemarchand pediu a Irena. Ele se virou em direção às árvores, mantendo os braços nitidamente erguidos. Com movimentos lentos e exagerados, o sargento abriu o zíper de seu colete à prova de balas e deslizou os braços para fora até ficar com o colete pendurado de modo quase tentador nas mãos. Fez sinal para Irena permanecer quieta e, com gestos largos, colocou o colete sobre seus ombros. – Por aqui, *mademoiselle* – disse ele.

Enquanto continuavam a descer a colina, Irena pensou que podia sentir um buraco queimando na parte de trás de sua cabeça. Quando chegaram a solo plano, ela estava ao mesmo tempo aliviada e animada. Virou-se pulando e gritou de volta para as árvores:

– Você é o Atirador de Slatina? – O sargento Lemarchand ajudou-a a tirar o colete, e ela pulou de novo, mais alto, gritando a pergunta com mais força: – Você é o Atirador de Slatina?

Não houve resposta e eles se dirigiram para o veículo do sargento. Passaram-se uns dois quarteirões antes que eles pudessem escutar uns aos outros respirando normalmente, na confiança de que a próxima inspiração se seguiria.

– Se ele fosse atirar em nós, já teria feito isso – observou o capitão Enright.

– Talvez a gente devesse ter agradecido – falou a dra. Pekar.

– Isso teria soado... estranho – opinou o capitão.

– Talvez ele deixasse a gente voltar lá – replicou a veterinária.

– Não há mais nada naquele zoológico que precise de cuidados – interveio o sargento Lemarchand. – Alguém chegou até a atirar nos esquilos. *Madame,* a senhora realmente me considera um depravado mental? — perguntou à dra. Pekar.

MUSTAFÁ ABADZIC, O DIRETOR do zoológico, passara a dormir num velho quartinho de equipamentos, no terreno do zôo. O lugar era mais exposto aos atiradores do que seria desejável a uma propriedade domiciliar, mas o sr. Abadzic fora expulso de seu apartamento de três quartos em Grbavica. Homens de bigode preto iam enfiando debaixo de seus pulôveres também pretos os pequenos elefantes e zebras entalhados em madeira de oliveira que ele trouxera da Tanzânia enquanto o arrancavam de sua própria porta aos chutes e pontapés.

— Meus filhos vão adorar isso — diziam eles.

O sr. Abadzic vira Kolo devorar Slino e Guza, seus velhos parceiros de jaula.

— É a lei da selva — dissera ao sr. Suman, o chefe dos zeladores do zôo, o qual se encontrava acampado numa das quinas restantes da antiga casa do chimpanzé. — *Nossa* selva, esta cidade nos dias de hoje.

O diretor recrutou a ajuda do sr. Suman, a fim de cavar um túmulo para Kolo na terra fofa em volta da jaula do urso.

— A gente não pode deixá-lo lá entregue às moscas — disse ele. — Isso seria uma vergonha. — Naquela tarde, o diretor havia usado um pedaço de madeira queimada para gravar uma mensagem numa tábua que ele arrancara de uma porta danificada do armazém:

KOLO
1981-1992
ELE VIA TODOS OS CIDADÃOS DE SARAJEVO COMO IGUAIS

— Isso vai servir até a gente mandar entalhar uma lápide decente — declarou o diretor.

— Talvez a gente devesse deixar assim — opinou o sr. Suman.

Os dois homens pegaram as pás e cavaram o túmulo de Kolo. Esperaram até às dez da noite para começar, quando a escuridão era total, mas não terminaram antes da meia-noite. Descobriram que era difícil cavar um buraco na total escuridão. A lua a brilhar no céu não era mais do que a borda cintilante de uma moeda. Era difícil ver onde enfiar as pás e, conforme o buraco foi ficando mais fundo, mais difícil ainda tornava-se encontrar o solo. Umas duas vezes, o sr. Abadzic errou e caiu dentro do túmulo de Kolo. Para recuperar o fôlego, eles se sentaram no fundo do buraco e fumaram um cigarro, felizes por terem encontrado um lugar para fumar de onde a fumaça podia ser soprada sem medo de ser vista acima do solo.

Os homens deixaram o buraco e entraram na jaula do urso. Apalpando no escuro, o sr. Abadzic encontrou a pata dianteira de Kolo. O sr. Suman achou as patas traseiras. Antes da guerra, os homens não eram amigos. Eles nunca haviam trocado mais do que um pequeno cumprimento de cabeça. O sr. Abadzic era erudito e um executivo que viajava todos os anos para a África. Ele retornava com slides de fotos e deliciava os grupos escolares e os jantares do clube com imagens de guepardos deitados languidamente no Serengeti e de bebês chimpanzés olhando de modo amigável das árvores em Masai Mara. O mais longe que o sr. Suman já viajara tinham sido algumas pequenas cidades praianas de Montenegro. Ele nunca se casara. Seu único passatempo era colecionar cardápios e fósforos de restaurantes. No entanto, os últimos meses haviam obrigado os dois a forjar um relacionamento próximo, dormindo em prédios adjacentes e semidestruídos, esforçando-se para cumprir suas mútuas obrigações. Algumas vezes, tudo o que podiam fazer era abrir uma jaula e esperar que uma raposa vermelha ou algum outro sobrevivente conseguisse atravessar o riacho e entrar numa casa no lado sérvio.

O sr. Suman descobriu que o sr. Abadzic trabalhava duro. Ele cavava buracos e enfrentava o fogo dos atiradores. De sua parte, o sr. Abadzic percebeu que o sr. Suman nutria um profundo carinho pelo zoológico. Quando a guerra fora declarada, ele não se escondera dentro de lugar algum; em vez disso, tinha corrido para o zoológico, preocupado com os animais. Decidira permanecer lá, na frente da linha de fogo, para estar perto dos bichos, mesmo enquanto morriam.

O sr. Abadzic e o sr. Suman tentaram levantar Kolo pelas pernas, mas a grande pança marrom do urso deixou-os arfando devido ao esforço. Os homens tinham arrastado Kolo apenas alguns centímetros pelo chão da jaula, quando a primeira bala acertou o sr. Suman na garganta. O segundo tiro raspou nas árvores e acertou o sr. Abadzic no peito.

No dia seguinte, as pessoas da vizinhança acordaram para ver os dois novos corpos ao lado do de Kolo. Eles deviam ser humanos — estavam de sapatos. Muitos imaginaram o que dois seres humanos poderiam estar fazendo com um urso morto no meio da noite que pudesse valer a pena se arriscar a morrer. Quando viram as pás ao lado do túmulo, repetiram a pergunta.

O sargento Lemarchand recebeu um chamado para retornar ao zoológico. Ele podia ver o corpo do sr. Abadzic e o do sr. Suman, mas estava determinado a não arriscar a vida de três ou quatro soldados a fim de recolher corpos — fossem eles de homens ou ursos. O sargento concluiu que seria inútil querer ignorar a lei da selva, ou a do Atirador de Slatina, no zoológico.

13.

O sargento Lemarchand deixou Irena na entrada de seu prédio. Ela ergueu a cabeça e viu Aleksandra Julianovic sentada na escada externa, entre o primeiro e o segundo andares, fumando um de seus últimos cigarros canadenses. Irena subiu os degraus e sentou-se ao lado dela.

— Você não devia estar aqui — falou Irena.

— Então é uma tolice de sua parte se juntar a mim — observou Aleksandra.

— Estou aqui pra salvar sua vida — replicou Irena, sorrindo.

— Então leve embora meus cigarros — brincou Aleksandra, oferecendo um Players a Irena. — Mas leve esse lá pra cima, assim seus pais só precisam ver você fumando, e não arriscando a vida aqui ao ar livre.

Irena imaginou a mão que Aleksandra enfiara no bolso do penhoar cor-de-rosa tateando em busca de fósforos. No entanto, ela puxou um pedaço de papel.

— Venho pensando numa coisa — disse ela, olhando para uma seqüência de setas e números. — Quantas pessoas você diria que estão sentadas do lado de fora neste momento em Sarajevo? Idiotas como nós.

— Não muitas — respondeu Irena. — Além de mim e de você, os outros devem ser por acidente.

— Será que podemos dizer umas 50 pessoas?

Irena fez que sim.

— Alguns disparando pelas ruas em busca de água, outros cochilando nos becos — falou Aleksandra. Ela obviamente refletira sobre o caso.

— Existem algumas poucas pessoas como eu, saindo sem nenhum outro propósito que não o de respirar ar puro e fumar um cigarro sob a luz do sol — continuou ela. — Após um tempo, é claro, é a privação dos pequenos luxos que nos deixa exasperadas. É como uma unha encravada do dedinho do pé que fica latejando. Em pouco tempo, você não consegue sentir outra coisa. Você respira, engole, come cebolas. Pode até trepar. Mas tudo o que consegue sentir é a dor no seu dedinho. Mesmo aqui nesta cidade, ainda estamos vivas, contra todas as expectativas. Ainda comemos e respiramos, mesmo que não muito. Mas ficamos trancadas em nossos cômodos escuros, com as portas dos armários pregadas nas janelas. Estamos mais desesperadas para sair do que gratas por estarmos vivas. — Aleksandra abriu um sorriso de dentes manchados (todo mundo vinha escovando os dentes com restos frios de chá ou de refrigerante de laranja e sal) através de espirais de fumaça.

— Então, digamos que umas 50 pessoas estejam mostrando suas carinhas bonitas neste exato momento — continuou ela. — Quantos atiradores você acha que estão escondidos do outro lado?

— Muitos.

— Digamos dez — disse Aleksandra. — Não, 20; não faz diferença. Quais são as chances de eles acertarem alguém?

— Quem sabe? Três, cinco, seis pessoas, todos os dias — respondeu Irena. — Quando conseguimos escutar o rádio, é esse o número que eles divulgam. Até o próximo morteiro, é claro. Aí, você pode acrescentar umas 50.

— Digamos quatro — falou Aleksandra. — Podem ser três num dia e sete no outro. Mas no final da semana, as mortes provocadas por atiradores chegam a umas vinte e tantas. Adoro o que dá pra descobrir com as estatísticas – comentou. – Até mesmo essas. A estatística é a ciência que escolhe os números certos para dizer qualquer coisa que se queira.

– Você sem dúvida está deixando de fora alguns fatores – replicou Irena. – Alguns atiradores são melhores do que outros. Algumas pessoas são mais difíceis de derrubar do que outras. Alguns de nós são bem furtivos... podemos estar nos enganando, é claro. E outras pessoas mal conseguem mancar. Há também os velhos e feridos que desabam. A chuva, o vento, a política... tudo deve ser levado em conta.

– A beleza suprema e ofuscante da estatística – replicou Aleksandra com um sorriso de triunfo. – Em qualquer grupo de 50 pessoas, você vai ter mais ou menos o mesmo número de gente veloz e lerda. Em meio a quaisquer dez atiradores, haverá os melhores e os piores. Mesmo com todas essas variáveis... a média ainda é que umas quatro ponto alguma coisa pessoas levam um tiro a cada dia. A matemática prevalece no universo – anunciou ela. – Mesmo aqui.

– E só isso, nada mais – observou Irena, com um sorriso triste.

– Pois bem, estive pensando – continuou Aleksandra. – Digamos que em vez de apenas umas 50 pessoas idiotas, descuidadas e tolas sentadas do lado de fora, esse número suba para 500. Digamos que daqui a umas duas semanas, ou dois meses, as pessoas se cansem de permanecer trancafiadas e encolhidas.

– Já estamos cansadas – constatou Irena.

– Então digamos que umas mil pessoas decidam se espalhar – Aleksandra pintou a cena com o cigarro em sua mão direita. – Sem nenhuma razão ou planejamento. A gente resolve sentar nas escadas, nos tocos de árvores, e perambular pelo Marshal Tito Boulevard. Sem nenhum outro propósito que não o de esticar as pernas, encher os pulmões e desanuviar a mente. De repente os atiradores vão começar a disparar contra as mil pessoas. Os filhos-da-mãe não vão saber pra onde olhar! Após o primeiro tiro, todo mundo dispara de qualquer jeito. Somos como baratas à luz do dia. Será como tentar perseguir formigas num formigueiro. Digamos até que os números aumentem ligeiramente, porque há mais de nós servindo como alvos antes de começarmos a debandada. Digamos mesmo que sejam dez pessoas por dia.

Aleksandra se levantou, a fim de dar mais peso à sua conclusão.

— O meu ponto, querida — falou, com intensidade —, é que nossas chances estatísticas de levarmos um tiro diminuem *pelo fato de* estarmos aqui fora. Não é melhor que dez em mil pessoas sejam atingidas em um dia do que quatro em 50? Você não preferiria arriscar com mais mil outras pessoas perambulando pelas ruas do que com 50? Quanto maior o número de pessoas com coragem para permanecer do lado de fora, menores as chances de elas levarem um tiro.

Irena estivera segurando o cigarro que Aleksandra lhe dera na palma da mão. Ela o levantou, como uma professora com um pedaço de giz na frente de um quadro-negro.

— Isso me parece a lógica de uma fumante — declarou.

— Então pode subir — replicou Aleksandra. As duas riram como colegas de escola enquanto Irena se virava para sair.

14.

TEDIC SURGIU NA VIDA DE IRENA NO DIA SEGUINTE, COM SUA CARECA LUStrosa sobressaindo em meio às palas brilhantes de seu casaco de couro.

– Você é Zaric, a grande jogadora de basquete – falou ele, numa mesura ridícula, como se Irena fosse a duquesa de York, passeando de carro com suas garrafas vazias apenas para ver como os plebeus estavam passando.

– Sou uma Zaric, isso é certo – replicou Irena.

– Seu jogo contra a Number Four, no ano passado – lembrou Tedic –, foi brilhante.

– Tive uma noite boa. – Ela se lembrava dos 16 pontos, 16 rebotes... mas Irena se lembrava de todas as partidas, pontos e segundos de cada jogo que já tinha disputado.

– Bem melhor do que boa – retrucou o homem. – Sem dúvida você não se lembraria de mim. – Tedic passara a máquina na cabeça dois anos antes. Esperava que isso lhe conferisse certa elegância predatória... numa alusão a Yul Brynner ou Michael Jordan. No entanto, ainda que tosquiado, ele parecia (essa era a brincadeira que aprendera a fazer consigo próprio) um homem descendo a rua Vase Miskina numa saia de tule lilás, e as pessoas se voltando apenas para perguntar: "Um homem careca não acabou de passar por aqui?"

— Sou um dos gnomos que se sentam nas arquibancadas e gritam elogios pra vocês — disse a Irena.

Havia meses Irena não era reconhecida como atleta; ficou lisonjeada. Ela apertou os olhos e fixou-os no homem com um sorriso calculado, na intenção de provocá-lo a dizer-lhe o nome.

— Tedic — ofereceu ele.

— Dr. Tedic? — chutou Irena. A pronúncia do nome evocara-lhe certa familiaridade.

— O assistente do diretor na Number Four — ele a lembrou. — Pelo menos, era o que eu fazia antes de tudo isso. Aliás, esqueça o doutor. Eu também era assistente do treinador de basquete. O homem que fica sentado na ponta do banco dos reservas, berrando o óbvio.

— Agora me lembro de você — disse Irena, rindo. — O homem que ficava gritando do banco: "Por ali! O caminho é por ali!"

— Seja lá o que os gnomos dizem — concordou Tedic, rindo também.

IRENA ESPERAVA EM pé na fila para a bica de água que fora aberta em uma parede da cervejaria de Sarajevo quando um homem com cara de falcão em um ondulante casaco xadrez cinza aproximou-se, balançando uma carteirinha plástica para cima e para baixo ao longo da fila, como um talismã. O homem exigiu que os adolescentes esperando pela água com garrafas lavadas de leite ou de detergente apresentassem algum tipo de identificação. A maioria dos jovens desabou, saiu do lugar, tateou nos bolsos e, finalmente, puxou uma velha carteira de identidade iugoslava.

Irena não tinha identificação alguma e não aceitou muito bem que lhe pedissem uma.

— Eles tiraram tudo da gente em Grbavica — informou de modo seco ao homem, quando ele chegou perto dela. — A gente precisa dar o nome antes de poder pegar água? Você acha que os sérvios iam se misturar à fila pra roubar toda a água? No lado deles, as torneiras funcionam. Talvez a nossa água tenha um gosto melhor.

— Pode pegar quanta porra de água conseguir carregar — falou o homem, de modo aborrecido. — Apenas nos diga quem é você.

— Nunca falo com estranhos — retrucou Irena. — Especialmente agora.

O homem já havia perdido cada grama de paciência, com que se armara pela manhã, com os adolescentes anteriores. Já não tinha quase nenhuma sobrando para lidar com Irena.

— Então nos diga qual a porra da sua idade.

— Tenho quase 18.

— Tem certeza? — perguntou o homem. — Você tem muita coragem para alguém de 17 anos.

— E você tem muita coragem para um homem de... — Ela fez uma pausa enquanto acrescentava dez anos à aparência do sujeito. — ... 40.

A idade pareceu acertá-lo como um epíteto e ela o viu pestanejar.

— Então nos diga quando você vai fazer 18 — pediu ele.

— Você quer me mandar um presente? Que lindo. Mas, juro, não preciso de nada.

O atrevimento de Irena obrigou-a a ir até uma pequena van branca onde vários homens de jaqueta curta de couro estavam esperando. Eles analisavam várias folhas de papel, que pareciam uma lista de nomes.

— Se você é de Grbavica — falou um homem sentado num dos bancos traseiros, o rosto sem expressão —, freqüentava a Number Three?

— Vocês são mesmo algum tipo de oficiais — rebateu Irena — ou apenas canalhas cheios de tesão tentando aliciar jovens garotas a lhes darem seus nomes?

Foi então que Tedic se adiantou.

— Para poupar meus homens — brincou ele depois. — Sem dúvida, eles estavam em desvantagem.

Tedic levou Irena até um dos lados do prédio onde os policiais bósnios tinham estacionado um ônibus, esvaziado seu tanque e, depois, o virado de lado, a fim de obstruir os disparos dos atiradores. Ele entregou um Marlboro a ela, com seu perfume inconfundível, em seu também inconfundível maço vermelho e branco.

— Em geral, não ganho cigarros de assistentes de diretores — comentou ela.

— Pelos seus problemas — explicou ele. — Esses homens trabalham sob minhas ordens. Em teoria. Eles deviam ser mais educados. Deviam saber com quem estão lidando. Você tinha um time e tanto. O treinador, Cosovic, Dino Cosovic. Um cara robusto. "Você é um homem de sorte", eu costumava dizer a ele. "Suas meninas poderiam vencer os Detroit Pistons." Eu daria meu... — Ele se corrigiu rapidamente. — ... *lóbulo* esquerdo para ter qualquer uma dessas garotas, quanto mais as cinco. Cadê o treinador?

Irena apontou com o braço direito em direção à ponte Vrbanja.

— Lá — disse. — De volta ao exército.

— Claro — respondeu Tedic. — Um velho campeão de biátlon.

— Ele passou em minha casa uma noite antes de partir — falou Irena. — Na noite anterior ao jogo.

— Em pessoa? Quanta consideração, dado o que estava acontecendo.

Irena arrependeu-se de suas palavras e depois arrependeu-se de novo pelo que disse para consertá-las.

— Ele tentou entrar em contato com todo mundo do time — disse, talvez ansiosa demais em explicar. — Os telefones estavam mudos. Meus pais estavam em casa, é claro.

— Dino sempre gostou de manter um relacionamento próximo com suas jogadoras — Tedic continuou com tato: — E com algumas das mães. A garota do time, de cabelos escuros e óculos. Ela foi uma boa escolha.

— Nermina — falou Irena. — Ela estava na fila do pão na Vase Miskina.

— Sinto muito — respondeu Tedic. — Tenho tentado encontrar outros meios de dizer isso. Hoje em dia, *sinto muito* mais parece um soluço. Mas, pelo menos, sua sinceridade é incontestável. O que sentimos nós, a não ser tristeza? A loura... fazia passes como ninguém. — Tedic manteve a cadência da voz: — Ela parecia um doce, como uma camponesa suíça. Eu costumava vê-la passar numa camiseta de jérsei do Magic Johnson.

— Amela Divacs. Não sei. Presumo que ela ainda esteja em Grbavica. Dois foras. Tedic decidiu abster-se de continuar a citar nomes.

— Ouvi dizer que a coisa ficou feia em Grbavica — falou ele.

— Ficou mesmo. — Irena não fez nenhum comentário.

— Você está...? — perguntou ele, solícito.

— Estou bem. — Irena estava decidida a não dar mais detalhes e deu de ombros como se quisesse livrar-se de um estiramento dos tendões.

— Você tem família? Mãe? Pai? — Esse era um velho truque dos professores: deixar o aluno completar o pensamento. Para preencher o silêncio, ela talvez recorresse à última coisa que desejava contar.

— Estamos aqui — disse Irena, por fim. Tedic percebeu sua frieza. — Estamos vivendo no apartamento de minha avó, perto da Cidade Velha, atrás da sinagoga. A vovó morreu no primeiro dia — acrescentou. — Meu irmão está em Londres. Felizmente, para todos nós.

— É, felizmente para todos — repetiu Tedic. — Mas, no momento, precisamos que todos os jovens bósnios sirvam seu país.

— Até não restar mais nenhum?

— Esperamos que não chegue a isso. Mas que seja assim — acrescentou Tedic, imparcial —, se for preciso.

— Se for preciso — repetiu Tedic, após o silêncio se abater entre eles.

— Meu pai já foi convocado para o exército — falou Irena. Ela não mencionou nenhum dos planos que seu irmão tinha lhe confiado, e, certamente, nada de sua própria resistência. – Algumas vezes o chamam para cavar uma trincheira. Eu poderia cavar melhor, não acha? Melhor do que um homem nos seus 40 que se curva pra frente quando tenta imitar o Keith Richards.

– Há outros meios de servir – observou Tedic. – Pra vocês dois.

– Eu arrumo comida pro pessoal do nosso prédio – disse Irena. – Enfrento o fogo dos atiradores e fico nas filas de água para que as mães, os pais, as velhas senhoras e as crianças não precisem ir.

Devido à sua prática de lidar com adolescentes, Tedic assumiu uma postura conspiradora.

– Esse trabalho é precioso – comentou com Irena. – Insubstituível, diria eu. Além disso, tenho falado pro nosso pessoal: "Não recrutem garotas demais pro exército. Como poderemos construir uma sociedade nova e corajosa se nossas melhores chances de procriação encontram-se na linha de fogo?" Desculpe a franqueza.

– E quem diabos é o *nosso pessoal*? – indagou Irena. – E, perdoe a *minha* franqueza, *quem diabos é você*?

Tedic procurou nos bolsos do casaco um cartão de visita. Queria assegurar a Irena de que não era um canalha cheio de tesão analisando uma lista de nomes em uma van. O cartão era fino e barato – borrões de tinta preta grudaram no dedão de Irena quando ela o pegou para ler.

Cerveja de Sarajevo
Desde 1864
Um País – Uma Cerveja
Miroslav Tedic
Diretor de Recursos Humanos
Cervejaria Sarajevo

– Achei que você fosse assistente do diretor – comentou Irena.

– Eu também achava. – Tedic deu de ombros. – Faltavam 14 anos pra me aposentar. Já havia aceitado o fato de que nunca seria um diretor.

Tinha planejado trabalhar o tempo restante em mais uma ou duas escolas, espinafrando o esporádico aluno que fosse pego fumando maconha ou balançando o pênis sobre a couve-flor cozida do refeitório. Estava planejando passar o verão na Espanha, paquerando as severas professoras de inglês ao longo da Costa del Sol. Por fim, eu acabaria numa daquelas casas para os aposentados que nossos antepassados socialistas construíram em profusão atrás da costa do Adriático, jogando *mah-jongg* pelo preço de um maço de cigarros, e na esperança de conseguir conquistar o afeto de velhas viúvas solitárias. Os sérvios me salvaram de tamanho sufoco – concluiu, com um sorriso irônico.

Tedic puxou mais dois Marlboros. Um gesto calculado de companheirismo. Ao contrário das alegações de suas três ex-esposas, ele possuía consciência. A verdade é que pouco se valia dela. No entanto, havia aprendido que uma confissão astuta – inconseqüente, modesta e divertida – poderia conquistar-lhe a confiança de alguém.

– Eu me lembro da noite que você falou – disse Tedic, soltando baforadas de fumaça. – A sexta antes do jogo... tamanha animação! Os corredores da Number Four fervilhavam de jovens preparando pôsteres, folhetos e bandeiras para o evento. Eles tinham planejado um final de semana e tanto... dê chance à paz, vá trepar. O diretor me mandou até um dos banheiros masculinos. "Está horrível", disse ele, "de dar medo." Claro. Foi por isso que Shiva criou os banheiros masculinos... cisternas que despejam a água direto no inferno. Diabruras, disparates, travessuras e nojeiras... disso é que são feitos os banheiros dos garotos. Eles são o maior alvo dessas pequenas infrações que um orientador experiente sabiamente ignora. Mas eu recebera uma ordem. Assim sendo, cheguei bem a tempo de ver algum jovem Victor Hugo rabiscar as últimas letras da mensagem que ele estava pintando no espelho do banheiro: "Garotas muçulmanas têm xereca fedorenta."

Tedic hesitou por um momento.

– Mais uma vez, desculpe a franqueza.

Irena apenas deu outra tragada no seu Marlboro.

— Fiquei lá, parado na frente das privadas e dos mictórios — recordou-se Tedic —, com a cabeça virada pro outro lado, a fim de que os autores daquela preciosidade tivessem chance de escapar pelas minnas costas. Ofereci a eles uma retirada estratégica. Ofereci *a mim mesmo* uma retirada estratégica. No entanto, um deles, Ranko, parou na minha frente sem o menor constrangimento. Eu diria até de forma descarada, como se ele viesse esperando pela chance. O garoto vestira um pulôver preto, é claro, como se fosse uma camiseta do Bulls. Para ficar parecido com seus modelos de perfeição. "Sr. Tedic", disse ele, "o senhor sempre foi maneiro comigo. Não tente nos impedir. Não apareça na segunda, está bem? Na segunda, tudo vai mudar." Preferia que ele tivesse me chamado de babaca — continuou Tedic. — Gostaria que tivesse mandado eu me foder. Em vez disso, ele me disse que o mundo ia mudar. Quantos anos ele tinha, 17? A pior de todas as combinações. Ele não sabia nada, e tinha tantas certezas.

"Portanto, naquela noite peguei meu carro — prosseguiu Tedic. — Coloquei dois ternos, seis livros e um outro par de sapatos no banco traseiro. Uma vida inteira como professor... e, na verdade, apenas seis livros são importantes pra mim. Naquela noite, deixei o apartamento de minha amante, em Vraca. Passei pela delegacia policial do centro da cidade. Falei: 'Uma tempestade dos infernos está se aproximando.' Alguém teve a idéia de me levar até o Ministério de Assuntos Internos, imaginando que um assistente de diretor podia ser útil em tempos difíceis. Não conheço nada de cerveja. Talvez conheça um pouco as pessoas.

"Talvez a gente pudesse caminhar um pouco, antes que algum atirador se anime — sugeriu Tedic com suavidade. Irena agarrou os gargalos das garrafas vazias entre os dedos e eles deram a volta no carro branco, seguindo para o pátio da cervejaria.

"Podemos encher essas garrafas pra você lá dentro. Estamos mantendo a cervejaria aberta, você sabe — explicou ele. Tedic estendeu o braço como se convidasse Irena a entrar em sua mansão. – As Nações Unidas têm nos apoiado. Eles sabem que nós, cidadãos de Sarajevo, somos devotados à nossa cerveja. Estão convencidos de que a cervejaria é importante para a manutenção de nossa riqueza cultural. As Nações Unidas parecem achar a preservação disso um bem mais precioso do que... – Tedic fez uma pausa para efeito. – ... nossas simples vidas."

Ele continuou num tom confidencial:

– A cervejaria foi construída sobre a única nascente de água potável em nosso lado da cidade. Tenho algumas vagas abertas para pessoas que queiram ajudar a preservar um recurso cívico vital. Você gostaria de dar uma olhada?

Claro, aquilo não era bem uma pergunta. Tedic e Irena desceram meio quarteirão, até o lugar onde o caminhão da cervejaria estava estacionado. Ele fez sinal a ela para abrir a porta da cabine no lado do carona.

– É um pouco grande demais para transportar pessoas por alguns metros, não acha? – observou ele. – Mas precisamos dirigir até a entrada da garagem.

Irena gostou de observar um diminuto Tedic esforçar-se para alcançar os pedais do caminhão e usar as duas mãos para passar a marcha, a ré e depois a primeira, como um cachorrinho tentando empurrar uma bola de futebol oficial com o focinho.

– Você não trabalha para o exército ou para as tropas de segurança? – indagou ela.

– Nesse momento, nosso exército é uma instituição amorfa – explicou ele. – Lembre-se, nós, bósnios, havíamos declarado o desejo de nos tornarmos um pequeno Estado desarmado e de espírito elevado, empenhado em conquistar os aplausos de Jimmy Carter e do Dalai-Lama. Estou certo de que eles planejam pregar os laçarotes de suas nominações ao Nobel graciosamente sobre nossas covas.

Eles estacionaram próximo à parede de tijolos vermelhos dos fundos, em uma parte do complexo construída durante a era Tito. O edifício moderno tinha sido objeto de sucessivos planejamentos de cinco anos; nem chegara a ser terminado e já apresentava marcas de destruição. A maior parte dos painéis de vidro da cervejaria estava quebrada. O velho edifício Hapsburgian, com suas cumeeiras e cúpulas, nunca fora restaurado. Tedic parou o caminhão ao lado de três outros e saltou sobre um monte de cacos de vidro e papéis chamuscados, como um anfitrião a fazer apologias.

— Perdão pela bagunça — pediu. — Os sérvios estão finalmente tomando a frente das reformas.

A cervejaria devia ter um gerador, impulsionado pelo fluxo das nascentes no subsolo. O prédio zumbia com a circulação de energia elétrica em sua estrutura. Três velhos tubos de cobre estavam presos a estacas no saguão central. Acima de suas cabeças o velho encanamento de cobre formava uma trama compacta, pontilhada por uma camada de musgo verde.

— O enlatamento acontece lá em cima — Tedic informou enquanto eles atravessavam o piso branco de ladrilhos. Ele pegou do chão uma lata vazia descartada, provavelmente dentada durante o empacotamento. — Você já percebeu que o diâmetro de uma lata de cerveja sugere uma granada de mão?

Irena parou de andar e virou-se para fitá-lo.

— Tem alguma coisa acontecendo aqui — disse ela. — E você quer me mostrar.

— Alguma coisa — concordou Tedic. — Produzimos uma das melhores cervejas da Europa Central aqui. Ou, pelo menos, costumávamos produzir. Me disseram que ela está mais fraca. Como o fiel muçulmano que sou, só bebo um bom e encorpado uísque escocês. — Tedic andava de modo um tanto pomposo, as mãos unidas atrás das costas.

— Esta cervejaria está localizada sobre sua própria fonte de água — continuou ele. — Ela possui toda sorte de maquinários que os talentosos engenheiros podem ajustar para as atuais necessidades. Os carregamentos sancionados pela ONU são entregues aqui, grãos e xaropes da África e da Áustria que nossos amigos da América e de Israel podem aprimorar com aditivos especiais — comentou, com um lampejo nos olhos. — Além disso, aí fora estão alinhados vários caminhões reforçados, para os quais as Nações Unidas, de maneira bem solícita, providenciam o combustível. A ONU insiste em ver os relatórios de entrega, é claro. Para analisar a balança entre pedidos e produção. Mas, felizmente, o contador nigeriano nomeado para controlar nossas operações está mais interessado em ver cinco notas de cem dólares americanos a cada mês, e um saco Ziploc de cocaína.

IRENA SORRIU DE puro êxtase pelo fato de estar tendo acesso a um segredo.
— Você não vai me contar mais? — perguntou.
— Está bem — respondeu Tedic. — A cerveja é fermentada aqui, neste andar. Só que no caldeirão especial do chefe dos cervejeiros eles estão preparando explosivos. Acima de nós, a cerveja está sendo enlatada. E em outra seção da linha de montagem, granadas de mão estão sendo feitas a partir dos mesmos moldes. Os caminhões permanecem alinhados para receber os suprimentos de água e cerveja que precisam entregar e o estoque de outros produtos exigidos. Há também outras iniciativas sendo levadas a cabo aqui, e algumas eu não conheço. Sobre outras estou inteirado.

Tedic parou de falar. Irena entendeu — ele adorou não ter de piscar ou sinalizar para fazê-la perceber — que era sua vez de jogar.
— O que você quer que eu faça? — ela perguntou, por fim.
— Trabalhe aqui — respondeu ele, procurando pelo meio mais simples de começar. — Fique por aqui. Carimbe papéis. Ajude a fazer algumas entregas. "Tarefas designadas" é a palavra de ordem.

Na ausência de alguma coisa mais palpável, Irena imaginou algo louco.

– Você quer que eu seja uma espiã.

Tedic conteve um sorriso.

– Isso não é realmente necessário – explicou ele. – Temos sido um único país, lembra? Conhecemos uns aos outros bastante bem. Dificilmente precisaríamos plantar uma garota muçulmana em meio aos sérvios, se podemos contratar garotas sérvias para fazer o mesmo serviço. A não ser, é claro, que o sérvio em questão prefira as muçulmanas. Acho que de vez em quando usamos uma *Ma-ta Ha-ri* – falou, com um pequeno floreio. – Mas imagino que usemos o serviço de uma mulher com mais experiência de campo do que os rapazes adolescentes e os treinadores de uma turma de garotas. Mais uma vez, peço perdão pela franqueza – pediu Tedic.

Quando viu Irena congelar ao escutar isso, os olhos dele se abrandaram.

– Isso não é vergonha alguma, querida – disse ele. – Só significa que você tem jogado em times *all-star* melhores do que esse.

– TAMBÉM FUNCIONAMOS como cervejaria, você sabe – falou Tedic, após um pequeno intervalo. – Há entregas a fazer, papéis a preencher, pisos a esfregar. "Tarefas designadas"; é impossível prever.

– Vocês me pagariam? – perguntou Irena. – Nós estamos... tenho certeza de que outros também... em uma situação difícil no momento.

– É claro – respondeu Tedic. – Em cigarros. Latas de cerveja, tudo em moeda legal que possa ser trocada. – Em seguida, deu alguns passos em direção a uma torneira da parede. Abriu-a num gesto ostensivo. O som da água batendo contra o piso ecoou como risada no grande aposento de tijolos.

– E isso também – Tedic elevou a voz para se fazer ouvir sobre a barulheira. – Bem debaixo do nosso nariz. Como nos velhos tempos, alguns poucos meses atrás. O suficiente para beber, lavar e até mesmo derramar. Suficiente para o café, o chá, para escovar os dentes e lavar os pés. Afinal de contas, somos muçulmanos – declarou, rindo. – E não beduínos.

NAQUELA NOITE, IRENA contou aos pais que o dr. Tedic (decidira que, embora Tedic a houvesse corrigido no tocante a isso, o honorífico seria um engano útil para passar aos pais) oferecera-lhe o emprego devido a sua promissora carreira no basquete.

– Ele disse que está tentando oferecer oportunidades aos estudantes dos quais se recorda – explicou.

– Fico feliz que vocês tenham dado uma surra nas garotas da Number Four – comentou o pai. – Pelo visto, esse dr. Tedic não quer contratar perdedores.

– O trabalho é leve – esclareceu Irena. – A gente ganha água, cigarros e cerveja. Quando tem plantão noturno na cervejaria, eles mandam um caminhão, assim não preciso caminhar. Além disso, aceitando esse emprego antes dos 18, menores serão as minhas chances de acabar cavando trincheiras nas linhas de frente. Não que isso... – Olhou de relance para o pai. – ... não seja um trabalho digno.

– E é – concordou o sr. Zaric, vigorosamente. – Mas é melhor que eu o faça do que minha filha.

A filha não contou que após Tedic pegar as garrafas e enchê-las na torneira ele as devolveu uma a uma, despejando as palavras com o mesmo cuidado com o qual lhe entregava a carga.

Nada é mais necessário do que isso agora, dissera ele. *Mas seria tolice desperdiçar seus talentos numa vala. Até mesmo um velho assistente de treinador pode ver isso. Talvez um dia a gente te peça pra fazer algo extremamente perigoso. Não vá pensando que a única forma de sujar as mãos seja com uma pá.*

A SRA. ZARIC DECIDIU preparar um jantar de congratulações, a fim de celebrar a entrada da filha no negócio das cervejas. Tedic dera a Irena quatro latas para levar para casa, uma espécie de bônus. A sra. Zaric reservara a água na qual havia cozinhado o feijão. Se ainda tinha algum aroma, ponderou ela, devia ser razoavelmente nutritiva. Assim sendo, despejou-a numa panela.

Aleksandra Julianovic havia arrancado um pouco de grama de um canteiro da rua após a chuva e conseguira até pegar dois pequenos caracóis. Ela os tirou de suas conchas segurando um fósforo aceso contra seus traseiros. "No estilo sérvio", declarou.

A mãe de Irena cortou os caracóis ao meio e jogou-os no caldo, junto com a grama. Possuía meia lata de tomates, os quais também jogou na panela. Havia guardado um pequeno saco de estopa com macarrão, proveniente de uma remessa humanitária, dentro da pequena máquina de lavar roupa da sogra. (Os ratos estavam virando um problema. À noite, os Zaric podiam ouvi-los zanzando por dentro das paredes. A guerra também os deixara famintos. Por isso, a sra. Zaric havia passado a guardar os alimentos secos dentro do tambor da máquina, uma vez que ninguém jamais ouvira falar de ratos atacando lá. "Os pequenos canalhas não precisam comer melhor do que a gente", declarara.) Ela então colocou a panela no fogo que havia preparado sobre a pia da cozinha com as solas de madeira dos tamancos da sogra.

Irena abriu as cervejas. Pela primeira vez em meses, eles ouviram o "Tchuf!" do gás escapando. Ela colocou-as sobre o chão da sala de estar.

A sra. Zaric levou a panela de macarrão, grama e caracóis cozidos em caldo de feijão para a sala. Era a primeira vez em semanas que cozinhava alguma coisa a ponto de soltar fumaça.

— Por favor — falou com Irena, o sr. Zaric e Aleksandra. — Comam enquanto está quente. É difícil aquecer as coisas hoje em dia. — Ela levantou a lata de cerveja Sarajevo acima da cabeça, acima até da linha do peitoril da janela, e disse: — A Irena, que faz tanto por todo mundo!

— Inclusive ser um pé no saco! — proclamou o sr. Zaric com um sorriso.

O grupo brindou com as latas e cada um tomou um longo gole da cerveja morna. Tedic estava certo, ela parecia aguada. O gás e o sabor foram bem-vindos, mas a cabeça de Irena não sofreu a menor alteração. Eles começaram a tomar colheradas do cozido. Irena observou o pai mascar obstinadamente um punhado de grama. Ele ia mastigando, mas a grama não era fácil de digerir.

— Não estou certo de que a natureza nos deu os incisivos certos pra isso — disse ele.

— Sei que as vacas engolem grandes porções de grama — declarou Aleksandra. — Mas é o estômago que a digere.

Algumas folhas verde-escuras estavam grudadas nos lábios do sr. Zaric.

— *Muuuuu!* — disse ele, por fim, com a boca cheia.

— *Bééé.* — A sra. Zaric baliu como uma ovelha. — *Bééé!*

— *Riiinch!* — Irena relinchou como um cavalo. — *Riiinch!*

— *Muuu! Bééé! Riiinch!* — eles todos gritaram juntos. — *Muuu! Bééé! Riiinch! Muuu! Bééé! Riiinch!*

A gritaria e o riso provocado pelas imitações dos Zaric parou de repente quando Aleksandra puxou um fio de macarrão de sua tigela e o testou. O fio tinha adquirido um tom acinzentado e parecia borracha. Quando ela o esticou entre os dedos, ficou avermelhado no ponto de tensão até finalmente romper ao meio.

— *Minhocas!* — constatou Irena em meio ao súbito silêncio.

Ninguém mais mugiu ou relinchou. Foi Aleksandra quem, por fim, deu continuidade à refeição, engolindo em seco de modo sonoro e melodramático. Ela estalou os lábios, soprou a colher para esfriar e limpou a boca com as costas da mão.

— Quanta consideração dos americanos em colocar alguns vermes no meio do nosso macarrão! — exclamou. Ela tomou um gole da cerveja e delicadamente mexeu a colher dentro do cozido, à procura de outros vermes.

15

As primeiras tarefas de Irena na cervejaria não foram difíceis. Ela havia recebido um passe de plástico azul que parecia confiná-la ao primeiro andar. Tedic passava apressado e lhe oferecia um aceno e um sorriso amarelo, mas, em seguida, subia para o segundo andar. Às vezes, Irena o encontrava no meio da escada do porão, enquanto ele vinha descendo. Certa vez, ele estava acompanhado de um homem careca num terno cinza — careca mesmo, não com a cabeça raspada, como Tedic —, cujo rosto brilhou quando Tedic a apresentou como "Zaric, a grande estrela do basquete".

— O seu nome é famoso em Grbavica — ele disse a ela. — Temos sorte por tê-la trabalhando conosco.

Depois que o homem passou, Tedic virou-se e murmurou para Irena:

— Ele é o ministro de Assuntos Internos. *Muito* importante.

Havia um homem sorumbático e com o rosto de um branco leitoso, numa camisa de lã vermelha e manchada, que sempre se sentava sozinho atrás da janela da plataforma de carga. Irena escutara Tedic chamá-lo de Mel. Ela já havia percebido que a profunda semelhança, quase indetectível, com Mel Gibson era uma constante brincadeira. De vez em quando, Mel entregava uma vassoura a Irena e apontava para os montinhos de sujeira e farpas de madeira que as botas dos entregadores deixavam pelo caminho. Na falta de outros afazeres, Irena fazia com que o trabalho de cinco minutos demorasse 30. As "tarefas designadas" ainda não lhe tinham sido atribuídas.

Irena estava pendurando a vassoura de volta no armário próximo à plataforma de carga quando viu os olhos azuis de uma linda loura a observá-la do topo de um engradado. A mulher estava com um dos seios desnudo – a veste preta de renda artisticamente entreaberta. Irena pegou a revista e acenou com ela pela janela de despacho para Mel.

– Posso dar uma olhada? – perguntou.

– Que porra?

Irena levara uns dois dias para decifrar a forma de falar de Mel. Ele parecia comer as últimas duas ou três palavras de cada frase, portanto "Que porra?" podia significar "Que porra é essa?" ou "Que porra eu tenho com isso?".

Mel permaneceu sentado em sua cadeira rotativa, levando Irena a imaginar que devia ser o primeiro caso.

– É a Kim Basinger – disse a ele. – É uma *Sky*, de junho de 92. Talvez um dos capacetes azuis a tenha esquecido aqui.

– Que porra? – replicou Mel. – Que porra?

Irena traduziu isso como "Que porra eu tenho com isso?" e, assim sendo, sentou-se com a revista nos degraus da plataforma de carga.

KIM CONTARA À *SKY* que gostava de homens de lábios grossos, hálito refrescante e que não babassem ao beijar. "Você tem de imaginar que é tão bom quanto o que virá depois", dizia ela, e Irena pensou rapidamente no treinador Dino. Em geral, o hálito dele cheirava a cigarros e cerveja. Algumas vezes, ele enfiava tanto a língua em sua boca que o lábio superior quase lhe engolia o nariz.

Irena não conseguiu acompanhar muito bem o artigo em inglês sobre os terroristas do IRA em Belfast. Eram mostradas fotos de jovens estudantes católicos escondendo-se atrás de um carro queimado durante um tiroteio e de rapazes do IRA em tênis de corrida, pulôver escuro e máscara de esqui, portando rifles. Acho que esse é o uniforme universal do time deles, imaginou Irena. Ela piscou algumas vezes ao descobrir que Eamonn, o jovem terrorista do IRA, muitas vezes citado, tinha apenas 17 anos. Não pode ser, Irena pensou por um momento. Essa é a minha idade. Bem, concluiu após uma pausa, acho que é idade suficiente para fazer qualquer coisa. O entrevistador perguntara a Eamonn por que o IRA havia assassinado mais irlandeses católicos do que soldados britânicos, e Eamonn respondera: "A única forma de atrair a atenção deles é matando". Bem, pensou Irena, aos 17 anos nós nem sempre somos bons em matemática, somos?

Algumas páginas depois, havia uma seção de conselhos sexuais intitulada "Confidential" (apesar, é claro, de estar presente numa revista de massa). Em Birmingham, uma certa Susan estava preocupada com o fato de sua vagina ser muito pequena. A *Sky* disse a ela que tal coisa não existia. Algie, de Londres, dissera que sua namorada reclamava de que o pênis dele era muito delicado. A revista sugeriu que ele fizesse um passeio até Birmingham para conhecer Susan. Em Kent, Kim dizia que seu namorado insistia em pedir-lhe para passar Nutella em seu pau antes de eles transarem. A *Sky* respondera que aquilo parecia um terrível desperdício de pasta de chocolate, e Irena concordou. Especialmente aqui, pensou. Melhor devorar o chocolate e esquecer o pau.

Havia uma foto linda das costas de um nadador no anúncio de um relógio Seiko. Os músculos do jovem pareciam inchar e ondular como uma corrente oceânica. "Ele levou 21 anos para chegar até aqui", dizia o anúncio. "No entanto, tudo o que importa são os próximos 48,62 segundos." Dezessete anos para chegar até ali, Irena falou consigo mesma, pensando em Nermina. E tudo acaba numa manhã por causa de um pouco de pão. A Coréia do Sul havia banido a música 'I'm Too Sexy", do Right Said Fred. No entanto, nos Estados Unidos, Sharon Stone mostrava a fenda entre as pernas em seu último filme, como um novo design de carro. O diretor era um holandês que dizia: "As pessoas sempre criticam a violência. Contudo, nós, humanos, evoluímos dos macacos selvagens." Gangues de adolescentes dos conjuntos habitacionais de Nova York estavam perdendo braços e pernas ao tentarem andar no teto dos elevadores; eles chamavam o esporte de "surfe de elevador". Bom, essa é uma preocupação que não temos aqui, pensou Irena.

Ela estava imersa nos anúncios pessoais ("Homem bonito e homossexual, 17 anos, Irlanda do Norte. Muito responsável. Escreva logo, estou muito deprimido." É você, Eamonn?, pensou. É melhor não deixar seus irmãos de máscara de esqui saberem disso) quando Tedic surgiu na plataforma de carga.

— Fico feliz em vê-la aprimorando seus conhecimentos fora da sala de aula — anunciou ele.

Irena fechou a revista, mas manteve o dedão no meio para não desmarcar a página.

— Você tem uma jaqueta? — perguntou ele. — Não tem importância. A gente arruma alguma coisa. Temos uma "tarefa designada".

Os Air Jordans de Irena bateram e guincharam sobre a plataforma de carga quando eles se dirigiram para o caminhão de cerveja que Tedic deixara ligado.

— Você conhece Dobrinja? — perguntou ele.

— Jogamos umas duas vezes na Veterans High.

Tedic fez que sim, recordando.

— Aquela garota grande e lerda que não saía do lugar.

— Radmila — lembrou-se Irena. Eles a tinham mantido só até o quarto ponto.

— Você sabe, aí fora, perto do aeroporto, tem sido o lugar mais sangrento. Não dá nem pra contar. Todas aquelas casas da era olímpica... para os valentes sérvios, atirar nos moradores dos apartamentos tem sido como treinar em latas de feijão, derrubando-as das prateleiras. Mas o pessoal de Dobrinja tem mostrado coragem. Eles saem do meio dos escombros para recepcionar os tanques com tijolos e pedras. E conseguem atrasá-los. Mas perdem três homens... mulheres também... para cada sérvio que matam. Ainda assim, eles têm conseguido manter os canalhas afastados. Agora, temos uma pequena chance de retribuir o favor.

O PANORAMA OLÍMPICO DE DOBRINJA, com seus prédios de dez andares, parecia quase intacto quando eles se aproximaram por trás. Apenas as velhas e pequenas corrosões da era soviética eram visíveis: vidraças quebradas deteriorando-se como dentes lascados, a tinta avermelhada descascando e sendo retocada com cinza, a única cor disponível.

No entanto, as fachadas voltadas para território sérvio tinham sido completamente destruídas. Os prédios apenas recusavam-se a aceitar a demolição. Bombas de artilharia haviam sido atiradas dentro dos apartamentos de uma distância bastante próxima. Elas entravam zunindo pelas janelas e explodiam nos quartos, arrancando cabeças e braços e encharcando as cinzas e escombros das paredes e pisos carbonizados com sangue. A maioria dos apartamentos virara um buraco escuro agarrado a meros entulhos.

O bósnio que liderava um comitê de defesa a partir de seu próprio prédio havia, certa vez, brandido um truculento revólver tarde da noite, seus gritos ecoando através da tênue linha divisória:

— Por que vocês não acabam com a gente? Anda, podem vir agora, seus babacas covardes. Dêem o melhor de si. Vamos acabar logo com isso.

O general sérvio Ratko Mladic gritara de volta:

— Temos um exército grande, seu veadinho comedor de cabras. Se meus homens não tiverem nada pra fazer amanhã, vou mandá-los até aí pra pegar gonorréia.

O ESTACIONAMENTO do quarteirão residencial fora declarado terra de ninguém. Nenhum bósnio podia habitá-lo em segurança, ainda que os sérvios não tivessem sido capazes de reclamá-lo: 45 metros de concreto cravejado de balas e esburacado pelas bombas, alguns buracos ainda fumegantes. Os seis carros que lá estavam estacionados no momento em que a guerra começou agora pareciam joaninhas esmagadas. Espalhados sobre as antigas vagas havia sapatos, camisas e pedaços de madeira deteriorando sob o sol do outono. Ao olhar de perto, Irena percebeu que eram os ossos, costelas, camisas, queixos e sapatos de pessoas que tinham sido baleadas e deixadas ao longo da linha de frente. Um umbral de porta que, quebrando a harmonia da destruição, mantinha-se em pé, levava, segundo a placa, a um abrigo antibombas.

Tedic lembrava-se de quando os prédios tinham sido concluídos, a fim de hospedar os atletas, pouco antes das Olimpíadas de 1984. Os abrigos antibombas haviam sido obviamente incluídos para impressionar os atletas ocidentais e mostrar-lhes sua determinação em relação à aliança socialista para resistir ao ataque imperialista. Mas os jovens esquiadores americanos faziam parte da geração pós-*Dr. Fantástico* e ficaram apenas estupefatos. O abrigo transformou-se num ponto de encontro para homossexuais antes mesmo do fim das Olimpíadas.

Algumas das pessoas cujos corpos em putrefação jaziam sobre o asfalto do estacionamento talvez estivessem correndo em direção ao abrigo. O socialismo criara baluartes para sobreviver ao holocausto nuclear, mas não aos estampidos das armas de mão e às explosões dos morteiros da limpeza étnica.

TEDIC PAROU O caminhão de cerveja ao lado de um prédio e puxou Irena pelo braço até uma janela do porão que tinha sido arrombada. Ela entrou na frente, primeiro os pés, e um grupo de mãos a segurou e puxou pelas pernas, laterais e, por fim, pelos ombros, até que seus sapatos tocaram o chão. Nenhum dos homens ou mulheres se apresentou. Tedic veio atrás, escorregando pelo buraco numa agilidade surpreendente.

— Nossos ratos de esgoto — falou para o círculo de homens e mulheres.

Eles responderam com ruídos abafados: vivas, suspiros e até umas duas palmas.

— Já colocamos a isca na armadilha — informou uma mulher esguia, com cabelos cor-de-mogno, em um jeans azul apertado e um pulôver cinza largo, a qual parecia estar no comando de todos ali, menos de Tedic.

— Eu te trouxe um membro autêntico da geração Pepsi — Tedic replicou com uma mesura brincalhona em direção a Irena.

A primeira impressão de Irena foi a de um grupo de pessoas jovens e espertas cujos corpos vinham decaindo a cada semana da guerra. Muitos usavam óculos que pareciam grandes demais, deixando-os com o rosto estreito e olhos de coruja. Umas duas lanternas brilharam do chão, latas de luz refletidas no teto, de forma que os fios em várias cores pendurados pelo espaço cinza podiam ser rastreados.

— Estamos prontos? — perguntou Tedic.

— Quando quiser — falou a garota no comando. Os pulsos dela balançavam como galhos, saindo das mangas de seu pulôver cinza e largo. — Mas é melhor logo. Não sabemos quando Romeo vai entrar em contato.

— Ou aparecer — acrescentou Tedic.

Ele chamou a garota de Jackie e dirigiu-se ao homem no porão com aparência de figo como Gerry. Irena imaginou que devia ser devido às suas semelhanças com Jacqueline Bisset e Gérard Dépardieu, respectivamente. Estava mais uma vez curiosa a respeito de Mel.

— Você é uma garota de 12 anos — Tedic disse a Irena. — Dá pra fingir isso?

— Eu já tive 12 anos — Irena lembrou-o. — Tenho um nome?

Gerry deu um passo à frente e olhou para as anotações que tinha feito nas mãos e nos pulsos.

— Vanja Draskovic — informou Gerry. — Número 39 da rua Hamo Cimic, em Dobrinja.

— Meus pais?

— Você está se adiantando. Milica e Branimir.

— Eles existem de verdade?

— Existiam.

— Quem eram eles? — perguntou Irena.

— Pessoas que moravam por aqui — respondeu ele.

— Onde eles estão agora? — Irena quis saber.

— Eles foram mortos quando a casa foi invadida — explicou Tedic, de modo direto. Ao ver que Irena não demonstrava horror ou desprezo, continuou. Ele estava segurando um telefone bege, daqueles que os técnicos prendem nos cintos.

— Vamos dar um telefonema para a reitoria da igreja ortodoxa em Dobrinja — disse ele. — Eles posicionaram um grupo para lançar os morteiros no telhado da igreja. Assim sendo, os soldados podem mandar as abençoadas bombas sobre as crianças e os velhos de Dobrinja, os quais, um dia, poderiam vir a ameaçá-los com suas mãos vazias. Seus pais não faziam parte dessa igreja. Você pouco foi lá. Seus pais eram cidadãos sofisticados que se autodenominavam agnósticos. No entanto, todos da rua conhecem a igreja ortodoxa.

— Com quem vou falar?

— Com quem responder. O padre, o zelador. Pode até ser um soldado. Improvise de acordo.

— Que merda...?

— Aqui está a merda — replicou Tedic. — Aqui está a merda que obrigou você a ligar pra igreja em busca de ajuda. Você está dentro de casa. A casa à sua frente... aquela grande, de pedra, do outro lado da rua... foi invadida por muçulmanos filhos-da-puta. Eles estão atirando na sua cozinha. Seus pais estão fora. Trabalhando, fazendo compras. O telefone da cozinha tem um fio longo e você está escondida no corredor. Mas os muçulmanos babacas estão muito perto, dá até pra sentir o cheiro de seus hálitos fedorentos. Você quase consegue sentir os queixos malbarbeados arranhando a pele macia do seu pescoço. É apenas uma garota de 12 anos... inocente, doce e virgem. *Virgem.* Espero que você não precise ser franca demais. Fale com um jeito inocente. Você foi esquecida por todos, menos por Deus.

Jackie, que estivera em pé com as mãos na cintura, olhava de cara feia, em sinal de desaprovação.

— Honestamente, Tedic, a única história que os homens da linha de frente conhecem são as fantasias de estupro.

— Jackie, querida, vamos tentar fazer esse trabalho sem termos de discutir política sexual. — Tedic virou-se de volta para Irena. — Tente parecer ingênua. Mas não estúpida. Assustada, mas não uma cabeça-oca.

— Porra, Miro. — Jackie bateu os pés no chão. — Você acaba de arrancá-la do segundo grau e espera que, de repente, ela aja como a Julia Roberts.

Quando o som de risadas amigáveis espalhou-se pelo porão, Tedic esperou o riso morrer.

— Não a Julia. *Ingrid* — declarou ele, baixinho, olhando para Irena — Bergman. A empregada, a empregada. "Escuto as vozes dos sinos" — Tedic cantarolou um pouquinho. — Sigam em frente, salvem a França — continuou, a voz pouco mais do que um sussurro.

— Quem atender pode vir a te fazer perguntas — prosseguiu Tedic. — Gerry vai ficar escutando também, e vai tentar te passar as respostas. Não temos tempo para treinar. Improvise. Seja específica. Deixe que a sua certeza os confunda. Dê um toque de urgência a sua voz. Faça com que seu desespero os mobilize.

— Que merda — interveio Irena — está acontecendo?

— Não temos tempo pra treinar — repetiu Tedic, segurando o telefone como se estivesse prestes a discar.

— Jogo na *quadra inteira* — Irena lembrou-o. — Na defesa e no ataque. Que merda — repetiu, também com urgência na voz — está acontecendo?

Tedic sorriu de leve e abaixou o telefone até a altura da cintura.

— Olha pro outro lado da rua, pra casa cinza de pedra que sobressai em meio às outras — disse ele. — Ela tem uma bela adega no porão. Os sérvios tomaram a casa de uma família sérvia para poderem beber o vinho e armazenar ouro, dólares, marcos alemães e diamantes. O saque está armazenado no porão. Alguns guardas distraídos ficam coçando a bunda com suas armas no térreo. O andar de cima, com suas belas janelas ovais, tornou-se um clube esportivo para os banqueiros que cuidam destes prédios.

— Clube esportivo?

— Um clube de caça e pesca. De caçadores. De caça ao javali. Eles levam as garotas pra lá, a fim de seduzi-las. Vinhos e pérolas no porão, lençóis suíços macios sobre as camas.

— Eles também levam garotas de outras raças — acrescentou Jackie.

— Isso é horrível — observou Irena.

— Ingrid — falou Gerry —, cerca de meia hora atrás, um dos banqueiros subiu com uma garota loura. O nome dele é Mitar. Se agirmos rápido, teremos chance de pegar alguma coisa que pode vir a desfalcar o fluxo de caixa dos sérvios. E de agarrar um homem mau com as calças na mão.

A risada explodiu mais uma vez em meio aos jovens que cercavam Irena, com seus jeans azuis e pulôveres largos. Jackie usava óculos, como Nermina, e, sob eles, seus olhos pareciam chocolate derretido. Os rapazes e garotas ficaram todos em volta de Irena, olhando para ela, esperando-a começar o jogo. Ela respirou fundo, soltou o ar e fez que sim.

Gerry discou o número e passou o telefone para Tedic, que escutou por alguns instantes, sorriu e encostou-o na orelha esquerda de Irena. Ela ouviu a campainha. Escutou também estalos e guinchos. Dois, três toques. Gerry permaneceu em pé à sua frente, com um dos fones de ouvido pendurado na orelha esquerda e um caderninho de prontidão. Irena sentiu que Jackie estava logo atrás dela; sentiu um perfume de rosas e virou-se. A cheirosa Jackie, pensou consigo mesma, está guardando minhas costas. Quando Irena olhou por cima do ombro, Jackie sorriu ao ouvir o telefone tocar, preparada para escutar a conversa com seu próprio fone de ouvido.

— Você escuta as vozes dos sinos, Ingrid? — perguntou ela. — "Vá em frente, chute alguns traseiros."

Irena escutou um ruído na linha e, em seguida, uma voz masculina grave e indiferente:

— Pois não. — O jogo começara.

— É A IGREJA ortodoxa de Dobrinja?

— É.

— Sou Vanja Draskovic. Meus pais, talvez o senhor os conheça, Milica e Branimir. Precisamos de ajuda — Irena falou de modo desesperado, como fazia quando atravessava a quadra com Amela Divacs.

— Sou o padre Pavlovic. O que aconteceu, minha filha?

— *Muçulmanos* — respondeu Irena, numa voz rouca. — Eles entraram atirando na casa em frente à nossa. Na casa dos Domic.

— Cadê seus pais, criança?

— Estão fora — respondeu Irena. Em seguida, acrescentou: — Trabalhando. Eu devia ficar no porão enquanto eles estão na rua. Mas ouvi tiros e quis ter certeza de que nosso pássaro estava bem. Eu devia tê-lo mantido comigo. Ah, merda... — ela falou de repente. Os olhos de Gerry se esbugalharam, mas relaxaram quando ele escutou o padre responder, novamente apreensivo.

— O que foi, filhinha? O que está acontecendo?

— Eu... eu vi um deles. Na janela. De barba comprida, como um rabino. Uma arma grande.

— Ele consegue ver você?

– Estou no corredor. Do lado de fora da nossa cozinha. Puxei o fio do telefone.

– Fique aí – instruiu o padre Pavlovic. – Mantenha-se abaixada. Fique longe das janelas. Sabe seu endereço, querida?

– Número 39, na Hamo Cimic.

– Quantos anos você tem, meu bem?

– Doze. Vou fazer 13 em 28 de fevereiro – informou Irena. O aniversário de Nermina. Gerry rabiscou alguma coisa no caderninho: "NÃO EXAGERE", dizia o bilhete em letras de fôrma.

– Bom, você é uma garota bem esperta – retrucou o padre. – Em que escola você estuda? – Gerry já tinha anotado a resposta no caderno e mostrou-a a Irena.

– Na Number Nine.

– Uma ótima escola – respondeu o padre. – Você conhece a sra. Ivanovic?

– *Meu pássaro* – interrompeu Irena, de repente. – Miro. – Uma tirada inspirada, pensou. Tedic andava de um lado para outro, próximo a Gerry, que estava virando a folha do caderninho. – Ele está na cozinha, onde os muçulmanos podem vê-lo.

– Tenho certeza de que Miro está bem, querida – o padre falou com brandura. – Você disse que freqüentava a Number Nine? – A distração de Irena deu tempo a Gerry de descobrir a página certa e levantar sete dedos.

– A sra. Ivanovic é professora da sétima série – respondeu Irena, e, em seguida, acrescentou depressa para impedir que o assunto entrasse por aquele caminho: – Mas não minha. – Gerry já estava com o dedo apontado para outro nome. – A minha professora é a sra. Fejzic. Mas estamos sem aula. Sinto saudades dela – continuou Irena. E antes que Gerry pudesse reclamar, ouviu o padre encher-se de ternura.

– Claro que sim, querida. Esta guerra é uma coisa horrorosa. Olha só, meu bem, estou anotando algumas coisas aqui. Não conheço os seus pais. Eles freqüentam a igreja?

— A gente já foi algumas vezes. Mas não muitas.

— Qual igreja você e seus pais costumam freqüentar? — perguntou o padre.

Os olhos de Tedic se apertaram e ele segurou a respiração.

— Na verdade, nenhuma — respondeu Irena. — Meus pais ainda são socialistas. Vamos à Missa do Galo. — Ela fez uma pausa. — Só vamos quando estamos com problemas. Desculpe, padre. É por isso que o número estava na cozinha, no caderninho de telefones da minha mãe. — Irena pensou na pequena agenda de telefones de sua mãe, recheada de números que não mais existiam.

"Foi por isso que eu liguei — continuou Irena. — Ela tem um monte de números de amigos e restaurantes. Não sabia a quem mais pedir ajuda. Minha mãe sempre disse: 'Devemos ir à igreja em tempos difíceis.'"

— Ah, filhinha — retrucou o padre Pavlovic —, sua mãe falou a verdade. Agora, meu bem, a casa em frente à sua. Onde os muçulmanos estão. Pode me dizer como ela é?

— Quer que eu vá dar uma olhada?

— Não, querida. Fique longe das janelas. Diga apenas o que se lembrar.

A memória de Irena com relação à casa em frente estava fresca; era melhor ser um pouco mais evasiva.

— Cinza. Belas janelas arredondadas na frente. Telhado vermelho.

— Tem certeza? — perguntou o padre. — Como você consegue ver a cor do telhado?

— É um daqueles prédios antigos. O telhado não é reto. É triangular. De telhas vermelhas.

— Ela tem chaminé?

Gerry fez que sim e sussurrou:

— Lareira na cozinha.

— Tem. Os Domic têm uma lareira na cozinha. A sra. Domic adora fazer *cevapcici*.

Jackie, Gerry e os garotos sorriram para Irena, orgulhosos.

— Você está no corredor, filha?

— Estou – respondeu Irena. – Como o senhor mandou.

— Ótimo. Ótimo. Agora vou ter de colocar o telefone de lado por um momento.

— *Não demore muito!* – A voz de Irena soou quase autoritária, mas mesclada de confusão e medo infantil.

— *Não vou* – assegurou o padre com firmeza. – Não vou. Só um pouco, menina. Agüenta aí.

— *Os muçulmanos* – falou Irena, seus sussurros ficando mais altos. – Posso ouvi-los rindo. Eles estão na casa dos Domic, rindo.

— Fique onde está, criança. Fique abaixada. Quieta. Reze. Pense no pequeno Jesus, seguro em Sua manjedoura.

Irena, Jackie e Gerry ficaram imóveis, enquanto escutavam o telefone do padre Pavlovic bater contra uma superfície dura. Ouviram um leve murmúrio de vozes.

Jackie fez que não.

— Não dá pra ouvir nada – sussurrou ela.

Irena sussurrou de volta:

— Será que as pessoas lá não sabem do dinheiro e do ouro que ficam guardados na casa?

Gerry sorriu.

— Eles mantêm segredo. – A voz dele saiu arranhada. – Caso contrário, seus próprios camaradas roubariam tudo.

Eles ouviram um estalo e um chiado na linha, indicando que o padre Pavlovic estava de volta.

— Voltei, menina – disse ele. – Agora me escute. É importante que você fique longe das janelas. Você está?

— Estou.

— Seu pássaro, Mischa.

— Miro.

— Cadê ele?

— Num dos cantos da cozinha.

— Bem, então ele tem uma gaiola para protegê-lo. O resto de nós não tem tanta sorte quanto o seu passarinho. O que eu quero que você faça agora, querida – o padre falou com brandura –, é deitar no chão. Abaixe-se, meu bem. Vou ficar na linha.

Irena obedeceu prontamente. Tedic, que não podia escutar a conversa, olhou-a de modo indagador, mas esticou os braços para amortecer sua queda sobre o chão de pedra.

— Já estou no chão, padre.

— Você está bem?

— Estou – respondeu Irena. Ela virara a cabeça de lado, de modo que a têmpora esquerda estava encostada no chão. O lado de sua cabeça ficou imediatamente gelado em contato com o piso de pedra. Suas narinas inflaram com o cheiro de fumaça e sangue ressecado. – Não é muito confortável. Está acontecendo alguma coisa, padre?

— Logo, filha. Não vai demorar muito. Seus olhos estão virados pro chão?

— Não. Isso faria com que minha boca ficasse encostada no piso. Como eu poderia respirar? Padre, padre, padre, o que está acontecendo?

O padre começou a falar com ternura no ouvido de Irena, como se estivesse acalmando uma criança perdida. Jackie apreciou a ternura dele ao mesmo tempo que admirava a ingenuidade de Irena.

— Não vai demorar muito, filhinha – afirmou o padre. – Logo, logo vai ter terminado. Em pouco tempo, você vai estar segura. Apóie a cabeça no queixo. Assim dá pra você respirar. Ponha as mãos atrás da cabeça. Feche os olhos. Coloque o telefone no chão, próximo ao seu ouvido. Vou continuar falando. Você consegue me ouvir? Apenas faça um pequeno barulho, minha filha, bem de leve.

Irena fez um leve barulho. Uma única vez.

— Não se preocupe em falar, meu bem. Não há nada que você possa dizer. Você pediu ajuda a Deus por estar com problemas e Ele me colocou aqui para escutá-la. Fique abaixada, querida. Apenas me escute, meu bem. Tape os ouvidos para qualquer outro som por alguns segundos, querida. Você não está sozinha. Deus está aí com você. Ele está com os braços a envolvê-la. Deus está com todos os que sentem medo. O filho Dele também sentiu medo. Jesus nos disse que os mansos serão abençoados. Eles... nós... vamos herdar a Terra. Os piedosos alcançarão o perdão. Os pobres verão a Deus. Abençoados são os pacificadores, meu bem. Eles são filhos de Deus. Qualquer pessoa que precise se esconder no chão, procurar ajuda de estranhos e temer os homens que arrombam suas casas será abençoada. O Reino dos Céus é delas.

Irena ficou feliz pelo fato de seus olhos estarem voltados para o chão. As lágrimas que, surpreendentemente, lhe assomaram aos olhos pingavam direto no piso. Pelo canto dos olhos, ela pôde ver os pés de Gerry se afastando. Ergueu a cabeça e viu Jackie esticando o queixo para olhar pela pequena janela do porão. Irena escutou um estrondo do outro lado da rua e, em seguida, o zunido de outro morteiro. Houve outra explosão, e então uma chuva de pedras, terra e vidro caiu sobre a terra de ninguém situada atrás de seu pequeno e aconchegante porão.

— Direto no alvo — falou Tedic.

— Chamas — disse um homem de jaqueta que estava próximo, apertando os olhos para ver através do vidro. — Belas labaredas, grandes e alaranjadas.

— Tiros precisos — repetiu Tedic. — Precisamos reconhecer isso nos canalhas. Eles destruíram o próprio banco, não é?

— Parece que eles estão com um time aí fora atirando, transformando a casa numa peneira — falou outro membro do grupo de Tedic, e Irena escutou o pipocar dos disparos sob o crepitar das chamas.

— Manda bala no grupo — ordenou Tedic, calmamente.

De repente, os rapazes e moças de Tedic espalharam-se rapidamente, puxando fios e abrindo caixas. O telefone estava no chão, virado pra cima; as pessoas se afastavam dele como se fosse um caco de vidro. Irena, que a esta altura já estava de joelhos, pegou o fone e falou sem prestar atenção à própria voz:

— Obrigada, padre Pavlovic. — Ela deixou que Gerry tirasse o telefone delicadamente de sua mão e falou para ele: — Ele queria me ajudar, de verdade.

TEDIC DESPEDIU-SE rapidamente de Gerry, Jackie e sua trupe.

Jackie pendurou os óculos no colarinho do pulôver e puxou um grampo de seu cabelo castanho, que desabou sobre seus ombros. Ela sorriu para Irena e esticou o braço para segurá-la pelo ombro.

— Ingrid — disse ela. — Vanja. Excelente. Uma atuação cinco estrelas. Tedic nos convoca de acordo com suas mais loucas fantasias. Ficarei ansiosa para ver sua próxima performance.

As pessoas começaram a escalar as janelas, contando até 30 entre uma e outra.

— Fizemos com que eles destruíssem o próprio banco — Tedic repetiu enquanto o grupo ia saindo. — Nosso banqueiro e sua amiga deviam estar distraídos. Se tivermos sorte, há uma pira funerária de dólares e marcos alemães queimando neste momento. Mesmo que não tenhamos sorte, eles vão ter de mandar equipes para desenterrar suas riquezas. Eles serão alvos fáceis com suas pás. Não precisamos da artilharia pesada dos sérvios — continuou ele — enquanto pudermos levá-los a atirar em si próprios.

— Mas esse foi um golpe arriscado — Jackie lembrou-o. Ela agarrou um punhado do cabelo e jogou-o para trás. — Agora os espectadores sabem onde procurar os fios.

TEDIC DEU A IRENA mais quatro latas de cerveja quando eles voltaram à cervejaria. Acrescentou dois maços de Marlboro e, num gesto quase teatral, acendeu um cigarro de seu próprio maço para ela.

— Você foi realmente fantástica, Ingrid — declarou. — De verdade. Não me importo de dizer... sentado na ponta do banco, como os treinadores... que fiquei pensando aonde você queria chegar com aquela história do pássaro. Miro. "A gente fazia *cevapcici* na lareira." Mas foi uma ótima inspiração. A grande Zaric.

– Apenas conversa fiada – retrucou Irena.

Eles estavam sentados na sala de despacho de Mel. Um calendário da cervejaria de 1992 estava pendurado com um prego sobre um armário verde-escuro. Uma nova figura decorava cada mês: córregos ligeiros, fulgentes flores da montanha e penhascos nevados, lugares que indicavam o começo da jornada da cerveja Sarajevo. Mel, porém, parara de virar as páginas do calendário em junho. Os meses e semanas permaneciam improdutivos, sem nenhuma obrigação a cumprir ou comemorações marcadas. Em Sarajevo, já não era mais possível virar as páginas de um calendário e dizer "Ainda Bem que Hoje é Sexta", "Meu aniversário está próximo" ou "Nossas férias começam aqui".

– Precisamos fazer calendários novos – observou Irena.

– Ah, não acredito que iremos produzir novos tão cedo – respondeu ele.

– Mas precisamos deles – retrucou Irena. – Não pra vender cerveja. Não temos concorrentes... é a nossa cerveja ou nada. O tipo de calendário que a gente precisa agora seria marcado de forma diferente. Não seria para registrar os feriados ou as fases da Lua. Haveria uma marca vermelha no quadrado do último dia do mês, dizendo: "Se você consegue ler isso, é porque está vivo. Parabéns. Vá em frente, para o próximo mês."

– Você é um gênio do marketing – brincou Tedic, por fim.

IRENA CONTINUAVA A circundar a cadeira de Tedic, procurando briga.

– A garota é a garota, e o banqueiro é o banqueiro – falou ela. – A gente não dá nome a eles, dá?

– Termos artísticos – respondeu Tedic.

– E você batiza a gente com nome de atores. Gerry, Jackie, Ingrid.

— Sigourney, Arnold, Nicole e Jean-Claude — concordou ele.

— E a garota do banqueiro é apenas "a loura" — ressaltou Irena. — As morenas às vezes são chamadas de "a bonitinha". Mas as louras são sempre "a loura".

— Acho que a gente nem sabe se ela era loura mesmo — falou Tedic.

— O banqueiro — Irena indagou de repente. — Quem era ele?

— Mitar Boskovic — respondeu Tedic. Ele espalmou as mãos sobre os recibos na escrivaninha de Mel.

— Ladrão, corrupto e financiador de assassinatos em massa — continuou Tedic. — Marido, pai de três filhos, amante de muitas. Um dos velhos homens de Tito que costumavam assegurar os ocidentais de que os comunistas eram tão gananciosos quanto qualquer banqueiro suíço. Nunca o vi em pessoa. Banqueiros piratas internacionais não costumam convidar assistentes de diretores para um fim de semana esquiando.

— E por acaso nossos banqueiros são diferentes? — Irena pensou alto enquanto se balançava para a frente e para trás nos calcanhares de seus Air Jordans.

— Os nossos apenas roubam e seduzem — replicou Tedic. — Hoje em dia, isso é quase uma virtude. Você sabe — acrescentou ele, num tom professoral —, a pessoa não se torna mais sábia e cosmopolita presumindo que todos são igualmente desprezíveis.

— Já sinto falta do padre Pavlovic — observou Irena, de modo atrevido. — Ele me tratou bem.

— Ele é um garoto de recados para uma bateria de mísseis — retrucou Tedic, de maneira ainda mais enfática. — Eles atiram em civis e se escondem atrás do Pai, do Filho e do Espírito Santo. De qualquer forma, eu não gostaria de estar na pele dele agora, graças a você. Enganado por uma garota.

— A gente também atira em civis — constatou Irena. — Hoje a gente apenas pegou emprestada a munição deles para atingir o sr. Banqueiro e sua amiga.

— Ele não gerenciava uma loja de sapatos na Rave Jankovic. Tampouco conduzia o bonde do marechal Tito. O dinheiro e as riquezas acumuladas por Boskovic e seus amigos foram usados para abrir os campos de extermínio em Vukovar. E não shopping centers.

— E a garota?

— A namorada polonesa, Albinka. Ela estava só aproveitando a carona. Ou o ouro. Ela entrou na vizinhança errada quando resolveu compartilhar a cama de Boskovic. Gostaria que tivesse ficado longe. Se você se deita com cachorros, pode acabar não levantando. No entanto, não podemos deixar a vida de uma vagabunda nos impedir de aproveitar a chance de pôr fim a um demônio. Você não se lembra? *Eles têm tentado nos matar.* Duvido que a madame tenha jamais colocado aquelas unhas pintadas sobre o braço dele e dito: "Dê aos muçulmanos uma chance, meu pastelzinho." Ou seja lá que apelido eles usem. Sinto muito que ela tenha sido pega em meio aos bastardos. Isso é o que os ianques chamam de dano colateral.

Irena deixou as palavras ganharem peso entre eles.

— Isso faz com que ela esteja apenas colateralmente morta? — perguntou, por fim.

Tedic girou a fumaça dentro da boca antes de soltá-la, fazendo-a pairar em frente a seu rosto.

— Isso faz com que sejamos piores do que Gandhi — falou. — Alguns dos nossos ficaram loucos. Não nego isso. Não vou fingir que fico furioso. Talvez os sérvios nos levem mais a sério se acharem que temos um ou dois cachorros loucos entre a gente. Mas não lançamos bombas sobre pessoas esperando na fila por comida ou água. Matamos um homem perverso e uma garota inocente, mas sem valor. Tudo isso fica na minha consciência, não na sua. Antes que você sinta o menor remorso, deixe-me dizer o que sempre digo a mim mesmo. — Tedic esfaqueou o ar com a mão direita. — Foi como uma picada de agulha contra um banho de sangue — declarou.

Morta, imaginou Irena, sem externar seu pensamento, por milhares de picadas.

— Talvez eu vá pro inferno por causa disso — Tedic continuou numa voz estridente. — Mas, quando eles abrirem a porta, vou ver o banqueiro e o padre lá. Se Deus quiser, vou ver Mladic, Milosevic, Arkan e Karadzic. Vou pular dentro das chamas como Pelé corria em direção ao gol.

Quando Irena chegou em casa — após uma longa caminhada, a qual Tedic tentara desencorajar de forma meramente automática —, disse aos pais que tinha feito uma entrega em Dobrinja naquela manhã, tendo sido retardada pelas rajadas de morteiros. A caracterização foi tecnicamente, para não dizer estranhamente, correta. Contou a eles sobre os apartamentos esburacados dos quarteirões residenciais de Dobrinja. Eles pareciam ruínas bíblicas, disse Irena, até você notar pessoas cozinhando e dormindo dentro. Todos riram de suas descrições a respeito do abrigo antibombas, o baluarte da destruição nuclear reduzido a um espaço sem propósito entre as linhas inimigas.

Irena estava um pouco intrigada com seu comportamento beligerante em relação a Tedic. A irritação que sentia era mais forte e palpável do que qualquer arrependimento que tivesse tentado jogar na cara dele. Concluiu que tinha discutido com Tedic apenas pelo exercício. Estava ficando sem assuntos para discutir com os pais. Eles haviam aprendido a identificar os golpes e simulações uns dos outros tão bem nos últimos meses, que seus argumentos já não se configuravam como desafio ou surpresa.

Irena bebeu uma cerveja com os pais e Aleksandra. A sra. Zaric abriu um lata de feijão e eles escutaram um pouco a BBC. No entanto, após dez minutos, nada mais foi dito sobre a Bósnia. Os registros diários de sangue e mortes estavam virando lugar-comum, não eram mais novidades. Esses eventos chamavam tanto a atenção quanto outra batida de ônibus em Bengala. O sr. Zaric acendeu uma de suas velas. O sol se pôs rapidamente antes das sete. Eles já haviam entrado naquela época do ano em que o sol parecia se esconder atrás das montanhas. As sombras subiam e desapareciam como se estivessem sendo perseguidas. Os morteiros choramingavam como cachorros perdidos antes de desabarem em algum lugar. Na escuridão densa e rápida que se abateu sobre eles, Irena pegou no sono em meio aos cobertores espalhados no chão. Em geral, dormia bem quando vencia.

16.

CERTA MANHÃ, MEL DISSE A IRENA QUE HAVIA UM QUARTO PARA ARMAZEnamento no porão que precisava ser varrido. Ela encontrou um aposento vazio, escuro e úmido devido ao vapor da fervura do mosto no cômodo logo acima. Havia uma pequena mesa de madeira meio descascada e um pouco instável sobre o duro piso de concreto e duas cadeiras simples. As costas de uma delas fora arrancada, talvez no intuito de se arrumar madeira para queimar, uma vez que o inverno estava próximo. O chão estava imundo de brita e pegajoso sob os pés. Os tênis de Irena ficaram grudados quando ela tentou levantá-los. Achou que devia estar parecida com um astronauta tentando andar na Lua.

A única janela do aposento era gradeada e telada. A luz do andar térreo da cervejaria iluminava o quartinho apenas o suficiente para Irena conseguir ver uma pequena pilha de papéis espalhados sobre uma prateleira de tijolos. As páginas do jornal começavam a ficar amareladas. Irena estava determinada a não examiná-las com mais atenção do que dispensaria a um relatório antigo e malfeito, mas acabou folheando algumas poucas páginas do começo, que começaram a se desfazer em suas mãos. Algumas camadas abaixo, sentiu algo duro e resolveu pesquisar mais a fundo.

Era uma *VOX*. A foto na capa era do vocalista Michael Hutchence, do INXS, com a mão enluvada segurando a juba como se fosse um rio de lava negra. Quando Irena virou a página, uma camada de espuma branca aderia de modo cremoso a um copo de vidro cheio com um líquido cor-de-âmbar. "Boddingtons. O Creme de Manchester." Ah, pensou Irena, então isso é cerveja. Não vejo nada assim, apesar de trabalhar numa cervejaria.

Logo após o anúncio, havia um artigo intitulado "A perspicácia e a sabedoria de Michael Jackson". Se fosse antes, Irena teria passado direto pelo artigo, ou voltado à página posteriormente para mostrar a Amela e Nermina, e dizer: "Dá pra acreditar nisso? A *perspicácia* e a *sabedoria* de um homem que arruma um nariz novo todos os anos? Ocidentais!" No entanto, os meses anteriores haviam feito com que ela lesse literalmente cada palavra das poucas revistas que conseguia encontrar. Na verdade, ela as lia e relia, assim como os monges fazem com seus sermões, do modo como os cidadãos de Sarajevo agora procuravam pelos últimos grãos ressecados no fundo de uma lata de feijão.

Se Irena não conseguisse perceber o sentido exato das coisas que lia, atribuía a elas suas próprias conclusões. Descobriu que podia entabular uma conversa inteira citando pedaços de anúncios, artigos e legendas.

"Minha idéia do cidadão comum", Michael Jackson dissera à *VOX*, "é a de alguém em meio à multidão tentando arrancar minhas roupas." E a minha, pensou Irena, virou a de uma pessoa normal nas colinas tentando me matar. Michael contara à revista que tinha sido criado no palco e, por isso, não se sentia nervoso ao pisar em um. "Sinto como se houvesse anjos em todos os cantos, me protegendo", dissera ele. "Eu poderia dormir no palco." Por que não enviar esse anjos para cá, pensou Irena, onde eles realmente poderiam fazer alguma coisa para ajudar?

Havia uma propaganda do tour do INXS. A foto mostrava Michael Hutchence de braços abertos, como um crucifixo. O anúncio dizia "Viva, Meu Amor, Viva". Os ingleses eram excêntricos, concluiu Irena.

As mesmas palavras serviam como descrição ou como conselho. Todos estavam em turnê: Dire Straits, Elton John, Bruce Springsteen, Michael Jackson, Paul McCartney, Peter Gabriel e o U2. Londres, Liverpool, Paris, Dublin e Berlim. A *VOX* ponderava, a *VOX* especulava, a *VOX* perguntava em voz alta: "1992 – O Grande Ano da Música?" Acho que essa é uma outra forma de olhar o caso, pensou Irena.

Ela leu no verso de uma das páginas que, se os telefones de Sarajevo voltassem a funcionar, poderia ligar para o setor de Piadas Maliciosas e falar com alguém na Grã-Bretanha. Poderia escolher entre: Piadas Sujas, Gemidos Altos ou Confissões Suculentas. Irena voltou à página. Queria levar a revista para casa, mostrar à mãe e dizer: "Viu o que a gente está perdendo, enfurnados aqui nessa galeria de tiros?"

TEDIC VIROU A esquina e entrou no cômodo enquanto Irena estava distraída cantando Phil Collins e varrendo o chão pegajoso. *"Kids out there don't know how to react."** Assobio. *"The streets are getting tough and that's a matter of fact."*** Irena ergueu a cabeça para observar a silhueta silenciosa de Tedic. Ele entrava nos aposentos e na vida das pessoas, tão silenciosamente quanto um gato vadio.

— Por favor, não pare — pediu Tedic. — Prefiro escutar você ao Cavaleiro.

Irena, porém, ficou sem graça. Só revelava seus dotes vocais com relutância e timidez, assim como o sinal sobre o seio, apenas para as colegas de time e os amantes.

— Cantar para as paredes ajuda — falou para Tedic. — Antes da guerra, eu costumava cantar no porão do nosso prédio e no chuveiro. Isso me fazia sentir como... não sei, a Madonna. Hoje em dia é perigoso cantar no banheiro. É como falar para um atirador: "Ei, estou aqui." Não canto mais. Tenho falado demais "antes da guerra" — acrescentou.

---

* *Os garotos lá fora não sabem como reagir.* (N. T.)
** *As ruas estão mais violentas, essa é a pura verdade.* (N. T.)

— Estou começando a soar como minha avó.

— A que morreu? — Tedic perguntou com cuidado.

— Na primeira noite. Acho que te contei.

— Acho que sim.

— Ela morrer naquela noite deixou-a... mais interessante — falou Irena. — As pessoas dizem: "Sua avó foi morta. Que coisa horrível." Hoje em dia, todo mundo conhece alguém que foi assassinado. Ser morto... virou lugar-comum, um tédio.

— Certamente para o resto do mundo — concordou Tedic. Ele passou na frente de Irena, o casaco de couro preto farfalhando. Quando se virou para encará-la, estava com um sorriso tímido estampado no rosto.

— Fico feliz por você ter se juntado a nós — falou ele. — É fundamental que mantenhamos essa cervejaria aberta. Nós, muçulmanos de Sarajevo, adoramos nossa cerveja. Especialmente durante os longos e secos jejuns do Ramadã. Isso ajuda a lembrar as pessoas de que um pouco do mundo que conhecíamos antes ainda sobrevive. E agora — Tedic declarou — estou começando a soar como o *meu* avó. Tivemos um pouco de diversão pra você no outro dia. Fico feliz em ter podido incluí-la. Sei que por aqui as coisas são um *tééédio*. — Ele pronunciou a palavra numa imitação amistosa. — Pelo menos você está conseguindo dar continuidade aos seus estudos — acrescentou, apontando com a mão para a *VOX* sobre a prateleira.

— Posso citar algumas revistas com mais facilidade do que consigo me lembrar das letras da Madonna, quanto mais do Alcorão — retrucou Irena, empertigando-se de um jeito engraçado. — *Sky*, janeiro de 1992: o hidratante Clearasil mantém a pele macia, flexível e sem manchas. Tom e Nicole estão apaixonados. Em Manchester, J. T. acha que tem um pênis pequeno. Jodie Foster come alimentos orgânicos e quer dirigir um filme. Os porcos pançudos são a nova paixão do momento. Luke Perry tem um.

— Eu gostaria de ter um porco pançudo — observou Tedic. — Teria comida pra duas semanas.

— Não se ele fosse um animal de estimação — retrucou Irena. — Pelo menos, se fosse o *meu* — acrescentou rapidamente.

Tedic sentou-se na cadeira sem encosto e balançou-a nas pernas traseiras, a fim de olhar melhor para Irena. Ela permaneceu agarrada à vassoura como se esta fosse um escudo.

— Eu queria conversar com você sobre seus planos de carreira — começou ele. — Se não estou enganado, no ano que vem você faz 18. — Tedic optou por fazer com que seu conhecimento parecesse intuitivo, e não direto. — O lugar e a hora perfeitos para se fazer aniversário — comentou.

— Minha mãe diz que pelo menos será inesquecível.

— Espero que não — replicou Tedic. — Algum plano especial?

— Apenas estar viva para aproveitá-lo — respondeu Irena. Recordar os planos que tinha feito era agradável. Prosseguiu: — Antes de essa guerra começar, eu tinha tudo planejado. Eu ia entrar naquele bar grande e circular, o Holiday Inn, com alguns amigos e pedir uma bebida. Cerveja não. Bebo cerveja desde que tinha seis anos. *Um drinque*. Um martíni, um Manhattan, um uísque... bebidas de cinema. Algo que a Sharon Stone pediria. Meu pai sempre dizia: "Eu preparo qualquer coisa pra você em casa." Mas isso não é o mesmo que entrar no Holiday Inn e ver um estranho numa jaqueta vermelha dirigir-se a você como "madame" e preparar seu drinque.

Passava um pouco das 11 da manhã. Tedic enfiou a mão numa das dobras do casaco e puxou um cantil de prata escurecida.

— A senhora deseja beber alguma coisa, *madame*? — perguntou ele.

Irena sorriu e sentou-se na frente de Tedic, colocando a vassoura de lado.

TEDIC BATEU COM O cantil na mesa. Com um floreio, puxou outro maço de Marlboro, o que Irena interpretou como um gesto de igualitarismo, ainda que fingido.

— Ao seu aniversário — disse ele. — Seja lá quando for. — Sabia que era dia 21 de janeiro. Desatarraxou a tampa, que guinchou como um filhote de camundongo.

— Ano que vem — respondeu Irena. Ela pegou o cantil, ainda morno do bolso de Tedic, e virou-o, a fim de tomar um gole especulativo. A bebida desceu arranhando. Um cheiro de fruta defumada subiu-lhe pelo nariz.

— Uísque escocês — informou Tedic. — Uma combinação.

— A gente precisa se acostumar — constatou Irena. Ela esticou o braço para pegar um cigarro. Tedic acendeu dois Marlboros com um único fósforo.

— A Toni Kukoc — propôs Irena.

Tedic brindou com o cantil e deixou o fósforo cair no chão.

— Vou incorporar um velho papel — disse ele. — Me deixe bancar o professor um pouco. O que mata as pessoas nesta cidade?

— Isso é um teste? — perguntou Irena.

— Todos os dias — respondeu Tedic.

Irena bateu as cinzas do cigarro no chão e espalhou-as com o dedão de maneira distraída enquanto se dirigia a Tedic, pensando alto:

— Balas e bombas. Fome e frio. Quantos motivos você quer?

Tedic não respondeu. Simplesmente olhou para ela através da nuvem de fumaça que pairava entre eles.

— Tédio — resumiu Irena. — Estupidez. Doenças venéreas — continuou, falando à medida que as palavras surgiam em sua mente. — Causadas pelo tédio e pela estupidez. Os homens metem seus paus em qualquer lugar porque estão entediados. Eles metem a cabeça fora das janelas quando estão morrendo de tédio. Se algum atirador sérvio os vê... eles se tornam tediosamente mortos.

Quando Irena olhou para Tedic, ele a encarou de modo fixo, como se estivesse segurando seu queixo entre as mãos.

— E como a gente acaba com isso? — perguntou ele. Sua voz saiu deliberadamente casual; desejava uma resposta também casual, e não filosófica.

— Se eu soubesse que... — começou ela. Sua voz sumiu ao pensar em outra resposta. — A gente deve ficar abaixado. Deve continuar se escondendo — declarou.

— Nós temos nos escondido — ressaltou Tedic. — Mas isso não acaba.

— Ou a gente pode simplesmente desistir — replicou Irena. — Pessoas fazem isso. Países fazem isso. Ou podemos morrer. Podemos continuar nos escondendo até morrer. Acho que então tudo teria de acabar.

— Você nunca se escondeu ou desistiu de um jogo em toda a sua vida — Tedic lembrou-a.

— Isso não é um jogo.

— Exatamente. Então por que falar em desistir agora, quando a disputa finalmente representa algo real?

— TENHO OUTRA resposta — falou Irena. Estava se aquecendo para o diálogo da mesma forma como fazia para uma partida. — Podemos revidar. Pelo menos por um tempo.

— Vamos começar a revidar então — sugeriu Tedic. — Depois a gente se preocupa com quanto tempo podemos durar.

— Mas estamos cercados — observou Irena. — Encurralados como gado no matadouro. Escutamos os sérvios afiarem seus machados nas colinas. Berramos. O mundo continua a cuidar de seus próprios negócios.

Tedic deixou que um anel de fumaça pairasse sobre sua cabeça como um refletor antes de continuar a falar.

— Madame, o caso é ainda pior — disse ele, com um sorriso desolado. — O mundo nos censura. "Parem de matar uns aos outros", dizem eles. Ou então nos passam um sermão: "Na África é pior." Como se eles se importassem com o que acontece na África.

— A Europa quer ajudar — replicou Irena, mas a frase soou como um eco de algum dos slogans que ela lera numa revista.

— Eles apenas não querem nos ver limpando o sangue dos nossos sapatos na porta da Europa — disse Tedic.

Ele puxou mais dois Marlboros. Irena entendeu que a conversa estava mudando de rumo.

— Os europeus esbanjam sabedoria — Tedic observou com sarcasmo. — No decorrer deste século, eles aprenderam a esperar pelos americanos e pelos britânicos.

Irena finalmente retribuiu o sorriso desolado. Aceitou o segundo cigarro como um convite para apoiar os pés sobre a mesa entre eles.

— Eu e minha família fantasiamos a respeito disso. Clint Eastwood entrando na cidade com toda aquela arrogância, atirando das janelas nos atiradores. James Bond descendo com seu pára-quedas da bandeira britânica.

— Eles não vão fazer essa seqüência, querida — disse Tedic com um suspiro. — A audiência não está interessada. Os europeus dizem: "Sarajevo? Não foi lá que a Grande Guerra começou? Aqueles filhos-da-mãe vêm matando uns aos outros há séculos." Os americanos perguntam: "Sarajevo? Onde diabos fica isso?"

— Os capacetes azuis estão aqui para nos proteger — ressaltou Irena.

— Para nos impedir de protegermos a *nós mesmos* — rebateu Tedic com suavidade. — Para se defenderem do perigo representado pelos cabeças de turbante enlouquecidos e armados. Assim sendo, quando os sérvios disparam contra a gente, o comandante francês daqui conta por rádio ao comandante de Zagreb. Ele repassa a informação, como uma mensagem telefônica, a um burocrata holandês em Bruxelas. "Os bósnios estão sangrando! Por favor, retornem o telefonema!" O holandês liga para algum uruguaio mediano em Nova York, que diz: "Calma... precisamos falar com o Conselho de Segurança." Eles se sentam em suas cadeiras enquanto nosso sangue seca e os sérvios retornam a seus esconderijos. "Vocês precisam dar chance à paz!", eles nos repreendem. *A chance de eles nos matarem, juro* — Tedic continuou no mesmo tom calmo. No entanto, suas palavras ficaram mais deliberadas e entrecortadas, como se ponderasse cuidadosamente sobre cada uma. – Se a ONU existisse na época em que os persas atacaram as Termópilas, teria repreendido os gregos: "Parem de jogar pedras! Elas cegam as lanças dos persas!"

IRENA ACENDEU SEU segundo Marlboro. Empertigou-se na cadeira, como um aluno que de repente percebe a imensidão da Groenlândia.

– Mas por que não desistir? Sério – falou ela. – A gente não devia pelo menos se fazer essa pergunta? Estamos em desvantagem. Não temos armas. Não temos comida. Não temos água. E não temos nenhum amigo aí fora. Por que deveríamos permanecer aqui? Pra morrer? Não é melhor levantar as mãos e partir do que ser exterminado?

– Levantar as mãos – respondeu Tedic – e abaixar a cabeça.

– Quantas pessoas precisam morrer para que mantenhamos nossas cabeças erguidas? – replicou Irena. – Precisamos engatinhar pelas ruas como cachorros assustados apenas para tentarmos permanecer vivos.

Por um momento, Irena pensou que tivesse convencido Tedic. Ele se virou de costas e fixou os olhos num ponto distante, como se não ousasse encará-la. Quando finalmente falou, seu jeito suave adquirira o tom gélido da morte:

– E o que aconteceria após termos nos rendido? Já pensou nisso? Você acha que eles nos receberiam com figos, queijos e garrafas de Chianti? Acha que nos acompanhariam até nossos antigos apartamentos em uma frota de Mercedes? Flores no vestíbulo e um cozido sobre o fogão? "Surpresa, surpresa, esperamos que vocês gostem." Ou será que eles nos mandariam em excursões com marmitas para o almoço, nos levando direto pra barracos e buracos de merda? Por que você não pergunta às pessoas de Vukovar, Visegrad e Prijedor como os sérvios tratam seus convidados que saem dos porões, de cabeça baixa ou se arrastando, com as mãos pra cima?

Irena afastou-se da mesa quando Tedic terminou. As pernas da cadeira arrastaram no chão, produzindo um leve guincho.

— Por que não me conta o que tem em mente? — pediu ela.

TEDIC OFERECEU O BRAÇO direito a Irena com desenvoltura. Eles desceram um lance da escada de concreto, passaram por um vigia com um jeito blasé, num casaco xadrez cinza, e entraram no subporão. Longos canos cinzentos atravessavam o cômodo de ponta a ponta, intermitentemente amarrados com rolos de fita adesiva. Canos de vapor, imaginou Irena, embora eles agora estivessem silenciosos e secos.

Numa das extremidades da sala comprida, havia uma parede de blocos de concreto de cinzas. Vários colchões estavam escorados contra os tijolos; tufos de preenchimento branco saindo pelos buracos. Irena podia ver dois ou três alvos com círculos concêntricos presos nos colchões, mais ou menos na altura dos ombros. Acima deles, tinham sido pendurados pôsteres de Milosevic e Karadzic e outro da Isabelle Adjani. Alguém acertara os olhos de Milosevic. Já o sorriso de Karadzic estava sem os dentes da frente e uma rajada de tiros esburacara as ondas prateadas de sua cabeleira. Os olhos azuis de Isabelle Adjani, porém, permaneciam intactos.

— O esplendor azul do Adriático — explicou Tedic, engolindo um pequeno sorriso. — Os tempos já são difíceis o suficiente sem termos de passar o dia inteiro olhando apenas pra cara dos vilões.

Irena sentou-se sobre um saco duro de grãos cujos dizeres em letras azuis e douradas indicavam que aquilo fora um presente do povo da Suécia.

— Imaginei que você não me quisesse aqui apenas para verificar papéis e lavar o chão — disse ela.

TEDIC DEIXOU O silêncio crescer entre eles. Passou a língua nos lábios. Achatou o topo de um saco adjacente de grãos e sentou. Balançou os calcanhares da esquerda para a direita, como um pêndulo, acompanhando com a cabeça para manter o ritmo. Uma camada de suor sobre o cocoruto de casco de tartaruga fez com que Irena percebesse que os vapores de fermentação na cervejaria tinham deixado o porão quente. Mas Tedic manteve o casaco de couro em volta dos ombros; era o seu manto de comando.

— O que você quer que eu faça? — Irena perguntou de novo.

Dessa vez, Tedic calculou que precisava falar antes que o silêncio entre eles ficasse insuportável.

— Quero que você seja uma de nossas lanças.

— Pela aparência disso — disse ela, apontando para os alvos —, você quer que eu seja uma bala.

— Algumas balas é tudo o que a gente tem. Quero que você vá a lugares onde não possa ser vista. Em prédios bombardeados, queimados e abandonados. Quero que se esconda entre os escombros e dê um pequeno troco, em nome da nossa cidade, nos canalhas que estão tentando nos exterminar. Quero que faça com que os corpos estirados pela cidade se transformem em fantasmas que irão assombrar o sono *deles*.

— Não sei atirar — confessou Irena. Mas Tedic já antecipara isso.

— Você é uma atleta excepcional. Olhos, reflexos, frieza. A parte do tiro... é extremamente fácil. Gavrilo Princip sabe disparar um revólver. Lee Harvey Oswald. Os carrascos que despejaram as chuvas de bombas sobre Dubrovnik conseguem atirar com armas realmente grandes. No mundo todo, os brutamontes sempre sabem usar armas.

Pela primeira vez, Tedic inclinou-se para a frente e tocou o pulso de Irena. Era um gesto de confiança, o treinador dizendo à estrela do time: "Só você..." Como Irena não enrijeceu ou se afastou, ele continuou:

— Precisamos de alguém que consiga escalar e entrar em lugares inacessíveis, porém oportunos — declarou. — Precisamos de pessoas que consigam aprender novas jogadas rapidamente e saibam agir sob pressão. Precisamos de gente que possa chutar *alguns traseiros*. Se você acerta o alvo ou não, praticamente não faz diferença. Nesse jogo, os pontos são ganhos de modo diferente. Cada vez que você dispara, a explosão de tijolos conscientiza as pessoas de que aqueles que estão tentando nos matar já não podem descansar confortavelmente nos apartamentos roubados por eles. Não vamos ficar apenas nos encolhendo dentro dos barracos, queimando cadeiras e morrendo de fome.

— Sou pacifista — falou Irena.

— Eu também — replicou Tedic. — Quando o mundo permite.

TEDIC NÃO PRECISOU falar para Irena não comentar sobre a conversa deles com sua família naquela noite. Irena entendeu — nesse aspecto, o sr. e a sra. Zaric provavelmente também teriam entendido — que sua vida a levaria a experiências e eventos que deveriam ser mantidos longe do conhecimento dos pais. Uma falta de explicações com consentimento mútuo. Irena não discutiria suas novas obrigações na cervejaria em mais detalhes do que falava com os pais sobre fumar maconha ou deixar um garoto meter a mão por baixo da sua saia.

Durante o jantar, arroz com queijo ralado e folhas maceradas, Irena contou a eles sobre o anúncio na *VOX* oferecendo Piadas Sujas, Gemidos Altos ou Confissões Suculentas.

— Não sei se entendo muito bem a diferença — falou ela. — Percebi que todas custam o mesmo.

— Piadas Sujas — explicou Aleksandra em um tom forçosamente professoral — possuem um final que faz rir e corar por falarem de algo que pessoas educadas não devem comentar. Tal como... — Nesse momento, Aleksandra ergueu o garfo de modo calculado, como o lápis de um matemático. — ... o marinheiro que contrata uma prostituta, mas não aproveita o dinheiro pago. "Desculpa", diz o marinheiro para a puta, "mas a sua dita-cuja é grande demais pro meu dito-cujo."

— Acho que entendi — falou Irena. — E os Gemidos Altos?

— Me deixa tentar — interveio o sr. Zaric, removendo cuidadosamente o talo de uma folha do lábio inferior. — Piadas com gemidos altos são engraçadas, como quando alguém geme por sentir algo que não esperava. O final das piadas de Gemidos Altos é assim: "Iiiiaaaiiii", gritou o marinheiro para a puta. "Sua dita-cuja é pequena demais pro meu dito-cujo."

A sra. Zaric percebeu que cabia a ela falar das Confissões Suculentas:

— A prostituta confessa algo do qual, na verdade, quer se vangloriar. Algo *suculento*. Ela cora apenas para que você a veja melhor. A puta diz: "Você nunca vai acreditar no que eu fiz com um marinheiro." Ou "o que eu fiz *para* um marinheiro". Acho que é assim que funciona com as prostitutas. Pelo menos as das piadas.

— Quanto custam as ligações para esse ninho de piadas? — perguntou o sr. Zaric.

— Três libras e cinqüenta — respondeu Irena. — Interurbanos custam mais, tenho certeza.

— Já não sei mais quanto isso representa — falou a sra. Zaric. — Talvez um maço de Drina. Com Marlboros ou Winstons... provavelmente só daria pra comprar umas três piadas.

O sr. Zaric pescou outro talo que ficara agarrado na ponta da língua.

— Olha só todo o dinheiro que a gente economiza inventando nossas próprias piadas — falou.

Os Zaric riram tanto e por tanto tempo que ficaram cansados demais para recolher os restos de vela e colocá-los na lata que o sr. Zaric mantinha com esse propósito. Em vez disso, encolheram-se para dormir, deitando no chão no lugar onde estavam sentados, como cachorros e gatos que comem e depois tiram um cochilo ao lado de suas vasilhas.

17.

Na manhã seguinte, Tedic levou Irena até o porão, de volta aos rostos de Milosevic, Karadzic e Isabelle Adjani a observá-los dos colchões e dos blocos de concreto esburacados, e a um solitário rifle de cano preto que Tedic tocou com a ponta do dedo.

— Você nunca usou uma arma — lembrou. — Seu pai não caçava? Seu irmão?

— Nunca — respondeu Irena. — Tudo o que meu pai usou foi uma guitarra elétrica.

— Você sabe, armas são sedutoras. Todo aquele poder. Apenas a segure do jeito certo e as pessoas fogem em debandada.

— Nunca senti interesse.

— Nem mesmo ultimamente?

— Especialmente — insistiu Irena. — Já quis matar algumas pessoas com minhas próprias mãos. Mas atirar em alguém que você mal consegue ver... alguém que você não conhece... só porque eles estão vulneráveis? Isso me deixa enojada.

— A mim também — replicou Tedic. — Assassinatos me enojam. Me faça um favor, minha *Material Girl*. Segure isso por um instante. Está descarregada, juro.

Tedic ainda era seu chefe, e Irena desejava permanecer no jogo. Ele ergueu a arma com o mesmo jeito displicente que faria com uma bola de basquete e entregou-a a ela.

— Não tem um jeito especial — falou ele. — É como nos filmes americanos.

Irena ficou surpresa pelo peso, mas apoiou a coronha do rifle no braço esquerdo, quando ela começou a deslizar em direção ao chão.

— Qual é a sensação? — perguntou Tedic.

— Horrível. Pesado. — Irena virou o rifle de cabeça para baixo, a fim de analisar o gatilho e a parte inferior do cano, escurecida como sangue ressecado. Ao perceber que agüentava o peso do rifle, estendeu-o para Tedic.

— Horrível — repetiu.

— Vamos pintar um de rosa pra você — brincou Tedic. — Podemos colocar florzinhas no cano, se você quiser, e laços de fita na coronha. — Ele deu um passo para trás, a fim de que Irena não pudesse lhe devolver a arma sem dar um passo à frente.

— A gente vê alguns antigos, muito bonitos — continuou ele, como o vigia de uma loja de jóias antigas. — Madeira nobre, metal de qualidade superior, delicadamente gravado. Isso foi antes de as pessoas poderem personalizar os carros. Ou os tênis esportivos. Suas armas eram uma extensão de si mesmos. Do mesmo jeito que os seus Air Jordans — acrescentou Tedic com um sorriso, apontando para os pés de Irena. — E, no momento, bastante difíceis de arrumar aqui em Sarajevo.

Os braços de Irena estavam começando a cansar, mas ela não queria que Tedic percebesse. Balançou a coronha do rifle sobre o dedão do pé, como se fosse girá-lo. Por fim, Tedic adiantou-se e tomou o rifle de suas mãos. Ela o devolveu sem hesitar.

— Tudo bem, isso aqui — começou ele, após uma pausa estudada — é um M-14 de repetição da Remington. Americano. A Remington fabricou as armas que domaram o Velho Oeste. Gary Cooper e John Wayne nunca usaram armas chinesas ou tchecas. Lá do outro lado, eles usam os AKs. O melhor projeto de engenharia que nós, vermelhos, já desenvolvemos. Muito mais robustos do que nossos sapatos ou nosso encanamento. No entanto, os engenheiros comunistas não tinham muita imaginação. Todas as pequenas mentiras que usávamos para manter as coisas unidas, em vez de uni-las pelo conhecimento. Digo *nós*... pois eu mesmo era membro do Partido, é claro. A gente não vira assistente do diretor sendo uma espécie de Sakharov. Éramos seres primitivos, porém brilhantes, mesmo. Se nos pedissem para chegarmos à Lua, a gente inventava uma carroça voadora. Você era jovem demais pra lembrar? Os comunistas ganharam o espaço antes. Fizemos os ianques parecerem idiotas rematados. Mas depois os ianques nos deram o troco porque os russos resolveram construir espaçonaves gigantescas. Não dá pra simplesmente colidir contra a Lua com uma espaçonave. É preciso pousar a nave com delicadeza. Somos feitos de coragem e suor, mas sem nenhuma *finesse*. Assim sendo, que tipo de arma você gostaria de ter nas mãos? A dos caras que nos deram John Glenn, Al Capone, Coca-Cola e televisão em cores? Ou a dos que não conseguiram chegar à Lua, ou sair do Afeganistão? Portanto, temos aqui uma Remington.

– Como vocês conseguem essas coisas? – perguntou Irena.

– Os passarinhos nos trazem dos Estados Unidos – falou ele. – Com nossos irmãos muçulmanos da Arábia Saudita. Com os irmãos judeus do Mossad. Em qualquer lugar possível, inclusive com os canalhas gananciosos do outro lado, capazes de vender sua própria gente pelo preço certo, bendito seja Alá. Sabe o que é mais importante na hora de disparar uma arma?

– Claro que não. Imagino que mirar bem.

– Em parte. A calma. A firmeza. Se suas mãos estremecerem um milímetro, o tiro pode desviar até uns dez metros. Para manter-se calmo, você precisa de coordenação. Lide com a seqüência da forma como um rio lida com as ondas. Olho, mão, respiração, coordenação, antecipação. O disparo de uma arma como essa dá um belo coice no ombro. Você precisa se adaptar a ela, movendo-se de acordo, ou vai cair pra trás.

Tedic virou o rifle como se fosse uma criança manhosa e enfiou um cartucho que tirara do bolso na coronha.

— Quer tentar? Vá em frente, mande uma bala no nariz do Slobo.

— *Não!* — declarou Irena de modo enfático. No entanto, enquanto falava, tomou o rifle em suas mãos.

— Um maço de cigarros.

— Vou me ferrar — falou Irena, que já não podia ver a possibilidade de errar um tiro. — Não posso bancar um maço de cigarros.

— Você não vai errar — Tedic assegurou a ela. — Mantenha o queixo encostado na coronha desse jeito, mas sem fazer força.

— Um beijo de leve. Não é isso o que eles dizem?

— Nos filmes. Eles querem dizer um beijo sem paixão. Roce sua bochecha contra o punho da forma como faria com um amante. Ou — Tedic corrigiu rapidamente: — talvez a bochecha de uma sobrinha pequena.

Irena apoiou a coronha do rifle contra o ombro esquerdo e encostou o olho na mira.

— Feche o olho direito — instruiu Tedic. — Encontre a cabeça do Milosevic, por que não, e, em seguida, feche o olho direito. Olhe bem para Slobo.

— Entendi — falou Irena quase imediatamente. Ela viu pequenos círculos cinzentos... olhos e pálpebras... acima do nariz de Milosevic.

— Aquele homem horroroso com cara de porco, rindo enquanto Vukovar sangra — falou Tedic. — Ponha o pequeno círculo bem acima do nariz dele. Está vendo? O nariz de um porco. Mas nada do charme.

O nariz de Milosevic apareceu na mira.

— Ele entra e sai da mira — constatou Irena. — Não consigo manter a arma parada.

— *Ela* está parada. É a sua respiração — sugeriu Tedic. — Abaixe o cano por um momento. Respire fundo. Solte o ar devagar, de modo constante, para não ficar com uma bolha de nervosismo dentro do peito. Quando você tiver terminado de expelir o ar dos pulmões, levante o rifle. Mantenha o dedo no gatilho. Assim que vir o alvo, aperte. Ficar balançando o rifle pra lá e pra cá não vai fazer você atirar melhor e seus braços vão cansar.

Tedic parou para analisar, depois repetiu suavemente:

– Aperte.

Irena apertou. Por um instante, o gatilho pareceu resistir. Mas ela puxou com mais força em direção ao queixo e um estrondo repentino ecoou e zumbiu dentro de sua cabeça. Sentiu um coice contra as palmas das mãos, como se um fantasma a tivesse puxado para trás. A coronha bateu contra seu ombro esquerdo, fazendo-a estremecer. O rifle pareceu adquirir vida própria, como um cajado virando uma serpente. O cano subiu e tremeu violentamente, como se a arma quisesse dançar. Irena resistiu ao reflexo de abaixá-lo; em vez disso, tentou persuadi-lo a manter-se apontado para a parede, para não dizer em direção ao nariz de Milosevic. Contudo, a bala já fora disparada. O ar explodiu em seu ouvido. Partículas de vento e som jogaram seu cabelo para trás, reverberando contra sua nuca. E então o instante passou. O som morreu; foi como o ruído de uma grande vespa ao pousar.

Irena ainda estava de pé. Instável, mas em pé, e ainda olhando pela mira do rifle. Seu tiro desviara para a direita, acertando a pálpebra inferior de Milosevic.

– Errei – falou ela, por fim, um pouco sem fôlego. – Eu me apressei. Levantei a cabeça cedo demais pra checar e errei o tiro.

– Teria sido o suficiente – observou Tedic. – Um maço de cigarros pra você. Vamos te mostrar como aperfeiçoar seus disparos.

Irena sentou-se sobre um par de velhos sacos de farinha – dessa vez, dinamarqueses – repletos de areia e terra. Podia sentir o rosto vermelho e a respiração ofegante. Não saberia dizer – precisaria de mais experiência para tanto – se era o peso do rifle ou o entusiasmo por ter atirado.

– O que diabos as pessoas lá em cima acham que estamos fazendo aqui? – perguntou. Sacudiu a cabeça como se tentasse se livrar de um inseto. — O pessoal das Nações Unidas... o pessoal da cerveja... eles não conseguem escutar o barulho?

Tedic já estava tirando um Marlboro do maço para ela, parecendo totalmente despreocupado.

— Até agora isso não foi problema — disse ele. — Nesse momento, aqui em Sarajevo, o som de uma criança rindo chamaria mais a atenção, não acha?

NA MANHÃ SEGUINTE, Molly encontrou Irena no porão. Tedic chegaria mais tarde, explicou ele. Enquanto isso, ele estava lá. Molly era um homem alto, esguio e pálido, com uma barba rala e ruiva parecendo farpas a espetar seu queixo. Ele usava o cabelo comprido e avermelhado amarrado num pequeno rabo-de-cavalo, na intenção de ficar diferente de todas as fotos dos passaportes anteriores, explicou; insinuou que também tinha feito outras pequenas modificações. Molly dispusera os componentes de um M-14 sobre um baú. Reuniu algumas partes improváveis para mostrar a Irena, que, uma vez que a pessoa entendesse sua arma, só havia um jeito de montá-la.

— Como o seu próprio corpo — falou ele, timidamente.

Molly parecia acanhado na presença de Irena. Sua eficiência era visível pela firmeza de suas mãos, as quais lembravam Irena dos filmes antigos que vira na escola, sobre braços robóticos numa linha de montagem japonesa. Seu discurso, porém, era hesitante, como se ele estivesse medindo as palavras antes de pronunciá-las. Irena, que se considerava boa em identificar sotaques, não conseguiu captar o de Molly. Eles conversaram em inglês. Seus *eles* e *erres* soavam como os de um escocês. Já os *as* das primeiras ou últimas palavras pareciam os de um alemão. Enquanto as partes da arma eram montadas, Irena perguntou:

— Você é escocês?

— Sul-africano, madame. A propósito, esse é o propelente. Ele esquenta. — Molly passou três dedos de modo ligeiro sobre uma abertura no cano.

— Sul-africano! — exclamou Irena. Ela crescera escutando os pais e os professores exaltarem os esforços da luta contra o *apartheid*. Quando os estudantes falavam como se tivessem descoberto a correlação entre capitalismo e liberdade, seus professores socialistas lhes diziam para pensar na África do Sul, onde os comunistas estavam à frente da luta. Irena não queria presumir o pior.

— Por acaso você era um dos ativistas anti-*apartheid*? — perguntou ela.

— Esse é o pente de balas — Molly informou primeiro. — Certifique-se de que não há obstruções. Não, madame, de jeito nenhum. Eu estava do outro lado.

Molly apoiou o rifle sobre a coronha, de modo que o martelo e a mola, a mira traseira e o pino de fixação ficaram na altura de seus olhos.

Irena tentou observá-lo através do anel do gatilho.

— Então você foi um dos que mantiveram Nelson Mandela na cadeia todos esses anos?

— Quero que você repare nesse pino aqui, madame. Você precisa ser capaz de encontrá-lo pelo tato, mas sem obstruí-lo. Nunca vi Mandela, madame. Só depois que ele saiu. Uma presença muito forte, pensei. Ele podia usar um saco de estopa como se fosse um terno Armani.

— E se você tivesse recebido ordens de atirar nele?

Molly pareceu perceber que não conseguiria falar nada até ter terminado aquela conversa. Assim sendo, virou a alça do gatilho de encontro à barba espetada e perguntou:

— Ordens de quem?

— Seja lá de quem for — replicou Irena. — Do exército, do Departamento de Segurança, de alguém da KGB. Do seu chefe.

Molly deu de ombros e quase sorriu.

— Isso é o que eu faço, madame — declarou. — Em geral, não erro.

Molly retornou à montagem. Tentou mostrar a Irena onde prender e como virar o pino de fixação. Mas ela o interrompia a cada frase. O atrevimento era sua maneira de exercitar a independência. Molly era esperto o suficiente para responder sem demonstrar remorso, titubeando muito pouco.

— Seu nome é Molly mesmo?

— E o seu é realmente Ingrid, *madame*?

— O pequeno jogo de nomes do Tedic — resmungou Irena. — Por que ele não contrata soldados do CNA, em vez de gente como você?

— Do Congresso Nacional Africano, *madame*? — Isso realmente era novidade para Molly e ele passou as belas unhas pela barba rala. — Acho que agora eles estão trabalhando. Sou um liberal. Além disso, os guerrilheiros do CNA teriam dificuldades em lutar aqui.

— Eles seriam tratados como heróis — observou Irena.

— Eles iriam sobressair como girafas na Sibéria. Já trabalhei para um monte de negros, madame — acrescentou ele. — Sem problema.

— Déspotas negros brutais — rebateu ela. — Aposto como você já limpou muito sangue dessas lindas unhas peroladas. Pelo visto, você dá um polimento nelas com freqüência. De qualquer forma, qual a diferença entre vocês e os nazistas? Tem alguma resposta pronta pra isso também?

Molly jogou o pente de balas esverdeado em direção a Irena como uma carteira vazia. Queria que ela notasse a força da mola a empurrar as balas para cima.

— Tenho sim — falou Molly, por trás do pente de balas. — Cuidado com isso ao carregar a munição. Aperte no meio. Essas molas já arrancaram muitas cabeças de dedos. Os nazistas não venceram os britânicos, *madame* — acrescentou. — Nós sim.

Irena ergueu uma das balas. A cápsula era fina, brilhante como bronze, e a ponta dura de um tom vermelho cintilante, como um doce.

— Parece um batom — observou ela.

— Também acho, *madame* — concordou Molly. — Uma bela sombra também.

O RESTO DO dia de Irena e Molly foi repleto de conselhos sobre como ela deveria operar:

— Escale como um macaco o seu posto escondido de observação — aconselhou ele —, mas atire como uma lesma. Deite-se no chão quando chegar lá, ou encoste o corpo totalmente contra uma parede. Deitar de barriga pra baixo te deixa mais firme. E é a posição mais difícil de alguém conseguir ver. Mas também é mais difícil de se levantar. Seu momento de maior exposição é ao tentar se pôr de pé. Ajoelhar é bom. Mantém o corpo meio escondido. Mantenha no bolso uma meia repleta de pedrinhas. Pedras, madame, não areia. A areia vaza. A meia pode apoiar o cano como um tripé e você não precisa abrir e fechar. E pode deixá-la pra trás. Levantar é o mais difícil, mas é melhor se você estiver escondida atrás de uma coluna.

Ele instruiu Irena a levantar e dar três disparos consecutivos no alvo.

— Boom, boom, boom! — mandou.

Irena apertou o gatilho três vezes, rapidamente, como uma bomba de água.

Quando o ruído dos disparos morreu, Molly foi até o pôster e mostrou a Irena como seus três tiros tinham se deslocado para baixo, como se ela tivesse atirado em estrelas, cada vez mais distante do círculo central do alvo.

— Não é como lançar a bola no cesto, madame — explicou ele. — Seu primeiro tiro é o melhor. Em questão de segundos, o rifle fica mais pesado em seus braços. Mantenha-o apoiado no cinto e levante-o na hora de disparar. Mas dispare naquele segundo.

"Fique calma, madame. Isso é uma *ordem* — falou ele, incapaz de suprimir um pequeno sorriso. — Qualquer ansiedade que você ache que não irá mostrar, por tê-la trancafiada dentro do peito, pode alterar sua respiração e fazer suas mãos vibrarem, ainda que muito de leve. Pergunte a um violinista. As notas dissonantes. Não fique olhando para o alvo. Quando você encara por tempo demais, as coisas se movem.

Não se mexa. Um pequeno movimento pode entregar sua posição. Mas também não banque a estátua. *Respire.* Caso contrário, você vai ficar tonta. Não vai conseguir enxergar e vai acabar caindo."

Molly deixou os dedos de unhas brilhantes balançarem no ar entre eles.

— Chuva, neve, até mesmo a névoa podem desviar seu disparo um pouco pra baixo — explicou ele. — O calor também pode desviá-lo. Mas não temos tempo, nem precisamos dessa lição agora. Isso é para a Zâmbia ou o Lesoto. Aqui não faz calor desse jeito. A não ser que o inferno congele.

Irena devolveu o pequeno sorriso.

— Isso aconteceu há alguns meses — falou para Molly.

MOLLY A CONDUZIU até uma fileira de sacos de açúcar repletos de areia, postando-se a uma distância razoável dos pôsteres de Karadzic, Milosevic e Isabelle Adjani. Ele a fez se deitar no chão e disparar dez cartuchos — cerca de 200 tiros — em silhuetas pintadas de azul-escuro sobre uma folha branca de papel. Os ossos de Irena estremeceram nos primeiros cinco ou seis disparos. Sentiu uma contusão começando a umedecer a camisa, mas a sensação a deixou satisfeita; podia jogar mesmo machucada. Molly voltou com um alvo e mostrou-o a ela: quatro tiros tinham acertado o círculo central, equivalendo ao coração e aos pulmões de uma pessoa; três outros se espalharam pelo T, a área condizente com os olhos e o nariz.

— Faça sua última respiração — avisou ele — correr pelo cano. Entendeu?

Foi o que ela fez. Irena começou a soltar o ar enquanto apertava o gatilho e deixava o ombro solto para agüentar o tranco do rifle. Após alguns disparos, começou a sentir os dedos deixando pequenas marcas na coronha de plástico. A arma absorvia seu toque. Molly adiantou-se para pegar o próximo alvo e voltou sorrindo. A zona T branca apresentava cinco buracos. As bordas de cada um estavam ligeiramente amarronzadas e eles cheiravam a pólvora.

— Será que quero saber onde esses disparos acertaram? — indagou Irena.

— Dois deles seriam logo abaixo do olho esquerdo — respondeu Molly.

Irena notou que ele parara de se dirigir a ela como madame.

— Eles teriam atravessado a maçã do rosto e se alojado no cérebro. Um dos tiros teria sido direto no olho direito. Na mosca. Resultado instantâneo. — Ele enfiou a ponta de feltro da caneta pelo último buraco e sacudiu-o como uma minhoca de desenho animado provocando um pássaro. — Esse teria destruído os dentes e o maxilar. Teria acabado com uma boa parte do cérebro também. O sangramento seria terrível. As dores, imensas. Eu diria que isso faria com que um homem quisesse arrancar a própria cabeça.

Como Irena não disse nada, Molly apoiou o cotovelo em um dos sacos de açúcar e falou baixo contra sua nuca:

— Você sabe, não se atira em olhos ou maxilares. Nem eu faço isso. Talvez se você visse o Milosevic, o Mladic ou alguém que a agrediu. Nesse caso, mande um direto no coração. Fora isso, você atira num lugar. Em um alvo. Não dá pra ver os olhos azuis ou castanhos das pessoas. Você não vê o sorriso. Vê apenas um ponto em sua mira. Uma mancha, um cisco, um ponto. E é aí que você atira.

— Você não precisa inventar nada por minha causa — falou Irena.

— Nada do que estou falando é mais verdadeiro — replicou Molly. — Atire num ponto. O que está por trás não é da sua conta.

Irena esvaziou um cartucho atrás do outro nas figuras azuis pregadas na parede de tijolos. Deitou-se no chão, sentindo a coronha se acomodar naquela região do ombro onde o Senhor Pássaro costumava ficar empoleirado. O rifle começou a vibrar contra ele. Já encontrava a trava do gatilho apenas pelo tato. Roçou a bochecha contra a coronha e sentiu uma explosão de calor vindo do propelente. Deixou a respiração correr pelo cano a cada disparo, como Molly lhe instruíra, vendo-a explodir e escutando o barulho em seguida. Sentiu o poder reverberando em suas mãos, respiração e ossos.

– Fique feliz – Molly apressou-se a dizer em sua orelha esquerda, ajoelhado a seu lado. – É só você e a arma. Ninguém mais. Faça com que seja difícil, mas alegre. Seja melhor do que os outros. Vocês estão sozinhas. Ninguém sabe, ninguém está olhando. Não há mais ninguém.

Os tiros de Irena reverberaram nos tijolos, um atrás do outro, até que suas mãos começaram a pinicar, e o suor, ou algo parecido, a escorrer em seus olhos.

18.

Molly permaneceu de joelhos. Ao final do último cartucho de munição, eles puderam constatar que os tiros de Irena haviam destruído grande parte da zona T branca na cabeça azul da silhueta. Havia um buraco do tamanho do pulso dela no meio do peito da figura. Irena virou-se para ficar apoiada nos cotovelos. Estava ofegante, tonta, excitada e, inesperadamente, pesarosa.

– Ah, merda – falou para Molly. – Passei dos limites.

– O quê?

– Quero dizer... – Ela começou a rir. – Preciso de uma porra de um cigarro.

Molly não tinha nenhum. Ainda ajoelhado, ele se virou e pegou o rifle das mãos de Irena.

– Isso não é bom pra você – declarou com uma severidade fingida.

– Essa porra também não é. – Irena pegou-se falando numa espécie de risadinha séria e espantada. As costas arquearam quando ela se apoiou nas omoplatas.

– Você é novata – disse Molly.

– Pode dizer que sou fantástica. Me diz que nunca conheceu alguém como eu.

– Você está exagerando – replicou Molly, brincando.

— Sou bastante boa — respondeu Irena. — Vamos, admita.

— Eu admito. Mas você ainda pode aprender.

— Ah, sim, sei disso. Me mostra, me mostra.

— Logo, logo — retrucou Molly. O dedo mindinho da mão direita estava sobre a trava de segurança. Ele pressionou a palma esquerda sobre o cano ainda morno.

— Porra — rebateu Irena. — E o que é que você sabe? — Um mau humor repentino se abateu sobre ela. — Você podia estar no outro lado.

— Alguns dos meus velhos companheiros estão — concordou Molly.

— Mas essa guerra não é sua. O que você tem a ver com isso? — perguntou Irena.

— Mas eu tenho — replicou Molly. — Se vocês vencerem, ganho referências.

— Que diferença isso faz? — Irena quis saber. — Você mesmo disse... podia estar em qualquer lado.

Molly finalmente enfiou os dedos no bolso da camisa e pescou um pequeno pacote de chicletes franceses. A marca chamou a atenção de Irena: Hollywood.

— Eu também podia gostar de garotas — falou Molly, colocando três tiras na palma da mão. — Apenas não gosto.

Irena deixou a confissão passar em branco. Virando-se de lado, de modo a ficar apoiada sobre o quadril direito, esticou a mão esquerda para tocar a coronha do rifle.

— Se você estivesse do outro lado — começou ela. — Não *daquele* outro lado. *Aquilo* não me importa. Quero dizer, do outro lado do rio. Se você trabalhasse pra *eles*. Se te pagassem, você atiraria em mim.

— Isso é dramático demais — rebateu Molly, enquanto enrolava o papel do chiclete entre os dedos. — Se eles me pagassem, atiraria em qualquer pessoa. Além disso... — Com um peteleco, ele lançou a pequena bolinha prateada por cima do ombro de Irena — ... seu lado está quite. Além disso, além disso, além disso... se eu te ensinar direito, você poderia me pegar primeiro.

Molly entregou Irena para Tedic naquela tarde, assim que a escuridão começou a se espalhar pela plataforma de carga. Tedic permaneceu sobre uma mesa inclinada para carregamento, em aço inox, da qual se apropriara para usar como superfície de trabalho. As sombras circundantes davam a ele o aspecto de um pássaro a observar do ninho. Irena caminhou em direção a Tedic com as mãos na cintura.

— Existem muitos outros como Molly? — perguntou.

— Eu sabia que vocês iam se dar bem.

— Soube que você contratou uns dois americanos — falou Irena. Molly confessara a respeito de um deles. Em grande parte, Irena estava chutando, na intenção de forçar Tedic a abrir o jogo.

Em resposta, Tedic não confirmou nada.

— Temos voluntários — disse ele. — Pessoas dos arredores da Bósnia que aparecem em Toronto ou Detroit. Eles choram lágrimas de sangue. "Quero ajudar minha gente." Acho que é Belgrado que os envia. Eu os coloco para cavar trincheiras. Alguns acabam por se mostrar sinceros. Outros vão pra casa quando a fome aperta. É por isso que procuro por profissionais.

— Assassinos profissionais — corrigiu Irena. — Molly... estive tentando descobrir o nome verdadeiro dele.

— *Profissionais* — enfatizou Tedic; em seguida, abrandou o tom de voz. — Velhos legionários franceses. Ao que parece, hoje em dia eles são ucranianos. Sul-africanos com saudades dos antigos dias de guerrilha. Britânicos excêntricos que sempre se alistam na primeira guerra que encontram.

— Eles não conhecem a vizinhança — Irena disse isso como uma metáfora.

— *Exatamente.* — Tedic pronunciou a palavra devagar. — Não são garotos nascidos nos arredores que ficam tristes em atirar em suas antigas ruas, escolas e barzinhos, onde costumavam tomar *slivovitz*. Não há antigos colegas de escola no caminho. A maioria desses rapazes não possui vizinhança. A maioria deles não tem amigos. Estou com um albanês de Kosovar impaciente para acertar as contas com os sérvios. Vou dar a ele seu desejo. Tenho um marroquino que estou certo de que é um israelita enviado para ficar de olho nos muçulmanos armados. No entanto, ele trabalha bem, para ambos os lados. E um ou dois russos, é claro.

— Os russos estão a favor dos sérvios — replicou Irena.

— Os russos — retrucou Tedic, sorrindo — estão a favor do dinheiro.

— Alguma garota?

— Uma pergunta que minha mulher costumava me fazer — falou Tedic. Mas ele continuou: — Alguns dos melhores são mulheres.

— E no outro lado? — perguntou Irena. Tedic ficou em silêncio por um instante, virando um clipe de papel entre os dedos.

— Imagino que igual a nós.

— Em quem devo atirar? — Irena indagou por fim.

— Informaremos você. Vamos estudar os mapas, marcar as ruas. Mostraremos a você onde procurar.

— Mas quem exatamente?

— A questão não é *quem* — explicou Tedic. — Em geral, só queremos que você acerte os pneus de um caminhão. Às vezes, tudo o que desejamos é que você atire um pequeno bilhete de amor pela janela de algum escritório. Ou coloque uma bala no nariz do Slobo em algum pôster pregado na rua.

— Você não pode estar me treinando apenas para atirar em pôsteres. Tedic abriu seu mais novo sorriso de "cansado do mundo".

— Algumas vezes pode ser uma pessoa. Procuramos por uniformes... soldados, policiais. Vamos te mostrar como reconhecer os policiais covardes demais para usarem um uniforme, e que por isso andam à paisana, como você ou eu. Provavelmente com alguma roupa de seu próprio armário, em Grbavica.

Irena deixara o cigarro entre os dedos queimar até o filtro. Abriu a mão numa surpresa inesperada e viu duas manchas amarronzadas entre os nós do indicador e do dedo do meio.

— A gente não atira em civis — continuou Tedic. — Melhor dizendo: só atiramos em civis quando eles estão armados e demonstram querer nos machucar. As brigadas em pulôveres pretos. Eles não são exatamente um coral de rapazes, são? Mas acho que você já sabe disso.

Irena não disse nada.

Tedic apressou-se em prosseguir:

— Grande parte do trabalho é trivial. Resume-se a esperar, ficar quieto e segurar a bexiga. Quase nunca aparece alguém em quem atirar. Os sérvios descobriram os lugares que são pontos cegos pra gente. Nessas regiões é que eles atuam... trabalhos de rotina e assassinatos. Faça com que eles fiquem preocupados. Faça com que não consigam descansar. Com que percam o sono. Apenas atire num ponto.

Irena irritou-se com o espírito criativo de Tedic. Mas todas as respostas que lhe ocorreram pareceram destituídas de peso antes de chegarem à boca.

— As balas não são previsíveis — ela disse por fim. — Já vimos isso antes. Elas disparam zunindo e vão parar só Deus sabe onde. Você pode acertar o canhão de tiro de um tanque sérvio e a bala ricochetear, indo parar a um quarteirão de distância, na cabeça de alguma velha senhora que esteja colhendo rosas.

— Uma velha senhora *sérvia* — replicou Tedic.

— Ah, merda. Isso não faz diferença.

— Uma velha senhora *sérvia* — repetiu Tedic, sem se aborrecer —, que não reagiu quando seus vizinhos muçulmanos foram arrastados embora, que depois entrou em seus apartamentos para saquear os bules de chá e os televisores. Alguma outra senhora sérvia que aplaude *Karazdic* quando ele diz que Sarajevo precisa sofrer uma limpeza. Ou alguma daquelas encantadoras crianças sérvias que picham frases sobre as *garotas cabeças de turbante* nas paredes da escola. Será que uma bala destinada a um general sérvio poderia ricochetear e acertar alguém assim? Passou dos 12 anos de idade, não considero *ninguém* aqui inocente.

Na manhã seguinte, Tedic abriu a porta de uma pequena despensa na qual uma forte luminária de aço brilhava sobre um grupo de macacões cinza enrolados sobre três sacos de grãos, sapatos pretos robustos alinhados por tamanho, em forma decrescente, como a família de ursos daquela fábula infantil, um rolo de toalhas de papel em uma caixa atrás e, na frente das toalhas, um manto azul-escuro oval, rasgado no meio.

– Preciso falar com você sobre cada um desses objetos – insistiu Tedic com gentileza. – Se você conhecer a razão por trás de tudo, não vai ficar se questionando.

Os macacões manchados tinham letras escuras gravadas sobre o bolso esquerdo do peito: Dragan.

– Feitos sob encomenda, como você irá perceber – declarou Tedic.

– Para outra pessoa.

– Dá no mesmo – replicou ele.

Irena descobriu que Tedic estava começando a se divertir em observá-la captar e neutralizar as piadas dele.

– A guerra fez os postos de gasolina fecharem – continuou ele – e a gente conseguiu um estoque de uniformes. Os cinza são para camuflagem entre as pilastras e ruínas de concreto. Se alguma vez mandarmos você subir numa árvore ou se esconder nas colinas, temos marrons e verdes também, dependendo da estação. Até mesmo alguns azuis, para os quais ainda não conseguimos definir o uso. Agora, sei que você já sabe disso, mas, por favor, me escute. Use os macacões Dragan o tempo todo e mantenha-os completamente fechados em volta do corpo. Vamos lhe dar uma linda máscara de esqui também. Tantas quantas você quiser ou precisar, uma diferente a cada dia, se esse for o seu desejo. Os bósnios têm um monte de máscaras de esqui. Que outro uso temos para elas no momento? Quando mirar e atirar, suas mãos estarão próximas ao peito. Entretanto, qualquer milímetro de pele aparecendo é como uma bandeira para os nossos amigos do outro lado. É a primeira coisa que eles procuram através dos binóculos.

"Assim sendo, feche as mangas do seu Dragan em volta dos pulsos. Enfie as pernas da calça pra dentro dos sapatos. Feche o zíper da frente ao máximo e puxe o pescoço da máscara de esqui sobre a garganta, enfiando-o por dentro do colarinho. Vamos ajudar você. Pense nesse uniforme como um macacão de astronauta. Ele não pode arregaçar as mangas nem um milímetro sem expor a pele a uma atmosfera cujo contato faria seu corpo explodir. Você precisa pensar no uniforme Dragan como algo essencial à vida."

– Vou tentar.

– *Você vai!* – insistiu Tedic, passando a língua nos lábios rapidamente. – Sou um homem sentimental – continuou –, mas não é só a sua segurança que nos preocupa. Se alguém a descobrir e atirar em você, não podemos mandar ninguém de volta ao lugar por algum tempo. Estou falando a verdade porque sei que você é esperta e não cairia em nenhuma mentira. Portanto, use sempre o uniforme. Em geral, preciso dizer às garotas para não esquecerem de esconder o cabelo embaixo da máscara de esqui.

Tedic permitiu-se sorrir ao ver o corte prático e desbastado de Irena. Ela seria capaz de dar um giro sem indicar a direção com uma virada das madeixas.

– Os sapatos também – falou. – Não esses itens de colecionador que você está usando, mas algo que talvez salve sua vida. Tamanho 38?

– Geralmente.

– Temos uma boa seleção. Antes das tropas indianas deixarem a cidade, fizemos um bom negócio pelos sapatos deles. Eles teriam vendido a roupa de baixo. Tudo bem, então veremos você de macacão

Dragan, máscara de esqui Alberto Tomba e sapatos Sayeed. Mas lembre-se, esses macacões não são à prova de balas. Eles podem servir pra camuflar você entre as vigas e caibros, mas eles não impedem as balas. Não dá pra confiar só na roupa.

"Tem outras coisas que você deve levar em conta. Você não pode levar água, viu? Isso é difícil de dizer, pois podemos pegar água na cervejaria. Mas você não pode beber durante o trabalho. Não me interessa se está lá em cima há duas ou oito horas. Nenhuma água. Nada brilha mais do que uma garrafa plástica d'água. Leve-a aos lábios e sua boca vira um alvo. Mesmo que a gente leve a água numa velha bexiga de cabra, se você beber, vai querer fazer xixi. Se tiver de fazer de qualquer jeito, faça nas calças, ouviu? Não hesite. Se estiver nervosa, e o tempo meio frio, isso pode acontecer. Estava esperando encontrar com o Tom Cruise num dos prédios bombardeados? Ele ficaria encantado de qualquer jeito. O mijo seca. Mas, se abrir o macacão cinza pra se acocorar, vai ter de mostrar ao mundo seu lindo bumbum cor-de-rosa. Não quero saber se você tem absoluta certeza de que está bem escondida atrás de uma parede. Alguém sentado do outro lado pode estar olhando por um telescópio e ver o traseiro dos seus sonhos acenando pra ele. O sujeito vai agradecer a Deus e mandar uma bala naquele lugarzinho das suas nádegas que ele gostaria de morder. Isso é psicologia básica, serve pra homem ou mulher. Atire naquilo que não pode ter."

TEDIC ANDOU ATÉ a porta para checar se havia alguém bisbilhotando. Deixou-a ligeiramente entreaberta, a fim de recuperar o fôlego e preparar-se para o monólogo que o esperava. Limpou a garganta como um motor sendo ligado:

— *Hummmm-ótimo. Óóóótimo.* Portanto, nada de beber, nada de abrir o macacão. E nenhum petisco. Se ficar com fome, bem, todos estamos famintos, não é? Agora, isso é realmente importante: enquanto estiver lá em cima, nada de cigarro. Isso é difícil de dizer para um bósnio.

Eu fumo desde que tinha seis anos. É especialmente difícil ouvir isso agora, com tanta gente fumando pra mascarar a fome. Mas acender um fósforo faz com que a chama seja vista a quilômetros de distância. A ponta do cigarro é de um laranja ofuscante e a gente está tentando manter você toda cinza. Os anéis de fumaça absorvem a luz. Eles sabem que tudo a fazer é olhar alguns centímetros abaixo para encontrar você. Se nunca acreditou que fumar pudesse lhe fazer mal, acredite que, durante as horas de trabalho, faz. Pense da seguinte maneira: queremos que você viva o suficiente para ter câncer de pulmão.

"Agora, presta atenção, temos pelo menos outra regra importante. Sua vida pessoal é da sua conta. Como você passa seu tempo livre não nos interessa. Mas não beba ou fume haxixe por oito horas antes do trabalho. Antes disso, pode beber tanta cerveja quanto quiser. Pode beber qualquer outra coisa que apareça no seu caminho. Mas se o álcool ainda estiver no seu organismo, você perde destreza e noção de tempo. Talvez você já tenha jogado uma partida de basquete de ressaca."

Irena não tentou lutar contra o rubor que lhe coloriu as faces.

— Então você sabe — continuou Tedic. — Não preciso lembrar. Agora escuta, sei que dá pra arrumar haxixe aqui na cidade. É mais fácil para um soldado ucraniano esconder um pouco de haxixe nas calças do que um filé de vitela. Mesmo como assistente do diretor, nunca tive problemas com haxixe. Algumas vezes, eu tinha até vontade de dizer para um dos moleques hiperativos que eram levados até a minha sala: "Dê um descanso pra gente. Fume um cachimbo de haxixe de vez em quando." Quando eu tinha a sua idade, a gente tinha orgulho em saber que Sarajevo arrumava o melhor haxixe da Iugoslávia. Mas algumas horas depois... tenho certeza de que você sabe disso... o haxixe desperta a fome. Não queremos que você fique nervosa e agitada.

"Bom, e precisamos ser ainda mais rigorosos no tocante a uma outra coisa. Não cheire cocaína... nunca. Isso não tem nada a ver com a moral. Assuntos de moralidade não são exatamente minha especialidade, são? Você é esperta o suficiente para não aceitar conselhos sobre moralidade de alguém que está te ensinando a atirar em pessoas."

Irena considerou isso como a primeira admissão de Tedic.

Ele prosseguiu sem demora:

— Meu conselho é estritamente de ordem prática. Seu trabalho requer calma. A cocaína acelera o coração. Aí, horas depois, seu coração desacelera e você desaba. Já é difícil o suficiente pra gente acumular energia no momento, comendo apenas alguns grãos de feijão, um pouco de arroz e carne enlatada. Nenhum de nós tem comido o que você poderia chamar de "um café da manhã de campeões". Além disso, em meio a este cerco, ninguém vai te dar, nem de má vontade, droga alguma. A polícia já tem muito o que fazer sem ter de se preocupar com jovens fumando folhas de chá, mas se pegarem você com cocaína, vão querer saber onde arrumou o dinheiro. Quando descobrirem que você trabalha na cervejaria, vão começar a fazer perguntas... entende aonde quero chegar? Eles não vão gostar de saber que você tem dinheiro pra comprar drogas quando tantos cidadãos não podem comprar pão ou sabão. Êxtase, LSD... a proibição é a mesma. Elas destroem a sua percepção. Você precisa estar com os olhos alertas. Se você cruzar com algum outro tipo de droga, pergunte pra gente primeiro. Vai ver que não queremos privá-la de diversão; não somos seus pais. Mas precisamos fazer de você o melhor instrumento possível.

"E outra coisa, como a maioria dos seus amigos e familiares está sem emprego, eles vão ficar interessados no seu. Não invente nada... você vai acabar esquecendo a mentira. Seja evasiva, saia pela tangente, evite a conversa. Diga a eles que tem ordens de não comentar nada por causa dos espiões.

"Namorados também não são da nossa conta. Tampouco namoradas. Apenas não sacrifique uma boa noite de sono por uma ou duas horas de diversão. O que cansa com relação ao sexo não é o sexo, é ficar acordado, bebendo cerveja e tentando arrumar uma transa. As trepadas estão fartas no momento. Romance de verdade não. Apenas um monte de: 'A gente pode estar morto amanhã, vamos foder enquanto ainda temos chance.' Eu mesmo já tentei essa cantada.

"Se quiser se relacionar com alguém, lembre-se de que confiar nele ou nela com coisas sobre o seu trabalho é o pior a fazer. Eles não vão entender o que você vê ou faz o dia inteiro, de jeito nenhum. A confissão irá confundir ou assustar os bons partidos e fascinar de verdade apenas os maus; eles vão querer usá-la para levar a cabo sua própria vingança. Algumas vezes pode ouvir amigos... ou algum garoto tentando impressioná-la... conversando sobre a guerra. Eles vão afirmar alguma coisa com toda a segurança que você já sabe não ser verdade. Não fique tentada a corrigi-los. Deixe que eles se distraiam em sua ignorância. Você pode até se divertir. Vai gostar de perceber o quanto você sabe sobre coisas que seus amigos nem sequer imaginam. De qualquer forma, eles não podem apreciar o fato de que você está certa."

Irena falou pela primeira vez durante o monólogo de Tedic:

— Agora — declarou ela. — *Agora* você me deixou com medo.

— De morrer? Quem não tem?

— Ah, não, merda, não — respondeu Irena. E acrescentou de modo simples: — De viver desse jeito.

Tedic parou ao ouvir isso. Ele não estava tentando criar uma pausa para ênfase ou drama, ou pra reformular seu argumento. Seu rosto adquiriu uma expressão um tanto pesarosa.

— Lembre-se — disse ele —, tudo o que queríamos aqui em Sarajevo é que nos deixassem em paz. Que nos deixassem beber e fumar, dormir tarde e escutar jazz, esquiar e foder, ou então que nos deixassem seguir com nossa cultura miscigenada, brilhantemente irrelevante, que levamos cinco séculos construindo. Então, num final de semana, tudo mudou. Eles derrubaram nossas portas. Nos expulsaram dos barzinhos onde costumávamos conversar com toda a sabedoria sobre Kafka, Sidney Bechet e Michael Jordan. Eles nos estupraram, querida. Agora nos matam de fome ou atiram em nós. Os mandarins de Washington e Londres, os freqüentadores dos cafés parisienses e nova-iorquinos torcem as mãos ao ouvirem sobre nosso destino. Lamentam a guerra.

Mas não abrem mão de suas orações ou xícaras de café expresso para nos ajudar. Agora mesmo, em apenas cinco segundos, as janelas vão começar a fechar; temos pelo menos a tênue esperança de uma escolha. Podemos manter nosso comportamento pacífico e frívolo e morrer silenciosamente, deixando nossos nomes para que o mundo prepare um outro memorial. Ou podemos usar todos os truques que eles usaram na gente, e alguns mais que pudermos inventar, e revidar. E comprar mais um dia de vida.

As RAJADAS DE MORTEIROS e os estampidos de tiros foram particularmente intensos naquela noite. Aleksandra deixou seu apartamento para ir dormir com os Zaric na sala de estar – que era o que eles agora chamavam de apartamento da vovó.

Irena achava engraçado e desconfortável dormir no mesmo aposento que os pais. Quando se virava ou se encolhia – ou, como já acontecera umas duas vezes, gritava durante o sono –, sua mãe se aproximava e segurava seus braços agitados com as mãos. Ela costumava achar que a filha parecia um filhote de gato contorcendo-se no sono.

Naquela noite, Irena gritou. A sra. Zaric foi a primeira a acordar, mas não conseguiu entender as palavras. Arrastou-se até a filha, que tremia, e tomou-a nos braços.

– O que foi? – perguntou. – Qual é o problema?

Irena se remexeu. Em seguida, começou a rir. Bateu com os pulsos fechados no peito.

– Você está rindo – falou a sra. Zaric. – Qual é o problema?

– Qual é o problema? – rebateu Irena. – Diz isso de novo, mãe.

– Qual é o problema?

O sr. Zaric ergueu-se nos cotovelos e começou a rir também.

– Mais uma vez, Dalila, querida – falou ele. – Escuta só o que você está dizendo. Pense nas palavras. Qual. É. O. Problema. Qual. É. O. Problema. *Qual é o problema?*

Aleksandra, Irena e o pai riram com mais força ainda.

De repente, a sra. Zaric bateu com a mão na testa.

— Ah, agora entendi. É, é bastante engraçado. Qual é o problema? *Ah, nada em especial.* — Ela agora estava rindo também. Riu tanto que decidiu que precisava de um cigarro para recuperar o fôlego, e tateou pelo chão em busca de algum dos maços de Drina.

— Qual é o problema? Qual é o problema? Qual é o problema? — Irena repetiu as palavras de modo sonolento, como se elas fossem o refrão de uma de suas músicas prediletas. Podia ver os riscos laranja dos morteiros cruzando o céu enquanto continuava a rir, até pegar no sono, como uma criança.

Na manhã seguinte, Irena encontrou um pequeno envelope azul dobrado dentro do bolso direito do jeans que deixara ao seu lado no chão, para o caso de precisar se vestir às pressas. A caligrafia de Aleksandra era visível num dos lados. "Shhh", escrevera ela. "Apenas Para Seus Olhos. A."

Quando Irena virou o envelope, reconheceu a caligrafia de Tomaslav:

Para o prazer pessoal de Irena Zaric
Apenas para ela

Aleksandra devia ter pego a carta na sinagoga. As novas tarefas de Irena nem sempre lhe deixavam tempo para fazer aquela corrida pelo pessoal do prédio, e Aleksandra gostava de programar suas rotas de modo a passar pelos soldados franceses e suas cavalheirescas doações em cigarros para velhas senhoras. Irena passou por baixo da janela engatinhando, de calcinha, os jeans com o bilhete jogado por cima do ombro, a fim de entrar no banheiro e trancar a porta. O bilhete do irmão fora escrito num cartão-postal do Museu Britânico que mostrava uma reprodução do século XVIII de Wenceslaus Hollar, de um gato recebendo uma delegação de ratos. A caligrafia de Tomaslav era clara e firme:

Querida irmã,

Estou a caminho de Chicago. Os homens do Consulado da Bósnia aqui me arrumaram um visto de estudante. Agora preciso encontrar alguma coisa pra estudar. Vou mandar notícias. Apresentarei seu caso a Toni Kukoc. Vou escrever outro bilhete para Milan e Dalila da sinagoga central de lá. Não conte a eles sobre isso – por favor –, não quero que ninguém se preocupe. Vocês é que estão passando pelo pior. Espero poder ajudá-los em breve. Aqueles que amam Sarajevo não devem permanecer longe. Engraçado, mas talvez Chicago seja o passo que irá me aproximar daí.

Com amor, sempre,
Tomaslav

E no verso do cartão, acima de "Todos os direitos desta imagem reservados pelo Museu Britânico", Tomaslav escrevera:

P.S.: Senhor Pássaro pode se alistar também! *Chirrrp!* Senhor Pássaro!

Não vou contar a ele sobre Senhor Pássaro, pensou Irena, pelo menos não por enquanto. Foi então que se deu conta: não sei como entrar em contato com ele. Não sei onde ele está. Não sei para onde está indo. Não gosto da maneira como ele escreveu "Com amor, sempre", como o bilhete que algumas pessoas deixam sobre o travesseiro quando saem furtivamente à noite e a gente nunca mais as vê.

19.

NA MANHÃ SEGUINTE, TEDIC, SEGURANDO UM MACACÃO DRAGAN CINZA desenrolado como uma daquelas capas de contos de fadas, esperava por Irena na despensa.
— Tenho uma missão para você e Molly agora de manhã — disse ele.
— Na primeira vez, ele vai contigo.

— FICO FELIZ em anunciar — começou Tedic, agora falando com Irena e Molly, sentado sobre alguns sacos de farinha — que o alvo de hoje... assim como quase tudo na vida, como ultimamente venho me convencendo... começa pela cerveja.

Umas duas "mentes elevadas", como Tedic os chamava, cujo trabalho era ficar antenado nas conversas pelo rádio entre as equipes de artilharia sérvia, haviam escutado uma das unidades de suprimento assegurar a um dos pelotões de tiro que as prometidas provisões iriam chegar na hora marcada. As "mentes elevadas" interpretaram "mijo" como sendo uma referência à cerveja.

— Nem sempre é preciso ser do serviço de espionagem britânico — explicou Tedic — para decifrar esses códigos. — A equipe de artilharia, dissera ele, estava instalada no porão de um hospício em Jagomir. —

Onde, sem dúvida – continuou –, as pancadas e mais pancadas são tão terapêuticas para os pacientes. E onde, é claro, os pacientes dão entrada por causa da cerveja que as unidades sérvias estão bebendo.

– Com licença, senhor – interveio Molly com certa timidez. – Mas tudo que sabemos com certeza é que é mijo.

Tedic explicou que eles não desejavam disparar contra um hospício, ainda que todos os pacientes tivessem sido removidos para dar espaço às equipes armadas; a publicidade seria devastadora. No entanto, o caminhão que ia entregar todo aquele mijo, além de, como presumiam as mentes elevadas, latas de presunto, carne, repolho e café, munições, bombas e camisinhas, seria obrigado a entrar numa das duas ruas que davam acesso à rua Nahorevska. Eles conseguiriam ver o caminhão se aproximar. Deveriam ser capazes de tê-lo na mira. De disparar uma bala no pára-brisa ou em algum dos pneus.

– Pelo menos quando abrirem as garrafas de mijo – falou Tedic –, o líquido vai espirrar na cara deles. Eles vão ver que podemos dar o troco.

– Sabemos qual é o tipo de mijo, senhor? – indagou Molly, e Tedic sorriu.

– Na verdade – respondeu ele –, as mentes elevadas dizem que têm motivo para acreditar tratar-se da Tuborg.

– Talvez, senhor, fosse igualmente eficiente – aventurou-se Molly – entregar uma caixa com a nossa cerveja.

TEDIC ESCOLHERA um velho prédio de apartamentos em Breka para ser o posto de observação. O edifício estava abandonado, mas fora invadido. Tedic disse a eles para tomarem cuidado de atirar apenas do nono andar, pois os invasores haviam ocupado os andares abaixo. Acreditava que os sérvios sabiam disso – e presumiriam que eles não ousariam disparar daquele local.

— Nono andar, crianças. Na escada próxima ao poço do elevador. Há um buraco de cerca de 23 centímetros de largura, e não mais do que uns cinco de altura, de onde dá pra ver. Bem próximo ao chão, portanto vocês podem deitar. Molly ficará de olho no alvo. Ele vai te mostrar como fazer isso. Você, Ingrid, ficará responsável pela entrega em si. Subam, façam o trabalho e saiam.

O prédio era um daqueles edifícios padrões, marrom e cinza, que haviam sido construídos às pressas por causa das Olimpíadas. Irena não lembrava mais da aparência da cidade sem a presença deles, mas tampouco conseguia distinguir a diferença entre o prédio de apartamentos e uma dúzia de outros nas proximidades.

Molly e Irena escalaram a escada escura, a qual fora poupada dos estragos causados pelos morteiros e balas que tão eficientemente haviam destruído o resto da estrutura. Estava escuro demais para enxergar, até mesmo para falar. Eles precisavam sentir os degraus com a ponta dos pés, e usavam o eco dos passos para estimar a proximidade das paredes e curvas. Mesmo durante o dia, tinham ordens de não levar lanternas. Fachos de luz em ambientes escuros podiam atrair a atenção, muito embora a ordem parecesse particularmente sem sentido naquela escada, uma vez que ela se encontrava absolutamente fora de vista. A impressão era a de que estavam levando cinco minutos para passar de um andar a outro.

De vez em quando, escutavam barulhos de gente através das paredes de concreto de cinzas: os sussurros dos invasores tentando permanecer quietos, rádios sendo ligados em volume baixo por apenas alguns minutos, a fim de poupar as pilhas. Talvez os invasores também pudessem ouvi-los e temessem que eles fossem policiais bósnios tentando limpar o prédio – ou paramilitares sérvios furtivos entrando ali para saquear e matar. Era, portanto, do interesse de todos permanecerem quietos.

Um cheiro forte de fezes e urina pairava em cada andar. O prédio estava sem água corrente também. Contudo, os invasores, temendo perder o lugar para outros invasores, relutavam ainda mais do que os outros cidadãos de Sarajevo em se aventurar até as filas de água.

– Ainda bem que a gente quase não consegue enxergar – Molly falou baixinho com Irena. – Algumas das coisas... gatos e cachorros que se arrastaram até aqui em busca de comida ou de um lugar para morrer. Eles viraram comida e ossos. Eu tinha um cachorro em casa. – Ele parou de falar de repente, enquanto tateava pelo próximo degrau.

Molly estava meio andar à frente de Irena. Quando chegaram ao oitavo, ele se virou para que ela pudesse ouvi-lo:

– A gente fica aqui, Ingrid.

– Um andar abaixo?

– Sua última lição – explicou ele.

Os dois perceberam os fachos de luz ao deixarem a escada por uma janela industrial localizada pouco acima de suas cabeças, em meio a uma meia dúzia de pequenos buracos de morteiros. Os buracos filtravam a luz que lhes incidia sobre os ombros. Molly apontou para duas fendas com não mais do que dez centímetros de largura, a cerca de pouco mais de um metro do chão.

– O lugar lá em cima seria mais adequado à vigilância e à operação – disse ele. – Foi por isso que Tedic o escolheu. Mas essas duas fendas aqui vão servir muito bem.

– A gente não devia seguir as ordens? – perguntou Irena.

– Vamos fazer a entrega – assegurou-a Molly.

– Mas com certeza nos mandaram para o outro lugar por uma boa razão.

– O outro é um ponto melhor para atirar.

Após alguns instantes, ao ver que Irena continuava a encará-lo sem piscar, incrédula, Molly ficou mal-humorado. Ambos usavam máscaras de esqui. Com o rabo-de-cavalo vermelho e a barba algodoada escondidos sob a máscara, Irena pensou que Molly parecia um daqueles bôeres com cara de porco.

— Apenas apronte-se. Eu te explico depois.

— Quando eu for mais velha? — Irena não conseguiu disfarçar o sarcasmo.

— É — respondeu Molly. — Quando isso acabar, você vai se sentir bem mais velha.

Irena permaneceu num pequeno espaço no oitavo andar. A máscara de esqui pinicava devido ao suor da longa escalada e, agora, pela exasperação.

— Estou aqui — falou para Mollly. — Já sou velha o suficiente.

Ele suspirou, levantou a máscara até a testa e afofou a barba rala antes de responder:

— Sempre que existir um posto de observação obviamente melhor — explicou —, *não* o use. Ache algo um pouco menos perfeito nas proximidades. O melhor lugar é sempre onde *eles* vão estar procurando por você. No que diz respeito à nossa própria vida, não podemos confiar em ninguém além de nós mesmos.

Irena aproveitou a oportunidade para levantar sua própria máscara de esqui acima dos olhos. Sem dizer uma única palavra, pescou as partes do M-14 dos bolsos e das dobras do macacão e começou a montar o rifle.

Em meio aos estrondos e estampidos que se seguiam aos clarões, Molly acrescentou, de modo um pouco mais gentil:

— Pode confiar em mim, Ingrid. Porque estou aqui, vivo, pra contar.

MOLLY OBRIGOU-A a abaixar a máscara e cobrir o nariz, mas disse que eles poderiam deixar a boca descoberta; não gostava de sentir a lã e o náilon em contato com a língua. Também insistiu que eles respeitassem a regra do silêncio, após mostrar a Irena que ela precisaria atirar de pé, mas que poderia pelo menos apoiar o cano numa rachadura na parede, assumindo uma postura meio acocorada. Irena dobrou os joelhos, a fim de testar a posição.

— Posso fazer isso — declarou para Molly. — É igual à posição de arremesso livre.

Molly ergueu apenas os olhos e a testa até uma das extremidades da fenda.

— Bom, a gente sabe que o caminhão deve vir pela rua Nahorevska — sussurrou ele. — Mas não fixe a visão num ponto, lembra? As coisas se movem. Olhe tudo em volta.

Ele tinha um par de binóculos, daqueles compactos que os ocidentais levam à ópera. De vez em quando os levantava, tomando cuidado para que as lentes não ficassem expostas à luz do sol, apertava os olhos para enxergar através do visor e depois devolvia os binóculos ao bolso do macacão. Uma vez ele os entregou a Irena e observou enquanto ela ajustava o foco na rua Potok, nas pequenas casas de boneca rosa e amarelas que decoravam as colinas. Aquela sempre fora uma vizinhança sérvia, pelo menos desde quando se lembrava, e Irena não conseguia recordar ter jamais andado por aquelas ruas.

Molly deu-lhe uma cotovelada de leve.

— A clínica fica na casa verde-clara, três casas pra dentro, a partir daquela esquina — informou ele. — Dá pra ver? Eles levam os morteiros pro telhado. Vê a janela no terceiro andar que dá pra fora? — Irena via. — Eles a abrem, pulam pra fora, lançam algumas bombas nos arredores de Kosovo, depois entram de novo. Equipes de dois homens, rapazes e moças. Em 30 segundos, eles lançam uma bomba que pode matar 20 pessoas.

Os dois permaneceram na posição, observando das sombras. Pelo canto dos olhos, Irena viu Molly, ou metade de seu rosto, o sorriso e a barba, e não conseguiu evitar pensar em pais de primeira viagem olhando através do vidro da maternidade.

— Lá está o nosso caminhão — murmurou Molly. Ele entregou os binóculos de volta para Irena. — Vermelho, coberto por uma daquelas lonas verdes impermeabilizadas usadas por militares. Dê uma olhada rápida, depois coloque-o na mira.

O caminhão estava ficando laranja de ferrugem. Ela ergueu o rifle. Tedic estava certo – poucos carros passavam, poucas pessoas podiam ser vistas – e em menos de um segundo Irena tinha a ferrugem na mira. Quando o caminhão sacolejou, imaginou quem estaria dirigindo, ou escondido sob a lona.

– Como você sabe que esse é o nosso caminhão? – perguntou a Molly.

– Pela forma como ele se move. De maneira pesada.

– E cerveja pesa tanto assim?

– Cerveja, munição, comida, tudo junto. – Molly fez que sim. – Ninguém, a não ser os paramilitares, recebe entregas tão grandes no momento.

– Por que eles não usam os veículos do exército? – Irena poderia desviar ambos os olhos da mira e ainda conseguir ver o caminhão enferrujado descendo a rua Potok com a lenta determinação de uma joaninha.

– Os paramilitares sérvios tomaram todos os caminhões para si – falou Molly. Suas palavras ganharam ritmo. Ele podia ver o progresso do caminhão também. – Você sabe disso – acrescentou. – Não espere ver um caminhão com a foto do Karadzic no lado.

– Só não estava esperando um caminhão normal – comentou Irena. Ela encostou o olho esquerdo na mira e apoiou o nariz do rifle na borda irregular do buraco causado por um morteiro. O ferimento, pensou, a partir de onde eu preparo o próximo. O pára-brisa do caminhão estava bem à vista. Mas, mesmo apertando os olhos, o sol e a poeira a impediam de ver quem estava dentro.

Agora o caminhão estava próximo o suficiente para eles o ouvirem seguir, rangendo e sacolejando, em direção à rua Nahorevska, nuvens de cascalho sendo levantadas pelos pneus, brilhando no sol como cacos de vidro.

— Não faz diferença, Ingrid — falou Molly ao perceber a hesitação dela. — Quem quer que seja entregando o que quer que seja, munição ou apenas cerveja, está carregando a arma apontada para nossas gargantas. — Ele engoliu em seco. — Se isso é uma aula de filosofia, querida — disse, por fim —, peço desculpas. Não vim preparado.

Irena deixou o ar de uma risada lhe escapar pela boca. Inspirou através do cano, dobrou os joelhos para absorver o tranco e puxou o gatilho com a mesma gentileza que usaria para coçar as orelhas de um cachorro. *Calma. Ah, sim. Aííí vamos nós.*

O primeiro disparo atingiu o radiador. Irena conseguiu manter o olho na mira ao receber o coice do rifle na região do ombro onde Senhor Pássaro gostava de ficar empoleirado. O segundo tiro acertou o pára-brisa. Quando ia disparar o terceiro, Irena viu o vidro rachar e quebrar em milhares de pedaços, com o esplendor de uma cascata. Ele brilhou em tons de azul e rosa antes de tudo ficar escuro e sem vida, como o interior de uma caverna. O caminhão derrapou, sacolejou, diminuiu e parou. Irena esperou que alguém saísse da boléia. Como ninguém saía, descarregou a terceira, quarta e quinta balas na região coberta pela lona e chegou à conclusão de que talvez fosse a primeira bósnia a conhecer a sensação de atirar numa baleia encalhada.

MOLLY OBSERVAVA pelos binóculos com aprovação.

— Um caminhão sérvio a menos, Ingrid. Nenhuma cerveja hoje à noite. E talvez nenhuma bomba também. Tudo bem, agora não faça barulho, mantenha o cano abaixado. Você gastou seu pente, mas trave a arma mesmo assim. A gente recolhe as cápsulas... somos convidados educados. Mantenha o nariz apontado para o pé, enquanto estivermos descendo a escada.

Quando eles retornaram à penumbra da escada, Molly tirou uma pequena caneta-lanterna do macacão.

— Pensei... — começou Irena.

– Tedic queria o teste completo.

Desceram juntos os degraus, de modo a ambos poderem ver o ponto iluminado no chão. Irena achou que aquela cumplicidade selava uma parceria.

– Passei? – perguntou ela, após descerem um andar.

– Não existe teste algum – respondeu Molly. – Aquilo é uma brincadeira.

– Mesmo assim. Me saí bem?

– Alguns sérvios com certeza acham que sim.

– Posso fazer ainda melhor – declarou ela.

– Ninguém poderia ter feito melhor hoje – replicou Molly. – Nem mesmo se você tivesse acertado alguém com o primeiro tiro. O primeiro os assustou e os fez esperar pelo segundo. Você percebeu? Ainda assim, é bom saber que também teve sorte. Caso contrário, o sucesso pode embotar seu aprendizado.

Quando chegaram ao quarto andar, Molly se virou e entregou a caneta-lanterna para Irena. A princípio ela se retraiu, sem entender muito bem, como se ele estivesse lhe dando as chaves de um carro que não tinha permissão para dirigir.

– Tenho um negócio rápido pra resolver. – Foi toda a explicação. – Termine de descer e espere uns dois minutos antes de ir até o caminhão. Não, três, por favor. Conte até 200. Logo estarei com você.

– Então eu espero.

– Não. Espera só o tempo de contar até 200.

– Mas que diabo... – Irena apontou a lanterna para a barba espetada de Molly e viu os lábios dele se retorcerem.

– Quando você for mais velha, querida.

Irena retomou a descida lenta e cuidadosa pela escada. Passados uns 30 segundos, escutou os estampidos de cinco tiros às suas costas. O som era de dentro para fora – devia ser Molly. Os tiros fizeram os blocos de concreto estremecerem. Irena cambaleou ligeiramente, quando o pé direito errou um degrau, mas chegou ao térreo ao mesmo tempo que o eco do quinto tiro reverberava pela escada em direção à rua.

Quando Tedic abriu o zíper traseiro na lona do caminhão de cerveja para recebê-los, parecia aborrecido.

— A última rajada lá. Um trabalhinho freelance, acredito. Uma inspiração artística súbita?

Molly respondeu por ele e por Irena, com afetada deferência:

— Presumi, senhor, que o time de artilharia deles fosse tentar levar seu brinquedinho até o telhado.

— E onde eles estavam? — perguntou Tedic. Seu tom era gélido.

— Não os vi — respondeu Molly. — Talvez eles estivessem se aprontando.

— Talvez eles estivessem escondidos debaixo das camas, ou nos chuveiros, que do lado de lá ainda funcionam. Talvez estivessem assistindo à TV e comendo os restos frios do frango grelhado de ontem. Talvez nem tenham notado que você desperdiçou cinco preciosas balas no fantasma de uma possibilidade.

— Eles notaram — assegurou Molly. — Mandei uma rajada em volta daquela janela.

Tedic abriu um sorriso grande e bobo de rendição. Quando falou, foi com Irena:

— Adoro o Molly. Adoro mesmo. Eu finjo que fico irritado, e ele finge estar arrependido. Somos como um velho casal, a rainha de Veldt e eu, não somos? — perguntou a Irena. — Vamos fazer isso de novo, muitas outras vezes.

— Sua Alteza disse que o primeiro tiro acertou o radiador — informou Molly. Eles haviam passado à contribuição de Irena no jogo. — O segundo atravessou o pára-brisa e "matou" o caminhão.

— Isso foi o que Mandy viu — falou Tedic. E virando-se para Irena: — Você não conhece a Mandy. Ela disse que o caminhão foi "assassinado". Houve névoa? — perguntou a Molly.

— Acho que alguma coisa com o pára-brisa.

Tedic deu de ombros.

— Mandy achou ter visto algo semelhante também. Mas pode ser resultado de vários cortes superficiais causados pelos estilhaços, nada sério.

— Então, apenas bugigangas, nenhuma névoa — declarou Molly.

— Nossa Ingrid aqui fez jus ao papel.

— Nasce uma estrela — falou Molly. — Uma estrela surge no Leste. Ou seja lá o que os muçulmanos digam.

Tedic voltou seu charme rude para Irena.

— Já te explicaram o que névoa significa? — perguntou.

— Acho que já entendi.

Tedic abriu uma gaveta para alguma consulta fantasma e depois a fechou novamente. Quando ergueu a cabeça, seu queixo denotava desafio.

— E o nosso Molly aqui te mostrou algum truque que eu não deva saber?

Irena estava pronta para bloquear o ataque.

— O que você poderia deixar de saber? — perguntou ela.

Os três riram. As risadas de Tedic fizeram com que ele expelisse jatos de fumaça de cigarro pelas narinas.

— Ingrid, minha Ingrid, minha grande cestinha de 16 pontos — brincou ele. — Você pertence a essas ligas. O insulto lisonjeiro, o elogio ridículo. *Charme de assassino*. Ainda bem que você está do nosso lado.

MOLLY E IRENA se despediram na passagem coberta da saída da cervejaria. Mel ia levar Irena em casa. Molly morava sabe Deus onde. Rolavam rumores de que existiam alguns poucos quartos escuros e empoeirados nas entranhas da cervejaria, onde a escuridão era ligeiramente aliviada por lâmpadas nuas que funcionavam com a energia produzida pelas nascentes abaixo. Irena podia imaginar Molly despencando num catre duro, comendo feijões franceses frios direto da lata e polindo as unhas antes de desatarraxar a lâmpada e mergulhar no sono.

– Deixe-me adivinhar – disse ela, indo direto ao ponto. – O negócio no quarto andar. Você estava tentando atrair atenção pro quarto andar para que eles não percebessem que a gente tinha usado o oitavo. Estava protegendo o posto de observação. Mas você sabia que eles poderiam revidar, e me tirou da linha de tiro.

– Não conheço as regras do basquete – falou Molly. – Mas no futebol a gente protege o zagueiro.

– Bem – continuou Irena. – Essa foi a formatura? Agora esperamos pela décima reunião anual para nos encontrarmos de novo? A gente podia tomar um café de vez em quando, pra colocar as fofocas em dia. Ou você vai apenas voltar pra casa e esperar que algum bruto endinheirado te telefone e mande uma passagem?

Molly apontou para uma mancha no queixo com uma de suas unhas magníficas.

– Não posso voltar pra casa – explicou ele. – Ou pra qualquer outro lugar. Mudanças estão a caminho. Não que isso não possa nos ser útil, você lembra. O novo regime quer que eu fale sobre alguma história antiga na província de Natal.

– Diga o que eles querem ouvir – Irena instigou-o de súbito. – Delate os caras que o mandaram fazer seja lá o que for. Os velhos porcos do *apartheid* estão fazendo acordos e enriquecendo. Faça um acordo também.

– Fiz uma oferta – falou Molly. – Eles fizeram outra. Eu teria de entregar alguns companheiros. Canalhas como eu. Mas, ainda assim, meus companheiros.

– Gente como eu – retrucou Irena. – Então me dá outra chance. Aqui em nossa pequena e galante Bósnia, podemos te oferecer um lar.

Molly abraçou-se, numa imitação de um africano surpreendido por um clima frio. Em meio ao desânimo de um longo e sombrio mês de outubro, sua imitação foi convincente.

— A Bósnia no inverno. — Ele estremeceu. — Não é exatamente o meu ideal de paraíso. Pra mim só resta aqui ou Tuzla. Mas não pense que sou ingrato. Não há razão para flores e lágrimas, mas não tenho país.

— Use o nosso — ofereceu Irena.

Quando Irena chegou em casa, sua mãe se animou ao ouvir o trinco. Ela gritou de detrás da porta do banheiro:

— Como foi o dia, querida?

— Não posso dar detalhes — respondeu Irena. — Segurança nacional.

O sr. Zaric estava sentado com as pernas dobradas sob a velha mesa de centro da mãe, analisando uma de suas velas, a fim de encontrar um barbante para o pavio.

— Entendo por que não possa contar para sua mãe — disse ele de modo solene. — Mas eu cavo trincheiras para o exército. Também estou envolvido com assuntos de segurança nacional. Pode me contar sobre suas grandes aventuras e trapaças.

— Não me obrigue — pediu Irena. — Se me forçar a falar, a repercussão poderia ser medonha.

Irena e o pai desataram a rir. A sra. Zaric abriu a porta a tempo de se juntar a eles. Aleksandra, que estava na cozinha tentando acender o fogo para esquentar a água, juntou-se à folia também. Mas Irena viu de relance — como um frio súbito no meio do verão, quando nuvens de chuva cobrem o sol — que, quando Aleksandra olhou pela soleira da porta, ela não estava rindo.

20.

Na manhã seguinte, Tedic esperava por Irena na despensa, o macacão Dragan pendurado num cabide atrás de seu ombro, como um fantasma sem cabeça. Irena percebeu que ele não parecia manter nenhum documento fora dos bolsos e não tinha nenhuma especificação a respeito das tarefas do dia à sua frente.

– Se as Nações Unidas fizessem uma visita surpresa – explicou ele –, juro, eles ficariam desapontados. Achariam que tinham invadido uma simples cervejaria.

Num movimento deliberado, ele se afastou do macacão e da porta da despensa. Queria dar a Irena espaço para respirar e ver melhor, e liberdade para fazer sua própria escolha.

– Você deve ter perguntas a fazer. As perguntas me permitem saber o que você está pensando. – Tedic ficou feliz com o que ouviu primeiro.

– Bom, como vou ser paga? – perguntou Irena. Ela sabia que seus talentos mereciam uma recompensa que estava em poder dele lhe conceder.

– Acredite se quiser, dinheiro não é um grande problema – falou Tedic rapidamente. – Temos amigos muçulmanos em Riade e Teerã que gostariam de comprar um pequeno pedaço da nossa Meca aqui.

Temos amigos judeus em Nova York, Londres e Jerusalém que recordam quem foram seus amigos na época da invasão nazista.

Tedic apoiou uma perna sobre um dos sacos abarrotados, como se tentasse aliviar o peso de suas vastas responsabilidades.

– No entanto, no momento, grandes punhados de dinheiro – continuou ele – só servem para comprar as coisas erradas aqui. Os vizinhos iriam suspeitar de que você está vendendo drogas, ou trepando com algum dos ministros. Ou brincando de tirar uma lasquinha com os franceses da força protetora. Não podemos nos dar ao luxo de que você seja investigada. Assim sendo, vamos lhe dar 20 latas de cerveja por mês. Compartilhe-as. Deixe correr a notícia de que pode arrumar mais, se os amigos insistirem. Você trabalha numa cervejaria. Para as tarefas designadas, você também vai ganhar três maços de cigarro por mês, americanos. Você e sua família podem fumar o que quiserem e trocar o que lhes der na telha. Nossa própria moeda vale menos do que um produto que pode lhe causar câncer.

"Além disso, todos os meses, como um relógio suíço, 200 marcos alemães serão depositados em uma conta em seu nome, num banco de Berna. Uma cidadezinha alegre, próspera, bonita e organizada, segundo me informaram, que espero poder visitar após o fim desta guerra."

– Por que a gente só usa cinco balas no pente? – Irena passou para o próximo tópico sem pestanejar. – Dá pra colocar 20.

– As balas são caras – respondeu ele.

– Balas são para *serem usadas* – rebateu Irena. – Essa é a idéia, certo? Usá-las.

– Só se pudermos arrumar mais – replicou Tedic. – No momento, cocaína entra com mais facilidade nesta cidade do que munição. É mais fácil esconder uma camisinha cheia de cocaína no cu ou na vagina de alguém do que uma caixa de munição. Os americanos enfiam balas em suas armas como Coca-Cola na geladeira. Podem deduzir o custo de uma guerra da produção de Marlboros. Mas aqui em Sarajevo só podemos usar cinco balas no pente. Se não conseguirmos arrumar mais logo, daqui a pouco vão ser três.

— Além disso... — Tedic abrandou — ... não podemos fazer contato com você por rádio sem entregar sua posição. Quando você fica sozinha lá entre as vigas, pode ter a sensação de que ninguém se importa com você. Não queremos que passe tempo demais sem que se lembre daqueles que a amam.

— Posso desistir?

Tedic não conseguiu suprimir o sorriso. Rugas lhe apareceram em volta dos olhos, suas sobrancelhas arquearam, o crânio pelado enrugou de prazer por ter uma aluna que podia antecipar seu plano de aula.

— É claro. Isso aqui não é o Exército Vermelho — declarou. — Não possuímos cossacos pra arrastarem você de volta. Mas não ficaríamos contentes em vê-la perambulando por conta própria. Você terá visto e escutado coisas em virtude de nossa confiança, e terá sido recompensada por isso. Fizemos um investimento em você. Isso nos faz querer protegê-la. Também nos faz desejar resguardar nosso investimento. Assim sendo, se estiver se sentindo cansada e desatenta, te damos uma folga. Não em Mônaco, entenda, por mais que fôssemos gostar de nos juntar a você lá. Não conseguimos nem enviar nossos chefes de gabinete para uma conferência na Antuérpia sem que eles sejam inspecionados e liberados pelas autoridades, como se fossem um queijo de qualidade. Mas a mandaremos pra algum lugar aqui onde você vai poder dormir, tomar alguma coisa e recarregar as baterias... não faremos perguntas, isso não irá depor contra você.

Irena insistiu:

— E se *ainda assim* eu quiser desistir?

— Ainda não incluímos essa cláusula no livro — falou Tedic. — Acho que a gente espera que tudo isso termine antes de que seja necessário.

— VOCÊ DISSE que nós "matamos" o caminhão ontem — falou Irena.

— É modo de falar.

— Para evitar dizer que matamos alguém?

— Não temos certeza.

— Alguém tem — insistiu Irena. — O que foi que o Cavaleiro disse hoje de manhã? Peguei a rota mais comprida para não ter de escutá-lo.

— Por que você se importa com o que ele diz? — perguntou Tedic.

— Não acredito nele — replicou Irena de modo ácido. — Não mais do que acredito em tudo o que você diz. Mas me permite conhecer as mentiras que preciso levar em conta para descobrir a verdade. O que foi que ele disse?

Tedic começou a se contorcer. Fazia parte de seu jogo de cena encorajar Irena a acreditar que ela havia lhe machucado fundo. Tedic já percebera que Irena sentia ondas de culpa e desprezo por seu trabalho, sabia que ela podia até ficar assustada. Contudo, calculara que o remorso de Irena não a afastaria do trabalho que ele lhe designasse, mas que a aproximaria de alguém que a estimulasse e recompensasse — que a treinasse.

Tedic fez uma pausa, a fim de parecer encurralado e hesitante.

— O Cavaleiro falou que duas pessoas foram mortas por muçulmanos fanáticos — disse, por fim. — Duas crianças sérvias angelicais... escoteiros, é claro, um menino e uma menina... que estavam fazendo uma entrega de remédios e comida para os loucos famintos do hospício.

— Isso é possível?

— Não.

— Eles apenas inventaram? Se tivessem inventado, diriam que atiramos contra um ônibus repleto de órfãos mutilados.

— Eles apenas contam o que lhes interessa — replicou Tedic. — Os remédios e a comida deviam estar misturados às balas e bombas. Acredite em mim, nenhum caminhão... *nenhum caminhão*... vai arriscar uma viagem nesse momento apenas para entregar comida e remédios naquele lado da cidade. Imagine enfrentar as balas apenas para levantar a lona impermeabilizada e descobrir cerveja Tuborg e carne enlatada, mas nenhum morteiro.

— Talvez os fatos sejam tão execráveis que tudo o que eles precisem fazer seja dizer a verdade — retrucou Irena.

— Se duas pessoas tivessem morrido de verdade — confessou Tedic —, eles diriam que tinham sido 20. Acredite num mentiroso experiente. Dois significa um. Talvez nenhum. Talvez só uns dois sérvios com alguns arranhões que irão cicatrizar.

— É difícil contar os pontos nesse jogo maluco — disse Irena, baixinho.

AINDA ASSIM, IRENA NÃO saiu pela porta deixada aberta.

— Era uma questão de ou eles ou você — declarou Tedic. — Se não fosse ontem, seria hoje. Ou daqui a uma semana.

— Soldados devem ser honrados — falou Irena. — Eles se enfrentam, mesmo a distância. Soldados usam uniforme e respeitam as boas maneiras. Mas qual é a diferença entre fazer o que fazemos e ser um assassino?

Tedic fez outra pausa.

— Talvez nenhuma — respondeu por fim. — Mas qual é a diferença entre fazer isso ou nada? Você deve pensar nisso também. Aqui neste lugar, consciência não é uma virtude. É um ferimento auto-infringido.

"Você não pode esperar ficar numa boa com relação a tudo isso. No entanto, quanta angústia ainda está disposta a sentir sabendo que todos os dias eles vêm atrás de nós? Quando eles chegarem marchando para nos destruir, não quero estar de mãos vazias. Quero que me encontrem com os dedos agarrados a uma espada, um estilingue ou pelo menos uma pedra."

Irena deixou as palavras de Tedic acomodarem-se entre eles. Já não tinha mais dúvidas — na verdade, nunca tivera — de que faria o trabalho que ele lhe designasse. No entanto, desejava lembrá-lo de que não era um de seus assassinos contratados, trabalhando em troca de Marlboros, marcos alemães e cerveja.

— O que nos faz sermos diferentes deles? — perguntou por fim.

Tedic pareceu ser pego de surpresa. Em seguida riu, uma risada esganiçada, espantada, quase um riso nervoso, que deixou Irena ao mesmo tempo aturdida e deliciada. Algo que dissera a Tedic tinha, finalmente, o tirado do sério.

— Crianças. *Crianças!* — Ele fez que não. — Abençoado seja seu coração. Abençoada seja minha alma.

Irena achou a resposta tão fora de propósito que imaginou se ele não estaria falando numa espécie de código.

— Entre todas as horas e lugares para ser lembrado... — disse ele.

— Lembrado de quê?

— De por que me tornei professor. — Tedic enfiou a mão em seu gigantesco bolso de couro e puxou um maço de Marlboro. Colocou o maço sobre um saco de farinha entre eles.

— Pega um — ofereceu. — Pode pegar o maço. Pega tudo. Poderia te dar um monte de razões. Talvez a gente perca algumas a cada dia. — Tedic assumira uma postura tão inacreditavelmente imóvel que, quando falava, suas palavras pareciam vir do meio exato entre os olhos castanhos cintilantes. — No fim, eu fico apenas com uma. *Nós vamos sobreviver.*

21.

— Qualquer trabalho é como a escola — Aleksandra Julianovic falou para Irena. — Hospitais, bancos, cervejarias, fábricas. Imagino que as lojas de roupas íntimas também. A partir do momento que você chega, te dizem... você vai ver por si só... que algumas pessoas são bonitas, outras são espertas e que outras têm talento para esportes. Alguns são populares, outros solitários. Eles podiam muito bem pendurar plaquinhas em volta do pescoço das pessoas. Ou um daqueles pontinhos simples que os hindus usam.

— Para marcar a casta — sugeriu Irena.

— Exatamente. A escola deixa marcas que você carrega pra sempre. Poucas pessoas participam de grupos variados. Aposto que você era uma delas.

— Com relação a isso, não saberia dizer — respondeu Irena, inquieta.

— A) bonita; B) boa nos esportes; e C) popular? — perguntou Aleksandra.

— Talvez essa fosse a impressão geral — Irena finalmente admitiu.

— Mas ninguém se destaca da mesma maneira em diferentes categorias — continuou Aleksandra. — Ser bonita vale mais do que ser esperta. Vale mais do que qualquer coisa. Tanto garotas quanto rapazes... não vale a pena fingir que não é assim. Se a Marie Curie e a princesa Diana tivessem freqüentado a mesma escola, de quem você acha que as pessoas lembrariam?

— Da Marie Curie? — sugeriu Irena, fingindo inocência. Levou um tempo para Aleksandra entender a piada.

— Você é *tãããão* esperta — brincou Aleksandra. — Ser esperta fica em segundo lugar na lista. E, às vezes, existe uma categoria especial. A Garota Simples que Toca Piano Lindamente. O Rapaz Aleijado da Perna que Consegue Vencer. Ser legal fica bem abaixo nesse tipo de lista. Em geral é: "Legal, mas..."

— Legal, mas burra. Legal, mas feia. Legal, mas idiota — interveio Irena, completando o pensamento.

Elas estavam sentadas nos dois primeiros degraus da escada do prédio, fumando, com os ombros encolhidos de frio.

— Já dá pra identificar as pessoas da cervejaria desse jeito? — perguntou Aleksandra.

— É um pouco mais difícil — respondeu Irena. — Eu trabalho em horários estranhos, não vejo ninguém. Em nosso grupo da escola, Amela era a mais bonita. Eu era a melhor atleta. Nermina era a mais esperta. Mas Amela também era esperta, para alguém tão bonita, e uma boa atleta. Eu era bonita para alguém que joga tão bem, e a maioria das pessoas sabia que eu também era bem esperta. Nermina... você sabe, a que morreu... era tão esperta que você ficaria surpresa em ver como ela era boa atleta também.

Aleksandra detectou a omissão de imediato.

— Ela tinha olhos muito bonitos — Irena falou após uma pausa. — Castanhos, com riscos verdes.

Aleksandra já passara tempo suficiente com a família para perceber que o sr. Zaric estava deixando Irena exasperada. Os dias que ele passava longe do apartamento, cavando trincheiras e latrinas para o exército, pareciam bastante satisfatórios no ponto de vista dele. Irena calculava que era devido ao fato de que, enquanto o pai enchia as mãos de calos e arranhões, tudo o que se esperava dele era que retirasse outra pá de terra. Enquanto cavava nas matas e bosques, não podia ser responsabilizado por sua própria sobrevivência, que dirá a dos outros.

O governo dava aos coveiros uma refeição minguada. Os coveiros, que muitas vezes eram obrigados a lascar e talhar o solo empedernido desviando-se dos tiros dos rifles, sabiam o preço de cada colherada. No entanto, o sr. Zaric sentia-se culpado e constrangido pelo fato de o trabalho da filha sozinho ser capaz de lhes proporcionar a comida, a água e as pilhas que tinham em casa. A cerveja e os cigarros eram bem-vindos, embora fosse, para ele, embaraçoso apreciá-los.

Irena achava que o pai estava tentando recuperar seu senso de importância com artifícios cada vez mais absurdos. Ele passava vários dias dobrando os papeizinhos prateados dos maços de Marlboro na intenção de transformá-los num escorrega. Em seguida, colocava-os com cuidado junto à moldura da janela do banheiro, a fim de que eles pudessem recolher a água da chuva num balde de plástico colocado ao lado da privada. No entanto, a porcentagem de papel era maior do que a de metal. Eles se desfizeram na primeira chuva, caindo no chão e no balde em pequenos pedaços brancos, como patinhos esmagados.

— Talvez se eu esperar até eles secarem — falou com a sra. Zaric. — Esse contratempo pode ser uma oportunidade disfarçada. Não foi assim que eles inventaram a penicilina?

— Eu não contaria com o mesmo resultado fortuito, querido.

— Vou esticar esses pedacinhos infelizes — reanimou-se ele. — Vou espremer a água e moldá-los numa espécie de calha. — Os olhos cor-de-âmbar do sr. Zaric cintilaram com um fogo selvagem, que divertiu a mulher e deixou a filha estarrecida. — Dessa forma, as folhinhas serão reconstituídas — concluiu, a voz se elevando. — Elas vão secar com a flexibilidade do papel e a elasticidade do metal. — Ele fez uma espécie de balé, imitando uma osmose básica.

— Podemos prendê-los a chifres grandes, a fim de capturarmos a neve no inverno. — O sr. Zaric estava entusiasmado. — A neve irá derreter sob a luz do sol. E teremos água! Água fresca da chuva que irá correr pelas calhas e cair diretamente no banheiro. Água para beber e tomar banho... nada deixa seu cabelo mais macio do que água da chuva. Esperar em filas de água, implorando aos franceses ou aos ucranianos por mais duas garrafas... tudo isso será parte do passado quando a calha Zaric ficar pronta!

Irena interveio do corredor atrás deles:

— Essas folhinhas terão a elasticidade de papel higiênico e a flexibilidade de merda! — ironizou. Estava ficando acostumada com a atitude implacável personificada por Molly, Jackie e até mesmo Tedic. Seu pai, absorto em planos sem sentido, parecia ridículo e inútil. Ou, como reclamou com Aleksandra: — Meu pai é *tããão* chato.

Pior, Irena pegou-se sendo condescendente, a fim de proteger o pai. Certa tarde, ofereceu um discurso apaixonado e gratuito a Tedic, no qual lamentou "a merda de mundo louco e doente que os supostos adultos tinham lhes legado".

Tedic bateu com a palma da mão na testa.

— Ai, meu Deus, é claro! — exclamou. — Esta guerra. Todas as guerras. Crueldade, ódio e ruína. *Tudo culpa dos seus pais!* Que idéia original!

Isso arrancou uma risada involuntária de Irena. Mas ela continuou:

— Não é culpa do meu pai — falou, de modo mais brando. — Ele passa dias inteiros dormindo ou olhando para as paredes. Não tem nada pra vestir, a não ser o paletó de *tweed* que usava no dia em que tudo isso começou. Ele emagreceu tanto... parece um mendigo com roupas de gente estranha. Meu pai derrete cotocos de velas pra fazer mais velas e eu poder ler minhas revistas. Ocasionalmente, ele sai pra cavar trincheiras. Volta imundo e não pode nem tomar um banho. Eu... eu não o culpo por nada.

Tedic baixou os olhos.

Irena sentiu-se encorajada pelo silêncio respeitoso.

— Ah, porra! — gritou. — Tudo o que eu e meus amigos queríamos era fumar, beber, ficar acordado até tarde ouvindo o The Clash e trepar!

Tedic manteve a cabeça abaixada, como uma carpideira, mas levantou-a ao falar, com a entonação lenta da descoberta:

— Então *essa* é a nossa cultura miscigenada incandescente sobre a qual eu sempre escuto na BBC!

O que arrancou outra risada de Irena.

— Agradeço a você por respeitá-la. — Foi tudo que ela conseguiu dizer em resposta.

Irena tivera pouco tempo para visitar a dra. Pekar. Suas consultas estavam diminuindo, de qualquer jeito. Ela estava ficando sem suprimentos, e cada vez menos pessoas apareciam em busca de ajuda para seus bichos de estimação — muitos cachorros, gatos, hamsters e coelhos haviam desaparecido ou morrido.

Irena atravessava a ponte para ir da cervejaria até o consultório da veterinária, tocar a campainha e gritar o nome dela. Uma das vezes, a dra. Pekar desceu com os olhos turvos de sono e elas fizeram café e conversaram — na maior parte do tempo sobre o quão triste e silencioso se tornara o consultório sem a presença dos bichos. A dra. Pekar disse saber que muitas pessoas mantinham seus animais em casa, com medo de levá-los para a rua. Irena respondeu que colocaria uma nota no mural da sinagoga anunciando que a doutora estava ansiosa por vê-los.

— Na verdade — falou a dra. Pekar —, estou disposta a ir na casa das pessoas, se os atiradores permitirem.

— Posso ajudar — disse Irena. — Vou com você algum dia, depois do trabalho.

Mas quando Irena apareceu num fim de tarde dois dias depois, a dra. Pekar não se encontrava nem no consultório nem em casa. Irena foi até uma árvore nos fundos, agora com os galhos nus ecoando o inverno, próximo ao lugar onde César fora cremado. Uma porta de madeira bateu. Irena entrou na cozinha chamando baixinho o nome da veterinária, a fim de não assustá-la. Ao não ouvir resposta, chamou com mais força:

— Kee! Kee! Sou eu, Irena! Quero te mostrar a nota pra pendurar na sinagoga!

Irena andou em volta em silêncio. O vento açoitava os galhos do lado de fora e penetrava o aposento levantando nuvens de poeira e papéis amarelados. Esticou o braço para tocar um fogareiro a óleo, feito com velhas latas de feijão, que a veterinária tinha montado sobre a pia para aquecer a água. O fogareiro estava chamuscado, vazio e frio. Ao entrar na pequena sala de exames adjacente, viu uma única folha dos papéis timbrados da doutora sobre a mesa de aço inoxidável, impedida de voar por um dicionário sérvio-croata-alemão. O papel tremelicava de tantos em tantos segundos devido às lufadas de vento. Irena aproximou-se o suficiente para ler o bilhete, escrito com um lápis de ponta grossa, na caligrafia da dra. Pekar.

Ele dizia: "Aceite o que vier. Amor."

Irena não ousou ir mais além. Através da porta do armário, viu a borda de uma saia azul balançando e deu-se conta de que nunca havia visto a dra. Pekar de saia. Já a ajudara a escolher a blusa algumas vezes. Ao sair, parou para pegar uma pequena garrafa de azeite que vira na beirada da pia e meteu-a dentro do casaco. Guardou a nota para a sinagoga grudada e aquecida junto ao peito. Disse a si mesma que a dra. Pekar resolvera aventurar-se por outras bandas da cidade, em busca de um apartamento mais aquecido e não tão isolado. Ela entraria em contato com Irena quando tivesse uma oportunidade.

IRENA VOLTOU PARA CASA andando, mas deu uma parada no andar de Aleksandra, onde encontrou a vizinha no saguão, esmagando folhas usadas de chá com o fundo de um copo. Aleksandra chegara à conclusão de que esmigalhar folhas de chá podia adicionar um leve frescor à água fervente – isto é, quando tinham água para ferver. Já fazia quase um mês que eles não bebiam chá fresco.

Aleksandra contou a Irena que tivera notícias inquietantes acerca de Arnaud, seu francês favorito, que lhe dava cigarros e enviava suas cartas. Não o via fazia mais de uma semana, e perguntara a outro francês de um dos postos de controle sobre o paradeiro dele. O outro francês lhe dissera que achava que Arnaud fora mandado de volta para casa. Segundo o francês, ele ficara feliz, porque estaria de volta a Marselha para o Natal.

– Imagina! – exclamou Aleksandra. – De volta ao aconchego do lar. Peru grelhado, torta de amêndoas, vinho da região, cigarros Gitanes pulando pra fora dos bolsos. Existe alguma vadia esbelta e de olhos castanhos esperando por ele. Ele a conhece desde o primário. Enquanto Arnaud está fora, tentando levar civilidade às massas da África e da Bósnia, a vagabunda fica paparicando os pais dele. Não faço objeções ao amor entre jovens. Ele é tão fundamental quanto o sarampo para um bom desenvolvimento. Mas o inverno baixou sobre nós como um vaso rolando pela mesa e fui deixada aqui sem os Gitanes e sem o sorriso maravilhosamente tímido de Arnaud. Ele não quer casar com a garota – acrescentou. – Ele me contou que ela simplesmente é a melhor amante que já teve. Os homens confiam em mim. No entanto, aos 20 anos acho difícil a pessoa ter uma vasta experiência.

– Nem mesmo um francês? – provocou Irena. Aleksandra não concedeu ao gracejo mais do que um mero aquiescer de cabeça. – Hoje em dia, todos os nossos relacionamentos são intensos e efêmeros. Mas isso não faz com que sejam menos válidos. Alguém que te oferece um sorriso e um cigarro na hora certa te dá mais um dia, não é? Você não diz que uma pessoa que a tirou do Miljacka não tem mais importância pra você, ainda que nunca mais a veja.

Aleksandra debruçou-se sobre o copo e o torceu, e a água espremida saiu transparente como lágrimas.

22.

IRENA AINDA PASSOU VÁRIOS DIAS VARRENDO O CHÃO E CONTANDO OS engradados. A munição era escassa. O mesmo acontecia com os alvos, explicara Tedic. Atirar no outro lado sem ter um alvo específico pareceria inepto e desesperado. Pior, os tiros poderiam passar despercebidos, e até mesmo seu poder de alarme seria desperdiçado.

Certo dia Irena mandou três tiros no pára-lama de um carro sérvio estacionado de maneira descuidada atrás de uma barricada na rua Dinarska. O carro estava visivelmente vazio. Enquanto erguia o rifle, Irena imaginou a razão de ele ser um alvo. Tedic, porém, ficou satisfeito. Ele saboreou a cena dos três oficiais sérvios deixando sua reunião no meio da noite, tateando em busca das chaves na escuridão, tropeçando e cambaleando para chegar aos assentos – a fim de descobrirem que estavam sentados sobre buracos recentes de balas.

— Eles vão pular como se tivessem acabado de sentar em merda de cachorro! – previu ele. – Vão sair do carro agachados e se afastar de gatinhas, preocupados em saber se os temos na mira. "Caro sr. Sérvio" – falou Tedic, escrevendo no ar com o dedo –, "enquanto estava fora, tiros bósnios chamaram pelo senhor. Eles deixaram uma mensagem: *A gente o encontra depois.*"

IRENA COMEÇOU a trabalhar de noite. Tedic a aconselhou a dizer aos pais que era por causa do aumento da produção da cervejaria. Contra todas as expectativas, Milan e Dalila ficaram maravilhados. Calculavam que o porão da cervejaria seria mais seguro para sua filha do que seu lugar ao lado deles no chão da sala de estar. Contudo, certa vez Irena foi descuidada o suficiente de comentar o quão quieta e parada a cidade parecia à noite, sem os barulhos do trânsito, dos jogos de futebol pela televisão, das vozes elevadas nos bares e cafés, das panelas retinindo ou do The Clash se esgoelando pelo rádio.

— Às vezes — declarou Irena —, ergo os olhos para o céu silencioso e imagino que quase consigo escutar a lua movendo-se através das nuvens.

Seus pais ficaram estarrecidos com sua reflexão poética.

— O que diabos você quer, saindo para observar a lua? — gritou o pai. — *A porra da lua!* Você é alguma espécie de lobo, é?

— Saio pra fumar — Irena respondeu rapidamente, mas seu improviso pareceu, de repente, tolo.

— Quer dizer que acende um *fósforo* e o leva até a *boca*? — A sra. Zaric estremeceu. — Por que não segura uma tocha ao lado da cabeça e grita *"Atirem aqui!"* pro pessoal do outro lado da ponte?

Irena tentou recuperar o domínio da situação:

— Eu meio que fico na plataforma de carga — justificou-se.

— Você não pode fumar no *porão*? — perguntou o sr. Zaric, cada vez mais atônito. — É uma cervejaria, não um hospital.

— Os médicos fumam nos hospitais — assegurou a sra. Zaric. — Até mesmo na ala cirúrgica! Lembra quando sua mãe ficou hospitalizada, Milan?

— Não sei como era *antigamente* — interveio Irena. — Mas, *hoje em dia*, há restrições de saúde. — Ela manteve os olhos fixos nos pais. — Até mesmo em cervejarias — acrescentou.

A sra. Zaric devolveu o olhar da filha, mas, por fim, se virou.

— Bom, eles deviam ter um quartinho com uma pequena janela onde as pessoas pudessem entrar pra fumar — disse ela.

— O dr. Tedic sabe que você sai? — perguntou o pai. — Isso é burrice.

— Acho que sim — respondeu Irena. Mas ela sabia que o assunto havia se esgotado.

TEDIC DISSERA A Irena que ela ficaria parcialmente mais segura escalando seu posto de observação ao entardecer do que em plena luz do dia, mas que ficaria no frio e na escuridão até ter oportunidade de atirar. Disse também que ela não deveria se apressar apenas para realizar a tarefa logo.

Além disso, era necessário levar em conta o clarão também.

— Nós falamos pra você tomar cuidado e se manter escondida — explicou ele. — Mas você provavelmente já percebeu que, quando dispara de noite, o clarão provocado pelo tiro é bastante visível. Na verdade, absurdamente fascinante.

— Foi por isso que Molly me ensinou a disparar e rolar.

— Isso é fundamental — replicou Tedic. — Mas, lembre-se, se é tão básico, eles também conhecem a manobra.

MOLLY CONSIDERAVA O momento logo antes do amanhecer como o mais oportuno. As pessoas nos apartamentos do lado sérvio estariam provavelmente cansadas, agitadas e irrequietas devido aos sons da noite, provocados por suas próprias bombas. Os atiradores sérvios, as equipes de artilharia e os grupos responsáveis pelos morteiros eram imprudentes e estavam cansados e de ressaca. Eles podiam ousar esticar as pernas, tomar um pouco de ar, beber um café ou procurar por alguma fruta; isso poderia fazê-los deixar a proteção do lar e sair para a luz do dia. Os primeiros raios de sol ajudavam a mascarar qualquer clarão emitido pelo rifle de Irena.

Cedo certa manhã, Irena encontrava-se escondida atrás de um sofá de vinil amarelo, encostado na janela de um apartamento do quarto andar da rua Linden. Viu três figuras cinzentas correndo por um telhado na rua Julijo Vares, carregando o que lhe pareceu ser um cano comprido. No entanto, após um forte clarão passageiro em meio à penumbra da hora, chegou à conclusão de que deveria ser um lançador de morteiros. Disparou três vezes no meio das figuras — ficou surpresa ao ver quão rapidamente desenvolvera os reflexos naquele novo jogo —; os tiros erraram ou ricochetearam, mas as fizeram fugir em debandada. Uma delas tropeçou. Irena viu dedos agitados em meio à penumbra. Pensou que o lançador devia ser valioso o suficiente para que o homem se agarrasse a ele mesmo sob fogo cerrado. Com certeza um morteiro seria mais importante do que um pedaço de cano. Ainda assim, havia, provavelmente, mais lançadores de morteiros no lado sérvio de Sarajevo — eles eram mais fáceis de ser substituídos — do que canos. O homem largou fosse lá o que fosse e correu para fora de vista antes de Irena decidir se queria dedicar seus dois últimos tiros a tentar impedi-lo de carregar o morteiro — ou arriscar revelar sua posição apenas para impedi-lo de carregar um pedaço de tubulação de água.

— Não se envolva em nós cegos — Tedic fingiu repreendê-la ao repassarem o trabalho da noite. — Vida ou morte, sérvio ou muçulmano, tubulação de esgoto ou morteiro? Homens carregando um cano hoje à noite podem carregar um canhão amanhã. Já imaginou que os canalhas que tentam nos matar pararam de comer, beber e cagar? "Se os cortar, eles não irão sangrar?" Mas outro disparo daquele lugar teria entregue sua posição como um painel luminoso em Hong Kong.

Algumas manhãs depois, Irena empoleirou-se sobre a borda enegrecida de um velho assento de privada e descansou a cabeça contra uma parede de azulejos brancos num apartamento bombardeado do terceiro andar na rua Drina. Tedic lhe informara que, ao alvorecer, três caminhões estariam passando pela estrada Branka Surbata (eles também queriam evitar a claridade produzida pelos faróis).

Irena podia sentir o dia ir clareando à sua volta logo depois das seis da manhã. As copas das árvores começaram a retinir sob a luz difusa. Ela podia ver um brilho ao redor das mãos, oriundo dos fachos de luz que atravessavam os buracos de balas. Molly lhe ensinara como apertar os olhos, contar até dez e abri-los bem; isso abria suas pupilas e permitia à luz entrar melhor. Os três caminhões eram, na verdade, caminhonetes com caçambas abertas, provavelmente entregando madeira para montar estandes de tiro. Irena dissera a Tedic que esperaria para atirar até que as três caminhonetes estivessem alinhadas.

– Imagino que seria melhor tentar atingir a primeira caminhonete – disse a Tedic. – Mas não até conseguir ver as três alinhadas. Ou pelo menos duas. Se acertar a primeira, as outras duas serão obrigadas a parar. E então tenho chance de pegar todas. Em fila indiana... uma, duas, três.

Tedic iluminou-se.

– Olha as palavras da bonequinha! – exclamou ele.

Irena permaneceu quieta quando viu a primeira caminhonete passar por um prédio e embicar na rua Drina. Assim que viu a segunda surgir vagarosamente atrás, levantou a ponta do cano e apoiou-o na beirada irregular do buraco de morteiro escolhido. Olhava pela mira quando a terceira caminhonete veio surgindo de detrás de um prédio, e a primeira começou a se esconder atrás de outro. Atirou.

Acertou a primeira bem atrás da cabine do motorista. O tiro foi parar em algum lugar inútil sob a lona marrom. No entanto, o segundo tiro acertou a janela do motorista da segunda caminhonete e Irena pôde vê-la derrapar e sair de sua linha de visão. A terceira parou, como um camundongo que corre em direção à parede e pára a fim de ver se tem como escalá-la. Irena mandou o terceiro, o quarto e, por fim, o último tiro na cabine. Pôde ver o vidro se estilhaçar e escutar a buzina começar a berrar. Manteve o rifle apoiado no buraco por alguns instantes, a fim de poder olhar pela mira para a cabine da caminhonete. Não viu ninguém tombado contra o assento. Eles estariam deitados no chão, imaginou, escondidos ou feridos. Manteve os olhos focados por um momento para ver se a luz nascente ia lhe mostrar os assentos salpicados de uma bela névoa rosada. Estava apertando os olhos e esforçando-se para enxergar, quando os tiros de rifles começaram a espocar à sua volta como chuva de granizo.

Duas ou três balas atravessaram zunindo o buraco, tão próximas da cabeça de Irena que ela pôde sentir os ouvidos retinirem. Outro disparo acertou logo abaixo do antigo buraco de morteiro no qual apoiara o rifle, levantando uma poeira que lhe penetrou os olhos e o nariz. Irena caiu para trás, engasgada com o pó. Seus olhos ardiam devido ao cascalho. Sua arma caiu no chão. A força da explosão lançou-a para trás, fazendo-a bater com a cabeça na parede. Rolou para a esquerda, a fim de conseguir respirar, e percebeu que estava no saguão. Passou as costas das mãos nos olhos para limpar a poeira. Quando olhou para a mão, viu sangue.

Erguendo-se nos cotovelos, passou a mão pelo peito em busca de algum ferimento; seu peito estava bem. Podia sentir as escoriações nos joelhos ao disparar abaixada pelo saguão escuro e entrar no corredor, também escuro. Rolando a fim de ficar de costas, Irena passou as mãos pela cabeça, procurando por arranhões. Não encontrou nada, mas começou a sentir algo escorrendo para dentro do olho esquerdo. Estava com as mãos sobre os olhos quando uma bomba explodiu no banheiro que acabara de deixar, fazendo a parede acima de sua cabeça ruir. Com a queda da parede, o saguão ficou, de repente, iluminado. Uma chuva de gesso, papel, azulejos, vidro, cola, ferrugem e merda caiu sobre ela. Obrigou-se a se afastar da merda e da forte claridade.

Encontrou o primeiro degrau e desceu, arrastando-se, mas pensou melhor e se ergueu nos joelhos, decidida a subir. Estava a meio caminho do quarto andar quando outra bomba explodiu em um cômodo abaixo. A escada sob suas mãos e joelhos tremeu. Irena chegou ao saguão do quarto andar e percebeu que atingira o topo. Não podia descer porque os responsáveis pelos morteiros do outro lado haviam decidido — ela faria a mesma coisa — que se o atirador cujo clarão do rifle tinham visto ainda estava vivo, ele estaria tentando correr escada abaixo e sair do prédio.

— UM TRUQUE QUE MOLLY me ensinou — Irena falou com Tedic após ter cochilado por uma hora atrás dos destroços de uma porta, antes de resolver descer pela escada imunda dos fundos, onde ele a esperava no caminhão. — "Suba, vá para um lugar improvável", disse ele. "Tire um cochilo e desça quando eles acharem que está morta." Funciona. Até eles descobrirem.

Irena tinha meia dúzia de cortes nas sobrancelhas e ao longo da testa, quase como arranhões de gato, causados pelos destroços do banheiro. Tedic mandou Mel esquentar a água para a banheira, a fim de que ela pudesse tomar um banho antes de ele a levar em casa. Piscou para ela do conforto de seu poleiro de abutre sobre a mesa de aço próxima à plataforma de carga e falou:

— Diga a seus pais que se arranhou ao cair da escada, quando foi sair pra fumar. Isso os fará se sentir inteiramente justificados. E não os deixará nem um pouco curiosos.

— Não é preciso explicar pra ninguém hoje em dia por que alguém morre — lembrou-o Irena. — Por que ainda tem gente viva? Isso é interessante.

TEDIC DECIDIU QUE Irena merecia uns dois dias de tarefas diurnas. Ela passou o dia seguinte disparando quatro tiros, no decorrer de seis horas, nas cortinas das janelas de um apartamento da rua Avala, no qual grupos de lançadores de morteiros tentavam se esconder, ou assim acreditava Tedic. Quando Irena via uma cortina batendo contra o peitoril, ou pendurada na frente de uma janela, presumia que alguém a abaixara para maior privacidade, ou até mesmo por segurança emocional.

— Idiotas — murmurou consigo mesma enquanto mirava e disparava. — Idiotas, idiotas facínoras.

ERA CEDO, não muito antes das dez da manhã. O Cavaleiro acompanhava Peter Tosh. *Oh, your majesty, can't you rescue me from war, war, war.** Nesse momento, ele riu — a própria idéia parecia divertir o Cavaleiro. Olhando através de uma fenda nos tijolos do terceiro andar de um depósito de farinha há muito saqueado, Irena procurava por cortinas balançantes. Alguns sacos ainda se encontravam espalhados pelo chão, esvaziando-se dia a dia devido aos ratos que lhes devoravam as entranhas e depois saíam com o focinho esbranquiçado. Ela já não tinha medo de ratos, pelo menos durante o dia, mas não ia competir com eles por um saco de farinha.

Irena viu um pedaço de carne rosada acenando-lhe através dos galhos de uma árvore nua, do telhado de uma garagem localizada em um beco logo atrás da rua Lênin, em Grbavica. Eram uns 15 centímetros de estômago, um estômago tão imóvel que ela imaginou que seu dono estivesse morto. Ou machucado, pensou, ao vê-lo estremecer ligeiramente. Irena ergueu o rifle de modo cuidadoso e apertou os olhos para olhar pela mira. Era o estômago de uma garota, com certeza, afilado antes de chegar aos quadris largos, e ele agora parecia tremer devido a risadas. As mãos de um rapaz, imaginou Irena, a empurravam e lhe davam palmadinhas nos quadris.

Tedic dissera que o beco era o lugar onde os sérvios armavam suas peças de artilharia durante a noite. As garagens mantinham as peças escondidas dos supervisores da ONU, os quais não pareciam, de jeito nenhum, estar procurando por armas grandes como se suas vidas dependessem disso; e a deles não dependia.

---

* *Ah, majestade, Vossa Alteza não pode me resgatar da guerra, guerra, guerra...* (N. T.)

Irena calculou que o estômago pertencia a uma garota não muito mais velha do que ela própria, como um verdugo robusto atuando como soldado, imaginou, oriunda de algum dos vilarejos sérvios nas cercanias, que resolvera vir se divertir em Sarajevo com o namorado, também soldado. Irena imaginou-os empurrando o canhão para dentro da garagem, a fim de esfriá-lo após uma noite de tiroteios em Bistrik e Stup, e trancá-lo para passar o dia. Após vários dias nublados, aquele estava claro. O sol alto do meio da manhã estava quente o suficiente para que as pessoas tirassem os casacos, soltassem a camisa ou, no caso da garota, a jogasse para o lado, a fim de mostrar aos amigos que, embora fosse dezembro em Sarajevo, o tempo estava ótimo para pegar um bronzeado dourado, típico de Monte Carlo.

Irena imaginou os rapazes do grupo batendo palmas enquanto a garota balançava os quadris e se livrava do pulôver preto, talvez enrolando-o em volta do pescoço e dos ombros de algum tenente tímido. Imaginou um sutiã preto com um laçarote de um vermelho vivo. *Ah, sua vaca, é você.* Talvez o Cavaleiro, se é que eles podiam ouvi-lo, os incitasse juntamente com o The Clash: *We're a garage band, we come from garageland, things hotting up...**

Alguém apoiou uma lata de cerveja sobre o umbigo da garota, que riu devido ao toque gelado, riu para a lata e tentou equilibrá-la nos sulcos dos músculos sem rir. Ela, porém, não conseguiu conter o riso, frívolo após uma noite despejando bombas de aço negro e balas na carne lívida de pessoas escondidas, e ficou bêbada após o primeiro gole. A lata era de um tom verde-folha, característico da Heineken, com um emblema em branco dizendo que aquela era a cerveja oficial de Sua Majestade a rainha da Holanda, fosse lá quem fosse ela. Irena deixou o emblema bem no centro da mira ao apertar o gatilho para dar o último tiro. *Pela rainha e pelo país.* Sentiu o coice no ombro como o soco de um velho colega de time que parecia dizer: "É isso aí."

— Névoa e espuma. — Foi tudo o que Irena falou para Tedic depois.

---

* *Nós somos uma banda de garagem, surgimos do nada, as coisas estão começando a pintar.* (N. T.)

23.

Certa manhã, Irena escutou alguém chamá-la da escada externa e ouviu Aleksandra gritar de volta:

— Cuidado aí, seja lá quem for! Você pode acabar levando um tiro por procurá-la! — Então, após alguns instantes, ela gritou de novo: — Terceiro andar! Se ela estiver em casa, vai ouvir. Agora, saia da maldita escada!

O direito de um homem de colocar sua própria vida em perigo ao subir a escada do prédio deles era limitado — Irena e Aleksandra já tinham conversado sobre isso, tendo estabelecido um princípio irrefutável — pelo fato de sua aparição poder atrair a atenção dos atiradores e dos lançadores de morteiros do outro lado.

Irena estava em casa; abriu a porta de maneira especulativa. Um homem baixo com cabeça de ovo e um bigode farto que balançava sobre a boca ao falar atravessou cuidadosamente o saguão em direção a ela, a fim de que suas palavras se tornassem audíveis.

— A senhora lá de baixo é assustadora — comentou ele.

— Você precisa conhecê-la — replicou Irena.

— Não preciso não — retrucou o homem. Ele parara em frente à porta, próximo o suficiente de Irena para que ela sentisse o cheiro de terra molhada em seus sapatos.

– Você é Irena? – perguntou ele. Ela fez que sim. – Zaric? – Irena fez que sim de novo. – Do time de basquete da Number Three High School?

– Você é olheiro dos Bulls? – indagou ela.

O homem hesitou por um momento; então, percebendo a piada, bateu com a palma nas calças largas.

– Sou motorista de táxi – respondeu ele. – Um amigo quer falar com você.

– Onde?

O homem jogou a mão direita sobre o ombro esquerdo duas, depois três vezes.

– Lá, em algum lugar. Do outro lado. A propósito, sou Zoran Vikic.

– Quem?

– Zoran Vikic.

– Não. Quem quer falar comigo?

– Não sei.

– E o que você tem a ver com isso? – perguntou Irena.

A sra. Zaric estivera cochilando próximo a uma parede, mas já tinha acordado e agora se encontrava de pé atrás da filha.

– Já te falei. Sou *motorista de táxi* – repetiu ele, com impaciência.

A sra. Zaric postou-se na frente da filha.

– Sinto muito, mas ainda não... – começou ela.

– Motoristas de táxi possuem rádios – falou Zoran. – É a única forma de ambos os lados de Sarajevo poderem entrar em contato um com o outro. Algum amigo seu do outro lado quer falar contigo. O amigo encontrou um motorista de táxi do outro lado que citou seu nome no rádio. Correção: seu amigo *pagou* a um motorista de táxi. É assim que a gente vive hoje em dia. O motorista fez o chamado e eu escutei. Seu amigo disse que provavelmente você tinha saído de Grbavica e que tinha uma avó que morava perto da sinagoga. Então perguntei na sinagoga.

— Com licença — interrompeu a sra. Zaric. — Ele perguntou por minha filha? Meu nome é Dalila. Meu marido é Milan Zaric. Não foi pela gente?

Zoran Vikic fez que não, com um certo orgulho excessivo.

— Foi a primeira vez que ouvi o seu nome. O motorista sérvio disse que o cara perguntou por Irena. Disse que ela era bonita. Agora vamos, ele está esperando.

A sra. Zaric virou-se e murmurou alguma coisa para Irena.

— Tomaslav — falou, baixinho. — Ele chegou lá de alguma forma e ninguém sabe quem é.

O motorista bateu no pulso com impaciência, ainda que não possuísse relógio algum.

— Vamos, ele está esperando.

— Tomaslav está em Chicago — Irena respondeu por fim. — Lembra da carta da tia Senada, de Cleveland?

— Quanto tempo mais acha que pode me enganar? — A sra. Zaric rebateu de supetão. — Sei que meu filho e minha irmã estão me escondendo algo. E você também. Tomaslav não conseguiria esconder que partiu nem que está vindo pra cá. Não achem que vocês, crianças, são os únicos que têm segredos — falou, de modo desaprovador.

— Vou me lembrar — retrucou Irena. Ela desceu a escada com passos pesados, hesitantes, como se estivesse caminhando com o pé torcido. A cada passo, imaginava o que diria pelo rádio do motorista para o treinador Dino.

ERA UM CARRO da companhia Sarajevo Táxi, um Lada vermelho, da cor dos maços de Marlboro, tão pequeno quanto uma caixa de fósforos. Zoran esticou o braço para pegar o rádio que ficava acima do painel.

— É melhor falar de pé — ordenou ele. — Se começarem a atirar, fica mais fácil pra gente correr.

— Aqui quem fala é o 34 — anunciou ele. — Dezoito, aqui é o 34, próximo à sinagoga. Encontrei o pacote, ele está aqui.

Em seguida, o 34 parou e apertou o botão do microfone duas vezes.

— Dezoito, aqui é o 34, está me ouvindo? Câmbio.

A sra. Zaric estava com o braço em volta da filha. O rádio chiou mais uma vez, antes que uma voz rouca se fizesse ouvir do outro lado.

— Trinta e quatro, aqui é o 18 — disse ele. — Ótimo, ótimo. O encarregado está aqui. Ele está aqui e quer dizer oi. Câmbio.

Zoran entregou o microfone para Irena, como um pequeno revólver.

— Aperte o botão do microfone pra falar — explicou ele. — E solte pra ouvir. Quando terminar de dizer alguma coisa, diga "câmbio", assim eles sabem que você já acabou de falar, e solte o botão.

— Talvez eu devesse dizer alguma coisa primeiro — sugeriu Irena.

Era sua melhor chance de avisar ao treinador Dino a respeito da presença de sua mãe. Queria impedi-lo de falar através dos chiados e estalos que estava com saudade de apertar seu traseiro, que era exatamente o que Irena esperava — e ansiava — por ouvir.

Mas quando a voz respondeu, Irena percebeu que era uma garota.

— Alô?

Era uma voz jovem. Talvez o treinador Dino tivesse tomado a precaução de levar uma amiga junto. Talvez — a possibilidade era tão provável que Irena ferveu só de pensar naquilo — o treinador tivesse uma nova amiga. Ou talvez fosse realmente Tomaslav. Ele podia ter encontrado alguma velha amiga no outro lado da cidade, que decidira falar para proteger sua identidade.

— Alô? — repetiu a garota. Então, após instruções audíveis, ela disse:
— Câmbio?

— Alô, alô — respondeu Irena. — Câmbio.

— Irena? Alô, Irena? Câmbio.

— Sim, câmbio. Quero dizer, sim, sou eu. Quem está falando, por favor? Câmbio.

A voz devia ter dito alguma coisa, mas foi bloqueada. Irena continuava a esquecer de soltar o botão após dizer "câmbio". Segurando-o, repetiu o que tinha dito:

— Sou eu, Irena, sim, Irena. Eu sou Irena. Câmbio, câmbio.

— Irena! Irena, sou eu, Amela. Amela Divacs. Aconteceu uma coisa! A princesa Diana e o príncipe Charles se separaram!

Alguns segundos se passaram, enquanto Irena se virava para olhar para a mãe. Os músculos do rosto da sra. Zaric estavam retesados, parecendo os de um gato assustado.

— Câmbio. — Era a voz de Amela, ou de alguém fingindo ser ela.

O motorista abaixou a cabeça, a fim de sinalizar a Irena que ela devia apertar o botão para responder.

— A princesa Diana e o príncipe Charles fizeram *o quê*? — E, então, lembrou-se: — Câmbio.

— *Se separaram* — repetiu Amela. — O primeiro passo para o divórcio. Está em todos os jornais por aqui. Câmbio.

— E quanto aos dois garotos? — perguntou Irena. — Câmbio.

— Eles vão morar com ela e ver o príncipe Charles nos fins de semana — respondeu Amela. — Câmbio. Espera. Mas alguns dos amigos dela estão com medo de que a rainha tente ficar com eles. Câmbio.

— Como ela está? — quis saber Irena.

— Diana? Câmbio.

— Diana. — Irena esqueceu de soltar o botão, mas a voz de Amela chegou mesmo assim. E *era* Amela, percebeu Irena; elas conheciam o timing uma da outra.

— Ela parece bem triste. A foto dela... dá pra imaginar as notícias por aqui... está por toda parte. Câmbio.

— Onde você está? — perguntou Irena. — Câmbio.

— Tivemos que sair de Grbavica — respondeu Amela. — As coisas ficaram difíceis. Agora estamos na rua Alexander I. Você está na casa da sua avó? Câmbio.

A sra. Zaric virara de costas e se afastava do táxi, andando em pequenos círculos, a fim de dar à filha ao menos a impressão de privacidade. Zoran, porém, a puxou de volta.

— Não se afaste muito — disse ele. — Ou os atiradores vão conseguir ver você.

— Isso — respondeu Irena. — No velho apartamento dela. Ela está morta. Câmbio.

— Sinto muito — falou Amela. — Ela era velha? Câmbio.

— Era. Mas foi morta com um tiro — informou Irena. O botão do microfone escorregou de debaixo de seu dedo. — Um pouco antes de a gente chegar lá. Câmbio.

— O sr. Dragoslav está morto — disse Amela. Ele era um homem baixo, com uma barba em forma de jambo, que ensinava física. — Ele estava no exército e levou um tiro. Câmbio.

— Nermina está morta — Irena falou baixinho. — Câmbio. — Demorou um pouco para Amela responder e sua voz saiu tão baixa que ameaçava sumir.

— Ela era um soldado? Câmbio.

— Ela estava esperando na fila do pão. Câmbio. — Irena, porém, continuou... aquilo soara tão estúpido: — Agora as pessoas precisam esperar do lado de fora por pão e água. Penduramos um bilhete para os pais dela na sinagoga, e ele ainda está lá. Eles devem estar mortos também. Câmbio.

A voz de Amela denotava entusiasmo — algo inesperado, com um quê de euforia que Irena deu-se conta não ouvir havia meses.

— Mas estou ligando pra te dar uma boa notícia — disse ela. — Senhor Pássaro. Estamos com ele. Senhor Pássaro está bem. — A voz dela desapareceu com a estática. Quando voltou, Irena escutou-a meio partida. — Desculpa — falou Amela. — Esqueci de passar pra você. Falta, falta. Senhor Pássaro está bem. Câmbio.

Irena precisou abaixar o braço que segurava o microfone. Desabou sobre o táxi.

A sra. Zaric, com os braços envolvendo seus próprios ombros, interrompeu a conversa da filha:

— Senhor Pássaro? Ela falou Senhor Pássaro?

— Foi o que eu ouvi.

A sra. Zaric dirigiu-se ao motorista:

— Nosso pássaro.

Amela voltou a falar:

— Imaginamos que ele tinha sumido, como todo mundo. No entanto, alguns meses atrás, alguém apareceu correndo. Segundo o que diziam, Senhor Pássaro havia voltado pra quadra de basquete. Quase não acreditei. Disse que não, não podia ser. Mas era. Ele estava empoleirado no aro. Deve ter voado de volta. Câmbio.

— Tentamos ficar com ele — falou Irena. — Mas a comida acabou. Tivemos de soltá-lo. — Irena sabia que tinha largado o botão do microfone antes de completar o pensamento. — Ele está aí agora? — Finalmente conseguiu perguntar. — Câmbio.

— Em casa — respondeu Amela. — No nosso apartamento. Achamos... você não estava aqui... que ele ficaria seguro conosco. Vamos cuidar dele pra você. Até tudo isso terminar. Câmbio.

— Ele ainda imita sons? Câmbio.

— Claro. Da máquina de lavar, da cafeteira, do telefone.

Todos os sons que não podia escutar aqui, pensou Irena.

— Eu acho... é triste, mas ele é tão esperto... que durante a noite ele imita os *pow, pow, boom* das bombas — disse Amela. — Câmbio.

Esse é o barulho que elas fazem ao serem lançadas, Irena pensou.

— Toma conta dele pra mim. — Foi tudo o que conseguiu dizer. — Por favor. Câmbio.

— Até você poder voltar a ficar com ele — declarou Amela, e após alguns chiados e estalos, acrescentou: — Como vocês estão? Câmbio.

— Nós estamos... — Apertou e soltou o botão. — ... Bem. — Irena respondeu por fim. — Estamos com problemas.

— Aqui também.

— Nosso time?

— Todos fugiram.

— Emina? Danica? A srta. Ferenc? — Em seguida, Irena se lembrou: — Câmbio.

— Não consigo achá-las. Ainda bem que a gente não vai jogar contra a Number One hoje à noite. Câmbio.

— E o treinador Dino? — De modo deliberado, Irena deixara para citar o nome dele após o rol de colegas de time.

— A gente escuta falar dele — disse Amela. — Ele ganha campeonatos de tiro com rifle no exército. Câmbio.

A sra. Zaric gesticulava com as mãos.

— E seus pais? — indagou Irena. — Câmbio.

— Estão bem. Papai está no exército, mas ele não trabalha muito. Graças a Deus. Câmbio.

— O meu também! Ele cava trincheiras!

— Com aquelas mãos elegantes!

Irena não sabia que Amela já tinha notado as mãos de seu pai.

— Eu também estou no exército — acrescentou Amela. — Câmbio.

— O que você faz? Câmbio.

— Trabalho de escritório. Não muito. Não tem escola. Câmbio.

— Eu trabalho na cervejaria — falou Irena. — Trabalho de escritório também. A ONU a mantém aberta. Câmbio.

— Que fantástico! A ONU. Os soldados franceses são bonitos? Câmbio. — Irena e a mãe trocaram um sorriso.

— Alguns.

— Você pode beber o que produz? Câmbio.

— A gente recebe em cerveja e cigarros — respondeu Irena, rindo. — Câmbio.

— Parece ótimo! A gente recebe em dinheiro. Não vale merda nenhuma. Câmbio.

A sra. Zaric virara de costas ao ouvir as risadas da filha ressoarem junto com as de Amela, que vinham do alto-falante do rádio.

— Preciso ir — falou Amela. — O motorista precisa ir embora. Você soube? Madonna escreveu um livro chamado apenas *Sex*. — Ela usou a palavra inglesa. — Câmbio.

— Ela é tão doida!

— Ela é fantástica!

— Adoro ela!

— Ela é inacreditável!

— Tenho algumas *VOX* e *Q* velhas aqui — falou Irena. — Isso é tudo. Câmbio.

— Eu também — disse Amela. — Às vezes consigo arrumar algumas revistas antigas. Vamos cuidar do Senhor Pássaro. Você pode falar de novo?

— Claro! Claro, câmbio.

— Talvez eu consiga fazê-lo falar no microfone! Dá pra você falar na quinta? Na mesma hora? Câmbio.

Irena calculou que ou estaria em casa após uma noite em seu poleiro ou esperando para começar o trabalho à tarde.

— Dá — disse, olhando de relance para Zoran, que deu de ombros e fez que sim. — Dá sim, ótimo. Câmbio!

— Então cuide-se — falou Amela. — O motorista mandou dizer "câmbio e desligo". Senhor Pássaro imita o motor da geladeira. Câmbio, desligo! — ela gritou entre chiados e estalos.

— Câmbio, desligo, dê um beijo no Senhor Pássaro! — pediu Irena. Deixando o microfone escorregar até o peito, segurou as mãos da mãe.
— Senhor Pássaro. — Foi tudo o que conseguiu dizer.

A sra. Zaric apenas apertou os dedos da filha.

— Senhor Pássaro. — Foi tudo o que ela conseguiu dizer também.

ZORAN LEMBROU-AS de que não trabalhava para as agências humanitárias da cidade – queria ser pago. Seu preço, um pacote de cigarros. A sra. Zaric disse que ele estava sendo ridículo. Ela sabia que alguns dos soldados franceses na cidade estavam vendendo pequenas chamadas nos telefones via satélite que algumas unidades carregavam por cem dólares americanos.

– Para lugares como Londres e Chicago. Isso foi só pro outro lado da cidade.

– Se quer uma barganha, ligue para Londres e Chicago – retrucou Zoran. – Uma chamada pro outro lado de Sarajevo é cara.

– Então, cinco maços.

– O pacote inteiro.

– Tudo bem, o pacote – concordou a sra. Zaric, com um suspiro de exasperação. – Mas a chamada de quinta fica incluída também.

– Um pacote e meio.

– Um pacote – retrucou a sra. Zaric, calmamente, lançando um olhar de relance para a filha. – Já mencionei que eles são Marlboros?

Zoran abriu um sorriso enquanto esfregava o pé num dos pneus do táxi.

– Uma garota bonita possui meios melhores de me convencer – disse ele. A sra. Zaric enrijeceu-se e apertou ainda mais o braço da filha. Antes de poder responder-lhe à altura – ou esbofeteá-lo –, Zoran falou numa voz de astro de cinema francês em decadência: – Não estou falando da sua menina, *madame*. Sou um homem que valoriza a experiência.

A sra. Zaric mandou Irena subir, a fim de pegar meio pacote de cigarros.

ALGUM TEMPO DEPOIS, IRENA e a mãe sentaram na escada e abriram um maço reserva, retirado de seu estoque de Marlboros.

— Eu me sentia segura sabendo que ele estava em Londres. — A sra. Zaric referia-se a Tomaslav. — Até achei que ele ia ficar seguro em Chicago.

— Al Capone está morto — observou Irena.

— Existem *sérvios* em Chicago — a mãe a lembrou. — Muitos. Mas eles são americanos. Todos possuem carros, aparelhos de CD, computadores. A maioria deles prefere outro campeonato dos Bulls a uma Grande Sérvia.

— Eu também — disse Irena.

— Foi o rabino que me contou. Outro dia entrei na sinagoga pra dar uma olhada no mural, enquanto você estava no trabalho, e ele falou: "A garota pegou um bilhete. Acho que ela tem um namorado ou coisa parecida que está indo pra Chicago, a fim de se juntar a uma de nossas unidades de combate. Benditos sejam, eles vão chegar em boa hora." Benditos sejam — continuou a sra. Zaric. — Esses rapazes e moças nunca vão conseguir passar de Cleveland. Se Tomaslav e o resto conseguirem entrar escondidos na Bósnia, eles vão acabar parando nos palheiros de Zenica, cobertos de lama e insetos, arriscando a vida por camponeses.

— Pessoas do campo com vestidos pretos e cachecóis feiosos? — perguntou Irena. — E não gente da cidade, como nós?

A sra. Zaric estreitou os olhos de maneira cômica. Jogou a cabeça para trás, olhando para a ponta do nariz, e soprou uma nuvem de fumaça entre elas.

— Já falei pro Milan mais de cem vezes. A gente devia ter tido filhos apalermados, como todo mundo. Eles são mais agradecidos. Não se lembram de tudo o que você lhes falou para depois te mandarem de volta na cara, sem dó nem piedade.

A sra. Zaric estudou a ponta do cigarro que se apagava e declarou:

— Tivemos nossos infortúnios — falou com cuidado. — O primeiro dia em Grbavica. Sua avó. Nermina conta também. Mas veja como é formidável o fato de que você, seu pai e eu, e até mesmo Tommy, estejamos vivos. Temos tido tanta sorte. Somos afortunados. Se eu soubesse a quem agradecer... se eu acreditasse... dedicaria a eles o resto de minha vida. Mas ver seu pai cavando na lama... Tomaslav talvez se arrastando por matas sangrentas, até onde a gente sabe... você indo e vindo em seu trabalho na cervejaria... Aleksandra sentada na escada externa, acenando para os atiradores com seus cigarros. Fico preocupada em saber até quando teremos sorte. E agora precisamos agradecer pelo Senhor Pássaro ainda estar vivo também.

As duas mulheres permaneceram sentadas com as mãos entrelaçadas no colo, escutando o vento invernal açoitar as ruas vazias.

— Senhor Pássaro — falou Irena.
— Incrível — comentou a mãe.
— Senhor Pássaro.

AMELA ESTAVA EM SEGURANÇA e Senhor Pássaro sobrevivera — Irena queria dar a notícia a Tedic. Ele, porém, fora chamado a comparecer ao Franko Hospital, onde a boa fortuna abandonara a todos.

24.

O Franko Hospital possuía janelas. Após alguns meses de guerra, as vidraças pareciam uma decoração extravagante em meio à paisagem cinza de uma cidade destruída. Era como encontrar uma xícara intacta após a passagem destrutiva de um tornado.

O hospital ainda possuía janelas intactas voltadas para o norte, para a curva do monte Zuc, e outras voltadas para o sul, para as torres bombardeadas e abandonadas do centro da cidade. Quase todas as outras janelas da cidade estavam quebradas. Quase todos os quarteirões pareciam uma galeria de cabeças sem olhos.

— Somos o único prédio restante ainda com olhos — falou Alma Ademovic, a diretora do hospital.

O hospital fora terminado dentro do prazo de entrega, em 1984, a fim de dar as boas-vindas aos Jogos Olímpicos (e, por isso, batizado em homenagem a Jure Franko, o primeiro esquiador iugoslavo a ganhar uma medalha olímpica). O prédio novo fora construído no intuito de impressionar os ocidentais com um show de modernidade. Era um hospital do bloco oriental no qual as paredes internas não eram meros blocos de concreto cinza, mas painéis que vinham até a altura do peito em tons de limão, malva e pêssego — socialismo pastel, e, na parte de cima, placas de plástico transparente através das quais se evidenciavam as últimas importações do maquinário médico, como carros lustrosos em um estacionamento da Califórnia.

Um marxismo que permitia a entrada da luz do sol.

As janelas permaneciam exuberantemente inteiras porque havia uma pequena reentrância na montanha, parecendo o dorso de uma baleia, que impedia os atiradores de dispararem do norte. Além disso, o hospital ficava longe demais das linhas de tiro para ser alvo das balas de qualquer atirador escondido entre as árvores do leste e do oeste da cidade. O sul ficava próximo, do outro lado do rio Miljacka e das linhas sérvias, mas a selva de prédios danificados do centro da cidade protegia este lado.

Os bósnios mostravam-se cautelosos em fazer propaganda sobre o isolamento do hospital. Os oficiais não queriam um grupo inteiro de refugiados armando barracas ali. No entanto, eles usavam o hospital para suas reuniões, enfiavam os participantes na traseira de uma ambulância, a fim de levá-los no horário programado, e mantinham as reservas do Estado em marcos alemães, dólares e francos suíços no porão, assim como os anéis, colares, braceletes, brincos, broches e aparelhos de chá em prata que muitas das tradicionais famílias sérvias de Sarajevo haviam doado, com uma generosidade inadvertida, após se mudarem para o outro lado do rio. No porão também ficavam guardadas as caixas de munição.

Alma Ademovic considerava as provisões como incursões injustificadas a seu domínio. Ela reclamou com o ministro de Assuntos Internos, quando, certa tarde, ele foi convocado para uma conferência:

— Você está violando a Convenção de Genebra — disse ela, batendo o pé direito com fúria. — Tenho certeza.

O ministro considerava a Convenção de Genebra tão impossível de ser impingida a Sarajevo — tão fora das possibilidades — quanto os Dez Mandamentos. Camuflado com o jaleco de um paramédico, o ministro parecia um subalterno particularmente insolente.

Alma Ademovic, porém, foi inflexível:

— Seus saques e bombas estão tomando espaço que serviria para guardar neomicina, lidocaína ou sulfonamida — observou, irritada. — Isso é o que um hospital *deveria* conter.

— Não sabia que não há espaço nas prateleiras para guardar tais excedentes — retrucou o ministro, virando-se para fitá-la. — Mas se eu tivesse de escolher entre remédios e munição... — Ele deixou a frase no ar e se afastou batendo os pés.

RADOVAN KARADZIC, o líder sérvio-bósnio, já trabalhara como psiquiatra no hospital. Quando alguém perguntava aos funcionários acerca de suas lembranças, eles eram obrigados a reconhecer que não se lembravam muito bem dele — o que não lhes garantia prestígio algum — ou a recontar piadas que, imediatamente, levantavam a questão:

— Vocês não sabiam que ele era um lunático?

Karadzic chegava agitado; as lapelas de sua capa de chuva Burberry farfalhando de modo escandaloso, as grandes ondas de cabelo prateado caindo-lhe na testa.

— Feche os olhos comigo por um instante — ele ordenava a alguma enfermeira atraente e com covinhas, segurando as mãos dela pelos pulsos, como se a récita a seguir fosse uma espécie de teste de resposta humana.

— *As aortas da nobreza vão arrebentar sem minha ajuda* — começava ele, os olhos semicerrados, como um cantor contratado para uma festa de casamento.

A última chance de me sujar com sangue
Deixei passar.
Respondo a chamados antigos, cada vez com mais freqüência,
E observo as montanhas florescerem.

O médico foi notoriamente afastado. Em geral, ele analisava seu domínio sobre a audiência. As enfermeiras tendiam a ser avaliadas a partir de suas reações. O médico as segurava pelo pulso. Ele também era o psiquiatra do time de futebol de Sarajevo, e, por vezes, distribuía ingressos para os jogos.

— Essas linhas são bonitas, não são? Imagens misturadas ao longo dos séculos. Gosto de pensar que eu talvez seja o terceiro melhor poeta vivo em nossa língua. E não consigo me lembrar dos nomes dos outros dois!

A mulher detida a fim de ouvir sua récita tinha de apresentar um elogio à altura de Karadzic.

— Isso me faz lembrar daquela música que fala das coisas que um gato vê à noite – disse um técnico de laboratório. – Você sabe: *"Midnight,* dah-dah-dah-dah-dah-dah-dah, *the moon has no memory..."** Lembra? Daquele inglês.

Os olhos do médico se esbugalharam pela afronta.

— Andrew Lloyd Webber escreveu... *tons pop* – esbravejou ele. – Baratos, ruins. – Ele era um poeta se esforçando por encontrar as palavras certas. – Palavras com *gosto de Coca-Cola* não podem ser comparadas à minha poesia.

A equipe de psiquiatria do hospital tornara-se escassa desde o princípio da guerra; eles se sentiam inúteis, e seu trabalho, um absurdo. Ansiedade, paranóia e colapso nervoso não podem ser considerados doenças quando existem atiradores tentando acertar você pela janela do seu banheiro. Como um psiquiatra poderia dizer a qualquer cidadão de Sarajevo que ele estava sofrendo de depressão? Sentir-se seguro e sem medo – *isso* sim seria um distúrbio clínico.

No outono, os oficiais da ONU que tomavam conta do cerco à cidade deram permissão ao hospital de receber um equipamento para transplante de pele, doado pelo Centro Médico Charles Nicolle, na Normandia.

---

* *Meia-noite,* dah-dah-dah-dah-dah-dah-dah, *a lua não tem memória.* (N. T.)

O equipamento fora guardado dentro de uma sóbria valise prateada, pesada como um caixão, a qual viera atrelada a um cirurgião de 53 anos, o dr. Olivier Despres, um homem magro e grisalho com o rosto agradavelmente comprido de um perdigueiro de pedigree. Ele vestia calças cáqui, amarrotadas devido ao uso prolongado.

O médico foi levado até o Franko Hospital em um veículo blindado da Legião Estrangeira francesa que cheirava a chulé, suor e mau hálito. O jovem capitão da Legião Estrangeira responsável pela encomenda era cambojano; era o único legionário que falava francês. Os dois soldados que viraram as bandoleiras dos rifles para trás, a fim de guardar as sacolas e caixas do médico no veículo eram cazaques – refugiados do exército russo que haviam se inscrito na Legião Estrangeira porque ela remunerava suas tropas. O motorista era um sargento do exército egípcio cuja cabeça não ficava visível do poleiro onde se sentava, acima dos ombros dos outros. Ele precisava falar para os pés, em inglês.

– Para o Franko Hospital?

Os legionários gritaram de volta para as pernas enlameadas das calças do sargento.

– O Franko Hospital, isso mesmo! – Eles bateram duas vezes com a coronha dos rifles no piso cheio de lama. – Franko! Franko!

Havia seis pequenas aberturas nas paredes de aço pintadas de bege do veículo. O dr. Despres equilibrou-se para não cair com os solavancos, tentando manter a cabeça firme para ter algum vislumbre dos danos que o tinham levado até a cidade. Mas as aberturas eram tão pequenas – não mais do que o espaço sob uma porta – que o médico não conseguiu ver nada. Um dos soldados cazaques acenou com a mão, enquanto o dr. Despres tentava olhar através da abertura minúscula.

– Não – falou o soldado às suas costas. – Isso é perigoso. – Ele esticou os braços, como se segurasse um rifle, e apontou com os dedos indicadores em direção ao queixo do médico. – *Bang! Bang!* – disse, fechando os olhos e caindo para a frente. – Morto, tchau, tchau. *Bang!*

— O dr. Despres juntou-se à risada geral e afastou-se da abertura numa velocidade cômica, como se a parede fosse eletrificada. O veículo sacudiu sobre os cascalhos e entulhos, enquanto os soldados continuavam a bater com as coronhas no chão.

— *We all live in a yellow submarine!** — cantaram em coro.

Clang!

— *A yellow submarine!*

Clang!

— *A yellow submarine!*

Clang!

O dr. Despres se ofereceu para anotar os nomes e os telefones dos parentes e amigos, para os quais poderia ligar quando voltasse para a França. Os homens, porém, disseram que não conheciam ninguém que estivesse ansioso por receber notícias deles.

— Vou ficar... — disse um dos soldados cazaques. Ele abriu um sorriso radiante de três dentes. — ... feliz se morrer aqui.

QUANDO O DR. DESPRES chegou a seu destino, em uma montanha do norte da cidade, os médicos do Franko Hospital expressaram sua gratidão, assim como sua perplexidade.

— Não temos energia há meses — disseram eles, cumprimentando-o com um aperto de mãos.

Um caminhão do exército alemão havia levado um gerador para o hospital que servia para fornecer eletricidade às lâmpadas da ala cirúrgica, a um esterilizador e a uma bomba de água, mas não ao mesmo tempo. Os médicos e as enfermeiras tinham aprendido a operar à luz de lanternas, limpando o sangue e as secreções com papéis-toalha comprimidos de modo cuidadoso contra os ferimentos, enquanto examinavam e davam os pontos. A equipe olhou de perto um grande grupo de tipos na parte de baixo da máquina de transplante de pele, e deduziu que ela puxaria mais energia do que o que eles tinham à disposição.

---

* *Todos nós vivemos num submarino amarelo.* (N. T.)

— Seria preciso ao menos que as luzes e a bomba de água funcionassem ao mesmo tempo — informou o dr. Despres. — Esse não é um procedimento que possa ser feito na penumbra. Ou sem água pressurizada.

A diretora do hospital ficou mais desanimada do que frustrada.

— Sei que parece que a gente vive na Idade da Pedra — falou Alma Ademovic. — Mas, honestamente, não sei por que a ONU mandou vocês aqui. Nossa falta de recursos não pode ser uma surpresa pra eles. Principalmente pra eles — acrescentou, falando para dentro.

O dr. Drespres tentou replicar de maneira suave:

— Ah, as agências da ONU são uma mixórdia, elas quase sempre confundem tudo. Aprendi isso com a Somália e a Etiópia.

— Bem — choramingou a diretora —, com certeza estamos melhores do que *eles*. Somos *europeus*.

Ela se afastou rapidamente. O dr. Despres ficou em pé no saguão, sentindo-se meio desamparado, até a enfermeira-chefe da ala cirúrgica surgir e o cumprimentar:

— Recebemos uma mensagem informando a respeito da sua vinda, doutor — ela falou em inglês. — Mas nada sobre os preparativos para um equipamento de transplante de pele. Talvez a gente pudesse falar com o oficial da ONU, responsável pela aprovação dos equipamentos, para ver se ele pode nos arrumar outro gerador. Talvez *o senhor* consiga falar com ele.

Zule Rasulavic era uma quarentona ruiva com o nariz coberto de sardas. Quando o dr. Despres pegou sua mão direita e levou-a aos lábios, de modo inesperado, ela amaldiçoou o jeans azul que estava usando, o único que possuía desde o início da guerra. Não importa o quanto tivesse emagrecido desde então, tinha certeza de que o jeans lhe deixava com os quadris largos.

— Terei muito boa vontade em tentar — respondeu o dr. Despres. — Não vim até aqui só pra apreciar a vista. Que por sinal é linda — acrescentou rapidamente, já tendo sido alertado para a sensibilidade dos cidadãos locais. — Quero ajudar.

Isso fez Alma Ademovic, que já estava no meio do corredor, dar meia-volta e retornar.

— Que tipo de ajuda o senhor acha que a gente precisa? — perguntou. — Cuidamos dos nossos pacientes de modo educado, moderno. Somos *europeus*. — Sua voz parecia quase um assobio. — Acha que somos curandeiros, é?

As enfermeiras pegaram o dr. Despres pelos ombros e o conduziram até uma das salas de espera do hospital, onde o aconselharam a descansar, a fim de repor as energias depois da viagem cansativa. Após alguns minutos, o dr. Despres fechou os olhos em meio à luz bruxuleante da manhã, que atravessava as janelas imundas como um chá ralo, e pegou no sono numa cadeira de apenas um braço.

POUCO ANTES DO MEIO-DIA, o dr. Despres arrastou uma pesada caixa marrom que os legionários haviam entregue até a parede oposta à porta do escritório de Alma Ademovic. A porta aberta não sinalizava a maneira de administrar da diretora. Aquilo era uma necessidade operacional, pois permitia à luz do dia que entrava pela janela dela iluminar um pouco o corredor escuro.

O médico aproximou-se da porta com cuidado e fez questão de permanecer parado do lado de fora.

— Com licença, srta. Ademovic. Gostaria de lhe perguntar a respeito do almoço.

A resposta da diretora foi ríspida:

— Claro. Não temos nenhum restaurante pra lhe sugerir. O senhor terá de comer na cozinha.

— Me disseram que eu precisava trazer minha própria comida.

— Isso é ridículo — replicou ela. — O senhor é nosso convidado. Tenho certeza de que encontraremos *alguma coisa*. — Na verdade, a administração das Nações Unidas certificava-se de que o hospital recebesse boas provisões. Não queriam que surgissem histórias em Sarajevo sobre como a ONU fora incapaz de providenciar comida para as vítimas de guerra nos leitos do hospital. A monotonia do cardápio, arroz, feijão, salgadinhos e, ocasionalmente, um pedaço de carne congelada, era um problema maior do que a escassez. Todavia, Alma Ademovic descobrira que deixar os visitantes estrangeiros sentirem um pouco de fome fazia bem a seus convidados; aquilo os fazia voltar para o Ocidente com uma boa história para os discursos pós-jantar.

Durante os anos de trabalho em medicina emergencial, o dr. Despres já consumira, sem reclamar, muito arroz e feijão fornecido pelas agências de assistência. Tinha outro plano.

— Você sabe que nós, franceses... apreciamos muito nossa própria comida — falou. — Assim sendo, trouxe o suficiente para todos nós, se a senhorita permitir. — Ele deu um passo para trás e bateu na caixa grande e marrom. Em seguida, puxou-a alguns centímetros, a fim de deixá-la mais visível. — Trouxe alguns *saucissons*, nossas deliciosas salsichas secas. E um pouco daquele adorável presunto curtido de Bayonne. É incrível, parece que você está cortando seda. Temos muito orgulho de nossos patês na Normandia. Trouxe algumas latas de ótimos patês de ganso e pato. O de fígado de ganso contém pistache. Também acrescentei alguns pacotes de torradas e um vidro de pepinos em conserva. Achei que um bom e forte Gruyère serviria para completar. Incluí um quilo de café moído... ainda não encontrei nenhum hospital que não possua um belo estoque de café... e chocolates de Côte d'Or. Também achei que vocês gostariam daqueles biscoitos amanteigados de Brittany, embora — acrescentou ele — eu tenha deixado alguns com os soldados noruegueses do aeroporto que examinaram meu equipamento. Achei que isso pudesse deixá-los mais maleáveis no tocante a restrições de peso.

Alma Ademovic ergueu os olhos azuis e duros como aço e encarou-o, sem pestanejar.

— A comida foi embrulhada de modo adequado — acrescentou o doutor. — O que sobrar poderá ser mantido.

Ao ver que a administradora permanecia sem expressão, o dr. Despres fez um diagnóstico imediato: seria necessário extrair qualquer insinuação de caridade.

— Quando dou consulta em Paris, geralmente levo um queijo Neufchâtel curtido — disse.

— Tenho certeza de que as meninas vão apreciar os seus tira-gostos — Alma Ademovic falou por fim. — Eu não almoço. Mas fique à vontade.

O dr. Despres empurrou a caixa para fora do escritório da administradora. Pensou nos *saucissons* e no queijo Gruyère pelo resto da tarde, enquanto o estômago revirava e roncava. Ele deixara a caixa, intocada, sobre o surrado carpete verde, na frente do escritório da Alma Ademovic. Esperava que a administradora tivesse notado que ele não pegara nem um único pepino.

O DR. DESPRES PASSOU a primeira parte da tarde removendo os pontos dos ferimentos de uma senhora idosa que estava escondida em seu banheiro quando uma bala atravessou a porta de madeira fechada e estilhaçou o espelho acima de sua cabeça. Ele tentou, também, jogar cartas com uma garota magra que não se lembrava do próprio nome e que havia sido encontrada dormindo nos degraus de uma casa vazia num quarteirão residencial. No entanto, apenas a menina conhecia as regras do jogo, e ela logo se cansou de vencer com tanta facilidade.

Uma enfermeira conduziu o médico até o leito de um garoto pequeno com a cabeça raspada, que disse se chamar Zijo. O garoto estava deitado de barriga para baixo, o braço apoiado numa tipóia, a fim de que o enorme curativo sobre o ferimento em seu ombro esquerdo não saísse do lugar.

— Estilhaços — explicou a enfermeira, falando baixinho. — A bomba entrou pela janela. Graças a Deus ele estava de costas.

Zijo virou a cabeça no travesseiro, a fim de fitar o dr. Despres, que se ajoelhou ao lado do ombro machucado do menino.

— Zijo? — chamou, com gentileza. — Sou o dr. Despres. — Um dos plantonistas, vestindo um jeans azul sob o jaleco branco, ficou atrás do médico para fazer a tradução. O garoto piscou uma vez. O dr. Despres fez sinal para que o plantonista se ajoelhasse a seu lado. Os anos de conversas com crianças machucadas em hospitais de campanha haviam lhe ensinado que elas em geral respondiam ao intérprete, mas não ao médico.

— Gostaria de dar uma olhada nas suas costas — declarou o dr. Despres.

Ele esperou que o plantonista terminasse de traduzir antes de encostar a palma direita com cuidado na base das costas de Zijo. Em seguida, correu o dedo indicador delicadamente sob o esparadrapo cirúrgico, a fim de soltar a parte de baixo do curativo.

Zijo começou a se contorcer e a tremer. Ergueu os ombros de encontro às orelhas, como se a fisgada fosse um barulho que ele pudesse silenciar.

— Sinto muito — falou o médico. — Sinto muito estar te causando dor.

O plantonista não traduziu; tinha certeza de que o menino havia entendido ao menos o tom de voz do doutor. Uma enfermeira iluminou a parte de baixo do curativo com uma lanterna para que o dr. Despres pudesse observar o ferimento. A ferida era tão grande quanto a palma da mão do médico e ainda brilhava, purulenta.

— Você é um jovem corajoso — continuou ele. O plantonista traduziu. O dr. Despres viu filamentos brancos de nervo cintilando em meio à ferida aberta e fragmentos avermelhados de músculos, partidos e não emendados.

— Já faz três dias que ele chegou e a gente conseguiu retirar os estilhaços — informou o plantonista, baixinho.

— Vão ser precisos mais 300 antes que isso cicatrize sem enxerto de pele. Não... não precisa... contar isso a ele — acrescentou, num tom sereno. O dr. Despres fechou o curativo de novo e descansou a mão um pouco acima do pulso do menino.

– Zijo, sinto muito que isso doa tanto. – O médico olhou para o rosto do garoto. – Coça, não é?

Zijo fez que sim e balbuciou para o travesseiro:

– Ele disse um pouco – traduziu o plantonista.

O dr. Despres pousou a mão que tinha levantado o curativo causando tanta dor, sobre a cabecinha raspada e ossuda do garoto. Ela estava ligeiramente suada e fria. Logo acima do travesseiro, havia um urso de pelúcia com um sorriso costurado, vestindo uma camiseta vermelha com letras douradas no peito. Ela dizia: CONGRATULAÇÕES!

– O urso estava por aí – explicou o plantonista.

– Eu aposto que na maternidade – falou o médico, com uma pequena risada.

– A gente dá essas coisas para as crianças.

O dr. Despres manteve a mão direita, de unhas bem tratadas, sobre as costas de Zijo, logo abaixo do ferimento, pressionando ligeiramente sua espinha.

– Onde ele estava quando foi atingido? – perguntou.

– Em um apartamento – respondeu o plantonista. – Sozinho.

– Os pais foram mortos?

– Ou desapareceram. Ou ele se perdeu.

– Por que alguém... – O dr. Despres não conseguiu evitar aumentar o tom de voz. – ... deixa um garotinho sozinho no meio de uma guerra?

– Talvez pra salvar a vida dele – disse o plantonista.

– Os pais dele podem ter tentado fugir – acrescentou uma enfermeira que acabara de entrar. – Podem tê-lo deixado para trás na esperança de que alguém o encontraria.

– Ou os sérvios podem ter pego os pais e poupado a criança – observou o plantonista. – Até mesmo os demônios abrem exceções.

— Às vezes, os paramilitares matam os meninos, mas poupam as meninas, porque elas não vão crescer e virar soldados — comentou a enfermeira. — Às vezes eles matam as meninas porque elas vão crescer e gerar soldados. Mas deixam passar os meninos porque eles os fazem lembrar de si mesmos quando pequenos.

— As pessoas são mortas sem motivo e por qualquer motivo — acrescentou o plantonista. — Vamos morrer antes de conseguirmos descobrir a diferença.

O dr. Despres ergueu-se ligeiramente para pegar o urso com a camiseta onde se lia CONGRATULAÇÕES! Em seguida, agachou-se de novo para segurar o bicho na frente dos olhos do menino, os quais pareciam duas pequenas bolas de gude cinza.

— Você já deu um nome pro seu amigo? — perguntou o doutor.

Zijo fez que sim, sem tirar a cabeça do travesseiro.

— Zarko — explicou a enfermeira. — Acho que é o nome de alguém que ele conhece.

— Bom, isso é ótimo — replicou o dr. Despres, falando devagar. — Zarko. Parece com o seu nome.

Enquanto o plantonista traduzia as palavras, o médico sentou na beira do leito e pegou um rolo de esparadrapo branco do carrinho da enfermeira. Ela, por sua vez, pegou algumas tiras de gaze para trocar o curativo de Zijo. O dr. Despres, porém, tirou a gaze da mão dela e a dobrou até formar um quadradinho, o qual pressionou contra as costas do urso. Com a ajuda da enfermeira, prendeu uma tira de esparadrapo num lado do curativo, depois no outro.

— Olha como a gente cuidou do Zarko — falou, aproximando o urso para Zijo poder ver. — Você está machucado, ele também. Vamos cuidar de vocês dois.

O garoto continuou com os olhos vidrados enquanto o médico colocava o urso ao lado do travesseiro.

As PRIMEIRAS VELAS brancas estavam sendo acesas nas alas quando o dr. Despres pediu licença e encontrou a enfermeira Rasulavic em pé próximo à luz bruxuleante que entrava pela janela no fim de um corredor sombrio. O estômago do médico reclamava e ele achou que suas mãos estavam começando a tremer.

— Sinto muito por perturbá-la — disse ele —, mas não estou acostumado a ficar tanto tempo sem um cigarro. Existe algum lugar por aqui onde eu possa fumar? — Quando a enfermeira ergueu a cabeça, ele viu que os olhos dela tinham um tom cinza de fumaça.

— É proibido fumar no hospital — falou ela. — Desde alguns anos atrás, quando a srta. Ademovic voltou de uma conferência na Califórnia.

O dr. Despres abriu um sorriso.

— Temos novas leis na França também — observou.

A enfermeira devolveu o sorriso do médico com outro ainda maior.

— Deixa eu te mostrar um lugar onde não há leis.

A ENFERMEIRA RASULAVIC LEVOU o médico até um par de portas de aço no corredor que levava a uma plataforma de carga. O lugar ficava afastado das janelas e escurecia rapidamente sob a luz do fim de tarde.

— Tem uma pequena área por aqui — disse ela, empurrando uma das portas com os ombros. A porta rangeu ao abrir. O céu estava escurecendo e os últimos raios dourados do sol incidiram sobre suas mãos quando eles as retiraram dos bolsos de seus jalecos brancos. O dr. Despres puxou um maço de Gauloises e ofereceu um à enfermeira.

— Quanta gentileza. Obrigada. Sabe, dá pra conseguir um bom dinheiro com um desses por aqui — comentou ela.

— Dinheiro? — O médico ofereceu uma expressão de fingida surpresa.

— Ah, não — replicou ela. — O que o senhor poderia fazer com dinheiro? Sardinhas, pasta de azeitona, feijão. — Na pausa que se seguiu, o dr. Despres contou três tiros sendo disparados ao longe. — Drogas. Sexo. Pasta de anchova. Estamos bem por aqui — acrescentou.

— Balas?

— Claro. Mas a alguns quarteirões de distância.

O dr. Despres tirou um isqueiro preto e dourado da Dupont do bolso direito e o acionou três vezes antes de conseguir fazer a chama acender. Segurou-a sob a ponta do cigarro da enfermeira, colocando a mão em concha na frente do queixo dela.

— Esse isqueiro também poderia te arrumar algumas coisas bem bacanas. Até o fluido acabar. Aí os fósforos funcionam melhor. Quanto tempo o senhor vai ficar?

— Não sei ao certo — respondeu o dr. Despres, dando de ombros. — Tenho roupas pra passar uma semana. Quero fazer o equipamento para transplante de pele funcionar. Aí as Nações Unidas devem me enviar num avião de carga de volta pra Zagreb ou pra Itália. Não quero partir antes de saber se o equipamento poderá ser usado. Até lá, talvez vocês possam contar com a ajuda de um par extra de mãos.

A enfermeira Rasulavic deu uma longa tragada no cigarro.

— A gente costumava vir pra cá em busca de paz e sossego — falou ela. — Agora o sossego mete medo. Antigamente, costumávamos escutar as derrapagens e freadas dos carros na rua, o ecoar de passos nas calçadas. O fato de ainda existir, entre nós, gente que valha a pena matar é praticamente o único sinal de vida no momento. O senhor é de Paris?

— Na verdade, de uma cidade chamada Rouen. Na Normandia, perto do rio Sena.

— Ela é bonita?

— Possui muitas belezas. A famosa catedral do centro da cidade foi pintada por Monet. Só que ela foi danificada na guerra. Os alemães invadiram o lugar com tanques. Na hora H, os americanos e os ingleses tentaram expulsá-los e, por despeito, os alemães queimaram o coração da cidade ao sair. Os soldados aliados eram rapazes magrelos do

Texas e da Escócia que jogavam laranjas e barras de chocolate para as crianças e moças. Eu era criança na época e minha mãe era uma jovem bonita. Aqueles foram os melhores dias de minha vida. – O dr. Despres fez uma pausa e sorriu.

A enfermeira Rasulavic percebeu que o médico tinha um certo estilo, ainda que sua roupa se encontrasse amarrotada devido à viagem, ao suor e ao sono. Ele cheirava a cigarros, misturado a uma colônia forte. Em meses, era o primeiro homem que ela via em cujo rosto as bochechas ainda se destacavam. Sarajevo estava começando a parecer uma cidade de aves de rapina.

– Demorou pra vocês se recuperarem? – perguntou ela.

– A cidade agora é bastante próspera – informou o médico. – Chove quase todo dia. Isso é bom para as macieiras e para o capim que as vacas comem. Os turistas aparecem a fim de ver onde Joana D'arc foi queimada na fogueira. As ruas do centro foram fechadas para que os turistas possam passear sem preocupação, como se estivessem no século XVI.

– No momento, nós estamos no século XVI – retrucou a enfermeira.

O comentário arrancou uma longa e baixa gargalhada do médico. Ele tossiu pequenas nuvens de fumaça e a enfermeira pigarreou de modo barulhento para deixá-lo mais à vontade. Era lisonjeiro conseguir fazer um homem rir a ponto de ele engasgar com a fumaça.

– O senhor tem família? – perguntou ela, prendendo uma mecha de cabelo atrás da orelha direita.

– Dois filhos – respondeu o médico. – Adolescentes. Um menino e uma menina. Eles moram com a mãe. A garota quer ser médica. Mas não cirurgiã. A vida inteira ela escutou que os cirurgiões são péssimos maridos.

A enfermeira Rasulavic tentou evitar o sorriso, mas sem se empenhar muito.

– Eu sei.

– Tenho certeza de que já ouviu algo semelhante.

– Não – replicou ela. – Eu *sei*. Já fui casada com dois cirurgiões.

Eles riram juntos, encostados no corrimão do estacionamento, ambos esperando que o outro desse o próximo passo. Quem agiu foi o médico. Ele pisou com delicadeza na guimba do cigarro. Zule Rasulavic viu o mocassim marrom e macio do companheiro escorregar e escutou o queixo dele estalar como um galho sendo partido durante uma tempestade de neve. Ao erguer os olhos, estarrecida pelo estampido, viu o dr. Despres levantando o braço na tentativa de impedir a própria cabeça de explodir. Ela achou que pôde ver a névoa rosada ao redor dele escurecer, adquirindo um tom rubro.

O ASSASSINATO DO dr. Despres, um médico tentando ajudar as vítimas da guerra, ocorrido num fim de tarde do lado de fora do hospital, foi considerado o símbolo de um conflito sem esperanças. O resto do mundo podia tentar enviar alguns de seus cidadãos mais conscientizados, a fim de aliviar o sofrimento, mas eles acabariam sendo mortos no fogo cruzado pelos bósnios, sérvios ou croatas – pessoas com poucas vogais em seus nomes e um excesso de ódio em seus corações.

E séculos de mãos manchadas de sangue.

As forças de segurança bósnias, porém, não viram a morte do médico como o momento ideal para se fazer uma reflexão sobre a futilidade da guerra. Um bom homem havia morrido. No entanto, a questão era que ele fora morto num lugar considerado impenetrável ao fogo inimigo.

Tedic foi alertado sobre a morte do médico quando o hospital passou a informação pelo rádio para o quartel-general da ONU. Tedic, que estivera debruçado sobre um mapa da cidade no porão da cervejaria, mandou-se para lá imediatamente. Quando chegou à sala de cirurgia, a luz clara de uma lâmpada que funcionava com a bateria de um carro estava apontada para uma massa disforme e arroxeada. Tedic levou um tempo para perceber que aquilo era o que restava da cabeça do homem após o sangue e os miolos terem se espalhado.

O médico responsável era um jovem chamado Cibo. Havia sido aluno de Tedic em uma de suas turmas de álgebra e estudara medicina em Viena, tendo se especializado em ortopedia. No decorrer dos anos, Tedic o via sempre que fazia uma de suas viagens habituais ao hospital, quando algum de seus jogadores de basquete fraturava a tíbia. Os olhos de Cibo, negros como os de um corvo, eram os únicos traços que levavam seu antigo professor a reconhecê-lo; o jovem havia encolhido.

— Você me parece bem — Tedic falou com ele.

— A guerra tem sido meu spa.

— Preciso te fazer algumas perguntas, Cibo, enquanto ainda temos tempo. Tem algum francês por aí?

— Eles estão na "área demarcada" — respondeu o jovem médico. — Procurando pela bala. E seja lá o que mais que tenha sobrado.

— Ótimo. Deixa os franceses saírem e acenarem com suas lanternas logo após o disparo de um atirador.

A luz branca e clara da lâmpada incidia sobre os pêlos das costas da mão de Tedic. A cabeça do dr. Despres fora apoiada sobre um bloco, por ora já coberto de sangue. A camisa dele fora rasgada e afastada dos ombros, onde a pele começava a adquirir uma aparência de cera.

— E os ferimentos?

— Foi apenas um tiro — informou Cibo. — Pelo que posso dizer, bem próximo.

— De rifle?

— Não foi um morteiro. Mas, sr. Tedic, essa não é minha especialidade.

— Curto alcance? Ou longo?

— Médio.

— Do alto?

— Com certeza. Olha aqui. — Cibo apontou com a borracha do lápis para a borda irregular do osso esbranquiçado.

– O que quer que tenha sido disparado contra o médico despencou sobre ele, acertando-o direto na cara. Penetrou o mesencéfalo como...
– Cibo vacilou; a cabeça do homem ainda estava em suas mãos. – ... como uma pedra em brasa num pudim. O cérebro explodiu com a pressão. É por isso que parte do crânio se soltou... – Cibo fez uma pausa para considerar o caso. – ... tão perfeitamente.

– Um especialista em ossos consegue ver tudo isso?

– Tive que ampliar meus horizontes – retrucou Cibo.

– Assim como todos nós. Dá pra dizer alguma coisa a respeito da bala?

– Não até alguém a encontrar.

– A chamada do rádio mencionou uma mulher – observou Tedic.

– Zule Rasulavic estava fumando um cigarro com o doutor lá fora, nos fundos.

Tedic não conhecia o nome.

– Você vai reconhecê-la – falou Cibo. – Ela é enfermeira aqui. Bonita, quarentona, ruiva, na maior parte do tempo. Os franceses fizeram algumas perguntas pra ela e a puseram num dos quartinhos de mantimentos.

Eles puderam ouvir vários cliques e espocares enquanto os assistentes do hospital batiam fotos dos ferimentos do médico. Tedic achou ter visto dois dos soldados presentes pularem para trás, alarmados. O aroma da noite e o rangido das portas de aço chegaram até a sala junto com meia dúzia de soldados franceses que traziam a bala numa xícara com o emblema do hospital.

– *Olha isso, olha isso.* – O oficial que parecia ser o capitão do grupo chamou a atenção. – Bem aqui, meus amigos, bem aqui. – Ele inclinou a xícara em direção a Cibo, que a tomou de suas mãos e a sacudiu com delicadeza, como se fosse um conhaque.

– Mais cérebro do que sangue – anunciou Cibo. – Isso não é surpresa alguma, dada a velocidade. A bala entra e sai do cérebro antes de o sangue começar a jorrar.

Tedic e o capitão francês aproximaram-se perceptivelmente de Cibo, embora nenhum dos dois tomasse conhecimento da presença do outro.

Cibo introduziu um fórceps dentro da xícara e pescou a bala, a fim de trazê-la mais para perto da luz.

— A ponta é côncava — Cibo informou às pessoas na sala. — Alguém com um microscópio terá de ver as outras marcas. Mas é uma 7,62 x 39 milímetros. Soviética, aquela com a cápsula menor. Vocês conseguem ver?

Todos assentiram, murmurando em coro. Cibo soltou a bala cinza achatada em um tubo de plástico que o capitão francês segurava na sua frente, preso entre o dedão e o indicador. Tedic deixou o círculo e saiu da sala para procurar o tal quartinho de mantimentos.

TEDIC PUXOU UMA das carteiras pretas que guardava no bolso do casaco. Elas lhe garantiam uma gama de afiliações e ele mostrou uma delas ao sisudo soldado francês que guardava a porta do quartinho, o qual havia afastado a cadeira dobrável para longe da luz, e mantinha o rifle atravessado sobre os joelhos como um livro de arte.

O quarto possuía uma lamparina a óleo que chiava e respingava, parecendo ferver com a iluminação. A enfermeira Rasulavic estava sentada em um cobertor estendido no chão, com a cabeça apoiada nos joelhos. Tedic colocou a mão na frente dos olhos para poder ver o rosto dela. Agachou-se ao lado do cobertor.

— Srta. Rasulavic, certo? — perguntou para a silhueta da mulher no chão. — Sou Miro Tedic. Talvez, se a senhorita olhar pra mim, possa me reconhecer. Sei que a conheço. Você é a enfermeira da sala de emergências a quem todos os meus jogadores de basquete da escola pediam que lhes segurasse as mãos quando eu os trazia machucados.

— Acho que eles preferem algumas das jovens louras — retrucou ela.

— Meus rapazes são sofisticados.

Ele pôde ver os lábios de Zule Rasulavic entreabrirem-se num sorriso.

— Acho que me lembro do seu rosto.

A ponta final de um Marlboro brilhou na mão que segurava o joelho. Um joelho dobrado, a outra perna abaixada, o sorriso tímido — de modo absurdo, Tedic lembrou-se de uma daquelas beldades de biquíni dos calendários que costumava comprar durante as férias de verão em Dubrovnik. Os franceses tinham estendido um cobertor de praia no quartinho de mantimentos e acendido um sol sibilante.

— Estou do lado da cidade — falou Tedic. — Os franceses tiveram a sensibilidade de lhe trazer algo pra beber?

Zule fez que não e balançou a mão que segurava o cigarro, como se quisesse afastar o pensamento. Tedic pescou o cantil de aço inoxidável de outro bolso do casaco.

— Uísque. Uma mistura canadense.

Zule Rasulavic esticou o braço para pegar uma pequena pilha de copinhos de tomar remédio, arrumados em caracol em cima de um engradado.

— Temos copos — observou ela. — Mas nem sempre remédios.

Tedic encheu o copo com cuidado em meio à luz difusa. Levantou o cantil com uma risadinha, acenando com ele em direção ao jovem soldado, o qual levantou a mão, recusando amavelmente.

— Estou de serviço, estou de serviço — disse ele, em inglês.

— Deixa eu te explicar. Trabalho com o ministro de Assuntos Internos — começou Tedic.

— Você é alguma espécie de policial?

— De jeito nenhum. Mas estou ligado à segurança.

— E existe diferença?

— Policiais investigam crimes — esclareceu Tedic. Zule levou a mão ao chão, a fim de apagar o cigarro, e, enquanto Tedic continuava a falar em voz baixa, abaixou a cabeça para observar a brasa se desfazer contra o piso.

— Mas o que um policial faria aqui? O mundo considera a morte de senhoras idosas que estão na fila esperando por um saco de feijão como uma fatalidade, uma tragédia infeliz. E não um crime. As senhoras estavam atrapalhando o destino de uma nação, aos olhos de alguém.

Tedic interpretou o fato de Zule erguer a cabeça como um sinal para prosseguir.

— Agora, devido ao embargo das armas em Sarajevo — continuou ele —, só nos resta o direito de sermos meras fatalidades. As Nações Unidas não vêem, escutam ou falam de mal algum. Eles apenas desejam que voltemos correndo pra nossos buracos e que depois saiamos em disparada por um saco de feijão. Alguns de nós se recusam a permanecer nesses buracos, srta. Rasulavic. Antes de me arrastar de volta pro meu, preciso saber o que aconteceu aqui.

Eles brindaram com um meneio de cabeça por sobre a borda do copinho de remédios e tomaram um gole do uísque.

— Achei que nenhum atirador fosse capaz de alcançar aqui — comentou Zule.

— Não existe nenhuma ilha para os refugiados aqui — replicou Tedic. — Talvez a gente já devesse ter percebido isso. Talvez a senhorita tenha visto algo que possa nos ajudar.

— Eu estava falando com o homem e, de repente, ele foi atingido.

Tedic sentou-se nos calcanhares. Mais por desconforto do que num gesto pensado, mudou de posição, mas, ao fazê-lo, teve o cuidado de manter os joelhos abaixados. Tinha o seu próprio maço de Marlboro no inesgotável inventário de seu casaco preto. Contudo, optou por não distrair Zule com outro cigarro.

— A senhorita conhecia o dr. Despres? — perguntou.

— Muito pouco. Por uma hora, no máximo.

– Vocês se encontraram... de manhã? Por volta de que horas?

– Mais ou menos às 11.

– Ele foi morto perto das cinco.

– Não o vi de novo até alguns minutos antes de ele ser atingido.

O soldado francês, o qual não dava sinal algum de estar antenado na conversa deles, trocada em bósnio, empertigou-se na cadeira e acenou com seu próprio maço de cigarros para Zule. Ela balançou as mãos na frente do peito num gesto de recusa, suavizado por um sorriso.

– Mas obrigada assim mesmo – falou para o soldado, em inglês.

– Sim, obrigado – disse Tedic, demonstrando apreço pela generosidade do soldado. Era um meio de comunicar ao francês que eles haviam trocado de posição quanto à responsabilidade de ajudar Zule. Tedic continuou: – Vocês estavam conversando?

– Quando ele foi atingido? Estávamos. Ele tinha acabado de me contar sobre o filho e a filha. A menina quer ser médica.

– Qual o nome dela? Talvez a gente possa ajudá-la a enviar uma carta pra ela.

– Não lembro. Ele não mencionou. Na verdade, nem teve chance.

Tedic aprendera com as tentativas de arrancar confissões dos alunos que o silêncio podia encorajar a pessoa a se abrir. Apenas fitou-a, o rosto sem expressão.

– Quero dizer – continuou Zule, quebrando o silêncio –, o tiro aconteceu rápido demais. Em poucos minutos.

– Entendo. Você diria uns dois minutos após terem começado a conversar?

– Talvez uns três ou quatro. Ele estava apagando o cigarro.

– Ele fumou um cigarro inteiro. A senhorita já tinha terminado o seu?

– Ainda não.

– Vocês acenderam em momentos diferentes?

– Na verdade, não – respondeu Zule. A voz dela denotava surpresa. – Pra falar a verdade, foi com a mesma chama. O doutor tinha um lindo... – Ela levantou o dedão direito como se abrisse uma tampa. – ... isqueiro Dupont.

Tedic parou por um momento e apertou os olhos, como se tentasse visualizar alguma guloseima sobre a qual só tinha lido descrições.

– O traço de um homem distinto – comentou. – Você sabe, ele viajou o mundo todo. Eu diria que um homem tão galante não teria acendido o próprio cigarro antes do seu.

– Não acredito que ele tenha feito isso – respondeu Zule. – Mas foi mais ou menos ao mesmo tempo.

– O seu antes do dele?

Ela parou, relembrando o último ato de um pesadelo.

– Foi.

– Foi ele que insistiu? Ou você?

– Ele não insistiu. Apenas fez.

– Um cavalheiro. Então, deixa ver se eu entendi – falou Tedic, baixinho. – Vocês saíram pela porta da plataforma de carga ao mesmo tempo, acenderam os cigarros ao mesmo tempo. Mas ele terminou o dele antes da senhorita, apagou-o e depois foi atingido. Enquanto o seu cigarro ainda estava aceso.

– Foi.

Tedic lançou a Zule outro olhar sem expressão, mas ela não acrescentou nada.

– Foi – repetiu, deixando a palavra pairar entre eles.

– Quanto faltava pra terminar? – Tedic perguntou por fim.

– Não sei. O suficiente para eu não ficar olhando de dois em dois segundos.

– Duas ou três tragadas?

– Provavelmente.

– Vocês estavam fumando a mesma marca?

– Gauloises. Do mesmo maço.

– Ah. Hoje em dia um Gauloise deve ser uma delícia.

— Foi.

— Talvez o doutor tenha deixado o resto do maço.

Zule ergueu as sobrancelhas ante a insinuação de que ela seria capaz de fuçar os bolsos de um morto à procura dos cigarros dele.

— Talvez — disse. — Sinta-se à vontade pra me revistar. Nunca vou fumar um daqueles de novo.

Tedic retraiu-se de modo visível. Queria que a enfermeira tivesse a satisfação de vencer uma rodada e continuou o jogo.

— Então — resumiu — vocês acendem cigarros da mesma marca ao mesmo tempo, mas ele termina o dele antes da senhorita.

— Isso mesmo.

— Bem, não somos máquinas. Uma pessoa pode tragar com mais força do que a outra. Uma fala mais do que a outra.

— Talvez as duas ou três últimas tragadas num cigarro francês fossem mais importantes pra mim do que pra ele — replicou Zule.

— Com certeza. Vocês estavam conversando?

— Fazia uns dois minutos.

— Fazia três ou quatro minutos.

— Tudo bem, três ou quatro minutos.

— Conversando. Sobre o quê?

Zule balançou as mãos de maneira impaciente.

— Já falei... sobre a casa dele, na França.

— Mulher? Filhos? Cachorros? Cavalos?

— Ex-mulher, dois filhos. Só sei isso.

— E como foi que a senhorita chegou a um assunto tão particular para uma primeira conversa, nos dois últimos minutos de vida do dr. Despres?

— Não há mistério.

— Então explique, por favor.

— Perguntei de onde ele era — disse Zule. — Perguntei se ele era de Paris.

— Por que Paris?

— *Todo mundo* conhece Paris.

Tedic afastou-se de Zule num gesto consciente, a fim de lhe dar espaço para esbravejar.

— É, todo mundo quer ir a Paris — concordou. — Não sabia que ele era do hospital de Rouen?

— Eu não sabia *nada*.

— Por que estava tentando descobrir algo da vida do dr. Despres?

— Só estava sendo sociável — respondeu Zule.

— Ser sociável não parece muito necessário hoje em dia — retrucou Tedic.

— Tudo bem, então. Por que não deixamos aqueles bárbaros assumirem de uma vez? Eu estava apenas conversando.

— Se eu fosse médico — ponderou Tedic, refletindo —, e tivesse entrado num inferno como esse, acho que seria eu a fazer as perguntas. Como vocês vivem? O que fazem pra se divertir?

— Nada desse tipo.

— Ele não te perguntou nada?

— Não me *lembro*. — A voz de Zule saiu num sibilo. — Eu queria saber como é o mundo real.

— Então, a senhorita o fez falar.

— Ele era gentil. Conversou comigo.

— Até levar um tiro.

— Ele não levou um tiro porque estava conversando comigo!

Tedic chegou à conclusão de que ele e a enfermeira estavam entrando num terreno delicado. Pôs-se de pé. Quando Zule levantou os olhos, atônita, ele começou a suspendê-la pelos ombros, segurando o jaleco branco e largo como se estivesse arrancando um aluno desobediente da cadeira do refeitório. Tedic viu o francês de relance, o qual havia se levantado ao perceber a comoção, mas sem interferir ou segui-los. Afinal de contas, ele tinha ordens de não se intrometer nas agressões.

Segurando Zule pelo braço, Tedic a conduziu rapidamente para fora do quartinho de mantimentos e através de porta de aço que rangia. Pequenos fachos de lanternas cortavam a noite. Os soldados franceses interromperam suas obrigações por apenas um momento, parando de demarcar a área.

— Era aqui que vocês estavam? — Tedic exigiu saber, falando com determinação, porém, sem gritar.

— Era aqui sim.

— Aqui onde? Me mostra, por favor.

Não houve uma pausa real entre as frases — tampouco um "por favor". O corrimão contra o qual a enfermeira e o médico tinham ficado encostados era difícil de localizar, devido à escuridão da noite. Zule apertou os olhos e esticou o braço, como se estivesse procurando pelo interruptor num saguão escuro. Numa época em que as luzes ainda funcionavam.

— Foi mais ou menos assim — falou ela, virando-se para Tedic. — Ele estava em pé, ao meu lado. Então, a fim de acender o cigarro, ele ficou *aqui*. — Zule sentiu uma pequena satisfação ao agarrar Tedic pelos ombros de maneira rude. — Depois, enquanto a gente conversava, ele se virou pra ficar de frente pra mim.

— Enquanto vocês conversavam — repetiu Tedic. — Sobre filhos, ex-mulheres e 400 tipos de queijo.

— *A gente estava conversando.*

— Me conta de novo como foi, por favor.

— Não estou certa se me lembro.

— Foram apenas dois minutos, certo? — perguntou Tedic. — Três, no máximo. A senhorita é uma mulher que tem de se lembrar dos linfócitos, fagócitos e trombócitos. — Os assistentes de diretores absorviam uma grande quantidade de informações irrelevantes que algum dia poderiam vir a ser úteis. — Por favor, acione o seu banco de memória para lembrar dos dois minutos de conversa.

Zule olhou de relance para os soldados, ocupados em demarcar o chão com rolos de fita adesiva, fazendo anotações em seus caderninhos. Eles não se ofereceram para ajudar.

— Foi ele quem começou — disse ela. — "Onde eu posso fumar?"

— Ninguém impediria o dr. Despres de acender um cigarro fosse lá onde fosse. Com certeza, a senhorita falou isso pra ele?

— Disse a ele que nossa administradora não considera fumar uma atitude moderna. A srta. Ademovic assusta as pessoas.

— Então a senhorita o trouxe pra cá?

— Eu disse: "Temos um lugar, vou te mostrar". Ou algo parecido.

— Não seria mais fácil apenas indicar o caminho?

— Ele era um visitante. Não queria deixá-lo atravessar sozinho os corredores escuros.

— Então os seus instintos humanitários a levaram a trazê-lo pra cá.

— Canalha. — Zule pronunciou a palavra de modo cuidadoso, como se estivesse identificando uma mancha numa radiografia.

— Confirmo o seu diagnóstico — concordou Tedic. — E então, depois, o que aconteceu?

Zule fez uma pausa — a fim de mostrar que podia.

— Ele acendeu meu cigarro. E o dele.

— O seu primeiro?

— Ele era um cavalheiro, já te falei.

— Lembro-me de que a senhorita mencionou o isqueiro.

— Da Dupont. Preto e dourado. Ele o acionou uma, duas vezes, mas a chama só apareceu na terceira.

— Onde está o isqueiro agora?

— Acredito que ainda esteja nos bolsos dele. Ou talvez no *seu* bolso. Pode revistar minhas coisas. *Canalha!* Acha realmente que eu deixaria um homem morrer pra ficar com o isqueiro dele?

— De jeito nenhum — replicou Tedic. — Mas até alguns meses atrás, eu não diria que um dos meus vizinhos seria capaz de cortar a garganta da menininha que morava no andar de baixo só porque ele pensou que ela ia crescer pra virar sua inimiga. O que a gente costumava achar... — Tedic deixou o pensamento no ar.

O rosto de Zule endureceu. As sardas, que em geral sugeriam uma juventude perpétua, agora se espalhavam por seu rosto como pequenos dardos.

— Falei pro dr. Despres — continuou ela — que ele podia fazer boas trocas com o isqueiro e os cigarros.

— Tais como?

— Drogas, sexo. Muitos amigos novos.

— Uma coisa curiosa pra se dizer a um visitante.

— Estava tentando mostrar pra ele como são as coisas por aqui.

— A humanitária, de novo.

— Você faz isso parecer um insulto.

— Não considero o humanitarismo como algo desprezível — observou Tedic. — Apenas inútil. Isso fez com que a conversa seguisse o rumo desejado?

— Eu não desejava nada — retrucou Zule. — Acho que perguntei quanto tempo ele ia ficar aqui. Ele disse que talvez uma semana. Queria fazer o equipamento de transplante de pele funcionar. Ele disse: "Não quero partir antes de ele estar funcionando. Talvez até lá vocês possam contar com a ajuda de um par extra de mãos."

— E a senhorita interpretou isso... se me permite perguntar... como?

— *Do único jeito que eu podia interpretar* — explodiu Zule, mas sem elevar a voz. — *Uma oferta de ajuda de um cirurgião competente.* — Ela cuspiu as duas últimas palavras a fim de enfatizar a diferença entre a capacidade do dr. Despres e a de Tedic.

— Nada mais? — perguntou ele.

— O que mais? Com que tipo de loucura você está sonhando?

— Sonhar é sedutor — falou Tedic. — Agora mais do que nunca, eu diria. Então, ali estão vocês, dois adultos atraentes, sobreviventes de casamentos desfeitos, pais, inteligentes, com uma aparência agradável, e, diria eu, lançados no fogo do inferno. Seria a coisa mais natural, não seria?

— Foi uma conversa de apenas dois ou três minutos.

— Hoje em dia, uma vida inteira passa em alguns segundos.

— Perguntei a ele sobre sua cidade natal. Ele disse que era bonita. Que os turistas apareciam pra ver onde Joana D'arc foi queimada.

— Joana era de Orléans.

— Isso é loucura — rebateu Zule. — Onde ela foi *queimada*. — Tedic deu meio passo para trás.

— Onde ela foi *queimada* — concordou ele, sem querer contrariá-la. — E agora, deixa eu te perguntar, porque parece que chegamos ao ponto crucial da conversa... três minutos, um, não importa. A senhorita e o médico são duas pessoas maduras. Vocês sabem como escolher os tomates do cesto. Eu sei, a senhorita vai dizer: "Nós nem tivemos tempo de fumar um cigarro inteiro juntos." Racionalmente, a senhorita tem razão. No entanto, somos um feixe de prótons e elétrons, e não elementos racionais. Reúna diretamente algumas pessoas... e nada acontece. Outros saem de diferentes partes do mundo e... — Tedic bateu com uma palma na outra de modo ruidoso. — ... *acabam se encontrando!*

Zule abaixou a cabeça enquanto Tedic desfiava sua análise, como uma mulher surpreendida pela chuva num ponto de ônibus.

Tedic sentiu-se encorajado pela aquiescência dela.

— Conheço essa forma de pensar — continuou ele. — Passei minha vida profissional tentando entender os adolescentes. Nenhum de nós jamais consegue compreender as garotas de 14 anos nesse aspecto. Você experimenta o som do seu nome junto com o dele. Imagina como os seus amigos vão contar a história. Um homem distinto, estrangeiro, com o coração marcado por uma miséria tão profunda que ele não consegue absorvê-la. Assim sendo, ele *a* pega nos braços, como um anjo da guarda. Um príncipe num cavalo branco, limpando o sangue de sua imunda saia de Cinderela e a levando de volta pra casa da família.

Lá você pode dormir em paz, em meio a lençóis de linho. Pode acordar pra ver as macieiras florescendo, e não apenas troncos de árvores cuja madeira foi cortada pra produzir lenha. Lá, você pode abrir as janelas e observar as vacas comendo placidamente a grama, e crianças francesas de bochechas rosadas correndo atrás de uma bola de futebol.

Tedic finalmente mandou a bola de fogo que vinha tentando lançar — uma explosão de ódio que fez Zule Rasulavic encolher-se, a fim de descobrir algo escondido e silenciado em si mesma. Dessa vez, ao chorar, as lágrimas escorreram rapidamente pelo rosto dela.

— Eu o trouxe... aqui pra fora — soluçou ela — porque *o queria só pra mim*!

Tedic deu um passo para trás, como se tivesse deixado um copo cair. Esperou por um minuto — usara a mesma artimanha tantas vezes com meninas de 14 anos que, de modo impassível, contou até 60 em silêncio — antes de falar, certificando-se de que havia o espaço de um corpo entre ele e a enfermeira Rasulavic, a qual caíra de joelhos.

— E então ele foi seu, durante seus últimos minutos de vida. Sinto muito. *Realmente*, estou quase *arrependido* de te fazer passar por tudo isso. Mas precisávamos saber se a senhorita o tinha trazido até aqui pra ver se surgia um clima. Ou se o fez ficar aqui e acender um cigarro, a fim de atrair a atenção de um atirador. No momento, nada mais tem tanta importância.

O MINISTRO DE ASSUNTOS INTERNOS levou a informação que Tedic lhe passara, de que o dr. Despres havia sido morto por um atirador sérvio, até o prédio da administração da ONU, próximo ao aeroporto. Por ora, os burocratas da ONU sentavam-se de modo distraído atrás das escrivaninhas de aço que, alguns meses antes, tinham sido ocupadas pelos agentes de viagem e pelos funcionários ligados ao setor de transporte. Ele foi conduzido até o escritório de um tal sr. Benoît, um secretário belga com um amplo bigode castanho-avermelhado. O sr. Benoît já sabia o que o aguardava e não esperou para ouvir.

— Não posso aceitar essa descoberta — informou ele. Seu único toque de classe era usar um pulôver preto de gola rulê largo no pescoço, formando um bolo de pregas. Da mesma forma que a calça cargo do dr. Despres, o pulôver de Benoît estava amarrotado pelo uso constante em zonas problemáticas do globo.

— Estamos conduzindo nossa própria investigação — continuou o secretário. — E até agora não encontramos motivo para excluir a possibilidade de que o dr. Despres tenha levado um tiro de alguém do lado de cá da linha. Ele era um humanista reconhecido mundialmente, você sabe. O dr. Despres atendeu gente nas linhas da Etiópia e da Somália sem ganhar um único arranhão. Vem pra Sarajevo e leva um tiro na cabeça.

O ministro de Assuntos Internos sentia-se envergonhado pela sua aparência sempre que se encontrava com oficiais estrangeiros. Outros membros do gabinete bósnio podiam viajar para conferências em Nova York ou Viena. Embora as reuniões pouco fizessem pela segurança da Bósnia, os políticos da delegação podiam ao menos ter um descanso e renovar o guarda-roupa. Quando as portas se fechavam em seus quartos de hotel, a maioria deles corria a apertar os botões dos telefones. Eles pediam bifes e uísque ao serviço de quarto, ligavam para os parentes no Ocidente e para a lavanderia, a fim de mandar limpar os ternos. Eles viajavam com meia dúzia de pares de sapatos, que ficavam pendurados como morcegos na maçaneta da porta do quarto até os camareiros virem pegá-los para serem engraxados. Abriam os chuveiros ao máximo e deixavam a água quente cair sobre suas cabeças, encharcando-se até os ossos.

No entanto, o ministro permanecia confinado a Sarajevo. Tinha certeza de que parecia sujo e desmantelado ao visitar os europeus ocidentais. Não podia tomar banho com freqüência. Tinha sorte em poder se barbear a cada três dias. Seu único terno de risca-de-giz estava duro de suor e poeira. Podia sentir as calças grudando nos quadris e esfolando o traseiro ao se remexer na cadeira, enquanto escolhia as palavras com cuidado:

— Estamos tristes e horrorizados também — falou para Benoît. — Por favor, não ache que nosso horror é menor por eu dizer que nenhum de nós... você, eu, todos nós... pode impedir que as crianças desta cidade sejam baleadas enquanto dormem no chão do banheiro.

Mas o comentário apenas irritou Benoît.

— Não podemos impedir a guerra — replicou ele —, quando duas pessoas estão determinadas a só sobrar uma.

— Consideramos este um caso no qual um povo está determinado a aniquilar o outro — retrucou o ministro.

— Acho que podemos pôr um ponto final à questão antes que chegue a isso.

— Antes quanto? — perguntou o ministro, cuja voz se elevara um pouco. — Você pode partilhar as novidades? Após 15 mil vidas? Cinqüenta mil? Gostaria de poder dizer aos nossos cidadãos quantos pares de sapatos precisamos queimar, a fim de termos aquecimento durante o inverno.

O ministro de Assuntos Internos viu duas citações emolduradas na parede atrás dos ombros estreitos de Benoît. Não conseguia lê-las; provavelmente estavam escritas em flamengo. Todavia, entre os certificados indecifráveis havia uma fotografia de Benoît, um homem gorducho em um terno cinza-claro, com uma gravata preta, cumprimentando uma mulher de cabelos escuros, bonita demais para estar na parede de um burocrata. O ministro permitiu-se fixar os olhos discretamente na foto por alguns instantes: *Bianca Jagger*. Imaginou que Benoît tivesse sido o prefeito de alguma cidadezinha, tendo perdido o cargo e se alistado na burocracia da ONU. Tinha certeza de que a chance de voltar a ver Bianca Jagger era o que mantinha Benoît no serviço público.

— Os cavaleiros e dragões desta cidade não são tão fáceis de serem diferenciados como você insinua — Benoît falou por fim. — Isso nem sempre é uma luta entre o bem e o mal.

— Não — concordou o ministro. — É mais uma luta de vida ou morte.

Benoît continuou calmamente:

— Em vista do alvo e da distância, precisamos partir do pressuposto de que o tiro tenha vindo do nosso lado.

— As evidências preliminares sugerem o oposto — observou o ministro. — A munição usada foi uma bala de 7,62 x 39 milímetros, com certeza, disparada com um AK-47. O Exército Nacional iugoslavo possui milhares dessas armas.

— Vocês não?

— Nossos belos gabinetes decretaram o embargo das armas, e isso nos impede, de modo bem eficiente, de possuir qualquer coisa que possa ser usada para nossa proteção. Você vai ver, de qualquer modo. — E, enquanto Benoît começava a se enfurecer, o ministro depositou um envelope marrom sobre a escrivaninha. — O tamanho e o ângulo do ferimento sugerem que o tiro só pode ter sido disparado de um dos prédios mais altos, no lado sul. Do outro lado.

Benoît sequer olhou para o envelope.

— E por que eles dispariariam contra um médico francês se estão pedindo à Europa para apoiar a nação sérvia?

— Nenhum bósnio atiraria num homem que veio aqui pra ajudar.

— Ah, vamos lá — retrucou Benoît. — Poupe seu discurso para os radialistas educados que choramingam na BBC e na CNN. Nós dois sabemos que alguns muçulmanos seriam capazes de atirar no médico francês, a fim de jogar a culpa nos sérvios. "Ah, aqueles monstros! Eles estupram nossas mulheres e matam as crianças. Olha só... eles até atiraram num galante médico europeu. Por favor, nos ajude, Europa! Salve-nos, América! Por favor, nos livrem desses porcos crioulos!"

O ministro ficou quase satisfeito ao ver o belga demonstrar uma indignação real. Mas se conteve; bater com os dedos da mão direita sobre o envelope marrom ajudou.

— Nossas descobertas preliminares estão aqui – disse, com simplicidade. – Acho que fica bem claro qual lado estabelece as regras nesta cidade, com a ajuda dos atiradores.

Ambos ficaram satisfeitos pela formalidade que os permitia despedirem-se de modo rápido e civilizado.

No entanto, no momento em que o ministro repassou a reunião com Tedic, já começara a ter dúvidas.

— Deus me livre, mas talvez o tiro tenha vindo do nosso lado – disse ele. – Tivemos de distribuir tantas armas. Tem gente que é capaz de atirar num cachorro, numa boneca, num médico... sem diferença. A que distância eles dizem que o disparo ocorreu?

— Cerca de 600 metros ao sul – respondeu Tedic. O ministro sacudiu a cabeça.

— Merda... do hotel Bristol?

— Não. Do outro lado do rio. Provavelmente de um dos prédios altos de Grbavica.

Nenhum dos dois precisava lembrar o outro de que as forças de segurança haviam considerado aquela área, situada em frente a tantos prédios bombardeados, como um lugar inacessível e ineficaz como posto de observação para um atirador.

— Dá no mesmo – disse o ministro por fim. – Fico feliz que tenham sido os franceses que encontraram a bala de 7,62 x 39 milímetros. O que aconteceria se o seu amigo Cibo a tivesse retirado da xícara e anunciado que era uma das nossas?

— Eu estava preparado para agüentar o tranco – declarou Tedic.

O ministro possuía várias garrafas plásticas pequenas de água potável na beirada da escrivaninha e entregou uma a Tedic. Eles desatarraxaram as tampas e brindaram, batendo uma garrafa na outra.

— Ao dr. Despres — entoou o ministro. — Um bom homem. Que Deus o abençoe. E, por favor, meu Deus, não mande mais ninguém como ele. — Os homens bateram as garrafas com veemência, rindo.

— Isso mesmo — concordou Tedic. — Não precisamos de gente como o dr. Schweitzer. Precisamos de *howitzers*, ou melhor, morteiros.

O CORPO DO DR. DESPRES foi respeitosamente preparado e enviado de volta para a Normandia. O médico não era um católico praticante. Ele já tinha visto muita estupidez, muito sofrimento desmerecido no mundo para acreditar num titereiro moral. No entanto, a família, amigos e colegas prepararam um memorial enorme e comovente na igreja da Place du Vieux Marché, onde um bispo declarou que Joana D'arc havia sacrificado sua vida em nome da França e de Deus, assim como o dr. Despres tinha dado a sua para defender a boa imagem da França e o trabalho de Deus.

Alma Ademovic não pôde enviar um cartão ou dar um telefonema. Mas combinou com o ministro de Assuntos Internos que seu nome seria incluído numa mensagem oficial de condolências aprovada pelo gabinete bósnio. Após escutar uma breve referência ao enterro do médico na BBC, encontrou Zule Rasulavic no saguão do hospital e apontou para a caixa marrom de guloseimas que o médico trouxera apenas alguns dias antes.

— Luxos e petiscos — falou para a enfermeira. — Queijo, café, biscoitos. Distribua entre todos, pacientes e funcionários, até acabar. E lembre-os — gritou, enquanto se virava para voltar a seu escritório — que quem nos deu isso foi o dr. Despres.

25.

Nas semanas seguintes, mais três pessoas foram mortas em lugares que todos acreditavam serem inacessíveis aos atiradores.

Um homem foi encontrado cedo pela manhã, estatelado ao lado das vagas de estacionamento no pátio cercado do edifício presidencial, no Marshal Tito Boulevard. Ele estava com o rosto virado para baixo, que ninguém disse reconhecer, sobre pedaços espalhados de garrafas plásticas de água, uma única bala de 7,62 x 39 milímetros alojada em sua omoplata direita e nenhuma identificação nos bolsos.

— Um vagabundo, um invasor, um pé no saco — declarou Tedic. — Mas, morto, ele representa o marco de um território perigoso.

Um capitão bósnio que se encontrava no local e que uma vez competira no biátlon com o treinador Dino Cosovic achou o tiro que derrubara o homem algo bastante improvável.

— Impossível, a menos que eles tenham um balão que possam usar para sobrevoar nossas cabeças — disse ele, mostrando o ângulo acentuado que a bala precisaria ter traçado. O capitão informou a Tedic de que o homem devia ter levado o tiro a um quarteirão de distância, numa área aberta do Marshal Tito Boulevard, e se arrastado até o pátio em busca de ajuda, ou para morrer.

No entanto, ninguém que estava de serviço no porão do prédio lembrava-se de ter escutado gritos ou súplicas. Talvez eles apenas estivessem relutantes em revelar que não tinham saído de sua fortaleza de tijolos para ajudar o homem ferido. De qualquer modo, Tedic achou a teoria suspeita. O homem não deixara nenhum rastro de sangue. E, como Molly ressaltou, não havia sangue escorrendo do ferimento, como teria acontecido se o homem tivesse se arrastado por um quarteirão. As calças do sujeito estavam imundas – calças da era Tito, de náilon marrom-avermelhado com *stretch* –, mas não havia rasgos ou desgaste nos joelhos que indicasse que ele tinha se arrastado de gatinhas antes de desabar sobre as garrafas.

– Se ele tivesse engatinhado – falou Molly –, o atirador teria terminado o serviço lá na rua.

– Por que desperdiçar uma bala num homem que já está morrendo? – perguntou Tedic.

– Por compaixão – respondeu Molly, com um humor sombrio. – Eles têm balas suficientes pra serem generosos.

Tedic inclinou-se sobre o corpo do homem, pegando uma dobra do material brilhante entre os dedos e esticando-a do jeito que uma criança faria com um elástico.

– Imagine encontrar nosso homem-marco... – Tedic puxou as calças com um desdém cômico – ... com essas calças de circo. Um tiro de sorte? – perguntou, após uma pausa.

– Um acidente. Se tivermos sorte – continuou Molly –, eu diria que alguém levantou em algum lugar e mandou uma única e solitária bala perdida que acabou sendo encontrada.

No dia seguinte, uma mulher empurrando um carrinho de criança em direção à fila de água, atrás de uma barricada montada com caminhões e ônibus quebrados na rua Sutjeska, levou um tiro no alto da cabeça.

Ela caiu para a frente — Alá seja louvado, falou o ministro de Assuntos Internos —, sobre o carrinho, protegendo, assim, seu filho de dois anos.

Os cidadãos que se encontravam na fila acreditavam que estavam protegidos atrás da barricada. A mulher engasgou e cuspiu sangue pela boca enquanto o filho berrava. As pessoas rolaram para as sarjetas ou para debaixo do ônibus, o coro de gritos misturando-se ao barulho das garrafas vazias caindo e rolando no chão. O garotinho berrou; a mãe sangrava. Vozes começaram a se fazer ouvir nas sarjetas e atrás das paredes.

— A gente precisa ajudá-la!

— Ela está morta!

— Como você sabe, dr. Sem Fronteiras?

— Ela não está respirando! Isso é um sinal!

— O filho dela está berrando!

— A mãe está morta, e ele está com medo. Ele vai gritar o resto da vida!

— A gente devia pelo menos tirar o corpo dela de cima dele.

— O corpo dela está protegendo a criança. Ela não gostaria de ser movida. Não vale a pena o risco.

— Seja lá quem for, você é um porco egoísta!

— Então vai você, corra até lá! A gente o enterra com sua medalha de estupidez!

Quase dez minutos se passaram antes de o caminhão da cervejaria, com Tedic dentro, poder se aproximar do local e colocar o corpo da mulher na caçamba. Ela era magra, com cabelos castanhos, e parecia tão leve quanto um saco de folhas secas quando Tedic a segurou pelos ombros e Mel levantou seus pés, a fim de colocá-la no caminhão. O próprio Tedic pegou o menino de cabelos castanhos, esperneando assustado, e entregou-o a um policial. Em seguida, Tedic fez questão de andar em volta da poça de sangue que circundava o carrinho vazio, enquanto as pessoas começavam a sair cautelosamente de seus esconderijos ao longo da rua.

— Bravos e nobres cidadãos de Sarajevo — proferiu ele. — Escuto sobre vocês na BBC. Preciso ser franco, vocês não parecem nada com as descrições.

No entanto, quando Tedic relatou o caso para o ministro de Assuntos Internos no porão do edifício presidencial, seu sarcasmo foi dirigido à morta:

— De qualquer forma, o que uma mãe estava fazendo com uma criança numa rua daquelas?

— Indo pegar água, como todo mundo — respondeu o ministro. — Havia duas garrafas vazias ao lado do menino.

— Então! — retrucou Tedic. — Se ela tivesse deixado o menino pra trás, poderia ter carregado mais água de volta.

— Tedic, sem dúvida é melhor para o mundo que você não tenha filhos — observou o ministro, com um sacudir de cabeça que demonstrava cansaço. — Admita e reconheça. É melhor pra você. Com certeza, é melhor para as crianças. Qualquer pessoa que só tenha alguns sobrinhos e sobrinhas irá lhe dizer que você não pode deixar uma criança confinada o tempo todo, sem nunca respirar ar fresco.

Ao que Tedic devolveu:

— Tenho tantas janelas quebradas e buracos de morteiro em meu apartamento, que chego a engasgar com o ar fresco.

O MINISTRO DE ASSUNTOS Internos lambeu um dedo e tentou tirar um dos muitos amassados da gravata prateada londrina, que também estava suja.

— O que temos aqui? — perguntou por fim. — Uma série de tiros de sorte, improváveis e sem relação, ou um padrão?

— Já ouviu falar no Cavaleiro? — indagou Tedic.

O ministro fez que não.

— As palavras dele encorajariam sua última visão. — Tedic leu algumas palavras de uma transcrição. — Talvez sejam só palavras —

observou. – Tudo bem. Só que ontem de manhã nosso amigo começou a tocar Peter Tosh. *Brothers of scorn in exile for so long, we need majority rule. Early morning dew, fight on** etc. – O sotaque caribenho de Tedic não foi convincente.

– Uma das favoritas da minha filha – falou o ministro, com tristeza. – Distorcida para virar um hino sérvio ao som de tambores de metal.

Tedic correu o dedo por outro parágrafo.

– Tudo bem. Em seguida, ele diz: "Vocês sabem, muçulmanos, existe uma coisa que seus governantes não irão lhes contar. Eles não acham que vocês mereçam a verdade. Pra eles, vocês são bonecos numa galeria de tiros. Eles os forçam a se desviarem de balas e a morrerem de fome até conseguirem firmar seus acordos e voar rumo a um exílio luxuoso no Sul da França."

– Se a gente pudesse escolher – interrompeu o ministro –, eu preferiria a Flórida. Estou sempre com frio.

– O meu ideal seria passar os invernos em San Juan e os verões em Gstaad – comentou Tedic. – Nosso amigo continua: "O que vocês acham que eles estão fazendo", pergunta ele, "quando partem pra conferências em Viena e Londres? Eles não voltam acenando com tratados de paz, voltam? E nem com presentes pra vocês. O que essa mixórdia étnica de muçulmanos fanáticos, sérvios patetas, croatas cabeças-duras e judeus com nariz de tamanduá fazem de verdade?"

– Bem, esse fanático cabeça-dura aqui – observou o ministro de modo ácido – não foi nem até Zagreb desde que tudo começou.

– Ele tem outra frase – falou Tedic, analisando a seção seguinte. – "Tudo o que eles conseguiram foi que seus amigos e familiares fossem mortos. Que vocês morressem de fome e de frio. Os americanos têm um novo gambá sorridente pra presidente. Ele não lutaria nem pelo próprio

---

* *Irmãos da escória exilados há tanto tempo, precisamos que a maioria domine. O orvalho do alvorecer, lutemos.* (N. T.)

país. O que faz vocês pensarem que ele vai arriscar os preciosos rapazes americanos, com suas bundas rosadas, a fim de salvar suas vidas?"

— Ele tem razão nesse ponto — interveio o ministro.

— "Eis o que os seus governantes não irão lhes contar, muçulmanos." — Tedic voltou a imitar a voz do Cavaleiro. — *"A gente pode pegar vocês em qualquer lugar.* Todas essas barreiras e pontos cegos? Mera decoração. São fortalezas apenas para os tolos. Suas barricadas são tão frágeis e inúteis quanto papel higiênico... se é que vocês se lembram de como é papel higiênico. E seus líderes sabem disso. Podem perguntar. Todas as semanas pessoas levam tiros em áreas consideradas seguras. A verdade? *Nenhum lugar* é seguro. Nós, sérvios, temos um cobra aqui que é capaz de colocar uma bala no cérebro de vocês mesmo que se tranquem no cofre subterrâneo de um banco na rua Branilaca Sarajeva. Ele é bom o suficiente pra isso. Sua picada é fatal. Ele é venenoso a esse ponto. Pra onde vocês vão se virar? Como vão poder respirar? Cada passo que dão..."

— Não deve ser difícil imaginar a música que acompanhou a declaração — interrompeu o ministro, sinalizando que havia entendido o argumento. — *Every breath you take?* — A voz do ministro elevou-se em indagação. — *Every move you make, step you take, I'll be watching you?**

— Sting — concordou Tedic. — Como a picada de uma cobra.

— Não vamos nos deixar levar pela metáfora — retrucou o ministro. Ele se levantou da cadeira e começou a bater nos próprios braços em meio à escuridão e ao frio gelado do porão.

---

* *A cada respiração sua, a cada passo, estarei de olho em você...* (N. T.)

26.

Amela e Irena conseguiram conversar na semana seguinte, e na outra também. Zoran ficava ao lado do táxi enquanto as garotas pulavam de um assunto para outro, em dez minutos de conversa. Amela havia encontrado a Q de janeiro de 1992. Ela continha fotos das cerimônias de premiações da Q nos estúdios Abbey Road.

— Tem a foto de um cara chamado Lou Reed — falou Amela. — Baixo e enrugado.

— Nossos pais gostam dele — observou Irena. — Câmbio.

— O Seal gosta dele. O Seal ganhou o prêmio de melhor novidade do ano. Ele é *tãããão* sexy.

— Me conta, me conta. Câmbio — pediu Irena.

— Casaco de veludo roxo, camisa branca desabotoada, um colar de diamantes e calças de couro pretas — descreveu Amela. — Na virilha, enormes botões de diamantes. Câm-bio.

— Ai, meu Deus — disse Irena. — Câmbio. — Ela fingiu se abanar com uma das velhas luvas da avó.

— E um artigo sobre os 50 melhores álbuns do ano passado. Câmbio.

— Quem? — perguntou Irena. — Câmbio.

— Elvis Costello, Billy Bragg, Nirvana, Ice-T. — A voz de Amela falhou, enquanto ela usava ambas as mãos para virar a página.

— E o Lenny Kravitz? — quis saber Irena. — Câmbio.

— Com certeza. Câmbio.

— Fale sobre quem é sexy! Câmbio.

— Tem uma foto do Sean Lennon com ele. Você acha que ele seria famoso se seu nome fosse Sean Jezdic? E Sting, é claro. *The Soul Cages.* Câmbio.

— Sean cresceu rápido — comentou Irena. — Ele era tão jovem quando o pai foi morto. Sting ainda é sexy. Mas você se lembra de alguma música desse álbum?

— Neil Young e Crazy Horse... o álbum da turnê, ao vivo. — A voz de Amela sumiu de novo por alguns instantes. — Ó céus, ele é uma raposa velha. Por que nossas mães ficam enlouquecidas com ele?

Zoran virou-se e sinalizou para Irena.

— Diz pra sua amiga que nós, raposas velhas, gostamos do Neil Young — disse ele. — Existem muitas raposas velhas no mundo.

— Oh, Deus! — Amela exclamou de repente. — Uma história. Estranha. Um grupo em Nottingham. Carcass. Já ouviu falar neles? Câmbio.

— Nunca — respondeu Irena.

— Eu também não. O material deles é *hard-gore*, em inglês. Câmbio.

— Pornô? Câmbio.

— Não, *gore* — falou Amela. — Como um machucado, diz o motorista aqui. Eles todos se escondem sob os cabelos compridos, e só usam preto. Um deles diz: "Ninguém gosta de falar sobre isso, mas a putrefação é um processo excitante." Câmbio.

— *Aaargh* — zombou Irena. — Não é não. Câmbio.

— Quer saber qual foi a melhor música? — perguntou Amela. — Câmbio.

— Claro. Câmbio.

— "Vomited Anal Track." Câmbio.

Irena riu até começar a tossir velhas nuvens de fumaça. Quando finalmente conseguiu pegar o rádio de volta, que havia caído, as risadas de Amela se fizeram ouvir de novo.

— Escuta. Estive pensando — disse ela. — Mantenha isso em segredo. Você pode confiar no seu motorista? Câmbio.

— Por um pacote de cigarros, com certeza. — Irena olhou de relance para Zoran e sorriu do modo como costumava sorrir para os jogadores com os quais colidia. — Sou paga em cigarros — acrescentou.

— Tem um lugar no aeroporto — informou Amela — onde as pessoas podem acenar umas para as outras. Câmbio.

— Claro. Já ouvi falar. O lugar é protegido por soldados franceses. Câmbio.

— Pelos nossos rapazes também. Então, e se nós duas fôssemos lá alguma hora? — sugeriu Amela. — Câmbio.

— No aeroporto? Câmbio. Pra acenar? Câmbio.

— Pra acenar — respondeu Amela. — Gostaria de te mostrar uma coisa também. Câmbio.

Irena olhou para o rosto de Zoran como se ele tivesse a resposta. Só conseguia pensar numa única coisa.

— Claro — disse. — A gente pode combinar. Pra ver você? O lugar fica a mais de 90 metros de distância. Câmbio.

— Acho que sim. Câmbio.

— E a gente precisa ser cuidadosa. Lá todo mundo está armado. Câmbio.

— Seremos.

— Para nos vermos? Fantástico! Câmbio — falou Irena.

As duas garotas tinham horários flexíveis. Elas podiam ser convocadas a trabalhar de dia ou à noite. Contudo, como em geral acontecia, ambas podiam contar com um tempo livre às seis da tarde, quando haveria luz suficiente para irem até o aeroporto e poderem acenar uma para a outra. Irena comentou que o cair da noite iria, na verdade, ajudá-las a mascarar suas rotas, a fim de poderem voltar a salvo para os táxis e seus apartamentos.

— Você é tão esperta! — entusiasmou-se Amela. — Você devia ser um general, e não uma auxiliar. Câmbio.

— Não fui feita pra trabalhar em cervejarias — respondeu Irena. — Isso é certo. A gente se vê! Fantástico. Câmbio. — Elas combinaram uma data para dali a duas semanas.

IRENA DESCOBRIU QUE o preço pago, um pacote de cigarros, incluía uma breve parada antes de voltar para casa e persuadiu Zoran a parar primeiro na sinagoga. Havia um quartinho no porão onde ficavam guardadas as roupas velhas. As roupas eram distribuídas gratuitamente para quem necessitasse, mas a pessoa precisava oferecer uma história convincente. As sinagogas em Nova York, Paris e Londres haviam coletado pilhas de jaquetas de *tweed* descartadas, meias e botas. No entanto, o cerco sérvio dificultava a entrega. No momento, o escasso estoque à disposição era formado pelo legado fortuito de pessoas mortas. A sinagoga enviava pessoas para receberem as doações antes que os invasores e saqueadores — os quais certamente também precisavam de roupas — pudessem atacar.

Irena encontrou um homem idoso com uma compleição inesperadamente forte sentado em uma cadeira dobrável, lendo uma cópia amarelada do *Guardian*. Mais cartas de James Joyce haviam sido publicadas em Dublin, mas não, percebeu Irena ao ler a manchete, todas as que tinham sido prometidas. Crianças de sete anos vinham sendo testadas em Leeds; seus pais estavam chateados. O Ocidente, pensou Irena, um lugar onde as pessoas brigam pelas velhas anotações de um escritor e onde as crianças de sete anos não precisam temer serem mortas por um tiro.

— Com licença — falou.

O homem ergueu ligeiramente a cabeça.

— Tenho um amigo — declarou ela. — Ele está sem graça. Precisa de roupas. Ele está com frio.

O homem idoso pareceu gostar da distração, ainda que precisasse desencorajá-la.

— Não posso distribuir as roupas — informou ele, levantando-se da cadeira. — Precisamos ter certeza de que as pessoas estão realmente necessitadas. Não queremos dar as roupas e depois vê-las sendo vendidas no mercado negro.

Onde elas poderiam ser trocadas por comida, pensou Irena, guardando a observação para si.

— Ele realmente está precisando. Ele só tem uma muda de roupas e elas estão se desfazendo.

— Quem é o seu amigo? — perguntou o homem de modo cético. Irena viu que ele não se tornara responsável pelo estoque apenas devido aos braços fortes.

— Ninguém em especial. Quero dizer, ele é especial, mas não é meu parente. Apenas alguém que mora no nosso prédio.

— Ele tem nome?

— Ele está com muita vergonha, já disse.

— Por que ele não tem roupas?

— Ele foi... todos nós fomos... expulso de Grbavica sem poder levar nada.

— Isso é o que todo mundo diz — replicou o homem.

— Estou falando a verdade — retrucou Irena. — Sou Irena Zaric. Da Number Three High School.

O homem resmungou e deixou os braços fortes caírem ao lado do corpo.

— A jogadora de basquete. — Era uma constatação e Irena respondeu de modo simples:

— Eu mesma.

— Seu amigo — continuou ele. — Talvez ele possa usar outros meios pra conseguir ajuda. Ele está comendo?

— Razoavelmente bem. A gente ajuda.

— A gente serve almoço aqui para os idosos.

— Ele não é tão velho assim.

— Ninguém pede pra ver as certidões de nascimento — replicou o homem.

— Ele está com vergonha, estou te falando.

— O que ele come? — Irena foi pega de surpresa. Não esperava ter de falar sobre isso.

— O que a gente conseguir arrumar. Feijão, arroz, comida enlatada. Grama e folhas, quando o tempo estava mais quente. Queijo e leite em pó. Azeitonas. O que tiver.

— Ele já foi até o mercado negro? Dá pra arrumar roupas em troca de azeitonas.

— Ele não sai. Está com vergonha, como eu já disse.

— Vocês dão a ele o que podem? Acho que isso é um ditado do Talmude. A gente precisa fazer o que puder para ajudar os outros antes de pedir ajuda a eles.

— Isso parece com o que está escrito no Alcorão também — falou Irena. — A gente deu meias e outras coisas pra ele. Mas... estamos no apartamento de minha avó. Ela não tinha roupas masculinas.

— Sua avó... é Gita Zaric?

— Claro.

— Não a tenho visto — declarou o homem.

— Ela está *morta* — informou Irena, sentindo que, de repente, o jogo estava virando a seu favor.

— Sinto muito — falou o homem após uma pausa. — Eu não sabia. Tem morrido gente demais, não dá pra acompanhar. Esse homem, ele é alto?

— Um pouco mais alto do que eu. Não dá pra gente ficar em pé muito tempo lá no prédio.

— Qual a idade dele?

— Acho que por volta dos 40. Que nem aquele cara, qual é o nome? Brian Wilson. Mas não tão gordo.

— Hooo — disse o homem. Irena achou que podia distinguir a sombra de um sorriso. — Não temos nada tão grande. Por aqui ninguém mais é tão grande assim. Seu pai... ele não pode ajudá-lo?

— Meu pai... como já expliquei, todos nós... saiu só com a roupa do corpo.

— Por que ele não fez uma mala?

— Nós fizemos. Todos nós. Fomos roubados também.

— Isso é fácil de dizer.

— Porque é verdade.

— Hoje em dia, os garotos fazem qualquer coisa pra arrumar dinheiro pra cerveja, cigarros, camisinhas, drogas. Se eu te der roupas e você as vender, entenda: só poderá me enganar uma única vez. Seu pai sabe que você está aqui?

Irena tentou conter as lágrimas, mas percebeu que não tinha forças para tanto. O homem ficou confuso e, quando ela finalmente falou, as palavras saíram entre soluços e fungadas:

— Seu velho escroto filho-da-puta! — gritou ela. — As roupas são *pro* meu pai! Ele tem cavado *buracos de merda*! Tem usado farrapos, e *eles* estão se desfazendo! Eu o vejo tremendo em plena luz do dia, como um garotinho que fica envergonhado por ter molhado as calças. Ele dorme o tempo todo, porque está entediado! E com frio. A mãe dele está morta. Meu irmão... só Deus sabe onde ele está agora... está brigando com os sérvios em alguma floresta idiota. Só estou tentando arrumar pro meu pai uma camisa mais quente e um par de calças que não esteja todo esburacado. E *você*... você, seu *cretino* miserável, idiota e arrogante... toma conta dessa pilha de trapos velhos como se fossem as jóias da coroa!

Sem mais outra palavra, o velho virou-se e entrou no quartinho, voltando com uma camisa grossa de algodão azul-escura, calças cinza também grossas e de algodão e um par de meias cinza. Ele colocou as roupas sobre a cadeira e voltou para vasculhar calmamente um dos armários. Ao retornar, trazia nos braços um pulôver canelado de lã marrom-café, junto com uma máscara de esqui azul-escura.

— A máscara — disse ele baixinho — pode ajudar seu pai enquanto ele estiver cavando. O pulôver está um pouco gasto, mas ainda dá pra usar. — Ele apertou o tecido canelado com os dedos. — Ele é grosso. Sente. Quentinho. Da Burberry, uma boa marca. Pertencia ao sr. Levi. Ele o comprou durante uma visita a Nova Jersey — explicou, entregando a pilha para Irena e se afastando. — Espero que seu pai tenha sorte ao usá-las.

Ao mandar Irena embora, ele entregou a ela o *Guardian* que estivera lendo e o *Jerusalem Post*. Disse que ela poderia voltar se precisasse de alguma outra coisa, *qualquer coisa*.

O TEMPO ESFRIOU TANTO que os Zaric raramente usavam qualquer outro cômodo do apartamento que não a sala de estar e o banheiro. A sra. Zaric colocou o fogão improvisado debaixo da janela, mas só o acendia com fogo baixo. A fumaça poderia atrair a atenção de algum atirador. Ao voltar para casa, Irena colocou as roupas e jornais no antigo quarto da avó, onde às vezes se recolhia para ter alguns minutos de privacidade. Os pais entendiam; na verdade, apreciavam ter uma ou duas horas só para si. Sem dizer nada, Irena enfiou a camisa, a calça, as meias e a máscara de esqui numa gaveta e, com o pulôver debaixo do braço, foi se juntar aos pais na sala.

— Encontrei isso na cervejaria — anunciou para o pai. — Ninguém se incomodou... todo mundo disse que eu podia trazê-lo pra casa, pra você.

O sr. Zaric passou os dedos na parte externa e interna da gola grossa.

— É uma bela peça — declarou ele. — Deve ter uns 20 anos. Desenhada na Inglaterra, fabricada em Hong Kong... o melhor dos dois mundos. Tem certeza de que o dr. Tedic disse que não tinha problema?

— Ele disse que nem ia notar que o pulôver não estava mais lá.

— E como ele chegou lá? — perguntou o sr. Zaric.

— Ninguém sabe — respondeu Irena. — Algumas coisas apenas ficam pra trás. As pessoas não sabem pra onde levá-las. Todo mundo supõe que, quem quer que fosse o dono, está morto. Portanto, você pode muito bem usar. Uma coisa tão quentinha não devia ser desperdiçada.

O sr. Zaric agradeceu à filha e pediu a ela que fizesse o mesmo com o dr. Tedic. Ele manteve o pulôver no colo enquanto escutava ao noticiário londrino da tarde, pegando no sono sob uma leve réstia de sol invernal.

NA MANHÃ SEGUINTE, Irena foi trabalhar bem cedo. Enrolou a camisa e as calças do homem sob o casaco e meteu a máscara de esqui num dos bolsos. E saiu com o *Guardian* e o *Jerusalem Post*, amassados e amarelados, debaixo do braço.

Ao vestir o macacão Dragan na caçamba do caminhão da cervejaria, Irena escondeu todas as novas aquisições em suas mangas e pernas. Dobrando o *Guardian* ao meio, enfiou-o por baixo do cinto do macacão. Alá seja louvado, pensou consigo mesma, aquele Dragan gostava de pão árabe e torta de maçã. Por último, enfiou o *Post* por dentro da gola, nas costas, deixando-o escorregar até ficar de encontro à base da coluna.

Havia dois modernos edifícios azuis em Marindvor, logo acima do rio, conhecidos como Momo e Uzeir, em homenagem a dois personagens de uma série contínua de piadas bósnias. (Momo solta um pum enquanto está esperando na fila de água, na frente de Uzeir. "Desculpe pelo peido", diz Momo. "Tudo bem", responde Uzeir. "Onde você arrumou o feijão?") Os prédios eram considerados arranha-céus. Na verdade, os cidadãos de Sarajevo às vezes os chamavam de Torres Gêmeas, embora eles só tivessem um quinto da altura das torres do World Trade

Center de Nova York. Momo e Uzeir – ninguém sabia qual era qual, quem era sérvio e quem era muçulmano – tinham sido a matriz de uma empresa de energia.

Os prédios eram equipados com extintores de incêndio tão sofisticados e eficientes quanto qualquer edifício, digamos, em Toronto. No entanto, ao serem bombardeados, durante os primeiros dias de ataques sérvios, suas reservas de água haviam sido invadidas por cidadãos sedentos. O fogo começara e se extinguira sozinho. As chamas haviam queimado todos os papéis, cópias carbono, mensagens telefônicas, plantas, diagramas, fotos de família, memorandos, abajures, cartões de visita, papéis manilha, envelopes laranja e embrulhos de *cevapcici*. A explosão derreteu os telefones, transformando-os em poças pegajosas, e as mesas de aço cobertas de linóleo e as cadeiras de poliuretano em esqueletos carbonizados. O calor esturricou o belo carpete de náilon, fazendo-o virar um pó cinzento que fedia a cinzas velhas e plástico derretido.

Tedic hesitava em mandar atiradores até o Momo e o Uzeir. Os andares dos prédios estavam praticamente vazios. As chamas, os ventos e os morteiros haviam destruído a maior parte das vidraças, as quais iam do chão ao teto. Parecia impossível poder se esconder lá de modo eficiente. Contudo, ainda assim ambos os edifícios ficavam situados em frente às plataformas de artilharia sérvia que haviam sido armadas entre o aeroporto e Grbavica. Molly e Tedic já tinham encontrado uma solução.

Quando a neve recomeçou a cair naquela manhã, Tedic chegou à conclusão de que a tempestade proporcionaria um véu de proteção sobre o edifício. Ele, então, mandou Irena para o sexto andar da torre sul. Irena, seguindo as persuasivas instruções de Molly, subiu até o sétimo. Ao virar uma esquina, foi jogada para trás – o que, na verdade, a assustou – pela luz e vento intensos. A luminosidade parecia aumentar com a neve. No entanto, a escada ficava localizada no centro da torre. Se Irena ficasse de joelhos sobre as cinzas e o cascalho, ninguém do outro lado seria capaz de vê-la. Mas ela também poderia não conseguir fazer o disparo. Precisava seguir em frente.

Irena pegou o jornal escondido sob o macacão e amassou as folhas, enrolando-as sobre o piso escorregadio e carbonizado até elas parecerem pequenas bolas. Em seguida, tirou a camisa azul, as calças cinza e a máscara de esqui, e meteu as bolas de jornal nas mangas e pernas. Juntando duas folhas grandes, pressionou-as e enrolou-as até elas ficarem do tamanho de uma bola de futebol, a qual enfiou dentro da máscara de esqui.

— Já beijei garotos mais feios do que você — falou para seu boneco recheado de jornal. Em seguida, começou a movê-lo em direção à borda sul do sétimo andar. Cutucando-o com a ponta do rifle, empurrou o boneco cuidadosamente para a frente. Irena já correra uma distância de 50 metros em seis segundos. Durante um jogo de basquete, podia fazer aquele tipo de arremesso com 30 passos explosivos, repetidas vezes. No entanto, arrastar-se 25 metros pelo piso com a lentidão de uma barata era muito mais difícil. Os dedos dos pés e os tornozelos doíam por terem de conduzir o peso do corpo pelo chão com tamanha lerdeza. O piso arranhava seus cotovelos. Cada centímetro era uma tortura para os ossos, além de lançar poeira em seus olhos.

O avanço lento era uma tentativa de permanecer indetectável para qualquer pessoa do outro lado que pudesse estar treinando com seus binóculos nas janelas restantes da torre sul. Irena rastejou. A cada hora, dormia alguns minutos. Após duas horas, fez xixi nas calças ao atravessar a neve que se juntara dentro do prédio. Três horas rastejando fez com que ela ficasse a um metro da borda da janela, cuja parte inferior possuía uma plataforma baixa, não maior do que sua velha bolsa de atletismo, que cobria as chapas de metal do sistema de ar-condicionado e aquecimento do prédio, as quais agora pareciam tão espetacularmente supérfluas.

Quando Irena virou a cabeça de lado, viu um bilhete que Molly deixara dois dias antes preso a uma das chapas — era uma brincadeira boa demais para se deixar passar – com um ímã de geladeira da "Funerária Adamovic. Colocando Sarajevo para descansar desde 1955". A caligrafia de Molly era pequena, comprida e fina:

Estamos longe de Cape. Ao olhar para baixo, à direita, você irá ver as pedras sagradas. Ligue quando estiver na vizinhança. Parabéns.

Os SÉRVIOS HAVIAM transformado o antigo cemitério judaico, situado numa colina acima de Grbavica, num excelente posto de observação para os atiradores. O lugar era bom, elevado e permitia aos atiradores e às equipes responsáveis pelos morteiros usufruir a proteção das inúmeras lápides de pedra, de onde podiam escolher seus alvos com uma prazerosa segurança. Tedic, que colocara o lugar sob observação a partir do Momo e do Uzeir, ouvira falar que as equipes de artilharia sérvias podiam ser vistas estendendo cobertores atrás das lápides, a fim de fazerem piqueniques invernais.

Bem na frente de Irena havia uma pedra grande e cinza, como as cinzas e destroços que caíam e explodiam à sua volta, muito embora aquela pedra viesse dos escombros provocados por um morteiro no Marshal Tito Boulevard, tendo sido levada até ali por Molly. Irena tirou a luva da mão direita, a fim de sentir os pedaços de pano, cortados de sacos de grãos, que sabia estarem enrolados em volta da pedra.

Ela tateou pelo topo do embrulho até sentir algo mais duro, mais gelado do que a pedra e mais perfeito. Ai, meu Deus, pensou, está aqui e é mais bonito do que qualquer coisa que algum outro namorado tenha me mostrado. Os competentes artífices que trabalhavam na cervejaria Sarajevo haviam feito um buraco na pedra. Lá eles haviam cimentado um revólver Browning calibre 38, usado pela polícia – pelas forças da Interpol espalhadas pelo continente e pelas gangues sérvias que precisavam de uma arma leve e confiável ao atirar nas pessoas que arrancavam de seus lares – bem no fundo da rocha. Uma corrente encontrava-se em meio aos panos e atrelada à arma – o tipo de corrente que as pessoas encontram dentro dos mecanismos de descarga dos banheiros, que era exatamente onde Tedic arrumara aquela.

Irena enfiou a camisa recheada de papéis na cintura da calça, amarrando-a com uma corda. Posicionou o boneco atrás da chapa de aquecimento, equilibrando a máscara de esqui sobre o torso. Ao ter certeza de que o boneco atirador ficaria na posição mesmo sob o vento e a neve, encostou o nariz de seu M-14 na parte de trás da máscara de esqui, cutucando com cuidado no lado direito e no esquerdo, até deixá-la na posição. A máscara recheada virou do jeito que uma cabeça humana faria atrás de um rifle. Pegando uma das pontas da corrente com a mão direita, Irena chamou Molly baixinho, que a esta altura já devia ter acomodado seus ombros estreitos atrás das chapas no andar abaixo.

– Nosso namorado está pronto, Molls.

Houve um momento de ansiedade antes de Irena escutar a voz dele ecoando de volta por entre as cinzas e a neve.

– Fico feliz em ouvi-la, querida – ele falou baixinho. – Quem vai começar a brincadeira é você. Leve o tempo que precisar.

Os guepardos sempre procuram por filhotes abandonados de gnu, Molly dissera a ela no dia anterior. *Eles não escolhem um animal de seu próprio tamanho.*

Porra, devolvera Irena, *fale uma língua que eu entenda, Molls. Sem metáforas. Sem aquela conversa fiada dos índios mais velhos.*

Quero dizer, explicara Molly, *que, quando parecemos fracos, eles atacam. Essa é a lei da selva também.*

Irena respirou fundo. Contou até três, por nenhuma razão particular, exceto pelo fato de que três vinha antes de cinco. Tinha medo de não conseguir chegar a cinco. Um, dois, respirou de novo. Um, dois e, dessa vez no três, deu um puxão na corrente. A corrente acionou o gatilho do revólver cimentado na pedra. O Browning disparou de dentro dos panos. Um tiro a esmo cortou o ar. A ponta do cano brilhou. Os panos ficaram chamuscados.

Do outro lado, os atiradores sérvios escondidos atrás das velhas lápides do cemitério viram o gnu abandonado de Molly – um atirador solitário, um garoto assustado – atirar a esmo, um disparo idiota. Perceberam a oportunidade de enfiar uma bala no cérebro do atirador enquanto ele ainda não se recuperara do choque provocado pelo coice.

O primeiro disparo dos sérvios cortou o ar próximo às orelhas de Irena. Enquanto ela rolava para longe de seu boneco, escondida atrás da chapa de aquecimento, outra bala acertou o topo da máscara azul-escura que ficara um pouco atrás. O tiro perfurou a máscara e se alojou no teto, acima de sua cabeça, explodindo contra o concreto como um trovão.

– Você os pegou, querida – Molly disse baixinho por entre a nuvem de poeira. – Agora agüenta aí.

Molly viu um pedacinho de uma máscara de esqui e o brilho das lentes de um binóculo surgirem detrás de uma das lápides do outro lado. Irena retesou os músculos do corpo inteiro, dos pés até os ombros. Contou um, dois e, em seguida, escutou o estampido do tiro de Molly ecoar em seu peito, fazendo seus ouvidos vibrarem. Quando o barulho finalmente definhou, pôde escutar Molly comemorando de seu poleiro logo abaixo:

– Mandei um no carpete, querida.

Irena pôs-se de pé. Através da mira do rifle, viu uma silhueta cinza deitada de barriga para baixo na neve sobre um dos túmulos. Uma mortalha rosa floresceu – uma palavra peculiar, mas não conseguia pensar em outra – em volta dos ombros dele. No entanto, o Anjo da Morte possuía amigos. Irena viu outra silhueta entrar na mira, destacando-se contra a neve.

Algum outro atirador, imaginou, ou alguém da equipe responsável pelos morteiros havia visto o companheiro ser baleado e saíra correndo, a fim de salvar a própria vida. A figura escorregou e caiu. Ele tinha coragem. Tinha valor. Tateando em volta, o homem pôs-se de pé e continuou a correr. Irena viu sua cabeça e ombros sobressaindo atrás dos galhos cobertos de neve de uma árvore (era uma garota da cidade, falou para Tedic depois, e não sabia a diferença entre um carvalho, uma tília e uma palmeira). Enquanto corria, o homem sacudiu a neve do corpo, destacando-se em meio à paisagem branca que o cercava. Irena ergueu o rifle e firmou os pés no chão. Enquadrou a mira bem no meio das costas largas e escuras e puxou o gatilho em direção ao queixo até sentir o coice contra o ombro.

Irena caiu de joelhos. A figura desabou como um pássaro derrubado em pleno vôo, estatelando-se na neve. Irena arrastou-se com cuidado até a beira do andar e, através da suave cortina de flocos de neve, viu duas manchas rosadas começarem a se espalhar. *Anjos na neve*, pensou.

TEDIC RECOMPENSOU MOLLY e Irena com banhos quentes. Ele pediu a Mel para encher duas velhas banheiras com água escaldante, aquecida em um dos tanques de fermentação. Molly e Irena chiaram ao entrarem devagarinho em suas respectivas banheiras. O piso e as paredes do porão estavam cobertos de gelo. O vapor subia das banheiras, cobrindo e avermelhando os corpos esbranquiçados.

— O vapor é uma delícia — declarou Molly. — Imagino que isso pareça com o fogo do inferno. — De modo cômico, ele deu tapinhas nas bochechas.

Tedic apareceu para pedir desculpas. Não tinha nenhuma espuma de banho, informou. No entanto, possuía um bom conhaque e eles brindaram ao trabalho do dia. Irena exultou ao sentir os dedos dos pés de novo — já quase os considerava mortos — e o conhaque lhe subindo à cabeça. Ela e Molly, porém, não contaram a Tedic a respeito do boneco de pano que ela levara até o esconderijo. Talvez eles tivessem a chance de usar o truque de novo. Além disso — como a mãe de Irena a ensinara —, era bom ter alguns trunfos escondidos nas mangas, como moedas sobressalentes.

Tedic disse que tinha ido ver o rabino na sinagoga, a fim de explicar que eles haviam sido obrigados a disparar alguns tiros contra o cemitério. Alguém tinha sido morto, informou ele — na verdade, duas pessoas. Não queria que o rabino soubesse das novidades pelo Cavaleiro, o qual poderia afirmar que os atiradores estavam apenas colocando coroas de flores sobre os túmulos.

— Falei para o rabino: "Peço que entenda, Rebbe, que transformar o lugar de descanso de nossos ancestrais... e, para o povo de Sarajevo, eles são *nossos* ancestrais também... em um ninho de atiradores é uma ofensa para todos os muçulmanos praticantes." — Tedic fez uma mesura engraçada, como se estivesse rezando, em direção a Molly e Irena, que exultavam em suas banheiras.

"No entanto, alguns assassinos têm se escondido atrás das lápides, a fim de lançar a morte sobre nossa cidade." E o rabino — disse Tedic —, *o rabino* se volta para um travesseiro no chão, e, esticando o braço, pega atrás dele essa garrafa de conhaque. E ele fala pra mim, a voz parecendo um trovão, como se fosse o próprio Deus: "É melhor ver as lápides e os ossos de nossos ancestrais queimando até virarem pó", diz ele, "do que ver outra criança ser morta em nossas ruas." Em seguida, o rabino abre a garrafa e a entrega pra mim. Ele continua: "Ofereça aos canalhas *dez vezes mais* do que o que eles nos têm oferecido! *Que Alá seja louvado.*" Pois bem, *essa* é uma religião na qual *eu* posso acreditar — declarou Tedic, acima das risadas de Molly e de Irena.

Tedic possuía um velho faro de professor para saber quando estava sendo deixado de fora e a sensibilidade para aceitar o fato. Deixando o conhaque numa prateleira de tijolos próxima a Molly, despediu-se rapidamente, de modo caloroso. A água das banheiras estava começando a esfriar, o vapor já não subia tanto. Molly sacudiu a água da mão, a fim de pegar a garrafa — conhaque húngaro, irreconhecível — pelo gargalo e entregá-la a Irena.

— Os dois homens — começou ela. — Você acha que conhecia algum deles? Velhos companheiros de moita?

— Ai, Jesus, nunca penso nisso. Tenho certeza de que eles também não. Suponho que poderia ter sido um de seus velhos colegas de escola também. Esqueça isso, querida.

A água respingou para fora da banheira quando Molly se virou e olhou pela borda para as toalhas que eles haviam deixado dobradas sobre os sapatos.

— Você esquece, Molly? — perguntou Irena. — Aposto que tem coisas que nem *você* consegue evitar de pensar.

Molly juntou as mãos em concha, o vapor desprendendo-se das belas unhas cintilantes, a fim de molhar o rosto com o resto da água quente.

— Tento pensar em coisas que possam me manter vivo — declarou ele.

— Ele estava correndo pra ajudar o amigo, Molls. Isso é o que eu faria por você, e vice-versa. — Irena estava começando a tremer devido à água já fria das bordas. — Porra, eu o acertei pelas costas.

— Eles estavam tentando atirar na gente — Molly lembrou-a. — Teriam atirado mesmo que fossem dez ou 20 pessoas indefesas. Eles não estavam no cemitério apenas tirando um sarro, querida.

— Ainda assim, ainda assim — replicou Irena. — Você acha... já pensou no fato... de que podemos ir pro inferno por isso?

— Vou chegar lá bem antes de você — retrucou Molly.

— Não tente sair pela tangente, Molls — falou Irena. — Aqui podemos agir como duas garotas. Pode falar na minha cara. Não espere até eu ficar mais velha. Posso não chegar lá. Talvez eu devesse saber mais sobre o inferno. Tal como apertar os olhos no escuro.

Molly fez sinal para que Irena erguesse a garrafa de conhaque, a fim de poder pegá-la. Os dedos dela eram bonitos e rosados, mas tremiam de leve em meio ao frio do ambiente.

Molly mergulhou os ombros ossudos no que restava da água quente antes de falar:

– Quando eu era criança... e ia às igrejas holandesas e tudo o mais... o inferno era o lugar para o qual você era mandado quando não se comportava bem. Agora? Acho que Ela criou o inferno para que as pessoas de lugares como Sarajevo pudessem saber que existe coisa pior.

Eles esticaram os braços para pegar as toalhas, implicando um com o outro a respeito de suas respectivas contusões e cicatrizes, parecendo velhos colegas de time.

27.

Umas duas semanas depois, quando Zoran levou Irena até o aeroporto próximo a Dobrinja, a neve estava mais forte e o gelo adquirira um tom cinza sujo. Zoran estacionou atrás de um quarteirão de prédios bombardeados e permaneceu no táxi. Irena atravessou os pátios gelados em direção a uma cerca viva que os contrabandistas bósnios haviam reclamado como baluarte. O exército bósnio não tentara tirá-los de lá. Uma barreira de criminosos profissionais durões, dispostos a morrer em defesa de seu saque, apavorava mais os saqueadores sérvios do que o exército bósnio, com seus civis recrutados e estudantes míopes.

Um grupo de homens em jaqueta de couro brilhante estava fumando atrás da cerca. Eles carregavam os rifles nos ombros de modo casual, como se fossem simples mochilas. Irena quase parou para alertá-los: "Não segurem as armas desse jeito, não se quiserem usá-las. Vocês não serão capazes de apontá-las no momento preciso." Ela, porém, entendeu – aqueles rufiões não estavam interessados em usar seus rifles.

Um homem com um gorro de pele rosnou para ela:

— Ei, puta, o que você está fazendo aqui?

Irena respondeu no mesmo tom:

— Encontrando uma amiga.

— Ótimo. Todo mundo precisa de amigos. A sua amiga é tão bonita quanto você?

— Mais — respondeu Irena, com um sorriso maroto.

— Ótimo. A gente devia dar uma festinha. — O homem limpou as costas da mão na barba de três dias.

— Você não entende — falou Irena.

— *Você* não entende — disse ele, de modo grosseiro.

— Minha amiga — explicou Irena. — Ela não é apenas uma amiga. Somos amigas especiais. Estamos apaixonadas.

A gangue do homem, que estava um pouco mais atrás, começou a rir, batendo os pés no chão ao mesmo tempo que a brasa dos cigarros.

— Isso é nojento — replicou ele. — Isso é doente. — Irena conseguiu manter-se séria.

— Alá nos fez assim — disse ela.

— Alá não tem nada a ver com isso — retrucou o homem. — Alá desaprova. Os filmes americanos, a música americana, Sinéad O'Connor e Elton John fizeram de você uma sapatão.

— Então vou rezar para que Alá me salve. — Irena forçou a passagem ao redor do homem e ajoelhou-se próximo a uma das pontas mais afastadas da cerca, a fim de olhar para a pista de aterrissagem.

— Alá está longe — gritou o homem às suas costas. — Eu estou aqui, estou aqui agora! — Mas ele permaneceu em seu lado da cerca.

OS SOLDADOS DA ONU patrulhavam o aeroporto. A maioria dos turnos era formada por franceses, rendidos por ucranianos e, ocasionalmente, por egípcios, enviados para impedir os cidadãos de Sarajevo de terem de enfrentar uma salva de balas sérvias para atravessar os cem metros de pista, a fim de chegarem ao território bósnio livre do cerco. Os sérvios diziam que os muçulmanos podiam fugir a partir dali na intenção de arrumar armas para serem usadas contra eles. Já os bósnios diziam que qualquer pessoa que fosse afoita o bastante para correr em meio aos tiros estava provavelmente mais desesperada para comer do que para lutar, muito embora eles precisassem aceitar a proibição. (E, de qualquer maneira, ninguém queria abrir uma brecha que possibilitaria uma total evacuação da cidade, o que a deixaria nas mãos dos sérvios, como uma bola murcha.)

Os contrabandistas e as pessoas desesperadas ou loucas o suficiente para tentar esperavam ansiosas para ver os ucranianos ou os egípcios rendendo os franceses. Um pequeno bolo de marcos alemães, um frasco de Dewar de plástico ou um pacote de Camels podia levar um soldado ucraniano ou egípcio a fazer vista grossa. De qualquer forma, pessoas desesperadas, ou com uma coragem súbita, não proporcionavam aos melhores entre eles satisfação alguma. Algumas gangues bósnias haviam subornado com sucesso certas unidades sérvias – convencendo-as a atirar para o alto enquanto os bandidos atravessavam correndo a pista com sacos de cocaína amarrados em volta da cintura e pedaços de cordeiro pendurados nas costas. Os franceses, porém, não precisavam de dinheiro, carne, cigarros ou álcool; eles eram, portanto, deprimentemente incorruptíveis.

Quando a luz do dia se transformou num brilho dourado a derramar-se pela pista de aterrissagem, Irena vislumbrou os emblemas nos ombros de três capacetes azuis: o azul, branco e vermelho da França.

IRENA VIU AMELA acenando sob uma árvore que ficava na beira do lado sérvio da pista de decolagem. Seus cabelos louros balançavam contra os ombros, ainda compridos e ligeiramente anelados, parecendo fiapos sedosos de milho nas pontas; a mão, de ossos delicados, acenava da ponta de um pulso delgado. Ela usava um casaco verde-escuro. Estava sorrindo. Sua boca estava aberta. Irena viu de relance os dentes brancos e a ponta da língua rosada, como se Amela a estivesse chamando. Irena chamou de volta. "Olá! Olá!" Amela segurava uma mochila na mão esquerda, a mão que usava para quicar a bola. Talvez ela tivesse ido às compras. Irena imaginou maçãs, laranjas, nozes e bananas. "Olá! Olá!", chamou de novo.

Suas palavras pareceram desaparecer a meio caminho, engolidas por um barulho mais alto. Um avião acabara de pousar na extremidade oeste da pista, uma aeronave escura, cinza-esverdeada, provavelmente o último vôo aproveitando as últimas luzes do dia. O rugido dos motores deixou Irena surda. O avião percorreu vagarosamente o meio da pista — nariz pontudo, barriga grande, janelas pequenas, obeso e com rodas preguiçosas, e, por fim, uma robusta cauda pintada de amarelo, vermelho e preto, as cores da Força Aérea alemã.

Esticando o pescoço para olhar ao redor de uma das rodas, Irena viu Amela atravessando a pista em desabalada correria. Seus cachos dourados, os quais ela sempre usava amarrados durante o jogo, agitavam-se como a crina de um cavalo a cada passada. Sem franceses para contê-la do lado sérvio da pista — por que algum sérvio arriscaria levar um tiro para entrar numa cidade sitiada? —, Amela aproximava-se das rodas traseiras do avião. Irena desatou a correr também. Após três ou quatro passos, viu que a mochila de Amela era telada. Dentro estava um pássaro cinza com o bico preto e o rabo de lindas penas vermelhas.

As GAROTAS CORRERAM para os braços uma da outra sob a traseira do avião. Elas se abraçaram numa espécie de dança, pulando, sorrindo, rindo e chorando demais para conseguirem tomar fôlego e falar. Um capacete azul as surpreendeu. Ele estava com a coronha do rifle pressionada contra o queixo e gritava em inglês em meio ao rugido dos motores.

— Abaixem-se! — gritou ele.

Elas se abaixaram.

— Voltem! — acrescentou o homem. — Não me façam atirar!

— Somos amigas! — gritou Amela.

— Não sou amigo de vocês — berrou o soldado. — Tenho ordens... devo manter as pessoas longe.

Amela estava de joelhos, a mão direita esticada para manter o equilíbrio em meio à ventania que soprava acima de seus ombros, a esquerda ainda agarrada à alça da mochila onde carregava Senhor Pássaro. Irena rolou, a fim de ficar de bruços e poder olhar a coroa perolada e os olhos amarelos com pequenas pupilas negras, piscando de volta para ela.

— Esse pássaro pertence à minha amiga — gritou Amela. — Preciso devolvê-lo.

O soldado hesitou. Podia pagar o mico de tentar agarrar duas adolescentes determinadas a serem mais rápidas do que ele. Também podia matá-las, é claro. Tinha ordens de atirar em qualquer pessoa que se recusasse a parar e voltar. Mas atirar em duas jovens por estarem rindo e dançando num encontro emocionado por causa de um papagaio? Isso podia acabar colocando sua foto na *Paris Match*. Ele ia acabar sendo enviado em caráter permanente para o Chade.

— Entregue o pássaro pra ela — ordenou. — Depois, as duas podem correr de volta.

O avião alemão se afastara e o rugido dos motores desapareceu com ele. Ainda de joelhos, Amela implorou:

— *S'il vous plaît, mon capitaine*. Deixa a gente conversar.

— Isso aqui não é um barzinho — falou o soldado.

— Já faz quase um ano — disse Irena. — Somos irmãs.

— *Merde* — replicou ele. — *Merde*.

— Somos *como* irmãs.

Irena escutou os passos dos coturnos de outros dois capacetes azuis ecoando pela pista. Contudo, não fugiu ao olhar do francês. Ele olhou para uma garota e depois para a outra, em seguida levantou o braço direito e acenou, mandando os outros soldados embora. Acomodando o rifle sob o outro braço, balançou dois dedos — bastante enfático, pensou Irena — pelo anel do gatilho.

— Dois minutos. Dois minutos. Depois corram.

IRENA E AMELA permaneceram de joelhos, os dedos entrelaçados.

— A gente colocou as sementes dentro da gaiola — informou Amela. — O suficiente pra quatro meses. Até lá, tudo isso terá terminado. Caso contrário, a gente arruma mais.

— Nem sei... nem sei como te agradecer — respondeu Irena, apertando a mão de Amela até as pontas dos dedos ficarem vermelhas como pimentões.

— Não precisa. Você vai desperdiçar nossos dois minutos. Senhor Pássaro sentiu sua falta.

— Sinto como se tivesse um vazio no ombro — observou Irena. — Isso é certo.

Amela soltou uma das mãos, a fim de pegar duas revistas em seu bolso direito. Ela tinha a *VOX* de abril de 1992, com Bruce Springsteen e Tina Turner dividindo a capa em duas fotos separadas.

— Olha isso — falou Amela. — Bruce está de volta. Tina diz que não gostaria de voltar a ser jovem novamente.

— Nem eu — concordou Irena.

Amela bateu de leve numa *Vogue* britânica — de agosto último. Geena Davis estava na capa, com algo preto, de renda e delicado.

— Aaah, ela é tão alta, e tão bonita — comentou Irena.

— Essa revista é maravilhosa — concordou Amela. — Tem um filme novo com Tom e Nicole. Uma pesquisa diz que fumar pode provocar câncer, mas impede a pessoa de ficar louca. Tem também uma história sobre mulheres atiradoras, com fotos.

Irena hesitou, esperando parecer confusa.

— Quero dizer, *fotógrafas* — continuou Amela, sem se preocupar. — Moda, guerra. Elas podem fazer qualquer coisa, tão bem quanto os homens. Melhor até.

— Com certeza podem. Nós podemos.

— Nermina. — Amela sacudiu a cabeça. — Não consigo parar de pensar nisso.

— Nem eu.

— É mais do que dá pra agüentar — constatou ela. — Gente demais. É bom ver você. E seu irmão?

— Não sabemos — respondeu Irena. — Ele foi pra Londres, depois pra Chicago.

— Chicago! — Amela quase cantou. — Michael Jordan e Toni Kukoc!

— Tomaslav disse que seqüestraria o Toni Kukoc pra mim — falou Irena.

— Quero o Scottie Pippen.

— Vou falar pra ele.

— Como?

— Digo pro Toni falar com o Scottie.

As garotas riram, esfregando as mãos sobre os ombros uma da outra enquanto falavam.

— Você tem visto a Jagoda? — perguntou Irena.

— Não. Não sei em que lado da cidade ela está.

— E o treinador Dino?

— Não. A gente escuta falar dele — explicou Amela. — Ele é campeão de tiro.

— Ele é o melhor — observou Irena, sem conseguir fingir desinteresse. Em seguida, ela desabou no chão novamente e fechou os olhos com força. Ao falar, as palavras saíram sincopadas: — Existe algo... que não pude contar pra ninguém. O treinador Dino. A gente tinha... um caso.

Irena escutou Amela exclamar algo numa voz sumida antes de ter coragem para abrir os olhos.

— Oh, Deus — repetiu Amela.

— Isso agora não parece tão absurdo. Não com tanta coisa acontecendo.

— Quero dizer: *I'm down on my knees, I want to take you there.*

Irena usou dois segundos de seus dois minutos apenas para fitar os olhos azuis de Amela, doces e sorridentes.

— O treinador estava te comendo? — perguntou Amela.

— Estava. — Irena sentiu as mãos de Amela buscarem as suas de novo e entrelaçarem-se a seus dedos com mais força ainda.

— A mim também — falou Amela. O avião alemão parara por completo e o barulho dos motores transformara-se num leve assobio.

Tudo o que Irena pôde dizer foi:

— A camiseta do Magic Johnson?

— Foi ele que me deu.

— Ele me deu a do Michael Jordan.

As garotas riram e, ainda de joelhos, balançaram-se para a frente e para trás, abraçadas sob o frio da pista, enquanto o soldado francês observava de uma certa distância.

— Você se lembra da Anica? — perguntou Amela.

— Ela era a pivô dos Veterans. Cabelos escuros, olhos azuis. Como a Branca de Neve.

— *Branca de Neve.* — Amela riu. — Ela também está no exército. Há não muito tempo, eu a vi numa banquinha de frutas. Estava usando uma camiseta do Patrick Ewing.

— Acho que o treinador Dino está passando bem — brincou Irena.

O soldado voltou para perto delas pisando forte. O rifle estava apontado para baixo, mas ele balançou dois dedos na frente das duas.

— Os dois minutos acabaram. Vão saindo. Fora daqui.

AMELA SE VIROU AO voltar correndo para a mata do lado sérvio.

— Diz olá pro seu irmão por mim — gritou. — Ele é uma gracinha.

Irena olhou para trás em meio à sua própria correria em direção à cerca viva, no lado bósnio da pista.

— Não sabia que você tinha notado — disse.

Amela virou-se novamente e levou as mãos ao peito, como se estivesse fazendo um último lançamento do meio da quadra.

— Talvez exista um garoto com o qual eu possa trepar e você não! — berrou do outro lado da pista de aterrissagem.

Os Zaric abriram uma lata de pequenas salsichas alemãs para comemorar a volta do Senhor Pássaro. Eles limparam a gaiola com uma meia velha e o colocaram num dos cantos da sala de estar, onde Irena agora dormia. Senhor Pássaro ficou quieto enquanto o jantar estava sendo preparado — sem assobiar ou zumbir —, aparentemente tranqüilo em seu novo espaço. Irena entregou-se à sensação de que ele estava feliz e confortável.

A sra. Zaric aproximou-se do Senhor Pássaro e lhe deu um beijo no bico preto. Deixou que ele pressionasse a coroa perolada contra seu queixo.

— Senhor Pássaro. — Ela arrulhou com uma elegância deliberada. — Seee-nhor Pássaro, estamos felizes em vê-lo.

O sr. Zaric pareceu ganhar novo ânimo com a volta do bicho. Ele se barbeou, escovou os dentes e cortou a pele morta dos dedos dos pés.

— Isso é fantástico — falou para Irena. — Com tudo o que tem acontecido, ele voltou pra nós. É incrível o risco que Amela assumiu para entregá-lo pra gente.

O relato do encontro que Irena fizera aos pais fora propositalmente incompleto.

— Quando você falar com Amela de novo — disse ele —, como espero que aconteça...

— Eu vou.

— ... diz pra ela que mandamos agradecer. E que ela é muito corajosa — falou o pai, estendendo a mão para que Senhor Pássaro pudesse beliscá-la com o bico. — Assim como ficamos gratos a você. — O silêncio de Irena... ela aprendera a tática com Tedic... forçou o pai a continuar. — Do jeito que você anda pra lá e pra cá... eu sei, é perigoso. Você varre o chão na cervejaria pra gente poder ter um pouco mais o que comer.

— O trabalho deve ser de matar — observou a mãe.

Aleksandra interrompeu a conversa ao aproximar a *Vogue* da luz proporcionada pelo pequeno fogareiro da sra. Zaric.

— Tem modelos lindas aqui que estão parecendo sapos. Elas se cobriram com limo das algas — anunciou ela.

Irena voltou-se para ela com ares de autoridade.

— As algas eliminam as toxinas — explicou.

— As modelos da *Vogue* são tão tóxicas assim? Olha só — disse ela, cutucando Irena de leve.

Era um anúncio de recrutamento feito pela Marinha Real britânica. Havia pequenas fotos coloridas de cabanas com telhado de sapê nas praias de algum porto não especificado da Índia Ocidental, de ondas de um azul cor-de-safira arrebentando nas praias do Rio e das barbatanas da Opera House contra o céu claro de Sidney.

— Olha só isso — repetiu Aleksandra, apontando para as palavras com a brasa do cigarro. — "Esporte, vida social, camaradagem e viagens." Acho que sei por que o Ocidente não quer nos ajudar — declarou. — A guerra é uma merda. As praias são fechadas. Como a gente pode conseguir ajuda se toda a propaganda que podemos fazer é: "Os atiradores de elite. O frio. Leve um tiro num lugar que você não conhece e com o qual não se importa." Por que deveríamos esperar que qualquer pessoa do mundo viesse aqui para nos salvar?

As pequenas salsichas cinzentas começaram a explodir e pipocar na panela.

28.

Tedic aliviou a labuta diária de Irena ao pedir a ela para acompanhar uma equipe televisiva de língua árabe que viera a Sarajevo, a fim de entrevistar o ministro de Assuntos Internos. O caso era um pouco delicado. Os grupos árabes haviam sido generosos em seu apoio aos muçulmanos sitiados da Bósnia. Os bósnios estavam gratos. Ainda assim, muitos árabes sentiam um quê de frieza em suas expressões de apreciação – a formalidade fria, politicamente correta de um mero cartão de agradecimentos.

Os oficiais bósnios diziam ao mundo de forma eloqüente que eram europeus e ecumênicos. Alguns árabes percebiam um leve desprezo nesses discursos seculares.

– É como se – o ministro explicara a Tedic – não nos víssemos como muçulmanos. Como se os bósnios não considerassem seus problemas como algo semelhante ao dos palestinos sitiados.

– E *você* foi selecionado para provar aos árabes que não é bem assim? – perguntou Tedic, erguendo as sobrancelhas de modo cômico.

O ministro era casado com uma mulher educada em conventos. A vida religiosa deles era simbólica, variada e ritualística. Eles respeitavam o Ramadã, participando das festas ao final do jejum, e ofereciam sinais semelhantes de devoção durante o Yom Kippur. Conforme os filhos iam crescendo, o ministro e sua mulher decoravam ovos de Páscoa e abriam presentes na manhã de Natal. Não queriam que os filhos sentissem como se o Islã os tivesse privado de alguma recompensa sazonal. Contudo, o ministro tendia a só se aventurar a entrar em casas de devoção para comparecer a funerais e casamentos. Ele passava a maior parte das solenidades trocando o peso do corpo de um pé para outro, acompanhando os textos das orações como se fossem simples cópias de um contrato de locação de carros.

— Espero em Deus, Kemal, que não perguntem quando foi a última vez que você botou os pés numa mesquita — falou Tedic.

— Isso é fácil de responder — replicou o ministro, de modo direto. — Durante o Eid ul-Adha.

— Em 1975?

— Não me lembro muito bem do ano. Os Beatles tinham acabado de se separar por causa da Yoko Ono. Fiquei desolado. Mas vou assegurar a nossos convidados da Arábia Saudita que estou ansioso para fazer a peregrinação.

— Até os restaurantes quatro estrelas de Roma — brincou Tedic.

Ainda assim, o ministro era um homem fiel. Ele acreditava em Sarajevo.

TEDIC DISSE A IRENA que ela deveria acompanhar a equipe televisiva em sua entrevista com o ministro de Assuntos Internos, a ser conduzida no escritório dele, no porão do edifício presidencial.

— Sorria. Ria das piadas inteligentes e finja ficar maravilhada com suas parábolas muçulmanas. Ofereça-se para carregar o equipamento deles, elogie-os, faça-os se sentirem em casa — disse ele. — E escute com cuidado as coisas que eles disserem, para depois repeti-las pra mim, palavra por palavra.

— E se eles não disserem nada?

— Eles vão dizer — assegurou Tedic. — *Eles vão*. Principalmente para uma jovem muçulmana que estão tentando impressionar.

— Essas pessoas estão tentando nos ajudar — observou Irena. — Por que você não confia nelas?

— Preciso de um motivo melhor do que esse — replicou Tedic. — Eles enviam armas e pessoas para o campo... para algumas das vilas... na intenção de salvar o lugar em nome do Islã. O que significa que eles expulsam todo mundo. Oficialmente, fazemos vista grossa. Reservas de caráter moral são uma indulgência cara. Enquanto o Tio Sam não se decide a intervir, precisamos dos aiatolás. É por isso que o ministro resolveu participar dessa farsa. Mas vamos ficar de olho nos canalhas. Bem de perto, assim como eles fazem com a gente.

A delegação da emissora da agência de notícias consistia em quatro homens, todos portando credenciais de mídia fornecidas pela ONU no dia anterior, em Zagreb. O ministro os colocara nos quartos do antigo Holiday Inn, próximo às linhas de frente, o qual, no momento, alojava diplomatas, soldados, oficiais da ONU e funcionários bósnios, assim como a maior parte dos correspondentes que tinham vindo cobrir o cerco. O hotel não era mais seguro do que o resto da cidade, apenas ligeiramente mais confortável. O prédio estava sem fornecimento de água. Os quartos eram escuros e também estavam sem luz. Alguns grupos traziam geradores. No entanto, devido à falta de gás, eles só eram utilizados para ligar esporadicamente os computadores e as televisões e telefones via satélite.

Os flibusteiros empregados no hotel levavam comida comprada no mercado negro e velhos vinhos da Eslovênia, os quais vendiam a peso de ouro. Os americanos, os britânicos e os canadenses compravam e apreciavam os vinhos, que os franceses e italianos declaravam "relativamente bebíveis" antes de esvaziarem o copo.

Antes da guerra, os quartos do hotel voltados para as montanhas eram os mais prestigiados. Contudo, por ora, ter uma vista direta para os picos nevados era perigoso, como comprovavam as muitas janelas estraçalhadas. Tedic despachara Jackie, a rosada Jackie, para ser o contato entre ele e a delegação árabe, e para explicar por que eles tinham sido acomodados em um lugar tão escuro, sombrio e sem graça. Irena não viu nenhum dos árabes no restaurante do hotel – talvez eles se sentissem desconfortáveis em torno de pessoas que bebiam tão descaradamente –, e, portanto, decidiu subir os sete andares de escada até os quartos. Ficou satisfeita por não sentir falta de ar; os músculos de suas pernas ainda eram fortes e resistentes.

Um homem chamado Charif atendeu a porta do quarto 706. Ele usava uma camisa branca abotoada até o pescoço e calças pretas lisas. Sua barba era preta, e os olhos, pequenos, escuros e risonhos.

– Oi, Ingrid. Tedic disse que você faria contato. Temos alguns outros convidados aqui também.

Os visitantes tinham aberto a porta que ligava dois quartos adjacentes e haviam arrumado sobre uma das camas pequenas caixas de passas e nozes. Irena podia contar facilmente umas 20 pessoas entre os dois aposentos, as quais conversavam em pé. No entanto, aquela era a primeira vez em meses que ela entrava num cômodo com mais de duas pessoas que não estava completamente tomado pela fumaça. Alguns dos homens usavam turbantes brancos ou pretos, algo que Irena só vira em livros ou filmes, ou variações, nas revistas de moda feminina do Ocidente. Muitos usavam, também, casacos de lã aparentemente caros sobre coletes pretos e camisas brancas de colarinho alto.

Jackie estava perto de uma das cortinas das janelas, conversando, e, ao ver Irena, cumprimentou-a com uma piscada de olho. Ela usava um *hijab* de seda preta com ornamentações douradas ao redor do pescoço comprido. Irena corou, embaraçada, levando a mão à própria cabeça.

– Desculpe – pediu a Charif. – Ninguém me avisou.

– Não tem problema, Ingrid. Sabemos que a maioria das mulheres daqui quer parecer européia.

Ele a conduziu até as passas e nozes e lhe ofereceu chá e café, servidos em bules de latão sobre um pequeno fogareiro portátil, em outro canto do aposento.

— Você é muçulmana, Ingrid? — ele perguntou em inglês ao entregar a ela um pequeno copo de café bem forte.

— Sou.

— Ahá — falou Charif, como se tivesse acabado de abrir o embrulho de um presente surpresa. — Você disse "sou", e não "é claro".

Irena hesitou, mas sorriu.

— Digo "sou" porque aqui em Sarajevo podemos ser muitas coisas.

— Entendo — disse Charif. — Sou egípcio. Aqueles que dizem "sim, sou muçulmano" deixam em aberto a oportunidade para outras escolhas. Mas aqueles dentre nós que conhecem a palavra de Deus e do Seu Profeta dizem "é claro". Uma vez que tenhamos escutado Sua palavra, não há outra escolha a fazer.

Charif fez o discurso com uma alegria profunda. Embora não admitisse nenhuma outra escolha espiritual, sua gentileza parecia convidar Irena a responder com uma pergunta, ou, talvez, até mesmo com uma opinião contrária. Em vez disso, ela disse:

— Entendo.

— Você irá ver outras coisas — comentou Charif. — Chegou no momento certo. O príncipe está de visita. Ainda vamos ouvir falar nele.

— Ninguém me falou nada de príncipe algum — Irena falou com cuidado. — Apenas sobre você e sua equipe.

— O príncipe é incrível — disse Charif, a voz um tom mais baixo. — Ele carrega a mensagem do Profeta. O príncipe não queria nenhuma notificação oficial a respeito de sua visita. Não queria perturbar ninguém. Ele é modesto a esse ponto. Um príncipe, de verdade, um homem de grande fortuna. Oriundo de uma família saudita proeminente, que construiu as grandes e modernas estruturas de Meca. Mas ele vive entre os refugiados e párias. Sua presença será um presente enorme para todos que ele encontrar aqui. Você não sabe de quem estou falando?

Irena fez que não.

— Me dê sua mão, Ingrid — pediu Charif. — Vamos ver se a gente consegue atravessar esse quarto lotado antes de ele começar.

Charif pegou Irena pela mão; ela apertou o copo de encontro ao peito, enquanto ele a conduzia até a extremidade oposta do quarto. Os homens de turbante e camisas de colarinho alto haviam se voltado para um homem alto com uma barba comprida, usando uma veste longa imaculadamente branca sob uma jaqueta do exército americano verde e encardida. Até que enfim o exército americano veio para Sarajevo, pensou Irena. Charif levantou a mão livre de Irena enquanto mantinha ambas as palmas voltadas para cima, em sinal de humildade perante o príncipe, o qual levou um momento para perceber o fato.

— Deixe-me apresentar uma nova amiga — falou Charif, com a cabeça curvada. Numa atitude reflexiva, Irena baixou os olhos para o chão, a tempo de ouvir o príncipe responder, de modo simples:

— Se isso lhe agrada.

— Esta é Ingrid, meu príncipe. Ingrid mora aqui. Ela está nos ajudando.

Irena ergueu os olhos a tempo de ver o príncipe levar uma das mãos ao coração. Seus dedos eram finos e longos, as unhas tão polidas e brilhantes que as mãos dele fizeram-na lembrar dos galhos compridos de uma árvore coberta de gelo.

Irena abriu a boca. Todavia, não tinha nada a dizer — achava difícil saber o que falar. Com o canto dos olhos, viu Jackie e notou que ela cobrira o topo da cabeça com o *hijab*, enquanto o príncipe se voltava para as pessoas da sala, a fim de começar a falar.

ELE NÃO PRECISOU limpar a garganta, tamborilar os dedos num copo, bater palmas ou gritar. O burburinho do quarto cessou de repente, como se alguém tivesse desligado um interruptor. Quando o silêncio se fez presente, o príncipe o acolheu com um pequeno sorriso.

— Allah Akhbar, Deus é grande — disse o príncipe, baixinho. Em seguida, ele deu um passo largo em direção às janelas. Esticando os braços delgados, agarrou as cortinas e abriu-as num puxão. O copo de café de alguém foi ao chão. Um bloquinho de outra pessoa deslizou alguns centímetros sobre o peitoril. Uns 20 gritos de surpresa se fizeram ouvir ao redor do quarto. Dois homens caíram sentados numa das camas, os olhos arregalados. As montanhas malevolentes, cobertas de neve e lotadas de atiradores invisíveis, pareciam sombrias e cinzentas. O príncipe virou-se de costas para elas, ficando de frente para as pessoas no quarto.

— Deus irá nos proteger — anunciou calmamente. — Não existe outro Deus que não Alá. Em nome de Deus, O Misericordioso, dou-lhes as boas-vindas.

— Allah Akhbar! Allah Akhbar! — Gritos e súplicas se fizeram ouvir pelo aposento.

O PRÍNCIPE COMEÇOU seu discurso com uma voz grave e lenta:

— Aqui em Sarajevo, vocês vivem na fronteira com o Ocidente — disse a eles. — Vivem sob o hálito quente da besta. Na verdade... — Nesse momento, o príncipe ergueu um dos dedos finos e elegantes e apontou para a tela escura e silenciosa da televisão. — ... a besta já se revelou a vocês. Agora que a falta de energia a deixou cega, seus próprios olhos podem se abrir. Vocês podem ver como essa besta estava preenchendo suas vidas com imagens perniciosas e vãs. Sexo sem amor. Existência sem humanidade. Derramamento de sangue sem conseqüência. Prosperidade sem espiritualidade. Nike, Marlboro, Rolex, Coca-Cola, Heineken, Air Jordan. Vocês conhecem essas marcas, não conhecem?

Os homens ao redor do quarto murmuraram divertidos em consentimento.

— Elas nos ridicularizam com coisas que servem de adorno ou que invadem nossos corpos. Mas essas coisas não servem de alimento para nossas almas. O que vocês vêem não devia deixá-los com inveja. A besta é rica, porém vazia. Violenta, mas covarde. Ela está cercada de coisas, mas se sente solitária por dentro, sem o nosso Deus verdadeiro.

Várias pessoas menearam a cabeça em concordância. Outras murmuraram baixinho, ruídos involuntários de encantamento. O príncipe prosseguiu numa voz tão macia quanto um novelo de lã:

— Agora, ao nos aproximarmos do final do século XX, podemos ver como uma grande parte da história tem sido manipulada pelos judeus. Não digo isso por ser anti-semita. Sempre que o Ocidente escuta algumas verdades que preferiria esconder, descartam-nas como anti-semitas. Nós, muçulmanos, não podemos ser anti-semitas. Seria como se fôssemos contra nós mesmos. *Somos semitas.* Quando se fala em semitas, os muçulmanos são muito mais numerosos do que os judeus.

"As pessoas do Leste são muçulmanas. As do Oeste são cruzados. Eles podem se autodenominar cristãos, judeus, britânicos, franceses, italianos ou americanos. Hoje em dia, até mesmo russos. Mas esses são apenas nomes de marcas diferentes para o mesmo cigarro letal. Eles são cruzados. São infiéis. Eles profanam nossa fé. Estupram nossas irmãs, mães e filhas. Deus diz: 'Os judeus e cristãos nunca ficarão satisfeitos com vós, a menos que sigam a religião estipulada por eles.'"

O príncipe parou por um momento para olhar por sobre as cabeças dos homens e mulheres presentes na sala.

— A Primeira Guerra Mundial começou aqui. Apenas a alguns passos de distância, certo? Se fosse possível caminhar aí fora, como um simples visitante, eu veria a placa colocada no lugar onde tudo começou. Algum dia teremos de desencavar a verdade. Devido a essa guerra, que os sérvios começaram, todo o mundo islâmico caiu nas mãos dos cruzados. Os governos britânico, francês e italiano dividiram o mundo. A Grã-Bretanha ficou com a Palestina, nossa Terra Santa. Quem dividiu a Palestina, nossas terras e famílias? O lorde britânico Arthur Balfour, criado dos judeus Weizmann e Rothschild. Quantas centenas de milhares de muçulmanos têm sido mortos, presos ou mutilados desde então?

— Milhões — falou uma voz.

— Esta guerra na Bósnia é uma continuação desse genocídio — declarou o príncipe. — Esta batalha é apenas mais um elo na corrente da longa, violenta e terrível guerra contra os cruzados.

Irena finalmente notou os olhos dele. Eram de um marrom leitoso, afáveis e brilhantes. O príncipe baixou ainda mais o tom de voz, e o silêncio na sala pareceu se aprofundar, com as pessoas ficando na ponta dos pés e segurando a respiração, a fim de escutá-lo.

— No século XX, sempre que uma nação tenta se proteger dos judeus covardes, eles reclamam que isso é genocídio. Os grandes exércitos dos cruzados entram marchando para salvá-los. Foram judeus como Weizmann e Einstein que inventaram as armas mais terríveis e as usaram contra aqueles que não aceitavam o Deus deles.

"Mas quando muçulmanos são mortos, esses grandes exércitos ficam em casa. Eles nos pregam peças. Esta guerra está acontecendo praticamente debaixo das barbas dos cruzados. A América inteira tem acompanhado pela televisão. Nossos irmãos muçulmanos estão sendo mortos, nossas mulheres, estupradas, e nossas crianças, massacradas... tudo sob a supervisão das Nações Unidas. E os capacetes azuis observam sentados, sem tomar uma atitude. Por acaso deveríamos ficar surpresos?"

Lágrimas saltaram dos olhos de vários homens, enquanto o príncipe permitia que sua voz se elevasse:

— Não. *Não! Deus* não pode ser enganado. As Nações Unidas dividiram a Palestina sob ordens dos britânicos, transformando uma terra muçulmana numa nação judaica. Um judeu pode ser o primeiro ministro britânico ou francês, ou o homem mais rico da América. A quem pertencem os grandes jornais de Londres, Nova York, Paris e Toronto? Quem controla os olhos da besta?

O príncipe bateu com a ponta do dedo na tela da televisão.

— Quem controla os estúdios de cinema em Hollywood, e mesmo na Índia? E, ainda assim, são os judeus que reclamam de genocídio. O judeu que diz precisar de uma terra natal e rouba a nossa. Aqueles que não conseguem ver que isso repudia o Livro Sagrado e o profeta Maomé, que a paz e a bênção de Deus recaiam sobre eles.

— Allah Akhbar! Allah Akhbar! — As vozes se elevaram em coro.

— Quero alertá-los — continuou o príncipe. — Quando os muçulmanos decidem revidar, os cruzados nos chamam de terroristas. Se terrorista é um homem que luta pela liberdade com as pedras que Deus colocou à sua frente, então sou terrorista. Mas como podemos ser terroristas? O Ocidente possui bombas atômicas, mísseis teleguiados e naves estelares. Nós só temos algumas pedras, umas poucas balas e bombas de gás preparadas com aquelas nojentas garrafas de Coca-Cola.

O riso espalhou-se pelo quarto. Irena pegou-se rindo também.

— A história registra tudo — falou o príncipe. — Se vocês pegarem todas as vítimas dos cruzados, todos os que foram massacrados pelos imperialistas, todas as mães e crianças palestinas assassinadas em nome de Israel, e somarem tudo, o número não chegará nem perto da quantidade de bombas e caixas de dinamite que possuímos. As Nações Unidas, que criaram Israel, não permitem que os muçulmanos se defendam aqui na Bósnia. Temos apenas o direito de sermos meras fatalidades. Mas quando as vítimas decidem revidar a morte de crianças inocentes... na Palestina, no Iraque, no Sudão, na Somália, no Líbano, nas Filipinas e, agora, na Bósnia... os cruzados defendem essa blasfêmia nos chamando de terroristas.

Por ora, o riso dos homens fervia e borbulhava em suas gargantas. O príncipe arregalou os olhos, como se tivesse acabado de ouvir algo bizarro e desconcertante.

— Hoje em dia existem muçulmanos em Sarajevo que dizem... talvez alguns de vocês próprios já tenham dito... "Mas, príncipe, somos europeus." Eu respondo: vocês estão zombando de Deus e se enganando. Os cruzados não os consideram europeus. Podem perguntar para os muçulmanos de Brixton em Londres. Ou na basílica de Saint-Denis, em Paris. Ou no Brooklyn, em Nova York. Perguntem aos muçulmanos em Haifa se eles são tratados como europeus. Há cinco séculos, os cruzados os mandaram pra cá, através da espada, do açoite e da palavra de seu depravado deus judeu, o qual se alimenta do sangue de crianças, até mesmo o de seu próprio filho.

— Os judeus também foram mandados pra cá! — declarou uma voz feminina. Irena virou-se e viu que quem falara fora Jackie; os homens em volta dela afastaram-se ligeiramente.

— Quem disse isso, por favor? — perguntou o príncipe numa voz suave. — Não, por favor — pediu, após um momento sem resposta. — Deixem que ela fale.

Jackie levantou a mão e a abaixou rapidamente para puxar o *hijab* para a frente.

— Quem falou fui eu, Alteza — disse ela.

— Fico feliz — replicou o príncipe. — Quero parabenizá-la. Prefiro ouvir a voz de uma pessoa corajosa a me desafiar do que a de milhares de covardes me enchendo de elogios. Importa-se se eu perguntar, mas você é judia?

— Sou *muçulmana* — respondeu Jackie, a voz elevando-se um tom. — Posso ter um pouco de sangue judeu. Sei que tenho um pouco de sangue sérvio. Também me recuso a comer carne... um toque hindu. Você irá ver, príncipe, que aqui em Sarajevo todos temos um pouco de alguma outra coisa.

O comentário de Jackie provocou um espocar sibilante de risos ao redor do quarto. O príncipe sorriu e pareceu disfarçar ele próprio uma risada.

— Buscamos apenas os puros de coração. E não a pureza da raça. Existem muçulmanos de todas as cores e estirpes. Admiro imensamente os judeus. Nós, muçulmanos, podemos... na verdade, precisamos... aprender com os judeus. Eles não são apenas espertos. *Eles lutam.* Fazem planos e conseguem obter sucesso. São pequenos em número, e, ainda assim, controlam grandes nações.

— Muçulmanos, sérvios, cristãos e judeus vivem aqui há cinco séculos — observou Jackie. Irena achou que ela deixara o *hijab* preto escorregar para trás da cabeça de propósito. Podia ver algumas mechas brilhantes do cabelo castanho-avermelhado e as bochechas leitosas da amiga.

— Cinco séculos? — perguntou o príncipe. — *Isso é tudo?*

O riso voltou a ecoar pela sala, direcionado de modo decisivo para o príncipe alto que tão audaciosamente se colocava na frente das janelas com vista para as montanhas.

— Com certeza os sérvios — continuou ele —, que os acusam de lhes terem roubado seu reino, acreditam que cinco séculos sejam como um piscar de olhos.

— Não quero viver no Irã — rebateu Jackie. — Não quero passar a vida envolta num manto negro. Não quero ver mulheres sendo trancafiadas em closets, como aspiradores de pó que de lá são retirados ocasionalmente para realizar algum serviço.

A opinião de Jackie foi recebida com resmungos. Ela ainda estava de pé, quase tão alta quanto o príncipe, os ombros empertigados, as mãos nos quadris avantajados. O príncipe não precisava encarar o risco de perder influência sobre sua platéia, e, portanto, relaxou a fim de aproveitar um belo e inteligente desafio.

— Ainda não construímos nosso reino — retrucou ele.

Irena imaginou quantas vezes ele já tinha falado de modo direto, mesmo na cama, ao fazer amor, olhando nos olhos de uma mulher.

— A Arábia Saudita, o Paquistão... não são Estados verdadeiramente islâmicos. Eles ridicularizam o Islã para agradar os cruzados. Deixam que os exércitos deles invadam nossos lugares santos. Eles acham que podem usar os adornos criados pelos cruzados e não pegar suas doenças. Quando tivermos a chance de criar nosso próprio Estado islâmico... aqui ou em qualquer outro lugar... vocês vão ver o quão glorioso ele será.

— Os mulás vão me deixar dirigir? — insistiu Jackie. — Eles vão deixar que eu me divorcie de um marido canalha? Ou vão me apedrejar por eu mostrar os ombros, contar piadas sujas ou escutar a Madonna? Os mulás deixariam meninas como eu freqüentarem escolas se soubessem o pé no saco que podemos nos tornar? Eles me deixariam ser judia, cristã, atéia, vegetariana ou seja lá o que for pelo qual arriscamos nossas vidas aqui?

— Sem dúvida você poderia ser vegetariana — replicou o príncipe, provocando outra onda de risos. Jackie recusou a se dar por vencida.

— Os judeus morrem pela Bósnia, sr. Bin Laden — disse ela, de modo soturno. — Assim como os sérvios. E os cruzados. Você não devia zombar deles.

— Não se engane — falou o príncipe. Ele não se abalou pela menção inesperada a seu nome. — Use os judeus, se achar que pode. Use os cruzados. Mas saiba que eles se aproximam apenas para usar você. Uma *guerra santa* está acontecendo aqui — continuou ele, afastando-se um pouco de Jackie e passando os olhos de um marrom suave ao redor do quarto. — Combatemos o *genocídio* com a *jihad*. O Ocidente envia capacetes azuis e feijões desidratados. Nós lhe oferecemos armas e homens. É a nossa fé. É o nosso dever. Quando nossos inimigos estiverem mortos, Sarajevo irá se tornar um monumento a Deus e a Seu Profeta. Sarajevo será a nova Meca.

O príncipe pressionou as costas contra a precária e tentadora vidraça rachada, empertigando os ombros e elevando a voz até ela soar como o chamado urgente de um amante:

— Vocês não estão sozinhos — declarou ele. — Todos os muçulmanos sofrem junto com vocês. As lágrimas que vocês derramam sensibilizam nossos corações. Seu sangue nos dá vida. Vamos deixar que a fé de centenas de milhões de muçulmanos, homens, mulheres e crianças, desde os campos da Palestina até as torres douradas e santas de Meca, lhes dêem força. Estamos do seu lado! Sangramos com vocês! Todos os muçulmanos lutam pela sua causa. Não existe outro deus que não Alá! Não existe outra fé que não essa! Nós lhes damos ouvidos! *O Islã os chama!* Rezo para que eu consiga transmitir a mensagem de Deus. Que a paz e a bênção Dele recaiam sobre vocês.

Uma salva de palmas eclodiu ao final das palavras do príncipe. Com o queixo encostado contra o peito, ele manteve a cabeça curvada durante o rugido crescente de exaltação e lágrimas. A comoção e as palmas pareceram ecoar pelo aposento. Irena ficou na ponta dos pés. O burburinho ressoava em seus ouvidos como o estampido de um tiro. Seus olhos estavam avermelhados e marejados de medo e horror. Irena não tinha gostado da conversa sobre judeus, sangue e *jihad*. No entanto, algo ali lhe reacendera o sangue. Já não conseguia conter as lágrimas em meio ao zumbido de palmas, súplicas, orações e gritos, assim como não conseguia evitar ficar molhada em meio a uma tempestade.

Jackie ainda se encontrava no outro extremo do aposento e, mais do que nunca, era o centro das atenções. Ela balançou os quadris, acendeu um cigarro e enroscou as pontas de seu cabelo castanho-avermelhado sob o *hijab*. Inclinou-se em direção a Irena.

— Ingrid, querida, olá.

Elas se cumprimentaram com um leve beijo na bochecha. Em seguida, abraçaram-se.

— Você foi fantástica — comentou Irena.

Jackie apertou o cotovelo de Irena com força e passou a falar no idioma bósnio:

— Fiquei com medo.

— O príncipe adorou — falou Irena. — Ele ficou apaixonado por você. Dá pra ver. Você trouxe o melhor à tona.

— Não em relação a ele — retrucou Jackie. — Em relação a *eles*. A equipe com a qual devemos trabalhar. Um dos motivos que fizeram com que eu me pronunciasse foi o fato de que eles estavam prestando atenção demais a mim.

— E por que não? — perguntou Irena. — Eu também te amo. Você é linda e incrível.

— Não estou usando um saco preto de batatas — replicou Jackie. — Eles escutam dizer que as mulheres bósnias são como as ocidentais... a gente bebe, fuma e trepa. Adoramos essas coisas. — Jackie tomou cuidado para que suas palavras não soassem ofensivas, nem alertassem os palestrantes bósnios nas cercanias. — Para eles, é como ter um caso com uma cabra. Alá não fica ofendido se você trepar com mulheres bósnias. Batom, calças apertadas, Madonna... não somos consideradas mulheres. Somos como uma outra espécie.

Irena riu e aproximou-se de Jackie para murmurar uma pergunta no ouvido dela:

— Você acha que os assustou?

Jackie riu com tanto gosto que o *hijab* começou a escorrer para os ombros. Irena o pegou e segurou-o de encontro às orelhas.

— Agora eles dizem: "Jackie, você é tão corajosa. Precisamos mantê-la bem junto de nós."

IRENA E JACKIE encontraram-se com Charif e seus três companheiros na manhã seguinte, em uma van que Tedic providenciara. Molly se juntou a eles, a pele clara mais branca do que o sol de inverno, com um AK-47 pendurado no ombro, como um universitário alemão de cabelos longos carregando sua guitarra ao pedir carona. Sem dizer palavra, Molly tomou o assento do carona, e Jackie postou-se atrás do volante. Os árabes rapidamente entenderam o recado.

— Sabemos que as mulheres daqui dirigem — comentou Charif de modo gentil. — Temos certeza de que, se precisarem, elas podem guiar uma astronave rumo à Lua.

— Não estou tentando me exibir — observou Jackie enquanto eles seguiam pelo Marshal Tito Boulevard. Charif e sua equipe permaneceram quietos e, pensou Irena, alertas e ansiosos em seus assentos.

— Essa costumava ser uma rua arborizada, como a Champs-Élysée — Jackie informou aos homens na van. Ao perceber que Irena tentava conter o riso, soltou uma gargalhada alta. — Tudo bem, nem tanto. Razoavelmente arborizada.

— Não vejo muito trânsito — comentou um dos homens da equipe, Heydar. Ele puxara conversa de nervoso, pensou Irena; era como dirigir em Roma e dizer: "Tem muita história aqui."

— É quase impossível arrumar combustível — explicou Jackie. — De qualquer forma, os sérvios ficaram com os melhores veículos. E também têm os atiradores.

— Foram os atiradores que cortaram todas essas árvores? — perguntou Heydar. Ela percebeu que a voz dele se tornara mais apreensiva.

— Não, as pessoas daqui — respondeu Irena. — A fim de arrumarem lenha pra queimar como combustível ou no aquecimento.

— Queimar a mobília seria melhor do que dar aos atiradores um alvo fácil — observou Charif.

— Temos queimado a mobília — retrucou Jackie. — Portas, cadeiras. Até mesmo roupas e sapatos. Uma velha camisa surrada serve para preparar um bule de chá, se você tiver água.

Irena achou que os homens levaram um tempo para entender o sentido do comentário dela, olhando para suas próprias roupas e sapatos.

Jackie entrou com a van no pátio do edifício presidencial e parou ao lado de um velho caminhão de entrega virado que formava parte de uma barricada. Irena abriu as portas traseiras e ajudou os homens a descarregarem suas surradas maletas pretas e prateadas. Ajudou, também, um dos homens baixinhos, chamado Abdullah, a passar a correia dos spots de luz sobre os ombros.

— Precisaremos checar tudo — Molly avisou a eles; era a primeira vez que Irena o ouvia falar naquela manhã.

Charif olhou de relance para o relógio no pulso.

— Estamos um pouco adiantados — observou ele.

— É que não tem trânsito — falou Jackie. — Vamos entrar.

— Tão cedo? Não quero ser inconveniente pra ninguém — disse Charif.

Irena ficou comovida pela consideração.

— É melhor esperar lá dentro do que aqui fora — explicou Jackie de modo simples, olhando de relance para a caçamba do caminhão de entrega que, por ora, erguia-se acima de suas cabeças. — Mesmo que isso seja uma inconveniência.

Contudo, o ministro de Assuntos Internos enviara um funcionário para esperar por eles. Gerry escutou a van parando ao lado do prédio. Irena lembrava-se dele do porão em Dobrinja, um homem rechonchudo e bem-humorado. Ele surgiu de detrás de uma porta de aço toda arranhada em uma jaqueta azul grossa e começou a encher as mãos e braços com algumas das maletas da equipe. Devido ao frio, suas palavras saíram em pequenas baforadas:

— Temos café lá dentro, forte e quente — avisou ao grupo. — Café alemão. O ministro não compra nada no mercado negro, é claro. Porém, alguns amigos lhe trazem um pouco de vez em quando, para os convidados especiais.

Irena pegou uma pequena valise prateada, coberta de etiquetas de viagem: Lufthansa, Royal Jordanian, Air Pakistan. Eles sempre viajavam de primeira classe, notou. Dois policiais, um homem e uma mulher, mantinham a porta de aço aberta. Eles entraram com passos pesados, coturnos e ferrolhos reverberando no ar. A equipe abriu a bagagem. Os policiais pegaram suas lupas e lanternas e examinaram tudo, tocando, olhando e, por vezes, soltando alguma coisa.

— Tenho certeza de que tudo está em ordem — desculpou-se Gerry.

— Entendemos que vocês precisam se certificar — disse Charif.

Os policiais curvaram-se ligeiramente em cumprimento e se afastaram. Gerry conduziu a equipe escada abaixo, descendo meio andar até o pequeno escritório do ministro. A sala pálida, sem pintura nem decoração, mais parecia o interior de uma casca de ovo.

— Olá, olá, Allah Akhbar — disse o ministro ao vê-los passar pela porta. — Deus é grande.

Charif curvou a cabeça ligeiramente em cumprimento e tomou as mãos do ministro entre as suas.

— Que a paz do Profeta esteja convosco — disse ele.

O ministro só recebera o comunicado naquela manhã, e Irena achou que ele ainda misturava palavras cristãs às muçulmanas.

— Com vocês também — respondeu o ministro. — Sou apenas um pobre mensageiro do Mensageiro — continuou, indicando à equipe os lugares para sentar.

Irena anotou tudo mentalmente, a fim de relatar a Tedic a virtuosidade do ministro. Imagino, pensou, quanto tempo ele vai conseguir manter as aparências.

XÍCARAS DE CAFÉ FORAM TRAZIDAS. Xícaras de plástico, gastas e arranhadas, mas, sem dúvida, fumegantes. Irena estava prestes a se desculpar por beber tão avidamente quando viu Charif sorrindo de modo afetuoso, a fim de poupá-la do constrangimento. Fazia meses que não bebia um café tão forte. O sabor intenso pinicava sua língua e parecia deixar seus olhos mais focados.

— Vocês têm sido muito hospitaleiros — Charif falou com o ministro.

— Uma pequena retribuição pela generosidade de muitos dos seus telespectadores — replicou o ministro de maneira afável. — Fico feliz por ter a chance de agradecê-los pessoalmente.

Abdullah pediu a Irena para segurar dois dos spots de luz na altura da cintura, enquanto abria o tripé.

— Sinto muito não ter tido a chance de conhecer o príncipe — falou o ministro, voltando a sentar em sua cadeira. Aquilo não era exatamente uma observação, sentiu Irena, algo mais como lançar uma isca em águas movimentadas.

— Ele partiu hoje cedo — informou Charif, animado, mas sem dar nenhuma outra informação. — Foi o que me disseram. Tenho certeza de que ele teria apreciado a oportunidade de conhecê-lo também.

Abdullah já arrumara a câmera no tripé e, por ora, verificava os cabos pendurados na parte de trás, parecendo rabos de rato.

— Estaremos prontos em poucos segundos — Charif assegurou ao ministro.

Ele se agitou em suas calças cinzentas de risca-de-giz.

— Adoraria ter tido a oportunidade de falar com o príncipe. Estou ansioso por enriquecer minha fé com a sabedoria dele.

Abdullah pegou os dois spots das mãos de Irena e montou-os sobre a lente da câmera.

— Ele impressiona qualquer pessoa — concordou Charif. Abdullah acenou com a mão direita, e Charif virou-se para Irena, constrangido. — Isso é — disse baixinho — muito embaraçoso. Será que eu... você se importaria... se te pedisse um favor?

Irena passou para o lado dele, enquanto o ministro fingia se virar de costas. Jackie aproximou-se de Abdullah, agachado atrás das pernas compridas do tripé.

— Temos apenas 20 minutos de fita — murmurou Charif. — Precisamos de outra. Sou tão esquecido. Deve ser um problema de nervos. Toda aquela conversa sobre atiradores e queimar sapatos. — Ele riu. — O homem com o rifle...

— Eu vi. — Foi tudo o que Irena disse.

— Ele ficou no carro?

— Acredito que sim.

— Você acha que ele a deixaria entrar de novo?

— Se eu pedir. Se eu disser a ele que foi você quem mandou — corrigiu-se Irena.

— Deve haver umas três ou quatro fitas numa das maletas pretas que deixei no banco de trás. Temos o suficiente pra começar.

— Quer que eu traga todas?

— Por que não? — respondeu Charif. — Estou certo de que o ministro será bastante eloqüente. — Charif ergueu a voz, a fim de incluir o resto das pessoas da sala na conversa. — Nossa audiência ficará ansiosa em escutá-lo.

Irena olhou por cima do ombro ao sair. Charif e o ministro deram as mãos, fecharam os olhos e curvaram a cabeça, encostando uma testa na outra. Jackie, Gerry, Abdullah e Heydar permaneceram em silêncio, enquanto Charif dizia:

— Que Deus abençoe aqueles que escutam e ponderam sobre as palavras do Seu Profeta. Que a paz do mundo esteja com eles.

— Allah Akhbar — concordou o ministro, baixinho. — Que a paz do mundo esteja com nós todos.

TEDIC ESTAVA DE joelhos dentro da van, erguendo umas das placas pretas de vinil do assoalho e passando a mão embaixo dela, enquanto Molly observava, parado em frente ao pára-brisa. Ele virara a bandoleira do rifle ao contrário para que ficasse cruzada sobre o peito.

— Meu Jesus — Tedic falou, sem levantar os olhos, quando Irena abriu a porta. — O que seus amigos esqueceram?

— As fitas. Em algum lugar do banco traseiro.

Ao ouvir isso, Tedic ergueu a cabeça e arregalou os olhos.

— Não aqui — informou ele.

— Dentro das valises pretas, elas parecem pequenos livros — insistiu Irena.

— Sei como elas se parecem. Não estão aqui — retrucou Tedic. — Alguém falou alguma coisa sobre como o príncipe saiu da cidade?

— Não que eu tenha escutado — respondeu Irena. — Talvez o homem chamado Charif tenha mencionado alguma coisa pro ministro.

— Ou sobre como ele *entrou* aqui?

— Não, nada — repetiu Irena.

— Ele deve ter conseguido subornar alguém. Gostaríamos de saber quem é o agente de viagens dele.

Molly apoiara o queixo no ombro e chamava Irena através do pára-brisa.

— É melhor encontrar logo as fitas ou se mandar lá pra dentro, querida. Diga que não achou nada.

— Talvez elas tenham ficado no hotel — comentou Irena. Em seguida, virando-se para Tedic, perguntou: — Tem certeza... não tem fita nenhuma aí?

— Eu mesmo já as teria roubado, se elas estivessem aqui — respondeu ele, sisudo. — Não estou aqui procurando por guimbas de cigarro. Espera só mais um minuto, assim você pode dizer que procurou atentamente.

— Dois — sugeriu Molly. — Fui rude com você quando falei sobre abrir o carro. Diz pra eles que não encontrou nada no banco traseiro e que decidiu checar tudo, inclusive o porta-luvas. Espera... verifique se existe um porta-luvas.

— *Talvez* — sugeriu Irena, com uma ponta de irritação — eles sejam *apenas* uma equipe televisiva que esqueceu as fitas.

— Isso seria constrangedor demais — comentou Tedic. — Eles não mandariam você.

— Eles estão com uma. Pra começar. Não queriam que o ministro ficasse esperando.

— Um teste, com certeza — opinou Molly. — Merda. Eles devem ter alguém observando a gente neste exato momento.

Irena começou a esquadrinhar o banco traseiro de modo ostensivo, a fim de convencer quem quer que estivesse olhando da sinceridade de sua busca pelas pequenas valises pretas.

— Impossível — disse Tedic. — Eles não teriam como saber onde a gente ia estacionar.

— Não deveria ser muito difícil imaginar — retrucou Molly, dando de ombros.

— Seria preciso estar dentro do prédio para poder ver o carro — insistiu Tedic.

— E você acha que eles não têm ninguém infiltrado?

Irena estava sentada nos calcanhares sobre o piso, em frente ao banco traseiro. Podia sentir as pegadas enlameadas começando a penetrar, pouco a pouco, no seu jeans azul.

— Me arruma um Marlboro? — pediu. — Se preciso esperar dois minutos... Estou começando a ficar com o traseiro todo sujo de pegadas. Não posso fumar na frente dos visitantes.

— Eles vão sentir o cheiro na sua boca e ficar imaginando — disse Tedic.

— Eles vão sentir o cheiro na sua boca e pensar que são James Bond por terem descoberto por que você demorou tanto sem encontrar nada — interveio Molly.

Tedic já estava com mão direita no fundo do bolso, fazendo as chaves tilintarem e o plástico do maço farfalhar, quando um estrondo fez os ouvidos deles retumbarem. As vidraças da van estremeceram. Molly e Tedic sentiram um tremor sob os pés. Ao tentarem correr, o chão tremeu e lançou fragmentos de concreto em seus joelhos. Irena, Tedic e Molly viraram-se de volta para o prédio a tempo de verem duas pequenas janelas do porão liberando nuvens de poeira e uma chuva de cacos de vidro, a qual desabou sobre o pavimento na frente deles juntamente com os gritos.

PORTANDO O RIFLE COMO uma lança, Molly correu em direção à chuva de cacos de vidro e, colocando primeiro os pés, escorregou pelo buraco de uma das janelas estraçalhadas. Tedic pegara num dos bolsos uma pistola preta. Brandindo-a de maneira pouco convincente, seguiu aos tropeços atrás de Molly, como uma criança correndo atrás de uma pipa perdida, acenando com um pirulito. Quando Irena finalmente se ergueu do chão, a porta de aço que Gerry abrira momentos antes para eles foi escancarada por pessoas tentando escapar da fumaça e do fogo. Elas tossiam e choravam. Ao saírem para o ar frio da rua, lembraram-se de que estavam sendo vigiadas pelos atiradores. Caindo de joelhos, começaram a engatinhar.

Irena pulou por cima delas. Com um único salto, desceu o meio lance de escadas e saiu desabalada, a cabeça erguida, os ombros empertigados, em direção à névoa de poeira de emboço, tijolos e lama que se desprendia do escritório do ministro. Jackie, a bela Jackie, estava no chão, os olhos castanhos revirando como os de um beija-flor inquieto. Sua mão direita estava esticada em súplica, mas o braço direito rolava para longe dela, como uma salsicha que tivesse caído para fora de um caminhão. Irena correu para pegar o braço de Jackie. Ao fazer isso, pisou sobre a massa disforme e cheia de sangue do peito de Gerry, morto no chão. Abdullah acenava para ela em meio à fumaça. No entanto, sua cabeça fora lançada para trás, de encontro ao estômago de Charif. Irena viu o braço de Jackie, ainda envolto em sua manga vermelha justa. Por precaução, decidiu pegá-lo e, ao ver o sangue escorrer, ficou horrorizada ao descobrir que aquilo a deixava excitada. Segurou o braço de Jackie atrás das costas, como se estivesse escondendo um buquê de flores. Molly estava com o cano do rifle apontado para o pequeno sorriso estático de Charif. O ministro aproximou-se cambaleando em sua única perna inteira, com a lapela do paletó do terno cobrindo a boca, a fim de poder respirar.

— Não podemos desperdiçar a bala — falou com Molly. — Alguém com dor pode precisar dela.

ABDULLAH, CHARIF, HEYDAR e os outros homens da equipe morreram na explosão, a qual fora aparentemente detonada pela câmera. Tedic e

Molly imaginavam que os explosivos deviam ter sido escondidos dentro da proteção de plástico da filmadora.

Eles descartaram a hipótese de que os membros da equipe fossem agentes involuntários e que a bomba pertencesse a alguma outra pessoa. Molly chegou à conclusão de que uma equipe televisiva real, formada por homens inocentes e confiantes, teria notado a diferença de peso após o equipamento ter sido modificado. Eles teriam desconfiado.

Gerry estava morto. Sua morte era abominável, terrível e criminosa. No entanto, como Tedic os lembrou, aquela era uma exibição notoriamente modesta para uma bomba transportada por quatro pessoas que haviam viajado milhares de quilômetros até uma das cidades mais perigosas do mundo. Eles tampouco conseguiram atinar com o propósito daquela explosão.

Jackie perdeu o braço direito. Tirando o paletó do terno, o ministro abaixou-se em meio à névoa nauseabunda e pressionou-o contra o ferimento para estancar o sangue. Ela continuava adorável, assegurou Tedic, para não dizer ainda mais.

— Você parece ainda mais a Vênus de Milo — ele disse a ela, segurando sua mão restante de encontro à bochecha.

Os homens mortos tinham uma coleção de carteiras de motorista e passaportes nos bolsos, uma dúzia de nomes e identidades com os quais podiam se passar por libaneses, egípcios, britânicos, alemães ou franceses. Alguns dias depois, Tedic repassou alguns dos nomes para certos contatos em Zagreb, Londres e Jerusalém. Eles informaram que os nomes estavam limpos e não possuíam nenhuma conexão. Eram nomes que podiam muito bem constar — e provavelmente constavam — na lista telefônica de Nova York.

A agência para a qual os homens diziam trabalhar era real. A matriz ficava em Londres, com transmissões para os sistemas a cabo da Europa e da Arábia. Tedic mencionou o nome dos homens para os diretores da companhia, os quais declararam que nenhum deles aparecia em sua folha de pagamentos. Um dos executivos explicou que os freelancers muitas vezes exageravam sua conexão, a fim de assegurar uma entrevista. Ele sugeriu que Tedic passasse um sermão nos homens acerca da apresentação de credenciais inválidas. Tedic assegurou que o faria.

O ministro era, supostamente, o alvo principal da bomba (Jackie devia ter sido um bônus imprevisto). Algumas das pessoas que ofereciam ajuda à Bósnia viam os pronunciamentos do ministro sobre um Islã ecumênico com desdém. Tedic pediu a ele – de um jeito franco, típico dos homens ao conversarem sozinhos – que fizesse um levantamento de sua vida e pensasse se alguém possuía um motivo mais pessoal para assassiná-lo.

– Tal como um marido ciumento? – rosnou ele, de sua cama de hospital. – Uma amante rejeitada?

– Algum antigo parceiro de negócios que possa ter se sentido enganado – sugeriu Tedic com cuidado. – Algum velho empregado demitido. Um gângster do mercado negro – acrescentou, falando mais baixo.

O ministro não ficou irritado nem protestou. Em vez disso, deu uma longa tragada no cigarro, avaliando Tedic através da fumaça.

– Você deve pertencer a todas essas categorias. A menos que tenha sido você, Miro, não consigo pensar em mais ninguém.

Tedic, porém, estava apenas tentando eliminar as pontas soltas. O esquema envolvia uma preparação onerosa, o que não combinava com algo feito por motivos pessoais. Era pouco provável que quatro homens estivessem dispostos a sacrificar suas vidas apenas para vingar um marido ciumento, uma amante rejeitada ou um gângster frustrado. Além disso, aquilo certamente não explicava a proximidade do príncipe em relação ao crime. Ele aparecera de modo misterioso e partira sem deixar rastro algum que pudesse ligá-lo à detonação.

Alguns dos recrutas de Tedic esquadrinharam os quartos que os homens tinham usado no Holiday Inn. Eles encontraram apenas roupas sujas, sem nenhum significado particular, atrás das portas de correr dos armários; elas seriam analisadas em busca de traços de explosivos. O achado mais interessante foi uma pilha de pequenos recibos de diferentes tipos e nacionalidades no quarto do homem que posara como Charif. No entanto, uma contadora do hotel que trabalhava com moedas estrangeiras calculou rapidamente que os recibos não somavam, juntos, mais de cem dólares. Aquilo mal era suficiente para comprar uma garrafa de uísque em Sarajevo, quanto mais para financiar um levante. Em vista disso, ela concluiu que os recibos deviam ser apenas o acúmulo dos gastos de pessoas viajando constantemente.

Os homens deixaram para trás cortadores de unha, sabonetes de lilás e sândalo, escovas, pentes, pastas de dentes e, num dos quartos, um vidrinho de solução para lentes de contato. Nenhum deles deixara bilhetes para a família, amigos, sobreviventes, adversários ou para a posteridade, embora, como Tedic chegara à conclusão, os bilhetes pudessem ter sido cuidadosamente escritos e enviados de Viena, de Roma ou de qualquer outro local pelo qual eles tivessem passado a caminho de Sarajevo.

Havia apenas uma única frase escrita em árabe no verso de um cartão de plástico encontrado no banheiro, convidando as pessoas a discarem 777 se quisessem entrega de gelo nos quartos. O cartão era do tempo das Olimpíadas. No entanto, as letras pretas e gordas pareciam recentes: AQUELES QUE RIDICULARIZAM ALÁ SÃO INIMIGOS DO ISLÃ.

– Não acredito que eles escreveriam seu lema... se é que isso é um lema... num lugar tão fácil de passar despercebido – o ministro falou com Tedic.

– A menos que eles soubessem que *nenhum lugar* passaria despercebido – sugeriu Tedic.

– Além disso – continuou o ministro, descobrindo a canela –, quem está ridicularizando Alá? Um muçulmano imperfeito como eu? Ou os canalhas que usam o nome Dele como uma espécie de sabonete para limpar o sangue das mãos?

— Um ótimo discurso — comentou Tedic. — É melhor ganharmos logo esta guerra antes que você comece a fazer campanha.

Com um suspiro, o ministro cobriu novamente as pernas com o lençol cinza.

Tedic esticou o braço para ajeitar o tecido áspero em volta da cintura do ministro.

— Provavelmente, o bilhete foi escrito anos atrás por um vendedor de tapetes de Istambul — assegurou Tedic. — Ele deve ter ficado irritado porque o gelo do hotel acabou. Alá foi ridicularizado.

O ministro descobriu as pernas de novo e socou o travesseiro com ambas as mãos.

— Eles estão usando *nossa guerra* como desculpa pra começarem a *deles próprios* — disse ele, socando novamente o travesseiro às suas costas, enquanto Tedic fuçava os vários bolsos de seu casaco em busca do cantil de metal de uísque.

O MINISTRO DE ASSUNTOS INTERNOS não fez nenhum pronunciamento a respeito da morte dos homens da equipe de televisão. Nenhuma agência de notícias da cidade soube da explosão; nada foi divulgado. A assistência à Bósnia oferecida pelo mundo árabe continuou sem nenhuma queda evidente. Tedic recebia relatórios ocasionais falando que o príncipe tinha sido visto em vários locais do interior da Bósnia. Ele, porém, descartava a maior parte dos relatórios por considerá-los fantasiosos. Além disso, Tedic sabia que a inspiração proporcionada pelo surgimento de um príncipe árabe, rico e proscrito fazia pouca diferença para os mercenários árabes que haviam conseguido entrar sorrateiramente no país, a fim de incitar os muçulmanos locais e a milícia croata a forçarem as famílias sérvias a fugir para as florestas. E era quase impossível para Tedic, para o ministro ou para o próprio presidente, Izetbegovic, impedi-los. Mesmo que assim o desejassem.

Tedic teve ainda uma última conversa sobre o incidente com Irena. Ele não a convocou a comparecer em seu escritório; encontrou-a folheando, distraída, as páginas de uma velha revista *VOX* em uma escada iluminada por uma réstia de luz do dia.

— Você pode dizer qualquer coisa — começou ele, sem preâmbulos. — Qualquer resposta serve. Nada do que você diga irá incorrer em falta, desaprovação ou reprimenda. Existe alguma razão... *qualquer razão que você possa imaginar...* para que eles a mandassem até a van?

— Por que eles decidiram poupar minha vida? — Ela devolveu a pergunta.

— Ou por que eles desejariam que você vivesse, se tencionavam matar todo mundo, Jackie, o ministro e Gerry?

Irena fechou a revista e fez um canudo com ela.

— Não sei — respondeu. — Por que eles se matariam também?

— Isso eu sei — disse Tedic. — Eles reconheceram Molly. Sabiam que não podiam detonar uma bomba e fugir da cidade com vida. O suicídio foi como um ponto de exclamação. O sangue... é uma linguagem universal. É um meio de dizer a todos que eles podem matar qualquer pessoa porque não têm medo de morrer.

Irena fez que *não* com o corpo inteiro, repetidas vezes.

— Bem, eu tenho medo de morrer — disse por fim. — Talvez eles tenham me mandado sair porque sabiam que minha coragem é falha.

— Não existe coragem — replicou Tedic —, como a dos meninos de dez anos que eles enviaram para morrer no Iraque, no Irã ou em Gaza. *Que Alá seja louvado.* — Ele cuspiu as palavras como se elas fossem leite azedo.

— Os cruzados também tinham seus garotos de dez anos — retrucou Irena.

— O príncipe deixou sua marca — Tedic devolveu o sorriso tímido de Irena. — Se tivesse ocorrido alguma outra coisa... um momento de ternura, uma brincadeira de mau gosto... que os fizesse mandar você pra longe... – Tedic deixou a frase sumir no ar e desceu um degrau, a fim de que a luz incidisse sobre o colo de Irena.

– Acho que teremos de considerar isso como um último ato de benevolência – constatou ele –, concedido por homens que não desejavam ser lembrados apenas pelo sangue que haviam derramado. – O som dos passos pesados de Tedic pareceu segui-lo quando ele voltou a descer a escada e retornou a seu poleiro na plataforma de carga.

29.

ENQUANTO OS BOATOS SOBRE UM COBRA PARECIAM AUMENTAR NAS SEMANAS seguintes, Irena viu Tedic passeando pela cervejaria com um visitante. Ela o viu falando e gesticulando com o homem, ambos em pé na passarela acima do andar de fermentação. ("Como se", falou para Tedic depois, "você soubesse alguma coisa a respeito da fabricação de cerveja.") Irena até escutou Tedic elevar a voz acima do ruído do líquido fervendo e borbulhando num dos tanques de fermentação, a fim de recitar para o pobre visitante as estatísticas sobre capacidade de drenagem. ("Como se", acrescentou mais tarde, "você soubesse alguma coisa sobre capacidade de drenagem.")

Mel contou a Irena que o visitante gerenciava uma cervejaria no México. A ONU permitira que ele passasse num dos aviões de carga, a fim de poder dar alguns conselhos aos fabricantes da cervejaria Sarajevo sobre certos aspectos da produção que poderiam ser alterados para compensar a demanda e escassez inevitáveis, causadas pela guerra. (Especialmente, pensou Irena, quando metade das latas da linha de produção é usada para fabricar granadas de mão.)

Irena nunca vira um mexicano. Fazia apenas uma vaga idéia do México: sol, plantas espinhosas e temperos picantes. O visitante mexicano parecia carregar o sol dentro de si. O sol parecia ter se infiltrado em seu sorriso, escurecido seu cabelo e tostado sua pele. O homem parecia distribuir piscadas de olhos para qualquer pessoa que o estivesse observando.

No segundo dia da ronda de inspeção e avaliação do mexicano, Tedic o levou até um dos quartos empoeirados do porão e abriu um mapa sob uma luz forte e sibilante, tomando cuidado de prender cada ponta no chão com uma lata cheia retirada da linha de produção.

— Acho que entendo seus problemas de drenagem — falou o visitante em inglês, com um sorriso tenso. — Por favor, me mostre o que você estava falando aqui.

Tedic apagou o resto de um Marlboro no chão empoeirado e apontou para nove círculos no mapa, que iam do monte Hum, ao norte, até Nova Sarajevo, ao sul.

O VISITANTE era Jacobo Leyva, cuja família possuía uma cervejaria em Guadalajara, no estado de Jalisco, e produzia a Cerveza Moctezuma, popularizada pelos outdoors espalhados pela região Centro-Oeste do México, que a chamavam de "cerveja dos imperadores". Na verdade, a cervejaria era um caldeirão de refugiados. Jacob Levy havia criado a cerveja Der Schwarzwald logo após o fim da Grande Guerra, na cidade de Baden, na Floresta Negra. As pessoas diziam que a cerveja tinha um gosto distinto de caramelo. Sua produção aumentou durante as décadas de 20 e 30, e Jacob Levy tornou-se um comerciante próspero (muito embora os judeus-alemães, desejosos de evitar a mácula da ostentação, preferissem dizer "em situação confortável").

No entanto, em 1935 foram decretadas as Leis de Nuremberg, explicitamente conhecidas na época como Lei para a Proteção do Sangue e da Honra Alemães. Jacob Levy se casara com uma jovem católica, Maria Fenzel. Eles tinham dois filhos, os quais, segundo as novas leis, eram considerados tão párias quanto o pai judeu e a mãe mestiça.

Um comitê de camisas-marrons com seus coturnos antiderrapantes entrou marchando de forma barulhenta na cervejaria de Jacob Levy, a fim de anunciar que o negócio e a casa tinham sido reclamados pelo governo. O próprio Jacob Levy saiu pisando duro, de cabeça erguida, e arrancou a bandeira alemã que ficava pendurada na entrada da cervejaria.

Enquanto muitos outros judeus-alemães debatiam por quanto tempo os rufiões nazistas conseguiriam se manter no poder, Jacob Levy e sua família reservaram suas passagens no navio que sairia de Bremerhaven rumo a Havana.

– Nós partimos – ele contou ao neto anos depois – pouco antes de eles começarem a medir nossos narizes e a pregar estrelas amarelas em nossos peitos.

Em Havana, os Levy alugaram um barco para levá-los até Veracruz. Compraram a cidadania mexicana com os últimos vinténs que possuíam. A família passou a produzir uma cerveja menos encorpada, a fim de seduzir os gostos dos habitantes locais de Jalisco, onde os Levy haviam se estabelecido, e a rebatizaram em homenagem ao imperador asteca que morrera defendendo sua cidade dos conquistadores em coturnos antiderrapantes.

O neto de Jacob Levy herdou o nome do avô, o qual também foi mudado para atender o padrão da cultura local. Jacobo Leyva resignou-se a encontrar uma posição no negócio da família. No entanto, ele primeiro passou um verão no kibutz Gvulot, no Negev, Israel, colhendo amendoins, batatas e cenouras. Era o começo da década de 70. Oito exércitos árabes haviam cercado Israel e ameaçavam invadir a nação a qualquer momento, no alvorecer.

Jacobo Leyva colhia legumes e tubérculos durante o dia, quente e seco. Ele podia ver suas mãos macias de estudante começando a ficar calejadas e os músculos dos braços se desenvolvendo em feixes fortes e flexíveis. Ao cair da noite, usava os mesmos músculos para abraçar as receptivas filhas dos moradores do kibutz que o consideravam exótico.

"Uma dose de tequila para as garotinhas criadas com leite fresco", dissera uma delas.

Todavia, pouco antes da meia-noite, Jacobo enfiava de novo seu jeans azul americano e substituía a menina da vez por uma Uzi. Até o alvorecer, ele e outros jovens ligeiramente mimados, rapazes e moças oriundos de Westchester e Winnetka, montavam guarda ao longo das cercas de arame farpado de Gvulot, perscrutando o horizonte violeta-escuro do deserto.

Jacobo Leyva pensou em ficar. Havia encontrado um novo e precioso senso de identidade longe do México e do negócio da família. Seu avô perdera a cidadania alemã e fora enviado para o exílio. O neto poderia ajudar a construir uma nação para os filhos do Holocausto.

Certo dia, três visitantes partiram de carro de Telaviv rumo ao sul, a fim de explorarem os sítios geológicos da vizinhança, e pararam para almoçar no florido jardim do restaurante que o kibutz mantinha com sua própria produção. Jacobo Leyva acabara de colher as cenouras naquela manhã. Ele voltava apressado para seu alojamento comunal, a fim de tomar um banho e tirar um cochilo, quando escutou os visitantes chamarem-no pelo nome:

— *Jacobo?*

— Que mundo pequeno, que mundo pequeno, imagine só — disseram os visitantes num espanhol fluente. — Você deve ser Jacobo.

Eles haviam encontrado seus pais durante as férias em Atenas. A sra. Leyva ficara emocionada: "Vocês são israelenses. Meu filho está em Israel, buscando suas raízes... colhendo batatas como um irlandês." Os visitantes lembravam-se de terem-na visto fuçar em meio às tralhas do fundo da enorme bolsa Oaxaca e puxar uma pilha de fotos recentes. "Estão vendo? É o *meu Jacobo* segurando uma batata gigantesca como se fosse um troféu olímpico. Aqui é *meu Jacobo* segurando outra batata com orelhas como as do Mickey Mouse. Essa é *Jacobo* com uma Uzi num braço e uma garota de cabelo castanho-alourado do oeste de Los Angeles no outro. Meu filho, o amante-guerreiro", disse Eva Leyva.

— Por que não vem almoçar com a gente, *Jacobo*? — convidaram os visitantes.

Jacobo ficou intrigado. Havia aprendido que a intriga garantia um certo sabor às ansiedades diárias dos israelenses. A quantidade de detalhes íntimos que os visitantes sabiam acerca dele era estarrecedora. Eles conheciam poses específicas de pessoas cujas fotos haviam enviado para casa. Chegaram até a imitar com perfeição o jeito com que sua mãe, uma mexicana católica, sempre pronunciava seu nome, como se fosse escrito em itálico.

Um homem com rosto de falcão, chamado Avi, continuou a puxar conversa enquanto seus dois companheiros, um homem e uma mulher, passavam os olhos pelas seis opções descritas no cardápio. Frango, carne ou cordeiro, assado ou grelhado. Tudo acompanhado de *homus*.

— Sua mãe disse... ela falou que uma mãe pode contar... que você talvez desejasse montar uma vida aqui em Eretz Yisroel.

— A idéia me ocorreu — respondeu Jacobo, o rosto sem expressão. Não havia partilhado aquela idéia com a mãe.

— Você assumiria o negócio da cerveja? — perguntou Avi. — A maior parte da cerveja tem que ser importada. Mesmo hoje em dia, muitas vezes não dá pra escapar da tecnologia alemã.

— Estou feliz aqui no campo — assegurou Jacobo Leyva. Queria ver como eles reagiriam caso fossem agentes da Inteligência. — Colher tubérculos aqui... é uma delícia — disse, tomando um gole do chá gelado feito no kibutz, adoçado com açúcar de beterraba, também fabricado por eles. — De-li-*ci*-o-so — entusiasmou-se Jacobo, dando ênfase ao *c* castelhano, algo que os mexicanos de sua geração consideravam pretensioso. — Aqui a gente constrói uma nação com uma enxada numa das mãos e uma Uzi na outra. Não recomendo o frango — aconselhou aos homens. — Eu os conheço pessoalmente.

Avi riu com tanto gosto que teve de afastar a cadeira ligeiramente da mesa. Os companheiros baixaram os cardápios como se fossem as últimas cartas numa mão de pôquer.

– Existem muitas formas de ajudar Israel em suas muitas dificuldades – declarou Avi por fim, ao conseguir conter o riso. – E muitos lugares onde você pode fazer isso. Porque aqueles que querem nos destruir estão espalhados pelo mundo todo.

VINTE ANOS DEPOIS, Jacobo Leyva, gordo, encarquilhado e com rugas em volta dos olhos negros, viera a Sarajevo a fim de aconselhar os fabricantes de cerveja da cidade no tocante às técnicas relativas às operações emergenciais, assim como já fizera com cervejeiros em outras regiões destruídas pela guerra, como El Salvador, Guatemala e Eritréia. Jacobo disse a Tedic que a firma representada por ele acreditava estar em débito com os muçulmanos, sérvios e croatas de sua cidade. Seus ancestrais haviam escondido, em 1941, dois mil judeus de Sarajevo em despensas, sótãos e canos de drenagem, enquanto os capangas do primeiro-ministro Milan Nedic tentavam aplacar os inspetores nazistas invadindo os apartamentos das áreas residenciais – "com seus coturnos antiderrapantes, pode ter certeza" –, a fim de expulsar os judeus, homossexuais e ciganos.

– Oito mil morreram nos campos – Jacobo contou a Tedic. – Poderiam ter sido dez mil. Às vezes, essa é a matemática da salvação.

Se Sarajevo caísse agora, falou Jacobo, os judeus seriam exterminados em mais outro lugar da Terra. A firma para a qual trabalhava não podia permitir isso. Tampouco podia aceitar que os únicos voluntários fossem membros armados de gangues do mundo árabe, pois desse jeito não haveria lugar para os judeus no que restasse de Sarajevo.

– Nossos amigos – falou com Tedic – precisam ter certeza de nosso apoio, assim como nossos inimigos.

– Sua firma? – Tedic perguntou com simplicidade. Jacobo, porém, continuou sem se alterar. Ele passou os olhos pelo mapa de Tedic antes de voltar a se sentar no chão duro. Jacobo era um homem meticuloso.

Colocou a mão embaixo do traseiro para evitar sentar no chão sujo com suas calças suíças.

— Não faz diferença se isso é o trabalho de uma ou várias pessoas — declarou, soturno. — Um Cobra ou um ninho inteiro deles. Eles têm pelo menos um excelente atirador do lado de lá. Se vocês o encontrarem... ou pelo menos um deles... faça-o parar.

Essa era a resposta que Tedic esperava, embora não a que tinha esperanças de escutar.

— Digamos que a gente o encontre — sugeriu. — Ou, pelo menos, *um* deles.

— Lance uma isca. Mas isso pode ser arriscado. Ele pode escapar à armadilha e o deixar sem nada. Um plano melhor seria descobrir quem ele é e, depois, onde se esconde. Mate-o — falou Jacobo, baixinho —, num piscar de olhos.

A seriedade descarada com a qual ele pronunciara a frase fez Tedic se contorcer e sorrir.

— *Se* descobrirmos quem ele é — disse por fim. — Sarajevo, porém, não é Gaza. Ao contrário da sua firma, não temos como bater de porta em porta nas casas do outro lado do rio.

— Vocês não têm ninguém infiltrado lá?

— Algumas pessoas passando informação. *Vendendo*, é melhor dizer. Não temos ninguém pra mandar numa operação desse tipo.

Jacobo mudou de posição, a fim de colocar a mão esquerda sob o traseiro. Com a mão direita, esfregou a unha do dedão na ponta solta de uma das casas de botão de sua camisa azul-clara.

— Não é preciso um time inteiro de soldados. É melhor uma garota bonita com uma corda ou uma lâmina. Ou um rapaz bonito. Uma avó que se dispusesse a colocar uma bomba embaixo do travesseiro poderia fazer o serviço.

Tedic levantou a lata de cerveja que segurava a ponta norte de Sarajevo e deixou o mapa enrolar-se entre eles bem acima da linha do Miljacka.

Jacobo fez a pergunta seguinte bem baixinho, como se houvesse um estranho no aposento:

— E quanto ao príncipe?

Tedic levantou a lata do lado leste. A maior parte de Sarajevo se enrolou diante deles. Apenas as ruas e lotes ao sul e oeste do rio, marcadas com pilot vermelho, mostrando as plataformas de artilharia e os esconderijos dos atiradores, ficaram visíveis.

— Não fazemos negócio com ele — respondeu Tedic. Pensou por um momento, antes de acrescentar: — Com a firma dele. Não mais.

— Às vezes — alertou Jacobo —, é preciso encontrar o único homem que vende o prego específico que você precisa pra terminar de construir o celeiro. O que você pensa dele pouco importa.

— Árabes passando *O Dia do Chacal* no lado sérvio de Sarajevo? Árabes atravessando os campos verdejantes do monte Ingman? — indagou Tedic. — Isso é hilário. Eles não teriam a menor chance.

Jacobo Leyva já não era mais um jovem morador de kibutz com uma força de leão nas pernas. As juntas dos joelhos doíam como as de um cachorro velho. Precisava se pôr de pé antes de cair. Enquanto Jacobo forçava os joelhos a voltarem para a posição, Tedic notou os mocassins italianos tom de caramelo, com seu solado fino guinchando sobre o piso sujo.

— Você quer dizer que essa poderia ser uma missão suicida? — perguntou.

Qualquer outra informação adicional Jacobo deixou em suspenso, sobre o chão. Ele esfregou uma mão na outra para limpar a sujeira das palmas e, discretamente, bateu com as pontas dos dedos sobre o tecido de lã das calças.

Tedic levantou-se também. Ele era uma cabeça mais baixo do que o mexicano e teve um pouco de dificuldade em conseguir fitá-lo nos olhos.

— Você ficaria surpreso — falou para Jacobo — ao ver algumas das pessoas com as quais temos de trabalhar.

— *Não ficaria, não* — retrucou Jacobo.

TEDIC CONDUZIU JACOBO até o andar de cima, onde já estava com outro aposento preparado para dar continuidade à conferência. Mas, primeiro, decidiu passar pela plataforma de carga onde, ali perto, Mel havia esquentado um pouco de água em um dos pequenos fogões à lenha que os artífices da Cidade Velha, os quais costumavam trabalhar com couro e prata, fabricavam por 200 marcos alemães. Despejou a água sobre o forte café italiano que o visitante trouxera consigo numa sacola plastificada.

Tedic sentiu o cheiro do café fresco. Suas narinas dilataram-se como as de uma raposa tremendo em alerta. Jacobo também trouxera caramelos Perugina e avelãs cobertas com chocolate, embrulhadas em papel azul brilhante. Mel despejou tudo numa pilha próxima a três canecas de estanho da cervejaria. Jacobo bebericou o café com imenso prazer. Deixou seus doces no pratinho, respeitando a diferença entre a gula diurna de um homem gordo de meia-idade e a dor implacável da fome real, que chega a causar fraqueza, mitigada apenas pela letargia e pelos cigarros.

Devido ao fato de a cervejaria possuir fornecimento de energia, Mel podia manter o rádio ligado na plataforma de carga durante a maior parte do dia. O Cavaleiro estava no ar – fazendo turno extra – e, no momento, recitava um poema.

– Acho que você vai querer escutar isso – Tedic falou para Jacobo.

O CAVALEIRO DESPEJAVA as palavras de modo cadenciado. Jacobo não entendia o idioma do país. No entanto, podia escutar a modulação das frases, inflando e crepitando, como o fogo numa forja.

– O que é isso? – perguntou Jacobo.

– É uma longa história – respondeu Tedic, olhando para o alto-falante do rádio. – E, de qualquer forma, velha também. Gênese sérvia.

Jacobo inclinou a cabeça com curiosidade.

— A batalha de Kosovo — explicou Tedic. — Em 1389 — enfatizou. — Ocorrida no Campo dos Melros. Ela é lida toda semana. A história da grande nação sérvia estrangulada em seu próprio ventre. *Pelos muçulmanos*, devo acrescentar.

Tedic abaixou a cabeça, a fim de escutar um trecho que explicasse a narrativa para seu convidado. Após meio minuto, levou a mão à boca, como se fosse anunciar um jogo de basquete.

— Agora, o sultão Murad está se preparando para liderar suas hordas de muçulmanos cabeludos contra o nobre tzar Lazar.

— É um poema? — indagou Jacobo.

— É um épico — assegurou Tedic. — Nada menos do que *O Rapto de Lucrécia*. Olha só. — Ele fez sinal para Jacobo aproximar-se enquanto traduzia do sérvio-croata para o inglês:

De Jerusalém, ah! Daquela terra santa
Levanta vôo um falcão, grande pássaro cinzento!
No bico, uma andorinha
Com uma carta
Lazar! Lazar! Tzar de nobre família,
De qual reino sentes mais saudade?
Poderás, hoje, escolher tua coroa celeste?
Ou preferirás uma terrena?
Pois todos devem morrer, sem exceção,
E tu, tzar, morrerás junto a eles.

— Isso não vai ter final feliz — observou Jacobo.

Tedic ergueu a mão para impedir mais comentários.

— Por favor, essa é uma das minhas partes prediletas. — Ele recitou:

Ainda que o exército turco esteja longe de ser pequeno,
Podemos provocá-los facilmente
E vencê-los... Eles são
Não um exército de guerreiros e cavaleiros,

E sim peregrinos fatigados, velhos e enrugados,
Artesãos e adolescentes magricelas
Que jamais sentiram gosto de sangue...
Eles defecam sobre a terra
Por medo de nós.

– Sem guerreiros ou cavaleiros – declarou Tedic, virando-se finalmente para seu convidado. – Esses somos nós. Um exército de artesãos e adolescentes magricelas. O sérvio Shakespeare acertou na mosca.
– Em que ano foi isso? – indagou Jacobo.
– Em 1389. Bem antes de Shakespeare.
– O imperador Montezuma foi morto em 1520 – comentou Jacobo. – Provavelmente apedrejado pelo seu próprio povo.
– Praticamente na semana passada – ironizou Tedic.
Os homens viraram-se para trás e olharam para o alto-falante do rádio. O Cavaleiro entrara com Peter Tosh ao acabar de falar sobre o exército turco se cagando de medo: *Dem mus get a beaten, dem ha fe get a beaten, Lord, and dem can't get away.**

O Cavaleiro voltou, rouco e melancólico, porém inabalável, com um verso que clamava por ossos e derramamento de sangue durante seis séculos. Tedic imitou sua voz trovejante:

Qualquer sérvio,
Qualquer um que compartilhe essa herança
E não vier lutar,
Que ele nunca tenha filhos,
É o desejo de seu coração;
Que nada de valor floresça sob sua mão...
Nem uvas púrpuras nem trigo saudável;
Deixem-no enferrujar como ferro oxidado
Até seu nome desaparecer por completo!

---

* Eles têm que receber uma punição, eles precisam ser punidos, Senhor, e eles não podem escapar. (N. T.)

Tedic enfiou as mãos de volta nos bolsos de seu casaco preto de couro para pegar os cigarros e acalmar a tremedeira. Levantando os olhos para Jacobo, disse:

— Isso faz com que todo aquele negócio de Shakespeare, *Pois aquele que hoje derrama seu sangue junto ao meu é meu irmão*, pareça meio covarde, não é?

IRENA CHEGOU APÓS a última reunião de Tedic e Jacobo. Enquanto ela se sentava no quartinho do porão, vestindo seu macacão cinza, Tedic pegou dois caramelos Perugina da pilha próxima às canecas vazias de café e depositou-os ao lado dela.

— Seus assuntos pessoais são problema seu — declarou quando Irena ergueu os olhos para fitá-lo. — Isso não é pessoal. Você soube alguma coisa do treinador Dino?

— Claro que não — Irena respondeu de imediato. — Você soube?

— Não estou tentando puxar briga com você. — Tedic parecia cansado.

— Não — repetiu Irena de modo decidido. — Nem cartas, nem telefonemas, nem rosas. De qualquer modo, como a gente poderia se falar?

— As pessoas conseguem enviar bilhetes. Você fala com alguém que tem como saber dele?

— Quem? — Irena ajeitou-se no banco e bateu com os punhos nos joelhos. — Você? Minha mãe? Molly? Aquele rato filho-da-puta do Mladic?

— Talvez sem nem perceber. Você tem amigos do outro lado?

— É claro! — explodiu Irena. — Quem não tem? Se *você* tivesse amigos, teria alguns lá também. — O insulto tencionava fazer Tedic sorrir e recuar, além de permitir a ela relaxar com mais facilidade. — Ele só tentaria entrar em contato comigo — disse, mais calma —, se pudesse me alcançar com o pau. Ele já deve ter partido para novas conquistas, tenho certeza.

Tedic entregou a Irena outro doce italiano, certificando-se de recolher a embalagem azul para que ela não corresse o risco de deixá-la cair enquanto estivesse em seu poleiro na rua Omer Maslic, onde iria passar as próximas horas da noite, a fim de acertar o ombro de um homem no momento em que ele estivesse enchendo o tanque de seu caminhão na rua Duro Salaj.

Quando Irena chegou em casa de manhã cedinho, seus pais estavam com o rádio ligado em volume baixo na BBC, como um molho cozinhando em fogo baixo. Ela arrumava pilhas com facilidade na cervejaria. Tedic trocava as das lanternas e dos rádios antes que elas pudessem falhar no curso do dever. Mel mantinha as pilhas descartadas numa caixa próximo à sua mesa, à disposição de quem quisesse. Irena as levava para casa, onde elas ainda funcionavam por algumas horas – para dar voz ao rádio ou acender uma lanterna –, até começarem a tremelicar e, por fim, morrer.

A sra. Zaric havia posto um punhado de galhos no fogão de lata para tentar esquentar água para fazer um chá, enquanto Peter Gabriel cantava algo sobre lençóis esparramados pelo chão.

O sr. Zaric estava indisposto. Aleksandra Julianovic enrolava e amassava folhas de chá com a ajuda de um pano.

— Noite cheia, querida? – perguntou a sra. Zaric.

— Chata e fria. – Ela deu um beijo na bochecha da mãe.

— O tempo está esquentando – comentou a mãe, como fazia havia mais de uma semana.

— Não rápido o suficiente – retrucou Irena.

Ela podia ouvir a água chiar dentro da chaleira. Senhor Pássaro juntou-se em coro. Irena esticou a mão para pegar um maço aberto de Marlboro e bateu-o contra o braço para tirar um cigarro. Pegou, também, um dos fósforos que trazia no bolso da camisa. Observou a chama crescer antes de falar:

— Eu estava comendo o treinador Dino — anunciou. — Antes de isso tudo começar.

A sra. Zaric virou-se de costas para a chaleira sobre o fogão e ajoelhou-se em frente à filha.

— Comendo. *Comendo*. — Ela manteve a voz baixa, mas sem conseguir disfarçar o choque. — Comendo. De que jeito?

— De todos os jeitos — respondeu a filha.

— Não é disso que estou falando. Quero dizer... *você* quer dizer... *sexo*?

— Claro.

Aleksandra foi engatinhando tirar a chaleira do fogo.

A sra. Zaric pegou o cigarro que Irena deixara sobre um pratinho.

— Claro — repetiu ela. Em seguida, de modo mais ríspido: — Claro, a maioria de nós passa pelo segundo grau sem comer os professores.

— Ele era meu treinador de basquete.

— Ele era um *professor* — repetiu a sra. Zaric. — Um homem *adulto*. Com o dobro da sua idade.

— O que é duas vezes 17 — replicou Irena. — Apenas um problema de matemática.

— Fico feliz que ele a tenha ajudado com seu dever de casa.

— A gente brincava sobre isso. Dezessete anos... quase a mesma diferença do Charles pra Diana.

— E veja no que deu — comentou a mãe.

— Ela era inexperiente — retrucou Irena. — Ela tinha de ser... a família real fazia questão... virgem.

Aleksandra Julianovic virou-se de costas para o fogão, segurando a chaleira delicadamente pela alça.

— Ela foi até examinada por um médico — confirmou Aleksandra. — Para que eles pudessem ter certeza de sua virgindade.

A sra. Zaric fitou a filha e disparou o tiro que poria fim à discussão, sem chance de réplicas e sem vencedor.

– Esse não é o *seu* caso, é?

O sr. Zaric empurrou a porta do banheiro e saiu vestido com o velho roupão verde-claro da mãe, brandindo uma revista Q com a Cher na capa, cujos cabelos apresentavam um tom cereja.

– Esperem um pouco antes de entrar lá – anunciou ele. O pai de Irena se juntou ao grupo, sentando de pernas cruzadas sobre a bagunça de cobertores.

Senhor Pássaro foi bamboleando até o cigarro que a sra. Zaric deixara cair entre as dobras de um lençol e começou a empurrá-lo com o bico, como se fosse um tronco pesado.

– Nossa filha andava trepando com o treinador Dino – declarou a sra. Zaric. – Ela acabou de contar. Como se dissesse que Kissinger foi pra China.

– O treinador de basquete? – perguntou o sr. Zaric. Irena observou o pai inclinar a cabeça, interessado, mas viu que os olhos dele estavam na xícara de chá que Aleksandra acabara de encher.

– Ele é muito cabeludo – comentou ele.

Aleksandra ofereceu uma das xícaras de chá.

– Eu costumava vê-lo – lembrou-se o sr. Zaric. – Nos jogos. Sempre com aquelas camisetas sem manga. Pra mostrar os músculos e a tatuagem da sereia. – Ele soprou o chá e se afastou. – Sempre o achei muito cabeludo. – Em seguida, encostou a ponta da língua no líquido de maneira especulativa. – Uau. Deve ter sido interessante.

Mum and Dad... you know I'm growing up sad, Irena ouviu Peter Gabriel cantar através do ruído da chaleira e das garras do Senhor Pássaro batendo no piso. *I shoot into the light.**

A sra. Zaric pegou outras duas xícaras das mãos de Aleksandra e entregou uma a Irena, que a segurou de encontro à bochecha. Em seguida, ela começou a rir.

---

* *Mamãe e papai... vocês sabem que estou cada dia mais triste... (...) Atiro em direção à luz...* (N. T.)

— Seu pai não sabe o que está dizendo — falou. A risada dela retinia e chiava como a chaleira. — Todo o trauma fez com que ele esquecesse que concorda comigo.

IRENA NÃO SENTIA grandes dificuldades em pegar no sono nas noites em que não estava trabalhando. Sentia-se cansada e, em geral, com fome. Os estampidos de tiros — até mesmo os choramingos e gritos — eram, agora, como roncos e reclamações do estômago. Contudo, quase toda noite acordava no meio da madrugada — duas, três da manhã, quem poderia dizer? — e se arrastava até a gaiola do Senhor Pássaro. Em geral, a cabeça cinza do bicho ficava ligeiramente inclinada para a esquerda. Seus olhos estariam fechados, revelando pequenas pálpebras peroladas; as garras miúdas, rosadas e delicadas como veias, agarradas ao poleiro. A franja vermelha do rabo farfalhava ligeiramente, de modo leve e rápido. Irena ficava maravilhada. Uma coisinha pequena e macia demais para sobreviver às bombas e balas dos atiradores. Ele era apenas pulmões, sangue, palitos de ossos e penas. Irena colocava a mão direita na frente do bico preto e liso do papagaio e esperava um segundo ou mais até sentir sua respiração contra os nós dos dedos; em seguida voltava para debaixo dos cobertores e caía no sono.

30.

Irena e Amela armaram um plano – do jeito, falaram uma com a outra, que faziam toda primavera, quando inventavam um novo truque ou façanha para o começo dos play-offs, ao se prepararem para jogar contra a Number One High School. Amela viria para uma festa.

Um comediante britânico, Sasha Marx (sem nenhuma relação com Karl, Groucho ou Chico, ainda que encorajasse tal especulação; seu nome de batismo era Sanford Moore), recebera autorização da ONU para montar uma produção de *Hair* em Sarajevo. Muitas das músicas do *Hair* já eram familiares aos bósnios de uma certa idade. A história – paz, amor livre e renegados de cabelo comprido montando uma comunidade – era considerada novamente adequada e sedutora para os jovens de Sarajevo. A peça nostálgica conseguia manter, em uma velha sociedade socialista em reabilitação, uma reputação deveras intrigante pelo fato de ser ligeiramente maliciosa.

– Como a gente pode não querer "deixar o sol brilhar" em Sarajevo? – replicou o ministro enquanto os estilhaços eram retirados de sua perna no hospital. – Como nós, cidadãos de Sarajevo, podemos não desejar o começo da Era de Aquário?

Todavia, os funcionários ligados ao ministro de Assuntos Internos imediatamente arrefeceram seu entusiasmo com considerações de ordem prática. Eles disseram que não seria possível para *Sir* Sasha (pois Marx acabara de ser sagrado cavaleiro pela Ordem do Império Britânico) montar a peça em nenhum dos teatros da cidade. O perigo de reunir uma multidão num local proeminente era grande demais. Os atiradores sérvios poderiam disparar contra o público na chegada – ou esperar até as pessoas estarem sentadas para destruir a audiência com um morteiro. A iluminação do palco também estava fora de questão. Moore oferecera levar as lâmpadas em um dos aviões de reforço da ONU, junto com os geradores que lhes forneceriam energia. No entanto, geradores tão possantes provocariam um zumbido ao iluminarem o palco – atraindo a atenção dos atiradores para seus alvos.

Os subordinados do ministro o informaram de que a peça era uma oportunidade cultural importante. Mas ela teria de ser encenada em segredo, disseram eles. Sem nenhuma divulgação. Apenas para uma audiência pequena e fortuita. E no escuro.

– Pelo menos o figurino não vai ser um problema – o ministro comentou com Tedic. – Se bem me lembro, na maior parte do tempo os atores ficam nus.

Tedic considerava cada precaução como uma oportunidade para solapar a mentalidade da velha burocracia socialista. Ele sugeriu ao ministro armar a peça num dos amplos centros de conferência do subsolo de um dos bancos da rua Branilaca Sarajeva, o qual ficava protegido dos atiradores por uma barricada comprida e aparentemente eficiente. O prédio era seguro o suficiente para guardar marcos alemães, dólares e broches de diamantes a salvo dos ataques. As pessoas poderiam usufruir o mesmo benefício. Para maximizar o tamanho da platéia, eles poderiam colocar algumas pessoas sentadas no chão do centro de conferência. Os ingressos seriam distribuídos nas filas de água e comida – e a chegada programada em intervalos regulares –, a fim de eles poderem proporcionar a uma audiência vasta e satisfeita, digamos, três performances. *Sir* Sasha e os atores, todos bósnios ou londrinos, poderiam, nesse meio-tempo, ensaiar no quartinho subterrâneo da cervejaria, onde as idas e vindas seriam facilmente disfarçadas.

Tedic chegara até mesmo a escutar sobre um truque simples para compensar a falta de iluminação de palco. Duas trupes de saltimbancos que se exibiam de tempos em tempos nos porões da cidade haviam tido a idéia de utilizar lamparinas elétricas. Eles poderiam espalhar meia dúzia delas pelo chão e cada ator receberia uma para iluminar seu rosto.

– Ou outra coisa – zombou Tedic.

– O que a peça exigir – concordou o ministro. Ele havia visto uma produção de *Hair* alguns anos antes, ao comparecer a uma conferência sobre transporte em Estocolmo. Erguendo as sobrancelhas ao se lembrar das peles rosadas e dos cabelos escorridos, disse: – Essa é uma decisão artística que este governo, em nome da liberdade, deixará inteiramente a cargo da discrição do diretor.

Tedic sugeriu ao ministro que cautelosamente informasse algumas das agências de notícias ocidentais sobre a produção, convidando-as a comentarem a peça. O mundo parecia virar as costas a histórias de massacres e bombardeios. Mas uma história sobre o musical *Hair* sendo encenado numa cidade sitiada oferecia elementos mais cativantes: música, perigo, estrelas do cinema ocidental e uma nudez mostrada com sensibilidade.

TEDIC TAMBÉM PROPÔS ao ministro de Assuntos Internos organizar uma pequena festa para Sasha Marx e sua companhia na noite anterior à estréia. O ministro concordou de pronto. Uma festa viria a calhar. Os bósnios eram famosos por sua hospitalidade. Uma trupe de atores britânicos poderia não ser tão útil a Sarajevo quanto, digamos, uma unidade de soldados pára-quedistas britânicos. No entanto, a graciosidade e até mesmo a coragem dos artistas seriam bastante apreciadas.

Irena, Sigourney, Arnold, Jean-Claude, Nicki, Kevin, Ken, Emma e outros jovens atraentes que trabalhavam para Tedic seriam incluídos na festa. Os visitantes ficariam encantados; eles iriam querer criar uma relação de identificação com os anfitriões e seus papéis na vida real.

Até lá, Jackie já estaria recuperada o suficiente para poder comparecer. Ela os impressionaria ainda mais do que costumava fazer.

— Imagine só — falou Tedic. — A mulher mais charmosa da sala será uma bósnia ruiva com corpo de violão a quem a guerra roubou os meios de dar a cada visitante um abraço apertado.

— Mas ela não pode contar a ninguém como perdeu o braço — interveio o ministro. — Ela tem de dizer: "Prefiro não falar sobre isso. Sou apenas uma entre as muitas pessoas que estão sofrendo."

— Os artistas não vão entender essa modéstia — declarou Tedic. — Eles vão ficar estarrecidos.

Sem dúvida, a festa seria regada a cerveja. Os visitantes poderiam levar o resto dos comes e bebes — o ministro passou a língua nos lábios ao lembrar-se da lata de ostras defumadas que um convidado recente da ONU lhe trouxera.

Tedic, porém, disse a ele que seria mais de acordo com seus interesses se o pessoal da cervejaria preparasse um bufê com as guloseimas doadas pelas organizações de ajuda humanitária.

— Arroz e feijão, batizados com uma minhoca ocasional — ironizou. — Manteiga de amendoim e carne enlatada, com pedacinhos de queijo falsificado espalhados sobre tudo. Nossos convidados cresceram ouvindo os pais contarem histórias de heroísmo a respeito dos londrinos corajosos que comiam feijão frio nos túneis do metrô enquanto as bombas da Força Aérea alemã explodiam sobre a cidade. Eles sentem falta de ter suas próprias façanhas heróicas. Os convidados irão se sentir privilegiados por comerem feijão frio numa cervejaria escura em companhia dos bravos cidadãos de Sarajevo que brandem os punhos sob as armas dos sérvios.

O ministro empertigou-se por um momento e, pouco a pouco, um pequeno sorriso começou a se espalhar por seu rosto. Ele fez que não.

— E a cobertura da imprensa resultaria nessa mesma comparação impetuosa?

— Como você falou, este é um país livre.

— Apenas me avise o momento em que devo começar a cantarolar "White Cliffs of Dover" — declarou o ministro.

AS GAROTAS HAVIAM marcado o encontro para as cinco, quando a luz dourada do início da primavera que ainda incidia sobre a pista de aterrissagem fazia com que a travessia passasse despercebida. Elas convocaram Zoran e seu táxi, com um pagamento adiantado de dois pacotes de Marlboro, a parte de Irena, e dois de tabaco Balkan Sobranie, que Amela prometera arrumar; ela atravessaria com eles escondidos sob a blusa.

Por quase uma hora, as garotas acenaram discretamente uma para a outra a cada quatro ou cinco minutos, cada uma em seu lado da pista. Irena balançava a mão, escondida em meio à cerca viva, e Amela respondia com um breve aceno das árvores do outro lado. Pouco depois das seis, o rugido de um avião de carga começou a retumbar nos ouvidos das garotas. Irena e Amela tinham imaginado corretamente; pelo menos um avião aterrissaria antes do cair da noite. Elas viram os soldados afastando-se do meio da pista. A cerca ao redor de Irena começou a farfalhar ligeiramente com a ventania provocada pelas hélices. Irena conseguia ver a folha vermelha, símbolo do Canadá, na parte da frente da gigantesca barriga cinzenta da aeronave e as tiras horizontais azuis e amarelas no ombro direito dos soldados. Céu azul, campos de cereais, a bandeira da Ucrânia.

Amela saiu em disparada. Três, cinco segundos se passaram sem que os soldados notassem nada; de qualquer forma, eles tendiam a prestar mais atenção ao lado bósnio da pista. O cabelo dela estava solto, comprido e cheio. Muito perspicaz, Irena pensou com admiração. Era muito sagaz da parte dela lembrar-se de que os juízes esqueciam de marcar as faltas feitas por meninas louras de cabelos cacheados. Irena escutou gritos com sotaque russo sob o rugido dos motores. Amela, porém, correu abaixada junto às rodas do avião. Nenhum soldado arriscaria um tiro que pudesse acertar um dos pneus do avião de carga — aquilo poderia avariar a aeronave e fechar o aeroporto por dias.

Assim que Amela chegou próximo à cerca viva, dois soldados a agarraram pelos ombros. Eles a viraram e se afastaram, as armas habilmente pressionadas contra o peito.

— Pode voltar! — um deles gritou em inglês. — Por favor! Agora!

Irena e Zoran deram um passo para trás, esperando passar uma impressão de respeito.

— Correr de volta pra lá? — indagou Amela, apontando com o dedão para o lado sérvio da pista de aterrissagem. — Isso sim é *perigoso*!

— Você não devia estar aqui — falou o outro soldado, ofegante; ele a perseguira a maior parte do caminho.

— Eu não devia atravessar — ressaltou Amela. — Posso levar um tiro.

Irena deu um passo à frente.

— Vocês estão aqui para impedir as pessoas de atravessarem a pista correndo — lembrou-os. — E não para mandá-las atravessar. E se ela tropeçar? E, que Deus não permita, se levar um tiro?

Um dos soldados colocou a mão sobre o braço do colega antes de responder. Os dois jovens ucranianos estavam confusos e receosos. Nenhum contrabandista atravessava a pista sem carregar nada. Nenhum marido, pai ou namorado deixaria uma garota expor-se a tamanho perigo. Assim sendo, os soldados discutiram em russo e decidiram que ela devia ser a amante de algum figurão, ou, de qualquer forma, um passatempo caro.

Um deles virou-se para Amela e disse em inglês:

— A gente leva você de volta. Vamos acompanhá-la. Não se preocupe. Vamos protegê-la. — Ele balançou o dedo repetidas vezes, apontando para o próprio peito e para os ombros dela. — Ninguém vai atirar. A gente pode ir agora.

Zoran colocou-se à vista, acenando com a mão como um garotinho numa parada militar.

— Com licença, senhores — falou com calculado respeito. Zoran bateu na ponta de algo dentro da jaqueta. Irena escutou uma pancada surda que fez os soldados apertarem os dedos em volta da coronha dos rifles e firmarem as botas no chão.

— Estou certo de que esse é o tipo de situação — disse Zoran — que pode ser resolvida a contento de todos.

— A gente aceita cigarros — declarou um dos soldados, com um sorriso dissimulado. — Sem problema.

— Americanos? — perguntou Zoran.

Os soldados esperaram enquanto Zoran abria o zíper da jaqueta.

DOIS PACOTES DE Marlboros — um por conta de cada garota, ou um para cada soldado ucraniano — colocaram Irena e Amela no banco traseiro do táxi de Zoran. Com as janelas abertas, seus choros e risadas ecoaram pelas ruas destruídas e abandonadas, e nos ouvidos atormentados dos cachorros vadios e perdidos.

— Vocês me devem *cinco* pacotes por essa — Zoran falou por cima do ombro. — E um convite pra festa também.

ELES VIRARAM NA rua May 1st. Amela contorcia-se no banco traseiro, olhando de um lado para outro; esticou o braço para pegar a mão de Irena. Foi contando as janelas quebradas enquanto passavam em alta velocidade pelos quarteirões residenciais bombardeados de Dobrinja. Parou de contar ao chegar ao 12.

— As pessoas que moravam aqui — perguntou baixinho. — Pra onde elas foram?

— Olha bem — aconselhou Zoran.

Amela então viu silhuetas cinzentas tremendo, farrapos de cortinas se movendo e até mesmo as chamas de alguns fogareiros. Era possível vislumbrar algumas mãos em meio às melancólicas nuvens cinza de fumaça.

Em silêncio, eles atravessaram a ponte Otoka e viraram à direita, ficando de frente para Grbavica. O céu começava a escurecer e as luzes nas colinas e torres do lado sérvio da cidade foram se apagando à medida que cortinas eram puxadas, portas fechadas e interruptores desligados.

— Tão perto. — Foi tudo o que Amela disse.

— Muito. — Foi só o que Irena conseguiu responder. Seus dedos apertaram com mais força as palmas uma da outra.

— Olha ali — falou Zoran, inclinando a cabeça para a direita. — Sua velha escola.

O táxi cortava as ruas desoladas e escuras, resmungando sempre que Zoran mudava de marcha. Amela ficou surpresa por ainda conseguir ver estrelas no céu ao entrarem no Marshal Tito Boulevard. A maioria das árvores tinha sido podada por bombas ou derrubada.

— Escutei falar sobre isso — disse Amela.

— As pessoas precisavam de lenha pro aquecimento — explicou Irena. — E pra cozinhar, fazer chá, espantar o frio. Logo, logo vamos precisar queimar um livro, a fim de arrumar luz suficiente pra ler outro.

Amela debruçou-se para fora da janela para enxergar melhor.

— Isso não é muito inteligente — observou Zoran.

— Vou ficar bem — replicou ela. — Está escuro demais pra alguém conseguir ver seu carro, ou minha cabeça. Sei que a ausência de árvores facilita as coisas para os atiradores. Isso é o que dizem pra gente lá do outro lado.

— Os atiradores do lado de cá podem conseguir nos acertar, ou não — ponderou Irena. Era o mesmo que discutir Descartes, o Império caldeu ou qualquer das coisas estudadas na escola das quais só se lembravam mais ou menos. – Mas não dá pra escapar do frio. Portanto, arriscamos a chance de levar um tiro pela certeza de ficar com frio.

Amela acomodou-se de volta no banco e subiu a janela até o meio.

– A gente também tem sofrido um pouco com o frio – falou baixinho. – Houve um embargo. É difícil arrumar combustível.

Irena apertou ainda mais a mão da amiga. Elas balançaram as mãos entrelaçadas para cima e para baixo de modo brincalhão.

– Sinto muito, não sabia – disse Irena.

– É difícil arrumar – retrucou Amela. – Não impossível. Estamos bem.

Zoran virou o táxi na rua Sarajevska Pivo, contornando o lado oeste da cervejaria. De poucas em poucas semanas, a cervejaria colocava na rua todo o lixo que não podia ser queimado. Coletar lixo em Sarajevo tornara-se algo tão impensável quanto entregar correspondências. Os ratos haviam tomado conta de prédios inteiros, expandindo um império que agora dividiam com as moscas, vermes, traças e pulgas.

Um garotinho revirava uma pilha de latas. Havia latas de feijão, óleo de cozinha, leite em pó, carne e levedura, todas com a boca escancarada, sôfregas por ar.

– Até as latas parecem famintas – brincou Irena.

O garoto tinha uns cinco ou seis anos, facilmente reconhecível com seu cabelo cor-de-areia, mesmo sob a luz difusa do entardecer. Usava calças verdes encardidas, presas em volta da cintura com uma velha gravata amarela, e uma camisa masculina azul de náilon que o envolvia como um lençol. Ele pegou uma lata e segurou-a como se fosse um binóculo, em busca de grãos de feijão ou restos de carne agarrados no fundo ou nas laterais. O menino era jovem o suficiente para enfiar a mão inteira dentro da lata, e, de tantas em tantas latas, a retirava com grande entusiasmo e lambia o óleo ou o pó do pulso, das articulações e dos dedos.

– Ah. – Foi tudo o que Amela conseguiu dizer.

— Ele está com fome, só isso — falou Irena. — Que Deus o abençoe. Nós o vemos de vez em quando.

— A mãe deixa ele sair?

— Ele mora num porão no próximo quarteirão, com algumas outras pessoas — explicou Irena. — A mãe? Só Deus sabe onde ela está.

— Isso acontece aos montes — interveio Zoran.

Amela observou o garoto abandonar a pilha e partir para outra.

— Não tenho nada pra dar a ele. Nem um doce, nem um chiclete.

— Ele está se divertindo — assegurou Irena. — Ele vai retirar mais coisa do lixo do que o que poderia ganhar dos seus bolsos. Desde que os atiradores o deixem em paz.

Eles saíram do carro nos fundos do prédio, uma área protegida da visão dos atiradores. Irena pegou Amela pelos pulsos e olhou para ela. Sua amiga era linda. Mas isso Irena sempre soubera. O que a fez pestanejar foi o fato de Amela ainda parecer adorável. O rosto dela era cheio, macio, quase corado. Ela possuía o rosado suave da esperança. Irena sentiu a própria pele branca e ressecada, como a de um cadáver. Estava com linhas de expressão em volta dos olhos e na testa. Às vezes sentia a pele sendo repuxada pelos ossos.

— Eu nunca tinha notado — falou para Amela.

— O quê?

— Com o casaco de inverno não dava pra ver. Mas você parece... — Irena hesitou por um momento. — ... tão mais roliça e saudável do que as pessoas do lado de cá.

— Não tenho passado fome.

— Eu também não — disse Irena. — Só algumas noites. Mas já sei, eu como que nem um passarinho. Não como o Senhor Pássaro — acrescentou com um sorriso. — Ele come bem, graças a você.

Amela meteu a mão direita no bolso da calça jeans e tirou um pequeno tubo brilhante, cor-de-bronze. Puxou a tampa e espremeu a base do tubo até uma pontinha aparecer, de um vermelho vibrante. Irena lembrou-se das balas em seu pente.

— Um pouquinho em cada bochecha — sugeriu Amela. — Depois a gente esfrega.

Irena ficou tocada.

— Mas deixa eu te mostrar a última novidade em beleza feminina — falou para a amiga. — Você não vai encontrar essa dica na *Vogue*. — Irena esfregou os dedos no queixo. Pediu a Zoran um alfinete.

A princípio o taxista mostrou as palmas vazias. Mas depois enfiou os polegares no cinto.

— Tenho um que mantém minhas calças no lugar. É meio que necessário.

— Quero apenas emprestado — replicou Irena.

Zoran virou-se de costas para as meninas e remexeu no cós da calça.

— Emagreci muito — comentou com simplicidade, esticando o braço para trás com um alfinete de segurança entre o dedão e o indicador.

Irena pegou o alfinete e abriu-o. Levantando o polegar esquerdo, deu uma espetadela. Uma gota de sangue brotou. Esfregou-a na bochecha esquerda, sacudiu o polegar três ou quatro vezes e depois o pressionou com delicadeza na bochecha direita. Virou-se para Amela.

Os olhos de Amela brilhavam ao espalhar o sangue pelas maçãs do rosto da amiga.

— Dura mais do que a Revlon, tenho certeza — declarou, enquanto Irena pressionava o polegar solenemente na bochecha esquerda da amiga, e depois na direita, como se estivesse acendendo velas numa igreja. Zoran desviou os olhos. Com ambos os polegares, Irena esfregou o sangue nas maçãs do rosto de Amela até achar que a cor combinava com sua pele rosada.

— Você está pronta pra se encontrar com o príncipe Charles — disse Amela baixinho.

— Acho melhor o Scottie Pippen — replicou Irena. De mãos dadas, elas envolveram Zoran pela cintura e os três desceram a rampa de entrada da cervejaria.

Tedic transformara o andar térreo da cervejaria num charmoso espaço para festas. Pequenas velas brancas e grossas haviam sido arrumadas sobre mesas de madeira de tamanhos variados. As chamas crepitavam e soltavam faíscas pelas laterais dos tanques de fermentação de bronze. O pessoal da cervejaria havia cortado fatias de carne enlatada, tão fininho que elas agarravam nas bordas da travessa, dispondo-as em volta de uma pilha de torradas envelhecidas, já moles como papelão úmido.

Tedic estava radiante. Havia tomado um banho, se barbeado e, por ora, perambulava de um lado para outro como o lorde de uma mansão dando as boas-vindas a seus asseclas. Ele decidira manter o casaco de couro preto e brilhante jogado sobre os ombros, o que lhe dava um aspecto autoritário, mas colocara uma camisa branca por baixo, macia e sem manchas, como creme fresco. Estava cheirando a Givenchy, o qual pegara emprestado com alguém. No momento, encontrava-se de pé ao lado de uma mulher ruiva de meia-idade, a qual apresentou como sendo Zule.

Irena estava agarrada ao braço de Amela quando a apresentou:

— Minha antiga colega de time. Você disse que eu poderia trazer uma amiga.

— Claro! — O entusiasmo de Tedic era genuíno e detalhado. — A grande Divacs. A melhor armadora do time. Da liga inteira, diria eu.

— O dr. Tedic era o assistente do diretor da Number Four — explicou Irena. — Era também o assistente do treinador de basquete.

— Você não vai se lembrar de mim — Tedic assegurou a ela. Amela abriu um sorriso tímido.

Zoran, porém, apertou a mão de Tedic sem esperar apresentação.

— Somos velhos amigos — declarou.

— Sou um velho cliente — esclareceu Tedic, sem demonstrar contrariedade. — Zoran foi me buscar mais de uma vez, sempre que eu era expulso da casa de alguma namorada no meio da noite, sem nem meus sapatos.

O cervejeiro mexicano que Irena vira perambulando pelo andar térreo e pelo porão juntou-se ao círculo, usando um blazer inglês de corte reto com botões de latão, gravados com alguma espécie de brasão. Só o metal dos botões – Irena desenvolvera um pouco do olho clínico do pai para tais avaliações – poderia lhe proporcionar munição por um mês.

– Jacobo. – Tedic disse simplesmente. – Ele veio de longe para nos ajudar a melhorar nossa produção.

Jacobo cumprimentou todo mundo com um aperto de mãos.

– Nunca conheci um mexicano – falou Irena. – O que devo dizer?

– Olá está ótimo.

– É assim que os mexicanos se cumprimentam? – perguntou ela.

– *Hola.*

Irena tentou pronunciar a palavra.

– *Hola. Hola. Ho-la.*

– Como uma nativa – brincou Jacobo, e Irena achou que ela e Amela tinham corado ligeiramente, mesmo com o ruge.

– Onde você está morando? – Tedic perguntou a Amela. A mesma pergunta era feita a qualquer pessoa que morava em Grbavica, mas Amela e Irena já tinham uma resposta na ponta da língua:

– A alguns quarteirões daqui.

Não minta, Tedic aconselhara a Irena uma vez. *Digo isso pelo aspecto tático, e não moral. Você vai ficar maluca tentando gerenciar as mentiras. Encontre a fatia de verdade que você pode contar. Aí pelo menos vai poder ser sincera, e as pessoas vão acreditar.*

– Como está passando?

– Bem. Há momentos bons e ruins.

– É claro – concordou Tedic, voltando-se para Zule. Irena esperava que ele chegasse à conclusão de que não seria de bom tom continuar a fazer perguntas.

Tedic perguntou a Zule:

— Essas garotas já foram suas convidadas?

Ela sorriu e fez que não.

— Elas são excelentes jogadoras de basquete. Irena trabalha aqui na cervejaria e temos sorte em tê-la. Amela...? — Tedic inclinou a cabeça de modo a encorajar Amela a completar a frase.

— Ajudo do jeito que dá — respondeu ela. — Você sabe como é.

OS OLHOS DE IRENA já estavam pousados sobre as fileiras de garrafas de vinho. Os tintos pareciam cintilar como rubis — pelo menos Irena imaginou rubis —, e os brancos tinham o brilho do ouro amarelo.

— Um presente dos nossos convidados. Vocês deviam experimentar — encorajou Tedic. Com um aceno de mão, convidou Irena e Amela a se servirem. As garotas ergueram as garrafas como se fossem bonecas, examinando-as a fim de avaliar as diferenças.

— Ai, meu Pai, são vinhos *franceses* — entusiasmou-se Amela. Ao erguer a garrafa, o brilho ficou meio difuso; o vinho parecia ter adquirido um tom mais escuro, cor-de-sangue.

— Beaujjjolllais — anunciou ela, tentando pronunciar o *j* de forma macia e vibrar o *l* para dar autenticidade.

— Estou com um Côtes d*uuu* R*rr*hône aqui — observou Irena.

— É como a diferença entre os Smarties vermelhos e verdes? — perguntou Amela.

— Aquilo não é diferença — declarou Irena. — Esses vinhos são feitos de uvas diferentes, não é apenas uma questão de cor.

— Mais como a diferença entre um Marlboro e um Camel?

Irena já pegara uma pequena pilha de copos de papel.

— Não há motivos para não tentarmos descobrir por nós mesmas — disse, servindo um pouco do Côtes du Rhône em dois copos. As garotas brindaram.

— É tão maravilhoso que você esteja aqui — falou Irena.

— Maravilhoso mesmo.

Elas engoliram ao mesmo tempo.

— Mais suave do que o esloveno — comentou Amela, tomando outro gole para avaliar melhor. — Não acho que os eslovenos bebam Côtes d*uuu* R*rr*hône.

— Não é nada mal — concordou Irena.

— Os atletas deveriam beber vinho branco depois que param de treinar — observou Amela. — Vinho não engorda como cerveja.

— Nunca vou parar de treinar — replicou Irena. — Quando isso tudo acabar, vou voltar pra minha rotina.

— Eu também — disse Amela.

As garotas secaram os copos de Côtes du Rhône ao mesmo tempo.

— Eu gostaria de poder convidar você pra ir lá em casa — falou Amela, olhando para o crepitar das velas contra o metal dos caldeirões. — Só que é muito difícil. Mesmo que você conseguisse atravessar escondida.

— Entendo. Já percebi isso também.

— Meus pais te adoram. Ninguém que a gente conhece tem problemas com muçulmanos.

— Muitas pessoas que nós duas conhecemos têm problemas com muçulmanos — ressaltou Irena. — Acho que é por isso que estou aqui. — Ela podia sentir o rubor nas faces causado pelo vinho e riu a fim de liberar a tensão da voz.

Amela estivera correndo os dedos pelo gargalo de uma garrafa de vinho branco, quando um homem grande surpreendeu as garotas ao parar de supetão e se virar de volta para elas.

— Se vai beber mijo, querida — ele alertou Amela —, pelo menos beba Sancerre.

O anfitrião era enorme. *Sir* Sasha Marx estava com um terno preto sobre um suéter de gola alta, também preto. O efeito emagrecedor do preto não era nada visível. Sua barriga sobressaía em meio ao paletó aberto como a proa de um barco ao ancorar. O queixo duplo e vermelho caía sobre a gola canelada do suéter como um rio de lava. Ao levantar a garrafa de vinho branco, ela parecia algo tirado de um conjunto de chá infantil entre seus dedos gordos.

— Muscadet é o tipo de vinho que as vovós bebem durante um almoço de Natal no Fortnum's — declarou ele. — Não é para jovens estrelas.

Irena tinha absoluta certeza de que ela e Amela estavam ficando ruborizadas.

— Na verdade, não somos atrizes — respondeu.

— Ah, pessoas de verdade — comentou *Sir* Sasha. — Sou Sasha Marx.

— Já soubemos — disse Amela.

— Vocês não esperavam que eu fosse tão corpulento. Dá pra ver.

— Esperávamos sim — respondeu Amela, corando profundamente. — Quero dizer, *Full House de Giancarlo* costumava passar aqui. — *Sir* Sasha havia representado um tenor viúvo que se casa com uma policial de Manchester com sete filhos e um cão pastor chamado dr. Watson. Eles abrem um restaurante e uma série de situações cômicas tem início.

— Oh, Jesus. Isso já faz anos, mas esse show ainda me persegue. Os cheques também, graças a Deus. Lembrem-se, queridas, a câmera sempre engorda a gente uns cinco quilos.

Amela e Irena ficaram sem reação por tempo suficiente para *Sir* Sasha começar a rir, enquanto servia uma grande porção do vinho que recomendara nos copos das garotas.

— Então vocês talvez reconheçam alguns dos rostos aqui — explicou ele. — Digo sempre aos jovens: "É uma pena, mas a carreira de vocês depende exclusivamente de sua patética beleza. A minha, por outro lado, pode sobreviver à ação destrutiva do tempo, da bebida e da falta de talento. Enquanto *Henrique IV* ainda estiver sendo produzido", digo a eles, "mesmo que em alguma cidadezinha provinciana, esse Falstaff gordo aqui terá um emprego!"

Ele aproveitou as risadas de concordância das meninas, como sua deixa de saída.

— Sasha Marx! — exclamou Amela, apertando as mãos de Irena de novo.

— Ele não é exatamente o Toni Kukoc — comentou Irena. — Mas minha mãe o adora.

Havia três pequenos blocos acinzentados e suados sobre alguns pratos na mesa, decorados com algumas folhinhas murchas de salsinha.

— Isso é tudo o que dá pra arrumar por aqui — falou Irena. — Comida, remédios. Alguém trouxe a salsinha.

— Algumas pessoas estão experimentando esses blocos — notou Amela.

— É o queijo da Olga Finci — explicou Irena.

Amela olhou para o bloco, entretida.

— Queijo?

— Leite condensado, alho em pó, sal — esclareceu Irena. — Cebolas, sempre que possível. Esquente tudo, espere esfriar e depois reserve por uns três ou quatro dias.

— Olga seja lá qual for o nome é uma receita holandesa?

— Duvido muito — respondeu Irena. — Alguém disse que ela era uma espécie de professora de química.

As garotas continuaram a observar o bloco de queijo como se ele fosse um rato morto que uma delas teria de criar coragem para cutucar com uma vareta.

— Você experimenta primeiro — sugeriu Amela.

— Você é a convidada — rebateu Irena, cortando uma fatia bem fina do bloco flexível e colocando-a sobre uma das torradas murchas. Em seguida, entregou-a a Amela.

Amela colocou tudo na boca de uma vez, seguido por um gole do Sancerre de Sasha Marx.

— Definitivamente um experimento químico — declarou, os lábios dolorosamente entreabertos.

De repente, todos escutaram algumas batidinhas nas mesas e tapinhas nas garrafas. O ministro de Assuntos Internos desejava fazer algumas observações. Ele estava usando seu único terno surrado de risca-de-giz, feito em Londres, ainda mais carcomido pela sujeira e pelo roçar das muletas que agora precisava para caminhar. No entanto, naquela noite ele não estava usando nenhuma gravata sobre a deprimente camisa branca, e o colarinho fora deixado aberto, de modo que os ossos da clavícula ficassem quase visíveis.

Tedic foi implacável:

— Ah, honestamente — exclamou ele, batendo com a mão na testa. — Você virou um cantor de *reggae*?

— Nossos convidados são artistas e *bon vivants* — replicou o ministro, sério. — Quero tentar me misturar.

Irena e Amela só conseguiram entender algumas palavras. Houve ainda muito barulho de cadeiras sendo arrastadas e de pessoas mandando outras ficarem em silêncio após o ministro começar a falar. Ele declarou estar profundamente grato por *Sir* Sasha e sua companhia terem se juntado aos atores de Sarajevo para apresentarem uma peça tão comovente e importante aos olhos do mundo todo. Em seguida, afastou-se de lado, a fim de dar lugar aos ombros imensos e à barriga de elefante de Sasha Marx.

— Quero agradecer às Nações Unidas — começou sir Sasha, e silenciou uma pequena onda de risos lançando um rápido olhar feroz sobre a audiência, o rosto gordo parecendo uma bola de borracha.

— *Às Nações Unidas* — ele repetiu devagar. — Por nos deixarem entrar nesta cidade sitiada. A ONU é tão firme quanto a espinha de seus membros. Que parecem ser feitas da mesma papa horrorosa que esse queijo oferecido para nosso deleite — falou, dando um leve tapa no ar.

Risos e palmas eclodiram pelo ambiente.

— As Nações Unidas designaram soldados franceses para proteger Sarajevo. — Ele fez uma pausa e jogou o queixo para a frente. — Proteção

— ponderou, fazendo outra longa pausa. — Palavra estranha. Aqui não parece muito protegido, não é?

O retinir das risadas era como um rugido de motor para Sasha Marx. Ele deu um passo à frente, apoiando o corpo no pé direito.

— Eles parecem rapazes de primeira linha: Organizados e disciplinados. Estou certo de que muito parecidos com nossos rapazes e moças ingleses designados para outras regiões da Bósnia. Eles também não têm feito grande coisa no quesito proteção. Afinal de contas, adquirimos nossa própria experiência com os soldados franceses. Deixe-me perguntar a nossos amigos bósnios. Vocês sabem por que existem tantas árvores ao longo da Champs-Élysées?

Houve uma pausa, enquanto um pequeno burburinho especulativo espalhou-se pela sala.

— Porque o exército francês adora descansar à sombra — declarou *Sir* Sasha.

Assobios e aplausos eclodiram pela sala. Sasha armou uma cena tentando se fazer ouvir acima da barulhada.

— Ah, sinto muito, muito mesmo! Lá vai minha chance de ganhar uma medalha da Legião de Honra! Esperem... o que estou dizendo? *Eu já tenho uma!* Todavia, não sou um político — falou com pesar. — Não conheço esse mundo muito bem. Certa vez, eles montaram uma produção nas províncias.

Os assistentes de *Sir* Sasha recostaram-se na expectativa de uma história.

Amela inclinou-se em direção a Irena, os olhos cintilantes.

— Não acredito que temos tanta sorte de estarmos aqui — disse.

— Macbeth — continuou *Sir* Sasha. — Representado por um velho e experiente ator de teatro. Quando informaram ao rei: "A rainha, milorde, está morta", nossa estrela sabia que aquela era sua deixa para entrar. Ele entrou no palco para apresentar... será que podemos chamar esse de o monólogo mais conhecido na história do teatro? Acho que sim. Mas ele era terrível. *Péssimo.*

Sir Sasha fez uma pequena pausa e prosseguiu:

— Ele entoou: "Amanhã, e amanhã, e amanhã, arrasta-se neste passo sorrateiro dia após dia, até a última sílaba de tempo." E a audiência vaiou. O ator continuou: "E todos os nossos dias passados mostraram-se tolos, caminho direto para a morte sombria." As vaias percorreram a platéia em ondas. Ainda assim, nossa estrela seguiu em frente.

"'Fora, fora breve vela!', declamou ele. 'A vida não é mais do que uma sombra errante, um pobre jogador que caminha e incomoda durante seus momentos sobre o tabuleiro...' No entanto, ele foi obrigado a parar. As vaias eram tão altas 'que o homem não podia ser ouvido. O ator andou até as luzes da frente do palco. 'Senhoras e senhores', disse ele, 'não sei por que vocês estão me vaiando. *Não escrevi esta merda!*'"

A nova onda de aplausos fez as chamas das velas crepitarem. Já alto, *Sir* Sasha passou o braço em volta de Ken e Emma, os quais Irena reconheceu como membros do grupo de Tedic, e explicou que eles desejavam cantar umas duas músicas inspiradas pela produção que os visitantes estavam prestes a montar.

Emma era esguia, com cabelos cor-de-mel. Ken usava um bigode fininho, enroscado nas pontas, bem no estilo dos mosqueteiros. Emma deu alguns tapinhas na garganta, como se quisesse sufocar uma tosse.

— Vou tentar fazer com que escutem nossa música — disse ela, delicadamente. — *Sir* Sasha é um homem difícil de agradar. Queremos que o senhor avalie algumas das letras que reescrevemos. — Ken e Emma começaram baixinho:

Quando os sérvios reclamarem sua casa
E Boris se aliar ao Tio Sam,
Então Slobo irá guiar o planeta
E eles não vão dar a mínima!
Este é o começo da Era do Hilário.

Ela não é precária?
Precária? Hilária!

Sasha Marx mantivera-se em pé a uma certa distância de Ken e Emma. Com a continuação da música, ele se aproximou e sua expressão maravilhada tornou-se visível assim que eles passaram ao refrão:

A Sérvia está em expansão,
Abundam disparos de atiradores e tiros de canhão.
Não há comida, luzes ou água,
Apenas fome, sangue e mágoa,
Caos e separação,
Medo e privação
Hilário!
Hilário!

Os aplausos explodiram como as batidas de um instrumento de percussão, num crescendo. Sasha Marx deu um passo à frente e plantou um beijo estalado em cada um dos cantores. Emma informou que eles ainda tinham outra música. Ela e Ken acenaram para Sigourney e Jean-Claude virem se juntar a eles. Emma, que parecia ter a voz mais doce, entoou as primeiras notas:

Bom-dia, atiradores,
Seus tiros dizem olá,
Os sérvios disparam acima de nós
E nós nos amontoamos abaixo.
Bom-dia, atiradores,
Vocês nos mostram o caminho,
Meu amor e eu seguimos entoando
Nossa canção matutina em fuga desabalada.

Todos os cantores entraram em coro, fazendo sinal para que a platéia os acompanhasse. Irena olhou para Amela e viu que ela estava cantando:

Doo-bee-doo-wee-doo-doo
Doo-bee-doo-wee-doo-doo
Doo-bee-doo-doo-waa
Doo-bee-doo-wee-doo-doo
Doo-bee-doo-wee-doo-doo
Doo-bee-doo-doo-waa.

Ken e Emma cantaram a última estrofe:

Fujam correndo,
Não duvidem,
Corram e escondam-se o dia inteiro.

Ao final dos aplausos, Tedic colocou Kevin na frente da platéia. Ele era um homem magro com um bigode bem tratado de coveiro e pulsos finos e expressivos.

— Um homem vai se confessar — disse ele. — Ele pigarreia, hesita... está sem graça. Por fim, fala pela janelinha telada: "Padre, por favor, me perdoe. Mas eu trepei com uma galinha."

"Pode trepar com o que você quiser, meu filho', responde o padre. 'Apenas me conte. Onde você arrumou a galinha?'"

Ken voltou, com seus olhos azuis e cabelos cor-de-areia, deixando antever um sorriso que parecia as teclas de uma pequena espineta.

— Também tive uma experiência religiosa — declarou ele. — Ontem, eu estava caminhando pela rua Vase Miskina, em direção à fila de água, quando vi... — Ele deixou a voz cair um tom. — ... *Jesus Cristo.*

Assobios e pigarros baixos percorreram a sala.

— Sem dúvida, Jesus — afirmou Ken. — *O próprio*. Ele é igualzinho às figuras. Cabelo longo, cor-de-areia. Magro, com uma barba revolta. Mas, como se isso já não fosse o suficiente, ele carregava uma cruz. Bom, eu não acredito no Messias. Não mais do que acredito nos capacetes azuis. Ainda assim, para ser educado, disse: "Bem-vindo a Sarajevo, meu Senhor Jesus. Posso lhe fazer uma pergunta?"

"'Claro', respondeu Jesus. 'Os pães e os peixes? Um truque de mágica.'

"'Não, meu Senhor.'

"'Água em vinho?', perguntou Ele. 'Química elementar.'

"'Não, meu Senhor', respondi.

"'Ressuscitar dos mortos?'

"'Não, meu Senhor.'

"Eu então dei um tapinha na cruz que Ele carregava nas costas e perguntei: 'Onde o Senhor arrumou toda essa madeira? Eu adoraria fazer um café.'"

As gargalhadas ecoaram pelo chão áspero de cimento e reverberaram nos ouvidos de Irena. Emma retornou, os olhos azuis-claros brilhando sob os cabelos cor-de-mel. A voz dela adquiriu um timbre macio, como o farfalhar das asas de um pássaro. O silêncio reinou, todos fascinados.

— Vocês estão aqui há um ou dois dias — disse ela. — Deixe-me perguntar: já notaram? Qual é a diferença entre Auschwitz e Sarajevo?

Todos se remexeram, inquietos e desconfortáveis. Ninguém na sala atreveu-se a arriscar uma resposta.

Emma abaixou a cabeça de encontro ao peito.

— Auschwitz — continuou de modo direto — tinha gás.

Rugidos e gargalhadas explodiram pela sala.

JACKIE ESTAVA A CAMINHO do palco improvisado de *Sir* Sasha. Ela usava um vestido preto colante sem mangas que fazia um ruído provocativo ao roçar contra suas costas, audível em meio ao silêncio imaculado das pessoas a observarem uma mulher sem o braço direito entrar em seu campo de visão. *Sir* Sasha cumprimentou-a curvando-se de modo delicado. Ele pousou a mão sobre o único braço de Jackie e puxou a cabeça dela de encontro ao ombro, a fim de lhe sussurrar alguma coisa. Jackie virou-se e tirou uma mecha de cabelo ruivo de cima dos cativantes olhos aveludados e amendoados; o cabelo caiu de volta. Ela o arrumou de novo com seu único polegar.

— A primeira coisa que quero dizer — falou Jackie — é... desculpe por não ter tido a chance de lhe dar um aperto de mão.

A SALA ROMPEU em gritos. O rosto bolachudo de Sasha Marx abriu-se numa gargalhada. O rosto de Jackie manteve-se sério, delicado e ligeiramente perplexo. As pessoas ficaram escandalizadas e fascinadas — Jackie as arrebatara.

— Nossos visitantes dizem: "Vocês são muito corajosos" — prosseguiu ela. — Não é assim que vocês falam? *"Corajosos."* Quanto a mim, não sei se sou corajosa. Nós apenas fizemos o que tinha de ser feito. A gente se esconde, corre e se amontoa. Todo esse sangue e mortes... não passamos por isso incólumes. O natural pra gente é ter um cigarro numa mão e uma xícara de café expresso na outra. Uma cerveja numa mesa de bar, um símbolo esquerdista sobre os ombros e a tarde inteira para discutir amenidades interessantes. Michael Jordan. A princesa de Gales. Madonna. *Sir* Sasha Marx. Os Pet Shop Boys.

"Bem — continuou Jackie baixinho, em meio a um silêncio tão profundo que Irena achou que dava para escutar os respingos de cera das velas. — Já faz quase um ano agora. A forma como avaliamos nossas vidas mudou. Não é mais algo como 'Você tem um emprego? Tem dinheiro?'. Ninguém tem. De qualquer forma, cigarros são mais preciosos do que dinheiro, pois vivemos situações imediatistas... essa é toda a vida com a qual podemos contar. Uma noite como essa... a gente devia dar uma olhada em volta. No próximo ano, na semana que vem, amanhã... alguns rostos terão desaparecido."

Irena sentiu a mão de Amela envolvê-la delicadamente pela cintura. Esticando o próprio braço, pousou-o sobre o da amiga.

— Algo chamado Sarajevo irá sobreviver. Ela nunca mais será a cidade que conhecíamos. Mas ainda há uma chance de que ela seja um lugar de pessoas de mente aberta, curiosas, frívolas e livres. Não uma capital fedorenta e derrotada por canalhas pomposos, fanáticos e brutamontes.

Jackie envolvera um pedaço de gaze cor da pele no lugar onde antes tinha o braço. Com cuidado, ela jogou o quadril direito para a frente e bateu com o pé de leve, a fim de que o cotoco de braço ficasse visível a todos na sala.

— Apenas nos deixem usar nossos *próprios braços* para lutar — declarou ela —, e, desse jeito, vamos salvar nossa cidade.

As pessoas que se encontravam sentadas sobre os calcanhares na frente da sala começaram a se levantar. As que tinham se mantido em pé atrás, incluindo Irena e Amela, caíram de joelhos sob o peso da emoção. *Sir* Sasha tomou Jackie nos braços, levantando-a de encontro ao peito. Em seguida, soluçando, deu outro passo para trás, a fim de que ela pudesse ser, sozinha, o centro das atenções.

Por fim, *Sir* Sasha aproximou-se e passou o braço em volta dos ombros dela. Na mão livre ele trazia um lenço, o qual espremeu de modo cômico.

— Vocês sabem — disse ele, quando as pessoas começaram a se acalmar —, a gente gosta de imaginar que quando os bárbaros arrombam os portões, e cada vez um número menor de pessoas desiste de brigar, uma voz distintamente britânica ergue-se acima da batalha: "Estou lhe dizendo, meu chapa. Você não acha realmente que vamos permitir isso, acha?"

"No entanto, não temos nada a ensinar ao povo de Sarajevo sobre como manter os bárbaros afastados. Não temos nada para lhes ensinar acerca de sangue, labuta, suor e lágrimas. Nós, pobres jogadores, nos pavoneando, preocupados, em seu palco, nos sentimos honrados por podermos partilhar de sua companhia por alguns minutos. Quando retornarmos a nossa ilha preguiçosa e verdejante, iremos agarrar todas as pessoas que passarem por nós. Vamos bradar em todos os palcos nos quais nos apresentarmos que o povo de Sarajevo... – Ele curvou-se ligeiramente de modo educado e doce em direção a Jackie. – ... conseguiu, sozinho, impedir o massacre da tirania. Está na hora de emprestarmos *nossas mãos!"*

O MINISTRO DE ASSUNTOS INTERNOS passou os olhos pela platéia de rostos embevecidos e descobriu Tedic. Ele estava em pé, com uma aparência soturna, ao lado de um dos tanques de fermentação, e acabara de dar uma longa tragada num Marlboro. O ministro buscou os olhos de Tedic. Ao ter certeza de que ele o vira, cumprimentou-o com um ligeiro meneio de cabeça.

TEDIC ARRUMARA um gravador e logo Peter Gabriel, Madonna, Joni Mitchell, The Clash, Peter Tosh e Sting juntaram-se às festividades.

Irena resolveu apresentar Amela a Jackie. Soltando uma baforada de fumaça, Jackie inclinou-se, jogou o braço em volta de Irena (que estava quase certa de que Amela não a escutara sendo chamada de "Ingrid") e lhe deu um beijo. Em seguida, como Amela também fosse amiga de Irena, Jackie plantou-lhe um beijo mais do que estalado em sua bochecha.

Molly parecia ter recebido instruções melhores, pois encostou a cabeça de leve contra a de Irena e chamou-a de "irmãzinha".

– Não me lembro de Irena ter falado de você – gritou para Amela do alto de sua figura esguia como um poste.

– Não me lembro de ela ter mencionado *você* – devolveu Amela.

— *Vaca* — resmungou Molly. — Ela estava tentando salvar você!

Molly não tinha filhos, mulheres ou amigos. No entanto, em algum momento de sua jornada clandestina, ele havia aprendido que as adolescentes divertiam-se e ficavam espantadas sempre que um adulto compartilhava alguma obscenidade. Era como se alguém tivesse deixado vazar um código.

Jean-Claude, que Irena mal conhecia, fez questão de conhecer Amela.

— Irena não me contou que tinha amigas tão maravilhosas — gritou ele.

Sir Sasha era uma das poucas pessoas cuja voz sobressaía em meio ao ruído. Ele repreendeu um de seus atores com a ferocidade típica de Falstaff ao ver que o homem havia se servido de um copo grande demais de Bourgogne Hautes Côtes de Nuits.

— Beba a merda da *cerveja*, seu idiota! — bradou ele. — E não a porcaria do vinho de 15 libras a garrafa! Como se você tivesse um gosto refinado. Deixe o vinho para nossos convidados!

ZORAN JUNTOU-SE A ELES um pouco depois da meia-noite. Os atores tinham se dirigido à plataforma de carga de Mel, a fim de acenderem alguns baseados grandes, enrolados em jornal, enquanto Tedic e Zule arrumavam os caminhões da cervejaria para levá-los de volta ao Holiday Inn.

Zoran segurava a barriga e balançava a cabeça.

— Em épocas normais — disse às garotas —, eu diria que estou bêbado demais pra dirigir.

— E agora? — perguntou Irena.

— Só espero que a gente não bata na merda de um tanque.

31.

AS GAROTAS AINDA TINHAM ALGUMAS HORAS ANTES QUE A LUZ DO ALVORECER começasse a se derramar sobre a cidade quando Amela seria obrigada a voltar para casa. Zoran levou-as até o prédio de Irena e disse que ficaria no táxi, bem abaixo das janelas, para tirar uma soneca e se recuperar da festa, até Amela estar pronta para partir. O luar era suficiente para as garotas conseguirem subir pela escada externa até o apartamento dos Zaric no terceiro andar. Os sapatos com solas de borracha guinchavam de leve sobre os gastos degraus de madeira.

— É bom estar aqui fora depois de toda aquela fumaça — sussurrou Amela. — A noite está fresca e agradável. Podemos sentar aqui?

— Não é boa idéia — respondeu Irena. — Foi bem aqui que encontramos minha avó.

— Eles conseguem acertar as pessoas aqui?

— Em qualquer lugar. Não ouviu falar no Cobra?

— Todo mundo ouviu — disse Amela. — *Every move you make, every step you take...**

— Ele não é apenas uma música.

— Não estou bem certa — respondeu Amela.

---

* *Cada movimento que você faz, cada passo que você dá...* (N. T.)

O SAGUÃO DO TERCEIRO ANDAR estava às escuras. Irena bateu na parede, a fim de que Amela escutasse e se posicionasse de encontro a ela para poder deslizar até o chão.

– Além disso – disse Irena –, podemos fumar aqui no saguão. Me dá só um segundo.

Amela escutou o barulho do trinco e um leve arrastar de pés. Ao voltar, Irena trazia duas latas de cerveja Sarajevo sob um dos braços e sua cabeça estava inclinada para o lado para que ela pudesse equilibrar alguma coisa sobre o ombro.

– Senhor Pássaro – constatou Amela.

– Ele estava louco pra ver você.

Irena inclinou-se para a frente a fim de que Senhor Pássaro pudesse dar uma bicadinha de leve no nariz de Amela. Ele estava sonolento e apenas emitiu um ligeiro gargarejo.

Amela acomodou a cabeça dele junto à cavidade do ombro e soprou delicadamente seu topete.

– Senti falta dele – declarou.

– Às vezes ele fica com um olhar típico seu – disse Irena. – Dá pra ver. – O saguão iluminou-se rapidamente quando ela acendeu os dois Marlboros com um único fósforo.

Amela puxou o anel de ambas as latas com um *pfff* e entregou uma a Irena.

– Que merda é essa? – perguntou. – Você não tem Sancerre?

– Vou dar uma olhada na adega, *madame*.

Elas bateram as latas num brinde.

– Fantástico.

– Fantástico mesmo.

Senhor Pássaro estava acordando. Ele deu um passo trôpego e começou a descrever pequenos círculos bamboleantes entre elas.

– Viver desse jeito. Dia após dia. O dia inteiro. Não sei como você consegue. – Amela passou os braços em volta dos joelhos e recostou-se contra a parede.

— Você se acostuma — respondeu Irena. — Acho que a gente se acostuma com qualquer coisa. Aposto que as pessoas em Paris passam de ônibus pela torre Eiffel duas vezes por dia sem nem tirar os olhos das palavras cruzadas.

— Aquelas piadas — comentou Amela. — Mal acreditei nas piadas.

— Hoje em dia a gente ri de cada coisa esquisita — explicou Irena. — Caso contrário, a gente não ia rir nunca.

— Os capacetes azuis ajudam vocês?

— Tedic... o sujeito careca. O antigo assistente do treinador. Tedic diz que o inferno é um lugar onde o exército é formado por soldados franceses e egípcios, onde os britânicos são responsáveis pela comida e os ucranianos são a polícia. Ah, e a ONU é o governo.

Amela bateu as cinzas na palma de sua mão esquerda.

Irena disse a ela:

— Pode bater no chão, se quiser. Somos os únicos nesse andar. As cinzas vão se misturar com o resto dos destroços.

Com delicadeza, Amela virou a palma cheia de cinzas no chão a seu lado.

— Depois eu varro — disse ela. — Como vocês... como lidam... como estão passando?

— Estamos bem — respondeu Irena. — Meu pai é quem mais sofre. Ele não tem nada pra fazer e milhares de motivos pra se sentir péssimo. Acho que meu irmão também está se sentindo assim. Minha mãe e eu... temos muito que fazer.

— Tem tido notícias do seu irmão? — perguntou Amela. Irena deu outra tragada no cigarro e abriu um sorriso.

— Achei que você ia perguntar. Já faz um tempo que não.

— Ele ainda está em Chicago?

— Talvez — disse Irena. — Talvez em Zagreb — acrescentou baixinho. — Escutei falar que algumas pessoas estão tentando chegar a Bihac.

— Também escutei — concordou Amela, pousando os olhos nas marcas chamuscadas na parede atrás da cabeça de Irena. — Temos nossas queixas, mas eu me sentiria uma idiota em mencionar qualquer uma delas aqui. A gente come e trabalha.

– Os atiradores são um problema? – indagou Irena com cuidado.

– Um pouco. As pessoas que moram próximo às linhas de frente podem levar um tiro no traseiro enquanto estão tomando banho.

– A gente não toma banho.

– Está vendo por que não reclamo? Você sempre revida com algo melhor.

– Não quer dizer pior?

– É, isso mesmo.

Elas apagaram os cigarros no chão, rindo, e acenderam outros dois.

– Você tem se divertido? – perguntou Irena.

– Como sempre, acho. Escuto música. Vejo filmes. Estou até lendo. Onde a gente mora os atiradores não são um grande problema. Ainda assim, as pessoas tendem a permanecer dentro de casa. Temos algumas boates. Pontos de encontro de mafiosos, pra falar a verdade. Eles têm dinheiro, podem arrumar várias coisas. Mas manter relação com eles pode ser perigoso. Além disso, não consigo beber muito quando não estou jogando basquete e queimando as calorias.

– Tem se encontrado com alguém?

– Dos nossos velhos amigos? – perguntou Amela.

Ela soprou uma nuvem de fumaça – sinal de angústia, pensou Irena – antes de responder:

– As pessoas debandaram.

Irena apoiou o queixo sobre os joelhos e falou numa voz ofegante e rouca:

– Eu... quero dizer... *al-guém*.

– Ah. Rapazes – replicou Amela com timidez.

– Ou homens.

– Não vi Dino.

– Ah, merda. Não ferra. Não estava falando dele. Somos velhas demais pra ele agora.

Amela despejou outro punhado de cinzas no chão e correu a mão de modo distraído pelo cabelo.

– Não – falou baixinho. – Ninguém em especial. E você?

Uma série de buracos de bala no extremo oposto do saguão estava começando a brilhar com a luz da manhã. Irena acomodou-se novamente contra a parede, virando as pernas de lado.

– É difícil. Não é como conhecer garotos durante férias em Dubrovnik, não por aqui – respondeu Irena. – Você deve ver um monte de rapazes no exército.

– Não onde eu trabalho – retrucou Amela. – A gente quase não vê ninguém. Alguns oficiais são escrotos. Dizem que, se eu sair com eles, posso ganhar mais dinheiro, mais comida. Cigarros americanos.

Irena puxou outro Marlboro.

– E o que você responde?

– *Não!* – exclamou Amela, acendendo o cigarro no fósforo recém-riscado de Irena. – E que se eles sugerirem aquilo novamente vou estourar as bolas deles.

Irena balançou-se para a frente e para trás e bateu com a mão que segurava o cigarro no joelho.

– Pode fazer isso?

– Recebi uma arma no exército. Não erraria àquela distância, tenho certeza.

– Minha pequena e doce Amela!

– Às vezes, são uns babacas peludos – comentou Amela, rindo.

Irena riu também ao perceber que elas estavam pensando no mesmo babaca peludo.

– Minha mãe ameaçou cortar as bolas de um. Um dos babacas que nos expulsaram de Grbavica. Ela o xingou e furou as bolas dele com as chaves de casa.

– Dalila? – indagou Amela, esperando uma história engraçada.

– Eu já tinha dado um chute no saco do sujeito – explicou Irena, baixando os olhos para seus Air Jordans e balançando as pontas pretas para cima e para baixo. – Tênis fabulosos – acrescentou.

— Você deve encontrar soldados — observou Amela.

— Todos os rapazes foram mandados pra linha de frente — replicou Irena. — Exceto gente como meu pai.

— O pacífico Milan, sempre cantando "All You Need Is Love"?

— Um soldado do marechal Tito — zombou Irena. — Ele cava trincheiras e latrinas. Os soldados da ONU ficam de olho, é claro. Não é difícil topar com eles.

— A gente vê alguns às vezes. Corpos rígidos.

— Eles usam colete à prova de balas.

— Não estava falando do tórax — retrucou Amela, com uma risadinha maliciosa.

— Dá pra dizer?

— Você não acha que qualquer garota consegue?

A voz de Irena abrandou. Quando os primeiros raios de sol atravessaram os buracos no extremo oposto do saguão, ela se lembrou de que os pais estavam atrás da porta.

— Teve um soldado francês... não contei isso pra ninguém. — Irena olhou para a porta do apartamento, em seguida para Senhor Pássaro, e rolou um Marlboro para o papagaio cheirar e brincar.

— Ele me fez um favor. Depois ele... nós... fomos para trás de uma esquina. Ele abriu o zíper. Não chegou nem a abrir o cinto. Nem mesmo abaixou a calça. Apenas puxou o dito-cujo pra fora. Como se fosse mijar. Isso foi tudo o que aconteceu. Não significou nada. Ele estava com tanto medo quanto eu. Foi o mesmo que ordenhar uma vaca. Daria no mesmo se um cachorro o tivesse lambido. Eu mal o toquei. Foi como um espirro.

Amela fuçou os bolsos em busca de seu próprio maço de Camel. Precisou tatear sob o embrulho de celofane do maço para encontrar fósforos.

— Às vezes a gente precisa fazer as coisas desse jeito. Às vezes demora um tempão. — Ela entregou um cigarro para Irena e esperou a amiga aproximá-lo da chama do fósforo. — Você o viu de novo? — perguntou.

— Apenas um cumprimento de cabeça na rua. Não acho que ele ficou... nenhum de nós dois ficou... satisfeito consigo mesmo. Ele era do Senegal, se não me engano.

Amela deixou uma nuvem de fumaça pairar entre elas antes de perguntar:

— O que eles dizem... é verdade?

Irena sorriu com tanta reserva quanto a que se vê num velho retrato holandês.

— Nesse aspecto, ele era um verdadeiro francês.

A nuvem de fumaça dissipou-se.

— Outra ilusão — observou Amela. — Não toquei ninguém em troca de um favor. Ainda não. Quem sabe? Já paguei boquetes só por diversão. Em geral não foi... só por fazer.

— Isso é um favor — ressaltou Irena. Enquanto elas abafavam o riso e engasgavam, Irena mexeu o braço como se tentasse apagar um fogo. — Um favor *enorme*.

Elas fizeram uma pausa para recuperar o fôlego. Amela inclinou-se para ajudar Senhor Pássaro, o qual tinha, inadvertidamente, espetado o Marlboro com a ponta de uma das garras. Ela removeu o cigarro perfurado com delicadeza, e afagou a pequenina unha do papagaio.

— E garotas? — perguntou Irena baixinho.

Amela ergueu a cabeça devagar.

— Isso é outro caso.

As garotas fitaram-se mutuamente, tomando cuidado em manter o rosto sem expressão.

— Você está segura — declarou Amela por fim.

— Você também — concordou Irena após um momento de silêncio.

Senhor Pássaro prendeu o Marlboro de volta no bico e cambaleou em direção à parede como um imperador paramentado carregando uma declaração.

— A guerra é uma estupidez, não acha? — indagou Amela. Mas aquilo não era realmente uma pergunta. — Duas amigas precisam correr o risco de levar um tiro só para poderem ter um pouco de diversão e conversar. As pessoas dizem que a guerra é brutal. Claro que é. Mas isso não impede ninguém, afugenta? A coisa vira uma espécie de maldição. Profundamente *estúpida*. Tão imbecil quanto um incêndio. Ele transforma árvores em tochas, queima cachorrinhos e crianças, faz com que catedrais inteiras virem cinzas. Quantos séculos se passaram desde a época dos dinossauros? Cérebros tão pequenos, mas ainda encontramos as ossadas. Depois da gente, só vão restar cinzas.

Irena ajeitou o corpo mais uma vez e sentiu a voz elevar-se, mas a princípio não soube dizer se por raiva ou irritação.

— E quem você acha que ateia o fogo? — perguntou. — Lembra daquela nevasca no verão passado? As mariposas esquisitas que se desfaziam em nossas mãos? Aquelas eram as cinzas da Biblioteca Nacional. Os sérvios deviam temer que a gente roubasse todos os livros, em tantos idiomas diferentes, e os arremessasse contra seus tanques. Flocos cinzentos de romances, poemas e peças caíram sobre nossas cabeças enquanto corpos flutuavam pelo rio.

— Existem vítimas nos dois lados — falou Amela, baixinho, pesando a situação.

— Não é assim que *nós* analisamos as coisas — revidou Irena. — As pilhas de mortos podem ser da mesma altura... mas não são iguais. A gente estava escondido debaixo das camas ou nos porões quando os brutamontes de vocês com seus pulôveres pretos invadiram os apartamentos, balançando o pau e declarando que Grbavica sofreria uma "limpeza". Como se nós, muçulmanos, tivéssemos virado pestes a contaminar os canos de drenagem. Os quais eles purificaram enfiando o pau nas meninas muçulmanas.

Amela esticou as pernas e inclinou-se para trás, apoiando o peso do corpo nos braços. No entanto, não estava relaxada. Através dos raios de luz, Irena pôde ver o rosto dela estremecer como um músculo exposto. Ela abriu a boca uma vez, mas não disse nada. O queixo se fechou sem o menor ruído. Por fim, ela disse:

— Não conheço ninguém que tenha feito isso.

— Tem *certeza*? — desafiou Irena. — Tem certeza, certeza absoluta? Onde você estava naquele final de semana na primavera passada, quando nós tivemos de fugir de Grbavica?

— Eu teria vindo correndo se soubesse.

— Como você podia *não* saber? — Irena abafou o próprio choro em meio à escuridão. — Todos aqueles tiros e bombas. E os *gritos*. — Ela tapou os ouvidos com as mãos. — Como você conseguiu dormir em meio àquilo?

Amela ficou de joelhos. Aproximou a cabeça dos ombros de Irena, mas virou o rosto para o outro lado.

— A gente não estava dormindo. Estávamos escondidos. Que nem vocês. Estávamos com medo.

— *Eu estava com medo* — devolveu Irena, repetindo as palavras da amiga. — Ainda assim, dei um chute nas bolas de um dos canalhas. Meu pai ainda saiu para tentar convencer os monstros a não nos matarem. Eles esfregaram a cara dele no piso do estacionamento e enfiaram o cano do rifle em seu traseiro. Eles riram da gente e nos tiraram tudo, como se fôssemos galinhas, fodidas e depenadas. *Minha mãe* ficou com medo. Ainda assim, fez o brutamontes sangrar. Você ficaria surpresa... estarrecida, *horrorizada*... com as coisas que é capaz de fazer quando está com medo.

— Eu estou — comentou Amela.

O MAÇO DE CAMEL de Amela encontrava-se no chão entre elas, mas, com um gesto íntimo e casual, típico de velhas colegas de time, ela pediu a Irena um Marlboro. Ao acender o cigarro, Irena manteve a mão direita delicadamente sobre a de Amela e virou-se para que elas ficassem sentadas lado a lado, envoltas pela mesma nuvem de fumaça.

— Não sei se você se lembra dos Zajko — falou Amela.

— Talvez se eu os visse — replicou Irena, exausta.

— Eles moravam em frente à gente — explicou Amela. — Um dia... acho que naquele sábado da manifestação... o sr. Zajko chegou pro meu pai e disse: "Sr. Divacs, estamos passando por momentos tenebrosos. Quem sabe o que irá acontecer? Tenho uma proposta."

"Ele continuou: 'Se as gangues de muçulmanos vierem até aqui, vocês podem se esconder com a gente. Vamos protegê-los como se fossem da nossa própria família. Se forem gangues sérvias, vocês deixam a gente se esconder nos armários ou no banheiro. Não precisa se preocupar com comida ou água... vamos ficar bem. Só deixe a gente se esconder até essa loucura toda terminar. O que me diz? Seja lá o que acontecer, nós dois podemos sobreviver.'"

Senhor Pássaro perdera o interesse no cigarro e, por ora, balançava-se sobre o pé direito de Irena.

— O que seu pai respondeu?

— Que aquele esquema fugia à realidade. Parecia legal. Daria um ótimo conto da carochinha pra BBC. Mas não era real. Meu pai disse a ele que os sérvios iam invadir nosso prédio... rapazes brutos do campo. Eles atacariam qualquer sérvio que estivesse escondendo muçulmanos. Assim sendo, a proposta dele não era muito justa. Aquilo não os salvaria, e nós poderíamos acabar mortos. Meu pai falou que numa época daquelas ele só podia se preocupar com a gente.

— Você sabe o que aconteceu com os Zajko?

Amela deu de ombros. Levou o cigarro aos lábios, tapou os olhos com os dedos, como se fossem as garras de um pássaro, e deu de ombros novamente.

— Eles fugiram. Pelo menos do prédio. A gente está guardando a televisão e o microondas pra eles até essa loucura toda terminar.

Irena inclinou-se ligeiramente para a frente e esticou os braços até tocar as pontas dos pés. Quando sentiu o músculo repuxar entre as costelas, começou a rir.

— Acho que, se não der pra salvar a vida deles, salve o microondas.

Amela, sem saber se Irena estava sendo gentil ou sarcástica, sorriu de modo inseguro.

— Já é alguma coisa — replicou.

A própria Irena não sabia se estava sendo compreensiva ou irônica.

— Estou certa de que, se eles sobreviverem — disse a Amela —, essas são as primeiras coisas que vão vir procurar.

As risadas das meninas no saguão ecoaram na mente do sr. Zaric. Ao abrir os olhos, ele escutou distintamente o barulho através da porta. Olhou para Dalila. Ela ainda dormia; o sono e a sujeira haviam grudado seu cabelo em mechas, como chifres platinados. Não viu Irena; o cobertor dela continuava dobrado. Tampouco viu Senhor Pássaro cochilando na gaiola, ou passeando em meio aos lençóis. Tentando afastar a preocupação, o sr. Zaric esticou o braço, pegou o roupão verde-claro da mãe e abriu a porta do apartamento antes mesmo de terminar de fechá-lo sobre a cueca cinza encardida.

— Ai, meu Deus — falou ao ver Amela. Ele quase caiu de joelhos, como se tivesse visto um fantasma numa caverna. Amela engatinhou até ele para tocar sua mão.

— Que porra... que loucura... — balbuciou ele.

— Passei aqui pra ver vocês. Uma visitinha rápida. Preciso voltar agora.

— Você está... do lado de cá agora?

— Só de visita.

— É claro — comentou o sr. Zaric. A voz dele pareceu ecoar pelo saguão enquanto ele terminava de fechar o roupão. — *É claro*. Irena te ofereceu um café? Chá? Acho que temos um pouco de marmelada. Isso é surpreendente. É bom tomar chá com marmelada quando a gente não tem pão. Pode pegar *qualquer coisa*.

— Estou bem, sr. Zaric.

— Não sabia que dava pra fazer visitas.

— Passei escondida.

Foi bom e perspicaz — Irena ficou satisfeita — que Amela tivesse a sensibilidade de ser evasiva ao descrever como chegara lá.

— Passou escondida. Passou *escondida*. — O sr. Zaric continuou a andar de um lado para outro, sacudindo a cabeça como se quisesse colocar uma idéia nova no lugar. Amela levantou-se do chão e começou a balançar o pé, como um alongamento antes do jogo.

— Estou bem. Preciso ir. Irena e eu... acho que nós duas temos de trabalhar hoje. Preciso voltar antes que o dia fique claro demais. Passamos momentos agradáveis. Pude ver o Senhor Pássaro. Pude ver minha amiga. E agora estou vendo o senhor.

Irena percebeu que o pai ainda não tinha certeza de não estar sonhando. Levantando uma das mãos, ele sacudiu-a em frente ao facho de luz que começava a entrar pela janela do outro lado do saguão. O sr. Zaric baixou os olhos em direção ao Senhor Pássaro, que agora voltava para o apartamento com seus passinhos trôpegos. Olhou para a filha, a qual se levantara para ficar ao lado de Amela, enquanto ambas observavam o papagaio bamboleante.

— O pequeno imperador — observou Irena.

O sr. Zaric segurou Amela pelos braços com delicadeza.

— Sinto muito. Nenhum homem fica com uma boa aparência vestido com o roupão da mãe.

— O senhor está ótimo — assegurou ela.

— Tem sido... talvez Irena já tenha lhe contado... difícil manter as aparências.

— O senhor ainda é bonito e adorável — declarou Amela. — Não sei como... mas vocês são todos surpreendentes.

— Você é sempre bem-vinda — falou o sr. Zaric. — Eu diria: "Não precisa nem ligar", exceto que não dá pra ligar mesmo. O que você fez... Senhor Pássaro. — A voz dele parecia presa em algum lugar no fundo da garganta. — As sementes. Não apenas isso. Só queria que soubesse.

Hoje em dia tem muita coisa que a gente não sabe. Você será sempre... da família.

Os olhos de Amela ficaram marejados e Irena achou que podia ver os pulsos dela tremendo ligeiramente após uma noite inteira de pouca comida e muito cigarro. Podia perceber os próprios dedos tremendo levemente, como galhos numa brisa.

– Da família do Senhor Pássaro – acrescentou.

32.

IRENA NÃO ESTAVA BÊBADA. NO ENTANTO, ESTAVA COM SONO, MOLE E ENJOAda devido à socialização com bons vinhos, cerveja fraca, Amela Divacs, *Sir* Sasha Marx e o queijo de Olga Finci. Ela disse aos pais que precisava dormir, pois teria de trabalhar de noite. O sr. Zaric ficou incumbido de contar à esposa sobre Amela. Irena iria se deitar. Pela primeira vez em meses, ela levou os lençóis até o quarto da avó e estendeu-os sobre o chão. Não levou Senhor Pássaro consigo porque havia fendas e rachaduras nas janelas. Tinha medo de que o vento o fizesse voar de volta para a rua.

Já eram quase três da tarde quando Irena acordou. O sol brilhava alto e o quarto estava meio abafado. Irena revirou-se sob os lençóis por alguns minutos; em seguida, levantou-se para ver se havia água. Senhor Pássaro estivera dormindo também e balançava a cabeça como se estivesse bombeando água. No entanto, ao sacudir a cabeça, ele imitou o som da porta da velha geladeira dos Zaric sendo aberta.

– *Phhhffft!* – disse Senhor Pássaro, abrindo as asas. – *Phhhffft!*

A sra. Zaric estava lendo um livro sobre o Panamá. O sr. Zaric cochilava. Irena viu a ponta de um pequeno envelope azul sob a porta e foi até lá para pegá-lo.

– O que é isso? – perguntou a mãe.

— Está escrito *Irena* na frente — respondeu a filha. — Parece a letra da Aleksandra.

A carta estava escrita numa caligrafia quase ilegível, num papel azul pautado:

Minha jovem amiga

Quando o sol surgiu hoje de manhã, decidi — dane-se tudo — me aventurar para longe deste quarteirão, o qual se tornou meu pequeno e reduzido universo. Andei pela rua Saloma Albaharija. As pessoas diziam para eu me abaixar, engatinhar, voltar.
Mas eu precisava ver.

Andei até minha antiga casa de chá, minha velha lanchonete de *cevapcici* e a banca no Marshal Tito. Tudo destruído, como seu pai tinha dito, apenas ratos e destroços. Procurei por minha velha amiga Azra no prédio verde e amarelo — ela também era professora de artes. Está morta, há muitos meses. Muris também, um engenheiro civil, velho admirador, que morava no andar de baixo. Ele estava na fila na rua Vase Miskina. Os ratos e destroços também nos alcançam.

A biblioteca, o teatro, todo esse lado da cidade — é como andar na Lua. Vivi demais. Não pretendia ver essas coisas.

Irena sentiu uma pontada no topo da cabeça. Ao virar a folha, as palavras pareceram escapar-lhe. Precisou agarrá-las com força para mantê-las próximo. A caligrafia de Aleksandra parecia mais garranchosa a cada linha. As últimas palavras praticamente escapavam das pautas e saíam pelo lado da folha.

A gente chama isso de *loucura*, para parecer que é uma miragem. Apenas agüente firme, nossa mente vai clarear, tudo vai voltar ao normal. O mundo que vi hoje – não vale a pena acordar para olhar um mundo desses.

Por favor, não sofra com isso! Não é certo que você – sua mãe, seu pai – se arrisque para trazer um pouco de comida e água, ou cigarros, para um passarinho velho e frágil como eu.

Eu não sei o que você faz – *de verdade* – na cervejaria. As longas horas – tão poucos detalhes. Imagino que seja segredo, assustador. Éramos como crianças preguiçosas e doces, vivendo de acordo com nosso próprio bom senso. Fomos obrigados a encher nossas veias de aço. Sarajevo, porém, tem chance de sobreviver.

Não sou religiosa (mesmo agora, quando devia tentar ser). Mas se os devotos estão certos, saiba que morrerei assim que puder para tentar facilitar sua vida. Tenho a impressão de que poderei vê-la do paraíso. Não estou triste. Vou partir numa viagem. Você estará sempre comigo em meus pensamentos. Assim como Senhor Pássaro, estou levantando vôo.

Aleksandra

Irena não disse nada. Saiu do quarto num pulo – achava que estava sentada; não se lembrava de ter se levantado – e atravessou correndo a porta dos Zaric, deixando-a bater contra a parede com um estrondo. Desceu a escada interna de três em três degraus e, ao chegar à porta de Aleksandra, esta se abriu sem opor resistência.

Aleksandra estava deitada num sofá verde-musgo enfeitado com franjas marrons. Seus olhos estavam fechados. As mãos, entrelaçadas sobre a barriga, do modo como alguém as manteria numa fila de recepção. Ela usava uma das velhas blusas floridas da avó de Irena, sua própria saia longa e preta e, percebeu Irena, uma meia-calça preta de náilon sob meias soquetes masculinas brancas. Irena segurou a respiração.

Andando até o sofá, colocou a mão delicadamente na testa de Aleksandra. Sentiu o cheiro do desodorante de vetiver que a amiga encontrara no ano anterior no armário do banheiro do sr. Kovac.

— Ah, merda, querida, estou bem.

Irena pulou para trás. Enfiou o polegar na coxa com força e quase se beliscou.

— Deixei a porta aberta, por isso não ouvi você entrar — falou Aleksandra. — Estava só me esticando um pouco, e sonhando com Eduard Shevardnadze.

Irena escutou os passos nervosos dos pais ao entrarem no apartamento, mas riu com tamanha força que seus olhos encheram-se de lágrimas, como a chama no final de um fósforo. O sr. Zaric sacudiu a carta de Aleksandra como se ela fosse um visto que permitiria a sua família entrar na Suíça.

— *Isso* — observou Aleksandra, franzindo o cenho. — Eu ia subir e tirá-lo de debaixo da porta, mas fiquei sem graça. Fui até o telhado e decidi que era uma longa descida até o chão. Levantar vôo até que seria legal. Mas a parte de me esborrachar no chão... ugh! Isso apenas daria mais trabalho a vocês. Catar os pedaços, cavar um túmulo. Além disso, vocês não gostariam de nenhuma das minhas roupas.

Os Zaric cercaram Aleksandra no sofá. O sr. Zaric plantou um beijo na cabeça da amiga. A sra. Zaric encostou a cabeça no peito dela. Irena pegou seu pé esquerdo e começou a puxá-lo.

— Demorei tanto pra escrever aquele bilhete — protestou Aleksandra. — Dá pra ver que vocês não ficaram muito convencidos.

IRENA COMPARECEU AO trabalho na cervejaria, e Tedic mandou-a para a rua Ilija Engel, onde deveria ficar sentada atrás de uma lixeira para observar os clarões dos tiros, caso algum fosse disparado das pequenas colinas acima de Otoka. Ela não viu nada. Estava profundamente cansada e entorpecida.

— Vida e morte — murmurou. — Não consigo manter meus olhos abertos. — Estava exausta, sentia-se emotiva e tinha certeza de que Tedic havia deliberadamente decidido mantê-la longe por uma noite... fora de vista, sem chances de se machucar e, pelo visto, nem de acertar nenhum sérvio.

Irena ouviu o caminhão da cervejaria estacionar a um quarteirão de distância um pouco depois das cinco da manhã. Escutou o zíper da lona traseira abrir e fechar, e sufocou a vontade de gritar "Se você acha que está escondido, não está!". Esperou até a hora marcada, seis, antes de levantar-se de seu posto de observação atrás da lixeira e ir arranhar a parte traseira da lona do caminhão. Tedic estava demorando. Ela o imaginou lá dentro, arrancando as fitas presas com tachinhas nos mapas para demarcar as linhas de tiro.

Estava chutando o pneu traseiro com a ponta do sapato quando finalmente ouviu um farfalhar na parte traseira do veículo. Jackie, a Vênus Jackie, abriu inesperadamente a lona. Jacobo, o mexicano, esticou os braços de mangas compridas cremosas para ajudar Irena a subir na caçamba do caminhão.

— Oi, Ingrid — cumprimentou Jackie, sorrindo. — Hoje sou eu que estou dirigindo.

Ela usava outro vestido preto bem sedutor, marcado na cintura, com uma manga curta a envolver o cotoco de braço.

— Jacks, ótimo, que bom ver você — falou Irena. — A noite foi devagar. Nenhum clarão, nenhum tiro, nada a declarar. A que devo a honra de não encontrar Tedic atrás da lona?

— A gente explica. — Ela olhou para Jacobo. — Na verdade, precisamos da sua ajuda.

Por ora, Irena encontrava-se em segurança no interior do caminhão, mas este não saíra do lugar. O motor não estava nem ligado em marcha lenta. Jackie tampouco bateu com o punho no teto ou gritou para o motorista partir. Ao puxar o zíper do macacão cinza, Irena o ouviu guinchar mais alto do que o usual.

— Houve um tiroteio no Banco Central — explicou Jackie. — O lugar onde a gente marcou a peça. As pessoas estavam começando a chegar.

— Mas tem uma barricada lá — replicou Irena.

— É verdade. Bom, eles atiraram através da cortina azul.

Os operários haviam esticado uma enorme cortina azul entre dois prédios da rua Branilaca Sarajeva. O pano estivera antes pendurado no pavilhão dos esportes durante os Jogos Olímpicos e agora balançava sobre a rua como a vela mestra de um barco sob o vento da primavera. A cortina não era à prova de balas, é claro, mas bloqueava a mira dos sérvios.

— Três pessoas estão mortas — informou Jackie. — Duas feridas.

Irena caiu sentada sobre um saco de farinha de trigo doado pela Suécia.

— Um dos atores britânicos, Rob. Talvez você o tenha conhecido.

Irena fez que não.

— O Cobra? — perguntou. — O que Tedic disse?

— Pelo que eles dizem, foi — respondeu Jackie. Ela inclinou o ombro em direção a um alto-falante imaginário. — Mais importante, o Cobra deve ter um parceiro. Alguém que o avisou onde a peça ia ser e quando as pessoas estariam lá.

— Eu não sabia — falou Irena.

— Eu sei. Pouca gente sabia.

— Tedic previu isso — acrescentou Irena. — Ele sabe como as pessoas falam. Tedic sobrevive de conversa jogada fora.

Jackie sufocou um sorriso. Talvez o mexicano sentisse alguma espécie de deferência ou temor por Tedic, o que poderia ser valioso manter.

— Eu sei.

— Quem sabia? — perguntou Irena.

— Estamos tentando descobrir — explicou Jackie. — Dois feridos, três mortos. Precisamos perguntar sobre sua amiga.

— Filho-da-puta do Miro Tedic — bradou Irena, contorcendo-se para puxar os braços das mangas do macacão. — Pervertido. Se derrete pra garota e depois suspeita dela. A única pessoa que vi conversando com ela que sabia dos detalhes da peça foi o próprio Tedic. O que ele tem a dizer sobre isso?

Jackie segurou a manga esquerda de Irena para ajudá-la a conseguir puxar o braço. Aparentemente Jacobo não fumava; ele desembalou um pequenino pedaço de papel laminado retirado de um rolo de balas de menta. Jackie pousou a mão com delicadeza sobre o braço que Irena acabara de retirar da manga.

— Miro — confessou ela — foi um dos três.

33.

— Não quero que pense que estamos mantendo você como prisioneira — Jackie falou para Irena.

Eles a tinham levado de volta para a cervejaria e a colocado num quartinho do porão sem nenhum propósito aparente. O chão era preto, de terra batida. As paredes, de tijolos cinza dentados. Uma única lâmpada ardia no teto. Não havia, à vista, nenhuma corrente, interruptor ou mesmo cordinha para ligar e desligar a lâmpada. Tampouco havia mesas, cadeiras, engradados, camas de armar, copos, latas de Coca-Cola, maços de Marlboro, lixeiras ou calendários. Naquele quartinho, podia muito bem ser sete da noite ou sete da manhã. Podia ser maio ou dezembro, Uzbequistão ou Maiorca, 1903, 1930 ou 1993.

Jacobo trouxera três baldes vazios de plástico que costumavam servir para guardar solvente de limpeza. Mas eles já estavam vazios havia muito tempo e deixaram no ambiente apenas um leve cheiro de produto sintético. Jacobo virou os baldes de cabeça para baixo e cada um sentou num deles. O chão de terra batida parecia abafar suas vozes.

— Me sinto como uma prisioneira — observou Irena, virando-se no assento para olhar para as paredes frias.

— Não seja ridícula — replicou Jackie, jogando para trás uma madeixa rebelde. — Precisamos de você. Isso é tudo.

— Posso ir embora quando quiser? — perguntou Irena.
Jackie respondeu jogando a cabeça de novo e sorrindo.
— Não seja ridícula.

— Já trabalhei meu turno — Irena lembrou-os. — Meus pais vão ficar preocupados.

— Zoran foi se encontrar com eles — informou Jackie. — Foi dizer aos seus pais que você está bem, mas que precisava trabalhar. O que é verdade.

Irena continuou olhando para as paredes e viu que Jacobo, em silêncio, havia fechado a porta cinza de metal atrás deles. A porta parecia mais clara e mais nova do que os tijolos ou o chão.

Jackie viu Irena com os olhos fixos num ponto às suas costas e inclinou-se para pousar a mão sobre os joelhos da jovem.

— Eu sei. Ainda é um choque.

— Tedic não era exatamente um docinho — comentou Irena. — Sempre imaginei que ele seria o último a cair.

Jackie tocou com delicadeza as mãos que Irena mantinha no colo.

— Ele sempre pensava dois passos à frente — concordou ela. — Enquanto todo mundo aqui continuava atrás, avançando aos trancos e barrancos. Eu costumava dizer: "Miro, seu pequeno gnomo. Você nunca teria sucesso com os tipos de garotas que hoje em dia obedecem suas ordens, teria? Hoje em dia, você manda na gente. Pulem! Corram! Escondam-se! Atirem! Você até mesmo mudou nossos nomes. Isso já passou, e muito, de simples fantasias masculinas."

Pela primeira vez desde que a tinham ido buscar ao raiar do dia, Irena esboçou um sorriso.

— Ele nos proporcionou a chance de fazermos algo de útil — prosseguiu Jackie, baixinho. — Algo além de nos escondermos atrás das janelas, esperando pra ver quem será o próximo a morrer. Você devia tê-lo visto ontem à noite — continuou ela. — Alguém caiu, sangrando.

Escutamos gritos. O barulho da cortina se rasgando. Miro percebeu antes de todo mundo. "Abaixem-se, abaixem-se!", gritou ele, balançando os braços como um pássaro furioso. *Sir* Sasha saiu do prédio para ver o que estava acontecendo. Tedic, nosso pequeno, careca e tresloucado Tedic, jogou-se sobre a figura grande e corpulenta de *Sir* Sasha, nosso Falstaff.

— Como uma sardinha tentando proteger uma baleia — comentou Irena.

— O conflito é uma revelação — observou Jackie. — Essa é única coisa que aprendi nas aulas de teatro que pode se aplicar à vida real. Os vizinhos viram monstros, e Miro Tedic acaba como herói.

— Tudo bem agora — falou Jackie. Ela adquirira o hábito de usar xales em volta dos ombros, o que parecia lhe devolver a simetria dos braços, e desenvolvera o cacoete de puxar, distraidamente, uma das pontas vermelhas do cabelo enquanto falava.

— Acho que sabemos como sua amiga descobriu a respeito da peça. A pessoa que contou pra ela não a conhecia, só estava tentando puxar conversa.

Irena, porém, precisou dar um passo para trás. Abraçou os cotovelos, colando-os ao corpo, como se tentasse entrar num espaço pequeno e apertado.

— Minha amiga — perguntou. — O que ela é?

Jackie inclinou a cabeça em direção a Jacobo.

O mexicano, vestido com suas macias calças de flanela, estava com as pernas cruzadas sobre a beirada do balde.

— Sua amiga é membro de um grupo... — Irena achou que ele hesitou antes de proferir a frase seguinte. — ... chamado O Ninho das Vespas. — Ele relaxou para dar oportunidade a Jackie de confirmar a declaração.

— Vespas, o Cobra, o Cavaleiro. Que apelidos! Juro por Deus, os militares são tão espertos quanto os adolescentes. — O sorriso de Jackie convidava Irena a fazer o mesmo.

Jacobo inclinou-se em direção a Irena. Era a primeira vez que ela se lembrava de tê-lo fitado nos olhos; eles eram castanhos.

— Foi alguém do Ninho das Vespas que disparou o tiro que matou o médico francês no Franko Hospital — explicou ele. — Também foi alguém do Ninho das Vespas que matou o homem... alguém sabe o nome dele?... no pátio do edifício presidencial. E foi essa unidade que matou a mãe na rua Sutjeska. Sabemos o nome dela... — A voz de Jacobo pareceu ser sugada pelo chão de terra. — Pelo menos Jackie sabe — continuou ele, acenando para ela como se estivesse indicando uma região num mapa. Jackie devolveu o aceno com um pequeno meneio de cabeça.

— Pelo que escutamos — continuou Jacobo —, e pelo que o Cavaleiro tão cordialmente divulgou, foi alguém do Ninho das Vespas que atirou ontem nas pessoas que estavam indo assistir à peça. "Every step you take, every move you make...", seja lá como continua a letra.

— O treinador Dino? — Irena perguntou baixinho.

Jackie sorriu para Jacobo em silêncio, mas tentou esconder o sorriso com a ponta do xale.

— O treinador de basquete? O campeão de biátlon?

Irena fez que sim.

— Dino Cosovic está em Belgrado. Ele participa de campeonatos de tiro. Para ele, as linhas de frente podiam muito bem ser na Tasmânia. O único risco que ele assume é com relação aos maridos ciumentos.

Irena deixara a cabeça pender entre os joelhos e, por ora, mantinha os olhos focados no chão.

— Amela é o Cobra? — perguntou por fim.

Jacobo deixou escapar um suspiro, enquanto Jackie abafava uma pequena tosse com a ponta franjada do xale vermelho. Jacobo inclinou-se para a frente novamente, ficando tão próximo de Irena que seu rosto quase tocava o lado da cabeça dela.

— Está na hora de um segredo de Estado — Jackie declarou baixinho por trás deles.

— Não existe nenhum Cobra — falou Jacobo. — O Cobra é apenas uma criação artística. Ele não erra. Você não pode matá-lo. Ele recebe o crédito pelos tiros mais extraordinários. A cada morte, vai adquirindo fama. Melhor... ele se torna *real*. Todos na unidade acreditam ser o Cobra, seja ele ou ela. Mas ninguém é. *Ninguém*. Tal como a maior parte das manifestações artísticas, ele é uma colaboração entre verdade, fraude e imaginação. Os sérvios nos enganam, a fim de enganarem seu próprio pessoal. Fazem com que todos tenham medo da picada do Cobra. O reflexo do nosso medo faz com que eles se sintam superiores.

JACKIE RECOSTARA-SE contra a parede durante o discurso de Jacobo, como se desejasse observá-los a uma certa distância. Voltando a apoiar a beira do balde verde no chão de terra, ela manteve a voz num tom de conversa:

— Agora esta é a parte mais difícil, querida. Mas também a mais importante. Sua amiga representa o inimigo. Ela é *sua* inimiga. Eufemismos poéticos são inadmissíveis. Ela não é apenas outra atiradora do lado sérvio. A coisa não se resume a ela usar um uniforme diferente. Ela é a predadora. Se você aparecesse na mira dela, ela não hesitaria em atirar em você pelas costas. As mãos dela estão sujas com o *nosso sangue*.

Irena tapou os olhos com as mãos, apertando os cantos. Ao retirar os dedos, percebeu que eles estavam molhados.

— Por mais que vocês fossem próximas no passado — continuou Jackie, ainda no mesmo tom gentil —, ela agora divide a cama com os homens que estupraram você em Grbavica.

Jacobo ofereceu um maço de Marlboro a Irena. O topo ainda estava lacrado e brilhante.

— Achei que você não fumava — comentou Irena.

— E não fumo. Apenas pensei... — O plástico do maço farfalhou quando ele o bateu contra o joelho. Irena fez que não e sorriu de leve. Mas Jacobo prosseguiu, deslizando o dedo para encontrar a fitinha de plástico que envolvia o maço. — A gente já sabia sobre a sua amiga quando ela veio aqui na outra noite — continuou ele. — Não era para ela ter voltado. Zoran deveria tê-la surpreendido quando ela estava bêbada e cansada após vocês duas terem conversado. Ele deveria tê-la trazido pra cá. Assim a gente teria tido nossa própria conversa.

— *Zoran?*

— Zoran trabalhava pra Tedic há mais tempo do que qualquer um de nós — explicou Jackie. — Miro sempre teve olho para escolher pessoas que passariam despercebidas. Sempre dois passos à frente — ela lembrou Irena.

A voz de Jacobo adquiriu um tom mais grave:

— Se ela resistisse, Zoran deveria atirar nela. Caso ele fizesse isso, a gente aceitaria a palavra dele sem perguntas. E talvez não estivéssemos aqui agora.

— Por que não apenas... — Irena começou a procurar pelas palavras. — Não sei... levá-la pra algum lugar... trancá-la... prendê-la?

— Pelo quê? — indagou Jackie. — Ela é um soldado inimigo. O melhor que podemos fazer... a obrigação que temos perante as pessoas que ela matou... é impedir que atire em alguém mais. Essa obrigação nós podemos levar a cabo com uma bala.

— Como vocês sabem o que ela fez? Igual ao Cobra... pra cada verdade, existem milhares de boatos.

— Ela está ajudando a liquidar esta cidade — observou Jackie, soturna. — O que mais precisamos saber?

Jacobo e Jackie trocaram olhares novamente. Ambos puxaram seus baldes imperceptivelmente mais para perto de Irena.

— O que interferiu em nosso plano cuidadosamente elaborado — começou Jacobo — foi sua ardilosa amiga.

— Ela começou implorando a Zoran para ajudá-la — disse Jackie.

— A ficar viva?

— A vir para cá. *A trocar de lado*. Ela disse que estava no lado errado.

— Eles tinham acabado de deixar seu prédio quando ela começou — explicou Jacobo. — Ela disse: "Preciso sair de lá, não posso fazer isso, preciso mudar. Sei que você pode me ajudar."

Jackie ajeitou a ponta do xale sobre o ombro direito e bufou com tanta força que a lufada de ar jogou as pontas do cabelo dela para trás.

— Você sabe. As coisas que as putas sempre dizem.

Jacobo retirou o papel laminado que protegia o maço e puxou um cigarro para Jackie.

— Zoran disse que ficou feliz em ouvir aquilo. Zoran... um caso típico de julgamento comprometido. — Jacobo balançou a cabeça como um irmão mais velho indulgente. — Zoran conhece você e ela. Ele gosta de vocês duas. Gosta do seu *papagaio*. Ele chama vocês de meus passarinhos.

— Zoran disse a ela que sabia de um lugar para levá-la onde as pessoas ficariam felizes em vê-la. Ela ficaria confinada e passaria por um interrogatório. Mas ficaria a salvo. E se o que ela dissesse fosse confirmado, poderia se tornar uma valiosa colega de time.

— Mas sua amiga falou que, se não aparecesse para trabalhar, os pais seriam mortos. Ela disse que os chefes sempre tinham deixado aquilo claro. Disse que já vinha planejando há algum tempo, e que o que precisava fazer era voltar em casa e contar alguma coisa aos pais, a fim de que eles pudessem fugir.

Foi Jackie quem finalmente pegou um cigarro do maço e o brandiu no ar.

— Zoran falou... que não sabia o que dizer — continuou Jacobo. — Ele disse a ela... contou mesmo!... que se ela não voltasse com ele para a cervejaria, suas ordens eram de parar o carro e matá-la.

Jackie bufou de modo inacreditavelmente cômico.

— Zoran. *Agente Secreto do Ano.*

Irena não conseguiu pensar em nada mais elaborado para perguntar do que:

— O que aconteceu?

— ZORAN NÃO É nenhum James Bond — continuou Jackie. — Sua amiga passou o braço em volta da barriga dele e deu uma guinada no volante para virar o carro numa área destruída da Lukavicka Cesta. Ela torceu os braços de Zoran para trás e os prendeu com o cinto dele. Zoran não é nenhum Schwarzenegger. Sua amiga prendeu os pés dele com o próprio cinto. Amarrou-o como se ele fosse um coelho. Depois pegou o revólver que Zoran guardava no porta-luvas e o obrigou a ir aos pulinhos para trás do táxi, onde o forçou a entrar no porta-malas. Em seu próprio porta-malas! Como um coelho saltitando pra dentro da panela.

Por cavalheirismo, Jacobo tinha o hábito de carregar um isqueiro de metal no bolso da calça, o qual acendeu sob o cigarro de Jackie. Ele falou enquanto riscava a pedra:

— Sua amiga ficava dizendo: "Sinto muito. Sinto muito mesmo." Essa garota espera demais com um simples sinto muito. "Tem que ser assim." Ela bateu com a arma de Zoran na tampa do porta-malas e disse: "Estou levando isso pro caso de precisar. Vou deixar suas chaves no porta-luvas. Mandarei alguém vir apanhar você." E depois falou: "Vou voltar amanhã às seis da tarde. Está tudo planejado. Diga a seus amigos. Conte a Irena. Se eu vir Irena no outro lado, vou seguir com o plano."

Jacobo riu — apesar de sua indignação, como Irena estava inclinada a pensar, até perceber que era justamente por causa dela.

— Que audácia! Ela pede ajuda e depois dá ordens.

Jackie soprou a primeira baforada de fumaça e cruzou os pés.

— Ela foi até o aeroporto, escolheu um dos bandidos que ficam perto da cerca viva... aquele com a aparência mais honesta, tenho certeza... e disse: "Eu prendi um homem no porta-malas do táxi dele na Lukavicka. As chaves estão no porta-luvas. Vai lá. Deixe-o sair e ele vai te dar cerveja, cigarros, o que você quiser.

Jacobo agora ria abertamente.

— Zoran teve de prometer ao bandido vários pacotes de cigarros e engradados de cerveja. Ele quase morreu engasgado naquele porta-malas de tanto rir. Miro ajeitou tudo na hora. Ele mandou o contrabandista embora com tanta coisa que um caminhão da cervejaria precisou levá-lo de volta pra cerca viva.

— Eu falei com Miro que a coisa toda parecia um estratagema — comentou Jackie. — Truques femininos. A malícia de uma atleta. Ela descobriu a verdade a respeito de Zoran e foi astuciosa o suficiente para dizer a única coisa que lhe garantiria uma chance de salvar a própria pele.

— Eu disse a Miro que não sabia por que ela voltaria — falou Jacobo. — Mas... o que a gente tinha? Dezoito horas? Quase um dia? Naquele espaço de tempo, não dava nem pra verificar a história dela. Eu sugeri: "Deixa ela começar a cruzar a pista de aterrissagem e manda Molly abatê-la. Culpe os franceses. Se é que a morte de outra garota no aeroporto ainda dá história."

— Pedi a Miro que não se deixasse deslumbrar ou distrair com sonhos de atrair desertores e de descobrir células secretas — disse Jackie. — Falei: "Esta não é uma das suas obscuras histórias inglesas de espionagem, nebulosas e cinzentas. Estamos em Sarajevo. Essa garota já matou muitos de nós. Você não precisa confirmar isso. Deixa Molly abater esse leopardo pintado e marcar um ponto pro nosso lado."

Irena inclinou-se em direção a Jacobo, o qual entendeu que ela desejava um dos conspiratórios cigarros.

— Tedic discordou? — perguntou ela, e Jackie sorriu enquanto esperava Irena soltar a primeira baforada de Marlboro.

— Você conhece Miro — respondeu ela, em meio a uma nuvem de fumaça. — Miro ficou encantado. Ele estava apaixonado. Miro disse que ela poderia ter dado cinco tiros em Zoran, esvaziado os bolsos dele e, ainda assim, nós teríamos posto a culpa nos bandidos. Miro achava que ela poderia nos fornecer alguma informação vital. Ou que tinha uma fibra invejável. De qualquer forma, ele queria dar uma chance a ela.

— É por isso que estou aqui?

— Se ela aparecer no aeroporto, vamos mostrar você — falou Jacobo.

— E depois?

Jackie ajeitou o xale.

— Fica a cargo das mentes elevadas, querida.

— Você quer dizer: Molly na cerca viva?

— Suponho que esta seja uma possibilidade. Ele pode deixá-la atravessar uns 20 metros de pista e fazer com que ela vire uma bela notícia. A garota sérvia que morre ao correr para os braços estendidos de sua velha colega de time muçulmana.

Jackie bateu o resto das cinzas do cigarro no chão e abaixou-se para apagá-lo. Ao empertigar o corpo novamente, segurava a guimba amassada delicadamente na palma da mão, como uma rosa murcha.

— Mas Jacobo me lembrou: o aeroporto não é como o acordo ignorado em relação à margem ocidental do rio Jordão — continuou ela. — Qualquer pessoa que atire no perímetro do aeroporto acaba nas mãos da ONU. Uma garota sozinha atravessando correndo a pista para se juntar a uma cidade sitiada que é abatida por um tiro disparado pelo lado bósnio? Não acho que conseguiríamos explicar isso. Ou que pudéssemos colocar a culpa nos franceses. Eles podem nos obrigar a tanto, é claro. É assim que os capacetes azuis adquirem treinamento prático... tiros desesperados em pessoas tentando atravessar a pista em desabalada correria. Mas eu diria que se sua amiga conseguir atravessar... essa vespa amarela do Ninho das Vespas... vira parte desta família. Até que as mentes elevadas decidam que precisamos colocá-la em nosso próprio porta-malas.

MEL LEVOU PARA IRENA um velho e surrado cobertor do exército americano e um maço de Marlboro, a fim de proporcionar a ela um pouco mais de conforto durante o tempo passado no quartinho.

— Que porra — disse ele. — Sentar, deitar. Pode jogar as cinzas no chão, tudo bem, que porra.

Ele fechou a porta. Irena nem tentou abri-la — não queria arriscar descobrir que ela fora trancada. No entanto, quando Mel retornou dez minutos depois, Irena levantou os olhos ao ouvir o ferrolho do outro lado da porta. Mel trazia um prato com quatro torradas americanas, quatro pacotinhos de geléia de uva, uma garrafa plástica de água e uma caneca de estanho de chá, com o barbante do saquinho enroscado em volta da alça.

— Se ficar com fome e quiser mais, que porra, me avisa.

— E como eu faço isso, Mel? Ligo pro serviço de quarto? Não consigo achar o telefone. Ou será melhor descer até a cafeteria? Estou meio isolada do mundo aqui.

— Bata na porta, que porra, eu escuto você.

Irena comeu o lanche e já estava deitada sobre o cobertor, com metade dele enrolado à sua volta, quando escutou o ferrolho sendo aberto de novo. Ergueu os olhos e viu aparecer na porta um homem com um rabo-de-cavalo laranja caído sobre o ombro.

— Molls!

Ele carregava uma revista enrolada na mão direita e uma xícara de chá fumegante na outra.

— Desculpa não ter trazido algo mais forte, querida. Mais tarde. Precisamos ficar alertas, nós dois, para o que der e vier.

Irena recostou-se contra a parede e Molly sentou-se na frente dela, ajeitando os joelhos para cruzar as pernas em posição de lótus. Ele trouxera uma *The Face* de novembro de 1992, com Marky Mark na capa.

— Não sei quem ele é — falou Molly. — Mas, sem dúvida, ele é muito bem-talhado, como a gente diz.

— Ele é uma estrela do rap, Molls. O rock vive o seu ocaso. Vai se acostumando.

Molly balançava-se ligeiramente para a frente e para trás e sua voz parecia arrastar-se pelo chão de terra batida.

— Esse piso vai gelar seu útero — observou ele. — No estilo da ilha Robben.

— Eles querem ficar de olho em mim — replicou Irena. — Até...

— Até... Pode dizer, querida — Molly falou baixinho para o chão. — Vou tirar você daqui. Eu protejo o atacante.

— É melhor eu ficar. Não fiz nada de errado.

— E Sócrates também não. Um amigo como eu não teria feito mal nenhum a ele.

— Por quanto tempo Mandela ficou na ilha Robben?

— Se não me engano, mais ou menos por tanto tempo quanto você tem de vida. Mas você vai ser solta assim que sua amiga aparecer no aeroporto.

— E se ela não aparecer?

Tudo o que Molly podia fazer era dar de ombros. O dar de ombros em um homem sentado em posição de lótus faz com que ele se balance ligeiramente, como um pato saindo da água.

— Estive pensando e repensando no caso, Molls — disse Irena. — Se ela não aparecer, a impressão que dá é a de que eu estava sendo usada o tempo todo.

— Pode ser.

— Jackie. O mexicano... ou seja lá o que ele for. Eles devem estar preocupados em descobrir se sou uma idiota... apenas uma idiota... ou uma víbora traiçoeira, por assim dizer.

— Eles precisam pensar em todas as possibilidades.

— A porta está trancada, mas sem vigia. Mel veio aqui, bancando o mordomo. Isso tudo pode ser uma armadilha, pra ver se vou tentar fugir. Você também, Molls.

— Eles apenas me alugaram, querida. Não me compraram.

Molly levantou-se, tomando cuidado para não pisar no cobertor de Irena, ou, como ela se convenceu, para não falar próximo demais da lâmpada incandescente.

– Se quiser um baralho, fale com Mel. Tenho um. Volto daqui a pouco. Eles me ensinaram alguns jogos excelentes aqui, que dá pra ganhar blefando.

IRENA PEGOU A *The Face* após Molly sair e mãos invisíveis trancarem a porta novamente. Observou a foto de Marky Mark. Ela era em preto-e-branco. Marky Mark estava sem camisa, agachado em posição de largada, o que dava um bom destaque a seus ombros. A legenda da capa dizia: "Será Ele a Nova Madonna?"

Ai meu Deus, pensou Irena, eu nunca devia ter visto isso. O mundo já está falando em outra Madonna e eu mal ouvi falar dele.

IRENA ESTAVA COCHILANDO quando o barulho do ferrolho se abrindo penetrou sua mente. Aquilo a fez acordar e erguer os olhos. Jackie estava na porta, batendo com a ponta do sapato direito no chão de terra e segurando ambas as pontas do xale em volta do pescoço, a fumaça escapando por entre seus dedos e tremulando como um véu de renda sobre seu rosto.

– Sinto muito por perturbar seu descanso – anunciou ela. – Sua amiga acabou de aparecer no aeroporto. Nosso informante... a dizer, um mecânico da Força Aérea norueguesa a quem fornecemos cogumelos alucinógenos... disse que um avião de suprimentos da ONU vai pousar em 32 minutos. Esperamos que ela tente atravessar atrás dele. Espero que *você* também faça isso. É melhor fazer xixi e lavar as mãos, querida. O jogo acaba de começar.

34.

Em cinco minutos, Irena, Jackie, Jacobo e Molly amontoaram-se no espaço confinado de um velho Lada branco, imaginando que qualquer veículo com o emblema da cervejaria não causaria suspeitas por aquele ser um símbolo familiar aos capacetes azuis designados para a área do aeroporto.

Molly dirigia a uma velocidade deliberada, porém não excessiva. Irena estava sentada ao lado dele. Ela era a mais alta; o grupo investira na resistência de suas pernas. Jackie encontrava-se espremida em sua metade do pequeno banco traseiro. Jacobo, apesar do status de convidado e de ser o homem mais velho e proeminente do grupo, teve de colocar a cabeça entre os joelhos na outra metade do banco. Irena ofereceu a ele segurar seu blazer no colo, cuidadosamente dobrado e livre do estresse. A maior parte da viagem passou-se num silêncio apreensivo, até Irena notar o forro de seda verde-escuro do blazer de Jacobo e correr os dedos para sentir a maciez do tecido.

— Ele é realmente adorável. — Ela virou-se para falar com Jacobo.
— Obrigado.
— É inglês?
— Italiano.
— Me mostra, me mostra — exigiu Jackie.

Irena virou uma das lapelas, forrada com o mesmo tecido verde suntuoso.

— Ele é realmente bonito — concordou Jackie. — Gostaria de ter um vestido nesse material.

— Vou providenciar — disse Jacobo. — Quando tudo isso tiver terminado.

— Os homens fazem muitas promessas desse tipo hoje em dia — suspirou Jackie.

— Eu sou livre ou estou condenada? — perguntou Irena.

— Nenhuma das duas coisas. — Molly e Jacobo apressaram-se a responder num tom notoriamente chocado.

— As duas coisas, é claro — corrigiu Jackie.

Quando Molly finalmente estacionou o Lada próximo à cerca viva, o grupo esforçava-se para reprimir as risadas.

IRENA FEZ QUESTÃO de acompanhar Molly, com seus passos largos e determinados.

— Você está sozinho aqui, Molls? Quero dizer, completamente sozinho?

Molly já começara a esquadrinhar a pista de aterrissagem. Com o pescoço esguio esticado e o rabo-de-cavalo pendendo sobre o ombro, ele exalava um quê de isolamento e elegância, como uma girafa impassível.

— Tem um cara escondido nas moitas, se é isso o que você quer dizer — respondeu ele. — Ele está com um M-14 lubrificado e pronto para o uso. Se é isso o que você quer dizer.

— Como assim?

— Como assim que nunca podemos dizer o que vai acontecer — falou Molly, finalmente se virando, mas falando para o ombro de Irena. — Não queremos ser pegos sem... seja lá o que for.

Irena aproximou a boca do ombro esquerdo de Molly. Seu rabo-de-cavalo fora amarrado com uma fita vermelha retirada de uma das embalagens de cerveja.

— Ela vai ter uma chance, Molls? — Irena quis saber. — Ou sou apenas uma isca, o queijo na sua ratoeira? Você vai apenas esperar pra ver as ondas louras do cabelo dela balançando e abatê-la como um filhote abandonado de gnu? É *isso* o que você quer dizer?

— Essas não são minhas ordens, querida — respondeu ele de modo soturno. — Nem é a minha intenção.

— Se fosse este o caso... — falou Irena — ... você me contaria?

Irena podia escutar os sapatos de sola extravagante de Jacobo guinchando contra o chão, fazendo alguns galhos estalarem bem ao lado da cerca, e a voz de Jackie falando sobre o forro de seda do blazer enquanto abria um espaço na moita para observar a pista.

— Não sei — respondeu Molly. — Isso é só uma suposição. Já disse, essas não são as minhas ordens.

JACKIE FEZ IRENA atravessar uma parte da cerca viva que parecia uma cortina. Ela estava usando sua velha jaqueta cinza do exército alemão ocidental que trouxera consigo de Grbavica e os Air Jordans. Ao ouvir as instruções de Jackie às suas costas, com sua voz lindamente modulada — "Abra o zíper agora, querida. De uma vez só" —, Irena deu um puxão no zíper e a jaqueta inflou e se abriu. A camiseta de basquete de jérsei vermelha que vestia por baixo enfunou como uma bandeira de sinalização devido ao vento que soprava através da pista.

— Estou de olho na sua amiga — Molly gritou da cerca. — Na *nossa* amiga.

Irena começou a andar de um lado para outro, cinco passos para a direita e cinco para a esquerda, tomando o cuidado de deixar a camiseta de jérsei vermelha visível sempre que se virava.

— Ela está com o cabelo solto. Como você previu — gritou Jackie em seguida. — As malditas louras sempre fazem isso.

Irena começou a se afastar mais, dez passos para a direita e dez para a esquerda, virando o tronco para que a camiseta brilhasse do pescoço até os joelhos.

— Um pássaro a leste — informou Molly da cerca após Irena ter dado meia dúzia de voltas.

— E que merda isso quer dizer? — Irena rosnou de volta. — Não fale em códigos.

A voz de Molly fez-se ouvir através dos galhos e do farfalhar das folhas. Ele estava rindo.

— Um avião está aterrissando, querida. À sua direita.

Era um avião da ONU, de asas brancas, nariz preto e barriga prateada, cujo rugido do motor aumentava à medida que ele se aproximava preguiçosamente com suas rodas grandes e pretas. Quatro ou cinco capacetes azuis surgiram contra a luminosidade laranja do sol que se punha em direção ao extremo oposto da pista. Irena já conseguia ver o emblema azul na cauda do avião, um mapa-múndi estilizado cercado por uma coroa de louros.

Amela surgira antes do esperado. Irena, Jackie, Molly — nenhum deles a notara. Irena viu as madeixas sedosas cor-de-milho balançando acima de um dos pneus; ela parecia estar correndo agachada, na mesma velocidade do avião.

Irena não avisou Molly, Jackie ou o cara que trouxera o rifle até a cerca. Mas, quando a amiga parou de repente, ficou fácil distingui-la, como se houvesse uma seta desenhada na pista e apontando para ela. À sua esquerda, Irena escutou os passos dos capacetes azuis começarem a ecoar pela pista. Viu Amela atrás da roda mais próxima. Quando a roda se moveu, Amela retomou sua travessia apressada, ainda meio agachada, dando um passo para a esquerda e, em seguida, engatando um trote rápido para a frente. Ela empertigou o corpo para correr; deu dois, três passos largos e então caiu. O avião continuou a se mover. Amela permaneceu deitada, imóvel.

Irena viu as madeixas louras e cacheadas espalhadas pelo chão. Gritou "Canalhas! Canalhas!" em direção à cerca às suas costas e partiu em disparada rumo à pista, o tênis vermelho e preto comendo e arranhando o concreto, os ombros flutuando e o sangue bombeando em seus ouvidos.

IRENA CAIU DE joelhos ao lado da amiga. O ombro esquerdo da jaqueta de Amela estava empapado de sangue, escuro como geléia de ameixa. A cabeça dela pendia – Irena conseguia ver o ferimento –, mas ela a virou de lado a fim de erguer os olhos azuis cobertos de pó e fitar Irena.

– *Canalhas! Canalhas!* – rosnou Irena, colocando a mão suavemente sobre os enormes olhos azuis da amiga, marejados de lágrimas.

– O tiro veio de trás – falou Amela. – Os meus canalhas.

Amela virou-se para olhar diretamente para Irena, que enfiara a mão com delicadeza entre as madeixas cacheadas da amiga, acomodando-a sob sua bochecha direita.

– Eles vinham me observando – explicou Amela. – Ontem, eles me prenderam assim que atravessei. Disseram que já estavam com os meus pais.

Amela suspirou e fechou os olhos com força; em seguida, abriu-os novamente.

– Eu barganhei. Contei a eles tudo o que sabia a respeito da peça. Me desculpa. Imaginei que, de qualquer jeito, vocês deviam ter me passado a informação errada. O homem que me contou... só estava tentando me impressionar. Eles disseram: "Tudo bem, Amela, se você tem tanta certeza, vamos designar seu lindo traseiro para ficar de serviço hoje à noite."

Irena encostou a mão com carinho no queixo de Amela, como se tocasse um ferimento.

– Eles estavam esperando. Há um ano. – Amela piscou e respirou fundo. – Só queriam uma desculpa. Enquanto isso, me estupravam. Dois de cada vez. Eles ficavam dizendo: "Então você quer ser uma garota muçulmana."

Agora, Irena segurava o rosto de Amela cuidadosamente entre as mãos, como se ele fosse um delicado vaso de flores.

— Ontem à noite — perguntou ela. — Você foi um dos atiradores?

— Havia três de nós. Dois para me vigiar. Mas eu não queria atirar em ninguém. A gente mira num ponto.

— Eu sei.

— Um ponto, um alvo. Atirei na cortina azul.

— Três pessoas morreram — informou Irena.

— Sinto muito. Meus pais também... tenho certeza.

— Então você barganhou com os canalhas pra nada.

As pernas de Amela mexeram-se ligeiramente. Ela baixou os olhos, surpresa em ver as pernas se movendo sem seu comando. Fechou os olhos com força novamente.

— Você me pegou — declarou ela.

Irena virou-se de joelhos e colocou uma das mãos sob as costas de Amela e a outra sob seus quadris. Ao inclinar-se para trás, a fim de erguer Amela nos braços, um estampido seco e doentio acertou seu peito e começou a empapar sua camiseta vermelha de jérsei.

Os CAPACETES AZUIS, inspecionando a passagem segura do avião da ONU de uma extremidade da pista à outra, encontravam-se a uns 50 metros das garotas, mas aproximavam-se com passos pesados sobre os cascalhos do piso de concreto. Jackie, porém, já se pusera a caminho. Ela havia arrancado os sapatos e suspendido o vestido acima dos joelhos, esburacando a meia-calça preta ao correr pela pista plana e áspera para chegar nas garotas antes dos franceses. Molly deixara a arma cair no chão. Ele abriu um buraco na cerca para atravessar a moita espinhosa e seus joelhos ficaram cobertos de espinhos verdes ao partir em desabalada pela pista, balançando os braços.

Dois franceses, os rostos vermelhos e bufando de raiva, encararam Jackie ao chegarem perto dos corpos imóveis das meninas.

— Deixa a gente ficar com elas — Jackie falou em inglês, com firmeza, como uma ordem.

— Uma delas ainda está respirando — observou um rosto rosado e jovem sob o capacete azul. — Precisamos levá-la pro hospital.

— *Nós* as levaremos pro *nosso* hospital — respondeu Jackie. — Vocês precisam passar por um dos postos de controle sérvios. Eles vão fazer com que esperem até ela morrer de tanto sangrar. Vocês sabem disso.

O jovem soldado baixou os olhos para observar as garotas. Irena caíra para trás com o braço por cima do peito de Amela. Elas deviam lembrá-lo de duas crianças brincando numa caixa de areia.

— A gente não atirou nelas — disse ele.

— Eu sei.

— Temos ordens.

Jacobo, com seus sapatos macios enchendo-se de pó e brita, apareceu ofegante bem atrás de Jackie, que mantinha os franceses afastados com seu tom ríspido de voz.

— Elas morreram para ficar juntas. *É melhor deixá-las assim.* — O jovem soldado que havia se pronunciado virou-se para observar o restante da pista. Cinco ou seis capacetes azuis encontravam-se agrupados ao lado das rodas do avião da ONU, e dois deles mantinham os rifles erguidos em alerta enquanto a cauda prateada da aeronave abria-se para os carregadores poderem subir a bordo e pegar as caixas e sacos. O jovem francês virou-se de volta para Jackie, brandindo o cano preto do rifle sob o queixo dela.

— O mais rápido que puder — disse ele baixinho. — Tire-as daqui.

Os dois soldados viraram-se de costas e ergueram os rifles. Molly abaixou-se e, com cuidado, pegou Irena no colo, pressionando-a contra seu corpo para tentar estancar o sangue. Jacobo passou o braço por baixo de Amela e suspendeu-a sobre os ombros, deixando o rosto dela repousar sobre o colarinho azul de sua camisa italiana. Os homens começaram a afastar-se rapidamente da pista, Jackie marchando na frente com sua meia-calça rasgada. Ela escutou um dos capacetes azuis chamá-la, a voz erguendo-se acima do barulho de seus passos duros e apressados.

— Que elas fiquem em paz com Deus — declarou ele.

35.

ELA COCHILAVA, PERDENDO E RECOBRANDO A CONSCIÊNCIA. LEMBRAVA-SE de pessoas virando-a de bruços, procurando por veias em seus braços e enfiando tubos em seu corpo. Lembrava-se do hálito quente e malcheiroso de pessoas falando com vozes abafadas próximo à sua cabeça, luzes sendo acesas e apagadas, e de já estar ali a uma noite ou mais. Sua consciência voltou aos poucos. Ela começou a sentir uma coceira bem abaixo da pele do peito e dos ombros. Ao mover a cabeça de um lado para outro no travesseiro, tinha a sensação de estar sendo perfurada por centenas de cacos de vidro. Até que, finalmente, conseguiu erguer-se nos cotovelos.

Lembrou-se de que suas roupas tinham sido retiradas ou cortadas e, por fim, viu o jaleco branco e fino com o qual tinham-na coberto. Sentiu uma vontade incontrolável de urinar, e só a sensação fez com que a urina escorresse por um tubo até cair num saquinho de borracha vermelho. Passou as pernas pela beirada da cama. Viu que as paredes do quarto eram de um amarelo desbotado, como manteiga rançosa. O sol penetrava no cômodo através de uma pequena e solitária janela à esquerda da cama. Apoiou os pés descalços sobre o surrado carpete laranja. Esticou o braço para pegar o tubo da sonda enquanto abaixava os pés. Achou que podia sentir cinzas de cigarro e migalhas de comida sob as solas. De repente, sentiu sede. Seu estômago reclamava e revirava. Estava louca por um cigarro. Inclinou-se para olhar através da janela, a fim de tentar descobrir as horas, a rua na qual se encontrava e se havia ou não nuvens no céu. Ao fazer isso, viu o próprio rosto de cabelos escuros e curtos refletido no vidro.

Ela deu alguns passos titubeantes em direção à porta e abriu-a, saindo para um corredor azul. Havia um homem de camiseta branca e jeans azul cochilando sob a luz bruxuleante de uma vela, com uma cópia da *The Face*, com Marky Mark na capa, agachado sobre o joelho.

— Olá. Com licença. — Foi tudo o que conseguiu pensar em dizer. Uma mulher de cabelos vermelhos e jeans azul apareceu no corredor e aproximou-se da pequena área iluminada.

— Olá — cumprimentou ela. — Sou Zule Rasulavic. Nós já nos encontramos. Com a sua amiga. Estou certa de que você não se lembra.

— Mais ou menos.

— Vamos voltar lá pra dentro. — A mulher passou o braço em volta da cintura da jovem.

— Por quê?

— Você está machucada. Vai ficar bem, mas não podemos nos apressar.

— Isso aqui é um hospital?

— É.

— Posso sair?

— Não é seguro.

— Nenhum lugar é.

— Você está doente.

— Preciso vomitar. Posso sentir.

A mulher segurou a cabeça da garota de encontro ao quadril enquanto ela esvaziava o conteúdo do estômago no chão — sangue, muco e, sem dúvida, pequenos pedaços amarronzados e não digeridos do queijo de Olga Finci.

Zule Rasulavic limpou a boca da garota e colocou um pano molhado sobre sua testa ao ajudá-la a voltar para a cama. Trouxe para ela uma pequena caixa de suco de maçã – a primeira em mais de um ano; o gosto era um luxo –, um pacotinho de biscoitos McVitie já meio amolecidos e três saquinhos de manteiga de amendoim alemã. Zule mostrou como espremer os saquinhos para passar a manteiga em pequenas tiras pegajosas no biscoito.

Ela escutou uma leve batida na porta antes que esta se abrisse. Uma mulher ruiva num vestido preto justo empurrou a porta com o ombro direito, o qual estava envolto por um xale vermelho-vivo.

– Oi – falou ela baixinho. – Você não deve se lembrar de mim.

Ela fez uma pausa.

– Ah, é claro, Jackie.

Jackie sorriu e deu um tapa no xale com o braço esquerdo que o fez bater de encontro ao queixo. Sentou-se na beirada da cama.

– A bela Jackie – acrescentou a menina após uma pausa, lembrando-se, de repente, do codinome.

– Você está nova em folha – observou Jackie com um sorriso, pousando a mão com gentileza sobre os joelhos cobertos da garota.

– Deixa eu tentar te contar o que aconteceu – continuou Jackie. Ela fez uma pausa antes de continuar, como a largada falsa de uma corrida. – Merda, prometi não fumar aqui – disse, deixando a ponta do xale escorregar novamente do ombro.

– Os franceses se afastaram e deixaram que a gente tirasse vocês duas de lá – disse ela por fim. – A gente trouxe vocês aqui pro Franko Hospital. Seu ferimento não era tão grande, mas você havia perdido muito sangue. Os cirurgiões e as enfermeiras deram duro. Eles ficaram comovidos... duas garotas baleadas tentando salvar uma à outra. Para Irena... já era tarde demais. A gente não contou a eles que você era suspeita de ter usado o cirurgião que morreu no estacionamento como prática de tiro ao alvo. Enquanto você estava anestesiada, a gente cortou seu cabelo e o pintou. Se alguém achasse ter visto uma loura... essa coisa ridícula sobre o Cobra... você não estaria segura. Não que eu ligue. Mas precisávamos falar com você.

— Vou contar o que vocês quiserem saber — disse Amela após alguns instantes. Ela falou numa voz tensa por entre os dedos, os quais encontravam-se estendidos como galhos finos sobre seus olhos. Com o cateter na virilha, não conseguia se virar em direção a Jackie. Contudo, também não desejava que Jackie, com seus olhos castanhos grandes, gelados e duros, tivesse a chance de perscrutá-la.

— E quais segredos você teria pra revelar? — Através da cortina de dedos, Amela viu o rosto de Jackie adquirir uma expressão dura. — Que as pessoas estão tentando nos matar? Que existe um plano confidencial para nos cercar e destruir? Obrigada, mas já descobrimos isso por nossa conta. Suas balas foram... bastante expressivas.

— Quero ser útil — retrucou Amela. Estava começando a se dar conta do fato de ainda estar viva.

— Você tem sido. Para as piores pessoas.

— Posso mudar isso.

— Correndo através da pista de aterrissagem? De qualquer forma, tivemos de carregar você metade do trajeto. Não pense que não preferiríamos tê-la deixado...

Jackie interrompeu a frase e virou o rosto. Amela caiu de volta no travesseiro. No entanto, aproximou a mão esquerda cuidadosamente da de Jackie, perto o suficiente para tocá-la, mas sem tocar.

Jackie deu três batidinhas na boca com os nós dos dedos, no lugar onde costumava manter o cigarro.

— Não que nada do que você diga possa me impressionar — disse ela. — Mas só por curiosidade... por que fez isso?

— Vir até aqui?

— Não. Alguns de nós sempre acharam que este é o lado certo para escolher, ganhando ou perdendo. Vivendo ou morrendo. Seja muçulmano ou sérvio. Por que você estava do outro lado?

A voz de Amela de repente ficou mais dura:

— Sou uma atleta — declarou com simplicidade, ainda que num tom firme. — Jogo onde me mandarem.

Jackie virou o rosto para uma das paredes cor de manteiga.

— E a sua consciência... — Ela despejou as palavras em cima de Amela.

— Meu *estômago* — replicou Amela. — Consciência, princípios, política... esse não é o meu jogo. Mas depois de um tempo minhas entranhas não conseguiam acompanhar a disputa.

Jackie deixou a mão de Amela pousar sobre a sua. Ajeitou os joelhos, a fim de se afastar um pouquinho mais da garota.

— Me conta — pediu. — Foi o décimo ou o vigésimo massacre que começou a revirar suas entranhas? Ou você apenas começou a sentir saudade de todos os seus velhos companheiros muçulmanos cujos gritos preferiu ignorar quando eles estavam sendo roubados e expulsos dos apartamentos ao lado do seu?

Jackie sorriu — podia sentir a boca se abrindo e não se esforçou para tentar fechá-la — enquanto Amela virava o rosto, sem, no entanto, conseguir virar o suficiente para enfiá-lo no travesseiro.

— Você sabe alguma coisa a respeito dos meus pais? — Amela perguntou após um momento de silêncio.

O tom de Jackie tornou-se mais brando:

— Zoran tentou. Ele passou uma mensagem pelo rádio para alguém. Eles tentaram. Seus pais provavelmente estão... não vamos nos enganar... mortos.

— E os Zaric?

— Falei com eles pessoalmente — respondeu Jackie. — Eu... eu também a amava, lembre-se disso. Eles sempre suspeitaram de mais do que davam a perceber. Disse a eles que, se Sarajevo sobreviver, o nome da filha deles será mencionado nas placas, monumentos e canções folclóricas.

— Isso deve ter sido um grande conforto — ironizou Amela, o rosto virado para o outro lado.

— Claro que não. Mas eles pareceram ficar... comovidos.

— Meu Deus, detesto a guerra — declarou Amela. Apoiando as mãos ao lado do corpo, ergueu-se novamente no travesseiro. — Detesto, detesto, *detesto*. Um desperdício de vidas. Um desperdício de mundo. O Ocidente pode bancar uma guerra. Eles a incluem no custo do petróleo. Mas pra gente... é como jogar diamantes na sarjeta. É como jogar *bebês* na sarjeta, se é que isso já ajudou em alguma coisa.

— Essa é uma boa maneira de colocar as coisas — observou Jackie, numa voz arrastada. Sentia muita falta dos cigarros. Ajeitando as pontas do xale em volta do pescoço novamente, deixou-as cair nas costas e tamborilou os dedos na perna.

— Esse é o jeito do poeta — acrescentou, com visível admiração. Em seguida, sua voz ficou mais dura: — *Essa é a saída do poeta.*

Jackie bateu com a mão na perna e levantou-se da beirada da cama, como se ela, de repente, estivesse dando choques.

— A guerra é uma selvageria... pode dizer. Sempre haverá um poema. Diga que ela é repulsiva. Ninguém jamais diria que você está errada. Mas você realmente acha que o mundo seria mais tranqüilo hoje se os gregos achassem que sua civilização era refinada demais para defendê-la à custa de sangue e tivessem entregado Atenas? Você acha que o mundo seria mais justo se Joana tivesse ficado na casa do pai e nunca brandido uma espada em Orléans? Talvez Tito devesse ter deixado os lobos cinzentos de Hitler refestelarem-se com a Iugoslávia... em vez de lutar contra eles, de caverna em caverna. Talvez os britânicos devessem ter dito "Desculpa, estamos sem coragem", e se afastado para deixar Hitler dançar com seu passinho de ganso em volta do Piccadilly. Foi assim que os franceses pouparam sua adorável Paris, você sabe. Eles deram às tropas inimigas a chave da cidade, e depois entregaram seus judeus.

Jackie inclinou-se para a frente até as pontas do cabelo quase roçarem as bochechas de Amela, e seu sussurro veio acompanhado de um olhar feroz.

– E você realmente acha – perguntou ela – que Eichmann não teria arrumado um lugarzinho para *nossa raça* em Auschwitz uma vez que tivesse terminado de limpar as cinzas de todos os judeus, poloneses, deficientes físicos e homossexuais?

Jackie empertigou-se. Mas, pela primeira vez, manteve a mão sobre os joelhos de Amela, pressionando-os ligeiramente.

– Nós duas crescemos com liberdade para experimentarmos qualquer idéia que nos desse na telha – continuou ela, no mesmo tom. – Como experimentar chapéus na frente do espelho. Vamos banir as bombas! Viva Che! Destruam o Estado! Salvem o planeta! Paz, amor, rock, rastafári, *techno*, macro, Jimi Hendrix e *rap*. Mas não pense que nossa liberdade não foi comprada à custa de derramamento de sangue. Pergunte às pessoas de Prijedor e Vukovar sobre o tipo de paz que eles negociaram com os brutamontes. Ou será que dá pra ouvir o que eles dizem de sob a terra de suas covas coletivas? Não tem nada de bom a respeito da guerra, é claro. A guerra é cruel e devastadora. Mas às vezes... é melhor do que deixar os brutos irem dominando o mundo.

Jackie virou-se – um gesto bastante deliberado e dramático, Amela tinha certeza – a fim de que o cotoco de braço ficasse visível ao ajeitar o xale de novo em volta dos ombros.

– Sua guerra terminou – anunciou ela. – Vamos deixar que se recupere. Daremos a você a oportunidade de uma confissão, se for este o seu desejo, e escutaremos suas declarações de autopiedade. Talvez haja algo que possa nos contar que ainda não saibamos. Depois que se livrar de sua carga, iremos mantê-la na cervejaria. Sob nossas vistas.

Sob nossos narizes. Enclausurada como uma freira. Nos dias de hoje, mais enclausurada do que a maioria das freiras. Talvez haja dias em que apareçamos pra te fazer algumas perguntas. Não muitas. O tipo de informação que você possui tem vida curta. Nosso único desejo... nosso plano... é que você seja esquecida.

Amela sentiu a mão de Jackie pressionar seu joelho com mais força. Imaginou – não dava para dizer pela pressão dos dedos – se ela desejava confortá-la ou alertá-la.

– Você se tornará a única pessoa em Sarajevo – Jackie declarou por fim – com a chance de morrer de tédio.

Quando Jackie retirou a mão, Amela arriscou um sorriso.

– Isso não seria um desperdício dos meus talentos? – perguntou.

– A guerra é – respondeu Jackie.

36.

AMELA FICOU NO HOSPITAL POR CERCA DE SEIS SEMANAS. NO ENTANTO, ERA difícil sentir o tempo passar. Ela perdia dias inteiros cochilando, entre um analgésico e outro, e sofrendo com o tédio, como Jackie previra. Lia revistas velhas. Não tinha rádio para escutar. Jogava cartas, tanto solitária quanto partidas de buraco com a enfermeira Rasulavic e o homem alto, de rabo-de-cavalo, que conhecera na cervejaria. Sob ordens, eles só conversavam sobre cartas. Amela achava a determinação estranha e um pouco difícil de aceitar. Jackie, porém, havia instruído seus companheiros a não confrontarem aquela vespa fugida do ninho até que eles tivessem espremido completamente todo o conhecimento que ela pudesse possuir em sua cabeça, coração, ossos e entranhas.

O homem chamado Jacobo aparecia para uma visita quase todos os dias. A enfermeira Rasulavic lhe contara que fora ele quem a tinha carregado para longe da pista de aterrissagem, e que seu sangue havia escorrido pelas mãos dele, manchando o couro macio de seus sapatos. Amela contou a ele o que sabia a respeito do Ninho das Vespas. De vez em quando, ele fazia alguma pergunta, como se a encorajasse a relembrar um antigo jogo de basquete, algo no qual Amela sabia ser boa. As perguntas de Jacobo foram ficando mais precisas e detalhadas. Jackie, porém, estava certa. A cada semana – provavelmente a cada dia –

qualquer informação que Amela pudesse possuir tornava-se defasada, difícil de verificar, quanto mais aplicar.

Certo dia, Amela criou coragem para detê-lo ao vê-lo saindo do quarto.

— Preciso te agradecer — disse ela.

Jacobo fingiu ignorar a observação.

— Você me carregou — explicou Amela. — Eles me contaram. Arruinei os seus sapatos.

Jacobo sorriu e correu o polegar sobre um dos lustrosos botões de metal do blazer que usava.

— Ah, isso. Bem. Não é difícil lavar o sangue — replicou ele, deixando a porta bater às suas costas. Amela arrastou-se para fora da cama e sentou num dos cantos do quarto, ao lado da pequena janela. Abraçou os joelhos e chorou por cerca de meia hora. (O choro deixou os joelhos do jeans úmidos. Amela pensou consigo mesma: *"As lágrimas secam também."*)

JACKIE APARECEU três vezes. Ela levou revistas, cerveja, cigarros e roupas. Amela achava que, às vezes, Jackie parecia quase gostar dela, e, em outros momentos, mal a tolerava. Foi Jackie quem contou a Amela que o pai de Michael Jordan havia sido morto, assassinado em algum lugar do Sul dos Estados Unidos, dentro do carrão que o filho tinha comprado para ele.

— Não faz diferença se você tem todo o dinheiro do mundo — observou Amela. — E *ele* tem. Não dá pra comprar uma saída quando a morte vem te buscar — Amela ofereceu um sorriso tímido e ansioso para Jackie, convidando-a a juntar-se a ele.

Mas Jackie... Jackie rebateu:

— Não seja ridícula. As pessoas compram suas vidas o tempo todo. Alguém como você devia saber disso.

— Só estava tentando... — Amela deixou a frase morrer.

A porta do quarto não estava trancada. Amela tampouco via fechaduras na porta de entrada e nas laterais. Certa tarde, tentou com cuidado extrair algum sinal de Jackie, para ver se eles esperavam que ela permanecesse por conta própria – ou que tentasse fugir.

— Algumas pessoas acham que você devia ficar trancada – comentou Jackie. — Até mesmo acorrentada à cama. No entanto, homens armados... não podemos pedir a eles apenas para ficarem sentados por aí. Além disso, pra onde você iria? O que poderia fazer? A cidade inteira é uma prisão. Pode correr, se quiser. Não faz diferença. De verdade, quanto tempo acha que iria durar?

Certo fim de tarde, Jackie apareceu inesperadamente no quarto de Amela. Estava agitada – silenciosa, séria e com uma muda de roupa debaixo do braço. Amela sentou-se. Jackie abriu a trouxa. Um jeans azul se desenrolou. Um par de meias azul-escuras quicou no chão. No topo de tudo, havia uma camiseta amarela debruada de violeta. Jackie ergueu a camiseta pela gola e entregou-a a Amela.

— Ai, meu Deus – disse ela, reconhecendo o número nas costas: – Vlade Divac.

— Incrível, não? – observou Jackie. — Uma camiseta do Los Angeles Lakers que você provavelmente poderia trocar no mercado negro por giletes ou pasta de dentes suficientes para um mês. Ela chegou junto com uma trouxa de trapos doados de algum lugar, tipo Pasadena ou o Brooklyn. Como você disse, no momento, o que o Ocidente considera lixo nós vemos como luxos. Eu me apropriei deste item em prol do interesse do Estado.

Amela e Jackie sorriram ao mesmo tempo, e riram ao perceberem isso.

— Estamos com uma mala arrumada esperando por você, querida. É melhor fazer um xixi e colocar sua camiseta nova. Temos que ir a alguns lugares.

ZORAN ESTAVA ESPERANDO no táxi. Amela parou por um instante — Jackie percebeu sua hesitação — ao ver Zoran no estacionamento, o qual era mantido permanentemente vazio desde a morte do dr. Despres.

— A última vez que a vi — falou Zoran com uma irritação cômica, como um tio-avô ranzinza —, você estava com uma arma apontada pra minha cabeça e me enfiava no porta-malas do meu carro. Do meu próprio carro.

— Sinto muito — disse Amela, baixinho.

— Foi o que você disse no dia. E eu acreditei. Depois que saí e consegui respirar.

Amela estava com o braço esquerdo pendurado na tipóia. Ela também lhe tapava o ferimento nas costas, o qual já não se encontrava mais protegido por gaze ou curativo. Batendo com a mão direita na tampa do porta-malas, disse:

— Quer me colocar aqui? Eu mereço.

Amela sentou na frente, ao lado de Zoran. Ele contou a ela como Tedic havia pago os bandidos que o tinham resgatado de seu próprio porta-malas com caixas de cerveja e pacotes de cigarros.

— Seis engradados de cerveja Sarajevo — contou ele, de modo sonhador. — Vinte pacotes de cigarros Drina. Dos antigos. Não os novos que eles enchem com aquelas ervas fedorentas que pretendiam vender para os búlgaros como um produto genuíno, e que são enrolados com as páginas de nossos antigos catálogos de telefone, as quais, de qualquer forma, só servem como papel higiênico. Ah, e dez pacotes de Marlboro. Eu disse: "Miro, você me deve ter em alta conta para abrir mão de dez pacotes de Marlboro em troca da minha vida." E Tedic respondeu: "A gente precisa do seu carro."

Eles se aproximaram de um trecho plano ao longo da cerca próxima à pista de aterrissagem, mas Zoran continuou dirigindo por mais um minuto, até parar ao lado de algo que parecia um velho galpão para guardar os equipamentos do aeroporto. As paredes eram finas, de alumínio, e estavam completamente esburacadas. Tiros de rifles e disparos de morteiros, com certeza, mas também o tempo e a ferrugem.

Eles entraram no galpão. Meia dúzia de soldados com autênticos uniformes verde-musgo do exército bósnio estavam fumando, relaxados, porém alertas, ao redor de um buraco no chão. Uma única lamparina a gás chiava num dos cantos, iluminando o buraco. O galpão cheirava a café, suor, terra, chuva, cigarros e gordura.

Jackie deu a mão a Amela e conduziu-a até um dos cantos, onde três banheiras encontravam-se emborcadas. Elas se sentaram em duas delas. Jackie manteve a mão de Amela entre a sua.

— Jacobo te deu um nome — começou ela. — Ele escolheu pessoalmente. De acordo com nossos propósitos. *Amie*. Significa "amiga" em francês. Você era amiga... uma boa amiga, ainda que eu nunca tenha dito isso. Mas Jacobo diz que esse nome também significa uma coisa na língua dele. *Ami* quer dizer "nossa gente". Ele diz... e eu concordo... que este é um bom nome pra você.

Amela escutou a lamparina estalar e chiar. Foi obrigada a piscar devido à fumaça e as cinzas nos olhos. Jackie relaxou a mão que segurava a de Amela, entrelaçando os dedos com os da garota.

— Talvez você tenha escutado rumores — falou Jackie. — Bem, é verdade. A gente cavou um túnel debaixo do aeroporto. Ele vai de nossa Sarajevo sitiada até um pequeno pedaço de território bósnio livre. É esse túnel bem aí na frente. Nossos mineiros, bombeiros e engenheiros levaram seis meses para cavar o buraco com pás, colheres e machadinhas... e com as próprias mãos. As pessoas que cavavam em nossa direção a partir das florestas usavam tábuas de madeira e galhos para escorar a terra. As que cavavam a partir da cidade tiveram de usar portas de carros e ganchos, uma vez que não temos mais árvore alguma aqui. Acho que ninguém jamais precisou cavar um túnel como esse às cegas, no escuro, com as duas extremidades avançando pouco a pouco, uma em direção à outra. Homens e mulheres morreram atravessando a pista de aterrissagem só para contar ao outro time que eles tinham cavado mais alguns centímetros. Às vezes duas, três pessoas morriam só para dizer: "Avançamos mais 60 centímetros hoje... foi aqui que paramos." Não sei te dizer quantas vezes o túnel alagou... as lamparinas a óleo apagaram... pessoas...

A voz de Jackie sumiu. Ela foi obrigada a virar para o outro lado.

— Mas hoje — continuou ela — isso aqui parece o metrô de Londres. A gente gerencia um serviço de transporte que funciona 24 horas por dia. Enviamos alguns dos doentes e feridos em pequenos carrinhos de madeira que rodam sobre trilhos estreitos. Eles nos mandam curativos, munição, cebolas e antibióticos. Os contrabandistas trazem carne, queijo, camisinhas, haxixe... e sabe Deus mais o quê, a gente não pergunta. Por ora, somos todos felizes capitalistas.

Jackie empertigou-se sobre a banheira e segurou a mão de Amela entre elas, de encontro ao peito.

— Amie, a gente desobstruiu uma veia no coração da cidade. Os sérvios não podem bombardeá-la e os capacetes azuis não podem fechá-la. Muitas outras pessoas ainda vão sofrer e morrer por aqui, tenho certeza. Mas, pela primeira vez, acho que Sarajevo tem chance de sobreviver. *De viver.*

Amela deixou a cabeça pender sobre o ombro de Jackie, cuja mão continuava entrelaçada à sua.

— A gente pode tirar você daqui através desse túnel — informou Jackie, a voz um pouco mais alta do que o chiado da lamparina. — Ele tem uns 750 metros de comprimento e você vai precisar avançar de gatinhas, centímetro por centímetro... ele possui pouco mais de um metro de altura. Mas a gente pode tirar você daqui, colocá-la num caminhão e enviá-la até próximo de Bihac.

Bihac, lembrou-se Amela. O lugar por onde o irmão de Irena e outros bósnios tentavam entrar no país, vindo de Londres, Chicago, Manchester, Cleveland, Detroit e Toronto.

— Uma garota boa como você — continuou Jackie, baixinho, falando para o ombro de Amela — pode causar muito dano... e ajudar muita gente... num lugar como aquele.

Elas continuavam sob a luz da lamparina, bem na frente do túnel. Amela estava com a sacola pendurada no ombro, recheada com um par sobressalente de jeans azul, meias, calcinhas, uma camiseta preta, três pacotes de absorventes, uma caixa de munição, uma escova de dentes e uma pequena barra redonda de sabonete francês com cheiro de cravo que, segundo Jackie, Jacobo enviara pessoalmente. Zoran acomodou um rifle sobre o ombro direito de Amela.

Jackie segurou-a pelo ombro direito e depositou um beijo em sua nuca, logo acima da bandoleira de couro do rifle.

— Amie — disse ela, baixinho. — Eu prometo, Amie, que no fim do túnel tem uma placa que faria você e sua amiga sorrirem.

Dois soldados a levantaram pelos braços, como uma criança sendo balançada entre os pais, e a ajudaram a entrar no buraco.

Amela piscou. Sua primeira impressão foi de que o mundo subterrâneo resplandecia de luz. A cada poucos metros uma pequena lamparina a óleo, feita com uma lata de alumínio, ardia e brilhava. A fumaça deixava manchas negras no teto, parecendo fantasmas. O óleo queimando fazia as narinas de Amela arderem.

Ela começou a engatinhar. A água passava de seus joelhos. Após cerca de cem metros, o túnel aprofundava-se inexplicavelmente — um dos escavadores devia ter atingido um cabo de eletricidade, um cano ou uma mina de água — e, ao prosseguir de gatinhas, Amela inadvertidamente deparou-se com uma onda de água amarronzada e gelada que lhe subia até os cotovelos e respingava contra seu queixo. Ela tinha gosto de ferrugem e minhocas. De vez em quando, uma bomba explodia na rua, fazendo o túnel estremecer. As paredes tremiam e a terra lançava mais água no túnel.

Ao chegar ao final, Amela bateu contra uma parede. Uma grande lâmpada prateada iluminava a saída, revestida de tijolos novos e vermelhos. A luz de duas lanternas brilhou contra seus olhos e queixo.

— Amie? — chamou uma voz jovem, de homem.

— Sou eu. Estou aqui — respondeu Amela em direção às lanternas.

— Levante as mãos para o céu, querida, que a gente tira você daí.

Quatro braços se abaixaram e balançaram como pernas de aranhas. Amela entregou o rifle. Em seguida, a sacola em suas costas, molhada e pesada como um saco de pregos. Por fim, Amela suspendeu os próprios braços e foi içada para dentro de um quarto escuro por dois homens de cabelos cacheados, vestidos com jeans azuis e camisetas vermelhas sob jaquetas pretas leves e abertas. A camiseta de um deles dizia MANCHESTER UNITED; a outra, CHICAGO BULLS.

— Bela camiseta, Amie — falou um deles. — Vlade, ele é o maioral. Você também é atleta, Amie?

— Eu era.

— Arrastar-se por esse túnel não é coisa para vovós — observou ele. — Você ainda é uma ótima jogadora.

— Estávamos esperando você — disse o outro. — Não precisa de mais dois nomes inventados para se lembrar de pessoas que nunca mais verá de novo. Vamos subir a montanha com você hoje à noite, onde um caminhão estará esperando para levá-la... seja lá pra onde for.

Quando Amela conseguiu olhar em volta, notou que havia saído dentro de um pequeno cômodo, em uma casa particular. Os homens a conduziram até o aposento contíguo, onde três homens encontravam-se esparramados num sofá marrom. Uma televisão fora ligada à bateria de um carro e eles estavam assistindo a um jogo de futebol entre o AC Milan e o Ajax Amsterdam. Um dos acompanhantes de Amela jogou o facho da lanterna sobre uma mulher idosa com um cachecol preto enrolado na cabeça. Ela estava sentada num banco e oferecia um copo de água.

— Ei, Amie, esta é a vovó Sida — explicou ele. — Esta é a casa dela. Ela é a avó de todos aqui. Ela cumprimenta todo mundo e depois volta pra sua televisão.

Amela meneou a cabeça em assentimento e, sem dizer palavra, pegou o copo que vovó Sida lhe oferecia. Tomou um gole, depois outro, mais longo. Sentiu gosto de terra na boca e tomou mais dois goles de água para tentar lavar o gosto do túnel. Ao entregar o copo de volta à mulher, inclinou-se para lhe dar um beijo na mão.

Amela e os homens saíram da casa rumo ao campo. As luzes da pista de aterrissagem haviam sido apagadas fazia algumas horas, antes que a luz das estrelas se derramasse sobre o capim alto e amarelado que farfalhava ligeiramente, como a respiração suave de alguém dormindo.

— Ei, Amie — falou um dos companheiros. — Jackie falou pra gente te mostrar isso.

Ele lançou o facho da lanterna sobre uma pequena tabuleta branca, pregada numa estaca de madeira e fincada no quintal dos fundos da casa de vovó Sida. A tabuleta dizia:

PARIS 3.765 KM

Amela riu alto pela primeira vez, sua primeira risada juvenil desde que Irena a fizera rir pela última vez.

— Jackie falou que queria fazer você rir — disse o homem com a lanterna. Ele próprio começou a tremer, rindo também, de modo que a tabuleta pareceu piscar.

— Ei, Amie. Você vai para Paris? Me leva com você.

Amela olhou para o campo acidentado e para as saliências pedregosas do monte Igman, àquela hora com uma tonalidade azul. Podia atravessar o campo e as colinas até o outro lado da montanha, onde encontraria a estrada que a levaria até Bihac e ao lugar no qual, tinha quase certeza, daria sua vida.

Podem ficar com Sarajevo. Vocês fizeram por merecê-la.

– SLOBODAN MILOSEVIC, PRESIDENTE DA SÉRVIA, PARA ALIJA IZETBEGOVIC, PRESIDENTE DA BÓSNIA, DURANTE O ENCONTRO DE 1995, EM DAYTON, OHIO, QUE DEFINIU A DIVISÃO DA BÓSNIA.

Milosevic hoje está sendo julgado por crimes de guerra.

Agradecimentos

Sou grato a muitos que me ofereceram seus conselhos, apoio e experiências:

Dr. Wesley Bayles, do Hospital Veterinário de Georgetown; Peter Breslow, da NPR News; a equipe do Periodical Research Centre do Museu Britânico; Hamo Cimic, de Sarajevo; comandante Terrance W. Gainer, da Polícia do Capitólio, nos EUA; Tom Gjelten, da NPR News; Laura Hillenbrand; a equipe do arquivo de fotos do London's Imperial War Museum; Lika Job; Avi Kotkowsky, de El Paso, Texas; ao Lincoln Park Zoo; Elvis Mitchell; Julia Mitric, agora em Sacramento; Lawrence K. Morgan, da Polícia do Capitólio, nos EUA; dr. Lee Morgan, do Hospital Veterinário de Georgetown; Jim Naydar; Dika Redzic, de Sarajevo; Edouard Richard (meu sogro); dr. Pam Schraeger, do Friendship Hospital for Animals; Matthew Scully; Jerry Smith, da Polícia do Capitólio dos EUA; dr. Stanley Tempchin; Alphonse Vinh, da NPR; dr. Ronald Warren, do Hospital Geral de Massachusetts; rabino Daniel Zemel, do templo Micah; e Fahrudin Zilkic, que um dia irá escrever seu próprio livro acerca dos anos que devotou à defesa de sua maravilhosa cidade.

Qualquer erro é de minha inteira responsabilidade.

Lily Linton fez com que grande parte deste livro pudesse ser escrita sob o escrutínio do bode de Picasso*. Este é o terceiro livro que produzo sob a cuidadosa supervisão de Kee Malesky, alguém que consegue melhorar até o texto de uma propaganda de cereal.

Tentei escrever esta história segundo a ordem cronológica e as localizações dos eventos reais. Ainda assim, este é um romance, não um relato histórico nem jornalístico. Inventei algumas ruas e prédios. Também tomei a liberdade de colocar palavras na boca de alguns personagens reais, inclusive Radovan Karadzic e Osama Bin Laden. No entanto, seus comentários são baseados em declarações feitas antes de a grande maioria das pessoas do mundo começar a prestar atenção a eles.

Suada Kapic gerencia um empreendimento fantástico em Sarajevo chamado FAMA, cujo trabalho tenciona preservar a história do mais longo cerco do século XX e manter o caráter vital dessas lições. Num mundo assaltado por causas urgentes, espero que pelo menos alguns leitores sintam-se comovidos o suficiente para oferecerem seu apoio ao FAMA, a fim de que ele possa continuar com seu trabalho.

Durante o tempo em que trabalhei como repórter em Sarajevo, usufruí a companhia de uma velha amiga e engenheira de som, Manoli Wetherell. O tempo passado em Sarajevo aprofundou nossa amizade. Sem dúvida, a constância de seu coração foi o ponto de partida para muitos dos sentimentos que descrevo neste livro.

As famílias Millic e Tedic, de Sarajevo, abriram espaço para nós, tanto em suas casas quanto em seus corações, em 1993 e 1994. Este livro, com tudo o mais que ele vier a representar, é uma pequena recompensa pela coragem e delicadeza deles.

Conversei sobre muitos dos assuntos abordados no livro com minha amiga Elizabeth Neufer, do *Boston Globe*, na primavera de 2003, durante uma longa e intimidante viagem de Amã a Bagdá. Elizabeth não voltou para casa. Os relatórios sobre direitos humanos que

---

* Talvez uma referência à escultura de Picasso localizada nos jardins do MOMA. (N. T.)

Elizabeth ajudou a desenvolver sobrevivem na influência que ela exerceu sobre tantas pessoas, como jornalista e amiga.

Devo a Jonathan Lazear minha eterna gratidão por ter acreditado em meu livro e o enviado para o melhor editor da América, Dan Menaker, da Random House. Stephanie Higgs trabalhou o manuscrito com muito afinco e cuidado.

Muitos dos personagens da história expressam seu desprezo pelo papel da ONU na Bósnia. Compartilho com eles esse desdém. No entanto, não me esqueço (e tampouco os cidadãos de Sarajevo) de que 166 soldados da ONU, entre franceses, britânicos, canadenses e outros, perderam suas vidas na Bósnia entre 1992 e 1996. O sacrifício deles também faz parte do legado de Sarajevo.

Pretendia demonstrar a gratidão que devo à minha esposa, Caroline Richard Simon, na dedicatória do livro (nós perdemos um encontro em 1993 – é uma longa história – porque eu estava em Sarajevo). Caroline, porém, comoveu-se tanto com a cidade e sua gente que insistiu para que a dedicatória fosse dirigida a elas – um pedido que transmite sua brilhante sensibilidade no tocante a todas as coisas. Caroline batizou quase todos os personagens desta história. Não sei como descrever o enorme amor que sinto por ela.

Rezamos para que nossa filha recém-nascida, Elise Sylvie Simon, cresça num mundo livre da ameaça que destruiu tantos na Bósnia. No entanto, iremos nos sentir abençoados caso nossa filha enfrente sua responsabilidade como ser humano com a coragem e a determinação do povo de Sarajevo.

Hoje em dia a cidade é menor e mais sombria. A destruição causada pela guerra foi devastadora. Contudo, apesar das perdas, Sarajevo permanece um exemplo de diversidade, civilidade, cultura e até mesmo alegria. Sua luta foi cara, valiosa, corajosa e justa.

SSS
Londres
Outubro de 2004